星河迢迢只见你

墨子悠 著

上　册

青岛出版集团 | 青岛出版社

图书在版编目（CIP）数据

星河迢迢只见你/墨子悠著. —青岛:青岛出版社, 2023.9
ISBN 978-7-5736-1317-2

Ⅰ.①星… Ⅱ.①墨… Ⅲ.①长篇小说－中国－当代 Ⅳ.①I247.5

中国国家版本馆CIP数据核字（2023）第148058号

XINGHE TIAOTIAO ZHI JIAN NI

书　　名	星河迢迢只见你
作　　者	墨子悠
出版发行	青岛出版社（青岛市崂山区海尔路182号）
本社网址	http://www.qdpub.com
邮购电话	18613853563
责任编辑	郭红霞
特约编辑	杨婉莹
校　　对	李玮然
装帧设计	梁　霞
照　　排	梁　霞
印　　刷	三河市良远印务有限公司
出版日期	2023年9月第1版　2023年9月第1次印刷
开　　本	16开（640mm×920mm）
印　　张	38.5
字　　数	646千
书　　号	ISBN 978-7-5736-1317-2
定　　价	69.80元（全2册）

编校印装质量、盗版监督服务电话 4006532017　0532-68068050

目 录
上 册

目录

下册

第一章

你还有胆子回来?

　　夜幕降临，华灯初上。市中心的五星级酒店，从宴会厅内传来悠扬动听的音乐声。

　　苏绾心站在窗边，不紧不慢地喝着杯中的红酒，眼睛在人群中扫视。

　　在 C 市，傅家可谓是难逢对手，而傅家大少爷傅时寒更是被人们一致认同的最出色的人物。听说今天他会宣布和申家大小姐订婚的消息，所以国内各大富商才会相继出现在此。

　　不远处的楼梯传来一阵骚动，苏绾心回头看去。

　　嘈杂声中，傅时寒和几个人从楼上包间走出。他穿着裁剪精良、完美贴合身形的衬衣，衬衣袖口卷至手肘处，露出手腕上精致复杂的男表。他手中握着酒杯，正不时和身边人聊着什么。

　　男人俊美的脸上没有任何多余表情，目光阴鸷得让人不敢多看。他身上散发出强大的气场，压迫得那些和他不熟识的人大气都不敢喘一下，而此时他身边的女子则是一身红裙，笑靥如花。

　　"吃醋了？"展澈低头看苏绾心的反应。

　　女人听后疑惑地出声："吃什么醋？"

　　"前任男友今天订婚，你千万别说心里一点儿感觉都没有。"

　　"你也说了是前任男友，申大小姐捡的不过是我不要的男人。就算是吃醋，也该是她才对。"

"傅少这几年花名在外，突然收心打算结婚，这事你怎么看？"展澈目不转睛地看着她。

苏绾心还未来得及回答他的问题，身子就陡然一僵——

十几米开外的地方，傅时寒目光清冷地看了过来，径直投向了苏绾心所在的方向。一刹那的疑惑之后，他那双眼睛被愤怒和恨意侵占，像是要将她生吞活剥了一般。

傅时寒的脚步声渐渐靠近，周边气压随之变低。苏绾心依偎在展澈身边，看着那人走到自己面前。

"你还有胆子回来？"

傅时寒的话让苏绾心身体微微一颤。两个人面对面地站着，苏绾心甚至能闻得到傅时寒身上好闻又熟悉的气息，她全身上下的神经都如临大敌一般紧绷着，不敢放松。

三年前的一场车祸让傅时寒的母亲双腿受伤导致瘫痪，纵使傅家有钱有势也无力回天——而酿成那场车祸的罪魁祸首，是苏绾心。

耀眼的灯光下，苏绾心苍白到不正常的脸色和周围女人明艳的笑脸形成鲜明对比。傅时寒定定地望着她，周遭突然间变得格外安静，气氛也压抑到让人窒息。

"有些事情要处理，所以就回来了。"苏绾心不看他，转而去看一旁的申婧晨，打招呼："申小姐，好久不见。"

申婧晨见对方和自己搭讪，上下打量了她好几遍才辨别出她的身份，笑容也因此僵硬。

"苏……绾心？你怎么在这儿？！"

苏绾心失踪了三年，也病了三年。她在病床上昏迷了一年多才苏醒，再好的容颜也禁不住如此摧残。和以前相比，现在的她身形消瘦了许多，气色也差了许多。

申婧晨的脑海里浮现出苏绾心以前勾魂摄魄的模样，再看眼前这病恹恹的人，心里有种说不出的痛快。

苏绾心笑吟吟地看着申婧晨，毫不在意地回答："听说你们今天订婚，所以我特意带男朋友过来凑个热闹。"

说话间，她将展澈的胳膊抱得更紧些。

傅时寒冷冷地瞥了展澈一眼，嗤笑讽刺："几年不见，你看男人的眼光倒是越来越不如从前了。"

"我倒不这么认为。合适才是最重要的，傅先生不觉得是这样吗？"

苏绾心的反击让傅时寒的神色更是凛冽，苏绾心也不算好受——拜这位向来喜欢压轴出场的大少爷所赐，她今天已经在这儿喝了几个小时的红酒了。换作以前肯定没问题，但现在身体不行，她不能再喝了。

苏绾心将杯中仅剩的红酒一饮而尽，浅笑："恭喜二位。"

目的达到，苏绾心不打算多留。她转身想离开，但还没迈步，手腕就已被人紧紧抓住。

高大的身影逼近，苏绾心的身子僵了僵，她感受着手腕处他的温度。傅时寒冷笑着看她，眼中的戾气都快漫出来了。

他就着这个姿势慢慢低头，拉近和苏绾心之间的距离，直到呼吸拂过她的耳畔，才凉凉地开口："敢走的话，看我会怎么对你。"

傅时寒的语速缓慢，带着一股子慵懒随意，可他说出的话让苏绾心觉得他随时可能做出什么让自己难堪的事情来。

苏绾心眼中快速闪过一抹慌乱，吐字艰难："我既然回来了就不会再轻易离开，傅少想报仇也不急于这一时半会儿。我今天身体不舒服，改天再陪傅少打发时间，如何？"

傅时寒听后沉默半晌，开口："陪我，你也配？"

苏绾心被傅时寒奚落一番后，在众人嘲讽的视线中离开了。她走出宴会大厅，心有余悸地松了一口气。

"你刚刚表现得一点儿都不像我的男朋友。"四周没人，苏绾心嫌弃地松开展澈的胳膊，"你都不为我出头。"

听了这话，展澈挑眉："傅大少爷刚刚可是一副要将你就地生吞活剥、谁挡杀谁的架势，我没转身跑就已经很给你面子了。"

苏绾心翻了个白眼，心中默念"垃圾猪队友"，身心疲惫地和展澈道别。

她离开酒店，回到住处后打开门。客厅的灯亮着，慕酥雨坐在沙发上看她，流氓般地吹了声口哨。

慕酥雨，其主业是室内设计师，副业是网络小说写手，但现在她的工作状态倒像是本末倒置了。

苏绾心抿嘴一笑，走过去坐下。慕酥雨八爪鱼上身般抱住她："好绾绾，我爱你。"

"无事献殷勤，非奸即盗。有事说事，我身体不好，不接受色诱。"

慕酥雨傻笑："我明天上午有个活儿，但大概率是起不来的。你叫我起床，然后开车送我过去，好不好？"

苏绾心见对方讨好的模样，无奈地叹了口气，推开慕酥雨，起身："地址发给我，我先睡了。"

浴室里，温热的水流从头顶浇下，苏绾心低着头，眼角泛红。

离开三年终于回来了，她闭上双眼，脑海里浮现出傅时寒的眉目。苏绾心的呼吸加重，她的心脏从最初隐隐作痛到最后无法承受，然后她渐渐瘫坐在了地上。

认识傅时寒十几年，苏绾心自然清楚他是怎样的人，也早就做好被他报复的心理准备。原本以为自己可以云淡风轻地面对他，但事实证明她错了，错得离谱儿。

她希望自己能把傅时寒当陌生人。但只要他一靠近，她就慌乱得完全不像自己。

"苏绾心……"苏绾心双手抱膝，将头埋在胸前，"喃喃"地检讨，"你没出息啊……"

一夜难眠总算过去，第二天清晨，苏绾心费了好大力气才把慕酥雨从床上拽起来，两个人收拾了一番后前往目的地。

西三环广和桥旁，坐落着一栋栋巴洛克风格的别墅。苏绾心和慕酥雨朝着地址的方向走去，远远地就看见门口停了一辆劳斯莱斯，而从车中走出来的人让苏绾心措手不及。

苏绾心没想到会在这里见到傅时寒，对方明显也看见了她。傅时寒顺势靠在车上点了根烟，一副静等她过去的模样。苏绾心咬了咬牙，没办法，硬着头皮上前。

慕酥雨跟在苏绾心身后，似乎是受不了这让人窒息的气氛，看了一眼傅时寒后拽了一下苏绾心的衣角，示意自己先去办正事了。

苏绾心点点头，向眼前并不打算放过自己的男人看去。她看他这架势就知道，就算她想走也一定走不掉。

"方便聊几句吗？"苏绾心看了傅时寒几秒，开口，"我要回公司上班。"

"你回来就是为了这个？"

"没错。我有苏氏证券60%的控股权——这么大一笔钱我实在是放不下，所以回来了。"

傅时寒听了这话，嘴角溢出一丝冷笑。他往前走了两步，拉近自己和苏绾心之间的距离，垂眸看她那一直眼神躲闪的双眼。

"三年，你就学会这些？"

他还以为她长了多大的能耐，结果，她说谎的功夫和以前一样烂。

苏绾心皱眉："什么意思？"

"我以为你找我是为了见漾漾。"

漾漾……听到这两个字，苏绾心整颗心不可抑制地痛起来。

三年前，她生下一个孩子，小名漾漾，大名傅予安，寓意一生平安。当年她离开的时候漾漾刚刚满月，而今三年过去，漾漾已经三岁了。

"不想见，我回来只是为了钱。"苏绾心缓了缓情绪，无所谓地笑，"他没有我也一样能平安健康地长大。"

傅时寒嗤笑："你真以为他还在傅家？"

"你……这话是什么意思？"

"意思是这孩子对于我来说可有可无。"

傅时寒的话让苏绾心浑身僵硬。

"你既然选择回来就一定做了调查。我这几年人在哪里、做了什么，你很清楚。我有儿子这种消息，你听任何人提起过吗？"

苏绾心呼吸一窒，说不出话。

"你一定觉得他是傅家的孩子，傅家不会亏待他。但是苏绾心，你觉得傅家缺这一个孩子？"傅时寒冷冷地笑着说道，"想给我生孩子的女人那么多，我母亲的双腿因你而断，你认为像她那样的性子，有可能抚养仇人的儿子吗？"

苏绾心知道傅家把她当仇人，所有人都是这么想的，都觉得当年那场车祸是她所为，是她忘恩负义弄断了李墨的双腿，然后一走了之。

傅时寒说得对，她回来前的确做过调查，当然知道傅时寒这几年有过很多女人，傅家也辞掉了当年所有的用人，甚至连工作了几十年的老管家都没有留下。傅家所有和她有关系的人都不见了踪影，但她从没想过其中也包括漾漾……包括他们的孩子。

苏绾心脸色苍白，努力冷静地辨别傅时寒所言是真是假。傅时寒转身就要上车，却被她拦了下来。

"我要见漾漾。"苏绾心声音坚定地开口。

傅时寒眸光微动，低头看她抓住自己衣袖的手。

八月的天气炎热，她的手却冰凉。

"想见他，明天来公司求我。"他沉默片刻后离开，任凭苏绾心绝望地站在原地。

傅氏集团，大会议室。

傅时寒高大的身躯陷在真皮座椅里，双腿交叠，神色漠然。自打他走进集团大门，员工们的脸色就以肉眼可见的速度变糟。

傅时寒这两天本应该出国谈一场并购案，但因为某些特殊原因，便把行程推给了傅时礼。

此时大屏幕上显示着某家公司的财务报表，傅时寒瞥了一眼，切入正题。

"我花钱请你们来不是因为你们长得好看，而是因为你们脑袋里多少还有点儿有用的东西，但现在看来，是我想多了。"傅时寒语气刻薄，"奇然科技的并购案是这次你们给出的'头号种子'，可各位分析过这家公司的财务报表没有？去年销售额增长180%，但利润增长不足10%！报表预警信号如此之多，你们也敢把方案拿到我面前来？"

众人沉默，大气不敢喘一下。

傅时寒看着他们，神色凛然："要不要我请个医生给你们挨个儿开颅放水？或者你们买把斧头回家自行解决。买斧头的钱我建议你们向毕业院校申请报销，毕竟让你们这种人毕业，学校有很大的责任。"

员工们战战兢兢，只觉得总裁今天的火气格外大，嘲讽能力简直达到了顶峰。整个会议时长半个小时，被傅时寒喷到怀疑人生的员工们相互搀扶着离开会议室，头都不敢回。

翌日。

苏绾心在思考了整整一夜之后，心情复杂地来到傅氏集团大楼。她猜测今天傅时寒可能会用各种方法让她难堪，却没料到她连公司的电梯都没能上去。一楼的前台告诉她："傅总说今天没空见你，让你明天再来。"

虽然明白傅时寒是故意的，可她没办法，只好转身离开。一连三天，她来了三次，吃了三次闭门羹。第四天，她咬着牙再次出现在傅氏集团楼下时，见到了一个熟悉的人。

"苏绾心？你来这儿干什么？！"申婧晨看着眼前的女子，满身戒备。傅时寒不在身旁，她也不必装模作样："不会是后悔当初离开，跑来找时寒求他原谅的吧？那你最好死了这条心！"

苏绾心莞尔一笑："我做错了什么要求他原谅？"

"你……"

"你认识我也有十几年了，应该明白我这个人和傅时寒一样，做事从来只考虑开不开心，不顾虑后不后悔。"苏绾心向前一步，声音稍稍放低，"更何况，三年前我因何离开，车祸因何而起，你心里不是应该比任何人都清楚吗？"

"苏绾心，你这话是什么意思？你少血口喷人！我告诉你，时寒是不会见你的！他和我已经订婚了，你别厚着脸皮往他身边凑！"

"既然你们订婚了，那你就管好你的未婚夫，毕竟是他主动找我的。"苏绾心笑靥如花，一副气死人不偿命的样子，"都说小别胜新婚，你猜，傅时寒三年没见我，如今再见面，他的心里是什么滋味？"

见申婧晨的脸色发生变化，苏绾心嗤笑一声朝楼内走去。

申婧晨回过神快步追上，抬手就朝她脸上打去，怒骂："他恨你还来不及，绝不可能主动见你！和我抢男人，你以为你是谁？！"

苏绾心没料到她会突然间情绪如此激动，所以就算躲闪，还是没躲过去。

她白皙的肌肤被尖锐的指甲划过，顿时显出几道清晰的红痕。苏绾心没有犹豫，立刻打了回去。

"啪！"

清脆的巴掌声响起，申婧晨愣在原地。

苏绾心脾气不好，认识她的人都知道。但以前有傅时寒给她撑腰，申婧晨没想到现在她还敢这样肆无忌惮。

"你敢打我？！"

"不然呢？"苏绾心冷笑，"和你抢男人？傅时寒当年追我的时候，你怕是连一个备胎都算不上吧？"

脸上的阵阵刺痛让苏绾心格外不快。她不再和申婧晨纠缠，快步走进楼内，心想：如果傅时寒今天还不肯见她，那她就干脆破罐子破摔好了。

反正不管怎么样，她今天一定要见到人。日日夜夜想着孩子的事，她快疯了。

一楼前台，工作人员看着苏绾心携着满身杀气走来，不等她开口赶紧微笑着说："苏小姐这边请，傅总已经在办公室等您了！"

苏绾心早已做好死皮赖脸往里冲的准备，没想到听见这么一句话，心情顿时恢复了不少。她顺利地来到傅时寒的办公室外，迟疑片刻后推门进去。

宽敞清冷的办公室一如几年前，什么都没变过。苏绾心看向办公桌后的男人，他正低头看文件，高挺的鼻梁上架着金丝框眼镜，英俊的侧脸透出不近人情的冷漠。

苏绾心小心又贪婪地盯着他看，直到他拿起笔在文件上签了字，缓缓抬头。几乎是一瞬间，苏绾心眼中炙热的情绪消失不见，变得疏离且淡然。

"找我有事？"傅时寒见她一直打算当透明人，冷声发问。

"傅总，求你让我见见他。"

傅时寒将视线定格在苏绾心脸上。那几道划痕过于明显，他想忽视都不行。

"这就是你今天要用的苦肉计？"

苏绾心的脸还火辣辣地疼，她自然明白他是什么意思，微微一笑否认："路上被野猫挠的，让傅总见笑了。"

"以你的实力，即便不回苏氏证券也一样能拿到不菲的薪资。你应当知道，你一旦出现，我是不会放过你的。"傅时寒看着她，声音很轻地问，"就算是这样，你还要回来吗？60%的股权和命相比，孰轻孰重你该分得清。"

"也许傅总对我的选择有异议，但我很清楚，钱比命重要。"

傅时寒若有所思地点了点头："所以你打算怎么求我？"

"傅总希望我怎么做？"

"你这话的意思是无论我让你做什么，你都会答应？"

"我这个人没什么利用的价值，能帮傅总做的不过就是跑腿卖命赚赚钱，当然答应。"

"你就那么确定我没有别的要求吗？"

傅时寒的视线一寸寸地在她身上移动，他将眼前的人上上下下看了个遍。

苏绾心咬紧牙关，再怎么坚持还是红了耳朵。傅时寒看了个够才慢慢收回视线，意外地转移了话题。

"华南有个项目，ST想抢。不出意外的话，他们公司的代表已经到楼下了，我要你出面搞定。"

"ST？"苏绾心想起在楼下遇见的申婧晨，哭笑不得，"这不合适吧？"

"理由。"

"于情，申大小姐是你未过门的妻子；于理，这项目我之前完全没有接触。出了差错，丢的可是傅氏集团的脸。"

苏绾心想不通，傅时寒都要和申婧晨结婚了，怎么还这副德行？不过苏绾心也算是明白他的意思，华南的项目傅时寒不打算放手，ST就算想打感情牌也不行——傅时寒这个人就是这样，谁都别想从他嘴里抢肉吃，除非是肉馊了他不要。

时隔几年，苏绾心还以为他多少会有些变化，至少对自己的未婚妻他会手下留情。谁料他这个人真是坏透了，没救了。

"所以你答应还是不答应？"傅时寒微微皱眉，怎么看都觉得她像在偷偷骂自己。

"不敢不答应，只是不明白傅总想让我怎么搞定？"苏绾心笑得勉强，"正常走程序的话ST一定不是傅氏集团的对手，既然如此，傅总又何必多此一举呢？招标会上定输赢不就可以了？"

让她出面拒绝申婧晨的讨好，傅时寒这是变着法子给她树敌。他安的什么心？！

"可以，但无趣。"傅时寒靠在椅子里，慢慢摘下眼镜，"ST近年来野心不小，想抢的东西太多，我要的是放长线钓大鱼。"

苏绾心愣了愣神，震惊地说道："你想吞掉ST？"

傅时寒沉默不语，但苏绾心已经确定他就是这个意思。如此一来，她倒是有点儿心疼申婧晨了。

订婚吗？要你家里破产的那种。

苏绾心见没有回旋的余地，只能去见申婧晨。她来到小会议室时，申婧晨已经在里面了。

申婧晨听到开门声立刻转头，以为来的人是傅时寒，却没想到来的竟是苏绾心。

"你来干什么？！"

苏绾心反手关上门，一边走近一边看申婧晨的脸。申婧晨刚刚特意补了个妆，试图用粉底遮盖脸上被打过的痕迹。为了傅时寒，申婧晨也算费尽心思，可惜傅时寒不懂怜香惜玉。

"不是要聊华南的项目吗？我来和你聊。"

"你凭什么？"申婧晨嗤笑，"你以为你是谁？"

"和气生财的道理申小姐不会不懂，我在这儿自然有我的理由。华南的项目傅氏不会放手，就算是你来求情也不行。"苏绾心态度非常坚定，"因为我不同意。"

"你算什么东西？！"

"申小姐知道苏氏证券吗？"苏绾心突然转移话题，"这个名字你应该不陌生。"

申婧晨当然知道。苏氏证券是傅氏集团旗下的一家大型公司，也是目前国内顶级的基金公司，聚集了行业内数名顶尖的交易高手。奇怪的是，这家基金公司最大的股东一直没有现身，但这和苏绾心有什么关系？

申婧晨恍惚间有种不太妙的感觉。

"华南这次的项目我要定了，就当是三年前你那通电话的回礼，如何？"

"我不知道你在说什么。"

"你最好是不知道。不然，如果让傅时寒知道那场车祸和你有关，那你们结婚的事也算彻底泡汤了吧？"

"你有什么证据证明和我有关？！"

"没有。所以……我回来了。"

苏绾心帮傅时寒把事情搞定，回楼上找他邀功，厚着脸皮开门见山："申婧晨已经被气走了，我可以见漾漾了吗？"

"我说过只要你搞定这件事就能见他吗？"

见傅时寒和她玩文字游戏，苏绾心只能愤愤地发问："那你还要我做什么？"

傅时寒看着她气急败坏的模样，忽然一笑，晃了苏绾心的眼。

"晚上有个宴会，你陪我。"

"不去。"

"不想见儿子了？"

苏绾心忍了又忍，没忍住："你前脚宣布和申婧晨订婚，后脚就带我出去招摇？你是怕申大小姐对我的敌意还不够多吗？说什么我也不去。"

"好，随你。"傅时寒的声音带笑，他没逼她，就坐在那儿工作。

房间里安安静静，只能听到他翻文件和敲键盘的声音。

苏绾心在原地僵持了半晌，终于还是低了头。天大地大儿子最大，现在她和傅时寒作对没好处，见儿子才是最重要的。

"什么晚宴，几点，在哪里？"

"不是说不想去吗？"傅时寒抬头看她，"我不逼你做你不想做的事。"

苏绾心此刻在心中早已把面前那男人揍得满地找牙，脸上却僵着笑，说道："是我主动要陪你去的。"

傅时寒饶有兴趣地看着苏绾心，等把她看得视线四处游荡、想要逃跑的时候才悠悠开口："等我电话，晚上我去接你。"

"你怎么知道我住哪儿？"

苏绾心问完这话就后悔了。她都已经现身了，他怎么可能不知道她的住处？别说住处了，说不定跟她有关系的人都已经被查了一遍。

"那我就回去等傅总的消息了。"

不多停留，苏绾心转身就走。

傅氏集团的楼下，申婧晨坐在车里没有离开。她的脸被苏绾心打得火辣辣地疼，想起她们在会议室里的对话，申婧晨握紧了双拳。

苏绾心没死，竟然活着回来了！她主动提起苏氏证券想说明什么？申婧晨脑海里闪现出一种可能，但很快就被否认了。

申婧晨咬牙切齿地想了很久，脸上的阴沉神色一点点消失不见。她冷笑出声，拿出手机翻开了通讯录。

苏绾心三年前没死透，没关系，只要让傅家其他人知道她回来了，他们就一定不会放过她！尤其是傅时寒的母亲李墨，因为李墨的双腿可是因为苏绾心才断的。

滨江路，傅宅。

李墨正坐在沙发上看公司送来的文件，桌上手机突然响起。她俯身拿过电话接起，听筒内传来腻人的声音："伯母好，我是晨晨。"

李墨不咸不淡地回道："什么事？"

申婧晨听出对方的冷漠，神情一瞬间有些僵硬，很快又恢复自然。

"是这样的，"申婧晨言语间有些不确定的犹豫，"伯母，我刚刚好像看到那个人了。"

"哪个人？"李墨不耐烦，不想和她猜哑谜。

"伯母，我看到苏绾心了。"

李墨呼吸一窒，双眸一瞬间睁大："你确定？在哪儿？"

"就在傅氏集团楼下，我今天过来……"申婧晨话还没说完，电话已被挂断。她听着听筒内的忙音，阴险地笑，小声呢喃："苏绾心，我倒要看看你有多大的本事，能应付得了整个傅家！"

李墨挂了电话后平静了半晌，然后拢了拢头发，找到傅时寒的号码拨过去。

傅时寒正埋头处理公事，看到李墨的来电，只当她是来骂他的，毕竟自己又快半年没回过家了。但接了电话后，他的脸色黯了下去。

"有人说在你公司楼下见到了苏绾心，怎么回事？"李墨直截了当地问。

傅时寒立刻想到一个人："申婧晨说的？"

"所以是真的？"

傅时寒沉默了片刻，最终还是承认："真的。"

"你今晚回来一趟。"

李墨不是和他商量，而是命令。晚上八点，傅时寒开车到家。他迎着李墨清冷的视线走过去，瞥了一眼沙发旁的轮椅，垂眸遮住眼底的阴影，明知故问："让我回来有什么事？"

李墨喝了口茶，缓声开口："什么时候找到的人？"

"就这两天。"

"怎么不带回来？"李墨放下手中精致的茶杯，看向傅时寒，然后像是想到了什么笑话，讽刺地笑，"你是怕我把发生在自己身上的遭遇加倍还给她吗？"

傅时寒没说话。

李墨自顾自地说："这三年为了找她，人力、物力都花了不少。如今她愿意主动现身肯定是有原因的——她找你是为了钱？"

"为了孩子。"

"她用孩子威胁你了？开价多少？"

"是我用孩子威胁她。"傅时寒无奈一笑，"三年前的车祸，她根本就不否认是她做的。"

李墨微怔，脸上的神情慢慢发生变化，异样的光芒从眼中一闪而过。

"她回来根本就不是为了找我们。如果不是我骗她说漾漾被送走了，她可能连我的面都不想见。"傅时寒和李墨对视，视线慢慢地落到她那早已不能动的双腿上，然后陷入长长的沉默。

客厅就这样安静下来，过了许久，李墨重新开口："有些事情就算她想否认，也是否认不了的。失踪三年终于出现，她究竟是为了什么？"

回想起三年前那场车祸，李墨对苏绾心失望透顶。车祸更多的细节她已经记不太清了，但唯独不能忘的是浑身是血的自己清醒之后，得知苏绾心消失不见的消息。

苏绾心七岁就被傅家从社会福利院收养，李墨把她当成亲生女儿一样养了十几年，没想到大难来临之时她会丢下自己一走了之。

难过、失望——这三年来只要一想起那个人，李墨整颗心就被这两种情绪充斥着，无法平静。

李墨深深呼吸，努力控制自己的情绪，声音轻缓而坚定："带她回来，我有话问她。"

傅时寒点了点头，答应："行，改天有机会就带她过来。"

李墨看了一眼他起身要走的举动，问："你不在家住又去找哪个女人？听说你现在什么人都能看上，如果不是今天看见你，我还以为你得了白内障或者瞎了眼。"

傅时寒被嘲讽得默然，就在想开口说什么的时候，余光注意到楼梯上一抹小小的身影。

漾漾穿着睡衣站在楼梯口，小脸上满是掩不住的开心。他的小手紧张地抓着自己的衣角，在对上傅时寒的视线时，他小心翼翼地喊了声"爸爸"，便迫不及待地跑了过来。

三岁的男孩长着一张十分漂亮的脸蛋。眼下，他仰着那张和苏绾心有几分相似、但更像傅时寒的脸，期待又紧张地看着傅时寒。看得出来他想和傅时寒亲近，但不敢。

"爸爸你吃饭了吗？饿不饿？我给你倒牛奶喝好不好？"

"你饿了？"傅时寒摸了摸漾漾的头。

"不饿，但奶奶说我必须喝牛奶，不然会长不高的。我想长得像爸爸这么高。"

被摸了头的漾漾很开心。他年纪小，却已经学会了察言观色，见傅时寒今天好像心情不错的样子，就慢慢抱住傅时寒的大腿撒娇："爸爸，抱。"

傅时寒将漾漾抱起朝厨房走去。不一会儿，他就一手抱着儿子一手拿着牛奶上了楼。

二楼卧室，傅时寒脱下外套随手扔到椅子上，看着已经乖乖喝完牛奶的漾漾，问："在这儿睡还是回去？"

"在这儿！"漾漾瞬间脱口而出，"我要和爸爸一起睡！"

傅时寒点了一下头表示可以。

漾漾怕他反悔，赶紧爬下床去刷牙，然后又快速跑回来，钻进被子闭好眼睛。

傅时寒在一旁看着他这一套行云流水的动作，嘴角微微扬起。

这三年，傅时寒回家住的次数屈指可数。他不是不想回，也不是厌恶这孩子，只是因为这个家里到处是苏绾心留下的痕迹，因为这孩子和苏绾心有断不掉的关系。

这里所有的一切对他来说都像一把利刃，一下下刺在他的身上，不见血，却刀刀致命。

"漾漾……"看了床上的小人儿很久，傅时寒声音低哑地叫他名字。

"嗯？"漾漾很快睁开眼睛，毫无睡意，"在！"

"你想见妈妈吗？"

傅时寒问完话，就见床上的人手忙脚乱地爬了起来。漾漾屏住呼吸，满脸不可置信的神情："我可以见妈妈吗？"

对三岁小朋友傅予安来说，能见到爸爸就是很大的奢侈了。他从来没见过自己的妈妈，家里的用人也都没有见过她。

傅时寒心情复杂地答应了他。小孩子心思单纯也好哄，没一会儿的工夫就沉沉睡着，不再问东问西。

傅时寒有个儿子这一消息极为隐秘，除了家里人之外鲜少有人知晓。所以，苏绾心回C市后反复调查了好几次，只得到一个结果：傅时寒没有儿子。

这个结果让苏绾心很是焦急烦心，从傅时寒约了她又放鸽子（定下约定而不赴约）那天算起，已经过去了三天。

沙发上，苏绾心一边看电视一边吃零食。慕酥雨在旁边敲了半天手机，扭头看她："绾绾，我们在家闷好几天了，晚上出去散散心好不好？"

苏绾心看都没看她一眼，直接拆穿她的小把戏："又让我当免费司机送你去赚钱？"

"不，不，不，这次真不是！我是搞到两张娱乐公司的宴会邀请函啦！我写的总裁小说一直不火，经过不断自我检讨，觉得原因可能是自己没有接触过那种圈子！"慕酥雨一本正经地胡说八道，"听说这个宴会好多演员都会参加，我这本小说的女主人公就是个三流小演员，所以我想亲自体验一下！"

苏绾心欲言又止。想到慕酥雨上本小说写了五个月赚了八百块钱的凄惨经历，她不想打击这孩子的自尊心，毕竟有梦想总是好事。

"那你一个人去就好了，拉着我干吗？"

"我怕不小心做了什么蠢事丢人，你在我身边可以教我怎么做呀！"

苏绾心的身份背景慕酥雨都知道，甚至连苏绾心现在有什么顾虑她都猜到了。

"不会那么巧又碰见你那个总裁前男友的，他没那么闲吧？你哪能在什么地方都撞见他！"

苏绾心想了想，觉得也是，又看了看慕酥雨可怜兮兮讨好自己的模样，便心软答应。傍晚时分，两个人准备完毕，前往目的地。

事实证明，慕酥雨是有些乌鸦嘴的。虽然在宴会上苏绾心没看见傅时寒，但是看见申婧晨了。

申婧晨最近和傅时寒的绯闻传得沸沸扬扬，认识她的人不在少数。苏绾心站在原地，听八卦人士小声交流。

"哎，那个是不是申婧晨啊？"

"好像是她。她怎么也来这儿了？又不是咱们公司的。"

"不是员工，但她是老板娘啊！不是说她和咱们老板订婚了吗？"

"订哪门子的婚啊？你难道没听说？"

"听说什么？"

"就是前几天那场所谓的订婚宴呀！有人恭喜傅总订婚快乐，结果傅总当场就否认了！"

傅时寒那天竟然当着那么多人的面把申婧晨甩了？苏绾心满头问号，光明正大地偷听了好一会儿，总算把那天自己离开之后的戏听足了。

那天的宴会不是订婚宴，他们没订婚，申婧晨甚至不是傅时寒的女朋友。

虽然苏绾心没亲眼见到那一幕，但也能猜到申婧晨当时的脸有多难看。就在苏绾心暗暗感慨申婧晨太倒霉、早晚会被傅时寒玩到骨头渣子都不剩的时候，申婧晨看到了她。

"绾绾，那个女人看你的眼神好变态。"慕酥雨绕了一圈"取经"归来，发现了朝这里走来的申婧晨，小声问苏绾心，"你认识她吗？"

"嗯。"苏绾心云淡风轻地站在原地，看着申婧晨，莞尔一笑："好巧。"

申婧晨没心情跟她叙旧，只目光阴沉地说："你还真是阴魂不散！"

"彼此彼此。"

"你来这儿想干什么？不会又想来纠缠时寒吧？那可惜了，我告诉你，他今天没来！"

"申小姐，不是每个人都像你一样，无时无刻都在想方设法地接近傅时寒。"

苏绾心说的是真话，奈何申婧晨不信。

"不是来找时寒，那就是来找靠山咯？"申婧晨眸光微转，上下扫视苏绾心，似乎在算计以这个人的长相能卖出什么价格，"也对，要知道傅家上下都在找你，你总得给自己找个靠山才行。"

苏绾心听了这话，四下看了看，还真有点儿害怕碰见傅家人。申婧晨见她这个反应，心中暗爽，觉得那天给李墨打的电话已经起效了，傅家这几天一定找过苏绾心的麻烦。

"苏绾心，我给你出个主意怎么样？你的模样也算不错，我正好认识几个朋友想找人玩玩，你考虑考虑？价钱我可以帮你要高一点儿，但你也别妄想要太多，毕竟是二手货。"

苏绾心没想到申婧晨会说出这样的污言秽语，也心生警惕，觉得这个人既然能说出这种话，就很有可能付诸行动——把自己迷晕送给哪个男人，这种事申婧晨绝对做得出来。

苏绾心耐着性子，拦下一旁要撸袖子揍人的慕酥雨，盯着申婧晨的脸问："你挨打没挨够吗？"

"什么？"申婧晨好像没听清她在说什么，狐疑地反问。

"看来我上次打得轻。你要不要再试试，看我今天能不能把你打到谁都认不出来？"苏绾心盯着申婧晨逐渐僵硬的神色，慢吞吞地说道，"看来傅时寒的否认给了你莫大的打击，申小姐，有句话我真不知该不该问——你和傅时寒所谓的恋情，不会一直都是你单方面的自以为是吧？"

苏绾心的话像是戳到了申婧晨心中的伤痛。申婧晨没忍住，低吼："你在胡说什么？！"

"说事实啊。"苏绾心一脸无辜，"我可是听说了，傅时寒当面否认和你的关系。你的脸疼不疼呀？你不是一直都以傅时寒的未婚妻自居吗？"

苏绾心字字诛心，申婧晨很快就被苏绾心刺激得发了火。苏绾心笑意盈盈地看着眼前动怒的人，无畏无惧，反正这里没有认识自己的人。但申婧晨不同，就算不是傅时寒的未婚妻，也还是申家大小姐。

苏绾心不动声色地眼看着申婧晨挥手打过来，但苏绾心地手还未来得及行动，就已经有人先行一步了。

"啊！"申婧晨一声惨叫，扬起的手停留在半空。

苏绾心向后退了一步，看着那泼过去的两杯红酒有点儿傻眼。申婧晨这么招人恨吗？仇家这么多？

两杯酒是分别从不同方向泼过来的，一杯来自苏绾心身后的慕酥雨，另一杯则是……

"哎呀，不好意思！"

一道陌生的女声从苏绾心身侧传来，苏绾心疑惑地看去，见到一张有些熟悉的脸。

盛浅，国内当红一线女演员，模样好，演技棒，年纪轻轻已经拿下好几个"最佳女演员"的称号。

苏绾心白天在家看的电视剧就是她主演的。

"抱歉，你没事吧？"盛浅迎着申婧晨气到要爆炸的目光，满脸真诚。

她脚上踩着高跟鞋，像是刚刚不小心崴了脚才失手将酒泼过去的。

申婧晨认出了盛浅，只能硬生生地把到了嘴边的脏话咽回去，恶狠狠地看了一眼苏绾心还有慕酥雨，转身去洗手间整理衣服。

盛浅目送她走远，眼中的笑意一闪而过，随即扭头看向苏绾心："抱歉，好像不小心给你拉了仇恨。"

"没关系。"苏绾心笑笑，准备离开。

"哎呀！"盛浅踉跄地抓住苏绾心的胳膊，表情看起来格外痛苦。

苏绾心低头看了看，问："扭到脚了？"

"嗯，好疼。"盛浅疼得额头沁汗，并不像装的，挽着苏绾心的胳膊维持平衡，"能麻烦你送我去楼上吗？我的助理和经纪人都在那儿。"

苏绾心迟疑片刻，心想：不管怎么说这姑娘刚才都间接帮自己出了口恶气，这么小的忙没理由不帮。

于是，她和慕酥雨一左一右搀扶着盛浅来到二楼的某间包间外。苏绾心敲了敲门，推开，一眼就看到了坐在桌边那名叫傅时寒的男人。

包间里的人不多，都是难得一见的面孔，他们正围在桌边打桥牌。苏绾心在看见傅时寒的一瞬间就觉得自己被骗了，扭头想跑。

盛浅手疾眼快地将人抓住，表情早不似刚刚那么痛苦。她站得笔直，一点儿都看不出崴脚的迹象。盛浅手上的力气大得很，苏绾心被她揪住，简直就像被老鹰抓住的小鸡崽，完全没有逃脱的能力。

"别急着走呀！来都来了，陪我聊聊天呗！"

苏绾心被硬生生拽进了屋里，表情僵硬地看向桌边那几位跺跺脚就能让 C 市抖三抖的"财神爷"。

几位"财神爷"分别是傅时寒、路辞、霍景凡、郑楚炀——这四个人从小一起长大，对于苏绾心来说都是旧识。

"寒哥，我带朋友过来聊个天，你不介意吧？"盛浅笑吟吟地看着傅时寒。

苏绾心忍不住在心中暗骂。

盛浅不愧是演员，演技真叫一个棒。

盛浅刚刚在楼下疼得眼睛都红了，可现在苏绾心怀疑她随时能踩着 10 厘米高跟鞋，蹦跶着给自己表演一段降龙十八掌。

傅时寒瞥了一眼苏绾心，留意到刚才她看见自己转身就要跑的小动作，心生不悦，却也没说什么。倒是路辞几个人，见到苏绾心后脸上都露出幸灾乐祸的表情。

"缩缩，过来坐。"路辞笑着拍了拍自己身边的空位，不着痕迹地瞄了一眼傅时寒——没想到这个人还真沉得住气。

"不用了，我坐这边就好。"

苏缩心带着早已傻眼的慕酥雨坐到沙发上，面无表情地看向把她骗上楼的盛浅。盛浅感觉到苏缩心生气了，面不改色心不跳，将装疯卖傻的演技发挥得淋漓尽致。

"原来你叫缩缩呀？你和我家老板认识？你们是什么关系？路辞他们几个人你也都熟吗？"

苏缩心只管摇头否认："不认识，没关系，不熟。"

"嘤嘤嘤，你好凶。"

苏缩心不可思议地看着盛浅，怀疑自己的听力出了问题。要知道盛浅自出道以来走的是冷艳御姐路线、烈焰红唇、风情万种的那种。所以，她这一"嘤嘤嘤"，"嘤"得苏缩心头皮发麻。

路辞几个人的注意力都落在了苏缩心这边，傅时寒冷眼看了看他们，抽出底牌，毫不留情地说："同花顺，给钱。"

傅时寒收了钱，起身走到苏缩心面前。苏缩心闪躲不及，被他握住手腕拽了起来。

"缩缩！"慕酥雨想出手帮忙，却被傅时寒一个回眸吓得坐回沙发上。

傅时寒拉着苏缩心下了楼，出现在众人面前。他来得早，走的是侧门，所以先前这里没人看到他来。眼下大家见傅时寒出现，都想上前打招呼，却见他目不斜视，拉着一个女人的手快步走出大厅。

申婧晨刚从洗手间出来就看到这幅画面，脸被气得几乎扭曲。

她完全不知道傅时寒会来这里。之前有人问她怎么没和傅时寒一起来的时候，她只是笑着答"傅时寒忙，没空过来"，哪承想……现在被自己的话"啪啪"打脸（指被当面证明错误），打得生疼。

申婧晨咬着牙，注意到已经有不少人向她看过来。他们都在看她的笑话，讨论她被傅时寒甩了的事情！申婧晨隐隐听到他们的话，大步离开会场。

这一切都是苏缩心造成的，我申婧晨不会饶了她！

酒店外，苏缩心已经被傅时寒直接带走了。豪车在路上疾驰，引来路人的注目，车内的气氛低沉得让人难受。

苏缩心不安地看向窗外，问："你要带我去哪儿？如果不是见漾漾，那就把我扔在路边。"

· 18 ·

"行。"傅时寒出人意料地好说话，"我让你见见他现在人在什么地方。"

苏绾心听他这么一说，安心了不少，虽然不是直接和儿子见面，但至少知道他人在哪里。

车子一路疾驰，最后停在傅氏集团楼下。二人乘电梯直达天台，苏绾心看着空旷场地上的直升机，眉头紧蹙。

那是一架 EC145 型直升机，苏绾心眼熟，因为这是几年前傅时寒送给自己的生日礼物。

他牵着她的手走过去，她挣扎拒绝也没用，很快被强迫坐在了里面。

"傅时寒，"苏绾心垂眸看他为自己系安全带的动作，小声问，"你到底想干什么？"

傅时寒没回答。他将安全带系得牢牢的，确认她没办法逃脱后，转身从另一边上了飞机。

苏绾心不安地坐在座位上，不知道傅时寒要带自己去哪里。难道漾漾不在这座城市？他把孩子送去别处了？社会福利院？

傅时寒用耳机和另一端的工作人员沟通了几句后就启动了直升机。直升机迅速升至高空，在城市上方盘旋，坐在上面的人只要低头，就可将这座国际大都市的景色尽收眼底。

苏绾心把头倚在窗户上，目光游移地看着身下的景色，看着这座自己生活过十几年的城市。

她看得到这座城市的轮廓和错综复杂的街道，看得到璀璨灯火和车水马龙，甚至看得到那些矮矮的旧楼以及在街上如同蚂蚁般行走的人群。

看了好一会儿，她扭头看向傅时寒，不明白他的用意。

"漾漾就在这座城市。"傅时寒开口。

"你要我？！C 市这么大，我怎么知道他人在哪里？你说带我去见他住的地方，就是用这种方式？"

和苏绾心的不满、抓狂相比，傅时寒十分淡然。他专心驾驶着飞机，嘴角扯出一抹几乎可以忽略的笑容，缓缓地说："就是耍你，如何？"

他只用只言片语就把苏绾心气到爆炸。苏绾心深吸一口气，暗暗告诉自己要冷静。

"有钱了不起吗？傅先生，我们对彼此厌恶至极，就不要再做无谓的纠缠了。如果你不想要漾漾的抚养权可以给我，只要见到孩子，我保证会尽量将自己出现在你面前的次数减少为零，这对你、对我都是好事！"

"有时候，有钱确实了不起。"傅时寒总算又舍得施舍她一个眼神，"我能花钱看清这城市的每一个角落。"

"那又怎么样？还不是……"

"没错，"傅时寒打断她的话，继续说下去，"可就算再有钱，我还是没办法找到你。"

苏绾心心下一颤，微微垂下头，避开傅时寒的视线。

"告诉我，你这三年究竟躲在哪里？"

苏绾心沉默不语，忽然就明白他是什么意思了。

她失踪了三年，他就让她连着吃了三次闭门羹才肯见她。她讽刺他有钱没什么了不起，他就自嘲说自己确实没什么了不起，否则怎么可能三年都找不到她这个仇人。

他一直在找她，从未放弃。

苏绾心的心口一阵绞痛，她转过脸掩饰自己的失态，轻笑着开口："我没躲，只不过在喜欢的人家里住了三年，忘记回来了而已。"

"喜欢的人……"傅时寒显然不信她的话，"就是那个见了我连话都不敢说的男人？"

"是又怎么样？"苏绾心嘴硬地回怼，"他的胆子是小了点儿，但我就是喜欢。"

这是她第二次在傅时寒面前这么理直气壮地说喜欢别的男人。说完之后，苏绾心虽然一脸镇定，可她的心里还是慌的。她想到上一个被自己说喜欢的人的下场，再偷看傅时寒冷到不能再冷的臭脸，感觉身边的空气骤然降温，便老实地不再说什么了。

算了，为了展澈的小命，她还是闭嘴吧。

二人一直沉默，直到直升机重返地面。夜已经深了，苏绾心想要打车回家，却被傅时寒塞进了他的车里。

车子缓缓朝着苏绾心的住处驶去，眼看着就要到地方了，苏绾心的手机突然响起，是展澈打来的电话。

"喂？"苏绾心接起电话，"这么晚了什么事？"

"还能有什么事？给你送药！老子刚做完一台手术，两天没合眼了！"展澈暴躁地发牢骚，"你和小雨都不在家吗？我按了半天门铃，怎么没动静？"

"不在。不过我马上就到家了，钥匙在老地方，你先进去等我。"

"行，那一会儿见。"

车子行驶到一个十字路口，原本应该左转，但傅时寒选择了右转，让苏绾心眼睁睁地看着自己离家越来越远。

"不是这条路！"苏绾心绝望得头痛，"傅时寒，你饶了我好不好？时间真的不早了，我想回家睡觉！"

"和他一起？"傅时寒声音冷淡，"再多说一句，我就让你以后再也见不到这个人。"

CBD（中央商务区）附近的高档公寓，顶层复式。

苏绾心被推进了屋。她站在客厅，看着傅时寒走向沙发坐下并点了根烟。

傅时寒随手把外套扔在一旁，衬衣纽扣解开两颗，露出好看的锁骨。他腿长、腰窄、肩宽，微微仰起下颚时，利落细碎的短发下，是一双让人看着便觉胆寒的双眼，不带半分暖意。

烟雾弥漫中，傅时寒静静地看着面前的女人，半晌开口："楼上主卧，自己过去。"

"不，我去客房睡。"

"这屋子里除了主卧每个房间都有监控，你要是想住我也不介意。"傅时寒似笑非笑。

苏绾心一听这话赶紧上楼紧锁房门，身子无力地缓缓坐到地上。

事实上，客房没有监控，有监控的是书房和主卧。

路辞他们经常会说一句话："宁愿相信这世上有鬼，也别相信傅时寒的嘴。"

这话不是没有道理的。

傅时寒抽完烟来到书房，点开主卧的监控画面，目不转睛地看着画面中的女人。

苏绾心先是坐在地上发了好一会儿呆，然后慢慢爬起来观察自己所在的房间。

傅时寒的卧室很大，和衣帽间是打通的。她走到衣柜前拿出一件白色短袖，进了浴室，十几分钟后重新出现在监控画面里。

她坐在床边擦头发，低头摆弄手机，先是告诉展澈自己临时有事不回去了，接着给慕酥雨打了个电话。

慕酥雨今晚见苏绾心被傅时寒带走之后本来也想开溜，但奈何路辞那几个人战斗力太强了，生生把她堵在房间里，像警察审罪犯一样问了她一个小时。接到苏绾心的电话，慕酥雨忍不住哭诉。

"那种圈子的套路太深了！我不想让我的女主嫁给总裁了！"

都什么时候了，这个人还惦记她写的那本《风骚总裁的可爱小娇妻》呢，可以说是非常敬业了。

苏绾心敬佩她的这份敬业的精神，并表示如果她愿意，自己还能再给她讲点儿那种圈子的阴暗面，让她彻底对那片土地死心。

慕酥雨哼哼唧唧唧了半天，终究放不下她的总裁梦，于是拒绝了苏绾心的好意，挂了电话去写稿子了。

书房内，傅时寒的眼睛一直没有离开过苏绾心，看着她穿自己的衣服躺在自己的床上，喉咙不免有些干涩，身体也久违地开始蠢蠢欲动，有了反应。

苏绾心辗转反侧到后半夜才有了些睡意。清晨醒来，她下楼找傅时寒，想看看他今天还能怎么折腾自己。

她走到餐桌旁坐下，没等发问，就听见傅时寒说："还想回苏氏证券上班吗？"

"想！"

"吃完饭换身衣服，送你过去。"

苏绾心一听这话开心了。她虽是苏氏证券的总裁，但没有傅时寒出面的话，没人会信她。

傅时寒似乎已经准备好了一切，包括她的衣服。两个人来到苏氏证券，傅时寒一出现就马上引来众人的频频注目。见总经理陈磊谄媚地来到他们面前，苏绾心站直了身子，静等傅时寒宣布自己苏氏证券总裁的身份。不料，她却听他说——

"没什么事，送个打工的过来随你使唤。"

打工的？可以！总裁变打工的，还有比她更惨的人吗？没有！

苏绾心身上穿着高定套装，脚踩昂贵的高跟鞋，面无表情地和陈总经理四目相对。

陈磊看了看苏绾心，又看了看傅时寒，没敢轻举妄动，问："那傅总的意思是给她安排个什么职位？"

"外汇交易。"

傅时寒给苏绾心安排完活儿，就迈步往总裁办公室走。苏绾心将人拦下，低声问："你又在耍我？"

"不想干可以走。"

"好……我干。你想让我干多久？"

"到我满意。"傅时寒邪恶一笑,"等我满意就带你去见漾漾。"

拿儿子威胁她,苏绾心无话可说,只能认命。她转身走向办公区,坐到椅子上打开电脑。

傅时寒翘了早会送苏绾心过来,私下交代了陈磊几句就回公司忙了。陈磊远远看着苏绾心的背影,想起傅时寒临走前说的话,脑壳疼。

傅时寒说可以使唤这个人,但不能欺负。

陈磊好歹是常青藤名校高才生,一向觉得自己理解能力还行,但对傅时寒今天的话就想不明白了。

能让傅时寒亲自带过来并说出这种话的人,自然不可能是泛泛之辈,所以,就算傅时寒放话说可以使唤她,陈磊也不敢放肆。

他按兵不动,暗中观察苏绾心,本以为她是千金小姐,耍脾气或者干脆把工作搞得乱七八糟拖大家的后腿,没承想,大半天过去了,一切顺利。

苏绾心很快进入工作状态,因为被傅时寒摆了一道,满肚子气没处撒,所以只能埋头工作。傍晚临近下班,她忙里偷闲和慕酥雨在微信上聊一会儿吃什么,忽然身后传来惹人嫌的声音。

"走后门进来的就是不一般,工作时间聊天,敢问你是从哪个学校毕业的?"

苏绾心扭头看去,那是一张陌生的脸孔。她再认真瞧瞧,觉得有点儿眼熟。

苏绾心仔细回想,很快想起她在回来后第一次见傅时寒和申婧晨的那个晚宴上见过这个人,这个人应该是申婧晨的朋友。

苏绾心听她不善的语气,继续看电脑不搭理她。林诗晗见苏绾心高傲的模样,气不打一处来。

苏氏证券招人的条件非常苛刻,每年国内本科生只招收十名,而且只收排名前三的院校的优秀毕业生。林诗晗学历不行,她父亲花了不少钱搭上申家这条线,才把她给弄进来的。

"我问你话呢!耳聋听不见吗?"林诗晗提高声音,"后门走得那么大,不会是从什么见不得人的破学校毕业的吧?"

"HBS。"

"什么?"林诗晗微怔。

"HBS,哈佛商学院,听清了吗?"

哈佛商学院,世界最顶尖的商学院,苏绾心是从那儿毕业的。

虽然当年傅时寒逼她,非要她过去当他的小学妹,但她最后是以非常优异的成绩毕业的，这一点没人能否认。

苏绾心看着林诗晗明显变黑的脸，无奈地摇了摇头。她撞什么枪口不好，非挑这个。

苏绾心可不手软，对有意搞事的人不可能心怀怜悯。她看了一眼电脑右下角的时间，刚好下班，于是干脆地关了电脑准备离开。

林诗晗咬着牙看她起身，觉得周遭的同事都在看自己的笑话，有些无地自容。

林诗晗是今年应届毕业生里唯一一个走关系进来的，这消息在公司里已经传开了，而苏绾心今天是被傅时寒直接送过来的，大家都看到了。所以林诗晗才想把她拉下水，哪承想……

林诗晗气得脸越来越红。她看着苏绾心的背影，愤恨地出声："有什么了不起的，不就是个破哈佛吗？"

苏绾心听到这话，脚步停下。她扭身看向林诗晗，浅笑嫣然："确实没什么了不起，不过就是你考不进去的地方而已。"

苏绾心这话一出，让那些一直暗暗看热闹的围观群众差点儿笑出了声。这么多人盯着，林诗晗没法儿对苏绾心做什么，转身跑向洗手间，好像被气哭了。

苏绾心觉得挺无辜，叹了口气，看到有同事冲她伸出大拇指，也顺手做了个抱拳的姿势，然后离开公司，买了外卖回家。

慕酥雨饿了大半天，见苏绾心买了小龙虾回来，高兴得往她怀里钻。

"绾绾，你穿这身衣服真好看！在哪儿买的？"

"不知道。"苏绾心放下外卖，回屋换衣服，"傅时寒买的。"

慕酥雨欲言又止，等苏绾心换上居家服出来的时候才犹犹豫豫地说："绾绾，我觉得你那个总裁前男友不大对劲。"

"哪里不对劲？"

"对你啊。"慕酥雨信誓旦旦地用自己"专业"言情作家的身份保证，"你说，他对你是不是余情未了？"

"不可能。"苏绾心笑着摇头，"他恨我还来不及，不可能还喜欢我。也许他只是摸不透我回来的真正目的，所以想接近我，看我在搞什么鬼而已。"

"可那场车祸又不是你造成的。你明明也是受害者，昏迷了一年多才清醒过来，真的不打算告诉他真相吗？"慕酥雨替苏绾心委屈，"为什么要当坏人呢？你明明那么好！"

"告诉他又能怎么样？"苏绾心吃东西的动作慢下来，很认真地看着慕酥雨，"有些东西得不到就是得不到，明知不可为而为之，何必让自己那么难堪呢？"

"为什么得不到？"慕酥雨不解，"他曾经就是你的男朋友啊，你们不是还生了孩子吗？"

提到孩子，苏绾心一瞬间有点儿失神，但很快又调整好状态，浅笑着说："生了孩子也没用，是我的男朋友也没用。傅时寒这个人什么都好，可有一点不好，就是他的心里没我。"

苏绾心从不否认傅时寒喜欢自己，但喜欢不代表爱，不代表她是他的唯一。

苏绾心七岁就到傅家了，那时候年纪小，有些事情不太懂，只听人说傅家大少爷命中有一劫，得找个八字命格和他相配的人守着才能化险为夷，而她就是傅家找遍了全国的社会福利院才找到的那枚"护身符"。

从七岁到二十一岁，她和傅时寒一起生活了十五年。这十五年里傅时寒一直都对她很好，好到无可挑剔。但是，他从不让外人知晓她的身份和他们俩的关系，更从来没提过结婚的事情。

他喜欢她，但不会娶她，不会让别人知道她是他的女朋友。因为他再怎么喜欢她，她也只是个孤儿而已。能嫁给傅时寒的人，注定不会是她这样的身份的人。

"我的身体状况你也知道，能活到哪一天我自己都不清楚。所以傅家恨我就让他们恨吧，我无所谓。"

看着苏绾心从容的笑容，慕酥雨眼睛都红了："你别胡说，有展澈在你不会有事的！"

"展澈是医生，不是神仙，我们就不要给他增添压力了。我这次回来只是要查清当年的真相，顺便再见见傅家的人。毕竟他们对我那么好，我舍不得。"

傅家对她是真的好，好到她明知会被他们针对，却还是壮胆回来了。

苏绾心吃完就回屋了，洗完澡躺在床上，回想白天发生的一切。

她去苏氏证券上班的消息肯定已经传到申婧晨耳朵里了。原本可以用总裁身份耍要威风，可惜她被傅时寒摆了一道，生生成了打工的小职员。

苏绾心长叹口气，合眼休息。

第二天上班没见傅时寒来找她的麻烦，她心里挺高兴。

下午，傅氏集团停车场。

傅时寒刚忙完手上的工作打算去苏氏证券转一圈，就被盛浅堵住了。

"难得见你翘班，这是打算去哪儿呀？"盛浅媚笑着挡在傅时寒面前，"去见苏绾心？"

"让开。"

"啧，真无情。"盛浅厚着脸皮跟了上去，"带我一起，我最近休息，不开工，闲得无聊。"

说完，她打开副驾驶的门就要上去，却被傅时寒一句话制止了。

"滚到后面去。"

盛浅长这么大，敢跟她这么说话的男人傅时寒是头一个。她撇撇嘴，老实坐到后面去，在心里骂他多事。

傅时寒挑剔、洁癖又嘴损，他的东西从来不准别人用。就单说那个副驾驶的位置，她就没见谁坐过。

"你那副驾驶到底有什么宝贝啊？坐一下都不行。"盛浅斜靠在车门上看傅时寒，"晚上有空没？找路辞他们玩去。"

"这么闲，看来你也是火到头了，我该让公司准备跟你谈解约的事了。"

"你能不能盼我一点儿好？我就算不火了，也给你赚了三年钱！你这样卸磨杀驴不好吧？买卖不成仁义在，铁虽无情人有情啊！"

"别谈感情，伤钱。"

盛浅被气得直喘粗气，缓了好一会儿才出声："我那个'渣男'前任最近总是骚扰我，还回来搞事，烦死了。"

"搞回去不就行了。"傅时寒漫不经心地给她出主意。

"啧，我真喜欢你这样的人。"

"丑拒（因为太丑而拒绝）。"

"跟你好好唠会儿嗑真难。"盛浅做受伤状捂住胸口，"那你喜欢什么样的？啊，对，苏绾心那样的。"

听她自问自答，傅时寒倒也没反驳，直接默认了。

车子径直驶向苏氏证券大楼的方向，傅时寒没跟任何人提前打招呼，包括苏绾心。

苏氏证券公司内，苏绾心坐在电脑前捧着保温杯，一边盯着电脑上的数据图，一边小口喝着枸杞大枣水，听身边的同事小声聊天。

公司今天来了个大客户，大到什么地步呢？就连总经理陈磊也需要在会议室里点头哈腰赔着笑脸伺候着。

苏绾心听着同事的小声议论，直到杯中的水喝了一半，剩下的有些凉了，才起身想去茶水间接点儿热水回来。

她离开座位没走两步，就见陈磊和客户从会议室里出来，正朝这边走，看样子他们没谈拢。

苏绾心礼貌地站在原地，想等他们离开后再走。毕竟两排办公桌中间的空间不算太宽敞，她不能跟客户抢道。

但就在那位重要到连总经理都不敢得罪的大客户走到苏绾心面前的时候，苏绾心被身后的一股力量推着向前，踉跄着倒在客户身上，手中保温杯里剩的半杯温水一点儿都不浪费地全洒在了对方身上。

大客户不满的惊呼声响起，苏绾心能感觉到周围人看自己的眼神。他们的眼睛里清楚地写了几个字——

你凉了，凉得透透的。

苏绾心只愣了大概三秒钟时间，立刻回神。她站直身子，看了一眼刚刚推自己的人，正是昨天被她嘲讽到哭的林诗晗。

"对不起，Alex 先生。"

流利的英文从苏绾心的口中说出，她看向盛怒中的男子，快速放下保温杯，从林诗晗桌上拿过纸抽帮男子擦了擦衣服上的水渍，道歉。

"请您到会议室稍等片刻，我这就为您准备新的衣物，只要二十分钟就可以。"

苏绾心反应的速度太快，所有人都以为她会惊慌失措，包括那位被她泼了一身水的外国男子。但她没有，反弄得其他人一愣。

苏绾心努力地解决这个惨状："我们在这个时间可以继续谈谈合作的可能性，好吗？"

Alex 上下看了看她，又看了看自己的狼狈样子。二十分钟不算久，他今晚还有个重要的晚宴，绝不能穿这身衣服去。

"好，我给你二十分钟，让我看看你想怎么和我谈。"

Alex 说完，转身走回刚刚的会议室。苏绾心给总经理陈磊使了个眼色，让他先帮自己安抚一下 Alex，接着快速回自己的座位，掏出钱包，拿出一张银行卡，看向坐在自己身旁的男子。

男子叫苏焱，正是昨天伸着大拇指夸她怼林诗晗怼得棒的那位壮士。

"焱哥，能麻烦你帮我去新天地买一套西装和衬衣吗？名牌的就可以，这是卡，密码六个 0。Alex 的身材和你差不多，选你的尺寸就可以。"

苏焱点点头，起身拿车钥匙。新天地离他们这里不远，开车五分钟就到了。不过——

"六个0是什么鬼？"苏焱接过那张黑卡，赶紧出门买衣服，苏绾心则返回会议室解决接下来的难题。

"对不起，Alex 先生，我叫苏绾心，很抱歉给您带来了困扰。"苏绾心再次真诚道歉，坐到 Alex 对面直入正题，"我听说您有意与我们公司合作，但希望自己投资的基金可以有三位数的收益率，对吗？"

"没错。"Alex 点了点头，靠在沙发上看她，"你可以吗？"

苏绾心莞尔："获得三位数的收益这件事并不是谁都可以做到，据我所知，国内目前只有一个人有过这样几乎不可能实现的业绩，就是傅氏集团的总裁傅时寒先生。"

所有傅时寒经手的基金皆可达到200%以上的收益.他的投资眼光一流，他也因此被视为金融界最出色的人物。傅时寒曾在苏氏证券当了一年的总经理，这也是苏氏证券最初能够名声大噪的原因。

"虽自认不能与傅先生相比，但如果 Alex 先生愿意给我一个机会，我可以保证，会让您得到在别处得不到的高额收益。"

苏绾心这话一出，吓得一旁的陈磊一哆嗦。

这话她不能乱说啊！万一她做不到呢？

Alex 没想到苏绾心敢把话说得如此肯定，轻笑出声，再次打量苏绾心，问："你今年多大年纪？"

"二十四岁。"

"二十四岁就敢说出这种大话？"

苏绾心浅笑："有句古话叫'初生牛犊不怕虎'，或许我就是这一种人吧。"

她拿过桌上的平板电脑，在搜索引擎上快速打了一行字，然后把搜索结果摆到 Alex 面前。

"这是去年国内股票型基金的基本情况，您可以看到，最高的基金收益率是99%，就是来自我们公司。如果您同意，我们可以把时间定在半年或者三个月，我保证您在这段时间内拿到的收益率超过99%。"

"保证？"

"保证。"

Alex 挑了挑眉，目不转睛地看着苏绾心，片刻后大笑出声："陈总，我喜欢你的这个员工，有胆识！"

陈磊苦笑点头："胆子是够大的……"

Alex 是公司非常重要的客户，但因为他的要求太过苛刻，所以一直没谈成合作。陈磊看了一眼苏绾心，心里十分不安。万一这单被她搞砸，那苏氏证券的名声可就搞砸了，到时怎么办？

Alex沉思了许久做出决定：给苏绾心一笔资金，时限三个月，如果三个月后苏绾心的业绩能够让他满意，那他后续会投资更多。

二人达成协议，苏焱也买好新衣服回来了。Alex换好衣服走出会议室，很满意。

苏绾心目送Alex的车子走远，缓缓舒了口气。她和陈磊对视，看出对方的担忧，便笑着安抚："放心吧经理，我不会让你为难的。如果没有把握，我也不敢在这种人面前夸下海口。"

陈磊想想，觉得也对，昨天就听说这姑娘是哈佛商学院毕业的，更何况是傅总安排进来的人，能力肯定不一般，不然傅总岂不是在打自己的脸？

苏绾心回到办公室，目光直接落到心虚的林诗晗身上，如果今天不是自己反应够快，那就真的要把Alex得罪透了。

林诗晗本想趁这机会让苏绾心闯祸，然后被迫离开苏氏证券，没想到不仅没有伤到她分毫，还让她顺势谈了个大合作。

苏绾心拿起自己的保温杯走进茶水间，片刻后回到林诗晗身后。

"啊！"林诗晗一声尖叫，手忙脚乱地从椅子上跳了起来。

旁边人纷纷注目，倒吸一口气。

原来，苏绾心接了半杯凉水，全倒在林诗晗头上了。

"苏绾心你疯了！你是有病吧？！"

"我疯了？"苏绾心冷笑，"你刚刚怎么害我的，我现在怎么还给你，不公平吗？"

苏绾心并不是恃强凌弱的人。如果今天林诗晗只是不小心撞到了她，那她根本不会说出一句怨言，毕竟没有人是完美的，谁都可能出错。但林诗晗故意害她，她就不能装作什么都没发生。

"我知道你讨厌我，但你在对付我的同时也该搞清楚自己的立场。你是苏氏证券的员工，那样对待客户，丢的是公司的脸！"

苏绾心眼神清冷，和林诗晗被泼水之后的勃然大怒相比，她的状态简直可以用"平静"两个字来形容。即便如此，苏绾心身上散发出的那种凌厉的气势，还是让人感觉到了她的愤怒，心生畏惧。

"你入职的时候没有看过员工准则吗？你不懂入职以后要维护公司的形象和利益吗？苏氏证券的薪资是行业内最高的，如果这样你还对公司不满，那不如干脆辞职去找更好的。"

"你少诬赖人！你凭什么说是我害的你？！"林诗晗嘴硬地反驳。

"凭什么？"苏绾心被气笑了，抬手指了指房顶，"需要我去调监控吗？"

苏绾心这样一说，众人才想起头顶上方的监控器。苏绾心看着林诗晗猛然后悔的表情，摇了摇头。

"如果是申婧晨让你这样做的，那我劝你直接让她找我，而不是用自己的前途为她买单。"

Alex 的事是个意外，但也打破了苏绾心的计划。她原本没有想过出头，毕竟身体状态不好，展澈三番五次地叮嘱她要好好休息。如果让展澈知道她跑来这里上班，还给自己搞了个大单，她肯定会被展澈指着鼻子骂。

苏绾心头痛地趴在桌子上。旁人以为她被林诗晗气哭了，都安静了下来，一时间办公室内的气氛格外诡异。

傅时寒抵达的时候，陈磊正坐在办公室内调监控，见傅时寒推门进来，下意识"啪"的一下把笔记本电脑合上了。

傅时寒见他的动作，挑了挑眉，虽然没说什么，但陈磊肯定傅时寒觉得自己在看不良影片。

"傅总。"陈磊起身，又看到傅时寒身后的女人，眼睛瞬间就亮了："盛小姐！"

盛浅红唇微扬，高傲一笑，点了一下头，御姐范儿十足。

"给你带个客户。"傅时寒坐到沙发上，瞥了盛浅一眼，"她要投资。"

盛浅听完傅时寒的话一下子就蒙了。她什么时候说过投资？她不是跟过来凑热闹的吗？不是这男人说要来找苏绾心的吗？

不等盛浅反应过来，陈磊已经热情招待了起来："盛小姐这边坐！您能选中我们苏氏证券是我们的荣幸！"

盛浅没话说，狠狠瞪了傅时寒一眼，坐到陈磊身边去了。

她骑虎难下，碍于面子不能说什么，只能硬着头皮听陈磊给自己介绍各种基金证券，听得晕头转向。

"你刚刚在看什么？"就在盛浅听到想打瞌睡的时候，傅时寒总算好心出声救了她。

陈磊脸色有些难看，把今天发生的事说给傅时寒："我刚查了监控，确实是这个林诗晗推了苏绾心。"

陈磊把笔记本电脑拿过来，给两个人看今天的事发经过。苏绾心从被推倒让事情陷入难堪的境地，再到快速反应解决问题，最后到送走 Alex 回来找林诗晗算账，整个过程，全都清清楚楚地出现在监控画面上。

盛浅目不转睛地看完，只觉得如果不是场合不允许，真想吹个口哨、鼓个掌。

"傅总，苏绾心答应 Alex 做到三位数的收益率，这……"陈磊试探地问，"她能行吗？"

"她既然答应了就没问题。"

傅时寒对这个事情不是特别在意，心不在焉地回答陈磊的问题，眼睛却一直盯着电脑屏幕，盯着画面里那个模样漂亮且看起来柔柔弱弱，但实际上一点儿都不需要旁人同情帮忙的女人。

画面中的她眉目间满是怒意，看得出来很生气——这样的她是傅时寒不常看到的。

苏绾心很少和傅时寒生气，以前在他面前总是又软又甜，只要逗一逗就面红耳赤，不敢直视他的双眼。

陈磊听到傅时寒的答案稍微松了口气，但很快又紧张起来，因为傅时寒看向了他，还转移了话题。

"我把人送来的时候说了什么，你忘了？"

傅时寒当时说，可以使唤苏绾心，但不能欺负她。很明显，苏绾心现在就被人欺负了。

傅时寒周身被凌厉的寒气笼罩，他的眼神冰冷，不带一丝温度。陈磊被他看得坐立不安，就连一旁的盛浅都被他震慑住了。

"傅总，这纯属突发事件，我也没料到。"陈磊干巴巴地解释，"而且这个林诗晗，她的父亲跟 ST 申家也有些关系。"

"所以你现在要比背景、攀关系？"傅时寒冷笑，吓得陈磊连忙摇头否认。

"傅总，我不是这个意思！"陈磊胆子再大也不敢这么想，"我只是担心申家找苏绾心的麻烦而已。"

"说到底你还是要比。"傅时寒淡淡开口，起身，"苏绾心的背景是我。申家如果过来，你该怎么做还需要我教？"

"不用，不用，我明白！"

盛浅坐在沙发上，看着傅时寒维护苏绾心的架势，撇了撇嘴。她慢悠悠地站起来打算跟傅时寒离开，没想到刚一起身就听见他说："单子签了，算苏绾心的业绩。"

盛浅暗暗地翻了个白眼,只觉得这次看热闹的代价可真大,他带自己来就是为了给苏绾心冲业绩吧?她又转念想想刚才傅时寒和陈磊的对话,知道苏氏证券能给三位数的收益率,确实比其他地方高多了,所以自己也不算吃亏。

"好。"盛浅不敢在这个节骨眼儿上招惹傅时寒生气,坐回沙发,乖乖点头,"签单。"

办公室内。

苏绾心这两天有点儿用眼过度,再加上今天被林诗晗这么一气,只觉得胃一阵抽疼,就一直趴在桌子上休息。等她再坐起来的时候,小脸惨白,眼睛红红的,一副偷偷哭过的模样,身边这群男人看了都心疼不已。

"别哭了,衣服的钱你回头跟陈总说说,看看能不能报销。"

苏焱看着她,知道她心里委屈。Alex那套衣服是他帮着买的,花了不少钱呢,这事搁谁身上都得难受。

"对呀,别哭了!我们今晚请你吃饭吧,就当是欢迎新同事入职的聚餐!你想吃什么?"

"小苏哭了?"

"可不!你看她哭得多可怜!"

同事们七嘴八舌地安抚她。

苏绾心面无表情,心里没有一点点想哭的情绪,甚至还有点儿想笑。

她没哭啊,有什么好哭的,为了一个林诗晗值得哭吗?

"我没事。"苏绾心一口否认自己在哭,揉了揉不舒服的眼睛,觉得自己下班后很有必要买瓶眼药水,"聚餐的事改天再说吧。"

男同事们一致认为苏绾心在故作坚强,更心疼了几分。还说没事,瞧瞧她委屈的,饭都吃不下了。

不由苏绾心辩解,同事们就这样给她扣上了一顶"被欺负哭了"的帽子,纷纷对她心生怜惜。

苏绾心看同事们可怜自己的模样,真想"嘤嘤"哭两声,这样林诗晗以后在公司就更抬不起头了。可惜她演技有限,只能放弃。

屋内的气氛让人窒息,苏绾心想去走廊透口气,但一出门,就看到走廊尽头有一个熟悉的身影。

傅时寒正站在窗边抽烟,眼睛看着办公室的方向。淡淡的烟雾中,他看到了苏绾心。

苏绾心没想到他会在这儿，也不知道他什么时候来的。她有点儿蒙地和他对视，直到他开口让她过去。

"你怎么来了？"苏绾心走到他面前，小声问。

"盛浅要买基金理财投资，我陪她过来。"

苏绾心扭头看向陈磊的办公室："陈总在谈？"

"嗯，我让他算在你的业绩里。"

听了这话苏绾心没忍住，抿着嘴笑，看向傅时寒："那真是要多谢傅总了，不仅把我送过来打工，还特意帮我冲业绩。"

傅时寒熄了烟，眼中一片柔软的神色。他看着她有点儿红的眼睛，微微皱眉："哭了？"

"怎么你也这么认为？"

苏绾心想去洗手间，照镜子看看自己是不是真有那么可怜，不然怎么每个人都觉得她哭了。

苏绾心的脸色的确不好看，但她不自知。傅时寒看她像是生病的样子，下意识抬手，想为她量额头的温度，却被她退后一步躲了过去。

傅时寒的手停在半空，眼底恼怒的神色一闪而过，他拉过苏绾心的胳膊，下一秒将她拽入怀里。

"我又不能把你怎么样，你躲什么？"

苏绾心撞到他的胸膛，忽然间的靠近让她的心都随着一颤，隐隐作痛。

傅时寒近距离观察她，然后问："胃又疼了？中午没吃东西？"

"你放开我！"

"我不在你身边，你就是这么照顾自己的？"

苏绾心咬着牙，忍着情绪。她不是一个爱哭的人，从来都不是，回来以后被人误会的时候没哭，被申婧晨打耳光嘲讽的时候没哭，被林诗晗陷害导致泼了重要客户一身水的时候也没觉得委屈想哭。

可现在，傅时寒只是轻飘飘的一句话就让她眼眶发热，忍不住想哭。

"我怎么照顾自己和你没关系。"苏绾心深吸一口气，推开他，"傅先生，自重。"

"没关系？"傅时寒似笑非笑，"以前躺在我身下被我弄哭的时候你也是这么说的。苏绾心，你下了床就不认账这个毛病，还真是一直没变啊。"

傅时寒不按套路的几句话，让苏绾心脑海里一下子闪现出好多画面。耳尖变红，她往后退了一步，试图离他远一点儿，不想受他的影响。

"去拿东西，带你吃饭。"傅时寒站直身子。

正好盛浅这时速战速决签完了合同，和陈磊朝这边走来。

"不用了，我还没下班，就不打扰你和盛小姐约会了。"

苏绾心说话的声音不大，却还是被盛浅听到了。盛浅挑了一下眉，好奇在自己出办公室门之前这里都发生了什么。

"不打扰！"盛浅踩着高跟鞋，笑吟吟地走到苏绾心身边，"以后还要有劳苏小姐帮我打理基金，难得我今天有空，不如苏小姐赏脸，一起吃个饭？"

苏绾心有些为难。她要是答应，就上了这两个人的当；她要是不答应，就是打盛浅的脸。

"苏小姐看起来好像不太想给我这个面子？"盛浅见苏绾心犹豫，增加筹码，"我可是刚刚帮你冲了七位数业绩的人，贵公司就是这样对待客户的吗？"

"盛小姐说笑了，我去收拾一下东西，稍等。"

苏绾心说完，转身走回办公室，跟同事们打了招呼便提前下班了。三个人来到停车场，苏绾心下意识地开后车门，却被傅时寒拎着衣领塞到了副驾驶座位上。

目睹一切的盛浅把牙咬得"咯吱"作响。

她今天到底干吗来了？！被傅时寒坑？还是特意被傅时寒教育人和人之间是不一样的？原来他那个破副驾驶座位是可以让人坐的，只不过是她盛浅不行而已！

盛浅气得翻了个白眼，车门一关，御姐范儿立刻消失得无影无踪。

"饿死我了，咱们吃什么啊？要不直接找路辞他们一起吃？我跟路辞约好了晚上七点，现在过去的话时间也差不多了。"

傅时寒不想让苏绾心说出拒绝同行的理由，干脆地回答盛浅："我把你送到公交站，你自己过去。"

"傅时寒你能不能当个人，做点儿人事？！你让我坐公交车？你知不知道我的粉丝有多少？！你是想让我死在公交车上吗？我饿了大半天，你连一顿饭都不给我吃！"

如果不是惹不起，盛浅真想踹他几脚，再指着他骂一声"太欺负人了"！

"我知道一家不错的火锅店，就在我家附近，盛小姐不嫌弃的话，我们可以去尝尝。"苏绾心及时出声。

盛浅连连点头："火锅好，我爱吃火锅！"

傅时寒没说话，开车朝苏绾心的住处驶去。几十分钟后他们抵达目的地，见到了苏绾心说的那家火锅店。

店铺不大，因为开在住宅区，这会儿还没到下班时间，所以店里的人不多。

"我要麻辣锅！"盛浅抬头看向老板娘，"越辣越好！"

"好的，那这二位呢？"老板娘看向盛浅身旁神色清冷的那对男女，热情地问道。

"清汤。"傅时寒直接做主，看了一眼不大情愿的苏绾心，连锅底带菜品都帮她点了。

盛浅不动声色地观察这两个人，心中纳闷儿。

盛浅是三年前开始和傅时寒等人熟络起来的。也就是在苏绾心失踪之后，她才一点点了解傅时寒这个人。

她没目睹过苏绾心和傅时寒在一起的场景，只知道傅时寒在这三年里一直找苏绾心，路辞他们也都帮忙，却始终没有任何消息，直到苏绾心主动现身回归。

外人都说当年的那场车祸是苏绾心有意为之，可盛浅不这么认为。

苏绾心看起来一点儿都不傻，如果真的做了那种事，怎么可能还有胆子回来？在傅家生活了十几年，傅家那群人有多可怕，苏绾心应该比谁都清楚。

但如果没做过那件事，苏绾心为什么不否认那些传言呢？苏绾心就这样明晃晃地回来，又默认别人给她扣的帽子，这种行为不管怎么看，都像是在作死……

还有傅时寒——他这个人有多狡诈阴狠，盛浅在这三年的时间里已经见识过太多次了。如果他想报复苏绾心，真的就是分分钟的事而已。

傅时寒舍不得苏绾心死，甚至舍不得动她一根头发。

盛浅一边吃东西，一边想事情。不过看苏绾心和傅时寒似要将沉默是金的风格走到底的样子，盛浅又分心缓和气氛，时不时找话题聊点儿什么。

"我吃饱了，去结账，然后回家。"苏绾心起身拎包，看向盛浅，"盛小姐，关于基金的事情后续我会再联系你，到时有什么问题可以问我。"

"好呀，路上小心。"盛浅冲她挥挥手，等她走后，又看向坐在自己对面的傅时寒："不送送？"

"一百米就到了，送什么？"

"哟，早就视察过地形呀！"盛浅双手托腮，意味深长地笑，"寒哥，我能问你个问题吗？"

不容傅时寒拒绝，她继续说："你一定不认为三年前那场车祸是苏绾心所为，不然她活不到现在。可既然你相信她，为什么不把她接回身边？"

"你什么时候管这么多了？"

"我就是好奇！"盛浅不解地看他，"我想不明白，你那么急地找了她三年，为什么她回来了你却这么生气？"

"你想不明白的事情多了。智商所致，不必强求。"

"你别以为我听不出来你在骂我缺心眼儿！"

傅时寒看她气急败坏的模样，笑着朝外走去。盛浅赶紧跟上，生怕他把自己扔在这儿不管。

出了火锅店，傅时寒看了一眼苏绾心所住的方向。

盛浅说得没错，他确实生气，气她一走就是三年，扔下他和儿子置之不理，更气她回来后若无其事，一心想要逃离自己。

这三年他给自己搞了那么多绯闻，想着只要她看到了，吃醋了，就会回来找自己算账，可她一点儿都不在乎，还带着所谓的男朋友祝福自己订婚快乐。

没人知道那一晚傅时寒见到她的时候，多想把她按在身下狠狠折腾，不管她怎么哭着求饶都不会停手。

他有多喜欢她在自己身下的样子，她最清楚。

第二章

遇　险

苏绾心心情复杂地和两个人吃完饭回家，把正在刷微博的慕酥雨吓了一跳。

"你今儿怎么这么早就回来啦？"

"身体不舒服翘班了，吃点儿药就好了。"

"我陪你去找展澈做个检查吧！"

"真的没事。"苏绾心吃了几粒药，走到慕酥雨身边坐下，"看什么呢？"

"微博。"慕酥雨把手机递到她面前，"你看这条。"

苏绾心低头看手机，只见屏幕上明晃晃的是"收益率三位数"几个字。她有种不太好的预感。

"绾绾，微博上说金融圈最近出现一个特会吹牛的人，你认识吗？"慕酥雨没接触过金融圈，不了解情况，一脸好奇地看着苏绾心问，"三位数收益率是多高，真的很难做到吗？"

"认识。"苏绾心回答了慕酥雨的第一个问题。

"真有这事？谁啊？"

"我。"

苏绾心头痛地叹了口气，拿过手机随便刷了刷，不出所料，看到的是满屏幕的嘲讽。

"保证三位数收益率，现在吹牛都不用打草稿了？"

"金融从业者仰天大笑，圈里去年最厉害的业绩才99%，这位壮士开口就是三位数？"

"这话如果是某位姓傅的神仙说的，我信。别人，我不信。"

"楼上+1！！！那位神仙我也知道！金融圈里的人没有不知道的吧？"

"是一个女人说的吗？如果她真能做到三位数就说明有猫腻，拿的内幕消息吧？"

"楼上的嘴不要这么臭！女人怎么了？女人就不能厉害了？"

苏绾心懒得看更多评论，想也知道肯定是骂声一片。

微博这个地方一般是娱乐圈的天下，金融界的事情被关注到可真是太少见了，所以苏绾心和某些网友的意见一致，认为这肯定是有人运作的。

有人故意闹大Alex那件事。至于这事是谁做的，苏绾心差不多有了答案。

苏绾回屋休息。第二天到公司，她觉得同事们看自己的眼神都不大对劲，八成是知道微博上的事了。

不少人给在苏氏证券工作的认识的朋友打电话，打探苏绾心的背景，就这样一传十，十传百，只几天的时间，苏绾心的大名就已经在C市的金融圈彻底传开了。

有人质疑苏绾心的实力，也有人听到她的名字只是会心一笑——

哈佛商学院是精英聚集地，苏绾心在校几年，拿着全额奖学金，占着排名第一的位置，把无数人踩在脚下，让他们这些校友绝望又无奈。

苏绾心上学那会儿，每天都有一辆豪车接送她。最开始追她的男生数都数不过来，但最后他们都拿了"好人卡"被苏绾心拒绝，所以慢慢也就没人敢招惹她了。

苏绾心毕业以后就没了消息，大家都以为她直接结婚，相夫教子去了，没承想过了几年她突然出现，还搞出这么大个新闻。

魔女归来，三位数收益率能是个笑话？那大家就且笑着，看看最后到底谁才是笑话好了。

苏绾心对自己的传闻一点儿都不在意，照常工作，照常跟同事说笑。

Alex的钱已经到账了，还有盛浅那笔钱也入了账。苏绾心每天忙得团团转，战绩却是实打实地好看。不少年纪大的同事看了她的战绩以后，纷纷摇头叹息，感慨"天赋"这个东西真的是不服不行。

大家一边干活儿一边聊天，在聊到苏绾心已经入职了一个星期这个话题时，一致提议今晚出去聚餐。

苏绾心答应了。毕竟她和同事们相处得不错，更何况这是他们第二次邀请了。于是下班之后，十几个人浩浩荡荡地前往饭店。他们吃饱喝足还意犹未尽，又招呼着苏绾心转战歌厅唱歌。

　　苏绾心喝了不少饮料，出门去洗手间，然后发现了不对劲的地方。

　　长长的走廊里，她的身后跟了三名男子。其实她在这种地方见到男人很正常，但不正常的是，这三个人径直跟着她朝女洗手间走去。

　　苏绾心想到最近得罪了申婧晨还有林诗晗，而林诗晗知道自己今晚和同事出来玩，所以这三个人很有可能是林诗晗找来报复自己的。

　　怎么办？

　　苏绾心用余光看了看身后——是三个又高又壮的男人，他们的手上戴了白手套，似乎……还拿着白毛巾？

　　难道他们想抓住她，然后把她迷晕带走？！

　　苏绾心的心猛地一沉，她不敢转身回去，面前的路只有一条，就是通向洗手间的路。那三个人可能想等她进了洗手间再动手，因为那里没有监控。

　　苏绾心猜出对方的意图，脑中灵光一闪，有了选择。见她突然加快速度朝洗手间跑去，后面三个人愣了一下，赶紧跟上。

　　洗手间的位置靠着街道，苏绾心看着那扇打开的窗户，咬牙冲了过去。二楼的高度，她爬上窗台时后面的人已经追上来了。

　　苏绾心的手脚发颤，眼看着那三个人就要冲上来把自己抓住了，她闭着眼，心一横跳了下去。

　　苏绾心庆幸今天没有穿高跟鞋，不然一定死得特别惨。她狼狈地摔在地上，滚了几圈后撞到了墙上，双手和膝盖都摔破出血，身上也疼得难受。

　　她抬头看去，楼上的男人愤愤地骂了句脏话，然后从窗户那里消失不见了。

　　苏绾心知道他们一定是下楼来找自己了，不能在这里等，便艰难地从地上爬起，喘着粗气抹了把眼睛，心慌得想哭。

　　门口，两辆挂着特殊牌照的越野车正好停下，这让苏绾心欣喜不已。她不知道保安是不是也被林诗晗买通了，所以不敢轻易找保安帮忙。她踉跄地朝着越野车的方向跑去，在看到下车的人是谁后，腿一软倒在了地上。

　　"路辞……"

　　路辞刚下车就听到有人喊自己，扭头一看，赶紧跑过去："怎么了这是？！"

苏绾心摇摇头，说不出话。因为看见了熟人，她全身上下紧张的神经都放松下来，以至于现在连说话或是站起来的力气都没了。

苏绾心朝歌厅门口看去，那三个男人已经追出来了，但在看到这边的情况后转身就想溜。

"把人抓住！"

熟悉的声音响起，苏绾心猛然一愣。

傅时寒从后面那辆车下来，目光阴冷地看着那三个男人逃跑的方向。

苏绾心已经好几天没见过傅时寒了，自从那天和他还有盛浅吃完火锅后就没再联系过。她看新闻说他出国签了笔大单，也不知他什么时候回来的。

傅时寒走到苏绾心身边，将她拦腰抱起，打开车门把她放到后车座上，对司机说了个地址。

"傅时寒，"苏绾心见他转身要走，抓住他的衣袖，"你要去哪儿？"

她还没从恐惧中回过神，连说话的声音都是颤的。

傅时寒没回答，检查了一遍她身上的伤，然后打电话叫医生去他说的地址等候。

"回去等我。"挂了电话，傅时寒和苏绾心对视，见苏绾心摇头拒绝后，皱了一下眉。

他很少露出这样的表情，像是在做什么重要的决定。他看着苏绾心额角上的伤，终究还是没忍住，低头亲了亲她的眉间，声音低哑地哄道："乖，回家等我，别在这儿脏了眼睛。"

他说完关上车门，而那三个试图带走苏绾心的男人已经被抓了回来。

傅时寒迈步走进会所，来到四楼的某间包房。路辞坐到沙发上，看着那三个不知死活的倒霉鬼，为他们默哀。

他们得罪谁不好，非得罪傅时寒，是嫌自己活得太长了不成？

盛浅推门进屋的时候，看到的就是屋内一片狼藉。她皱着眉进屋，关好门，感受着简直要命的阴森气氛，看向沙发上的人，问："这仨孙子怎么了？"

傅时寒没回答，拿起外套看向路辞："我回去了。"

"行，走吧。"

谁也没有继续留在这里的心思，路辞和盛浅往外走，说起今晚发生的事。盛浅听后眉头紧蹙，小声地说道："要不是被你们撞见了，苏绾心还指不定被抓到哪儿去呢，这会儿八成已经……"

被欺负了。

苏绾心如果当时在洗手间犹豫那么一下，如果没有从二楼直接跳下，都可能被直接带走，被迫面对那些龌龊之事。

路辞点头赞同盛浅的话："这姑娘临危不乱的能力我是真的服。小时候傅时宜被盯上，她愣是把自己跟傅时宜调了包，假装傅家千金被绑匪绑了去，关了三天才被救回来。"

盛浅问："那时候她多大？"

"小学毕业。"

那时她也不过就是十几岁的年纪。盛浅想着，对苏绾心有了新的认识，然后又想到傅时寒对苏绾心矛盾的态度，顿时就释然了——像苏绾心这样好的姑娘，有什么理由害傅家？

"辞哥，三年前的车祸到底是怎么回事？为什么大家都会怀疑到苏绾心的身上？"

路辞听到这个问题，眼神深沉了几分："当时是苏绾心开的车，墨姨坐在副驾驶。车祸之后，经检查车子当时完全没有刹车的痕迹。也就是说，苏绾心是故意踩油门的。"

"她不要命了吗？"盛浅第一次听到这个细节，"那墨姨呢？她当时也在车上，苏绾心为什么会踩油门她不知道吗？"

"墨姨头部撞伤，有些事情已经记不清了。"

没人知道在那场车祸中发生了什么，人们只说是苏绾心酿成了那场车祸，然后一走就是三年。

傅时寒赶回家的时候，苏绾心身上的外伤已经被医生处理好了。她正坐在沙发上发呆。电视开着，里面的欢声笑语却没能引起她半分注意。

医生和傅时寒说了一下苏绾心的情况，建议他明早再带她去医院详细检查一下。傅时寒点头应下，目送医生走后才去看苏绾心。

苏绾心脸色惨白，额头上包着纱布，一副可怜兮兮的样子。她和傅时寒对视了几秒，垂下眼帘道谢："今晚谢谢你和路辞。"

傅时寒走过去把她抱了起来。

苏绾心挣扎着要他放下自己，却听到他低沉的警告："我现在很生气，你最好别惹我。"

苏绾心听到这话不得不闭嘴，因为他生气了以后什么事都做得出来。

傅时寒抱着苏绾心来到二楼卧室，把她放到床上，又从衣柜里找了件衬衣扔给她，然后一个人进了浴室。

苏绾心听着浴室里的水声，明白自己今天是走不掉了，就动作缓慢地换好了衣服。

傅时寒冲了好久的冷水澡，出来的时候浑身都带着冷气。他穿着灰色长裤，赤着上身，倚着门框擦着头发看她。苏绾心一抬眼，就看到傅时寒精壮的胸膛、腹肌，还有那没入裤子边缘的人鱼线。

傅时寒把毛巾扔回浴室，走过去蹲下看她腿上的伤。苏绾心腿上青紫一片，膝盖划了一道很深的口子。她换下的衣服上有不少血迹，瞧着惨不忍睹。

傅时寒检查了半天，抬头看她："疼吗？"

苏绾心摇头："已经没什么感觉了，其实当时也不是特别疼。"

"骗子。"

小时候连打个针都会疼到眼泪汪汪的人，是什么时候学会笑着说不疼的呢？

"傅少是想趁人之危？"苏绾心不合时宜地破坏气氛，好像并不满意和傅时寒和平相处，所以总会想方设法地让他厌恶自己。

"在你看来我现在心情很好？"傅时寒淡淡地问，"别激我，我会上当。"

趁人之危也好，只要能得到她，他在所不惜。他上床熄了灯，把她拽进怀里，在她试图要逃的时候，收紧了抱她的手臂。

"像你这么聪明的人应该知道，越是挣扎问题就越大，不想被弄哭就老实睡觉。"

傅时寒空了三年的怀抱终于被填满。他抱着苏绾心，感受着她紧绷的身体一点点放松，直到最后连呼吸都变得平稳，彻底睡着。

他借着月光近距离看她的五官，久久没有睡意。

一夜很快过去，苏绾心第二天早上是在傅时寒怀里醒来的。

她一睁眼就看到了他的眉目。

这样久违的场景让苏绾心一瞬间愣住了。她以为自己在做梦，片刻后清醒，猛地将他推开。

傅时寒无所谓地嗤笑，进了浴室洗漱。苏绾心动作缓慢地站起身来，从二楼跳下去时身体被地面撞击的酸痛感一瞬间席卷了四肢百骸，疼得她差点儿站不稳。

傅时寒从浴室走出，看到她疼得额头沁汗的模样，脸色不由得冷了几分。他帮她把衣服穿好，带她去医院。

对于到医院检查这件事情苏绾心是强烈拒绝的，甚至不惜说出"我的男朋友是医生，可以让他来接我"这种话来刺激傅时寒。

"就不怕他知道你昨晚跟我睡在一起？"

傅时寒和苏绾心是货真价实地睡在一起，只不过是在一张床上你睡你的我睡我的——什么都没发生的那种。不过这种话说出去肯定没人信。

"怕什么。"苏绾心微笑，"他早就习惯了。"

她有意诬蔑自己，傅时寒听后没再说话。

车子很快抵达医院，不容苏绾心拒绝，傅时寒带她做了体检。然而检查结果一出，傅时寒简直像被死神附体一般，脸黑得可怕。

低血糖、低血压、低血脂，还有严重的胃病，检查那么多项，她没有一项达标。像她这种身体情况，随时都有可能没命。

"时寒啊，你这个小朋友身体虚得不成样子，回去要好好调养才行呀。"医生放下苏绾心的一份检查报告，又看了看她的脑CT片，"轻微脑震荡，要注意休息。"

"谢谢周伯，我知道了。"

傅时寒难得向别人低头，和那位上了年纪的医生道谢后就带苏绾心离开了医院。一路上，苏绾心屁都不敢放一个，满脑子想的都是自己应该怎么解释这副残破不堪的身子。

车子疾速行驶在路上，苏绾心不知道他要带自己去哪里，但知道自己不想和他待在一起。

"送我去公司吧。"她扭头看向傅时寒，轻声说，"昨晚我突然消失不见，包和手机都在同事那里。今天再不去公司的话，他们一定以为我出了意外。"

见傅时寒不为所动，苏绾心叹气。

"我的身体是什么状况我自己很清楚，就算调养也不是一天两天能调回来的。周医生不是说了我脑袋的问题不大吗？你就送我回公司吧。Alex的事闹得那么大，好多人都等着看我的笑话，我要是不回去上班，肯定会被人说成跑路的。"

"除了想着工作的事，你还在想什么？"傅时寒开口。

"想见漾漾。"

"他不在我身边，过些日子把他接回来再说。"

"都听你的。"苏绾心只有叹气，不然也没别的办法。

苏绾心被傅时寒带去吃了饭，然后来到公司。不出所料，公司已经乱成一团了，同事们都在商量下午去报警。

苏绾心浑身是伤，一瘸一拐地出现在众人面前，这让他们在松了一口气的同时吓了一跳。

同事们围过来七嘴八舌地关心她。

苏绾心笑着说自己没事，然后瞄了一眼林诗晗的座位的方向。

"出了点儿意外，没什么大碍，大家不用担心。"苏绾心坐到椅子上打开电脑，在旁人劝她回家休息的时候拒绝道，"有几只股票得抛，不然要出事。"

林诗晗今天没来上班，这很奇怪。前几天在和苏绾心闹到脸红脖子粗的时候都没翘过班，最近几日她们相处得挺平和的，林诗晗却不来了。

苏绾心思考片刻，觉得昨晚那三个男人很有可能就是林诗晗花钱找来的。

她记得之前听人说过，林诗晗的父亲是海市的什么重要人物。她查看了自己手上的几只股票和基金，立即把跟海市有关联的全部抛出，不管涨势多猛都不手软。当天下午三点半，股市刚刚收盘后半个小时，一条新闻让很多人措手不及。

"海市某集团高管来 C 市开会，刚下飞机就被司法机关带走。据可靠消息，他这次被抓凶多吉少……"

海市是医药大市，有三大医药集团在那里坐镇。林诗晗的父亲来 C 市的前两天刚把这三家企业走访了个遍，所以这三家企业的股票最近涨势非常好，不少人手上都持有相关股票，且数量还不少。

这件事情发生得太过突然，就算是苏氏证券内部也哀嚎一片。苏绾心深知傅时寒的脾气，明白林家不可能翻身了。

忙碌的下午结束，下班的时候傅时寒派了司机过来。于是苏绾心就在众目睽睽之下坐上了那辆价值千万的豪车。

司机把苏绾心送回了她现在的住处，送她上了楼，还留下一个大保温箱。保温箱里装的是四菜一汤，荤素搭配，清淡美味。

苏绾心看着热乎乎的饭菜，眼角有些湿润。她强颜欢笑地招呼慕酥雨吃饭，直到吃完也没说一句话。

傅时寒没强迫她住到他那儿去，苏绾心已经很知足了。她吃完饭又吃了药，回房休息。翌日清晨，司机带着早餐登门，等苏绾心吃完之后把她送到公司，然后中午再次出现，带来五星级营养套餐。

每日三餐傅时寒全包了，苏绾心想过拒绝，却怕她的拒绝惹怒了他。

时间过得很快，苏绾心入职大半个月了，业绩稳稳占据公司第一，也是业内第一，这样的成绩惹人惊叹。但苏绾心最近的几单大笔操作，也让人心生质疑。

她非常及时地躲过了几次股市的震荡灾难，这样的操作，若不是提前得到内幕消息，那就是有着极高的敏锐的观察力和天赋。

所以让苏绾心并不意外地发现，圈子里又有了关于她的传闻——

听说，她陪某位领导，拿到了内幕消息。

苏绾心从来没觉得自己是这么能连轴转的大忙人。传闻里，一周七天，她每天都得陪不同的人，堪称业界劳模。再这样下去，金融圈很快就是她的天下了。

周一上班，苏绾心坐到椅子上。还没等同事们交头接耳地调侃又听到了哪些谣言，她自己就忍不住笑着八卦："同志们，我昨晚又陪哪位领导了，你们知道吗？"

众人一阵无语：妹子，你的心要不要这么大？

苏焱苦笑着看苏绾心，纳闷儿："别人这么说你，你不生气啊？"

"生气啊，所以这周我还得虐他们，让他们知道只要有我在，业绩第一这个位置他们谁也拿不到。"

苏绾心笑盈盈地答，那不屈不挠的精神让身边这些男同事们心头一震！

多好的姑娘啊！在这个狼多肉少的行业里，有一个漂亮姑娘已经不容易了！更别说她还是一个这么积极上进、具有正能量的漂亮姑娘！那些人怎么能那样诋毁她呢？他们的良心不会痛吗？

不可以！他们决不允许苏氏证券公司的"司花"被外人这样欺负！于是，再有外人打探苏绾心的花边新闻时，苏氏证券众人便回复："别胡说！绾绾是个好姑娘！"

就这样，苏绾心又多了一条花边新闻——

听说苏氏证券的男人都被苏绾心迷住了，没救了。

苏绾心对这些传言一笑而过。其实她还乐得自己身上多些"污点"，这样傅时寒就会嫌弃她，他们之间就再无可能。

这天，苏绾心刚刚完成一笔交易，就被总经理陈磊叫到了办公室。

苏绾心本以为他是因为最近这些乱七八糟的谣言找她谈话，警告她别给公司惹麻烦。不想，陈磊非常严肃认真地说："业内几家公司要举办一个比赛，你代表咱们公司过去，好好收拾收拾那些不知天高地厚的东西！"

苏绾心忍着笑，看着生气的陈磊问："谁惹陈总不高兴了？"

"还能有谁？不就是那帮乱嚼舌头的孙子吗？！"陈磊一拍桌子，"这次你就过去，给我好好地打他们的脸！打肿他们！"

"什么比赛啊？咱们圈里还有这种比赛吗？"

C市里几家大型证券公司决定举办一场友谊赛，比拼交易成绩，每家公司挑选两名选手参赛，赛程五天。

在这五天里，所有参赛选手要集中在一起，每天用主办方统一提供的电脑和账户交易，交易结束后回宿舍休息，不准外出，手机也要交上去，不能与外界联系。所以参赛选手能利用的只有电脑、电视，还有他们的直觉和实力。

苏绾心说不上为什么，总觉得这场比赛是冲着她来的。太多人好奇她的真正实力，但她又觉得自己应该不值得这些厉害的人如此大动干戈。

"是比赛就有输赢，怎么算名次？单纯看收益率吗？"苏绾心好奇。

"对，除了收益率，还要考察交易员对外界动向的敏感度。这次比赛是有裁判的，你猜猜裁判是谁？"陈磊脸上突然露出贱兮兮的笑容。

苏绾心艰难地问："傅时寒？"

"聪明！"

"不是我聪明，是你马上就要把那三个字写在脸上了。"

陈磊笑："除了傅总，还有 GE 风险指标公司的总裁。这是一位重量级人物啊，他也会关注这场比赛。小苏啊，咱们公司就靠你长脸了！"

苏绾心眼前一亮："GE 也会来人？！"

"对啊，所以你要不要去？"

"要的，要的！"苏绾心连连点头，让陈磊非常满意。

这件事情就这么定下了，比赛时间在半个月后，比赛地点在傅氏集团旗下的一家酒店。

所有参赛的证券公司需要把参赛者的名单交到傅氏集团，那边也好安排住宿。苏氏证券把上交名单这项任务交给了苏绾心。

苏绾心有些日子没和傅时寒见面了，但他让人送来的一日三餐从没断过。

苏绾心上网查了傅时寒的行程，没查到任何消息。她觉得就是去送表格资料而已，没那么巧会见到他吧？

抱着这种心态，苏绾心来到了傅氏集团，在公司园区门口下了车，缓步朝里面走去。

受伤后这么多天，每天有豪车接送上、下班，再加上傅时寒的食疗治疗，她觉得自己这濒临报废的身子还真是好了一些。

她缓步前行，不经意间看到草坪上有一抹小小的身影。那是一个三四岁大的小不点儿，正蹲在草坪上专心致志地干什么。如果她没猜错的话，对方应该是在看蚂蚁。

小家伙看得特别来劲。直到苏绾心走近了，他听到了脚步声才警惕地抬头。对上苏绾心的视线后，他愣了愣神，身子晃了晃，"啪唧"一下坐到了地上，呆萌的模样让人忍俊不禁。

小家伙睁着圆溜溜的大眼睛，目不转睛地看着苏绾心，见苏绾心笑了以后，竟"哇"的一声哭了出来，吓了苏绾心一跳。

"怎么了？摔疼啦？"苏绾心走过去把他扶起，拍了拍他屁股上的灰尘，"小小年纪学碰瓷可不好。阿姨我什么都没做，你可千万别敲诈我。"

"呜——"漾漾的小手胡乱地擦着眼泪，他仰头看着面前的人，然后抱住她的大腿不放，"妈妈！"

苏绾心皱了皱眉，摸摸他的头，四下张望——原来他和大人走散了，啧，小可怜。

"别哭了，我带你去找。你和妈妈是一起来的吗？你妈妈叫什么名字？"

"不，不是，我自己来的，来找爸爸！"

"嗯？那你爸爸呢？"

"爸爸在工作。爸爸……爸爸不喜欢我，妈妈也不要我。"小肉球呜咽着哭诉，哭得那叫一个可怜。

苏绾心越听越不对劲，有些无奈地把他拉开，蹲下身子跟他对视："你怎么知道你爸爸不喜欢你，你妈妈不要你呀？"

"爸爸就是不喜欢我。爸爸不见我，大家都说他不喜欢我！"

还有这么不负责的大人？太过分了。

苏绾心抬手给小肉球擦了擦眼泪，看着他漂亮的脸蛋，总觉得有点儿眼熟，又说不上来在哪儿见过。

她弯腰把小东西抱起，打算带他去楼里找前台登记，问问谁家的孩子丢了。可没走几步，几个保镖模样的男人就杀气腾腾地跑过来，把小肉球抢了过去。

"小少爷你没事吧？！"

"伤哪儿了？快给我看看！"

几个人把小肉球团团围住，紧张地检查他有没有受伤。

"我要妈妈！"漾漾离开苏绾心的怀抱，情绪突然激动。

这让苏绾心忍不住怀疑这些人的身份。

"妈妈！妈妈抱！妈妈你别不要我！"小家伙还在挣扎，哭得撕心裂肺。

苏绾心看着他愣住，心忽然空了一块，疼得慌。

远处一辆轿车疾速驶来，停下。几名保镖抱着小肉球上了车，就这样消失在苏绾心面前。苏绾心望着那辆渐行渐远的车，慢慢回过神，仿佛还能听得到那小家伙喊"妈妈"。

苏绾心站在原地好久，想到了自己的孩子。

三年前她离开的时候，她的孩子刚刚满月，不知现在长成什么样子了。这三年没有妈妈陪在身边，他是不是也会像刚刚那个小家伙一样，觉得妈妈不要他了？

苏绾心越想越难受，望着远处的办公大楼，步伐缓慢地朝那里走去。

经过刚刚那么一遭，苏绾心不确定自己是不是应该见漾漾了。因为她清楚她没办法一直陪在他身边。

与其和漾漾见一面又分开，她是不是干脆不见他更好一点儿？漾漾还小，傅时寒以后会结婚、生子，到时候……漾漾就有妈妈了。

苏绾心一边走一边想着事，不知不觉走到了傅氏大楼。

"你好，我是苏氏证券的员工，这份参赛资料麻烦帮我交到总裁秘书办。"

"好的，麻烦你在这里登个记，签下名字。"

苏绾心照办，转身准备离开。

不远处，电梯打开，从里面走出来几个人。苏绾心听到有人喊"傅总"，条件反射地回头，以为自己又撞上傅时寒了，不料看到另一张熟悉的面孔。

傅时礼——傅家二少爷，傅时寒的亲弟弟。

傅时礼最近一直代替傅时寒在国外出差，一个小时前刚到公司，开了个会，正打算回家休息一下，没想到竟看见了这个失踪了三年的人。

傅时礼微微眯了眯眼睛，迈步朝苏绾心走去。苏绾心暗暗叹了口气，打招呼："二少爷，好久不见。"

"你回来多久了？"傅时礼没心情跟她客套，开门见山地问道，"回家了吗？"

"回来有一阵子了。"苏绾心浅笑，没回答他后面的问题。

傅时礼不悦地看着她，尖锐的视线像要在她身上扎几个洞似的。

苏绾心垂眸苦笑。

傅时礼平日里待人温和，和傅时寒完全是两种性格。能让傅时礼露出这种表情的人可谓少之又少，看来他对她也是恨到骨子里了。

"我妈知道你回来的事了。"傅时礼看着她，冷冷地说。

苏绾心愣怔："墨姨……她还好吗？"

"你觉得她能好吗？"

"也对。"苏绾心点了点头，"她被我害成那样，怎么可能好。"

李墨当年是叱咤风云的女强人，现在却连行走都不能。苏绾心的言语中完全不否认那场车祸是自己的责任，这让傅时礼的脸色更难看了。

"你来这儿找我哥？"

"不，过来帮公司交份资料。"苏绾心看了一眼腕表，"时间不早了，我得赶紧回去。二少爷，有机会再见。"

苏绾心说完转身离开。

傅时礼一直目送她走出公司大楼，才视线阴沉地迈步朝外面走去。

苏绾心回到公司，因为心里有事，所以整个人状态不大好。她好不容易熬到下班，想回家早点儿休息，但出公司的时候没看到平日里接自己的那辆豪车，而是看到了傅时寒的车。

苏绾心不情愿地上了傅时寒的车，生怕别人看到这一幕。她系好安全带，轻声问："傅总找我有何贵干？"

傅时寒好几天没见到她了，见她的脸色比上次去医院的时候好了不少，心情便也随着好了。

"不是我要见你。"

"那是谁找我？"

"盛浅。她主演的电影，今天举行国内首映礼。她怕自己实力不够，所以找我们撑场面。"

"盛浅不是你们公司的艺人吗？你当老板就这么评价自家艺人，真的好吗？"

"没什么不好的，都是实话。我能去给她撑场子是她的荣幸。"

首映礼在晚上八点，傅时寒不慌不忙地带苏绾心买了身衣服，又简单吃了点儿东西，才慢慢悠悠地前往目的地。等他们到达的时候，路辞这个闲人都已经到场了。

几个人先在后台见了面，室内冷气开得太足，傅时寒进屋后被吹得打了个喷嚏，惹来盛浅的吐槽。

"哟，寒哥这是感冒了还是有人想你啊？"

"有人想他？！"路辞像是听到了什么笑话，"有人骂他还差不多。"

盛浅点头应和："也对……寒哥你最近又做什么缺德事了？"

傅时寒淡淡地看她，回答："在你的首映礼上宣布跟你解约，算吗？"

"哥，我错了。你信我，我还能帮你赚几年钱，我的用处可大了！"

傅时寒懒得听她胡扯，带着苏绾心和路辞出去应酬了。

傅时寒很少出席这种场合。能让他亲自现身捧场的艺人，圈子里目前只有盛浅一位。所以有关他和盛浅的绯闻也时不时地传出，毕竟这两个人不管家境还是模样都是一顶一地般配。

苏绾心跟在傅时寒身后，看到远处各大媒体的镁光灯不停地闪，便垂着头，有意和傅时寒拉开距离。从视觉上看，她更像路辞的女伴。

傅时寒和路辞一现身就被前来巴结的人围住了。

苏绾心看着这两位金光闪闪的男人，不动声色地拽了拽路辞的衣袖，小声问："我们的座位在哪儿？我过去等你们。"

"随便，你觉得哪儿看着舒服就坐哪儿。"

苏绾心点头离开，殊不知自己跟路辞的互动已经被某家媒体拍了个一清二楚。她在座位上等了差不多十五分钟，首映礼便开始了。

盛浅换了一身名牌连衣裙，长发飘飘，举止优雅。在昏暗的灯光下，她发言感谢影片的导演、制片以及各位工作人员，还有今天特意来为她捧场的朋友。

苏绾心远远地看着盛浅完美的表现，不停地鼓掌感叹。有些人天生就是为了演艺圈而生的，就像盛浅这种"戏精"。

谁能想到，不久前盛浅还在后台跷着二郎腿，嗑着瓜子，能随时随地说一段单口相声。可现在台上的她找不出一丝缺点，成了大家眼里那位魅力十足的女演员。

电影时长两小时，苏绾心认认真真地看，可身边的两个男人纯粹是来打发时间的。等电影结束，盛浅跑过来问他们自己的演技好不好的时候，傅时寒给出这样一句评论——

"结局被打死，倒在地上那一段演得不错。"

盛浅不想接话了。

这是一部战争片，盛浅饰演的是一个悲剧人物，最后死在了敌人的枪下。

电影里她拼死拼活地战斗了一百分钟傅时寒没看见，最后被打死了，躺在地上死不瞑目倒是被他看得清清楚楚。

活该你守三年活寡。

盛浅皮笑肉不笑地扯扯嘴角，转身离开，再也不想看见傅时寒这个嘴毒心更毒的毒夫。

苏绾心跟傅时寒和路辞一起离开，吃了夜宵后被他们送回住处，刚开门就听见慕酥雨在客厅里喊："绾绾你上新闻啦！"

苏绾心脱了高跟鞋走过去："什么新闻？"

"你看！"

苏绾心接过手机，眉头紧蹙。照片里的人确实是她——她小心翼翼地扯着路辞的衣袖，路辞微微低头跟她耳语，两个人看起来还挺像那么回事的。

"绾绾你谈恋爱啦？这个男人也好帅，不比你那总裁前男友差！"

"没谈恋爱。"苏绾心把手机还给她，"这个人叫路辞，他的母亲李诗和傅时寒的母亲李墨是亲姐妹。我要是和路辞扯在一起，会被傅家和李家联手打断腿的。"

"你可真惨。"

"知道就好。我去洗澡睡觉了，你也别熬夜。"

苏绾心心累地回到房间，吃了药，上床睡觉。第二天到公司，她看到了已经有些日子没出现的林诗晗。

林诗晗的父亲被抓的新闻已经传得沸沸扬扬，聪明人都知道林家没有翻身的机会了，林诗晗也因为这事看起来憔悴不少。

苏绾心没想到她还会回来找自己，更没想到她会当众哭诉指责自己。

"是你对不对？一定是你害我爸爸！"林诗晗泪如雨下，眼中含恨，"我知道是你做的！我求求你，你放过我们家好不好？！"

林诗晗在公司这么一闹，好多人都围了过来。苏绾心看见有人拿手机拍照，脸色沉了下去。

"我做的？"苏绾心冷笑一声，"我要是能逼着你父亲犯下那么多错误、贪污那么多的钱财，还会差点儿被你搞死？"

林诗晗微怔，否认："你又在胡说八道些什么？！"

"那天出现在歌厅里的三个男人，是你派去的吧？"

苏绾心一说这话，让不少人都想起那天发生的事情。

那天晚上大家玩得开心，苏绾心说出去上洗手间，可一走就没有再出现，直到第二天中午才带着一身伤来到公司。大家问她怎么回事，当时她只是笑笑，什么都没解释。

"那天要不是我从二楼跳下去逃走，还不知要被他们迷晕带到哪儿去。我自认对你已经足够手下留情。我没找你算账，你反倒像条疯狗一样咬着我不撒嘴，这说不过去吧？"

"你少血口喷人！谁不知道你和傅家大少爷认识，还跟路辞传绯闻？要不是你，我爸爸怎么可能一下飞机就被抓走？！"

"我和路辞传绯闻怎么了？"苏绾心挑眉，"我还和不少人传过绯闻呢！你没听说我每晚都特别忙，C市各大公司的高层几乎都跟我有关系，这金融圈已经快是我一个人的天下了吗？！"

苏绾心这话逗乐了不少人。

她白了他们一眼："别笑，再笑我就安排你们陪我一起打天下！"

林诗晗不知道听了谁的话、被谁洗了脑，像疯了一样在公司闹，直到最后被警察带走。苏绾心也顺便去警局做了笔录，把那天晚上差点儿被掳走的事情交代了。随行的陈磊和苏焱听完，脸都黑了。

苏绾心被搞得心情极差，从警局离开回到公司，不像平时那样跟人说说笑笑，只是盯着电脑疯狂操作。

关于她的那些传闻，有多少人觉得那是假的，就有多少人觉得那是真的。现在加上林诗晗今天这么一闹，苏绾心的形象在很多人眼里更不堪了。

脏、乱、狠，这是不少人在苏绾心身上贴的标签。在这些人的眼里，她是一个非常有手段、特别会讨男人欢心、用尽一切办法让自己往上爬的蛇蝎心机女。

被人明里暗里地嘲讽，如果说苏绾心心里一点儿都不在意，那肯定是说谎的。她也是人，心也是肉做的。侮辱的标签打在她的身上，她也会疼。

但她很清楚，从她决定回来的那一刻起，就注定走上一条不平坦的道路。她亲手选的这条路上只有她自己，她得一步步走完才行。

苏绾心一直闷闷不乐到下班，出了公司大门，看到路边停了一辆金光闪闪的定制版豪车。

她转身朝地铁站走去，一路走，一路被围观。因为那辆豪车一直缓慢地跟在她身后，仿佛跟着她散步一般。

苏绾心越走眉头皱得越紧。最后她停下脚步，气恼地踹了一脚身后的豪车。

她这一踹，踹得围观群众倒吸一气，也踹得车里的傅时寒笑了。太久没见她恼羞成怒的表情，他只觉得有趣。

傅时寒按下车窗，看着外面还在生气的人问："自己上车，还是要我下去抱你？"

苏绾心心不甘情不愿地开门上车，一言不发地看着窗外，也不问他打算带自己去哪里。

车子上了高架桥疾速前行，数十分钟后来到一家餐厅。这餐厅名气很大，很难预约。

服务生看到傅时寒，恭恭敬敬地叫了声"傅先生"，迎着两个人进门。苏绾心四下打量了一番，环境优雅静谧，一楼宽敞的厅堂里只布置了五处软包卡座，充分保障了顾客用餐时的私密性。

拂衣落座，苏绾心看了一眼菜单。还不等她开口，傅时寒就已经帮她点了所有她想吃的东西。这些年，他对她的喜好一直了如指掌，甚至比她还要清楚。

苏绾心垂头不说话。

傅时寒见她心情不是很好的样子，声音含笑地问："听说下午林诗晗去公司闹你了？"

"嗯，烦得很。"

"我以前是怎么教你的，忘了？"

苏绾心听到这话抬头看了他一眼："你教我的多了，我忘的也多了。"

她这话没说错。从七岁到傅家开始，她就跟在傅时寒的屁股后面学这学那。

一开始她愿意学，毕竟刚从社会福利院出来的土丫头看什么都新鲜。她跟着傅时寒学马术，学钢琴，学打高尔夫。后来年纪大些了，她不想学了，却仍被傅时寒逼着学。

"我教过你，不喜欢见的人就要想办法让他永远不在自己面前出现。"傅时寒凉薄地开口，把苏绾心从沉思中拉回现实，"林诗晗以后再也没机会出现在你视线里。"

"你对她做什么了？"

"需要我做什么？"傅时寒笑，"林家这些年犯的罪，够他们家把牢底坐穿了。我是三好市民，有责任和义务举报各类违法犯罪行为，共治、共建、共享城市平安。"

傅时寒说那些冠冕堂皇的话时脸不红，气不喘。

苏绾心一直很服气他这种脸皮厚、甚至是不要脸的精神。

饭菜很快被端上餐桌，苏绾心小口地吃着。傅时寒接了两个电话，都是公司打来的。

"我吃完了，你回去吧。"苏绾心坐直身子，擦了擦嘴角。

"吃人嘴短，你就这么对我？"

"这顿我请。"

"钱已经付过了。"

"那你想让我怎么办？你今天找我到底有什么事？"苏绾心气恼地问，"傅先生，请你摆正对仇人的态度可以吗？"

"仇人"二字让傅时寒的眼神一沉，他盯着苏绾心的眼睛，让苏绾心浑身不自在。

气氛凝滞，让人窒息。苏绾心不想在这儿跟他僵着，就起了身。

"我去洗手间，失陪。"

她快步离开。

傅时寒凝望她远去的背影，也不紧不慢地起了身。

苏绾心进洗手间洗了脸，然后鬼鬼祟祟地出来四下张望一番。她见傅时寒没跟过来，就朝着餐厅的侧门走去，想悄悄离开。

苏绾心顺利走出餐厅的侧门，越过小小的院子。当她的前脚迈出院门时，紧绷的情绪放松了不少，但当她的后脚迈出院子而手腕被早已在门口等了半天的傅时寒拽过去的时候，她就呆若木鸡了。

"放着好端端的大门不走，专挑后门小路，想干什么？"

傅时寒的身子一转，两个人位置交换，苏绾心被他推着靠在墙上。逃跑未遂被抓了个正着，她不敢正眼看他。

"想跑。"她低着头，倒是理直气壮，"你怎么猜到我在这儿的？"

"你不想和我待在一起？"

"嗯。"

"可以。"傅时寒难得好说话。

可他越这样苏绾心就越怕。

他继续开口："讨好我，我就让你走。"

苏绾心红唇紧抿，呼吸有点儿急促。傅时寒目光深沉地看着她，视线滑过她的双眼、鼻梁，最后落到嫣红的唇上。

他喉咙有些发紧，低声催她："要怎么做还用我教吗？"

"你想都别想。"苏绾心硬气地拒绝。

"那就没办法了。"

傅时寒淡笑，拉着她的手，像人贩子一样逼着她上车。

车子开回傅时寒在 CBD 附近的住处，苏绾心进了屋，看着门上那个只有用指纹才能打开的门锁，绝望地望天。

进屋后，傅时寒就不管她了。他进书房开电脑，忙着和分公司进行视频会议。苏绾心站在客厅的落地窗前，看了半晌夜景，在回身坐到沙发上休息的时候，看到了沙发角落里的名牌丝巾。

那是女人才会用的款式，通常缠绕在包包上搭配使用。苏绾心觉得这条丝巾的款式眼熟——因为上次她和盛浅见面的时候曾在盛浅拎的那款铂金包上见过。

苏绾心愣了片刻，苦笑着叹了口气。

她傻到什么地步才会在某些时刻天真地心存幻想，觉得傅时寒对自己余情未了，觉得他非她不可？

傅时寒这个人强势、霸道、有洁癖，对自己的私人领域十分重视，鲜少有人有机会到他的住处。

他和盛浅的绯闻并不少见，与他和其他女人的那些花边新闻相比，盛浅是他正牌女友的这个说法更立得住脚。

苏绾心和盛浅接触了几次，觉得这个人蛮有趣的，性格也是傅时寒喜欢的类型，不然两个人不会走得那么近，傅时寒也不会带盛浅回家。

苏绾心把视线从那块丝巾上收回，自嘲一笑，只管打开电视打发时间。傅时寒在书房忙了一个多小时，她就看了一个多小时电视。

"有什么好看的？"傅时寒出来走到她身边坐下，看到电视屏幕上盛浅的脸，笑了，"她这部古装剧最近的收视率好像还不错。"

"嗯，很高。"

"喜欢看？"

"好的演员，好的剧情，没人不喜欢吧？"苏绾心就事论事，"盛浅的演技很不错，她长得又很漂亮，前途无量。"

傅时寒听苏绾心这么夸，就陪她一起看了一会儿，却完全没看出来剧里的盛浅哪里好。傅时寒见惯了盛浅跷二郎腿、嗑瓜子、说单口相声，现在再看她演别的角色，非常不适应。

"时候不早了，上去休息。"傅时寒伸手揽过苏绾心的腰，"你身体不好，不要熬夜。"

"所以傅总今天把我叫来的真正目的就是这个？"苏绾心莞尔一笑，"不需要谈一谈条件吗？"

她没闪躲傅时寒的亲近，扭头与他对视，眸色微凉："我可是高级货。"

"你一定要用这种语气和我说话吗？"

"不然呢？"苏绾心脸上的笑容更加灿烂，笑意却没抵达眼底，"傅总教过我，做人要有自知之明，要懂得给自己定位。我如今的定位就是……"

过分的话没能被说出口，苏绾心就被傅时寒压了沙发上。不等她看清他愠怒的表情，她的唇就被封住了。

那是一个不带任何爱欲的吻，有的只是惩罚和愤怒。

苏绾心一动不动。傅时寒喘息着伏在她耳畔，声音嘶哑地问："你认定我不敢把你怎么样是不是？"

要不是如此，她怎么敢一次次地激他？除了她，没人敢在他面前这样放肆。

"傅总说笑了。对于你来说，弄死我就像捏死一只蚂蚁那样简单，何来不敢一说？"

傅时寒沉默。他确实能让她死，但是舍不得。他狠狠地在她肩上咬了一口，苏绾心疼到皱眉，却没出声求饶。

"上楼，今晚别让我看见你。"傅时寒拥着她待了片刻，松了手。

苏绾心理好衣服，沉默地朝楼上走去。待她完全消失在楼梯拐角处，傅时寒才颓唐地靠在沙发上，低头沉思。

他猜不透苏绾心的心思，非常烦躁。她想方设法地远离他、激怒他，还不肯和他亲近，他想不通为什么。

就如傅时寒对苏绾心的喜好了如指掌一样，苏绾心对他也是如此。她知道他厌恶什么，所以总是能一刀见血，甚至不惜用伤害、诬蔑自己的方式。

傅时寒清楚地感觉到她不希望一切回到三年前，至少已经不希望再回到他的身边。

傅时寒起身到书房又忙了一会儿，心不在焉，终于忍不住打开了主卧的监控画面。

苏绾心已经洗完了澡，正坐在飘窗上看外面的夜景。她身上只穿了一件他的白衬衫，用双手将自己环住，下巴抵在膝盖上，歪着头静静地看着外面，不知在想什么。

傅时寒凝视着画面中的人，心情一点点变好——直到他看见她坐直了身子，动作娴熟地点燃一根烟。

苏绾心不知道屋内有监控，放松地释放着自己的情绪，享受着独处的时间。

淡淡的烟雾从口中喷出，苏绾心仰头看着，然后又吸了一口，在成功吐出一个烟圈后，轻笑出声。

苏绾心像玩一样抽完一根烟，不过瘾似的又点燃了一支。可这次还没吸两口，她就听到房门外传来异样的声音。

傅时寒说今晚不想再见到她，苏绾心知道他生气了，不会来找自己，也就没做防范，没锁房门，没想到这个人竟食言了。

傅时寒推门进来，让苏绾心猝不及防。她愣怔着看他，像个做了坏事被家长发现的小学生，又猛地回神，慌慌张张地把手背到身后去。接着，苏绾心的眉头一皱，"咝"的一声，她倒吸一口凉气。

烟烫手上了，她疼。

苏绾心的表情一瞬间有些痛苦，但见傅时寒走过来，她还是身子往后退，故作镇定地问他："有事吗？"

傅时寒冷笑，弯腰扯过她的胳膊，目光阴沉地看着她的左手上被烫伤的痕迹："满屋子烟味，你问我有事吗？"

他从来不在卧室抽烟，苏绾心自知理亏，弄脏了人家的地方，只好低头认错："对不起，我一会儿打扫干净。"

傅时寒被她气得说不出话，没收她的烟和打火机后出门，到附近24小时营业的药店买了烫伤膏和绷带。

路边，他的车旁站着两个衣着暴露的年轻女子。她们从傅时寒出现时就注意到了他，时不时朝药店里面张望。等他出来，见他推门走出药店后，其中一个人上前挡住了他的路。

"帅哥，加个微……"

"已婚，丑拒。"

傅时寒面无表情地出声，目不斜视，连看都懒得看那二人一眼就径直越过她们上了车，不作片刻停留。

跑车发出轰鸣声，转眼间便疾驰而去，消失在夜幕中，留下两个又气又恼的年轻女子站在原地，被熏了一身汽车尾气。

傅时寒到家的时候，苏绾心已经把床上的四件套换完了，还把自己又洗了一遍，之前她穿的那件衬衫也帮他洗好了。

傅时寒黑着脸看她已经沾了水的手，气得把药一下子摔到了床上，吓得站在墙角的苏绾心一哆嗦。

苏绾心看到床上的药膏，恍然间明白了他刚刚的去处。她缓了缓神，小声说话，试图缓解气氛："我就是烫了一下而已，不疼，已经没什么感觉了。"

傅时寒看着她，不说话。

她前些天差点儿被人掳走，从二楼跳下去摔的伤还没完全恢复，腿上还有瘀青，膝盖上的结痂也没掉。

她当时也是这样和他说的，说不疼。可是到底疼不疼，她自己知道。

苏绾心看着盛怒中的傅时寒，终究还是怕了，迈步走到床边，拿起床上的药膏看使用说明："我这就擦药，你别生气。"

苏绾心认真地看着那几行小字，正准备动手给自己上药，却被一旁的傅时寒突然推倒压在了床上。他的突然靠近让苏绾心的心跳加速，她屏住呼吸看着身上的人，迎着他阴沉的视线，分外不安。

傅时寒紧紧握着她的手腕，低声开口："再让我发现你受伤，我就把你绑起来，关在家里，你哪儿都别想去！记住了吗？"

"你不能这样。"

"我问你，记住了吗？"

他是认真的，苏绾心知道。所以在搞清楚如果她现在不答应，他一定还有其他办法让她点头的状况之后，她非常识时务地回了声"记住了"。

傅时寒听到苏绾心的承诺，眼底的阴郁神色散了些。他闻着她身上淡淡的香气，又看着她委屈巴巴的表情，低下头，把她不满的呜咽抗拒声吞入腹中。

与不久前在客厅里那个粗暴的吻不同，这次他温柔了许多，但还是遭到苏绾心的强烈拒绝。

傅时寒轻咬她的唇角，慢慢抬头和她对视，警告："乖一点儿，别惹我。你知道我有很多种方式惩罚你，而我最喜欢的那种，你现在的身体怕是承受不住。"

苏绾心别过头，躲避他的视线，也不敢接他的话茬儿。傅时寒见状十分满意，拉着她坐起来，小心地给她处理伤口。

为苏绾心抹上药膏，包好绷带，傅时寒叮嘱她"这两天别碰水"，然后进了浴室冲了个澡，回来上床熄了灯。

苏绾心被他拥在怀里，浑身紧绷，想了想忍不住问："你不是说今晚不想见到我吗？"

"现在就想被弄哭？"

"晚安。"苏绾心立刻噤声，一动不动，仿佛身边绑了个定时炸弹。

傅时寒没再对她做什么，只是轻轻地搂着她，握着她那只受伤的手，怕苏绾心睡着后自己压到伤处而不自知。

长夜漫漫，有人沉睡，有人无眠。

苏绾心不知道傅时寒什么时候睡着的。她倒是睡得挺快，醒来后两个人都非常默契地没提昨晚发生的事。

吃完早餐后，苏绾心被送回家，下班被司机送回自己的住处。

两天没见到苏绾心的慕酥雨一脸八卦地问她昨晚跑哪儿去了。

"看到没？别碰我。"苏绾心伸出受伤的左手，"我是伤残人士，重点保护对象。"

这让慕酥雨一愣。

"绾绾你怎么又受伤了？！"慕酥雨愁眉苦脸地看她，"展澈知道吗？他知道的话会撕了你吧？"

"别告诉他。"

展澈当苏绾心的主治医生几年了，虽然在其他事情上不大靠谱儿，但医术着实不错，苏绾心很信任他。

"你怕他？"

"哪有患者不怕医生的？"苏绾心实话实说，"所以我受伤的事你别跟他说。如果他骂我了，我就找你算账。"

苏绾心回屋躺靠在床上看书，腿边放着笔记本电脑，随时查看数据。当目光落到左手上的绷带时，她脑海里不由自主地出现了傅时寒的模样，唇边浮现出一抹无奈的苦笑。

傅时寒今天飞了两个城市，晚上回到家已经是半夜三点多了。他有点儿累地坐在沙发上，查看带回来的文件和合同，然后在起身上楼休息的时候，余光瞄到了沙发角落的一样东西。

那是一条丝巾，女人用的。

傅时寒想了想，挑眉一笑，俯身把丝巾和文件放在一起，在翌日清晨一并带去了公司。傍晚，他提前结束一天的工作，开车来到苏氏证券楼下。

晚上六点多，苏绾心和同事一起从办公大楼走出，一眼就看到路边那辆显眼的豪车。她怔了一下，快步走过去，打开车门看着傅时寒。

"我今天要加班，不知道什么时候结束。"

"加班也要吃饭。"傅时寒示意她上车，"有东西给你。"

"可我已经和同事约好一起吃了。你要给我什么？"

傅时寒把在家里发现的那条丝巾拿了出来。

苏绾心没接，抿嘴一笑，笑容有些讽刺的意味。

"傅总，你是认真的吗？"

傅时寒没明白她的意思。

苏绾心见状，坦白："这不是我的。"

她说完这话，关上车门转身离开。

傅时寒微微眯了眯眼睛，瞬间明白是怎么回事。

他低头看手里的丝巾，冷冷一笑，拿出手机拨通了盛浅的号码。

盛浅此时正在跟制片方和导演商讨剧本的事，接到傅时寒电话的一刻简直惊讶得不得了。

盛浅："老板，什么指示？"

傅时寒："看你最近比较闲，我打算给你量身定制个惊喜。"

盛浅："欸？什么样的？"

傅时寒："多找几个陌生人和你一起参加活动，大家相互了解一下，为期一个星期，摄影师全程记录，如何？"

盛浅听到这个答案，脸上的笑容渐渐凝固、消失。她看了一眼身边的人，假笑着起身走出房间，然后低吼："傅时寒，你为了让我给你挣钱，不打算让我要脸了，是吗？我辛辛苦苦维持御姐形象，容易吗？"

"我给你两个小时，把丝巾的事和苏绾心解释清楚，不然两个小时后，你的经纪人会为你安排档期。"

盛浅听得一头雾水。

丝巾？什么丝巾？啊，丝巾！

"我那条限量版的镶金丝巾在你那儿是吧？我找好久了！"盛浅欣喜若狂，"我为了找它瘦了两斤！"

"你还有一小时五十九分三十秒。"

傅时寒说完就挂断了电话，留下盛浅一脸蒙地整理思路，不明白自己的丝巾和苏绾心有什么关系。

她想了一会儿恍然大悟，倒吸一口气，哀叹了声"完蛋"后转身推门进屋。

"泉总、林导，我突然有点儿急事得马上处理，抱歉，今天不能聊了，明天我请你们吃饭，咱们再继续！"

傅时寒说得出就做得到，两个小时后她要是不把事情解决，那就真的倒大霉了。她不想倒霉，于是赶紧给苏绾心打电话。

"你在公司等我！我很快就到！千万别走啊！"

盛浅风风火火地来到苏氏证券，下了车，理了理衣服和头发，随即挺胸、抬头、收腹，一脸高傲地走进公司。此时已经过去一个小时了。

苏绾心这会儿正和同事在小会议室盯盘操作，抽不开身。盛浅只好耐着性子等，结果这一等就等了五十分钟。

眼看着就要到傅时寒给的时限了，盛浅顾不上那么多，冲过去把苏绾心拽到一个没人的房间，关上门。

"丝巾是我的！"

盛浅直白的一句话让苏绾心微微一怔："你今天来找我就是为了说这个？"

"对，就是说这个！我跟傅时寒是清白的！打死我，我也不会跟他在一起的！"盛浅一边看腕上的手表，一边跟苏绾心解释，"你快给傅时寒打个电话，好不好？他给我两个小时和你解释，就剩几分钟了，时间一到我就死定了！嘤嘤嘤！"

"嘤嘤怪"重新上线，苏绾心被她"嘤"得头痛："他逼你来的？"

"我不把这事跟你解释清楚，他就要让我去参加活动，二十四小时直播的那种！他简直是畜生！"盛浅心慌，口不择言，"我那天晚上是和路辞还有霍景凡一起去傅时寒家的，只坐了十几分钟就被他轰走了！他看不上我，我也看不上他！绾绾，你快救救我，快给他打电话！"

苏绾心没办法，只好给傅时寒打电话。她用的是盛浅的手机，接通后就听到傅时寒冷冷的声音传来："你还有一分钟。"

"是我。"苏绾心淡淡地开口，"盛小姐来找我了。"

"然后？"

"然后她和我解释了你们的关系。"

"所以？"

苏绾心皱眉："所以什么？"

"所以我就这样被冤枉，得不到任何赔偿？"傅时寒不想吃亏的时候，是一点儿亏都不会吃的，"苏绾心，你不觉得我委屈吗？"

"不觉得。"苏绾心轻叹了口气，"其实那条丝巾是谁的对于我来说都无所谓，一点儿影响都没有。"

她的话让电话那边的傅时寒的神色冷了下来，也让盛浅有种不太妙的感觉。

苏绾心抬眸看了一眼盛浅双手合十求自己帮她说好话的模样，心情复杂地笑了笑。

如果盛浅和傅时寒两个人对彼此都没什么感觉，那傅时寒今天特意让盛浅来跟自己解释的原因就只有一个：他怕自己误会。

至于为什么怕她误会，苏绾心不傻，猜得出来。就如慕酥雨之前猜的一样，或许傅时寒对她还是有感情的。

"傅总，我们之间没有可能了。我这次回来，真不是为了重新和你在一起的。"

苏绾心不去看盛浅崩溃的表情，她的话让整个房间的温度降到了冰点。盛浅屏住呼吸，没料到事情会发展到这个地步。

"三年前，在吵完架之后我就已经对你没有感情了。你不是一直想知道三年前我为什么要害你母亲吗？我今天告诉你答案。因为我恨你，还有你的家人。"

苏绾心缓声向傅时寒摊牌，笑得凄凉。

"像那样的丝巾，我在三年前就已经见识过了。其实在我看来，盛小姐和你是非常般配的。如果非要选一个人当傅家的少奶奶，那我倒是希望傅总能够考虑一下盛小姐，她真的不错。"

盛浅绝望，第一次这样不希望别人说自己的好话。

"三年前就已经见识过了？这是什么意思？"傅时寒沉默了片刻，出声发问。

"三年前在你的车里，我就已经见过其他女人的东西了。我真的已经不爱你了，现在爱的另有其人。"

苏绾心说完挂了电话，然后转身把手机还给盛浅，笑意盈盈地说："麻烦盛小姐特意跑一趟，抱歉。"

"你们两个人故意的，是吧？你们故意想搞死我，是吧？"

盛浅委屈得都要哭了，不解地看着苏绾心，不明白苏绾心为什么要说那些伤敌一千自损八百的谎话。

"你真不想跟傅时寒和好了？"

"不想。自从跟他分了手，我走路都带风。我不想再回去了。"苏绾心语气坚定地回答，"我还要工作，失陪了。"

苏绾心说完离开了，留下盛浅一个人站在原地发呆。直到经纪人电话打过来告诉盛浅，她有新的工作安排……

傅时寒终究还是生气了，把"毒手"伸向了无助又可怜的她。

盛浅故作淡定地回了一句"知道了"，结束通话后直奔傅氏集团。盛浅觉得自己还能再抢救一下，不能就这么认命了。

苏绾心看到盛浅离开便继续工作，这一忙就忙到了凌晨一点。

她回到住处时慕酥雨还没睡，见苏绾心回来，欣喜地开口："你回来啦！我还以为你今天不回来了呢！"

"我不回来去哪儿？"

"嗯……前男友家里？"

苏绾心笑着摇头，走过去看电脑上的设计图："你又有活儿了？"

"嗯，还是那个叫林一帆的男演员。对了，绾绾，你是不是高中的时候就认识他？"

"认识。"

那会儿苏绾心读的是 C 市有名的重点高中，街对面是同样有名的"学渣集中营"——C 市第一职高。林一帆是那所职高的风云人物，不过在被傅时寒按在地上摩擦了几次后，成了傅时寒的忠实粉丝小迷弟。

"我先去洗澡睡觉了，你也快点儿睡。"

苏绾心不想再回忆过去，回到卧室，冲完澡坐在床边，拉开床头柜，里面的瓶瓶罐罐装的全是药。

苏绾心看着手心的一把药，自嘲一笑。她有时候想，活着真是一件挺不容易的事，不知道这身体能撑到什么时候，希望能撑到查清真相的那天吧。

她仰头，就着水把药咽下，躺到床上。头痛让她辗转反侧，难以入睡。最后只睡了四个小时她就被闹钟叫醒，匆匆吃了点儿东西后去了公司。

傅时寒没再派司机过来，估计被她的那通电话气坏了。苏绾心中午没有五星级盒饭吃，难得跟同事一起出门用餐，然后在下午上班的时候被陈磊叫到了办公室。

"晚上有个晚宴，都是业内的同行，不少人想见你，你要不要跟我一起过去？"

"好。"苏绾心不矫情地点头，"私下都交过手了，见面也是早晚的事。过几天不是还有比赛吗？提前见见也不错。"

答应了陈磊，苏绾心下班后就跟着他一起走了，一现身就引来数人的注目。

有些人已经提前得到消息，知道陈磊今天晚上会带苏绾心出场，而苏绾心最近又是圈子里热门话题的女主人公，所以大家都想亲眼见见她，看她究竟是个什么样的奇女子。于是，今晚参加晚宴的人非常多。

出乎大家的意料，苏绾心并不像搞金融的人。就如同事调侃苏绾心那般，与大多数金融从业者相比，她那张脸更像是混娱乐圈的。

苏绾心下班前在洗手间简单化了妆，有些病态的苍白脸色经过粉底、修容和腮红的加持已经神采奕奕，看不出一丝异样。

她一身黑白搭配，经典优雅，端庄稳重中又带着一丝香甜气息。她身材高挑，虽然看起来瘦瘦的，但该有的料都有，曲线完美，五官精致，微微一笑便让人挪不开视线。

大家观察着苏绾心，想起之前跟她有关的那些传言，觉得不是空穴来风。这样的容貌担得起哈佛商学院金融系"系花"二字，难怪大家都在传她跟各种人的绯闻。

短短几分钟而已，大家看着苏绾心的脸，险些忘记她这段时间是怎么在业务上碾压他们的了。

苏绾心端着酒杯，客套地应付着前来搭讪的人，在见到眼熟的哈佛校友后心情好了不少，酒也多喝了两杯。

身后一阵嘈杂声响起，苏绾心隐约听到有人喊"傅总"。心一沉，她回眸看去。

人群中，傅时寒压轴登场，被巴结的人围住，站在他身边的则是已经有些日子没见的申婧晨。

能再次成为傅时寒的女伴，申婧晨看起来格外开心。她陪着傅时寒应酬了一会儿，很快就发现了苏绾心。申婧晨偷偷观察傅时寒的表情，见傅时寒看见苏绾心后面无表情，便安了心。

看来傅时寒对苏绾心的新鲜劲已经过了。想想也对，苏绾心离开三年，谁知道她在这段时间里有过几个男人？傅时寒一定是嫌她了。

申婧晨看着正在和人聊工作的傅时寒，见他无暇理会自己，便迈步朝苏绾心走去。

苏绾心站在原地，似笑非笑。等申婧晨走到她面前后，苏绾心轻声开口："你有多久没见到傅时寒了？尾巴都快翘到天上去了。"

这话一下子戳到了申婧晨的痛处，因为她确实好久没见到傅时寒，更没机会和傅时寒近距离接触。

"我再怎么样也好过你。"申婧晨冷笑着反驳，"他已经玩腻你了，你应该有点儿自知之明，滚得远远的。"

"对我，他是玩过以后才腻，可是你……"苏绾心低头浅笑，"他连玩都懒得玩。"

傅时寒没碰过申婧晨，从来没有，所以听到这话的申婧晨不由得恼羞成怒："你少得意,早晚有一天我会让你笑不出来的!"

申婧晨软趴趴的警告对苏绾心来说一点儿杀伤力都没有。这个人的口才不行,以至于苏绾心用语言和她针锋相对的时候,都觉得自己像在欺负人。

"这点你不是早就做到了吗?"苏绾心惆怅地叹气,"看见你这张像酸菜鱼一样的脸,我确实很难笑出来。"

申婧晨明显知道苏绾心在骂自己,但是在听到"酸菜鱼"三个字的时候还是愣了一下,没明白什么意思。

苏绾心见申婧晨的反应就知道她没理解,便好心地解释:"又酸、又菜、又多余,说的就是你这种'酸菜鱼'。"

"苏绾心,你别太过分!"申婧晨大怒,"你也别太得意!一会儿傅时礼会来,我倒要看看你怎么面对傅家的其他人!"

"那你就睁大眼睛好好看着,看你和我之间的差距。"苏绾心与她对视,浅酌一口红酒,问,"是你教林诗晗那样做的吧?"

"你什么意思?"

"你心里清楚。"

林诗晗虽然不是什么好人,但被申婧晨利用是事实。

苏绾心缓声说着自己的猜测,观察申婧晨的表情:"那天我和同事聚会,是你教她找人抓我,包括后来她父亲出事,也是你告诉她,一切都是我设计的。

"是你教她去公司大闹,试图用舆论让我低头,对吗?"

申婧晨左右看了看,见周围没人,便笑着认了:"是又怎么样?"

"不怎么样,我就是确认一下而已。我知道你恨不得毁了我,给我拍些不堪的照片或视频,再传到网上去,让我从此变成一个只能靠着男人才能赚到钱的女人。"

苏绾心在说这些话的时候,脸上一直带着淡淡的笑容,那是发自内心的从容。她似乎很清楚申婧晨后续会做些什么,也早已做好了应战的准备。

"但是,你又怎么知道我没有想过……"苏绾心话锋一转,眸色一凛,让申婧晨身子一僵,"这世上有千千万万种报复的方式,你猜我最后会选择哪一种?"

苏绾心孤身一人,无畏无惧。三年前,申婧晨的一通电话让她愤怒到失去理智。如果她能清醒一点儿,就不会让李墨跟着自己上那辆车,不会害李墨双腿残疾。

那场车祸让苏绾心没了半条命。如今她背负满身骂名归来，身后空无一人。她为的不是名利和钱财，为的只是报仇而已。

"申小姐，你要相信，毁掉我未必是一件好事。因为在我死的那天，我一定会拉着你垫背的。"

申婧晨浑身发冷，看着苏绾心朝自己走了一步，不安地往后退了退。宴会厅内到处都是人，苏绾心不可能对她做什么，但申婧晨终究还是怕了。

"在聊什么？"

傅时寒的突然出现打破了两个人的独处空间。他走到申婧晨身后，轻声发问，让申婧晨一下子回过神来。

"时寒，你怎么来了？"申婧晨娇滴滴地出声，想抱住傅时寒的胳膊撒娇，却被他躲了过去。

"在聊傅总独特的口味。"苏绾心后退两步，调侃，"我以为你会带盛小姐来。"

申婧晨和盛浅比，真是差太多了。

"盛浅现在不想见我，也不想见你。"

直播活动的事情已经定下了，盛浅呼天抢地地求饶也没能换来傅时寒的心软。她现在已经对灰暗的人生失去了信心。

苏绾心想到盛浅那天离开苏氏证券时的模样，虽然心疼盛浅，但也觉得有趣。她看着傅时寒和申婧晨，非常有自知之明地告别。

"不打扰二位了。"

傅时寒将申婧晨后腰上的东西取下，不着痕迹地收入口袋，然后将苏绾心拦下："别急着走，我找你有事。"

苏绾心蹙眉。他找自己能有什么好事？不会是之前那通电话让他太生气，他今天来报复自己的吧？傅时寒这个人睚眦必报，心眼儿小得很，这点她很清楚。

傅时寒："你前两天放狠话放得那么厉害，不如今天当着我的面再说一次？"

他果然是来翻旧账的。苏绾心暗暗叹了口气，挑衅："傅总这么喜欢听人拒绝自己吗？"

"再拒绝一次，你就知道我喜不喜欢了。"

苏绾心抬眸看他的眼睛，却没能在那漆黑的眼眸中看出任何情绪。她别过头，转移视线，翻了个白眼，不上当。

他当然不喜欢被拒绝。她要是再说一遍惹怒他，还不知道要被他怎针对呢。这臭男人有意挑事，苏绾心自认斗不过他，便想找机会逃。

她左右看了看，四周尽是默默看热闹的"吃瓜群众"。苏绾心将视线越过他们，落到远处的那扇大门上，然后，看到了推门进来的傅时礼。

傅家兄弟都到了，天要亡她，她逃不掉了。

傅时礼很快来到傅时寒身边，看到苏绾心后脸色沉了下去。苏绾心不想自讨没趣，笑着冲傅时礼点了一下头就转身要走。

"苏小姐怕什么？"申婧晨冲上前，抓住苏绾心的胳膊，不让她轻易离开，"那么久没和傅二少见面，你就没什么想说的吗？"

苏绾心蹙眉。手臂被申婧晨紧紧抱住，她一时间脱不了身，只好垂眸看向宛若牛皮糖一样黏着自己不放的申婧晨，无奈地叹了口气。

行吧，那她就不走了。

"二少，没想到我们这么快又见面了。"苏绾心站直身子，对上傅时礼的视线，"我上次走得急，没机会和你多聊几句。"

"我们之间有什么好聊的？"傅时礼冷淡地出声，目光沉沉地看着苏绾心。

这场面让不少围观的群众心生疑惑。

要知道傅家二少爷可是出了名的好脾气，温润如玉，旁人鲜少能看到他发火。今天这是什么情况？

"这话说得也对。"苏绾心若有所思地点了点头，"好像确实没什么好聊的。"

她的话让傅时礼的脸色更加难看了。

申婧晨见状，煽风点火："怎么就没什么好聊的了？你欠了傅家多大的恩情，又做了多少对不起傅家的事，难道不打算说清楚吗？"

申婧晨不屑地嗤笑出声。她是瞧不起苏绾心的，因为如果没有傅家，苏绾心不过是个没人要的孤儿而已。纵使这个人被傅家收养了那么多年，身上流淌的依旧是卑贱的血液。

"说清楚？"苏绾心眸光微转，看向了她，"你确定希望我全部说清楚？"

申婧晨微怔，突然后悔自己多言。

"申小姐既然对我和傅家的事这么感兴趣，那不如干脆主动请缨，去调查一下那件事情如何？"苏绾心云淡风轻地回应，认定申婧晨不敢答应。

申婧晨瞪着眼睛，一时语塞。

"时礼，送她回去。"傅时寒看了一眼这两个人之间的互动，忽然出声。

傅时礼面露难色，低声说："时宜在车上，陪我一起来的。"

如果让傅时宜见到苏绾心，那接下来出现什么状况谁都说不准。

苏绾心听到傅时宜的名字，垂下头苦涩一笑。傅时寒目不转睛地观察她的反应，拿出手机拨通了傅时宜的号码。

傅时宜正坐在车里无聊地打游戏，接到傅时寒的电话没好气地问："找我干吗？"

"苏绾心在这儿，要不要进来见见？"

傅时寒这一句话，让苏绾心浑身僵硬，让申婧晨差点儿笑出声来，让傅时宜的眼中迸发出恨意。

第三章

暗　吻

宴会厅内，苏绾心觉得自己今天八成要完了。

短短几分钟后，宴会大厅的门被人暴力推开。傅时宜素面朝天地出现在众人视线里，环顾现场，很快就找到了目标。

傅时宜快步走到苏绾心身前，喘着粗气看着苏绾心，双拳紧握，气得整个身子都在发抖。苏绾心抿了抿唇，轻声开口："大小姐，好久不见。"

她的一声"大小姐"，叫得傅时宜眼睛一红，立刻抬起了手。但傅时宜那只手没有直接朝苏绾心的脸上打去，而是在空中停顿迟疑了片刻。

就是这片刻的时间，让始终站在一旁的申婧晨找到了机会。

申婧晨看出傅时宜想打苏绾心，想到上一次苏绾心在晚宴上让自己出糗的事，便趁机报复，把杯子里的红酒朝苏绾心泼去。

白色的衬衫瞬间被红酒染了颜色，苏绾心微愣。傅时宜也愣了一下，然后一巴掌挥了下去，打在了申婧晨的脸上。

"你算什么东西？！"傅时宜怒斥，看了申婧晨一眼。

申婧晨脸颊发烫，恍惚间没反应过来发生了什么。

挨打的人怎么是自己？明明苏绾心才是傅家的仇人！

傅时宜把视线从申婧晨身上收回，转而去看苏绾心，上前愤愤地推了她一下，厉声发问："你还有胆子回来？！"

苏绾心向后退了一步，站稳了身子，轻声回答："嗯，回来了。"

苏绾心的冷静让傅时宜更是恼火。她看了看周围看热闹的人，一把扯过苏绾心的手腕，拽着苏绾心要离开这里。

苏绾心跟跄着跟在傅时宜身后，丝毫没想过挣脱。傅时寒看见苏绾心顺从的模样，在傅时宜走到自己身边时将人拦下。

"哥！"傅时宜看着傅时寒，"你让开！"

傅时宜下飞机回到家后就听说苏绾心回来了。她今天晚上特意过来找傅时寒，一是为了工作的事，二是为了苏绾心。

傅时寒看了一眼苏绾心胸前的酒渍，皱了一下眉："时礼，送她回去。"

一杯酒让苏绾心胸前的曲线毕露，此时已经有不少色胆包天的人偷窥了。

"她不能走！"傅时宜恼火地紧握着苏绾心的手，"我还有话要问她！"

傅时寒冷冷地看着傅时宜，让盛怒中的傅时宜愣了一下。

无论是家人还是外人，不怕傅时寒的人少之又少，傅时宜不在其中。

苏绾心知道傅时寒在帮自己，于是低头跟着傅时礼离开，上了车后一直沉默地看窗外，一言不发。

傅时礼开了一会儿车，偏过头瞥了她一眼，问："没什么想说的？"

"嗯。"

"也没什么想解释的？"

"你觉得我应该解释什么？"苏绾心苦笑，"解释那场车祸与我无关吗？"

"你清楚，只要你说，我们就信。"

苏绾心听到这话，眼眶一热，险些哭出来。她咬紧牙关，稳了稳情绪，出声："二少，有些事骗得了别人，骗不了自己。三年前的车祸，是我这辈子都无法挽回的残局。"

傅时礼又看了她一眼，没再追问。

认识苏绾心那么久，傅家人都清楚她的性子。有些话，她不想说，谁都逼问不出来，傅时寒都拿她无可奈何。

苏绾心被送回家中，推门进屋，其狼狈的模样令慕酥雨吓了一跳。

"绾绾，你怎么了？谁又欺负你了？！"

"没事，我去冲个澡，一会儿再说。"

苏绾心进了浴室，脱下已经脏掉的衬衫和内衣，扔进垃圾桶。一个多小时后，苏绾心疲惫不堪地出来，"喃喃"地开口："我今天见了傅家的其他人。"

"他们欺负你了？"

"没有。"苏绾心苦笑。

如果傅时宜毫不留情地动手打她，她心里还会好受些，可惜……他们舍不得。

回想傅时宜打申婧晨帮自己出气的画面，苏绾心无奈地叹气。申婧晨就算想破脑袋也想不到今晚她会落得这样的下场吧？

申婧晨被傅时宜打了以后，得到了全场的关注，孤立无援地看着苏绾心被傅时礼带走，只得捂着滚烫又疼痛的侧脸，眼中含泪地看向傅时寒，委屈不已。

傅时寒走到她面前，在她想"嘤嘤"哭泣扑进他怀里的时候向后退了一步，问道："让时宜送你回去？"

"你不能送我吗？"申婧晨小声开口，看到傅时寒清冷的视线就明白一切都是妄想。她又看了看身边一脸不好惹的傅时宜，识相地说："那我先回去了，时寒，你有时间再联系我。"

傅时寒淡然一笑，没做任何承诺。傅时宜目送申婧晨走远，然后生气地问："你把她叫过来又不让我和苏绾心说话，你什么意思？"

"去照照镜子看看自己，你像是能好好说话的样子吗？"

"你果然还是向着她！"傅时宜气得跺脚，"我凭什么好好和她说话？我不打断她的腿已经算对她仁慈了！"

"刚刚没人拦你，你为什么不打？"

傅时宜被戳到痛处，语塞地张了张嘴，最后气得眼泪在眼眶里打转："你就是向着她！"

傅时寒没否认，事实就是如此。他今天之所以把傅时宜叫过来，是因为知道傅时宜和苏绾心早晚会见面，而傅时宜的愤怒在第一次见面时是最大的。

与其让苏绾心在他不知道的情况下见到傅时宜，不如趁着自己在场，促成她们见面，这样一切都能在掌控之中。

傅时寒很晚才回到住处，进屋后直奔书房，从口袋里摸出一个小小的黑色物件，那是个小型录音器。

他把文件导到电脑上，安静地听完里面的对话，沉思。

他今天是故意安排申婧晨和苏绾心见面的，之前在公司的那次见面也是。那次傅时寒把录音器放在了桌子下，今天则放在了申婧晨身上。

看来，三年前的那场车祸和申家有着断不掉的关系……

傅时寒一夜未眠,次日清晨早早抵达公司,召开临时会议。已经有些日子没被老板骂到怀疑人生的各部门领导们纷纷瑟瑟发抖地坐到座位上,神情肃穆。

傅时寒扫了他们一眼,下达指令:"ST集团目前进行的项目的资料,上午十点半之前全部交到我手上。其他还在竞标的项目,也都抢下来。"

众人面面相觑,感受到了傅时寒的怒意。傅时寒开完会回到办公室,接到了苏氏证券的陈磊的电话。

苏绾心今天没上班。

从入职的那天起,她上班一直都是风雨无阻的,唯一一次出现翘班的情况,是因为在会所出了意外。所以,今天早上她没有及时出现,大家都有点儿担心。

陈磊昨晚和苏绾心一起参加宴会,知道苏绾心和傅时礼一起离开,应该不会出现什么意外,就没太在意。但上午在接待了一个让人意外的客户后,他又隐约不安了。

ST集团的总裁申文光莅临,指名道姓地要见苏绾心。陈磊想到昨晚宴会上的事情,有点儿不安,在送走申文光后拨通了傅时寒的电话。

傅时寒听完陈磊的话立刻起身,一边给苏绾心打电话一边往停车场走,只是电话怎么也打不通。

傅时寒烦躁地开车,来到苏绾心的住处,直接上楼敲门,过了很久里面才有动静。

慕酥雨揉着眼睛、打着哈欠打开门,看到外面站着的人时,一怔。

"苏绾心呢?"傅时寒开门见山。

慕酥雨听后没好气地答:"走了,绾绾跟展澈走了。"

她本来是生气的,不然也不会说这种话,但说完之后又忍不住虚了,因为傅时寒看起来太可怕了。

慕酥雨不敢凝视傅时寒的双眼,被他看了片刻就低下头,愤愤地解释:"绾绾昨晚高烧不退,展澈是她的主治医生,带她走了。"

"地址?"

"你找不到的。"慕酥雨一脸认真,"因为那是一家黑心私人医院,又不可能开在市里面。"

"所以你是打算告诉我地址,还是亲自带我过去?"

"我……"慕酥雨听出他话中不友好的意味,缩了缩脖子,"我不会带你去的。你就算去了也帮不上什么忙,绾绾好了自然会回来。"

"你确定那家医院的医疗条件可以治好她？"

慕酥雨低头不看他的表情，但感受得到他身上的阵阵寒意，不甘心地小声嘀咕："当然确定啊，绾绾之前不就是被我们治好的吗？"

"慕酥雨。"

傅时寒突然语气阴冷地叫她大名，吓得慕酥雨浑身一颤。她条件反射地抬头看他，然后往后退了一步。

"我真的不能带你去，不然绾绾醒了会生气的！她病好以后肯定会出现的。她明明就是为了你才回来的，你怎么还那么凶？！"

一口气说完，慕酥雨动作迅速地摔门，吓得心脏"怦怦"跳。

傅时寒站在门外难得愣住，看着面前紧闭的大门，深吸一口气平静情绪，然后问："她病得重吗？"

"重，"慕酥雨隔着门板、肯定地回答，"所以可能要等几天才能好，你快走啦！等她回来，我会让她给你打电话的！"

傅时寒无奈地离开。他知道展澈在郊区有一所私人医院，虽然已经派人过去查了，但苏绾心并不在那里。

没办法，傅时寒只好耐着性子等。只是他没想到，这一等就是一个多星期。

在苏绾心消失的这几天里又出现不少关于她的传闻，有人关心她的去向，有人则冷嘲热讽着怀疑她跑路了。毕竟圈内那场打着娱乐旗号、实则非常专业的比赛马上就要开始了。

星期日，下午三点，苏绾心被展澈送到了骏扬酒店。这家酒店是傅氏集团旗下的，也是这次几大证券公司举办比赛的场地。

"九点之前必须休息，"展澈看着准备下车的苏绾心，不悦地叮嘱，"一日三餐不能少，再让我知道你喝酒，我就一酒瓶子帮你解脱！"

"嘤，真凶。"

苏绾心想到盛浅"嘤击长空"的技能，心血来潮地学了一下，结果"嘤"得展澈脸都绿了。他愣是没能说出别的话来，眼睁睁地看着她离开。

苏绾心笑着冲他挥挥手，迈步走进酒店大门。比赛于明天上午九点正式开始，所有参赛者都会在今天下午聚集于此。

她来到前台出示证件，顺利拿到房卡后朝电梯走去。

21楼，大厅。

漾漾乖巧地坐在墙角，屁股下面是他的小皮球。他目不转睛地看着电梯的方向，耐心等待要等的人。

几个男人从走廊尽头的房间里走出，一边走一边议论着什么。

　　"你们说那个叫苏绾心的人今天能来吗？"

　　"哈哈，来什么来啊，你没听说她已经消失十多天了吗？我听说苏氏证券都乱成一团了，得罪了 Alex，哪儿会那么简单地摆平？"

　　"她真的跑路了？听说 Alex 投了几千万，这钱岂不是要打水漂了？"

　　"不至于，毕竟苏氏证券还有那么多老手坐镇呢，只是三位数的收益率别想了，没可能。"

　　"这个苏绾心还真是个狐狸精啊，乱搞一通，自己闹了个高兴，最后说跑就跑了，连个招呼都不打。"

　　"狐狸精哈哈哈，你说……哎哟！"

　　男人的话没说完，腿就被皮球重重砸了一下，他眉头一皱，朝前看去，只见一个穿着白色短袖和牛仔背带裤的小孩子站在那里，球就是这个小孩子踢的。

　　漾漾抿着小嘴看着他们，几步就跑到了他们面前："叔叔对不起，我不是故意的。我叫漾漾，你们呢？"

　　"你问这个干什么？"

　　"你们看起来好厉害，告诉我名字好不好？"漾漾一脸期待的样子，"我有作业，要写厉害的人，想写你们。"

　　小家伙认真地道歉。他长得漂亮，说话又好听，让人讨厌不起来。于是这几个男人笑着报上自己的名字，拍了拍漾漾的头，进了电梯离开。

　　电梯门关上，漾漾生气地冷哼一声，默默在心里记住那三个人的名字，打算回去找爸爸告状。敢在背后说他妈妈坏话，他要他们好看！

　　捡回了球，漾漾继续在电梯门口等候。过了好一会儿，电梯"叮"的一声打开，他扭头看去，看到一张熟悉的脸。

　　"欸？"苏绾心一出电梯就看到这个眼熟的小肉球，不由得笑了，"好巧。"

　　漾漾终于等到了她，连忙站起来抱住她的腿："漂亮阿姨！"

　　"乖！你怎么在这儿啊？"

　　"我和爸爸还有姑姑来的！漂亮阿姨你怎么也在这儿呀？"

　　小屁孩说谎不脸红的功力深厚到极致，苏绾心完全没起疑心，弯腰捏了捏他圆乎乎的小脸蛋，回答他的问题："我来比赛。"

　　"嗯……很多人吗？很难吗？"

　　"小场面，问题不大。"苏绾心被他担心的表情逗笑了。

"那你会拿第一名吗？"

"不知道呀，你问这个干什么？"

漾漾"嘿嘿"一笑："你要是得了第一名，请我吃好吃的好不好？"

"那我要是没得第一怎么办啊？"

"那我请你呀！"漾漾反应极快。

苏绾心笑着点了点头："行，这买卖不亏，就这么定了。"

她只当哄小孩子玩，摸着漾漾的小脑袋四下张望："你怎么又是一个人？你爸爸和姑姑呢？"

"我不知道。"

"你家那些凶神恶煞的保镖呢？"

"我也不知道！"漾漾笑得开心，"阿姨你陪我玩好不好？"

"不好吧？"

苏绾心为难地摇头，想起上次见到这孩子时的场面，如果没猜错，他应该是傅氏集团哪位高层的孩子，这会儿家长应该正心急地找呢。

"你是从哪儿跑过来的？走，阿姨带你去找爸爸。"

"不要找爸爸！"漾漾心急得连连后退。

爸爸说了，不能让妈妈知道他在说谎，不然妈妈会生气跑掉的！

"那你要找谁？"

"你。"漾漾又跑过去抱住她的腿，仰头看着她撒娇，"你陪我好不好嘛，要抱抱！"

"你这小孩怎么一点儿都不怕生啊？"苏绾心被萌了一脸血，没办法，只好俯身把他抱起，"你不怕我是人贩子，把你卖了吗？"

"不要卖！"漾漾搂着她的脖子，蹭了蹭，"我可值钱了，你把我留着吧！"

"行，不卖。"

苏绾心转身按了电梯键，决定把这孩子送到一楼前台。

漾漾一见她要送自己走，马上就不乐意了。他死死地抱住苏绾心的脖子，"呜呜"大叫："不要！不要走！不要找爸爸！爸爸坏！"

楼上，监控室。

傅时寒通过走廊内的监视器看着屏幕上的画面，冷冷地嗤笑，然后拿起电话通知保镖把漾漾带过来。

保镖突然从暗处蹿出来，吓得苏绾心一哆嗦。她抱紧怀里的小东西，低头看怀里的小人儿，问："他们是你的跟班吗？"

"是。"漾漾极不情愿地点头承认。

"那行吧。"

苏绾心得到肯定答案，痛快地把他交了出去。漾漾一脸蒙地到了保镖怀里，愣怔了几秒，拼命挣扎。

"要抱抱！要你抱抱！"

"可是我还有事啊，真的不能陪你玩。"苏绾心摇头拒绝。

漾漾见状，委屈巴巴地看她："那……那亲一下再走行不行？"

"行。"

苏绾心笑着凑过去，在他柔嫩的脸蛋上亲了一口。漾漾目不转睛地看着她，小脸瞬间就红了。他睁大双眼说不出一句话，也忘了再阻止她离开。

苏绾心终于到了房间，把带来的换洗衣物整理好后，拿起床头柜上的行程表，然后来到表格上所写的会议室。

她一推开门，所有坐在屋内聊天的人顿时安静，全都注视着她。

"你可算回来了。"同事苏焱看到她，激动地起身，"这段时间跑哪儿去了？"

"生病住院。"苏绾心扬了扬手。

众人只见她两只手背上都是青紫色的针眼，再加上她的神色看起来有些病态，让人没法儿不信她的话。

"采访一下，独自迎敌的感觉如何？"苏绾心笑着走到苏焱的身边坐下。

别的公司来的人都两两成双，只有他们公司的苏焱孤身一人，直到刚刚为止。

苏焱苦笑，有些话在这儿不方便说，但苏绾心都懂。

在她消失的这段时间里，圈子里可谓各种传言都有，好听的，难听的，苏氏证券的人都听了个遍。今天除了苏氏证券内部人员以外，恐怕没人希望她准时出场。

"身体怎么样？"苏焱观察着她的状态，轻声询问。

"还行吧。"苏绾心笑，"不行也得来呀，这么多人等着我呢，总不能让他们白等一场。"

大家继续聊天，当时针指向数字四时，会议室的门再次被推开。苏绾心扭头看去，眸色一沉。

傅时寒来了。

他身后还跟着一些人，都是今天参加比赛的这些证券公司的领导。大家虽然明面上说这是娱乐性的比赛，乐和乐和着玩的，但看这架势也知道全是认真的，都想争个高低。

傅时寒的视线轻轻扫过苏绾心，没作任何停留，他简单讲了这几天的比赛规则，然后就离开了。

接下来的几个工作日，所有参赛者的活动范围只有21楼这一层。主办方在大会议室内已经为他们准备好了电脑，他们要把手机统一上交，不准和外界联系，用餐就在同层的餐厅，配套设施非常齐全。

傅时寒出手阔绰，免费提供几千块一晚的房间。同一公司的两个人共用一个房间，像苏焱和苏绾心这种一男一女的组合，就每人各自住一间。

散会之后，大家回屋休息。晚上六点到八点是用餐时间，苏绾心早早填饱了肚子，回到房间打开电视和电脑，用这仅存的方式获取外界信息。

电脑已经被专业人士动过手脚，只能打开相关数据资料网，无法登录各种软件与外界联络。

时间缓缓流逝，晚上九点，苏绾心有点儿累了。她正打算休息，却听到了房门"嘀"的一声被人从外面打开。

苏绾心沉默，看到傅时寒关门进屋后，笑了："傅总，这不合适吧？被别人看见，我岂不是成了走后门的人？"

傅时寒没心情和她说笑，走过来看着她，抹不平心中的怒气。

苏绾心被他看得有点儿慌，不自在地扯了扯身上的被子，轻声说道："有什么事说吧。"

"你这些天一直跟展澈在一起？"

"对啊，"苏绾心理所当然地点头，"他是我男朋……"

话没说完，她便被傅时寒拽着手腕拉了起来。

苏绾心撞进他的怀里，纤细的腰肢被他的手臂牢牢环住，动弹不得。她呼吸一窒，听他冷声开口："这是我最后一次提醒你，别再让我听到这样的话。"

"你不觉得你管得太多了吗？"

"多？从今天起，我会让你知道什么叫真的管得多。"傅时寒低头看她，眼中尽是阴沉之色。他松手放开了她，看着她瘫坐在床上的模样，问："猜到你今天会来，我特意推掉国外重要的项目并购会议回来，感动吗？"

"不敢动。"苏绾心实话实说，坐在床上一动不动。

傅时寒看出她在生闷气，淡笑。他居高临下，视线幽幽地落在苏绾心微微敞开的衣领处，目光炙热。

"再这么勾引我，我怕是要扛不住。"

苏绾心蹙眉，忍了又忍，没忍住："你主动进我的房间，还说是我勾引你？"

"这酒店是我的，我怎么不能来？"

他说得好有道理，苏绾心竟无法反驳。

傅时寒松了松领带，坐到床边看她。苏绾心不与他对视，把注意力放在电视上，气氛一时凝滞。

傅时寒见她始终不搭理自己，便抬手想要关电视，却被她制止了。

"别，我再看会儿新闻。"

"怕了？"

"来的都是业内精英，多做些准备总是好的。"苏绾心淡声调侃，"毕竟我不是傅神，没把握一定赢。"

傅时寒在圈子里称王称霸已经好些年了，以前和苏绾心在国外留学的时候就"血虐"过一群同行。回国后，傅时寒更是不留情面，在苏氏证券任职总经理的那一年，用业绩虐得其他公司头都抬不起来。

后来，他卸职回傅氏集团当总裁的那天，其他证券公司都非常有默契地放了几万响的鞭炮，以表开心。那一天，证券界的天是解放的天，格外地蓝。

苏绾心虽这么说，傅时寒却没当真。她有几斤几两他清楚，毕竟她是自己一手教出来的。

"你到底是来干什么的？"苏绾心内心煎熬不安，开口发问。

"你说呢？你的身体是怎么回事？"

"没什么。就是身子骨弱了点儿，不要紧。"苏绾心不在乎地笑，笑得傅时寒心口疼。

他低下头，握住她的手，看着她手背上那些碍眼的针眼，沉默不言，这让苏绾心无法猜出他的心思。

傅时寒沉默了许久，终于缓缓出声："三年前，你在我的车上看到了什么？"

苏绾心咬了咬牙："傅总今天是来翻旧账的？"

"你知道那辆车是我买回来送给你的。你了解我，知道我的车除了你没人能坐到前面的位置，车里不可能有其他女人的东西。"傅时寒握紧她想挣脱的手，目光尖锐地说，"你出事前的最后一通电话是申婧晨打给你的。

"你回来后对申家一直有所关注。"

苏绾心回来后的一举一动、一言一语对傅时寒来说都是线索，是提示。

"你就没有想过，那场车祸其实与任何人无关，只是我一人为之？"

"我……"傅时寒刚一开口，话就被敲门声打断。

苏绾心和他均是一愣，不约而同地看向门口。

"苏小姐，休息了吗？"

门外传来陌生男人的声音，傅时寒一听立刻起身，吓得苏绾心赶紧把他拽住。

"你要干吗？"她小声问他，满脸惶恐。看他这凶神恶煞的样子，她好怕他冲过去开门。

"我要看看是谁这么晚了还来找你。"傅时寒偏过头看她，他的眼神让苏绾心莫名其妙地有种被捉奸在床的感觉。

傅时寒看着这个总是不知不觉地招蜂引蝶的女人，皱眉："放手，我去开门。"

她放手是不可能的，绝对不可能。苏绾心用力摇头，用眼神哀求："你去开门怎么说？别人看到你在我房里会怎么想？"

"随他们怎么想，反正是事实。"

"傅时寒你放我一条生路，你知道我根本不想跟你传绯闻。"

"苏小姐，睡了吗？"门外的人不死心地又敲了敲门。

傅时寒眸色一沉，看着苏绾心抓着自己不放的手，答应："行，我放你一条生路。那你亲我一下，我当这事没发生过，安静装哑巴。"

"不可能，你死了这条心吧。"苏绾心倔强地拒绝。

"好啊。"傅时寒点下头，回眸看门口，放大声音，"苏……"

他只来得及说出一个字，就被苏绾心捂住了嘴。苏绾心慌张地看着他，用手紧紧捂住他的唇，不准他再出声。

她身上的香气就那样猛然地靠近，环绕在他周围，让傅时寒有些神思迷离。他微微眯了眯双眼，舔了一下她的掌心。异样的感觉让苏绾心立刻缩回了手，红着耳朵瞪他，指控："卑鄙！无耻！"

"我不介意你多加一个下流。"

苏绾心低下头，懊恼又不甘心，两个人气势的强弱顿时见分晓。从小到大，与他对立时，她从来没赢过，一次都没有。

傅时寒见她认输的姿态，满意一笑，弯下腰在她的额头落下一吻，然后摸了摸她的头，安抚地说道："时候不早了，睡吧。"

苏绾心听了这话有点儿意外，以为他会厚脸皮地留在这里住下。

傅时寒仿佛听见她在心里骂自己，便把她推到床上，自己转身离开。

"你现在的身子禁不住我折腾，我就不在这儿折磨自己了。"

走廊空空荡荡，之前那个不知趣的男人在没得到任何回应后早已消失不见。

傅时寒走后，苏绾心出神地望着天花板，烦躁不堪。她没心情再想任何事情，于是干脆熄灯睡觉，留着这满腔无处发放的怒火，准备明天"虐人"。

傅时寒离开酒店，开车回到傅宅。

"大少爷，您回来了。"客厅内的用人恭恭敬敬地打招呼。

傅时寒"嗯"了一声，径直上楼来到卧室。偌大的房间安安静静，只是床上多了一个撅着屁股睡觉的小肉球。

傅时寒这么晚回来是有理由的，下午答应过傅予安晚上会回来。

漾漾似乎听到了开门声，不高兴地"嘤"了两声，然后迷迷糊糊地睁开眼，在看到床边的人后，挣扎着坐了起来，声音软糯地说出三个名字。

"他们下午偷着骂妈妈，我听到了。"小家伙昏昏欲睡，依然不忘告状。

傅时寒记住那三个人的名字，问："你急着找我回来就是为了这个吗？"

漾漾点了点头，奶声奶气地说："我还小，打不过他们。等我长大就不用爸爸帮忙了。"

傅时寒轻笑一声，把外套扔到一边，跟漾漾讨价还价："今天我让你见了妈妈，你明天必须去上学。"

"我不！"听到这个话题，漾漾瞬间就清醒了，抗拒地看着傅时寒，用力摇头，"我不去幼儿园！"

傅时寒的眸色沉了沉，漾漾注意到了，钻进了被窝，声音也降低了不少："幼儿园不好玩，我会被别人欺负的。"

傅时寒冷笑。这话的前半段他信，后半段一个字都不信。

"爸爸，"漾漾露出小脸看他，"我去上学的话，如果有人问我爸爸是谁，那怎么办？我不能说的。"

傅时寒神色一怔，听他继续说："但我是不是可以告诉他们我的妈妈是谁？奶奶说不要轻易告诉别人你是我的爸爸，不然我会被坏人带走的。那妈妈呢？妈妈的名字也不能说吗？"

"可以，"傅时寒痛快地点头，"她的名字随便说。"

"好，"漾漾乖巧地点头，"父子坑人联盟"暂时达成协议，"那我明天就去一次幼儿园吧。"

傅时寒看着他，不由自主地想起了苏绾心。

她已经见过漾漾两次了，却还没发现漾漾的身份。如果她知道了真相会是什么表情？

苏绾心的若即若离让傅时寒不安。种种迹象表明，她是不情愿重回他身边的。如果他没办法把她留下，不知道这个孩子可不可以做到。

一夜过去，苏绾心去餐厅吃过早饭后来到会议室，选了光线不错的位置坐下，打开电脑熟悉操作系统。

时间渐晚，其他人陆续出现，各自找位置坐下，登录账号热身。九点一到，房间内被紧张的气氛充斥。

苏绾心戴着耳机，几个电脑屏幕上滚动着实时更新的各种新闻消息，还有一个屏幕上显示的是证券操作系统。

二十名参赛者每人账户内的初始资金是相同的，五天之后，谁的账户金额最多，谁就赢了这场比赛。主办方给他们统一选择的交易方式是外汇交易。

外汇交易市场是一个二十四小时不间断的市场，区别于其他交易市场，最明显的一点就是时间上的连续性和空间上的无约束性。也就是说，这场比赛一旦开始，他们可能连休息的时间都无法保证。

大多数金融从业者知道，在金融市场上的失败者，失败最大的原因是内心的巨大压力以及不具备足够的抗压能力。而在这次比赛的二十名参赛者中，压力最大的人恐怕就是苏绾心了。

所有人都在关注她，等着看她输，看她一败涂地。但是可惜，苏绾心的抗压能力好到了极致，因为她是从小被傅时寒打击着长大的。

苏绾心至今还记得那些悲惨经历。她上小学时，被傅时寒强迫学初中的课程，学不会就被傅时寒冷嘲热讽，哭到不能自已，险些自闭。

她连傅时寒那个人面兽心的家伙的折磨都扛过来了，还会怕他们？

苏绾心心态非常好地开工，她的分析能力高超，敏锐度又极佳，到了中午十一点，别人还在埋头苦干的时候，她的业绩已经达到自己的满意阶段了。于是，在众人惊讶的视线中，她摘下耳机起身，前往餐厅吃饭。

人是铁，饭是钢，一顿不吃饿得慌。她是病号，不按时吃饭是不行的。

苏绾心谨记展澈的警告，细嚼慢咽地填饱肚子，回去的时候还不忘给自己打包水果和零食，然后工作到晚上九点半，非常痛快地回去睡觉休息。

"这个女人，真是狂妄。"有人望着她的背影，"喃喃"自语，"完全没把我们放在眼里。"

二十人中有十六个男人，这么一群男人被一个女人看轻了，怎么咽得下这口气？！

所以苏绾心第二天早上到会议室的时候，发现竟然有人一夜没回去，直接在会议室熬了通宵。

苏绾心目瞪口呆，默默地喝了口牛奶压压惊，不吭声，干活儿。

"绾绾，心态可以啊。"苏焱坐在苏绾心身边，看她的气色就知道她昨晚睡得不错，忍不住轻声称赞。他还以为她会慌得睡不着，没承想她如此放松。

"还行吧。"苏绾心谦虚地回答，"主要是我的身体不好，医生说了，得按时休息。"

"你的身子怎么这么差？经常生病吗？"

"嗯，从小家里穷，吃不饱穿不暖的，导致营养不良，身体极差。"

家里穷？你当年开着豪车上名校的时候怎么没想过你家穷这个事？别是穷得只剩钱了吧？

苏焱老实闭嘴，不在谎话连篇的苏绾心面前找存在感了。苏绾心戴上耳机专心干活儿，直到晚上十点回房间，发现有人在里面等着她。

苏绾心看到坐在沙发上看电视的人，身子僵硬地愣在原地，声音有点儿颤地开口："大小姐。"

她一这么叫，傅时宜立刻就恼了，把手里的遥控器用力摔在地上，起身对她怒目而视。

傅时宜力气很大，摔得遥控器里面的电池都掉了出来。

苏绾心慢慢蹲下捡起电池，轻声问："找我有什么事？"

"你说呢？！"傅时宜看着她，想不通她怎么能这么冷静，"苏绾心，你见到我难道一点儿都不心虚吗？"

"心虚，还有愧疚，满是负罪感。"苏绾心垂眸，如实回答，"但是我又清楚，早晚会有这么一天。"

不单单是傅时宜，还有傅家其他的人，她早晚都会见到。

"想怎么打骂都随你，动手吧。"苏绾心把遥控器放回到桌子上，神色平静地与傅时宜对视，一副完全做好心理准备的模样。

"你回来到底是为了什么？"傅时宜拳头紧握，"赎罪？辩解？你知道我们是不会放过你的！"

"墨姨的腿就连你们都救不回来，所以我无论做什么都赎不了罪。车是我开的，车祸是我造成的，我无法为自己辩解什么。我回来是为了钱，为了苏氏证券的股权。"

"呵。"傅时宜冷笑，"钱？只怕你是有命拿，没命花！"

"未必。"苏绾心也笑了笑，"或许我就是认准了你们不会把我怎么样呢？时宜，你舍不得打我，对吧？"

傅时宜沉默。

"不光是你，就连傅时寒也一样不舍得动我。我认识你们十几年，清楚你们的软肋是什么。我就是这么卑鄙的一个人，否则怎么敢回来？"

苏绾心说完，走到沙发旁坐下，等了半晌。她等傅时宜骂她或者干脆冲过来打她，可是傅时宜一直站在原地，背对着她一动没动。

苏绾心看着傅时宜微微颤抖的身体，心　沉，起身走过去，看到她被气得泪流满面的样子。

"你……"苏绾心眉头紧蹙，"别哭了。"

"你滚开！少管我！"傅时宜一把将她推开，抹了把眼泪，"我不舍得打你？我是怕脏了自己的手！你就是死在我的面前，我都不会为你掉一滴眼泪的！"

房间里瞬间安静了下来，苏绾心欲言又止，转身拿了张面巾纸递过去。傅时宜抬手夺了过来，斜眼瞪她，满脸怒意。

"咚咚咚——"

"苏小姐，你在吗？"

房门被敲响，苏绾心听出他的声音，那晚傅时寒在的时候也是这个人来找她。

她心生不悦，打算去开门，但傅时宜抢先一步，速度很快地走到门口。

"你谁啊？这么晚找她干什么？"傅时宜看向门外的男子，没好气地问。

男子朝屋内看了看，隔空与苏绾心对视，挑眉："咱们这儿不是不准跟外界联系吗？苏小姐这是什么情况？"

苏绾心嗤笑，缓步走过去："找我有什么事？"

男子是其他公司的，苏绾心虽然跟这个人没有过什么交集，但也听苏焱提起过他的一些事情，听说这男人在圈里是出了名的"渣"。

苏绾心在圈子里的风评褒贬不一，而这个人两次趁天黑过来找她，为了什么，不言而喻。

"没什么，想找你交流一下经验。"男子瞥了一眼傅时宜，微笑回答，"今天的事我可以当作不知道。"

"少在这儿阴阳怪气。"傅时宜不爽地看他，"你知道了又能怎么样？"

说完，她转身进屋拿出一份文件，扔进苏绾心怀里："签了，回头我过来拿。"

"这是什么啊？"苏绾心低头看，"不签行不行？"

"不签？你有什么资格不签？！"傅时宜冷叱，"我让你签卖身契你都得给我签！"

"知道了。"苏绾心点了点头。

傅时宜也没再跟她废话，瞪了一眼那个看起来就不怀好意的油腻男子，警告一句"离她远点儿"，然后大步离开，头都没回。

苏绾心靠在门框上，目送傅时宜离开后，收回视线看向眼前的人，说："抱歉，我这个人比较自私，从不和任何人交流经验，你以后别来了。"

她说完关上门，看傅时宜留下来的合同。这是一份活动邀约，苏绾心简单地看完，苦笑。

这算什么啊，她搬起石头砸自己的脚？

看合同上的内容，如果她没猜错的话，这个活动就是当初傅时寒为了教训盛浅特意准备的那个。

苏绾心头痛地把文件扔到一旁。早知道会被连累，她那天是无论如何都不会惹怒傅时寒的。

苏绾心心情复杂地进浴室泡了个澡，在发现自己完全没有睡意之后，干脆换了身衣服，重新回到会议室工作。工作到后半夜，她迷迷糊糊地趴在桌子上睡着了。

凌晨四点半，苏绾心不舒服地醒来，还没睁开眼睛就听到几个男人说笑的声音。

"让她嘚瑟！我倒要看看她这次打算怎么办。"

"哈哈，卖弄风情求人帮忙呗！"

"帮不了，神仙下凡也帮不了！"

苏绾心慢慢坐直身子，看了看屋里。屋里除了她只剩下不远处的三个男人，其中一个还是那个敲她房门的"渣男"。随着苏绾心的清醒，他们也闭上了嘴。

苏绾心眉头紧蹙，随即查看电脑上的数据，很快就发现自己账户内的数据变了。数据显示多了几笔并不是她完成的操作，账户余额也从之前的盈利变成只剩本钱。

苏绺心的心猛地沉到谷底，她回眸看了一眼那三个冷笑着看热闹的男人，努力让自己冷静下来。

在她睡着的这段时间里，他们动过她的电脑，让她赔了大笔的钱！

苏绺心沉默了半响，轻笑出声，继续看电脑上那让人头大的残局。她很久没这么惨过了，但若是说一点儿办法都没有，也不可能。

还有两天结束账号操作，比赛已经开始进入白热化状态。苏绺心原本以为自己稳赢到底，没想到这三个不要脸的东西在背地里来了这一招儿。

苏绺心快速整理思路，戴上耳机，进入工作状态。那三个人看出她想力挽狂澜，认定她没有办法，高兴地起身从她身后经过。

其中一个人还拍了拍她的肩膀，"好意"安抚她："别急啊，条条大路通罗马，总有办法的。"

苏绺心头都没回一下，只是恶心地扫了扫肩上不存在的灰。

时间过得很快，一转眼到了周五下午六点半。傅时寒现身酒店，身边还有另一位大人物——GE风险指标集团的总裁。

GE在业内是一家传奇式的公司。因为它曾以一己之力搞垮、揭穿了很多臭名昭著的财务造假公司，其中还有不少是世界闻名的高端企业。

五天的赛程终于结束，所有参赛者完成最后一笔交易，将电脑屏幕切换到账户余额的画面。

比赛结果在众人的意料之外，但也合情合理——苏绺心排名第一。

"各位辛苦了，此次比赛的前三名在这里所获的利润全归你们个人，算是奖品。"

傅时寒这话一出，众人顿时纷纷倒吸一口气，有的高兴，有的懊恼，有的忌妒，有的抓狂。

他们账户内的所有资金都是真金白银，本金由傅氏集团提供。这几天下来，利润少的有十几万块，多的则有上百万块。

"傅总，我对此次比赛的结果有疑问。"

在一片微小的议论声中，有人站出来质疑苏绺心的成绩。

"我也看不懂某人的成绩。我怀疑她作弊。"

"没错，我也怀疑这个成绩有问题。"

"两天前我们看过她的业绩，只盈利了几万元而已，怎么才两天就变成上百万元了？！"

"垃圾三人组"站了出来，表示完全不相信苏绺心最后的成绩。众人看向苏绺心，等着她解释。

苏绺心凝望着他们，开口："两天前的晚上你们告诉我条条大路通罗马，让我别急，说一切总会有办法。我忍了两天，终于忍到结束，现在只想问你们一句，你们不会真的以为我会因为你们使的那点儿绊子认输吧？"

所有人都从苏绺心的话里听出了猫腻：两天前的晚上发生什么了吗？

"条条大路通罗马？抱歉，你们可能不知道，我生在罗马，而且就在市中心。"苏绺心浅笑嫣然，"你们动了我的电脑，毁了我之前的成绩。我交了八位数的保证金玩了百倍杠杆，用两天把之前的损失找回。我知道你们有人也玩了这招儿，只是没人像我一样敢玩这么大而已。"

百倍杠杆，只要有一个小小的波动或失误，她就会被强行平仓，淘汰出局。

苏绺心接着说："既然要打假，那就打得彻底点儿。如果有监控，麻烦调取一下监控视频，或者验一下我的键盘和鼠标上的指纹。"

"所有人的成绩我们都会核查。"

一片安静中，傅时寒出声打破僵局。他看了一眼那三个搞事的男人，想起漾漾之前和自己告状的事——这三个人的名字恰巧就是他那天听到的。

见傅时寒派人调取监控视频，三个人顿时慌张不已。因为他们之前观察过这个房间，并没有看到监控器，不然也不会做出那样的事。

事实上，会议室内有监控器，只不过是非常小的隐形监控器，用肉眼是看不到的。傅时寒当着所有人的面，播放两天前那晚的视频。

画面中，苏绺心疲惫不堪地趴在桌子上休息，不远处的三个男人用猥琐的目光观察她，满脸不怀好意的表情。然后，其中一个人起身来到她身后，拿起她的鼠标，快速操作了几下，又回到自己的座位，继续和其他两个人说笑。

真相大白，三个人有些站不稳了。

但敲她房门的那个人又很快想起了什么，面目狰狞地指向苏绺心，说："她破坏比赛规则，联系外人获取外界信息！"

"你说的外人是傅时宜吗？"苏绺心没什么好隐瞒的，把一份合同甩到大家面前，"傅小姐是来和我谈工作的。我正巧过段时间要参加一个活动，要不要帮你们宣传宣传，也算给广大金融同胞们提个醒，什么能做，什么不能做？"

事情败露，这三个人的工作肯定是丢了。傅时寒命人把他们带走，对剩下的人说："辛苦各位，今天就这样，明晚七点，这里会有一场业内的交流晚宴，希望大家准时到场。"

僵硬的气氛被化解，众人离开，议论纷纷。

苏绾心站在原地，等人都走光后，才面露笑意。

"霍德华先生，好久不见。"她朝着 GE 总裁走去，"没想到会在这儿见到你。"

"这话应该我说才对。"老者笑着给了她一个拥抱，"方便今晚一同吃个饭吗？"

"当然。"苏绾心点头，"我去房间收拾一下东西，稍等。"

苏绾心回房间收拾好东西，和傅时寒还有霍德华去了楼下的餐厅。

傅时寒已经把一切都准备好了，幽雅静谧的包间里只有他们三个人。

霍德华看向苏绾心，问："你们两个人还没有举办婚礼吗？"

苏绾心止吃得好好的，一听这话差点儿没把自己噎死。她侧过身，掩嘴猛咳。傅时寒见状，面色冷淡地给她拍了拍后背。

霍德华看着他们的互动，轻笑出声："这三年我一直想见你，可是 Christian 说你的身体不好，你又要陪你们的孩子，没办法脱身。"

曾经知道她和傅时寒是情侣的人并不多，霍德华就是其中一个。

傅时寒没和霍德华先生说他们已经分开的事吗？

苏绾心看了傅时寒一眼，见他没有帮自己挡话的打算，只好硬着头皮上了。

"我这几年身体状况确实不好。他也和我说过，等我身体好一些，再带我去见你。"苏绾心的话没让人产生任何怀疑，因为和三年前相比，她的气色确实看起来差了好多，"你这次来 H 国是有什么重要的行程吗？要和傅氏合作？"

"我是来找你的。"霍德华浅笑，"有没有兴趣继续和我合作？"

"我？"

苏绾心的确曾经在 GE 工作过一段时间，从某种意义上来说，霍德华算得上她的老师。

"你是说，想让我回 GE 吗？"

"不，我的意思是我想在 H 国开办一家新的公司，主要业务是财务欺诈侦查。如果你有兴趣，我们可以合作。"

苏绾心若有所思地点了点头。放眼整个 H 国，专业做财务欺诈侦查的私人企业好像没有几家，即使有，也都不怎么出名。

这项业务是一个费力不讨好甚至得罪人的差事，很少有人愿意做，但它又是必不可少的存在。

"他的业务能力比我强，你怎么不找他合作？"苏绾心瞥了一眼傅时寒，好奇地问道。

霍德华听后，笑着摇头："和他这个奸商相比，我更喜欢你这种姑娘。"

傅时寒挑了挑眉，举起酒杯碰了碰霍德华的杯子："我这个奸商还在这儿呢，这种话你可以等我不在的时候说。"

傅时寒浅酌一口红酒，然后话锋一转，又把话题给拉了回去："我们婚礼的时间还没定，确定之后一定通知你。"

霍德华笑着说道："好！我等你们的好消息！"

苏绾心不敢参与这个话题。饭局结束后，她陪傅时寒一起将霍德华送回酒店，接着在他送自己回家的时候想起一件事，问："时宜来找我，你知道吧？"

"嗯。"

"回馈粉丝的活动有盛浅不就可以了吗？为什么还会找我？"

"这是他们企划的工作，我不清楚。"

"你觉得这种话我会信？"苏绾心才不信这一套，"这活动是你一句话定下来的。你当初要搞这个，到底是为了惩罚盛浅还是我？"

"还算你有觉悟。"傅时寒淡笑，"绾绾，听过一句话吗？"

"什么？"

"损人不利己，挖坑埋自己。这坑是你自己挖的，怪不得别人。"

"我什么时候损人不利己了？这话送给你自己才最合适好吗？"她没见过坑别人还坑得这么理直气壮的人！

"你惹我生气的时候就该想到后果。"傅时寒看了一眼不再言语的苏绾心，眸光一闪，"相信我，你会喜欢那个活动的，因为我特意为你准备了一份大礼。"

"你可闭嘴吧，我信了你的鬼。"

苏绾心解开安全带，和他道别，上楼。她一开门，就被冲上来的慕酥雨撞得差点儿坐到地上。

"绾绾你回来了！我好想你，嘤！"

"我也想你。"苏绾心摸摸她的头，笑着搂她进屋。

"你见到你那个可怕的前男友了吗？他来咱们家找过你，好凶的！"一想到傅时寒，慕酥雨就忍不住小声告状，"超级凶！你帮我报仇！"

"报仇是不可能的，这辈子都不可能的。"苏绾心破罐子破摔，"不光你怕他，我也怕。"

苏绾心尿得痛快，和慕酥雨聊了一会儿天后就回屋休息了。虽说她这几天住的都是豪华酒店，但金窝银窝不如自己的小狗窝，终究没有在家里睡得舒服。

苏绾心洗完澡，躺在床上玩手机，在看到傅时寒发来的微信后微怔。

"还想见漾漾吗？"

简简单单的几个字，刺痛了苏绾心的心。

信息是几十分钟前发的，也就是傅时寒目送她上楼之后发的。苏绾心想了想，回复信息："不太想了。"

回来后和傅时寒接触了这么长时间，她总觉得傅时寒不会狠心抛弃漾漾。他对她都不忍心下狠手，又何况他的儿子呢？

想到漾漾在傅家生活富足、无忧无虑，苏绾心就能安心了。

"可是他想见你。"傅时寒很快又发了消息过来，"我答应他会满足他。"

苏绾心头痛地扔下手机，不想再聊了。

和漾漾见面……苏绾心不敢想那会是怎样的画面。她突然想起之前遇见的那个小男孩，觉得漾漾应该和他长得差不多大，说不定两个人还认识。

傅时寒开车回到了傅宅。

最近他回家的频率明显增加，家中的用人都有些不大适应。

傅时寒是这个家里最难伺候的人，谁得罪了他就得卷铺盖走人。所以，与其他傅家人不同，用人们都不怎么希望他经常回来。

傅时寒进门的时候撞上正准备上楼休息的傅时宜，两个人坐在沙发上聊了一会儿。

"最近工作怎么样？"傅时寒语气平淡地问。

傅时宜听后翻了个白眼："托你的福，忙到想哭。"

傅时寒心血来潮的一句话给她搞了一大堆的活儿。他说得简单，让盛浅去参加什么直播活动，却没想过安排这个活动要费多少力气。

他们要和人邀约，还要联络各大平台，商量直播的时间。最让傅时宜抓狂的是，得找一些有话题性又有名气的人参加，否则单凭一个盛浅，这个活动的热度很难上去。

傅时寒问："找绾绾参加是你的主意？"

"这才是你最想问的吧？"傅时宜冷哼，"是又怎么样？我打算安排三个圈外不同行业的人参加，苏绾心目前在金融圈最具有话题性，有商业价值。"

"你说得没错，"傅时寒笑了笑，"所以邀请她很对。"

傅时宜满脸问号，还以为他会骂自己，或者他会把这件事拦下来。

"你是认真的？这个活动可是网络实时直播，一切互动都会被大家看到。"

"不错，加油。"

傅时寒冠冕堂皇地扔下这句话，起身离开，留下傅时宜一个人坐在沙发上目瞪口呆。

他真的是认真的？

傅时寒对苏绾心的保护欲和占有欲非常强。以前没出事的时候，他恨不得二十四小时把苏绾心绑在身边，不让其他人发现他的宝贝，也生怕她被他的仇人盯上，让她有个什么三长两短的。这就导致苏绾心的社交圈非常小，她认识的朋友差不多就是傅时寒身边的那帮人，好多人还不知道她和傅时寒的关系。

怎么过了三年，他突然转性了？

傅时宜的后背隐隐发凉，她觉得傅时寒大概率要搞事，而且不是什么好事。

如此一来，傅时宜在那一瞬间开始心疼苏绾心，但很快就恨恨地哼了一声："活该你倒大霉！你被欺负死也不关我的事！"

傅时寒上楼休息，第二天早上和傅时宜一同出门上班时，问起有关活动直播的事。

"把所有参与者的资料发到我的邮箱里。"

傅时宜嗤笑："你不是对我们这边的工作向来不感兴趣吗，这次抽哪门子风？"

"明知故问。"

"哥，你不要对她太好！"傅时宜恼火，"你不要忘了她是怎么对我们的！"

"十点之前我要看到资料。"

傅时宜气恼地闭嘴，扭头看向窗外，不再说话。

傅时宜的情绪一整天都没好转，到了晚上见到苏绾心后，她那怒气更是直线上升。

傅氏集团主办的晚宴有傅家三兄妹和 GE 总裁霍德华先生助阵，C 市有头有脸的人几乎都齐了，晚宴热闹非凡。

苏绾心不大喜欢这种场合，所以把慕酥雨带上解闷。她俩一到场就看到傅时宜和盛浅站在一起。

盛浅看到苏绾心，冷哼一声，显然还在记仇。苏绾心苦笑，被慕酥雨挽着胳膊朝自助餐区走去。

"今晚到场的都是大人物，一会儿我不在你身边，你要注意些，别闯祸。"苏绾心看着身边嘴馋的丫头，轻声提醒。

"你放心！我哪儿也不去，找个角落吃就完事了！"

苏绾心安静了没多久，就被不断上前搭讪的人围住了。

自打入职苏氏证券后，苏绾心就声名大噪，加上在这场比赛中拿了第一名，很多人对她越来越感兴趣。

傅时寒到场的时候，苏绾心正站在一群人中间，笑靥如花。她已经答应了某位男士的邀请，两个人步入舞池。

无论是二年前还是三年后，只要她出现，总会吸引大批男人的注意。傅时寒看了一眼她的背影，垂眸将眼底的阴沉之色遮住。

他耐着性子，没去找苏绾心，直到一个小时后，看见苏绾心拉着慕酥雨朝外走。

"绾绾，刚才和你跳舞的那个人是谁呀？"慕酥雨搂着苏绾心的胳膊，小声地八卦，"他有点儿帅呢！"

"他是我的大学同班同学，长得还行吧。"

苏绾心时隔多年再次见到自己的同学，当然开心，酒也多喝了几杯。她和慕酥雨想去酒店外的小花园透气，但还没走到地方，就听见身后一阵脚步声靠近。

苏绾心警惕地回眸，还未看清来人的模样，就被对方一把拽进了走廊旁的一间屋子。

房门很快被关上，屋子里漆黑一片，她只能借助窗外的月光勉强看清楚眼前人的模样。

苏绾心被压在门板上，近距离地看着傅时寒愠怒的表情，提到嗓子眼儿的心终于缓缓回落。

"你干吗？吓我一跳！我还以为是谁呢！"

"你希望是谁？"傅时寒冷声发问，"刚才和你跳舞的那个人？"

苏绾心听出了他话里的不高兴，紧张地咽了咽唾液，小声解释："他是我的大学同班同学，几年不见，我看到他还挺开心的。"

"看出你开心了。"傅时寒目光阴鸷，语气冰冷，"你回来以后，从没对我那样笑过。"

"我和他只是同学关系，跳一支舞而已，很平常的交际方式。我们从小到大不都是这样过来的吗？！"

"同学关系？那你和我是什么关系？"

苏绾心和他四目相对，一时间不知该如何回答。

皎洁的月光下，他好看的五官似乎笼上了一层淡淡的薄雾，有些不真实。

这张脸曾经无数次出现在她的梦里，无数次让她哭湿了枕头。如今他就站在这里，站在她的面前，她却连拥抱他的勇气都没有。

"你穿过我的衣服，睡过我的床，在过我的身下，给我生过孩子，我们在无数地方留下过暧昧的痕迹。你告诉我，我们是什么关系？"

他低沉的声音仿佛带着哄骗的魔力，让苏绾心险些缴械投降。她用力咬紧牙关，回答："我们是仇人关系。"

傅时寒冷笑一声，站直了身子。眼中炙热的情绪消失不见，他只目光清冷地看着苏绾心，抬手松了松颈间的领带。

苏绾心身子一颤，双手被他轻松控制住，后背紧贴在冰凉的门上，身前是他高大的身躯。

傅时寒低下头，一口咬在她颈间耳后的位置。苏绾心倒吸一口气，声音颤抖地开口："你饶过我这次，好不好？"

"怕了？"

"嗯。"

"知道错了？"

"嗯。"

"可是，绾绾，我很早就教过你，犯了错误就要承受应有的惩罚。连儿子都懂的道理，你怎么会不懂？"

他表情温柔，说出的话却让苏绾心怕到极致。

傅时寒低头，轻吻她的唇，松开她的双手，将她拥入怀中。

黑暗狭窄的空间，被一片暧昧的温度覆盖。

门外，慕酥雨已经急得快要跳脚了。因为看清楚是傅时寒把苏绾心带进了房间，所以她不敢声张，只能在原地等。她等了好一会儿，那紧闭的房门终于被再次打开，傅时寒衣服有些凌乱地离开。

慕酥雨愣在门口，探头看向黑漆漆的房间，看到苏绾心从里面走出来，吓了一跳。

苏绾心的脸红得简直要滴出血来，她眼里一片水汽，明显是一副被欺负了的样子。

慕酥雨赶紧上前扶住了她，觉得自己大脑快不够用了。

他们……刚刚在里面做了什么？

苏绾心连腿都是软的，靠着墙壁站了一会儿，恢复了些力气后，低头小声开口："我们回家吧。"

"好，好，好，回家！"慕酥雨连连点头，陪着苏绾心朝酒店外走去。

酒店门口，一名年轻男子拦住了她们的去路。苏绾心蹙眉看他，然后听见他说："苏小姐，大少爷命我送您回家。"

苏绾心苦涩一笑，上了傅时寒的车，被司机送回住处。她头重脚轻地洗完澡，穿好衣服走到客厅，却见慕酥雨还坐在沙发上。慕酥雨还是刚才回来的那身装扮、那个姿势，一动不动。

"绾绾，你和傅时寒刚才……"

"别问了。"苏绾心头痛地按了按太阳穴，瘫在沙发上。

"那我换个问题。"慕酥雨紧张兮兮，"他……他那么快的吗？你们进去才不到十分钟啊……"

苏绾心愣了一下，很快反应过来慕酥雨在问什么，猛地坐起来，有点儿崩溃地把怀里的抱枕摔到慕酥雨身上。

"没有！我们在里面没做那种事情！你是不是最近那种小说与多了？怎么满脑子想的都是这些东西？！"

慕酥雨闻言睁大了眼：我冤枉啊！我没有满脑子都想这些事情啊！是你们两个人真的让人误会好不好？！

"没有就好。"慕酥雨缩着脖子点了点头，"他没那么快就好……"

"别说了！"苏绾心好不容易平静的情绪又卷土重来。她面色泛红地看着慕酥雨，好意提醒："千万不要让傅时寒听见这种话或者发现你有这种想法，不然你会死得很惨！"

"他对我又没兴趣，肯定不会对我出手的。"慕酥雨完全不尿。

"你认为傅时寒的字典里存在'不打女人'这几个字吗？"苏绾心故意吓慕酥雨。

慕酥雨听后果然变了脸色，连忙点头保证："我肯定不会乱说，也不会乱想的！"

她真的好怕傅时寒，总觉得傅时寒的身上有那种黑帮老大杀人不眨眼的凛冽气势。

苏绾心身心疲惫地回到房间，暗暗松了口气。

傅时寒要是发现慕酥雨有那种思想，一定会认为是她暗示慕酥雨的，到时她真的会哑巴吃黄连——有苦说不出。

苏绾心吃了药，一觉睡到日上三竿，醒来发现傅时宜一个小时前给她打过电话。

她坐起来回电话，听见傅时宜的声音："活动时间已经定下来了，就在下周。你跟公司打声招呼，把假请好，周一我让人去接你。"

"这么快？"苏绾心惊讶，"安排档期不是要好久吗？"

"你以为我是谁？"傅时宜不悦地回答，"要不是因为你，我哥也不会生气，给我搞这么个烂摊子！"

苏绾心心里有愧，不敢吱声。

"盛浅只有最近有空，你总不能让她配合你的档期吧？"

"我没那么样想。"苏绾心头痛得厉害，"我就是想问问，我能不参加吗？我不适合参加这种活动。"

"苏绾心！你有没有一点儿契约精神？你已经签了合同，你敢不参加，我找律师告死你！"

苏绾心张了张嘴，本想说那她赔钱好了，但关键时刻还是闭上了嘴。

如果她敢说，傅时宜一定气得更炸。算了，反正就一个星期，她熬一熬就过去了。

"那我周一在公司等你们。"苏绾心示弱地回答。

傅时宜听后冷哼一声，挂了电话。

苏绾心起床洗漱一番，填饱肚子后上网搜索类似的互动活动。她在家补了一天功课，抱着临阵磨枪不快也光的心态，不安地睡了一觉后来到公司，向陈磊请假。

陈磊一听她要和盛浅一起参加活动，活动负责人还是傅时宜，就毫不犹豫地点头答应："我们公司的形象大使就是你了！"

苏绾心见陈磊这个样子很无语，只觉得脑壳疼。

上午十点，傅时宜派来的人到了公司楼下。苏绾心在同事们期待的目光中离开，坐上了那辆通往黑暗的商务车。

从她走出公司大门那一刻起，摄像机就已经在工作了。苏绾心没见过这阵仗，看了看扛着机器的工作人员，小声问："已经在拍摄了吗？"

"对。"

好吧，她要夹着尾巴做人了。

苏绾心看不到直播的画面，因此看不到屏幕上网友们的弹幕（在网络上观看视频时弹出的评论性字幕）。

"苏氏证券？哇，金融从业者心中的殿堂啊！"

"天哪！这个漂亮小姐姐是谁？小姐姐看我！我可以！"

"不说其他的，单是苏氏证券这招牌就足够吸睛！"

苏氏证券的门槛是出了名地高，别说毕业于国内顶级学府，就算是从常青藤高校归来的高才生也不一定进得去。

苏绾心靠着车窗玻璃一路神游，殊不知自己目光缥缈地望着窗外的画面已经被无数人截图，当成了屏保背景图。

经过将近一个小时的车程，车终于抵达目的地。这里是寸土寸金的地界，其中一栋五层高的独栋别墅是这次拍摄的地点。

苏绾心推门进屋的时候，人已经到得差不多了。盛浅正和林一帆坐在沙发上轻声聊天，看到苏绾心来了，两个人的表情各异。

"女神！"林一帆激动得跳了起来，"你真的回来了！"

"好久不见。"苏绾心微笑。

见林一帆快步跑过来突然揽住她的肩膀，苏绾心看向摄像头，头皮都麻了。

兄弟，有话好好说，别动手动脚行吗？

"这个，我老大！"林一帆认真地给大家介绍，"她超级、无敌厉害的！她哈佛毕业的！你们知道哈佛吧？就是那个这辈子都无法拥有我的神奇地方！"

林一帆是从职高考上的演艺学校，成绩算得上逆袭，但和学霸、学神们相比，依旧是"渣渣"一个。

苏绾心嫌弃地把他的手拍下去，小声提醒："离我远点儿，小心你的女友粉今天全部'转黑回踩'。"

"哟，可以呀，还懂'转黑回踩'这词呢！"林一帆跟在苏绾心的屁股后面拍马屁，算是让苏绾心稍微放松了些。

很快，所有人全部到齐。嘉宾中有七名艺人，其中四个人是已经有稳定粉丝团体的老艺人，另外三个人是刚出道、名气还不算大的新人。

其他三名嘉宾是来自不同行业的素人。苏绾心来自金融界，另外两个男人分别是律师和医生，都来自大火的行业。

工作人员站出来向十位嘉宾讲解接下来活动的规则，其实也没什么好说的，这次直播活动的初衷就是让大家看到各行各业精英的普通生活状态。只有一点最重要，就是他们不能用自己带来的钱，只能用活动组提供的一千块资金。

"苏小姐是学金融的，应该很会理财。不如这样，这钱就给你保管怎么样？"

工作人员笑眯眯地看着苏绾心，而苏绾心的心里只有抵触。

"我觉得不怎么样。"苏绾心拒绝，"十个人七天只有一千块的开销，还要完成你们指定的三项任务，这是完全不可能的。其他的不说，单单是要求我们十个人吃一顿海底捞，这一千块就未必够，更别提你们还要求我们去娱乐会所唱歌、去欢乐谷玩一圈了。"

果然，他们想安安稳稳地过一周是不可能的，遍地是"坑"才是活动的正确打开方式。

工作人员听到苏绾心这样的回答，看起来非常满意："所以，也就是说，像苏小姐这样会赚钱的人也没有好的办法？"

"你也说了，我的特长是赚钱，而不是精打细算地花钱。你只给我们一千块，却要求我们按照一万块的标准花，这不是为难人吗？怎么着，还真以为鸡生蛋，蛋生鸡，四舍五入一个亿？"

工作人员被怼得无话可说，尴尬地干笑两声："凡事都有解决的办法，不是吗？这钱你先拿着，后续活动组会给你们提供赚钱的方式。"

苏绾心没那么天真，觉得钱不会那么好赚。但工作人员已经走到她的面前把钱递了过来，好几台机器对着她拍，她只能接下这艰巨的任务。

直播继续进行，大家坐在客厅里研究中午吃什么。

苏绾心掌管着钱，在花钱这个事上大家都得听她的。她想了想，大家第一天集合碰面，总得吃顿像样的，但如果出去吃，说不定这一千块钱今天就会被花光了。

"已经十二点多了，我们中午随便吃点儿外卖，晚上吃火锅吧，如何？简单、方便又能顾及所有人的口味和喜好。"

苏绾心出声提议，得到了其他人的一致同意。她见没人不满，暗暗松了口气，让他们把想吃的东西写到纸上，下午出门买菜。

和她一起出门的还有盛浅和林一帆——林一帆是主动请缨的，盛浅则是被林一帆硬拽出来的。

苏绾心看盛浅不爱搭理自己的模样，苦笑着凑了上去，小声问她："还生气呢？"

盛浅冷哼一声："昨天的我你爱理不理，今天的我你高攀不起！"

"别呀，同是天涯沦落人，你看，我这不来陪你受罪了吗？"苏绾心也觉得委屈，"我们现在是同一个战壕里的战友，傅时寒才是敌人。"

盛浅认真地想了一下，觉得这话有道理，扭头看向苏绾心，非常认真地说："那你以后能不能别惹他了，凡事顺着他来不行吗？"

"我什么时候惹他了？"苏绾心嘴硬不承认，"明明是他自己没事找事！"

她这话一说，盛浅惶恐地往后偷瞄了一眼。好在工作人员离她们不算太近，没把她们的声音收进去，不然这话要是被傅时寒听见，自己又要倒大霉了。

三个人到超市买了五百块的东西，大包小包地拎回去时已经是下午四点了。大家一起洗菜、刷锅，每个人都忙忙碌碌的，画面看起来相当和谐。

欢快的谈话被门铃声打断，顾瑾甩了甩手上的水，起身去开门。

跟拍镜头随着他一同抵达门口。

顾瑾打开门，愣住了。只见门外停着一辆豪车，门口站着一个……小钢铁侠？

原来是一个一米高的钢铁侠玩偶，把身后的小人儿挡得严严实实。

顾瑾回过神，轻声问："小朋友，你找谁？"

漾漾有点儿费力地抱着大大的玩偶，歪头看向顾瑾，露出一张好看到过分的小脸，奶声奶气地回答："我来找妈妈！"

"你是不是找错地方了？"顾瑾的表情有点儿僵，他瞥了一眼小孩身后的豪车，为难地扭头看工作人员，问："这附近有亲子活动吗？你们联系一下，他应该走错了。"

顾瑾虽然年纪不大，但为人相当机灵。

这边的别墅区都是私人产业，每栋房子都价值不菲，他们这次能来这里拍摄全靠傅时宜的背景。更何况他们没听说最近圈子里有什么新的亲子节目要拍摄，再看那小孩子身后的豪车就知道这孩子的身份不一般，所以他大概率没有找错地方。

工作人员一听顾瑾的话很快就反应过来了，连忙上前，想把漾漾抱起来带走。

此时，直播屏幕上一片混乱。

"天哪，天哪，这什么情况？"

"感觉不经意间吃到一个大瓜！"

"来，来，来，下注！让我们猜猜这孩子是哪个女演员的娃，买定离手了！"

"我没有找错地方！我妈妈就在这里！"漾漾奶凶奶凶地仰头看顾瑾。

要知道，漾漾的小暴脾气上来，基本没人能安抚住。于是，在顾瑾惊愕的目光中，漾漾一头撞过去，硬是把顾瑾撞开了，然后迈着小腿，抱着大玩偶，身子晃晃悠悠地朝屋内跑去。

屋内等人并不知道发生了什么。直到听见一个稚嫩的声音由远及近，不断地喊着"妈妈"，他们才相继停下，动作一致地朝客厅看去。

一米高的缩小版钢铁侠急匆匆地跑了进来，在大家还没反应过来怎么回事时，"啪唧"一下摔倒在地。

漾漾趴在地上，玩偶瞬间飞了出去，落在离他不远的地方。

"呜……"

漾漾瘪着小嘴爬起，膝盖被摔破了，泪水在眼圈里打转。他抬手抹了把眼泪，哭唧唧地喊"妈妈"。

苏绾心等人听见动静赶紧过来。

盛浅手里端着水杯，心想这帮人又搞什么幺蛾子，她们这些人里哪有生过孩子的？可是当她看到站在客厅里的小祖宗是谁之后，刚喝进嘴里的水一下子喷了出来。

"噗——"盛浅喷了林一帆一身水。

林一帆在看到漾漾后呆若木鸡。

苏绾心在看到漾漾时满脸惊讶的神色，快步走过去，没来得及问这小家伙怎么会在这里，就见他一路跑着朝自己冲过来。

漾漾停在苏绾心的面前，抱住她的腿大叫——

"妈妈！"

第四章

直播风波

苏绾心僵在原地，心脏停跳了半拍，一瞬间好像明白了什么。

她之前一直觉得这小孩长得眼熟，却又总是想不起像谁，现在再看，他明明长得像自己和傅时寒……

好多回忆不停地在苏绾心的脑海里盘旋，她想起自己第一次见到这个小家伙时的画面。其实，那天他就已经对着她喊"妈妈"了，是她反应迟钝，完全没有往那方面想。

苏绾心手脚冰凉，脸色苍白，但因为屋内开着暖色的灯光，所以从直播画面上看不出来。

她慢慢蹲下身子，和漾漾对视，接住他扑进怀里的身体，声音颤抖地开口："漾漾？"

"嗯！"漾漾用力点头，搂着苏绾心的脖子在她脸上亲了一口，"妈妈，我好想你！"

苏绾心垂下眼帘，眼中满是泪光。盛浅站在她身后，清楚地看到她的身体在发抖。

苏绾心极力忍住想哭的冲动，抱着漾漾快步朝卧室方向走去。跟拍人员怔了怔后还想跟随，却被盛浅拦住了。

"别拍了吧？"

"对，对，对。"林一帆也过来阻止，"这又不是亲子节目，拍那么多没用。"

成功拦下工作人员，盛浅和林一帆交换眼神。

论狠还是傅时寒狠，空前绝后地狠。这样一来，全国人民都知道苏绾心名花有主，还有个会打酱油的儿子了。跟苏绾心一比，他们在傅时寒手上吃的那点儿亏都已经不算什么了。

"你之前听寒哥提过漾漾要来的事吗？"林一帆凑到盛浅身边，用只有两个人才能听到的分贝低声询问。

"我都半个月没和他联系了，怎么可能知道？但是看苏绾心的反应，你还不明白怎么回事吗？"

"他也太狠了……"

"我求求你对着镜头大声把这句话说出来，顺便带上傅时寒的大名。"

林一帆："别了吧，人生这么艰难，我就不作死了。"

苏绾心抱着漾漾回到卧室，这里没有摄像头。漾漾被她抱到床上乖巧地坐好，小腿一晃一晃地表示高兴。可是在看到苏绾心红了眼睛的时候，他慢慢停下了动作。

"妈妈……"漾漾用小手不安地扯着自己的衣服，小心翼翼地问，"你不喜欢我吗？"

苏绾心没想到他会这么问，在看到他眼中的泪珠随着眨眼的动作落下来时，心里一阵绞痛。

她强颜欢笑地摇头，抬手为他擦拭眼泪："我最喜欢你了。"

漾漾一听这话，破涕为笑，钻到她怀里。

苏绾心抱着他软乎乎的身子，问："爸爸送你来的？"

"嗯！妈妈真聪明！"

苏绾心苦笑。不是她聪明，而是只有傅时寒才做得出这种事。但他为什么要让漾漾以这样的方式曝光？苏绾心猜不透他的心思，拿出手机拨通了他的号码。

电话很快被接通，听筒内传来男人清冷的声音——

"什么事？"

"你说呢？"苏绾心眉头紧蹙，"你打算什么时候接漾漾回去？"

"看他想什么时候回来。"傅时寒回答得云淡风轻，丝毫没觉得这是什么大事。

"你知道我现在在哪里，在做什么，这种地方不适合让小孩子来。如果被人发现我们的关系，那……"

"苏绾心，我就那么见不得人吗？"傅时寒打断她的话，带着几分不悦。

"见不得人的不是你，是我。"

电话的两端都沉默了半晌，然后苏绾心再次听到他的声音："你觉得会有人知道漾漾是我的儿子吗？"

漾漾出现，别人只会知道苏绾心已经结婚生子，却无法得知孩子的父亲是谁，而知道真相的人没胆子说。

"别让我发现你在那边跟哪个男人走得过近。"

傅时寒昨天得知有人有意撮合苏绾心和那位律师，还在网上买热搜、炒热度。傅时寒当然不可能让这种事情发生，但依然很气。

苏绾心明白了他的意思，挂断电话，心情一时间无法平静。

"妈妈。"漾漾靠在她怀里，看着她不大高兴的模样，担心地问，"你和爸爸吵架了吗？"

"没有。"

"你不要和他吵架，我们是吵不赢的。"

苏绾心抿嘴笑了笑："你怎么知道吵不赢，吵过？"

"没有，我不敢。"漾漾摇头，"是小姑姑和叔叔说的，我听到了。"

苏绾心从他的话语中得到了一些讯息——漾漾一直生活在傅家，傅时寒从一开始就在骗她。

苏绾心带着漾漾重新出现在了众人面前。客厅内的气氛有些异样，大家还没从这个突发状况中回过神来。盛浅和林一帆有些日子没见到漾漾了，便过去跟他打招呼。

"浅姨姨、林叔叔，你们好呀！"漾漾牵着苏绾心的手，乖巧地看着他们。

"你好呀！"林一帆弯腰把他抱起，轻轻地捏了捏他的小脸，"你怎么来这儿了？"

"我来坑妈妈！"

苏绾心咳了一声掩饰尴尬，戳了戳他的屁股，问："你知道坑是什么意思吗？"

"知道呀！"漾漾肯定地回答，"爸爸说坑是对你好的意思，所以我以后要多坑你！"

盛浅听见这话，已经忍笑忍得脸都快抽筋了。到底是道德的沦丧还是人性的扭曲让傅时寒做出了这种事？他也太缺德了吧！

"抱歉。"苏绾心看向所有人,"我也没想到小孩子会过来,给大家添麻烦了。"

"不麻烦,不麻烦。"

"就是,小家伙这么可爱,看着就招人疼。"

"小弟弟你几岁啦?让叔叔抱抱好不好?"

大家七嘴八舌地表示并不在意,一是事情没发生在自己身上,二是这孩子长得太好看了,让人讨厌不起来,三是因为苏绾心的背景。

苏绾心虽不是混娱乐圈的,却和盛浅、林一帆关系匪浅。看她的穿衣打扮和行为举止,再看这位嘴里喊着"坑妈"、一身名牌的小男孩,大家就知道,苏绾心不简单。

大家围着餐桌坐下,漾漾不吵不闹地坐在苏绾心身边。因为谁给他夹什么他就乖乖吃什么,所以观看直播的观众对他的好感度直线上升。

不是说小孩子都是魔鬼吗?他们也好想要这样的小魔鬼啊!

大家继续吃火锅,其乐融融,吃饱喝足后一起打扫战场,然后坐在客厅里聊天。

一天就这么过去了,到了休息时间,苏绾心抱着漾漾回了卧室,盛浅紧跟在后面。

她们两个人住一个房间。

盛浅进屋关好门,迫不及待地发问:"什么情况啊?傅时寒没提前跟你打招呼吗?"

"没。"苏绾心心情不是很好地回答,"你觉得他可能提前告诉我吗?"

"也对。"

"妈妈。"漾漾加入谈话,看着苏绾心问,"等下我们洗完澡、喝完牛奶,一起去楼上看星星好不好?"

苏绾心犹豫:"这么晚了,外面有点儿冷,而且有蚊子。"

"我们不出去呀!"漾漾着急地解释,"五楼书房有大大的玻璃房,我们就去那里看星星好不好?"

"你怎么知道的?"

"因为爸爸带我来过这里啊,这是我们家呀!"

苏绾心和盛浅千想万想,没想到傅时寒还有这么一手。她们知道这里房价贵,可有钱人那么多,谁能猜到傅时寒身上去啊?!

苏绾心叹了口气,摸了摸漾漾的脑袋:"这事不要和别人说。"

"嗯!我不说。"

苏绾心带他进了浴室，在洗澡之后满足他的愿望。

正如漾漾所言，五楼的书房面积很大，还有一个特别棒的玻璃房天台，他们一抬头就能看到满天星辰闪烁。

夜，静悄悄的。苏绾心半躺半靠在龙猫床上，心情复杂地享受着和漾漾独处的时间。

"妈妈，你为什么不和我们一起住？"漾漾昏昏欲睡，迷迷糊糊地发问，"因为我不乖，所以你才不回家的吗？"

"不是。"苏绾心目光阴郁地回答，"你很乖，妈妈最喜欢你了。"

"那你回家陪我好不好？"

苏绾心张了张嘴，却不知该如何回答这个问题。

傅家，那是一个她想回又不敢回的地方。她七岁就住进那里，生活了十几年。可她犯了错误，再也没脸回去，没脸面对曾经的家人。

"我现在不就是在陪你吗？"苏绾心低头亲了亲漾漾，眼角湿润。

事情总是无法随着人的心愿发展，如果可以，她宁愿此生不见漾漾。她不想给他带来任何伤害。

她注定无法长久地陪伴在漾漾身边，她的身体状况自己很清楚。漾漾这样喜欢她……如果以后她死了，他一定会很难过。

苏绾心轻轻地拍抚漾漾的身体，直到他在她的怀中沉沉入睡，才抱着他回到卧室。

盛浅见他们回来，放下手机。她正在看网友们的评论。毫无疑问，漾漾的出现是今天的一大爆点。

现在很多网友都知道她在苏氏证券任职，而且还是前段时间那位放狠话说能拿出三位数收益率的狂人。一时间，评论有褒有贬，"键盘侠"们吵得不亦乐乎。

盛浅出道这么多年已经见惯了"黑粉"，却不知苏绾心能不能承受得住："你玩微博吗？"

"有时候会刷，怎么了？"苏绾心抬头看她，声音很轻，"又出黑料了？"

"也不算……就是议论纷纷。"

"正常，连你这么优秀的人都有人骂，更何况是我。"

"这马屁拍的……我喜欢！"

这一夜，苏绾心基本没怎么合眼，反复借着月光看着怀里的孩子，眼圈红了好几回。

清晨七点，傅时寒打电话让她叫醒漾漾，说一会儿司机会过来接他去幼儿园。苏绾心看着床上还在熟睡的小人儿，有点儿不忍心地拍了拍他的小屁股。

漾漾不高兴地"嗯"了一声，正欲发火，却听到苏绾心轻柔的声音。

"宝宝，该起床了。"

漾漾努力对抗睡意，闻到一股特别好闻的香味，然后感觉额头被亲了一下。他睁开双眸看到苏绾心，所有的不高兴瞬间烟消云散，再想到昨晚他是和妈妈一起睡的，他的小脸顿时一红，埋头到苏绾心的怀里，奶气十足地喊了声"妈妈"。

苏绾心帮漾漾穿好衣服，两个人洗漱完毕，去外面喝了点儿粥。没过多久，工作人员跑过来，对苏绾心小声说外面有人找她。

还是昨天那辆豪车，苏绾心确认车内的司机是漾漾熟悉的人后，才放心地让漾漾上车离开。

漾漾走后，活动组发布了今天的任务。

七天的观察活动才过去一天而已，他们就已经把一千块经费花了一半，继续这样下去肯定是不行的。于是，工作人员"好心"地帮他们准备了几项赚钱的工作。

苏绾心接下递过来的字条，扫了几眼后蹙了蹙眉头。

工作人员："苏小姐是咱们这个团队的队长，所以这些工作应该如何分配由你说了算。"

此时，观看直播的观众在屏幕上看清了活动组安排的工作内容。

十个人十项工作，前面几项倒没什么，关键是最后一项：工地搬砖。

虽然这项工作的薪水是最高的，有三千块，但这活儿太辛苦了。

放眼看去，这十个人无论男女老少、高矮胖瘦，哪个是能去工地搬砖的人？活动组把分配任务交给苏绾心，不是摆明了让她挨骂吗？

苏绾心也看出了他们的用意，垂眸思虑片刻，问："如果我们完成了上面所有的任务，还可以自行找其他工作赚钱吗？"

工作人员觉得她在开玩笑，他们怎么可能完成全部的任务？单说搬砖那一项，他们就不可能完成！

"可以。"

苏绾心又问："完成工作的人无论是谁都可以，全由我安排？"

"没错。"

"好。"苏绾心点了下头，脸上露出一抹笑意。

工作人员瞬间有种被坑的感觉，自己说错什么话了吗？

盛浅等人已经把工作清单看了一遍，此时都在提心吊胆，尤其是那几个男人，更是不安。

谁都不愿意搬砖这种事轮到自己身上，但如果几个男人眼睁睁地看着女生搬砖而不管的话，一定会被网友们喷到怀疑人生。

他们都是艺人，是行业精英，要脸面的，绝不能出任何差错。

苏绾心看了看大家各不相同的表情，浅笑。她先把其他人的工作分配完，最后只剩下顾瑾、林一帆、盛浅还有自己。

其他人对她的工作安排没有异议，甚至还很满意。此时，列表上的工作选项只剩下工地搬砖、游乐场卖票、会计事务所打杂和高尔夫球场陪打球。

"顾瑾，你去球场吧。"苏绾心看向顾瑾，语气柔和，"你年纪小，正是长身体的时候，得多运动。那边环境不错，你过去正合适。"

顾瑾犹豫地点了一下头。正在观看直播的他的粉丝们松了口气，发弹幕表示对苏绾心的感谢。盛浅和林一帆的粉丝们一看，纷纷吵了起来。尤其是林一帆的粉丝们，吵得更是厉害。

屏幕上一片骂声，苏绾心看不到，也完全不在意。

"一帆。"她看向林一帆，见后者已经做出一副英勇就义、随时准备上战场的架势，忍俊不禁地问，"我记得你王者（手机游戏《王者荣耀》）打得不错吧？"

"啊？对啊，怎么了？"林一帆没想到她突然提这个，"我王者100颗星呢！要我带你上分（游戏玩家通过游戏胜利为自己提高段位和赛事积分的活动）吗？"

"你认识靠谱儿的职业选手吗？"

"认识啊！好多呢！"

"行，那现在联系一下他们，你今天负责在家打游戏直播，带人上分。"

苏绾心语出惊人，看向摄像头，拿出自己的手机。

她刚刚申请了一个微信小号（辅助账号），此时把手机屏幕对准摄像头，让观众清楚地看到上面的微信账号，然后轻声说——

"百星王者，性感代练，今日开张，在线接单。走过路过不要错过。铂金以下段位升一颗星20元；铂金段位到钻石段位升一颗星30元；想上星耀段位，升一颗星40元；王者局不保证输赢，50元一局，包你玩得开心。"

林一帆很意外，活动组觉得遭到当头一棒，而屏幕前的观众则是一脸惊讶。

小姐姐你怎么不按套路出牌？我们连骂你的词都想好了，你竟然不让林一帆去搬砖？

客厅内寂静无声，所有人都被苏绾心的操作惊呆了。

最后工作人员站了出来，脸色不是很好地说："游戏代练这个选项并不在清单上，不算。"

"怎么就不算了？"苏绾心侧眸看过去，眼中闪过一抹厉色，"刚刚是你说的，只要我们完成这上面所有的任务就可以自行找其他的工作赚钱！"

"对……但你们这不是还没完成吗？工作你都没分配完，搬砖项目打算让谁去做？盛浅？"

"你怎么知道不是我？"苏绾心挑眉，看到工作人员的表情僵硬，便笑着缓解了气氛，"放心，我保证完成上面所有的任务。"

说完，她转头去看盛浅："游乐园和会计事务所，你想去哪儿？"

见盛浅犹豫，苏绾心又说："去会计事务所吧，你长得这么好看，要是去游乐园的话，估计别人只想着看你，没心思玩了。"

苏绾心的"彩虹屁"拍得有水平，盛浅听后忍不住笑了。她明白苏绾心在为自己考虑。

"行，那我去会计事务所打杂。"

如此一来，任务剩下两项：游乐园卖票和工地搬砖。

而剩下的人只有苏绾心一个。

苏绾心回屋拿了一件薄外套，跟工作人员往外走。车子抵达西郊的一处工地，烈日炎炎下，尘土飞扬，环境相当不友好。

苏绾心戴上口罩，穿好防晒服，站在工地外四下查看。就在工作人员想提醒她工作地点在里面的时候，她的手机响了。

苏绾心接起电话，交代了自己所在的位置，很快就看到一个穿着朴素的中年男子疑惑地朝这边走来。

"苏小姐？"男人看到苏绾心身后的摄像机，有点儿胆怯。

"对。"苏绾心笑着点头，"你要找零工，对吗？搬砖的体力活儿也可以吧？"

"是。"

"那你帮我搬一天砖，我给你两千块，如何？"

苏绾心这话说完，男人惊讶，身后的工作人员和看直播的观众也如此。

这是什么操作?

苏绾心说:"我已经查过了,目前在工地上比较赚钱的工作是木工、钢筋工等,但每天的工资不会超过一千块。搬砖这种体力活儿我给你两千块,这应该是很高的价格了。"

"你们不会是骗人的吧?"男人紧张地看了一眼镜头,犹豫地说。

"不会,我提前给你钱。倒是你,别跑了不认账。"

"绝对不会!我信誉很好的!"男人拍着胸脯保证,一脸老实的样子。

苏绾心笑着点头,转身去看脸色发黑的工作人员。他们之前一直想不通她在搞什么幺蛾子,现在全明白了。

苏绾心提前联系慕酥雨,让她帮忙找了一个找零工的工人。活动组给苏绾心三千块,她给工人两千块。这样她既不用搬砖,又白赚一笔。

工作人员反应过来,上了苏绾心的当,正打算跟她据理力争一番,却见苏绾心靠了过来,用非常小的声音提醒:"你们搞这种危险的工作,万一真出了什么意外,无论是谁都承担不起责任吧?我帮自己,也是在帮你们。"

工作人员心一沉,没有反驳。她说得对,这十个人无论哪个在工地出了意外,引发的社会舆论都会很大。

"行,算你聪明。这项任务你完成了。"

苏绾心笑着离开,前往游乐园。

十个人各自奔波忙碌,傍晚六点重新聚集到别墅。其他人都已经通过网络直播知道苏绾心是怎么搞定搬砖工作的了,见她回来,纷纷竖起大拇指,夸赞她聪明。

"承让,承让。"

苏绾心坐到沙发上,地主一般让大家把今天赚到的钱都交出来,然后清算出他们今天一共赚了九千八百块。接下来还有五天,这些钱他们计算着花,足够了。

大家都累了一天,瘫坐在客厅等外卖。没一会儿的工夫,门铃响了,顾瑾跑过去开门,一低头又看见漾漾了。

"大哥哥好!"

"你好,你怎么又来了呀?"

"我来找妈妈呀!"漾漾理所当然地回答,走进屋,把其他人吓了一跳。

只见漾漾身上背着小书包,手上还拽着一个儿童版的行李箱,看来是打算在这儿长住了。

苏绾心头痛地把他抱过来，问："今儿又是来坑我的？"

"嗯！"漾漾用力点头，惹得众人轻笑出声。

"妈妈，我是来保护你的。"漾漾搂住苏绾心的脖子，嘴甜地跟她撒娇，"你这么漂亮，万一有叔叔喜欢你怎么办？我要帮爸爸赶走他们！"

说到底，他还是被傅时寒忽悠来的。

苏绾心抱着漾漾看电视，偶尔低声耳语。母子互动的场面温馨如画，加上两个人的颜值很高，看起来格外赏心悦目。

但是，也有人不爱看这样的场景。

申婧晨在得知苏绾心参加了一档直播活动之后就一直关注她，等着看苏绾心出丑，却没想到活动组抛出的几个问题都被苏绾心轻松地解决了。

最重要的，是那个孩子。

申婧晨目光阴狠地看着屏幕上的画面。她不想承认，但也不得不承认，苏绾心怀中的男孩长得很像傅时寒。

自从苏绾心消失不见，傅时寒就一直把心思放在公司，让傅氏集团的年度利润不断创造新高，不断打破纪录。

他这几年非常忙，申婧晨一直四处打探他的行程，试图创造机会和他见面。但不管是她自己得到的消息还是从别人那儿打听来的，都没有傅时寒有儿子这一项。

这到底是怎么回事？三年前，申婧晨没听说过苏绾心怀孕、生孩子的事啊！

申婧晨越想越不安，拿出手机，点开微信界面，找到一个叫孙恬然的女生。

孙恬然和申婧晨关系不错。同时，她也是正在和苏绾心参加活动的人之一。

孙恬然收到申婧晨的微信消息，偷瞄了苏绾心一眼。

晨晨：宝贝儿，你一会儿问问苏绾心的那个儿子叫什么名字。

恬恬：问这个干什么？你和她认识？

晨晨：岂止是认识？她根本就没结过婚，我想知道这孩子是从哪儿来的。

恬恬：没结婚？那她男朋友是谁？

晨晨：她也没有男朋友，所以我让你问问。

孙恬然沉思半晌，起身去厨房洗了些水果，然后放到苏绾心和漾漾面前的茶几上，非常自然地坐下来和他们聊天。

"小朋友，姐姐抱抱你好不好呀？"

漾漾想也不想地摇头拒绝："不要。"

"那你吃草莓呀，这个草莓可甜了。"

漾漾看着那草莓，咽了咽口水："谢谢姐姐，但我爸爸说不能吃太多甜的东西，不然我的牙齿会被虫虫吃掉的！我今天已经吃过糖了，不可以再吃了。"

他一本正经拒绝的样子萌得大家一脸血。

孙恬然只好自己把草莓吃了，继续和他聊天。

"你叫什么名字呀？"

"我叫漾漾。"

"这是小名呀，那大名叫什么？"

苏绾心正在看电视，听到这话，不着痕迹地蹙了一下眉。

"大名也叫漾漾！"漾漾笑着回答，机灵狡猾。

孙恬然再次碰壁，有点儿不知道该怎么办了，好在这时又有其他人加入了话题。

顾瑾看着苏绾心和漾漾，好奇地发问："绾绾姐，听说你是从哈佛毕业的？"

"嗯。"

"好厉害，那你以前一定被好多人追吧？"

"这倒没有。"苏绾心认真地回答，"以前的校友都是很优秀的人，比我厉害的人不在少数。"

林一帆瞄了一眼苏绾心，暗哼了一声。他可没忘记自己是因为什么才和傅时寒认识的。

当年上职高的时候，听说对面高中有个特别漂亮的学妹，林一帆就去看，结果一眼就喜欢上了苏绾心。

然后，他开始不要脸地追求，再然后，在放学的时候堵苏绾心，被傅时寒抓了个正着……最后住了半个月医院。

苏绾心可能永远不知道，那些想追她或者追过她的人最后都经历了什么。她不是没人追，是没人敢追。

"那你老公也是从哈佛毕业的吗？"孙恬然抓住机会追问，"像你这么年轻漂亮的女孩子，很少有这么早结婚的。你老公是做什么的呀？"

苏绾心偏过头看她，脸上带着浅浅的笑意，心中却满是防备。

孙恬然问得太明显了，连顾瑾都听出不对劲了，皱眉看了孙恬然一眼。

苏绾心不想回答这个问题。但孙恬然已经问出来了，她又不能无视。于是，她思虑片刻，答——

"我先生也是从哈佛毕业的没错。至于他是做什么的，你猜不出来吗？"苏绾心问得孙恬然顿时就心虚了，"他是专业坑人的，不然怎么会忽悠我儿子来这儿？"

苏绾心回答得巧妙，让人挑不出毛病。孙恬然意识到无法从苏绾心这儿套出什么话，就识相地没再招惹她，只管默默低头和申婧晨聊微信，打探苏绾心的事。

时间渐晚，苏绾心带漾漾回房。房门关上，漾漾小声开口："妈妈我想吃草莓。"

"草莓？"苏绾心意外，"你刚刚不是说吃过糖就不能吃了吗？"

"那是骗她的，我吃完以后刷牙就可以了。"漾漾将小眉头皱着，"我不认识那个阿姨，不能吃她给的东西。"

苏绾心和盛浅听完他的解释，都没忍住，直接笑出了声。

"行啊，你的警惕性够强的，"盛浅笑着点头，"你不愧是你爸的亲儿子。等着，小姨给你拿草莓去。"

"谢谢浅姨姨！浅姨姨最好了！"

吃到甜甜的草莓，漾漾终于满足地刷牙、睡觉。苏绾心和盛浅低声聊了一会儿天，拿着电脑去外面工作。

这个时间，一楼已经静悄悄的了，大家都各自回房休息，工作人员也纷纷离开，直播暂时停止。苏绾心来到餐厅，没想到这儿还有别人。

钟贤，这次参加活动的嘉宾之一，是国内有名的心理学专家。他帅气多金，在网上有很高的人气。活动组能把他邀请过来，苏绾心还挺意外的。

两个人打了招呼，苏绾心去厨房倒水，钟贤不经意地往桌上一瞥，眉头紧皱。

在苏绾心的电脑旁有一个小小的透明玻璃瓶，里面装了好几种药。医生有着独特的敏感度，所以当钟贤看到里面有一种眼熟的淡蓝色药片时，整颗心都猛地一沉。

苏绾心很快从厨房走出来了。钟贤看着她将药全部服下，若无其事地和她聊天。

"怎么吃这么多药？"

"补充营养的维生素片。"苏绾心的脸上没有一丝说谎的样子。

两个人面对面站着,相互打量着彼此,似乎做着什么较量。

"这么晚了还要工作?"钟贤主动转移视线,看向桌上的电脑。

"随便看看,一会儿就回去了。"

"行,那就不打扰你了。"

钟贤也是下楼来喝水的,进厨房放好水杯,转身上了二楼。苏绾心打开电脑忙了一会儿,到了十二点回房休息,第二天清晨却被盛浅不安的叫声吵醒。

"绾绾,出大事了!"

苏绾心迷迷糊糊地睁开眼,见盛浅一脸慌张地坐在床边看她。

"怎么了?"

"你看!"盛浅把手机递到她面前,"这是什么情况?!"

苏绾心看了两眼,清醒了,坐起身接过手机,冷笑出声。

照片里的人是她和钟贤,就是昨晚他们在厨房门口聊天时被偷拍到的。从照片的拍摄角度看,当时那人躲在楼梯上,所以他们没发现。

拍摄者用了错位的技巧,把清清白白的两个人拍得暧昧无比,而且有一张照片看起来简直就像他们在接吻。

这些照片是半夜被传到网上的,经过一夜发酵,现在关于苏绾心和钟贤的绯闻已经遍布全网。网友们都兴奋地"吃瓜",等着后续。

"没什么情况。"苏绾心起身穿衣服,冷静地回答,"我去楼下喝水,遇见钟医生,就随便聊了两句。"

盛浅信她,可外人信不信就是另一回事了。

"我实话跟你说,傅时宜虽然是这个活动的主办者,但负责宣传的是另一伙人。现在这些人巴不得这件事闹得越大越好,不可能帮你澄清绯闻。"

苏绾心抿嘴一笑:"我没指望他们。"

"那你想怎么办?"

"他们不帮我澄清,唯一的理由就是想让我和网友纠缠、谩骂。既然他们这么爱看人宫斗的戏码,那我就斗给他们看。"

"不行,'键盘侠'太多了,你斗不过的!"

"谁说要斗他们了?"苏绾心否认,"网络上随便跟风的人年年都有,每年都特别多,斗不完的。我要斗的是这个偷拍照片的人。"

那个时间,能在楼上出现的人不可能是工作人员,只能是他们十个人其中之一。

苏绾心先用排除法，她和钟贤是受害者，不可能自导自演做出这种事。

盛浅和林一帆是她的朋友，也不可能。

顾瑾这孩子虽然年纪小，但人很正直。苏绾心对他印象不错，暂时也将他排除在外。

卓以清是律师，做这种事对他没有任何好处。况且他身为一个懂法者，更应该清楚做这种事的后果是什么。苏绾心不查他。

剩下的就只有四个人了。

苏绾心冷静地和盛浅分析现状，听得盛浅起了一身鸡皮疙瘩："你怎么不慌啊？"

"慌。"苏绾心垂下眼帘，说出一件盛浅暂时还没想到，但明显更严重的事情，"傅时寒看见照片，会找上门的。"

"我把他忘了！"盛浅一拍大腿，看苏绾心的眼神都不对劲了。

苏绾心瞥了她一眼，闷声地说："我还没被傅时寒弄死呢，你不用提前默哀。"

苏绾心想到傅时寒之前给她打电话时，特意警告她离其他男人远一点儿。所以，眼下出了这种事，她最怕的不是网络舆论，而是傅时寒。

苏绾心叫醒漾漾，洗漱完后带他下楼吃饭，接着把他送上去幼儿园的车，全程没表现出任何异样。

林一帆看她淡定自若的模样，凑到盛浅身边，小声问："我女神还不知道那事？"

"知道。"

"那她怎么这个反应？"

"你不觉得她这个反应才是最可怕的吗？"

不在沉默中爆发，就在沉默中死亡。很明显，苏绾心属于前一种。

林一帆若有所思地点了点头，然后又问："那她这么冷静，是不是已经有怀疑的对象了？"

"大概吧，高智商的人的脑子里想的是什么，岂是我们凡人能理解的？"

苏绾心感觉到其他人异样的视线，却没做任何回应，淡定到让人险些怀疑那张照片里的女人不是她。

工作人员很明显地知道了昨晚发生了什么，想利用这个事情再制造一些热点，于是提前公布了明天的行程安排。

"明天，两个人分为一组，分别到五个游乐场打卡完成任务，完成得最快的一组就算获胜。获胜的两个人会得到由活动组提供的特别奖品一份。"

工作人员说完这话，苏绾心立刻就知道她和谁一组了。她和钟贤相互看了彼此一眼。钟贤苦笑了一下，也明白这些人的套路了。

"我有疑问。"苏绾心出声，"分组是你们指定还是大家抽签决定？"

"名单就在我手中，你和钟贤一组。"工作人员有意激怒她，挑衅一般地问，"苏小姐还有其他问题吗？"

他这话一出，客厅内的温度下降了几摄氏度，气氛凝滞到让人觉得窒息。

"有。"苏绾心神色严肃了几分，眼中视线锐利如刀，让那位工作人员的后背阵阵泛凉。

他不知道为什么，突然有了一种害怕的感觉，怕她如北境寒冬的眼神，怕她若有似无的笑意，甚至怕她在传出绯闻后镇静的态度。

苏绾心冷艳的模样通过摄像机传到了观众的屏幕上，网友们看着，忍不住发声。

理智的网友明白这一切都是套路，躲在电脑后面、拿键盘当武器的人则口口声声地认定苏绾心给她的老公戴了绿帽子。

更有一些人爆出苏绾心更多的黑料。

"这个姓苏的女人连进苏氏证券都靠走后门，你们还真以为她是什么好东西啊？"

"她结婚了吗？我怎么听说她连男朋友都没有，那孩子是她和谁生的？"

…………

"去游乐园打卡做任务，这个任务指的是什么？鉴于你们向来喜欢挖坑，所以我得提前问清楚。"苏绾心语速缓慢地问，"例如游乐园必去的项目之一是鬼屋，你们一定会安排，但我们进鬼屋的时候是否有硬性要求？"

工作人员咽了咽唾液，有点儿紧张："你指的是什么要求？"

"你说呢？"苏绾心笑了笑，"比如要求我们和组员手牵手，在手腕上系红绳，两个人顺利从里面出来后红绳不能断，之类的？"

苏绾心看他的反应就知道自己猜对了，于是笑容更显得讽刺。

盛浅看不下去了："我们来之前都是签过合约的，有些过分的事情你们就别安排了，免得最后偷鸡不成蚀把米，吃亏的是你们自己。"

苏绾心有什么背景别人不清楚，盛浅的背景却实打实地摆在那里，没人敢惹她。所以，盛浅一开口，工作人员立马就怂了，保证明天外出时不会安排过分的任务。

"还有一件事。"苏绾心在工作人员走前把他叫住，"关于我和钟医生的照片，是你们活动组来澄清，还是我自己来？"

见她终于主动提起这件事了，工作人员犹豫了一下，回答："这件事情我们没办法插手。"

"明白了，那我自己处理。"

她的笑让工作人员感觉浑身凉飕飕的。他赶紧大步离开，头都不回。

"女神……"林一帆忍了半天，终于忍不住了，"你有怀疑的人了吗？"

"当然有。"眸光微转，苏绾心像一只狐狸，"这种事情做得如此明显，想查的话再简单不过了。"

其他人一脸惊讶：哪里简单？怎么查？

苏绾心看了看他们，提议："不如这样吧，我们来玩个游戏。如果游戏结束的时候我能把事情查清，找到那个拍照片诬蔑我和钟贤的人，就算你们输；如果不能，算我输。"

"既然论输赢，就得有赏罚。"顾瑾感兴趣地问，"如果我们输了，怎么办？"

"如果你们输了，等活动结束后需要成为我的客户，每个人到我们公司签一笔单子，我保证给你们市面上最高的收益率回报。如果我输了……"苏绾心稍稍停顿，然后又说，"我告诉你们，漾漾的父亲是谁。"

盛浅和林一帆一听这话，头都要炸了。

她玩得这么大？她这么有信心？

顾瑾愣了愣，轻笑出声："好，我喜欢这个游戏！我参加！"

苏绾心的一番话让有些人心里开始不安，尤其在她说出另一句话之后——

"目前可以确定的是，发出这张照片的人并非工作人员，而是我们十个人中的一个。"

"你怎么知道？"顾瑾追问。

"简单啊，我昨晚下楼喝水已经将近十一点了，照片拍摄地点在二楼，在那个时间，能出现在楼上的人肯定不是工作人员。"

为数不多留在别墅的几个工作人员都被安排住在一楼，是绝不会涉足上面的楼层的。

苏绾心的话音一落，大家的脸上表情各异。同样身为受害者的钟贤本来在早上知道这个消息后心情很差，但现在经过这么一遭，已然不气了。

"我不参加。"一片安静中，孙恬然出声，"这种事情没必要站队，谁我都不想得罪。我不参与。"

"当然可以。"苏绾心表示理解。

"那你就不怕得罪人吗？"孙恬然见苏绾心的架势，感觉苏绾心想把事情闹大，"你要怎么查？查到以后又怎么告诉大家真相？"

"这些几天后自然揭晓。至于我怕不怕得罪人……"苏绾心抿嘴一笑。她是一个连自己能活到哪天都没有底的人，还怕得罪什么人？她继续说道："孙小姐，我问你，如果一条疯狗冲你叫，你会怎么办？"

"不理它，绕着走。"

"如果它冲上来追着你咬，咬得你遍体鳞伤呢？"

孙恬然咬了咬牙，犹豫要不要回答。她总觉得苏绾心是在给自己设陷阱，却没什么依据。

苏绾心见孙恬然沉默不语，便云淡风轻地说："我会选择打死它。"

简单几个字，却让孙恬然周身一颤。

苏绾心扭头看向摄像头，浅笑嫣然："友情提醒广大观众朋友，出门遛狗要牵绳。"

她一语双关，既骂了诬蔑她的人，又暗指诬蔑背后有人教唆。

《治安管理处罚法》第 75 条规定，驱使动物伤害他人，处 5 日以上 10 日以下拘留。故意利用动物作为工具手段伤害他人，依照刑法的有关规定追究其刑事责任，同时还要承担为他人治疗的民事赔偿责任。"

苏绾心把话说完，坐在一旁的律师卓以清直接笑出了声："你不是学金融的吗？怎么连这个也懂？"

"学金融是被逼的，其实我的梦想是成为一名律师。"

孙恬然听完苏绾心的话，垂眸没再说什么，心却已经沉到了谷底。

照片是她拍的，微博也是她发的。孙恬然仔细回想昨晚发生的一幕幕，认定一切并没有什么漏洞，但苏绾心为何如此镇定、信心满满？

孙恬然不安地给申婧晨发微信。

恬恬：在看直播吗？

晨晨：嗯，看着呢。

恬恬：她是不是知道什么了？

晨晨：别听她忽悠，狐假虎威的招式她最会玩了。学金融的都爱玩心理战，别怕。

恬恬：可万一她真的查出来呢？

晨晨：怎么查？查你的手机？她有这个资格吗？她又不是警察，怎么敢动你的私人物品？！

恬恬：这么说好像也有道理……照片我已经彻底删除了，她就算查我的手机也看不出什么。

晨晨：更何况你是用小号发的，她怎么查？

孙恬然听申婧晨这么说，心情恢复了一些。

尤其在见苏绾心没有任何举动而是给顾瑾辅导了一天功课之后，她更是相信苏绾心只是在吓唬人而已。

苏绾心混了一天，心情不错，直到正在拿她的手机玩游戏的盛浅发出一声惨叫。

有人给苏绾心打电话。盛浅看了眼屏幕上显示的名字，问："'心平气和不能惹'，谁啊？"

"讨债的。"

盛浅一听就明白了，顿时把手机像烫手山芋一样扔给她。

苏绾心接过手机，走到远处的角落里，小声开口："什么事？"

"我在外面，出来。"

该来的终究还是来了，苏绾心不想出去，压低了声音商量："能不能过几天再说？我现在不想见你。"

"你想让我进去？"

"我……"

"我现在很生气，最多等你三分钟。"

傅时寒说完就挂了电话。

苏绾心听着手机里的忙音，头痛不已。

按照傅时寒的脾气，如果她不出去，他真的会直接进来抓人。可她要是出去……一想到傅时寒生气的样子，苏绾心腿有点儿软。

她真的怕他，只怕他。

苏绾心沉思了一分钟，最终深吸一口气，做出决定。

"我有事出去一下，很快回来。"

说完，她拒绝工作人员的跟随，怀着一种奔赴战场的壮烈心情朝外走去。

别墅外停了一辆黑色的豪车，苏绾心鼓起勇气上了车。

这是自从他们在酒店分开之后的第一次见面。傅时寒的眼中满是阴郁的神色，他冷冷地开口："如果你没被偷拍，现在这个时间，我应该在Y国出席签约仪式。你觉得你值得我回来这一趟吗？"

他的声音没有起伏，语气听起来还有点儿平静，可苏绾心知道这绝对是假象。

"不值。所以你特意跑回来，亏大了。"

话音刚落，苏绾心就被一旁的人猛地用力拽了过去，一头撞进他的怀里，抬眼就看到那双蕴藏着寒光的漆黑眼眸。

他是从机场直接过来的，身上穿着在外应酬用的西装，有着专属他的气息，也有淡淡的烟味。

"我提醒过你，离其他男人远一些。"傅时寒紧紧握着她的手腕，心中的怒火渐渐蔓延出来，"你告诉我，你那么晚和那个人单独在一起聊什么？他说了什么能让你冲着他笑，还是没有丝毫防备的笑？！"

"我真的只是下楼喝杯水，碰巧遇上他。"苏绾心无力地解释，知道这答案无法让傅时寒满意，但不知道还能说什么，"你不信的话我也没办法。更何况……你凭什么管我？"

"苏绾心。"他轻声叫她的全名，让她身子一颤，"你现在确定要火上浇油吗？"

傅时寒讥笑："凭什么？你七岁被我选中、被我带出那个社会福利院的时候，怎么没想过问我凭什么管你？"

他提及往事，苏绾心的眼眶忍不住红了。

其实，当年符合傅家的要求的孩子一共有两个，是傅时寒最后选了她。

苏绾心眨眼的瞬间有泪滴从眼角滑落。她难过地低声说："早知今日，我宁愿你当初没有选我，宁愿这辈子都没认识过你。"

他是她生命中的光。是他让她明白，这世上什么都能过去，唯有他，在她心里过不去。

她宁愿他当初没有选她，宁愿这辈子不认识他。苏绾心的话彻底惹怒了傅时寒。

转瞬间天旋地转，苏绾心身下的座椅被放平。未等回过神来，她便已经被压倒在座椅上，衣服的领口被撕开，颈间的纽扣掉了两颗，不知落在哪里了。

傅时寒一口咬在她的颈侧，恨不得生生将她吞入腹中、糅入骨髓。

"你想离开，除非我死，否则你这辈子都是痴心妄想！"他发狠的声音在她的耳畔响起。

苏绾心绝望地闭上双眼。

她不会让他死，从七岁到傅家开始，她的任务就只有一个——她是他的护身符，就算粉身碎骨都要为他挡下生命中的劫难，让他安稳地活下去。

傅时寒犹如一只被放出牢笼的野兽，而在他身下的，就是即将被撕碎、啃噬的猎物。

屋内，盛浅抱着漾漾坐在沙发上，不安地注意着时间。苏绾心已经出去十来分钟了，不会有什么事吧？

傅时寒这么晚过来，肯定特别生气。一想到他冷若冰霜的样子，盛浅就失去了解救苏绾心的勇气。

"浅姨姨，我妈妈怎么还没有回来？"就在盛浅胡思乱想的时候，她怀里的小家伙发问了，"是谁打电话找她？"

"你爸。"

"爸爸？"听到这话，漾漾眼睛瞬间发光，"那我也要见爸爸！"

说完，他从盛浅怀里跳到地上，迈着小短腿朝外面跑去。

盛浅呆呆地看着他的背影，不知该不该跟上去。终于，她重重地叹了口气，心情沉重地跟上了漾漾的脚步，但她没那么大的胆子，只能站在门口看着漾漾朝那辆豪车跑去。

"爸爸！妈妈！"

漾漾的声音突然响起，车内的两个人都不由得一愣。

此刻苏绾心身上的衣服已经被扒得差不多了。她听到漾漾喊她，感觉身上的傅时寒愣怔了片刻，便顺势将他推开。

傅时寒黑着脸将车门锁好，呼吸急促地看着苏绾心手忙脚乱地整理衣服。

苏绾心面色绯红，手抖地去系衬衣的纽扣。在听见漾漾在外面拍车门，问他们是不是在里面的时候，她手抖得更厉害了。

傅时寒见她这样，忍不住心软，将她拽过来搂在怀里，帮她系好剩下的几颗纽扣。

"怕什么？我们又不是偷情。"他声音低哑地训她。

"你闭嘴！"

苏绾心快被他搞哭了，推他，坐直身子，打开遮阳板上的镜子，看着里面的自己，恨不得找个地缝钻进去。

镜中的苏绾心衣着凌乱，双眸满是雾气，嫣红的唇此时看起来有些肿。

她面色红润，连耳朵都是红的，白皙的颈上更是布满了暧昧的痕迹，仿佛在向人们叫嚣，证明她刚刚在这里经历了什么。但衬衫最上面的两颗扣子已经不知掉到哪儿去了，领口微开，她没办法遮住颈间的吻痕。

她眉头紧蹙，看向傅时寒，眼中满是指责的神色，却不敢开口说出来。

"你自找的。"傅时寒见到嘴的鸭子飞了，心里十分不爽，"今天的事不会就这么算了。"

他把话撂下，开车门出去。漾漾见到他，开心地张开双臂求抱抱。

"爸爸抱！要抱抱！妈妈呢？"

"在里面，喊她出来。"

"妈妈！"漾漾身子前倾，小手"啪啪"地拍在豪车上，"出来！"

苏绾心磨蹭了一会儿，终究还是抵不住漾漾的呼唤，硬着头皮下了车。

这是漾漾第一次享受三口人在一起的时光，开心得不得了："爸爸，你今晚要和我们一起睡觉吗？"

"他忙，没时间陪我们。"苏绾心抢先回答这个问题，生怕傅时寒答应。

傅时寒微微蹙眉，因为苏绾心脸上的潮红还没消退，衣领还大开着。他实在不想让别的男人看见她这个样子，便脱下外套披到她的身上。

"我给你几天时间澄清你和那个姓钟的男人的关系，如果办不到，你知道后果是什么。"

苏绾心沉默地送走傅时寒。

跑车发出的轰鸣声由近至远快速消失，苏绾心长舒一口气，抱着漾漾往屋里走去。

"你们……"盛浅迎过来，刚想问她和傅时寒聊了什么，一看苏绾心的模样就完全明白了，心不由得一沉。

完了，这真是耽误傅老板"吃肉"了。

三个人相继进屋，客厅里的人不约而同地回眸张望，见苏绾心身上多了件男人的西装，就明白这是什么意思了。

这是"正主"来宣示主权了！

苏绾心抱着漾漾直接回了卧室。

孙恬然望着她的背影，拿着手机和申婧晨聊天。

恬恬：苏绾心她老公刚刚来了。

晨晨：刚刚？

恬恬：对啊，那个小屁孩也跑出去了，我们在屋子里都听见他喊"爸爸"的声音。苏绾心直接穿着她老公的外套回来的。

申婧晨看到这话，愣怔片刻后大笑出声。

她刚刚得到消息，说傅时寒在 Y 国和 JN 公司达成合作意向，签了一笔几十亿欧元的项目合同。他怎么可能会分身术，同一时间出现在苏绾心身边？！

那个叫漾漾的小兔崽子到底是苏绾心和谁生下的？申婧晨满腹疑云，更多的却是兴奋和欣喜。

苏绾心现在满身黑料，又和别的男人有了孩子，申婧晨不信傅家还会容得下这样肮脏不堪的女人！

申婧晨躺在床上琢磨了一会儿，灵光一闪，心生一计，打开手机里保存的一段视频，截了两张图发给孙恬然。

孙恬然收到后，双手放大照片仔细地看了半天。

恬恬：这是……？

晨晨：别人发给我的，趴在桌子上的那个女人是苏绾心。

恬恬：她的私生活这么混乱吗？

晨晨：知人知面不知心呗，听说这段视频是她在前段时间参加几个证券公司举办的比赛时被拍到的。参加比赛的都是同行，她都这样惹眼，你还指望她多干净？

恬恬：那你的意思是……？

晨晨：发出去，多加点儿料，看她还能装模作样到几时！

孙恬然表情有些纠结，想到苏绾心之前和大家打赌说能查清这个事情时信心满满的模样，不免有些心慌，但又不想得罪申婧晨——她马上去面试的一部电视剧的主要投资方就是申家的 ST 集团。

就在孙恬然左右为难的时候，申婧晨又发来了信息。

晨晨：对了，亲爱的，你面试的事有结果了吗？

恬恬：面试安排在下个星期。

晨晨：行，到时候我跟他们打个招呼，你过去走个流程就可以。

孙恬然马上明白她是什么意思，立马打开微博界面，切换到小号……

苏绾心回到卧室换了身衣服，情绪始终低落着。盛浅在一旁瞧着，不知该怎么安慰她。

"妈妈你怎么啦？"漾漾坐在床上看着苏绾心，小心翼翼地问。

"没事。"苏绾心强颜欢笑，哄他玩。

盛浅不想打扰他们母子二人相处，便起身去了客厅，可没过多久又黑着脸回来了。

苏绾心看着她杀气腾腾地拿着手机朝自己走来，就知道又有人搞幺蛾子了。

"这帮孙子真是活够了！"盛浅忍不住爆粗口，"你是不是已经知道是谁搞的鬼了？快告诉我吧！"

关于苏绾心的黑料又多了一条，网上现在已经是腥风血雨，骂声一片。

苏绾心淡定地接过手机，看出这张照片出自哪里之后，嗤笑出声。

照片中的苏绾心埋头趴在桌子上，身侧站着一个男人，俯身低头，看似与她非常亲密。

"还有最后两天。"苏绾心把手机还给盛浅，依旧是那副无所谓的模样。

"你不气吗？！"盛浅不可思议地问，"我都要气死了！这帮孙子欺人太甚！"

"气啊。"苏绾心笑了，"这些人简直毁了我谷忍傻子的能力。"

"那你……"

"风越大，浪越大，打在脸上才越疼。"苏绾心眸光清冷，缓声同盛浅说，"别急，很快就结束了。"

苏绾心的淡定让盛浅平静了下来。盛浅觉得苏绾心说得有道理，而且就算苏绾心摆平不了，傅时寒肯定不会坐视不理的。像他那种小心眼儿的人，哪儿会容得下别人这样诬蔑苏绾心？

时间飞快流转，一眨眼的工夫，两天过去了。煎熬的一周终于结束，最后一个留在别墅同居的夜晚，大家都围坐在客厅的沙发上，感慨地怀念这一周的温馨美好时光。

苏绾心坐在沙发角落听着他们的交谈，面容平静。

观众见她一脸淡然的神色，忍不住发弹幕吐槽。

"这个苏绾心怎么这么沉得住气啊？"

"照片的事她不打算追究了？"

"追究？！黑料那么多，她怎么追究得过来！"

"就是，她现在巴不得别人都忘了那些事，不可能主动提吧？"

"还没结束呢，你们怎么知道她不追究了？"

"还有人记得苏绾心之前打的那个赌吗？我好想知道那个小孩子的爸爸是谁啊！"

因为苏绾心之前放过狠话，再加上她这些天在网上的热度不断增加，以至于今晚直播的热度不断升高，才到晚上七点半，它就已经是全网收视率最高的直播活动了。

苏绾心看着大家有说有笑，觉得这幼稚的温情戏码上演得差不多了，于是轻声开口："既然是最后一天，那有些话也该说清楚了。"

她一开口，屋内的气氛瞬间改变，也让直播平台屏幕上的弹幕急速增加。

"来了，来了，来了！"

"吵起来！斗起来！"

"等了好久，终于等到今天！"

"微博上过来的，终于等到小姐姐爆发了吗？！"

苏绾心环视一圈面前的人，有条不紊地说起这一周来有关自己的各种绯闻。

"最近有很多关于我的不实言论在网上被散播，给我以及身边的人带来了非常不好的影响。我本不想回应这些是非，奈何有些人一直抓着我不放，好像我欠了她几个亿一样。"

苏绾心说完，在场所有人都明白了她的意思：不是她先动的手，全是被逼的。

"鉴于前几天有人说我和钟医生的关系不正常，所以我先澄清一下这件事情。我和钟医生关系非常一般，甚至连朋友都算不上，只是凑巧来参加这个活动认识的而已。"

苏绾心说着话，示意林一帆把桌上的笔记本电脑递给她，然后又把一旁的投影仪打开，将电脑屏幕上的画面投到了墙上，让大家看得更清楚。

"我说过这张照片是我们之中的人拍的。现在，我就要查查这个人究竟是谁。"

孙恬然紧张地看着她，焦虑不安，又不敢表现得太过明显。她心脏都快跳出来了，脸色看起来有些苍白。

苏绾心用电脑登录微博，找到最开始爆料的那个微博小号。她翻看这个账号的资料，微笑："账号是为我新注册的，荣幸。"

"绾绾姐，"坐在单人沙发上的顾瑾思虑半晌，开了口，"你是打算在这儿直接公开那个人的名字吗？"

"不合适吗？"苏绾心挑眉看着他。

顾瑾从会走路、会说话开始就当童星，太懂做人要给自己留后路的道理了。可是看苏绾心现在的架势，他觉得她不打算给自己留任何的退路。

"我是怕你冲动。"顾瑾还是第一次这么多管闲事，"毕竟以后你们可能还会见面。"

孙恬然一听这话，马上附议："对啊，总会遇到的，还是算了吧！"

"算了？"苏绾心笑了，"往我头上泼脏水的时候，怎么没想过算了？"

那些人在黑她、坑她、害她的时候，可一点儿都没想过手下留情啊。

"绾心，这件事咱们还是私下解决吧，好不好？"就在苏绾心和孙恬然对视的时候，一直站在后方闷不吭声的工作人员突然站了出来，试图阻止苏绾心。

虽然她接下来的举动会为活动带来巨大的热度和流量，但活动组同时要面对的还有其他问题。

活动组这两天已经陆续接到好几个电话。打电话的人明里暗里地警告他们别让苏绾心的事牵扯到自家艺人，不然他们一定会被追究相关责任。那些人都是有背景的祖宗，活动组不能得罪的！相比之下，苏绾心是否被冤枉就显得并不那么重要了。

苏绾心到底有什么背景，谁都说不清。柿子要拣软的捏，所以活动组最终决定牺牲苏绾心，保其他人。

"不好。"苏绾心直白地拒绝，"我和你们并不熟，也不希望私下里再跟你们有任何接触。"

"你！"

这个女人怎么敬酒不吃吃罚酒？她以为她是谁？！

苏绾心看工作人员被气得说不出话，微微一笑："不是你说过，这事你们不管，要我自行处理吗？我这么配合你们的工作，你怎么反倒说起我的不是来了？"

她牙尖嘴利，笑里藏刀地怼人："我可是在帮你们这个活动制造热度，你们不是最喜欢斗来斗去的戏码吗？我斗给你们看呀！"

"现在可是在直播，你要为你所说的每一句话负责任！如果诬陷了别人，你担得起责任吗？"男人气急败坏地问。

"担得起啊。"苏绾心点了一下头，"我很会赚钱的，你不用担心我会被告到破产。"

苏绾心怼得工作人员再也说不出任何话。

其他人不敢再轻易多管闲事，生怕她转头把矛头指向自己。

苏绾心轻松地解决掉碍事的人，继续自己手上的动作，把网页停留在那个诬陷她的微博小号的主页上，然后又点开另外一个小程序。很多人看不懂她这是什么操作，但有些正在看的观众懂了。

"她在干什么？"

"她到底是学什么的？"

"她不是商学院毕业的吗？怎么还会这个？！"

"跪了，跪了，能说会道、有颜有钱、能力还这么强大的小姐姐，你是仙女下凡吧？！"

"程序员看到这一幕，流下了激动的泪水……"

"我宣布，从今天起，我就是苏绾心小姐姐的忠实粉丝！"

苏绾心目光微凉地看着电脑屏幕，修长白皙的手指在键盘上不停地游走。她在查发布照片的那个账号的IP地址。

渐渐地，苏绾心身边的人也都看明白她的操作了。孙恬然紧握的双拳微颤，额角不知不觉地沁出了冷汗。

她没想到苏绾心会这么一招儿！所有人都没想到！孙恬然给申婧晨发微信寻求帮忙，而苏绾心已经暂时结束了手上的工作。

苏绾心轻松地查到了那个微博小号的IP地址，把地址拷贝到了一个文档里，然后说："接下来我要查查你们每个人的微博大号的IP地址。"

只要有人的微博大号的IP地址和那个小号的相同，这件事就水落石出了。

"苏绾心，这是违法的吧？"孙恬然不悦地开口，声音有些颤抖。

"不清楚，我又不是学法的。"苏绾心淡淡地笑，"或许这算是侵犯了他人的隐私权？"

"那你还查？！"

"为什么不查？"苏绾心侧眸看她，"不如先从你查起好了。我找找你的微博账号，叫什么来着？"

她就这样直接冲着孙恬然开腔了。孙恬然再也无法淡定，倏地从沙发上站了起来。

"你敢！苏绾心，你敢查我的话，我现在就打电话报警！

"你当我是被吓大的？"

苏绾心不为所动。

眼看着孙恬然的情绪越来越激动，她甚至试图把电脑抢走，一直沉默的盛浅出声了。

"吃相这么难看，真的没关系吗？"盛浅眸光清冷地凝视着孙恬然，"摄像头还没关呢，你想干什么？"

盛浅的话让孙恬然身子一僵，网友们也纷纷看出了一些端倪。

"孙恬然怎么这么激动啊？别人都没这么大的反应。"

"我好像明白了什么……"

"啧啧，真是相比之下立见高低啊。"

"苏绾心跟她有什么仇吗？她为什么要这么做？"

在一片厚重的弹幕之中，大家观看着屏幕里的那几个人。

盛浅、林一帆一副"事不关己，高高挂起"的态度，剩下的几个新人则老老实实地闭嘴，生怕苏绾心拿自己开刀。

钟贤和卓以清一直似笑非笑地看热闹。

只有孙恬然，抓狂得不像往日。

"孙小姐，在质问我之前，你能解释一下这是怎么回事吗？"

苏绾心在孙恬然的抓狂、崩溃的过程中已经得到了想要的答案，把电脑屏幕转向孙恬然，问："为什么你的微博账号和那个小号的 IP 地址是一样的？我想听听你的解释。"

"我……我不知道，跟我没关系。"孙恬然硬着头皮否认，"你少胡说八道，诬赖好人！"

"你是好人吗？"

"苏绾心，你这是什么意思？！"孙恬然被她的话惹怒。

"意思是我还有别的证据，你要不要看看？"

孙恬然震惊地张了张嘴，却没能发出声音。

苏绾心摆正电脑，点开网页登录邮箱，打开其中一封邮件："若要人不知，除非己莫为。你那晚偷拍我们的时候，难道就没有想过你也有可能被其他人拍到？"

苏绾心点开邮件里的一段视频，视频里的背景很眼熟，正是他们所在的这个客厅。

说来也巧，那天晚上在客厅里还有其他人，正是留宿在这里的工作人员。只不过当时客厅光线昏暗，而这名工作人员身材矮小，正好坐在地毯上打游戏，所以没人发现。

那晚，这名工作人员看到钟贤在餐厅抽烟，然后苏绾心下楼，两个人站在餐厅里轻声聊天。工作人员起初也以为这两个人有什么见不得人的关系，所以才录了视频，却没料到会录到孙恬然站在楼上偷拍的画面。

视频中，苏绾心、钟贤以及二楼的孙恬然都露了脸，画面非常清晰。众人能看到苏绾心只是和钟贤说了一会儿话，两个人之间的距离甚至算不上亲近，只是从某些错位的角度看，他们像在接吻而已。

证据清楚地摆在这里，孙恬然再想反驳也没人相信。她身子晃了晃，险些跌倒。

"我和钟医生的事情就是这样。所以，我想请问孙小姐，你把照片发到网上的目的是什么？"

孙恬然脸色苍白，手脚冰凉地坐到沙发上，绞尽脑汁地狡辩："我……我当时……当时从楼上看到的画面就是你们在接吻！"

"是吗？"苏绾心挑眉，"看得那么真切吗？"

"没错！我亲眼所见，所以才敢发照片！"

"好，那我们来谈谈今天的第二件事。"苏绾心转移话题，"你的微博小号一共发布了两条关于我的黑料，第二条直言我在参加某场业内的专业比赛中和同行的选手有暧昧的互动，用不正规手段赢得比赛。那么，我请问孙小姐，这件事也是你亲眼所见吗？那场比赛你有参加吗？"

既然要翻旧账，那苏绾心当然要跟她翻到底。

"你没参加比赛、没在现场、没亲眼见证事情的经过，为何有胆子如此理直气壮？恐怕你只看到了几张视频的截图，压根儿没见过那个视频吧？"

孙恬然抿着唇，已经不知还能说些什么好了，总不能说那照片是申婧晨给她的，事情是申婧晨指使她做的吧？她绝对不能得罪申家啊！

苏绾心见孙恬然浑身颤抖、不知所措的样子，一口气梗在心头，发泄不出去。

孙恬然没本事惹什么祸？她只会装可怜、装无辜，害人的时候怎么没想过被害者的感受？苏绾心连吵架都吵得不尽兴，真是没劲！

苏绾心斜睇看向身后的工作人员，发问："孙小姐这么做，不会是和活动组商量好，配合你们炒热度的吧？"

"不，不，不，跟我们没关系！我们完全不知道这件事！"

事已至此，大家都不想蹚这摊浑水。不管苏绾心有没有背景，网络上的舆论风向已经偏向她这一边了。这时谁和她作对，那就是主动找死！

工作人员看了一眼像被霜打的茄子一般的孙恬然，又看了看眉眼间满是怒气的苏绾心，干巴巴地说："绾心啊，既然要澄清，那就把第二件事也一并说清楚了吧。那天晚上发生了什么？完整的视频应该在你的手上吧？"

"我不。"苏绾心着实佩服他这个工作态度，"你可真是敬业，都到这个时候了，还不忘炒作。"

工作人员尴尬一笑，说："你没视频啊？那……"

"行了，别给自己找不痛快了。"林一帆见他没完没了的，忍不住打断他的话，"你上微博看看，苏氏证券的官方微博已经把完整的视频以及事情的经过发出来了，还附带一张律师函。"

苏绾心两天前就接到了陈磊的电话。要不是她拦着，两天前陈磊就要把这个活动组和不知死活的孙恬然告到哭爹喊妈了。

眼下，苏氏证券在微博以及官网发出了公告，对近两日网上的种种不实谣言导致苏氏证券以及自家员工苏绾心的名誉受损一事正式做出回应。公司将对孙恬然以及"七天六夜"活动组发出律师函，进行名誉索赔。

网友们一听林一帆的话，赶紧跑去微博看视频，然后就明白是怎么回事了。

"苏绾心在被陷害了以后还拿了第一？她这么厉害吗？！"

"亲身经历了整场比赛的人告诉你们，这个苏绾心就是这么厉害……她用了百倍杠杆，最后只用了两天，就把前面的损失找回来了，还赢了我们所有人。"

"听公司的同事说过这件事。大家都说她的天赋太高，操盘手法太过刁钻，颇有傅神的风范。"

"她和傅神是一个学校毕业的吧？哈佛商学院出来的人都这么无敌吗？"

"傅神是谁？"

"傅氏集团总裁傅时寒……不了解的人可以去了解一下。"

很快，苏氏证券的官方微博就被无数评论、转发攻占，关于苏绾心的两大不实黑料也在短短一个小时内全部澄清完毕。

然而，这场风波并没有停止。在苏绾心回归清白的半个小时后，孙恬然所在的星然公司发了一条微博，表明因孙恬然单方面违约，影响个人及公司形象，损害公司名誉利益，公司决定解除与孙恬然的合约，并向孙恬然提出法律诉讼并进行索赔。

这一消息仿若一颗炸弹，炸得网友们兴奋不已。

孙恬然以一己之力给广大网友们完美地演示了一遍什么叫"赔了夫人又折兵"。现在连公司都不要她了，她还剩下什么？

不过这个公司也太势利了吧，孙恬然好歹在公司待了几年，怎么说掰就掰了？

房间内，孙恬然崩溃地给经纪人打电话，声嘶力竭地质问公司为什么这么对她。不料她听到经纪人说——

"别怪我们，要怪就怪你得罪了不该得罪的人。你做事之前能不能动动脑子？你去参加活动前我有没有提醒过你，要和盛浅、林一帆搞好关系？苏绾心看着像是好招惹的人吗？你没事非跟她较什么劲？！"

现在因为孙恬然一个人，整个公司都面临被解体、收购的风险。也不知苏绾心背后的人到底是谁，搞得公司高层都在连夜开会，研究后续对策。

经纪人没心情和孙恬然说太多，直接挂了电话。孙恬然走投无路，想到了申婧晨。

诬陷苏绾心的事毕竟是申婧晨指使她做的！微信里还有她们的聊天记录呢，申婧晨总不会眼看着不管吧？

申婧晨也在家里看了直播，本来想看苏绾心是怎么在阴沟里翻船的，没想到看到了这样的结局。

孙恬然连续给申婧晨打了三个电话都没有回应。无奈之下，她给申婧晨发了微信。

恬恬：帮我。

恬恬：求你。

申婧晨看到消息，本来不想理会，但想到她们的聊天记录还在……她不想在这个风口浪尖上被卷入其中，便给孙恬然回复。

晨晨：别急，我在打探消息，还不知道苏绾心背后的人是谁。

恬恬：公司已经和我提出解约了！你给我视频截图的时候怎么没告诉我那是假象？！你这不是害我吗？"

晨晨：怪我咯？你自己发的照片是真相吗？"

看到这话，孙恬然气急败坏。

恬恬：所以你现在的意思是不打算管我了？我已经什么都没了，什么都不怕了。"

孙恬然的言下之意就是：你不帮我，我就去网上发咱俩的聊天记录，大不了鱼死网破。

孙恬然和申婧晨两个人在微信里纠缠不断，而楼上，苏绾心已经洗好澡，打算上床搂着儿子睡觉了。

"绾绾，这两天的事你不觉得奇怪吗？"盛浅躺在一旁用手机刷微博，"你就不好奇孙恬然手上的那个视频截图是从哪儿来的吗？"

"没什么好奇的，我猜出来了。"

"谁呀，谁呀？"盛浅焦急地问，"我认识吗？"

苏绾心笑了笑，敷衍回了句"不认识"就躺下休息了。

其实这件事很好猜，苏绾心的敌人本就不多，孙恬然以前在微博里发过她和申婧晨的合照，苏绾心想猜错都不成。现在事情闹翻，苏绾心估计这两个人正狗咬狗——一嘴毛呢。

明天就能离开这里回家了，最后一夜苏绾心睡得很沉，早上醒来后，先把漾漾送走，然后跟其他人打了个招呼就离开了，没给任何人与她攀谈的机会。

钟贤看着苏绾心远去的背影，眉头紧皱。本来他还想管她要联系方式呢，没想到她走得这么干脆，看来再想见她只能去苏氏证券找人了。

苏绾心打车回到家，洗了澡，然后进了书房，一忙就是大半天。

浪费了七天，账户里的收益额减少了好多，她肉痛得不行，打算连续熬几天，把损失都找回来。

傍晚，慕酥雨订了外卖。门铃响起，她迫不及待地跑过去开门，没想到看见一名穿着电影里保镖标配的黑西装的男人，他的手里还牵着一个很是眼熟的小不点儿。

"你是……"慕酥雨低头看他，"绾绾的儿子？"

"小阿姨好，我叫漾漾，是来找妈妈的。"漾漾仰着头看她，乖巧地说道，"爸爸不要我了，我得和妈妈一起生活。"

保镖把人送到后转身就走了，还留下一个慕酥雨好久没吃到的五星级超豪华套餐。

慕酥雨带着漾漾来到书房，敲了敲门。苏绾心推门出来，一眼就看到笑得像个小太阳的漾漾，惊讶地愣住。她本以为活动结束后就见不到他了，没想到他会来这里。

"妈妈！"

"乖。"

苏绾心心情复杂地摸了摸他的头，不知道傅时寒玩的是什么套路。她让慕酥雨带漾漾先去吃饭，然后趁机给傅时寒打电话。

傅时寒在国外，刚刚睡着就被电话铃声吵醒。他暴躁地拿过手机，在看到苏绾心的号码后怒意消失，嘴角浮上一抹诡异的笑。

"你把漾漾送过来是什么意思？"电话接通，苏绾心开门见山地问。

"你的儿子，你不管谁管？"

"他是我的，不是你的？傅时寒，我没时间照顾他，你不要拿孩子的问题开玩笑好不好？"

"没时间就挤出时间，忙的人不只你一个。"傅时寒疲倦地翻了个身，"是不是我的儿子，你知我知，外人不知。哪怕你把漾漾送到公司，也没人敢说他是我傅时寒的儿子。"

所以，他认定苏绾心没办法把漾漾送回来，她也会因为漾漾在身边而没办法消失不见。

"好好照顾儿子，等我回去找你。"

他的一番话把苏绾心气得哑口无言，还没等苏绾心想好怎么反驳，傅时寒就直接挂了电话，心情不错地继续补觉了。

苏绾心气得把手机摔到床上，有气无处撒，只好来到餐厅。

"妈妈！爸爸说他不要我啦！"漾漾的脸上一点儿都没有被抛弃的难过，他甚至笑出了声，"他说我可以和你在一起！"

苏绾心走过去点了点他的小鼻子，坐下陪他一起吃饭。慕酥雨坐在两个人的对面，视线不断地在这对母子的脸上扫来扫去，只觉得养眼。

"漾漾，你前几天去找妈妈，也是你爸爸让你这么做的吗？"慕酥雨想起他突然出现时的画面，忍不住好奇地问道，"你是怎么认出妈妈的呀？"

苏绾心当年离开的时候漾漾刚满月，他没理由记得苏绾心。

"我见过的！"漾漾认真地回答，"我见过妈妈的照片！"

苏绾心的眉头微微一蹙，她不觉得在傅宅还会有自己的照片。

"妈妈，"漾漾扭头看她，带着一丝讨好的意味，软声说道，"爸爸的钱包里有你的照片哟！"

苏绾心怔了怔，苦涩一笑："我知道了，吃饭吧。"

不想聊过多关于傅时寒的话题，苏绾心哄漾漾吃完饭就带他去客厅玩了。她在家休息了一天，然后去公司上班，一进门就听见口哨声和掌声不断地响起。

最近一个星期，苏绾心是金融圈里的热门人物，尤其是前两天公开上演的那一出打脸的戏码，更是让好多人看得欲罢不能，拍手叫好。

苏绾心来到办公室，刚坐下就被几个平日里熟悉的同事围住了。

"绾姐，可以啊，我看直播的时候还以为你会哭呢！"一旁的苏焱笑着说，"'取经'归来的感想如何？"

"感想就是妖魔鬼怪太多，段位太低，想弄哭我还差点儿火候。"苏绾心嫌弃地摇头吐槽，"但话说回来，那个圈子真是太难混了。"

苏焱几个人被她逗笑，听她继续说："不过我那么一闹，也算是给咱们公司打了个广告吧？不知道三石哥会不会给我一笔季度奖金。"

说曹操曹操到，苏绾心的话音刚落，她就被陈磊叫去办公室了。陈磊看见苏绾心，开门见山地问："那个人叫孙什么来着？"

"孙恬然。"

"对，就是她！"陈磊一拍桌子，"她和星然没私下联系你吧？我告诉你啊，他们要是背地里威逼利诱你，你不能低头啊！"

"放心吧，他们没找我，就算找我，我也不会和解。"

陈磊点了点头，又问："对了，你在星然有什么认识的人吗？这家公司的动作还挺快的，当晚就决定跟孙恬然解约了。"

"需要有认识的人打点才能解约吗？"

苏绾心以为这是顺其自然的一件事，毕竟孙恬然当众出了那么大的丑，肯定给公司带来不少损失，解约不是很正常的吗？

"开什么玩笑？孙恬然的粉丝数目还是不少的。虽然这件事的公关难做，但不至于到公司立刻和她解约的程度，以后给她接些小成本的剧还是能赚钱的。"

苏绾心听他这么一说，心中已然明白这是怎么回事。这事是傅时寒做的——只有他才能让星然在那么短的时间内做出这种决定。

苏绾心心不在焉地跟陈磊说了一会儿话就出去工作了。下午，公司来了一位大客户。

"绾姐，你这个月的业绩还差多少啊？我帮你把窟窿堵上。"林一帆坐在办公室里跷着二郎腿，鼻梁上架着墨镜，语气非常豪横地开口。

"听你这话的意思，我得谢谢你，是吗？"

"别！别！别这么说！"林一帆摘下墨镜，讨好地往苏绾心的身边靠了靠，"我这不是不会理财嘛，所以来找你了。我以前想让寒哥帮我，他让我滚远点儿，后来就不敢再提这茬儿了。"

"那要是我也让你滚远点儿呢？"

"绾姐，我给你跳个舞？我现在跳舞贼好看！我下个月开演唱会，你要不要去看啊？"林一帆死皮赖脸地又求又哄。

苏绾心被他缠得没办法，只好点头答应，让他签了单、留下钱后就走人。

但林一帆前脚刚走，顾瑾后脚就来了。他说是来履行赌约的，签了笔合同，然后就匆匆地去学校补习了。

苏绾心当时只是随口那么一说，没想到这孩子还真当真了。陈磊特别开心苏绾心能用这种方式给公司带来有正面影响的收益，琢磨着以后再有这样的活动还让她去。

苏绾心忙了一天，到下班的时间根本不敢耽误，赶紧回家。不知道傅时寒什么时候回来，也不知道他打算什么时候接漾漾回去，因此格外珍惜这来之不易的机会，争分夺秒地陪在漾漾身边。

时间飞快，三天就这么过去了。这天下班，苏绾心走出公司的大门，看到路边停了辆黑色的豪车，车边站着个眼熟的男人，是钟贤。

苏绾心左右看了看，确定他是来找自己的，快步走到他面前，问："钟医生找我有事？"

"晚上有时间吗？一起吃个饭。"

"别了吧。"苏绾心笑了笑，"咱俩的绯闻刚澄清没几天，钟医生就胆子这么大，敢来找我？"

钟贤有些严肃地看着她。如果可以，他不想来，但回去这几天总会不知不觉地想起她吃药的画面。这事搁在心里憋得难受，他是个专业的医生，觉得总不能这样放任她不管。

"你应该清楚，我找你肯定不只是吃饭这么简单。"钟贤看了一眼她身后的办公大楼，"趁着人还不多，我们上车聊，如何？"

"我们有什么可聊的？"

"聊聊你每天都在吃什么药，聊聊如果你继续如此大量地服用这种药，会有什么样的后果。"

钟贤的话让苏绾心的表情一变。她目光尖锐地看向钟贤，向后退了一步："抱歉，我不知道你在说什么。"

钟贤挡住她的去路，眉头紧皱："我是专业的医生。你要相信，我可以帮你的！"

"钟医生，难道没人告诉过你，多管闲事并不是一个好的习惯吗？"苏绾心嘲讽，"帮我？你拿什么帮？我有什么需要你帮的？"

"术业有专攻，我是心理医生，我……"

"我像是有心理问题的人？"苏绾心笑着问。

钟贤不由得恍惚了片刻。如果不是那天亲眼看见她吃了些什么药，钟贤永远都不会怀疑这句话。

他迎着苏绾心攻击性十足的视线，忍不住想，那天晚上他会不会看错了……可多年的专业意识又提醒他，他没有看错。

"在苏小姐看来，安眠药和抗抑郁药物是能随便服用的吗？"钟贤淡淡地反问，"你服用的剂量太大了，这样很危险。药物一旦停用，你……"

"我没用过任何药，是你看错了。"苏绾心打断他的话，后悔莫及。自己那天晚上看见他就该躲开，否则不会有后续的麻烦，是她太大意了。

苏绾心轻叹口气，垂下眼帘，不想再与他多做争辩："我要回家陪孩子，你别再来找我了。"

钟贤和苏绾心接触了一周，对她的脾气秉性了解一些，便不敢轻易追上去再招惹她。只是他的心里，始终放不下。

第五章

鸿门宴

苏绾心开车回到家，漾漾正和慕酥雨坐在餐厅等她一起吃饭。

一折腾就到了晚上九点多，苏绾心来到客厅，倒了杯水准备吃药。慕酥雨从书房出来正好看到这一幕，问：“绾绾，你现在得吃这么多药吗？”

“嗯。产生依赖了，少了没用。”

“可是……吃多了不好吧？”

“没事，能睡着就行。”苏绾心无所谓地笑了笑，安抚地说道，“别担心。”

她说完便回房休息。清晨她昏昏沉沉地醒来，送走漾漾后，前往公司，然后在中午外出用餐的时候接到了苏焱的电话。

“焱哥，什么事？”

“陈总让你现在别回公司。反正下午也没什么事，要不你干脆回家吧。”

“这么无情无义吗？”苏绾心沉默片刻，戏谑地调侃，“我好歹算是为苏氏证券上过活动、打过广告的优秀员工，说解雇就解雇，一点儿面子都不给我吗？”

“瞎说什么呢？你现在可是咱公司的大红人，解雇谁也不能解雇你啊。”

“说吧，什么事？”苏绾心懒洋洋地朝公司走去，“不会是星然派人来公司闹事了吧？”

“不是。”苏焱犹豫地问，“你认识 ST 的申总吗？”

苏绾心笑了："哟，这可是贵客呀。怎么着，他来公司找我了？"

"嗯，他前些日子来一趟了，也不知有什么事。"

"我现在回去。"苏绾心挂了电话，眼底闪过一抹寒光。

她可不觉得申文光找自己能有什么好事。话说回来，她除了跟申婧晨有些恩怨，并没和申家的其他人有过什么来往，申文光连着两次来公司找她有什么目的？

几分钟后，苏绾心回到了公司。

苏焱一脸着急地在门口堵她："不是说不让你回来吗？"

"我凭什么不回来？员工无故旷工要被扣工资的，我可是要养儿子的人，缺钱，你懂不懂？"

苏焱回头往公司里面看了看，压低声音说："那老东西一看就不好惹。陈总的意思是让你先躲躲，他找你没好事。"

"躲得了一时，躲不了一世，我总不能因为他连工作都不要了吧？"

苏绾心也知道申文光不好惹。

他毕竟是 ST 总裁，跟他那个满脑子都是糨糊的女儿比起来，绝对要难对付很多。

苏绾心不顾苏焱的劝阻，朝陈磊的办公室走去。苏焱一脸为难，拦不住她，只好跟上去瞧瞧是什么情况。

总经理办公室外，苏绾心敲了敲门。陈磊本以为是苏焱过来配合演戏，说苏绾心家里突然有事请假回去了，却看见苏绾心站在门口。

"陈总，您找我有事？"苏绾心笑盈盈地与陈磊对视。

陈磊瞪了一眼她身后的苏焱，然后脸上堆满笑意看向坐在沙发上的男人："绾心，这位是 ST 的申总，快进来打个招呼。"

苏绾心偏过头，对上申文光的视线，微微一笑，迈步进屋："申总好，我是苏绾心。"

陈磊看向苏焱，淡淡地吩咐："没你的事了，回去工作吧。"

苏焱点头，回了句"好"，偷瞄一眼申文光，转身走了，但走的时候特意没把门带上。

大门开着，这老东西总得收敛些吧？

申文光冷眼观察了苏绾心一番，心生疑惑。

很多年前就听说博家收养了一名孤儿，但他始终没机会见到，后来又听说那孤儿忘恩负义，开车撞断了李墨的腿，然后一走了之，杳无音信。

如今一晃几年过去，她突然归来，而且听晨晨说她已经回来一个多月了，他却没见傅家有什么大动作。傅家那群人可不是有仇不报的主儿，一直没找苏绾心的麻烦，在等什么呢？

申文光的视线落到苏绾心的脸上，他见她不卑不亢地站在那里与自己对视，问："你就是那个被傅家收养的孤儿？"

他突然来这么一句开场白，让一旁的陈磊愣住了。什么孤儿？谁被谁家收养了？

"申总特意跑一趟，不会就是为了问我这个吧？"苏绾心浅笑嫣然，声音软软的，语气听起来没有任何攻击力，但说的话一点儿都不虚。

申文光眸色沉了沉："没教养的东西，你的父母就是这样教你同长辈说话的？"

"我这么说有什么问题吗？"苏绾心笑意收敛，嘴角仅剩的笑容看起来格外讽刺。

他都这么直白地示意她有娘生没娘养了，还指望她用什么样的好态度对他？

第一次见面，他的第一句话就问人家是不是孤儿。苏绾心本以为，堂堂 ST 总裁，风度、气量会和他那个小家子气的女儿完全不同。现在看来，倒真是有其父必有其女。

屋内空气凝滞，气氛降至冰点。陈磊尴尬地站在一旁，想开口又不知该说点儿什么。

"听说你和我的女儿是朋友？"一片安静中，申文光出声打破沉寂。

不知他从哪儿听到这样不靠谱儿的谣言，苏绾心摇头："我和申小姐的关系很一般，我们只见过几面。"

"见过几面你就敢欺负她？"申文光冷笑着起身，"听说你见了她两次就打了她两次，我想听听你的解释。"

她打了申婧晨两次吗？苏绾心认真地回想。她回来后跟申婧晨见面的次数不多，好像只有在傅氏集团楼下动过手吧？

不过申婧晨被傅时宜打的那次，苏绾心倒是在现场看得真切。难不成申婧晨把那次也记到她身上，回家告状去了？申婧晨做人可真不厚道。

苏绾心看着走到自己身前的申文光，眸光微动："不存在欺负，我们只是稍微起了些争执。申总今天过来，不会是给女儿出气报仇的吧？"

"你以为我不敢打你吗？"申文光目光凌厉。

苏绾心和他对视，沉默不语。

陈磊见事情不妙，赶紧出声，想上前调解："申总，我看这中间肯定有什么误会，咱们有话好好说，别动手……"

他这话刚说完，申文光就直接抬手朝苏绾心脸上挥去，完全没把陈磊的话听进去。苏绾心向后躲去，才不傻乎乎地站在这儿挨打。

"申总这是在干什么？"

冷冽的声音从身后传来，苏绾心后退着撞进某人的怀里。一瞬间，熟悉的气息将她团团包围，让她心头一热。

傅时寒一手将苏绾心搂在怀中，一手握住申文光的手腕，与申文光对视："别的人你能不能打我不清楚，但这个人你不能动。"

傅时寒松开申文光的手，低头看怀里的人。他挑起她的下巴观察，确认她的脸上没红、没肿，神色才稍稍缓和了一些："你出去等我。"

苏绾心蹙眉看他，没想到他会突然过来，刚想出声，就感觉到他轻轻地在她的腰间捏了一下。

苏绾心莫名其妙地脸上一热，快速离开。

她走后，傅时寒顺手把门关上。刚刚就因为门开着，所以他在外面清晰地听了一会儿他们的对话。

苏绾心走后，屋内的气氛又紧张到了一个高度。陈磊看着傅时寒冷若冰霜的脸，又用余光瞥了一下黑着脸的申文光，好想和苏绾心一起离开。

"申总，好久不见。"傅时寒走到沙发旁坐下，舒舒服服地往后一靠，双腿交叠，淡笑着和申文光打招呼，自然得好像刚刚的一切都没有发生。

"是好久不见。"申文光看向他，也笑了笑，"傅总公事繁忙，想见你一面真是不容易。"

ST集团正在进行的几个重要项目在近半个月内接连遇到难题，而制造麻烦的人正是申文光眼前的这位。

傅时寒有意针对ST，申文光搞不懂是什么原因。所以，申文光私下联系傅时寒想和他一起吃个饭，可傅时寒一点儿面子都不给。直到今天，申文光才见到他。

"确实忙。"傅时寒承认，话锋一转，"我可没办法像申总一样，连女人吵架的事都要掺和一脚。"

他的言语间皆是嘲讽，别说申文光，就连一旁的陈磊都听得明明白白。

傅时寒仿佛没看见申文光脸上不悦的表情，专挑别人的痛处问："申小姐被打的时候我也在场，不过我怎么记得打她的人不是苏绾心，而是傅时宜？"

申文光眉头一皱。

怎么还有傅时宜的事？他可没听晨晨提过。

傅时寒轻笑着问："要不要我把妹妹叫来，让申总帮女儿讨回那一巴掌？"

申文光在心中狂骂这个不知尊老的兔崽子，皮笑肉不笑地扯扯嘴角，答："小孩子的事情我不插手，既然是晨晨和傅大小姐之间有矛盾，那就让她们自己解决好了。"

"这样吗？"傅时寒有些疑惑，"傅时宜不能打，苏绾心就可以？申总什么时候变得这么欺软怕硬了？"

他句句相逼，让申文光忍不住问了一句："傅总什么时候这么有闲心开始管外人的事了？"

"谁是外人？"

傅时寒脸上虚伪的笑容终于消失不见，恢复了往日人们熟悉的清冷模样。他一身深灰色西装坐在沙发里，姿态慵懒，周身却环绕着慑人的戾气，瞳孔深处带着旁人习以为常的冷漠，面无表情地看着申文光。

"申总不是很清楚苏绾心和我的关系吗？傅家人，什么时候轮到外人欺负了？！"

房间内充斥着让人窒息的气氛，陈磊站在一边，大气都不敢喘。

傅时寒起身站到申文光面前，说："女人的事情就让她们自己解决，申总不该把时间和精力放在这种小事上。你老人家什么时候有空，一起吃个饭？"

打一个巴掌给一颗甜枣，这招儿傅时寒用得还真溜。申文光冷笑一声，满腔怒火却得强忍着："今天有事，改天吧。"

"巧了，我今天也有事。那申总就改天见，到时候我们再聊聊合作。"

"好，改天再见。"

申文光目光阴沉地转身离开，走的时候把门摔得震天响，所有人都能感受到他的怒火。

陈磊把人送走，长舒一口气，为难地看向傅时寒："傅总，这已经是他第二次来找苏绾心了，保不准他哪天心血来潮还会来。"

"他想见就让他见吗？他还真把自己当什么东西了。他下次再来，你就说苏绾心去傅氏集团谈业务了，不在。"

"好，好，好，明白！"陈磊连连点头，想起傅时寒刚才和申文光的一番对话，脑子有点儿乱。

他特想问问苏绾心跟傅家到底是什么关系，但理智又不断提醒他不要多嘴！自古以来，知道得越多的人死得越快，他在傅时寒这位暴君面前得低调才行。

傅时寒推门出去，看了一眼跟在身后的陈磊，说："我把苏绾心带走了。"

"好，好，好，您带走吧。"您是公司大股东，您说什么就是什么。

傅时寒看见他阿谀、谄媚的德行，笑了："你用心帮苏绾心，以后肯定会有好处的。"

"傅总放心，我懂您的意思。"

"你不懂。"傅时寒停下脚步看他，"你知道这家公司为什么以苏氏命名吗？"

"公司和苏绾心有关系？！"陈磊睁大双眸，见傅时寒点了点头，又问，"是……是她父亲开办的吗？"

傅时寒怔了一下，轻笑出声，什么都没说，留给陈磊一个渐行渐远的背影。

苏绾心被傅时寒一个电话叫到停车场，不是愿意听傅时寒的话，而是不敢不听，生怕他冲到办公室抓人。

"生气了？"傅时寒启动车子，瞥了她一眼，问。

"没什么好气的。"苏绾心平静地回答，"申总老来得女，就那么一个宝贝女儿，作为父亲自然是心疼的。不过申婧晨也是蠢，看来是真的想不出对付我的办法了，才会找她父亲帮忙出气。"

傅时寒听了这话，若有所思，然后想起陈磊刚才说的话，便笑着说："要不你叫我一声'爸爸'，我也替你出气？"

苏绾心一时语塞。

"不好意思？"

"傅时寒，你够了……"

"那留着回家叫也行。"

苏绾心头痛地揉了揉太阳穴，一点儿都不想跟他继续聊下去，于是努力转移话题："你找我有什么事？我下午安排得比较满。"

"带你去医院做检查。"傅时寒瞥了一眼她那瘦弱的身子，微微皱眉。他这次出国特意带回来几个人，帮她调理身体。

苏绾心一听又要去医院，立刻抵抗："我不去！我知道自己是什么毛病，没必要再做什么检查！"

"但我不知道。"傅时寒语气低沉地开口，"安静点儿，别逼我绑你过去。"

他说翻脸就翻脸。车子很快抵达医院——不是上次他带她去的那家，而是一家私人医院。

苏绾心跟在傅时寒的身后进门，看到早已等候在此处的几名医生，身子一僵。

傅时寒拽过她的手腕，把她交给那几个人，自己坐在沙发上等。等待的时间是漫长且枯燥的，他拿出手机看了一会儿邮件，发现心情始终无法平静后，干脆放弃做任何事。

苏绾心一路配合检查，一切结束后，看着那几位脸色别提有多难看的医生，苦涩一笑。

她是认识他们的，虽然以前并未见过。

这几位都是非常有名的专家，大多出身医学世家，都像展澈一样没在任何公立医院任职，而是选择开办自己的私人医院。

苏绾心之所以认识他们，是因为展澈。展澈这几年也一直在为她的身体状况发愁，尽他所能地想办法帮她治疗，但苏绾心不争气，始终没什么好转的迹象。

她在展澈电脑里无意间看过这些人的资料。展澈曾提出过找他们一起为她治疗的想法，最后被苏绾心拒绝了。苏绾心觉得，一来太麻烦，为了她这样一个半死的人，不值得；二来把这些人聚齐也非易事。

没想到……傅时寒把他们找来了。

苏绾心垂着头，握着拳，指甲嵌入肉中，触发丝丝疼痛。她咬紧牙关将眼中的泪意逼退，深吸一口气，平稳情绪。再次抬起头时，她脸上已没有任何异样。

几位医生神色复杂地看了看她，然后找傅时寒讨论她的病情。苏绾心在门外听着，知道是什么情况。

三年前的车祸后，她捡回一条命，在病床上昏迷了一年多，醒来后身体就一直是这个样子。展澈曾崩溃地说过，看她的体检报告简直就像在看癌症晚期的病人一样，无药可救。

傅时寒低声和几个人交流，偶尔往苏绾心的方向看一眼。苏绾心不用接近他也能感觉到他身上那股凛冽的寒意，便始终远远地站着。

过了许久，傅时寒迈步走过来，拉着她的手离开。还有一些复杂的报告需要两天才能得出，但从今天拿到的这些数据来看，情况也并不乐观。

那些医生都在怀疑苏绾心是不是得了什么绝症，这让傅时寒的心情跌落谷底，他烦得不行。

苏绾心默默感受车内要命的气氛，偷瞄一眼傅时寒的侧脸，鼓起勇气问："那些医生都是你从国外找回来的吗？"

"嗯。"

"那医院也是你让人准备的？设备呢？都是特意从国外运回来的？"

"对。"

"何必呢？"苏绾心苦笑，"我可是你的仇人，你这样大费周折地救我是为了什么？"

傅时寒骨节分明的手用力握着方向盘，瞥了她一眼，却什么都没说。苏绾心长长叹息一声，拳头抵在刺痛的胸口上，不再言语。

车子开到离公司较近的一处住宅区，傅时寒带她径直来到最顶层，三十几楼的高层，风景绝伦。

苏绾心站在窗前望着外面鳞次栉比的高楼大厦和楼下川流不息的车水马龙，戏谑地调侃："这边的房价不便宜吧？"

"还行。"傅时寒讲话的语气很随意，"开发商是我们自己，我瞧着地方不错就随便留了一套。"

行吧，她糊涂了，竟然天真地跟傅时寒聊钱的问题。

"你以后就住在这里，"傅时寒走到她身后，用不容她反拒绝的语气命令，"和漾漾一起。"

"不，我要和小雨住在一起。"

"那就把她一块儿接过来。你们两个人住的地方太小，漾漾不适应。"

住惯了傅家的庄园别墅，再去她和慕酥雨的那个不到一百平方米的小家，漾漾当然不适应。可是过了这么多天，漾漾什么都没说过。每天放学他都乖乖地在家里等她回来，甜甜软软地喊她"妈妈"，在她的怀里撒娇卖萌。

"怕他受苦，你为什么不把他接回家里去？我不会照顾孩子，他跟着我总是不好的。"

"要送你自己送，我最近没有回老宅的打算。"

因为漾漾被送到苏绾心那里，李墨已经气炸了。傅时寒接了几次李墨的电话就被骂了几回，所以懒得再回去被教育，就连电话都不爱接了。

苏绾心沉默不言。

傅时寒认准她不敢回傅家，嗤笑着讽刺："芝麻大点儿的胆子。"

苏绾心没反驳。

两个人安静地待了一会儿，直到门铃响起。傅时寒走过去开门，苏绾心在看到进来的人是谁后，猛地一颤。

来人看到苏绾心后表情怔愣，脸上满是不可思议的神色。他们看了看苏绾心，又看了看傅时寒，欲言又止。

"以后就麻烦两位照顾她了。"傅时寒把门关上，语气是一贯的平静，听不出什么波澜。

"好的，少爷。"敬景文和楚佩夫妻二人点头，带着行李去客卧收拾。

苏绾心站在阳台上一动不动，等傅时寒走近后，才声音颤抖地问："傅少是在报复我吗？"

敬景文是傅家的老管家。苏绾心七岁到傅家的时候，他就已经在傅家工作十几年了。他的妻子楚佩是傅家的厨师。苏绾心至今还记得，她做的那一手好菜总是让自己和傅时宜又爱又恨。

但那场车祸之后，这二人被傅家辞退。不光是他们，当初所有和苏绾心有关的用人都被赶走了。

他们肯定是恨苏绾心的。

他们是苏绾心回来后不敢面对的人之二。

"没错。"傅时寒承认，"看来你浑身上下唯一没问题的就只剩下脑袋了。"

傅时寒办事的速度非常快，下午就派人把慕酥雨接了过来。苏绾心带慕酥雨上楼到房间，关上门后轻声问："药帮我带了吗？"

"带了。"慕酥雨默默地把药拿出来交给她。

苏绾心却没接药，说："药放在你这儿，我吃的时候过来取。"

慕酥雨知道她是怕被傅时寒发现，就点头说"好"，然后问："我们要在这里住多久？"

"不清楚。先住着吧，这里环境还不错。"

"嗯，风水、格局都很好！"慕酥雨非常满意。尤其是她的房间自带小书房，她好开心。

苏绾心下楼时，傅时寒正坐在沙发上接电话。她听了一下，知道傅时寒今天刚回国，一下飞机就来找她了，连公司都没回。

傅时寒挂断电话，紧了紧颈间的领带，看了苏绾心一眼，吩咐："我出去一趟，你下午留在家，哪儿都不准去。"

"我要是出去了呢？"

"腿打断，绑床上养着。"

傅时寒撂下狠话就走了，离开后就没回来。晚上苏绾心把漾漾哄睡后，本打算再回书房忙一会儿，却在书房的门外看见了敬景文。

"少爷说过，十点半后不准你再进书房。苏小姐，别让我为难。"敬景文一脸严肃。

苏绾心小时候很怕他，时隔几年再看见这张脸，只觉得亲切。

"敬叔，我就进去发个邮件，整理一下今天的工作报告，十分钟就好。"

敬景文看了一眼腕表："十分钟，超过一秒我会立刻拉闸断电。"

苏绾心感叹：不愧是傅家的管家，真狠。

敬叔肯定说到做到，所以苏绾心一刻都不敢耽误，赶紧进屋忙完，然后又跑到慕酥雨那儿吃了药，回房睡觉。她再次睁开眼已是凌晨，发觉自己躺在了一个让人安心又怀念的温暖怀抱里。

苏绾心静静地凝视身边的人，目光炙热地看着他，看他好看的眉眼、高挺的鼻梁、淡色的薄唇。

只有在这种不会被人发现的情况下她才能如此贪婪、迫切地想将他身上的每一处细节都牢牢地记在心里。

苏绾心小时候见傅时寒第一面时就纳闷儿，怎么会有长得这么好看的男孩子？和他一比，她在社会福利院认识的那些小伙伴简直像小土豆一样，又难看又土气。

后来长大了，她还是觉得傅时寒最好看。但他就是顶着这样帅气的一张脸，经常一本正经地对她说些不正经的话，弄得她手足无措、满脸通红。

当年苏绾心上初中的时候，傅时寒在同校的高中部。那会儿他就是全校的风云人物，因为家世一流、成绩一流，长相也是一流。

苏绾心每天都能听到身边的女生议论他，说他什么时候去球场打球了，什么时候跟哪个女生说话了，什么时候又拒绝了哪个校花的告白。

没人知道苏绾心和他的关系，苏绾心也从不和任何人提起。她才不管傅时寒有没有早恋、和哪个女生走得近呢，只要他别逼她替他写作业就行了。直到有一天，有人送她情书。

那是她第一次收到男孩子的情书，就犹豫着收下了。后来情书被傅时寒发现，苏绾心都没来得及看一眼，情书就被撕得粉碎。

苏绾心现在还记得，当时他把自己堵在墙角，满眼戾气地训她："什么破东西都收，你是捡破烂儿的吗？"

然后他告诉她，这辈子她都别想跟别人在一起。

苏绾心从回忆回到现实，抬手抹了一把泛红的眼眶，擦干眼角的泪。

不知不觉，那个会因为她气急败坏的少年已经变成了男人，站在更加让人无法触及的高度，成为人们眼中无所不能的傅神。然而，她已满身狼藉，再也追不上他的脚步。

苏绾心红着眼睛，小心翼翼地偷吻他的唇角。她不敢太过分，生怕将他弄醒，不料，还是被他发现了。

傅时寒有些不悦地醒来，对上她泪眼朦胧的样子，将手臂揽在她的腰间，再用力地将人带入怀中，翻身将她压在身下，声音低哑地问："我教了你那么多次，怎么还是不会接吻？偷偷摸摸地示好，你这是什么意思？"

傅时寒的呼吸从她的耳畔拂过，他发狠地咬住她的耳朵，然后再轻舔以示抚慰，手也顺着宽松的睡衣抚上她微微颤抖的身体。

"我什么也没做！"苏绾心慌张地否认，面红耳赤地想将他从身上推开。

"什么也没做？"傅时寒邪笑，"好啊，那我带你做点儿有意思的事。"

苏绾心从他的话中听出了危险的意味，还未等出声再说什么就被他以吻封缄，只能发出无助的嘤咛与暧昧的轻喘。

屋内的温度渐渐升高，苏绾心感觉到身上的人在努力地克制体内的欲望，似乎怕伤到她。过了许久，他满眼欲色地抬起头看她清瘦的脸，重重地叹一口气，起身走进浴室冲了个冷水澡。

她的身体不好，他还不能放肆。

傅时寒带着一身凉气回来，拽过她的胳膊，把人拉进怀里。

"别动，再勾引我就把你扔出去！"

动是不可能动了，苏绾心甚至连呼吸都变得小心谨慎。直到睡意再次来袭，她沉沉睡去。

傅时寒原本恼火不堪，但看着怀里熟睡的人毫无意识地在他的怀中蹭了蹭，寻找更加舒服的姿势，心中的火气不由得渐渐消散许多。

清晨，苏绾心被闹钟叫醒，傅时寒已经在楼下了。

苏绾心想到昨晚发生的事，蒙了片刻，怀疑那些是不是自己安眠药吃多了产生的幻觉。

见餐厅内只有傅时寒和漾漾，苏绾心硬着头皮过去吃饭，然后和他们一起出门。

这里离公司是真的近，近到步行十分钟左右就能到达。苏绾心一路走到公司，旁边的苏焱凑过来，低声问："昨天没事吧？"

"没事。"

"申文光找你干什么啊？"

"不知道，昨天他没说两句话傅时寒就来了，然后我就被赶出来了。"苏绾心笑着回答，"再然后，我就理直气壮地翘班回家睡觉了。"

苏焱若有所思地点了点头，轻声嘀咕："傅神最近来咱们公司的次数怎么变多了？他以前一年都不来一次的。"

"八成……是闲的吧。"反正苏绾心绝不承认这跟她有关系。

晚上下班，苏绾心提心吊胆地怕傅时寒再过来。好在她七点多的时候看到新闻，得知他又在国外了。

苏绾心把漾漾哄睡后回书房忙碌。

慕酥雨看她漂亮的眉眼间隐隐透着冷意，就凑过去看她在干什么。

苏绾心在查看ST集团最近一期的财务报表，试图从中找出问题。

"绾绾，"慕酥雨看不懂她的操作，只能小声地问，"我们回米也有一个多月了，你查到什么了吗？"

苏绾心手上的动作一顿，无奈地摇头："我只知道当年的事和申婧晨有关，却很难查出她是如何做到的。我怀疑……"

"怀疑什么？"慕酥雨见她犹豫，心急地追问。

"我怀疑她身后还有其他人指使。说实话，单凭申婧晨的智商，我认为她策划不出那场车祸。"

"那你岂不是很危险？那些人还会再害你的！"慕酥雨不安地扯了扯苏绾心的衣服，"绾绾，我们离开好不好？你别查了。"

"不好。你知道我回来是为了什么，我不会半途而废的。"

"那你把真相告诉傅时寒，好不好？我觉得他好像还不错，他会帮你的！"

苏绾心想了想，还是摇头："不好。"

"为什么？！"

"小雨，你知道我的情况。当年若不是你们，我已经死了。即便捡回一条命，我也不知道自己能活到哪天。"苏绾心笑了笑，好像这并不是一件多重要的事情，"这次你陪我回来，我已经足够愧疚，生怕你被我拖累。我知道傅时寒对我好，在这个世上没有人比他对我更好。也正因为如此，我更不能告诉他真相。"

苏绾心叹了口气，已经想好了今后的对策。

"如果他知道当年的那场车祸可能因他而起，一定会自责。我舍不得让他自责。"

"那你就舍得让所有人都误会你、欺负你？！"

"无所谓啊。"苏绾心耸耸肩膀，看得慕苏雨想哭，"我本就是他的护身符，就算为了他死，也心甘情愿。"

"我不要你死！"慕酥雨激动地扑过去把她抱住，哭唧唧地擦眼泪，然后又有点儿吃醋地问，"你就那么喜欢那个姓傅的？"

"是啊。"苏绾心笑着回答，毫不犹豫。

时间缓缓流逝，傅时寒快一周没回来了。苏绾心每天忙自己的事，没闲心去查他人在哪里、做些什么。直到周五晚上，她被陈磊抓去参加经济论坛会议，才再次见到傅时寒。

明亮的灯光下，傅时寒一身黑色西装坐在台上，宛如神祇。

上天赋予的英俊容貌并没能挡住他那从骨子里流露出的孤傲气势，他如往常一样散发着拒人于千里之外的气场，眉眼间透出几分桀骜不驯。

苏绾心只远远地看了他一眼，就看出他的不耐烦。估计他也是被谁硬拉来撑场子的，一心想快点儿离开。

苏绾心低头抿嘴一笑，再次抬头，竟和远处的人对上了视线。傅时寒看到她，一抹笑意快速从眼底闪过，心情好了不少。

一场长达两个小时的会议终于在晚上六点半结束，之后是晚宴，这是大家相互交流、攀谈的好机会。

苏绾心最近声名大噪，不然陈磊也不会拽着她过来。不知不觉中，她的身边就围了不少前来打招呼的人，其中大部分都是男人。

苏绾心从容不迫地应酬着，听到身后有人叫"傅总"，下意识地回头，看见傅时寒正在不远的地方，同样被一群人围着。

傅时寒表情淡漠地喝着酒，路辞站在他身边，两个人时不时地轻声交谈几句。苏绾心收回视线，往旁边走了几步。

她不找他们，他们却主动找她。

"苏小姐，好久不见。"路辞笑盈盈地跟她打招呼，吸引了旁人的注意。

"路总，好久不见。"苏绾心虚伪地笑着陪路辞演戏，假装忽视在路辞身边站着的、看起来一本正经的傅时寒。

"最近在忙什么？明天一起吃个饭？"路辞主动邀约。

苏绾心听后马上拒绝："抱歉，我明天已经有约了，不如改天吧。"

"改天是哪天？"路辞挑眉，才不吃她这套，非要个确定的答案。

苏绾心为难，无声地瞥了一眼傅时寒。奈何傅时寒根本没打算帮她，甚至还说了一句"苏小姐最近果然是红人，连路总的面子都敢不给了"，一副专门来搞事的样子。

路辞配合着叹了口气，和傅时寒一唱一和："今时不同往日，小学妹也不像当年那么可爱了。"

"还是上学那会儿好。"傅时寒点了点头，意味深长地看了她一眼。

苏绾心被两个人调侃得一愣一愣的，无奈地开口："路总想吃什么？"

"什么都行，等你安排。"

路辞没来得及跟苏绾心多聊几句就被别人打断了——这让他心生不悦。苏绾心趁机想跑，却被傅时寒拦下了。

傅时寒和苏绾心的身后是一排酒桌，所以有些小动作没人能看到。傅时寒将手揽在苏绾心腰间，用只有两个人能听到的声音提醒："少喝点儿。"

"知道。"苏绾心垂下眼帘，老实地回答，"这才第二杯。"

她不安地动了一下身子，试图让他把手拿开。那么多人在呢，他就不怕被别人发现？！

"傅总，这里人多口杂的，你能不要流氓吗？"

"这就算耍流氓了？"傅时寒非常认真地反问，倒是因为她这话把人搂得更紧了。

苏绾心浑身僵硬地往旁边挪了挪，努力跟他保持距离："这还不算耍流氓，那怎么样才算？这么多人在你就摸我！"

傅时寒稍稍低头，在她耳边回答："摸就算？我还没亲呢！"

他说完就松开手，一本正经地举起酒杯应酬其他人去了，留下苏绾心站在原地被调戏得心浮气躁。

苏绾心抓住机会赶紧溜，打着去洗手间的幌子回了家。

傅时寒后半夜才回来，疲惫不堪地躺到她的身边。

苏绾心第二天醒来看见傅时寒，被吓了一跳，想起昨晚答应路辞吃饭的事，问："路辞喜欢吃什么？晚上我请他。"

"他随便一说你还当真了？"傅时寒低头系衬衣纽扣，漫不经心地答，"昨晚逗你玩的，他今天去南市，坐中午的飞机。"

苏绾心就知道不能把他们这群人的话轻易当真，觉得是自己又天真了。苏绾心暗暗自我检讨，洗漱完毕下楼吃饭。

她今天放假休息，但傅时寒忙碌依旧，吃了饭后匆匆离开。

苏绾心在客厅陪着漾漾玩，手机突然响起。她看了一眼屏幕上的陌生号码，有些烦地拒接。

她自从参加了那个直播活动后，不知怎么，手机号码被很多人知道了。

这段时间，一直有各大娱乐公司的人联系她，希望她能转行当演员。那些公司开出的条件还都挺诱人，要不是她对那行没兴趣，说不定真的去找盛浅组团当"戏精"了。

苏绾心扔下手机继续看电视，不料铃声再次响起，电话还是刚刚的号码打来的。眼底浮起一抹疑惑，她思虑片刻后接起，听到一个有点儿耳熟的男性声音："请问是苏绾心小姐吗？"

"钟医生？"

"对，是我。"

"钟医生找我有什么事？"苏绾心不耐烦地冷声问道。

钟贤听出她的情绪不好，沉默了片刻，答："我觉得我们还是有必要再见一面。苏小姐，你真的认为和我没有话题可聊吗？"

倒不是钟贤爱管闲事。今天他的一位患者突然情绪崩溃，割腕自杀，好在其家人及时发现，将患者被送往医院救回了一命。这让钟贤一下子就想起了苏绾心。从某种程度上说，像苏绾心这种性格坚强的人产生心理问题，才是最危险的。

钟贤对苏绾心印象还不错，总觉得就这样见死不救，太可惜了。

"我和你……"苏绾心刚想拒绝，余光却瞥到沙发上的那抹小小的身影。她想起一件事，眸光闪烁，最终下了决定："好啊，见一面。择日不如撞日，就今天吧，你定时间和地址，我去找你。"

她突然改变心思，让钟贤有点儿意外。但机会难得，他来不及探究苏绾心究竟有什么目的，赶紧说了个咖啡厅的地址，约她两个小时后在那儿见面。

苏绾心挂了电话，哄漾漾午睡，简单收拾了一下就出门了。她来到目的地，见钟贤已经提前到了。他找了一个十分僻静隐蔽的位置，非常适合谈事情。

服务生走过来，苏绾心随口点了杯咖啡，然后与钟贤对视，饶有兴趣地问："钟医生就那么确定我这个人不正常？"

"苏小姐是个非常优秀且正常的人。"钟贤认真地回答，"我如果不是那天意外看到你吃的药，绝不会把你和抑郁症关联起来的。"

"你怎么那么确定我吃的是抗抑郁的药物？"苏绾心轻笑出声。

钟贤面对她的调侃，神情凝重："你服用药物的事情家人知道吗？"

"医生和患者的对话都这样不平等吗？"苏绾心单手托腮，有些不满，"能不能我问你一个问题，你问我一个？"

钟贤微微眯了眯双眼，忽然明白她答应见面的原因了："好。你有什么问题我都可以回答，只要我知道。"

"我吃药的事家里人知道。"苏绾心痛快地给他答案，又问，"传说中的催眠是真的吗？"

"在我们的专业中确实有催眠治疗这一项。你服用药物多久了？"

"快两年了。"

这么久了？！钟贤心中一惊，再次仔细观察苏绾心。他不得不承认苏绾心真的隐藏得很好，好到让人几乎看不出任何破绽。

"催眠术能让人忘记一些事情吗？"苏绾心凝视钟贤的双眼，追问。

"有可能，但不是所有人都能达到效果。受暗示性高的人在专业催眠师的催眠下可以进入深度催眠状态，通过特定的催眠暗示，受催眠的人可以选择性地忘记一些事情，但未必是永久性忘记。"

"为什么？"

"该我问你了。"钟贤笑了笑，"苏小姐接受过正规的心理治疗吗？换句话说，在我之前，你和其他正规的心理医生坐下来聊过吗？"

"算有吧。"苏绾心回想了一下，"不过时间不长，聊了一个月左右我就放弃了，后续就一直靠吃药维持。"

"原因是……？"

"因为他治不好我的病。"苏绾心没再继续遵守游戏规则，难得温顺地回答他的问题，"我这个人呢，无药可救。"

她喝了口咖啡，香醇的味道让她满意。

"钟医生，我实话跟你说了吧，我活不久，所以没必要浪费时间在所谓的心理治疗上。我今天来是想拜托你一件事，如果你答应，什么价钱都可以。"

"什么事，先说来听听。"钟贤皱眉问道。

"如果有一天我真的……"

"苏绾心？！"

她的话没说完就被人打断了，苏绾心扭头看去，看到不远处傅时宜意外又愤怒的脸。

"钟贤？你们两个怎么在一起？"傅时宜迈步过来，居高临下地质问。

苏绾心沉默了一下，笑着答："糟了，出轨被发现了。"

"苏绾心，你想死直说！"傅时宜被她的回答气得倒吸一口气，抬起手一巴掌拍到她的后背上。本来想打她的脸，但傅时宜终究还是没舍得下手。

苏绾心被打得身子往前一倾，听到傅时宜怒骂："再胡说八道我就撕了你的嘴！"

苏绾心笑着抬眸看她："你怎么知道我胡说八道？我和钟医生之前就闹过绯闻，你没看过直播吗？"

"傅小姐，你别听她开玩笑。"钟贤见缝插针地开口，"是我约苏小姐聊些工作上的事，我们若真有什么问题，也不会选择在这种人多口杂的地方见面。"

道理傅时宜都懂，可还是被苏绾心气得够呛。傅时宜咬了咬唇角，看着苏绾心淡然轻笑的模样，又看了看远处等自己的公司同事，强忍着没发作，平稳情绪。

"你给我等着，我回头找你算账！"说完，傅时宜匆匆离开，好像要赶什么场子。

苏绾心目送她远去，这才回手揉了揉被打的地方，小声嘀咕："这丫头，几年没见，手劲怎么这么大了？"

"你和傅小姐认识？"钟贤听到她的话，好奇地问道。

苏绾心听到这话，狐疑地看向他，反问："你和时宜也认识？"

"对。"钟贤点头承认，"我就是被傅小姐邀请参加的那个直播活动，我们认识差不多有两年了。"

"这样啊……"苏绾心若有所思地呢喃，然后笑着起身，"好吧，今天麻烦钟医生了，我先回去了。"

既然钟贤和傅时宜认识，那么那件事她就不能委托钟贤去做。苏绾心有点儿庆幸，还好傅时宜突然出现打断了她的话，不然就坏事了。

"不聊了？"钟贤有点儿蒙地看她，不明白她到底想请自己办什么事。

"不聊了。"苏绾心认真地道谢，"谢谢钟医生，我回去会认真考虑你的提议，如果想治疗的话会第一时间联系你，但希望我们今天的对话不会有第三个人知道。"

"你放心，绝对不会。"钟贤身为一名心理医生，很清楚自己的职业道德是什么。他为很多人做过心理治疗，如果这张嘴不牢靠，也不会走到今天。

苏绾心点了点头，说了一句"以后再联系"就转身走了。钟贤望着她渐行渐远的背影，回想两个人刚刚的那番对话。

苏绾心说她活不久，所以没必要在心理治疗上浪费时间。对于这一点，钟贤并没有怀疑什么。所有有抑郁倾向的人都会下意识地认为自己活不长，因为随时可能结束自己的生命，苏绾心刚才的话恰好证明她有这种倾向。

苏绾心走出咖啡厅，慢悠悠地朝停车场走去，偶尔扭头看向一旁的店铺，瞧那些摆在窗口的当季新品。在看到某个品牌海报上的女款手表时，她转身进去把它买下，打算带回去送给慕酥雨。

回家时路有点儿堵，等她到家的时候已经是两个小时以后了。苏绾心推开门就听到客厅里漾漾和傅时寒说话的声音。

傅时寒见她手里拎着东西，以为她买给自己的，不料她把东西给了慕酥雨。慕酥雨炫耀地跑到他面前走了两圈，接着就一溜烟地跑回房间不敢出来了。

"我也要。"

"什么？"

"我说我也要。"傅时寒一脸不高兴地重复，"我也要那个牌子的表，要比她贵的。"

"你……"幼不幼稚啊？苏绾心没敢把话说完，可脸上的表情已经表达出了她的心情。他以前就这个样子，只要发现她送别人东西，就必须得让她也送他一份，而且还得比别人的贵。

苏绾心离开三年，差点儿忘了他有这个毛病。

傅时寒沉着脸不说话。

苏绾心跟他对视半天，终是没办法，叹了口气："行，给你买。"

"我也想要……"漾漾听到这话，小声开口，"也给我买，好不好？"

妈妈还没给他买过礼物，他不开心！

"好，漾漾要什么我都买。"苏绾心全都应下，打算明天或者改天有空的时候兑现。

没想到傅时寒立刻起身，拉着她带上漾漾直奔附近的商场。

名牌钟表店内，傅时寒一点儿都不客气地选了一块特别贵的男款表，顺便好心地帮苏绾心选了一块，当情侣表，然后使了个眼色示意苏绾心结账。

苏绾心肉痛地去刷卡，只觉得店员看自己的表情都不对劲了。出了店门，她看着傅时寒嘲讽："傅总不觉得刚刚店员看你的眼神像在看小白脸儿吗？"

"当小白脸儿得有资格的。她们眼光还不错，看得准。"傅时寒回答得非常理直气壮，"小白脸儿不是那么好当的，拿到礼物得身体力行地回报你才行。所以你的意思是，今晚需要我好好报答一下你吗？"

她真是脑子进水了，没事跟傅时寒贫什么嘴？她明知道说不过他还往枪口上撞，怎么就不长记性？！

"爸爸，小白脸儿是好人吗？"漾漾被傅时寒抱在怀里，天真好奇地问，"那我也要当！"

"有我一个小白脸儿就够了。"

苏绾心脸都黑了，生怕傅时寒再跟孩子说出别的话，赶紧把漾漾抱过来，离他远远的。他们去其他店里买了些儿童玩具，然后匆匆回家。

深夜，苏绾心看着推门走进卧室的人，眉头紧蹙："你没事就跑过来和我一起住算怎么回事？"

"我回自己家住有什么问题？"

"有其他的房间，你去住啊！"

"我就爱这一间。"傅时寒脱下衣服往她脸上一扔，"闭嘴，再说一句就拽你一起洗澡。"

苏绾心听了这话立刻噤声，什么都不敢说了。

两天休息日很快过去。周一上班时，前台小姐姐给苏绾心打来内线电话，说话的声音里带着八卦的兴奋。她告诉苏绾心，孙恬然来找苏绾心了。

公司所有人都看过了前些日子的那个直播活动，自然知道孙恬然和苏绾心之间的恩怨。

苏绾心愣了一下，轻笑出声："你就说我在开会，得一个小时结束。"

"好嘞！"

访客室内，孙恬然忍气吞声地笑了笑，没想到苏绾心会摆这么大的谱儿，奈何自己有求于人，只能硬着头皮强忍着。

一个半小时后，苏绾心忙完手上的工作，缓步来到访客室。她对上孙恬然满是不耐烦的双眼，明知故问："孙小姐找我有什么事？"

"对于之前发生的事情，我很抱歉。"

苏氏证券的律师函已经送到了孙恬然的经纪公司，公司始终不肯和解，非要跟孙恬然解除合同，让她做出赔偿并在网上公开道歉。

孙恬然本来还寄希望在申婧晨身上，但后来才发现申婧晨根本帮不了什么忙。

孙恬然不知道苏绾心背后的人是谁。总之在短短数天之内，孙恬然就被彻底封杀。以前孙恬然接的那些代言、综艺，包括两部电视剧、三部电影，其制作方都跑来和她解约，其他剧组也没人敢再用她。

现在她背负满身的债务和骂名，第一次感觉到如此走投无路。孙恬然在娱乐圈起起伏伏这么多年，什么大风大浪没遇到过？和其他艺人明争暗斗的事她经历太多次了，却从未像这一次输得如此惨痛。

"我真的很抱歉给你带来不好的影响，希望你能原谅我。"孙恬然咬着牙对苏绾心说，"我可以在网上公开向你道歉，只要你能放我一马。"

"我不知道自己做了什么才给你留下一种我很好说话的错觉。既然你今天来找我了，那我就明白告诉你，我这个人非常小心眼儿，尤其是对一些智商不高、手段低级、妄想伤害我的人，我最为讨厌，绝对不会和解。"

孙恬然咬紧牙关，沉默了片刻，问："你就不想知道我为什么要那样做吗？"

"有人指使你。"苏绾心回答得很痛快，"我跟你无冤无仇，我们在活动里第一次见面，你不至于对我有那么大的恨意。"

"那你就不想知道那个人是谁吗？是别人要害你，不是我！我是被逼的！你应该去找她算账，而不是找我！"孙恬然的情绪有些崩溃。

那些全部都是申婧晨让她做的啊！她现在追悔莫及！如果那天她没有发那条微博，就不会落得如此地步！她会努力和盛浅搞好关系，甚至有可能和苏绾心成为朋友，借助她们的人脉拿到更好的资源！她的演艺道路不该止步于此啊！

苏绾心冷眼看她抓狂的模样，十分平静："是申婧晨让你那么做的吧？"

孙恬然身子一僵。

苏绾心见状，又说："蛇鼠一窝的道理你不会不懂。虽然是申婧晨出的主意，但如果你没有想害我的心，也不会成为她的帮手。"

孙恬然听了这话，无力地瘫靠在椅背上。原来申婧晨和苏绾心早就有矛盾！申婧晨是故意利用自己的！

"你找我还有别的事吗？没有的话我走了。"苏绾心不想跟孙恬然在这儿浪费时间。傅时寒周末让她买的那对情侣表把她的卡快刷空了，她得努力挣钱才行。

孙恬然见她要走，手疾眼快地扑过去抱住了苏绾心的胳膊，狼狈地哭泣："我求求你！我以后绝对不会再做伤害你的事，你放过我吧！"

苏绾心叹息一声，心中毫无波澜。孙恬然早知今日，何必当初呢？

她推开孙恬然，正欲说什么，会客室的门被敲响，门外传来前台小姐姐的声音："绾心，星然公司的总经理在外面，说想跟你聊聊合作。"

前台小姐姐说完，孙恬然崩溃地坐到了地上。星然就是她之前所在的公司！公司不要她了，现在却想让苏绾心当演员代替她的位置！

苏绾心推门出去，说了句"送客"。至于什么经理，她才懒得见。

孙恬然被请出了苏氏证券，在公司门外和星然的总经理撞了个正着。那男人看着孙恬然红着眼睛的样子，讽刺一笑，上车走了。孙恬然站在原地，握着双拳，眼中满是绝望的狰狞。

苏绾心、申婧晨，都是你们害我！我一定要让你们付出代价！就算是死，我也要拉着你们一起！

停车场内，申婧晨正无聊地坐在车里等候。她是和孙恬然一块儿来的。让孙恬然找苏绾心求情的主意，也是她出的。

孙恬然面无表情地上车，听见申婧晨心急地问"怎么样"，低声回答："苏绾心不同意和解，没用。"

"这个人真是给脸不要脸。"申婧晨叹了口气，同情地握住孙恬然的手，"你别担心，还会有其他办法的！"

孙恬然低头不语。

申婧晨见状又劝："行了，别太难过，我新弄了个工作室，你最近没工作的话就过去当总监。钱，我不会少给你的。"

孙恬然笑了笑，点了一下头。申婧晨眼底闪过一抹讽刺，瞧不起这种见钱眼开的人。

孙恬然慢慢地抬起头看着申婧晨，轻声问："你快过生日了吧？"

"对啊，怎么了？"

"我送你一份大礼如何？"

"什么大礼？"

"你过生日，会有很多人参加吧？我们要不要借这个机会给苏绾心一点儿教训？"孙恬然诡异地笑，"既然她那么喜欢在直播里出风头，那我们就再搞一次直播，怎么样？"

申婧晨没想到她会这么说，抿了抿唇，问："你有什么计划？"

"举行生日宴会的场地一定有公屏，到时候我把苏绾心骗到一个满是直播摄像头的房间，再找个男人……"

"她不会那么容易被骗的。"

"是人就会有弱点，怎么骗她过去不用你担心，我负责就好。还有，男人也由我来找。"

申婧晨有点儿动心，想了想，提议："要不……多找几个？"

孙恬然摇头："不行，人太多会影响直播效果。"

"也对。"

孙恬然见申婧晨并不排斥自己的提议，暗暗冷笑，继续诱惑："你想想，一旦那么多人目睹了直播全过程，就算她背后的人再厉害，也一定会嫌弃她，到时候她就彻底完了！我们再把截图发到网上，她这辈子就毁了！"

申婧晨顺着这话想，一想到苏绾心身败名裂后傅时寒不再理她的画面，心中就忍不住泛起一阵阵快意。

"好，那就让她彻底完蛋！"申婧晨恨意十足地答应了孙恬然的提议，"还有不到十天，你尽快安排。"

"放心，一定会让你满意的。"孙恬然笑着看向窗外，眼底满是阴险的神色。

申婧晨这个笨蛋，以为苏绾心出了事情、身败名裂后她能完全置身事外吗？事情可是发生在她的生日宴会上，苏绾心一定不会饶了她的！到时自己就可以笑着看她们狗咬狗，拖着她们一起下地狱了！

还有十天，只要十天，孙恬然想，她就可以报仇了！

申婧晨把孙恬然送回去，给苏绾心打了个电话。苏绾心在听到申婧晨找她的目的后，不客气地笑出了声，觉得申婧晨的脑子可能有点儿不正常。

"让我去参加你的生日宴？你是打算让我带个花圈过去，祝你生日快乐吗？"

"我们好歹认识这么多年，冤冤相报何时了？我是真心想跟你握手言和的。"

苏绾心翻了个白眼。这话，她一个字都不相信。

"就算不想跟我和解，那你不想知道三年前那场车祸是怎么回事吗？我买通了傅家的哪个用人把东西放进车里，你不好奇吗？"

申婧晨的又一句话让苏绾心眸光一沉："你这是承认三年前的车祸和你有关了？"

"我只是承认我把自己的东西放进了时寒的车里。车是你开的，跟我有什么关系？"申婧晨讲话的语气里带着一丝幸灾乐祸。

"你确定只要我去了，你就告诉我那个用人的名字？"

"没错。"

"如果你反悔，知道会有什么后果吗？"苏绾心淡淡地提醒，"我愿意赴这场鸿门宴的前提是什么，你要清楚。"

申婧晨听到这话，后背一阵恶寒，打了个冷战："我一定告诉你那个人的名字。"

"成交，周六我会准时到场。"

苏绾心挂了电话，闭眸沉思。

她清楚，周六一定有事情发生，申婧晨已经准备好对付她的一切。人活着就是这么回事，想要回报就一定得先付出，所以苏绾心愿意赴这场鸿门宴。

星期六，下午五点。

苏绾心开车来到申婧晨的生日晚宴会场，发现来捧场的人还真不少。她甚至都看到了盛浅和傅时宜的身影，大家可谓给足了申家面子。

"绾绾你也来了？！"盛浅不经意间发现了她，便拉着傅时宜过来打招呼。

苏绾心看着她们，嫣然一笑："盛小姐，傅小姐。"

"哎呀，大家都那么熟了，别这么生疏。"盛浅自来熟地说，"你不是和时宜从小一起长大的吗，叫什么傅小姐？"

盛浅说得没错，苏绾心从小跟傅时宜一起长大，她们两个人年纪一样，一起上学，一起玩耍，只要傅时宜有的东西必定也有苏绾心一份。

苏绾心还记得上小学的时候被同学欺负，一些有钱人家的孩子骂她是乡巴佬儿，还往她身上吐口水，当时傅时宜就冲了上去。那是苏绾心这些年唯一一次见傅时宜和别人打架。那时傅时宜指着那些欺负她的人警告，说谁以后再敢说苏绾心一句坏话，就一定把谁的嘴打烂。

苏绾心想起以前的那些事情，心中免不了一阵酸楚，眼中也隐约有了湿意。她叹了口气，举起酒杯喝了一杯酒，看似无所谓地笑了笑，听傅时宜小声骂自己是没良心的东西。

"绾绾，一会儿应酬完，我们找个地方一起吃点儿东西吧？"盛浅看了看这两个人，有意当和事佬，"不知道傅时寒今天有没有空，要不给他打个电话，让他一会儿来接我们？"

"我一会儿得回家陪漾漾。"苏绾心婉拒了盛浅的好意。余光瞥到申婧晨上台了，她调侃："主人公到了。"

盛浅顺着她的目光看过去，吐槽："过个生日搞得跟结婚似的，她是怕以后嫁不出去吗？"

傅时宜看到申婧晨的装扮也笑了，因为那是一身婚纱礼服，虽然好看，可她过生日穿这玩意儿着实让人觉得别扭。

时间流逝，不知不觉半个多小时过去，前来参加宴会的人基本到齐，场内的热闹气氛达到了巅峰。

傅时宜和盛浅都已经离开去应酬了，苏绾心站在原地等申婧晨到来，可最后等来的却是一通电话，里面传来慕酥雨的声音——

"绾绾救我！"

接着是一个陌生男人的声音："想救你的朋友，就来 18 楼 12 号房间。"

苏绾心的头脑有些混乱，她四下寻找申婧晨的身影，在隔空对上申婧晨含笑的双眼时，知道这就是申婧晨给她设下的局。

怎么办？苏绾心的心脏不安地狂跳，但她很快又冷静了下来。

"再让我听听她的声音，我需要确定她在你那里。"

慕酥雨在电话里哭喊着，让苏绾心心疼。苏绾心舔了舔有点儿干的下唇，低声同意："好，我现在过去。"

撂了电话，苏绾心第一时间拨打慕酥雨的号码，对方是无法接通状态。接着，苏绾心又联系了敬景文，确认慕酥雨今天下午的确出门了并且到现在还没有回家之后，咬牙结束了通话。

傅时寒没在身边，她只能靠自己。她也想找盛浅和傅时宜帮个忙，可在迈出脚步的瞬间，被陌生男人挡住了去路。

"苏小姐，这是你的房卡，请跟我来。"男人穿着服务生的装束。

苏绾心和他对视，问："就不怕我在这儿喊一嗓子，让所有人知道你们绑架的勾当？"

"只要苏小姐舍得你朋友遭罪，请随意喊。"男人笑得阴狠狡诈。

苏绾心整颗心沉了沉："行，我跟你去。"

苏绾心说完，跟在他身后离开，在路过一排餐桌的时候顺了把牛排刀藏在腰间。

男人狐疑地看她，没想到她能这么平静。她不是应该被吓哭吗？不然，最起码她也应该求他放了她的朋友。可她什么都没说，甚至脸上连一丝害怕的情绪都没有，怎么会这样？

苏绾心右手握着手机，趁着男人不注意，给展澈发了定位，然后立刻关机，以免被发现导致功亏一篑。

两个人走出会场大门，进了电梯。苏绾心看了看头顶上方的监控，不知道接下来还有什么在等着自己。

"做这种事，你们就不怕把牢底坐穿吗？"她瞥了一眼那紧盯着自己的男人，轻声发问。

男人嗤笑，懒得回答这种问题。猥琐的目光在苏绾心身上流连忘返，他口干舌燥地咽了咽唾液。

苏绾心注意到他看自己的眼神，心生警惕。

抵达目标楼层，苏绾心被男人推着走出电梯。同一楼层，孙恬然躲在暗处，笑着打开房间里那些隐藏的摄像头。同一时间，楼下的大屏幕出现了一个房间的画面。

那是一个标准的客房，卧室、阳台、洗手间，房间内的所有地方都显示在了大屏幕上面。

渐渐地，越来越多的人发现，原本在屏幕上面滚动的申婧晨的照片消失不见，却出现了这种莫名其妙的东西，纷纷议论起来。

苏绾心始终对身边的男人心存警惕。在被男人拉入房间、看到对方从裤兜里掏出一块好像浸了药物的毛巾捂向她口鼻的瞬间，苏绾心下意识地屏住呼吸。

男人从她身后勒住她的脖子！苏绾心快速看了一眼房间，在没发现慕酥雨的身影后，心中一股怒火蹿起！

这群王八蛋！

苏绾心眼中的怒气一闪而过，她用力踩了一下男人的脚，接着把头向后撞去，后脑勺儿撞到了男人的鼻子上。

男人没想到看起来弱不禁风的苏绾心会有这样的反应，一时大意，被撞得鼻口流血。他松开抓住苏绾心的双手，擦拭鼻口的鲜血，喘着粗气破口大骂："你个臭娘儿们，我看你往哪儿跑！还敢打老子，老子今天就弄死你！"

苏绾心踉跄地向前走了两步，虽然刚刚屏住呼吸了，但还是吸入了少量药物，现在脑子昏昏沉沉的。

男人的脸上和手上都是血，他面目狰狞地看着苏绾心，完全露出了本性。

他不知道这个房间里已经布满了摄像头，孙恬然没有提醒过他。他挡住了出口，苏绾心见他朝自己走来，连忙冲进一旁的洗手间，动作迅速地锁好门，满头冷汗地靠在门上喘息。

楼下宴会厅内，所有人看到这一幕画面都目瞪口呆——这是什么情况？

盛浅和傅时宜在看到画面中的人是谁后，惊慌失措，左右张望才发现苏绾心不知什么时候已经消失不见了！

洗手间内，苏绾心知道自己在这里躲不了多久。这门是挡不住那个男人的，而且说不定他手上有钥匙。

因为刚才少量吸入药物，苏绾心的意识快速地变得模糊，她趁着自己还没完全倒下，拿出之前藏在腰间的刀。

手起刀落，鲜红的血液瞬间浸湿了她的裤腿，她痛得脸色苍白，身子颤抖着险些倒下，但神志恢复了一些。

一楼宴会厅。

随着苏绾心拿刀刺伤自己，场内的观众都不由得倒吸一口气，只觉得他们自己的腿都在隐隐作痛了。

傅时宜心疼得难以呼吸，看了看周围的人。所有人的注意力都在大屏幕上。他们虽不知这是什么情况，但依旧很期待看到后面的好戏。

傅时宜忍住眼中的泪意，颤抖地将手中的酒杯摔到地上，然后又把一旁桌子上的红酒全都扫落在地，将大家的注意力吸引到这里。

她红着眼睛看向远处一脸无辜的申婧晨，以及申婧晨身边黑着脸的申文光，冷声开口："我给你十分钟，把她找出来。"

傅时宜这话是冲着申文光说的。

苏绾心离开的时间过短，该还在酒店中，而且那个房间的装潢也表明她在这里。

"她今天要是有什么三长两短，我要你的女儿给她陪葬！"

申文光听出傅时宜在和自己叫嚣，不满地皱了皱眉："这事跟我申家有什么关系？傅大小姐说话可要注意身份。"

"没关系？人是在你们这儿被带走的，画面是在你女儿的生日宴上被放出来的，你说没关系？申文光，你别怪我没提醒你，这事我跟你们没完！"傅时宜不顾形象地冲申文光大声命令，"把画面给我关掉！立刻！"

傅时宜心慌得很，猜到了苏绾心接下来可能会发生什么。她绝不允许任何人看到那样的画面！

申文光被傅时宜这样指名道姓地威胁，不由得满肚子火气，但也知道事情的轻重，于是让手下调取监控找苏绾心，接着扭头吩咐申婧晨："晨晨，你去让他们把电闸关了。"

"好。"申婧晨柔声应下，嘴角挂着一抹得意的笑。

苏绾心不是向来清高自傲吗？她不过是一个走了狗屎运的孤儿，要不是沾了傅家的光，连给自己提鞋的资格都没有！所以今天自己就要苏绾心身败名裂，从此再也没脸见人，没法儿站在傅时寒身边！

18楼12号房间内，苏绾心在洗手间内恢复神智的同时，门外的男人在用力地撞击着房门。

她不能继续在这里等，被外面的男人堵在这个狭窄的空间里会更加难以逃脱。但是考虑到18楼的高度，她没法儿从窗户跳下逃走。

苏绾心下定决心，强忍着腿上的剧痛站直身体，打开了门。男人听到门被打开的声音，微微一愣，舔着唇角走了过来。

"呵，愿意出来了？"

苏绾心靠在墙上，呈现出一副虚弱到无法站立的模样，这使男人放松了警惕。苏绾心将身子稍稍前倾，仿佛必须攀附他的身体才能站稳。男人很满意她这样主动，手朝着她那盈盈细腰摸去。

苏绾心将双手搭在他的肩上，然后在他不经意的一刻猛地抓紧他的肩膀，膝盖用力一提，朝着他身体最脆弱的部位袭去！

这突如其来的一招儿让那男人痛得险些倒在地上。苏绾心见状，转身一个过肩摔，将人狠狠地撂倒，还不忘再在他腿间补上一脚！

"碰我？你下辈子都别想！"

男人痛苦地用双手捂住裆部，苏绾心趁机朝门外逃去。男人见她想跑，挣扎着缓慢地爬了起来，踉跄着朝她扑去。

苏绾心快速跑到房间门口打开门，却见门外有人挡住了她。苏绾心被吓得身子一哆嗦，以为又来了一个男人，但定睛一看，发现这个人竟然是孙恬然。

她怎么会在这里？转瞬间，苏绾心就想明白了。

孙恬然用力抱住苏绾心，想把她推回房间。可连屋里的男人都对付不了苏绾心，何况孙恬然？

苏绾心小时候代替傅时宜被绑架之后，傅时寒就给苏绾心找了一个教练学散打，生生折磨了她好几年。眼下，苏绾心倒要谢谢她小时候受的那些苦，才不至于让她手无缚鸡之力。

苏绾心拼尽全身最后的力气抓住孙恬然的头发，狠狠一巴掌打在她的脸上，然后转身将她推到已经追过来的男人身上，拔腿就跑。

苏绾心这辈子从来没跑过这么快。她不敢坐电梯，直奔消防通道，狼狈地朝楼下逃去，连头都不敢回。

她绝对不能被抓回去！

苏绾心就这么逃走了，消失在走廊里。孙恬然本想去追，但没想到那男人把她拖到了房间里。

别人不知道房间里有摄像头，孙恬然可是知道得一清二楚！因为那些都是她准备的！她绝望地抵抗，挣扎着闪躲男人的抚摩。

"哭大声点儿！"男人笑得狰狞，"你答应我的那五十万块我不要了，怎么样？"

"你在说什么？我不认识你！"

"不认识？"男人没想到这女人还挺会演戏，"你连二十万块订金都已经打到我的卡上了，还说什么不认识？小宝贝，刚刚那女人怎么招惹你了？说给我听听，回头我们再继续找她算账，怎么样？"

"你在胡说八道些什么？我不认识你！"孙恬然彻底崩溃，大喊大叫，"你放开我！别碰我！"

那男人才不管孙恬然的叫嚣，只管伸手朝她的衬衣摸去……

一楼宴会厅，大屏幕上的直播还在继续。大家眼睁睁地看着这一幕画面，一阵哗然。

傅时宜看到苏绾心顺利逃出去了，双腿发软地倚靠在盛浅怀里哭泣："是我的错，我不找她去参加活动就不会有这些问题了。"

"不是你的错。"盛浅轻声安抚，脑子意外地清醒，"这事和申家脱不了干系，我瞧申婧晨早就看绾绾不顺眼，孙恬然和她早晚都会联手的。"

盛浅四下找寻申婧晨的身影，却不知这个人跑到哪儿去了。

申文光刚刚让申婧晨找人关掉电源，但她直接找了一间客房舒舒服服地躺下了，一心等着事情结束后去欣赏苏绾心的惨状。

苏绾心逃回宴会厅，推开大门的时候脑子还是空白的。她刚刚在逃的过程中想，她能逃去哪里……最终她决定回到最开始的地方。

宴会厅里有这么多人，申婧晨和孙恬然不敢再明目张胆地把她抓走！但苏绾心万万没想到那两个人竟然如此歹毒，会在那个房间里安置摄像头。

这里所有人都知道刚刚发生了什么。

苏绾心出现在大门口的瞬间，所有人都看向了她，表情各异，有的人庆幸，有的人怜惜，有的人为她捏了一把冷汗。

苏绾心腿软地跌坐在地上，咳嗽着大喘。她残破的身体在经受了如此大量的激烈运动后，终于支撑不住了，眼前一黑，晕了过去。

展澈在收到苏绾心的定位后就知道她出事了。她的手机关机联系不上，他便匆匆赶来。看到倒在人群中的苏绾心后，展澈黑着脸将她拦腰抱起。

"你是谁？别碰她！"傅时宜带着盛浅将展澈拦下。

展澈认出傅时宜后，一股怒气直冲脑门儿："不想让她死就松手！我是她的主治医生，知道她的身体状况！"

傅时宜正欲发火，却被盛浅拉住了。盛浅无声地冲着傅时宜摇了摇头，然后派人跟着展澈，自己则与傅时宜留在了会场。

今天这事还不算结束，她们得留下来打扫战场。

大屏幕上还在放着难以入目的画面，孙恬然的演艺生涯到今天算是彻底结束了。申婧晨在客房悠闲自在地小憩了一会儿，回来看热闹的时候发现事情完全超出了她原本的计划。

申婧晨倒吸一口凉气，还没弄清楚到底是怎么回事，就听到身后传来一阵高跟鞋的声音。

她下意识地扭头看去，脸上被重重地打了一巴掌，甚至开始耳鸣。

"好玩吗？"傅时宜冷笑着看她，"过个生日，想玩大点儿是吗？"

申婧晨捂着脸，注意到旁边的人都看过来了，便委屈地流下眼泪，向后退了一步，一副十分害怕傅时宜的样子："我不知道你在说什么。"

"不知道？"傅时宜可不信这话，"今天的事跟你没关系吗？！"

"没关系！我完全不知道是怎么回事！"

一旁的盛浅拿着手机嗤笑："你和孙恬然的微博都曾发过跟彼此的合照，看起来你们的关系非常不错。今天这件事的主策划是她，场地选在你家的酒店、你的生日宴上！你说和你没有关系，是在把我们当傻子吗？"

盛浅的话一出口，围观的群众看向申婧晨的眼神都变了。

是啊，这件事怎么可能和申婧晨没关系呢？孙恬然若不是和她商量好，能在她的生日宴会上闹出这么大的动静吗？还好苏绾心反应快，逃过一劫，否则今天就要被这两个人彻底毁了！

傅时宜看着申婧晨装模作样的脸，愤怒得险些失去理智。好在盛浅在一旁及时将她拦住，拉着她离开。

酒店外，盛浅呼吸着新鲜空气，拿出手机找出傅时寒的号码。出了这么大的事，她总得通知他一下才行。

她手指颤抖着想拨过去，但怕得不行，终于在犹豫了一会儿后，下定了决心。

第六章

同　框

S 国。

傅时寒正在开会，看到盛浅打来电话直接拒接，但很快第二个电话又打过来了。

盛浅是知道他的脾气的人，平时绝对不敢这样大胆地一再打扰。于是，傅时寒接了电话，想听听她欠收拾的理由。

"绾绾晕倒了，在医院，你什么时候回来？"盛浅不给他训自己的机会，一连串地说出关键词。

傅时寒怔了一下后拍案而起："现在。"

他匆匆离开，扔下一屋子满头雾水的下属。

什么情况？他们还是第一次在傅总脸上见到这样慌张的神情。这会还开不开了？大家面面相觑，不知如何是好。

傅时寒以最快的速度赶回国，得知苏绾心被展澈带走后，心情复杂地皱眉。

医院内，展澈强忍着骂人的冲动，又一次把苏绾心从死亡线上救回。看着病床上苏绾心苍白到没有血色的脸，他发现自己竟然对她如此没有办法。

傅时寒第一时间赶到了医院，见到昏迷中的苏绾心后，问："什么时候能醒？"

"不知道，看情况。"展澈实话实说，"可能一天，可能一周，也可能一个月。她说不定再睡个一两年，睡够了才能醒。"

她曾经昏迷了一年多，好不容易死里逃生，捡回一命，却要回来继续送死。展澈说不动她、管不了她，只能眼睁睁地看着她在鬼门关前徘徊，毫无办法。

傅时寒听出展澈话中有话，眸光微动，继续向展澈了解苏绾心的情况，然后提出让她转院的要求。

展澈在听到傅时寒说出那几位世界级顶尖医生的名字后，惊讶得睁大了双眼："他们现在都在这边？"

"对。"

"我和你一起去！我要见他们！"

算这个姓傅的还有点儿良心，愿意为苏绾心花费心思找那些医生。展澈暗暗感叹，跟随傅时寒离开。苏绾心则依旧在昏迷中，足足过了一个星期才疲惫地醒来。

熟悉的医院的味道让苏绾心在清醒的第一瞬间就蹙紧了眉头。她缓缓睁开双眼，看到不远处一个熟悉的身影。

傅时寒正坐在那里处理公事，仿佛感觉到了苏绾心的视线，看了过来，然后怔了怔，放下电脑朝她走来。

"哪儿不舒服？我去叫医生。"他俯身摸了摸她的额头，声音温柔缱绻。

苏绾心真是好久没见过他这个样子了，不由得鼻子一酸，红了眼眶。

傅时寒见她沉默地掉眼泪，忍不住心头一痛，把她抱入怀中。

"别怕，我在。"

苏绾心闻着他身上那唯一能让她安心的气息，用力抓紧他的衣服，眼泪很快打湿他的衣襟。

她好想他。

医生很快赶过来给苏绾心做了全身检查。

确认她可以回家休养后，苏绾心被傅时寒带回了家中。

这些天，漾漾被送回了老宅，家里非常安静。苏绾心躺在床上，讨好地向傅时寒伸手要手机，却被他不轻不重地打了一下手心。

"我实在闲着无聊，你把手机还我，让我玩会儿游戏，好不好？"

"多大的人了？"

"多大的人也能玩呀，林一帆还经常玩呢。"

"你跟那个傻子比什么？"傅时寒不悦，但看苏绾心可怜兮兮的模样，还是没忍心，把自己的手机扔给她，"你的手机我不知道在哪儿，回头问问慕酥雨。"

苏绾心接过来，下意识地输入了自己的生日，手机锁顺利被解开。她后知后觉地愣怔，叹了口气。

"咚咚——"

房门被人敲响，苏绾心听到慕酥雨小心翼翼的声音："绾绾，我能进来吗？"

"进。"

慕酥雨推门进来，免不了又哭了一阵，然后才抽泣着把手机递给苏绾心，和她说在她昏迷的这几天里都发生了什么。

"那个浑蛋女演员和那个男人已经被抓起来了，他们的视频在网上可火了！"

"什么？"苏绾心愣了一下，"视频？"

"对啊！你不知道吗？"

苏绾心回想了一下昏迷前最后的记忆，恍然大悟，原来她逃走以后孙恬然没逃掉。但他们不是合作关系吗？二人怎么还狗咬狗了呢？

"这个姓孙的这辈子算是完了，真是活该！"慕酥雨愤愤地说，"你放心吧，绾绾，他们都不会好过的！"

苏绾心点头，接着摆弄自己的手机，发现这次的事已经在网上传得沸沸扬扬了。

广大的吃瓜群众都知道孙恬然害她不成反把自己害了的实情，还建了一个什么苏绾心全球后援会，把苏绾心搞得像什么演员似的。这才几天的时间，后援会的微博粉丝都几十万了，这让苏绾心一脸问号。

"绾绾你看，这个人还转发了你的视频微博呢！"慕酥雨把自己的手机递过去给她看，"他夸你的自卫反击动作非常完美！"

某个在网上非常有影响力的博主评论了这次的事件，并且转发了有关苏绾心的微博，其转发量和评论数都多到让人咋舌。网友们都在为苏绾心抱不平，舆论风向一面倒，网友们全都站在苏绾心这边。

苏绾心哭笑不得地把手机还给慕酥雨，然后听见慕酥雨炫耀地说："申家的那个破酒店也快黄了！"

"怎么回事？"

"那个破酒店被传闹鬼，已经没人敢住了！"慕酥雨挺着胸脯，气呼呼地说，"活该！"

苏绾心浅笑着看她生气的模样，没把真相告诉她。如果慕酥雨知道自己是因为她的声音被骗去了那个房间，一定又会爆哭。

不过苏绾心觉得是自己大意了，没想到那些人竟然用变声器模仿慕酥雨的声音引她上当。

想到申婧晨，苏绾心点开她的手机号拨了过去。在意料之中，对方没敢接，于是苏绾心懒洋洋地靠在床头给她发微信。

"鸿门宴我赴过了，给你三天时间，好自为之。"

"绾绾，傅时寒这几天一直在医院陪你，连睡觉都是在你床边睡的。"慕酥雨想了想，又说，"他好像真的很关心你。"

苏绾心沉默了片刻，出声："我知道。"

"他还问我什么时候认识你的，问我这三年你都发生了什么。不过你放心！我什么都没说！"

"让展澈也把嘴巴闭紧。"

"我知道。"慕酥雨点头。

还想再说什么的时候，见傅时寒推门走进来，她赶紧起身离开。

已经晚上九点了，但苏绾心在医院昏睡了好多天，所以现在一点儿困意都没有。

傅时寒查看苏绾心腿上的伤。她当时那两刀捅下去，虽然救了自己，但也留下了两个碍眼的伤口。

傅时寒看在眼里，心口一阵阵闷痛："说说，怎么回事？"

"我不知道你在说什么……"

"需要我用别的办法逼问吗？"傅时寒慢慢低头，唇角像是无意地蹭过她的唇。

"我是病人，身体都虚成这样了，你能把我怎么样？"苏绾心指了指自己的腿，一副"我是伤员，我骄傲，我自豪"的表情。

"你确定我不能把你怎么样？"傅时寒挑眉，一只手慢慢拂过她的身体，顺着她的胸口一路向下探去，然后停在某个部位。

苏绾心呼吸一室，赶紧拉过他的手，脸上多了一抹红晕。

"说，你为什么愿意参加申婧晨的生日宴？"

傅时寒顺势握着她的手不放。他一个月前就收到申婧晨的邀请函，看了两眼就把它扔进了垃圾桶，以为苏绾心会跟自己一样嫌弃这个宴会，没想到她竟然去了，而且搞了个大新闻。

现在 C 市谁不知道苏氏证券的苏绾心人长得好看，业务能力够强，嘴够毒，打男人的动作也够稳、狠、准？不知道有多少人对她感兴趣，打探她的身世、背景。

傅时寒很肯定，如果那些人知道她还没结婚，一定会蜂拥而上，出现他最不愿意见到的画面。他曾经把她藏着掖着不让别人见，就是担心"狼"太多，而她这块"肉"又太吸引人。

"我就是闲着无聊，去凑热闹的。"

苏绾心硬着头皮说谎，被傅时寒一眼看穿。

"绾绾，你知道我这些年最后悔的事是什么吗？"他挑起她的下巴，看着她迷茫的表情，给她答案，"我后悔手把手地教你一切，让你连性格都变得像我。"

她从七岁到傅家就一直跟在他身边，伶牙俐齿也好，强势孤傲也罢，全是受他的影响。

她所有的一切都是跟他学的。如果她能不这么坚强，不这么凡事都靠自己，也许一切就不会变成现在这样。

"可我觉得这样很好。"苏绾心看了他一会儿，反驳他的话，"我喜欢这样的自己。"

"那是因为你喜欢我，所以喜欢像我的自己。"

傅时寒的一句话就让苏绾心哑口无言。她张了几次嘴，竟然都不知道该说什么。

"三年前的事情可以暂且不问，但这次的事情我今晚一定要问清楚。我要知道你为什么愿意见申婧晨。"

苏绾心的手被他握着，她感受他身上的温度，看着他认真的眼眸，沉默许久后终于坦白。

"申婧晨答应我，只要我去参加她的生日宴，就告诉我一个人的名字。"

"谁的名字？"傅时寒靠近她，和她耳鬓厮磨。

他的话像有魔力一般，让苏绾心的脑袋忽然有了片刻的空白。

"三年前，我在你的车里见到了她的东西，是家里的用人帮忙放进去的。她答应我，会告诉我那个用人的名字。"

傅时寒终于如愿得到真实的答案，追问："她在我的车里放了什么东西？"

苏绾心咬着牙，答："内衣。"

任何一个女人在男朋友的车里见到一件不属于自己的、被穿过的内衣，都会气到抓狂，当年的苏绾心也不例外。

她那时刚生完孩子不久，所有的心思都放在漾漾身上。别说满足傅时寒了，她就连睡觉都懒得和他在一起，只想陪在漾漾身边。

　　所以，傅时寒那几个月又气又恼，经常熬夜在公司加班，不想回来跟儿子争风吃醋，因此给了申婧晨可乘之机。

　　苏绾心承认当年是自己太蠢了，才会受申婧晨的挑拨，冲动之下去找她。

　　李墨当时以为苏绾心在和傅时寒吵架才决定跟她一起出门，打算带她逛街购物发泄，不想，发生了那场车祸。

　　傅时寒听到答案，轻笑出声，满意地揉了揉苏绾心的头发，没再多问其他的事情："时候不早了，睡吧。"

　　长夜漫漫，苏绾心不知道自己是什么时候睡着的，只是醒来的时候傅时寒依旧在身边。

　　他似乎已经醒了有一阵子，只是默默看着她的睡颜，让她醒来后就对上了那双深沉、漆黑的双眼。

　　苏绾心愣了愣神，转身躲避他的视线。傅时寒见她这个反应，挑了挑眉，习惯了她这种睡完就不认的态度。

　　"我去公司一趟，你在家好好休息。"说完，他起身洗漱、换衣服。

　　苏绾心本以为他走了，没想到几分钟后他又回来了，手上端了一碗鲜美的粥，亲眼见她喝光后才前往公司。

　　苏绾心发了一会儿呆，从床上爬起，来到书房查看这一个星期的新闻。

　　申家的 ST 集团因为上市的某款针对儿童的食品被检测出有损害肾脏健康的添加剂，其股价已经连续跌停五个工作日，公司市值急速下降。

　　申家旗下的连锁酒店被查出有问题，被责令停业整改。

　　申婧晨新开的时尚工作室被曝涉嫌洗钱、漏税，正在接受相关部门调查。

　　苏绾心睡了一个星期，申家倒霉了一个星期。对于这样的结果，苏绾心很满意，继续查看有关孙恬然的新闻。

　　孙恬然这次真的是作了个大死，之前签约的星然娱乐甚至受到了影响，股价暴跌。

　　苏绾心看完申、孙两个人的相关新闻，接着检查自己手机里的未读消息，然后就看见几条号称制片方、导演等身份的人发来的信息，询问她有没有兴趣成为演员，想让她拍动作电影，还有几部古装戏邀请她当女主人公。

苏绾心纳闷儿这帮人的脑回路是怎么回事，感慨混娱乐圈的人都是人才，能准确地抓住任何一个商机。她撂下手机，连回复都懒得回。

她当演员是不可能的，这辈子都不可能的。她敢去当，傅时寒就敢雪藏她。

苏绾心整理心情，开始工作，一忙就忙到了晚上，最后被慕酥雨敲门的声音打断了思路。

"绾绾，我有东西给你看！"

"进来吧。"

慕酥雨推门冲到她面前："你和傅时寒是不是被偷拍啦？"

苏绾心的脸色都变了，她赶紧夺过手机翻看上面的照片。

照片里的人确实是她和傅时寒，漾漾也在。应该是前些日子她给傅时寒买表时被店员偷拍的，但照片并没有拍到他们的正脸，只是拍到了背影。之所以能辨别出她的身份，是因为趴在傅时寒肩上的漾漾。

傅时寒一手抱着漾漾，一手牵着苏绾心，一家三口看起来其乐融融。漾漾发现有人拿手机拍自己之后还特别高兴地挥了挥小手，一张好看的小脸在照片里格外显眼。

"就这一张吗？有没有其他的？"苏绾心看向慕酥雨，声音有点儿颤地问。

"没有了，就这一张，已经传遍全网了。"慕酥雨认真地回答，诚实得让苏绾心有点儿无法接受。

她这是什么命，自己的私事动不动就全网皆知。她和别人明争暗斗传遍全网，差点儿受害的事也传遍全网，难得和傅时寒同框（同时公开出现在某一场合）一次逛街又传遍全网。

苏绾心深深地呼吸，回想了一下那天发生的事情，然后渐渐冷静下来。

奢侈品店非常注重客户的隐私，所以店员根本不敢拍他们的正面，只能在他们走出店门的那一刻慌张地拍下背影。

八成是因为店员认出了苏绾心和漾漾，至于傅时寒……他不常露面，店员应该不会认识他。

苏绾心把手机还给慕酥雨，下决心以后绝对不会再和傅时寒一起做这种蠢事，拒绝再和他同框站在一起！

"绾绾，网友们都在夸你们呢！"慕酥雨兴趣十足地翻看着评论。

"这个男人光看背影就好帅气！"

"'显微镜女孩（观察得非常仔细的女孩）'发现玻璃门上的字是名牌钟

表店的名字！"

"不吹不捧，讲实话，这个男人的身材真的绝了……"

见大家都在八卦她身边的男人是谁，苏绾心倒不那么担心了，因为知道他们就算想破脑袋也不会猜到傅时寒身上。

他是神坛之上的至高神，这些年从未传出结婚、生子的消息。只要他不点头，就算苏绾心说也没人相信，旁人只会认为她是个碰瓷的而已。

翌日，苏绾心继续留在家里休息。

距离留给申婧晨的最后期限还有不到两天，她以为申婧晨会拖到最后才给答复，不料，刚过中午就接到了电话。

申婧晨想和苏绾心见面聊，不过被彻底拒绝了，只好在电话里说出了苏绾心想知道的那个名字。

苏绾心把名字写在本子上，然后派人去调查，几个小时后得到答案：这个人已经在三年前离开傅家之后就因病去世了。

事情真有这么巧吗？苏绾心恼火不堪，不认为这是个巧合。

申婧晨被拒绝见面之后十分气恼。现在外面的舆论全都转向了苏绾心，申婧晨原本打算促成自己和苏绾心见面，再让人拍几张照片，写篇报道说她们是朋友，这样就能把局势挽回一些，没承想苏绾心压根儿就不答应见面。

申婧晨怒骂这个不知好歹的人，却暂时想不出别的法子。她试图找到自己和苏绾心的合照，可找遍了电脑里所有的文档，只找到一张她们同框的照片，而那张照片里还有傅时寒。

照片是很多年前拍的，苏绾心坐在傅时寒的腿上，依偎在他的怀里，笑得像个"傻白甜"。他们身边站着的皆是熟人，有傅时宜，还有林一帆、路辞那帮人。

申婧晨当时是硬混进去的，站在整群人的最边上，活像个混进那个圈子里蹭拍照片的微商（移动社交电商）。如果不仔细看，她都会被无视掉。

这是她唯一一张跟苏绾心的合照，也是她绝对不会让别人看到的一张照片！

苏绾心被申婧晨的一通电话搞得不太开心。

晚上傅时寒回来的时候，苏绾心把名字告诉了他，然后又加了一句："我查过了，人已经死了。"

傅时寒脸上的表情是一如既往的冷傲、散漫，就好像早知道这个结果，丝毫不感到意外。

"你没出过门，怎么查的？"

他脱掉外套，懒洋洋地坐到沙发上，漫不经心地挽了挽衬衣袖口，关注的重点明显已经偏了。

苏绾心身边还有他没见过的人，而且是和她关系很亲密的人，这对傅时寒而言，比那个死人的名字更重要。

苏绾心和他对视，一副"不管你怎么问，我都不会说"的模样，态度一点儿都不端正，让傅时寒觉得她有点儿欠收拾。奈何苏绾心在又一次经历死里逃生之后，胆子好像升级了。

"关你什么事？傅总日理万机，管得还挺全面？不知道有钱能使鬼推磨的道理？我花钱找人查的，不行吗？"

"保持你这个不怕死的状态，我希望你能一直持续下去。"傅时寒目光凉凉地看着她。

苏绾心缩了缩脖子，收敛了几分。

"我明天要回公司上班，在家快闷出病来了。"她声音降低了些，转移话题，"之前答应 Alex 三位数的收益，还有一个多月的时间，我不能这么闲下去了。"

那么多人等着看她出丑。俗话说得好，不争馒头还争口气呢，她绝对不能让那帮人得逞。

傅时寒没阻止，知道她就算在家也不会老老实实地躺在床上休息，而且她腿上的伤快好了，她需要适当运动。

于是，苏绾心第二天早上九点整出现在了办公室里，把那些正准备撸袖子干活儿的同事们吓得都屏住了呼吸。

虽说申婧晨的生日那天不是所有人都去了，但在生日宴上发生的事所有人都知道了。

"苏女侠……"办公室内安静了许久，一旁的苏焱终于出声打破了这份沉寂，"来，给我签个名。"

他恭恭敬敬地捧着自己的记事本，递到苏绾心面前："如果您方便，回头可否抽个时间跟小的合个影？"

苏绾心一脸嫌弃，倒是大笔一挥，还真给他签了个名："今天中午请我吃饭，要五菜一汤的那个特级盒饭。"

"好嘞，好嘞，不成问题。"

两个人的对话让办公室内的气氛缓和到平常状态，大家七嘴八舌地问苏绾心的身体状态，因为网上有传言说她那天拿刀把自己捅瘸了。

"没事。"苏绾心打开电脑，漫不经心地问答，"不过这次算我的运气好，要是换成身高 180 厘米、体重 180 斤的兄弟，我估计要折在那儿。"

孙恬然找来的那个男人太瘦了，所以那天苏绾心才决定放手一搏，不然玩那招儿过肩摔的时候，估计能把自己的老腰扭断。

苏绾心暗暗感慨自己的身体太差了，要是换成三年前，肯定要捶得那个男人跪在地上喊"姑奶奶饶命"，绝不会逃得那么狼狈。一想到今时不同往日，她不由得悠悠地长叹一口气。

众人见她唉声叹气，都以为她想起那天的事情难过、伤心了，便赶紧纷纷退回自己的位置，再也不提那件糟心事。

苏绾心心情复杂地投入工作中。过了一会儿，陈磊推门进来，想叫几个同事开会，看到她坐在座位上，顿时睁大眼睛，像看见了鬼一般。

"苏绾心？！"

苏绾心回头看去："什么吩咐？"

"你怎么在这儿？！"

"我被解雇了？"

苏绾心有点儿迷茫：她为什么不能在这儿？

"我这月手头有点儿紧，解雇我的话能不能再等等，让我再蹭一个月的工资？"

见她又开始胡说八道，陈磊无话可说，把她也叫去会议室开会。

自从苏绾心来了公司，可以说苏氏证券一直在风口浪尖上。虽然她的业绩始终在业内前列，但由于之前她向 Alex 夸下海口，其他公司像神经病一样盯着苏氏证券的动静。

苏绾心最近事情不断，陈磊以为她会很长时间不来上班，所以就想着今天把公司的几位高手集中在一起，研究一下怎么收拾烂摊子，没承想"女战神"回来了。

"绾心，你跟我们交个底，Alex 那件事你现在还有几分把握？"陈磊看向她，有些不安地问。

苏绾心见他这样，故意吓他："一分吧。"

陈磊被吓得倒吸一口气，屋内其他人的脸色也都发生了变化。一分把握，那这件事九成要泡汤了！

苏绾心目光幽幽地看他们，继续吓唬人："要不我找个机会把 Alex 敲晕，让他睡两个月再来找我验收成绩？"

陈磊顿时无语。

你闭嘴好不好！

他们的脸色太难看，苏绾心看不下去了。真没意思，这些人的抗击打能力一点儿都不强，他们也没幽默感。要是傅时寒在的话，肯定跟她研究怎么打晕 Alex 才最简单、方便。

苏绾心叹了口气，坦白："逗你们的。放心吧，那事黄不了，我有分寸。"

陈磊咬着牙："你说的分寸，跟我们理解的是一个意思吗？"

"不然呢？"苏绾心无辜地耸了耸肩膀，"我一个弱女子还真能跑去敲晕人家？三石哥，你瞧瞧我多瘦，我可是弱不禁风啊！"

她说着话，还撸了撸袖子让人看她那纤细的手腕。要不是亲眼见过她打人的时候有多彪悍，他们真是差一点儿就信了。

"好，好，好，你有分寸就好。"陈磊捶了捶胸，只觉得在家陪女儿写作业的时候都没这么煎熬。

这丫头怎么这么难搞啊？她简直和傅时寒一样。

陈磊在脑海里不由自主地浮现出傅时寒的模样，想起傅时寒曾经在董事会上把某位董事气得当场被救护车抬走的光荣事迹，好像突然就明白了什么叫"物以类聚，人以群分"。

陈磊看了看其他人，让他们先出去，然后语气凝重地问苏绾心："你介不介意我问一下你和傅总的关系？"

那天虽听申文光说苏绾心是被傅家收养的，但他这些年可从来没听说傅家收养过什么孤儿。

苏绾心听到陈磊这么问，眸光沉了沉。就在陈磊以为会听到多么机密的答案时，苏绾心说："我和傅时寒的关系啊……我们两个人是仇人，就是'他折了我的翅膀，我毁了他的天堂'那种势不两立的仇……"

"你出去。"陈磊终于忍不住了。

苏绾心老实地乖乖听话离开，走的时候还笑眯眯地看了陈磊一眼，真是把陈磊气得要死要活。

傅氏集团。傅时寒桌上的内线电话响起，里面传来秘书的声音——

"傅总，ST 集团的申总想见您。"

傅时寒冷笑一声，这已经是申文光这周来的第三次了。他靠到椅背上，沉声问道："我今天还有什么行程？"

"两点和研发部有个会议，三点半和百然集团的张总见面，晚上八点的飞机去滨市。"

傅时寒听到最后一项,一脸厌烦:"滨市让傅时礼过去。"

"傅总经理前天被您派去深市还没回来呢。"秘书听出他话中的不悦,小心翼翼地答。

"那就取消,改到下周。"

"它就是从上周改过来的……"秘书快要哭了,颤巍巍地说:"傅总,这个行程是财务总监亲自叮嘱的。"

财务总监是李墨,也就是这位情绪总是阴晴不定的傅总的母亲。秘书两边都不敢得罪!傅总拖一次他就要被训一次,生活真的好艰辛!

傅时寒眉头紧皱,沉默了片刻,说了句"让申文光等到三点半",声音冷得让电话那头的秘书打了个激灵。

傅总生气了,可是为啥啊?傅总以前出差可积极了,最近怎么对待工作如此消极?

秘书颤巍巍地把电话放下,起身去小会议室见早已等得不耐烦的申文光:"申总您好,我们傅总说他现在有点儿忙,让您等到三点半。"

申文光听到这话脸都气绿了。

现在还不到一点,傅时寒让他等到三点半?

他咬牙切齿地握了握拳,只能强忍着继续等下去。

心情不好的人不止他一个,还有傅时寒。傅时寒摆着一张"都别惹我,谁惹谁死"的脸出门吃了个饭,回来后跟研发部开会,会议长达四十分钟,吓得研发部的人差点儿突发心肌梗死,每讲一句话都战战兢兢的。

下午三点半,傅时寒起身离开办公室。门外,秘书见到他后小声问道:"傅总,ST 集团的申总和百然集团的张总都到了,您约的都是三点半,打算先见哪位?"

"一起见。"

"啊?"秘书一脸蒙,不解。

众所周知,ST 集团和百然集团是死对头,因为两家公司的业务有太多相同之处,定位也差不多。它们针锋相对了那么多年,大有一种"有你没我"的架势。傅总今天打算一次性见两位老总,这是要气死谁?

"听不懂?"

"听得懂!我这就去安排!"秘书被吓得一路小跑。

等傅时寒慢悠悠地到会议室的时候,申文光和张寒羽已经分坐在桌子两旁,像两只要打架的公鸡一样梗着脖子瞪着彼此。

"傅总这是什么意思？"申文光见到傅时寒，不悦地出声，"约了我，又约别人，你这是想让谁离开？"

傅时寒听了这话，笑了笑，坐下："申总开玩笑了，来者皆是客，我自然都要见。只不过……"他话锋一转，"我与张总有约在先，要不是申总再三要求想见一面，咱们也碰不到一起。"

申文光的脸僵了僵，另一边的张寒羽则是轻笑出声，趁机嘲讽："ST出了多大的问题，让申总这么着急？"

最近一个星期大家都在看ST的笑话，尤其是和ST的定位几乎一样的百然集团，更是觉得痛快。

张寒羽猜出申文光今天来这里想求傅时寒帮忙，如果没记错，这老头儿的女儿叫申婧晨，以前好像和傅时寒传过一段绯闻，不知是真是假。

"再大的问题也是ST自己的问题，来我这儿可解决不了。"傅时寒明知故问，"申总找我想说什么？"

"傅总。"申文光沉默了许久，脸色惨白地开口，"方不方便我们私下聊聊。"

"不方便。"傅时寒拒绝得痛快，欣赏着申文光敢怒不敢言的模样，轻笑着出声，"申总既然这么急，那不如我给你两个选择，如何？"

"你说。"

"女儿和公司，你选。"傅时寒眼中的冷光一闪而过，脸上依旧笑得云淡风轻。

前些天他守在苏绾心身边，没时间亲自找那些人算账，现在苏绾心身子好些了，申家倒主动送上门来了。

申文光一听这话，气得拍案而起，双眸猩红地看着傅时寒，狠狠地说："你别太过分！"

"申总是不是对'过分'这两个字有什么误解？"

他可是给了两种选择呢！申文光竟然不谢谢他手下留情，还说他过分！

张寒羽坐在一旁看热闹，虽然听得云里雾里的，但能看见申文光吃瘪就是好事！

这老东西倚老卖老多少年了，经常仗着自己年纪大、经验多，瞧不起这个瞧不起那个的。如今他倒求人办事了，活该！

傅时寒继续说道："如果申总有证据证明是我搅乱了ST的股价，是我在你们的产品中造了假，那么随时欢迎发律师函。我们公司的律师最近正好闲得慌，是该找点儿事情给他们做了。"

申文光气得浑身发抖。他是真的想转身离开，但真的不能走。

"张总，能麻烦你去外面稍等片刻吗？"申文光看向死对头张寒羽，难得低声下气。他知道傅时寒今天见张寒羽的目的八成是扶持百然集团趁机干掉ST——这是他万万不允许的事情！

张寒羽笑着起身，看傅时寒这架势也知道申文光聊不出什么好结果，所以不急于这一时半会儿。

"行，申总先聊，我去外面等着。"

申文光呼吸沉重，一屁股又坐回到椅子上，缓缓地说："苏绾心的事情和我女儿无关，全是孙恬然一手策划的。傅总发火的对象是不是找错了？"

傅时寒语气冷冷地问："申总确定自己知道'无关'这两个字的意思是什么吗？"

申文光叹了口气，没办法，只好承认："晨晨她一时鬼迷心窍才会被孙恬然蒙骗，也是被利用的！"

看傅时寒不出声，申文光继续说："她一直喜欢你，你也是知道的，看在……"

"我不知道，也不需要她喜欢。"傅时寒打断他的话，拒绝得干脆，"还是那句话，公司和女儿，你选。"

他给申家苟延残喘的机会，不代表会手下留情。不论申文光这次怎么选择，他都不会放过申婧晨。如果不是申婧晨三年前的那通电话，苏绾心就不会走三年。

三年前的那天是苏绾心的生日，是傅时寒本想向她求婚、带她去领结婚证的日子。

但因为一场车祸，全毁了。

"按照ST目前的股价，离破发只差十几个跌停板了。ST目前问题重重，盈利前景暗淡。说实话，你们公司求我收购我都不愿意接手。"

傅时寒的一番话气得申文光心脏生疼。申文光目不转睛地盯着他，胸口起伏不定，好像分分钟要被气得昏厥过去。

"傅总知不知道有句话，叫'当你往上爬的时候要对别人好一点儿，因为你走下坡路的时候会遇到他们'？"

傅时寒这样嚣张、猖狂，就不怕有一天傅氏集团不行了，自己也会有低头求别人的一天？

"没听过。"傅时寒诚实地回答，"我也想往下走，可惜实力不允许。"

申文光倒抽一口气。傅时寒见他这样，还真怕申文光今天被气死在这儿脏了自己的地方，便下了逐客令。

"申总的意思我明白了，你是想两个都选。既然如此，我们没什么好谈的了，请吧，日后有机会再见。"

申文光这辈子还是第一次被人这样践踏自尊，狠狠地看了傅时寒一眼，不想再留在这儿被瞧不起。

申文光走后，等在外面的张寒羽推门进来了。傅时寒开门见山地问："你想吞掉 ST 吗？"

张寒羽紧张地望着傅时寒，不太确定对方的意思："傅总的意思是……你肯帮我一把？"

"事成之后我要 30% 控股权。"

"没问题！"

傅氏注资对公司只有好处没有坏处！所以张寒羽想也不想，一口应下。

二人达成协议，张寒羽离开的时候整个人都沉浸在狂喜的情绪之中，和不久前离开的申文光完全是两种极端的状态。

此时申婧晨正焦急地在车中等，见申文光上车便迫不及待地问："爸爸，时寒怎么说？"

申文光一巴掌挥了过去，打得申婧晨蒙了。她不可思议地捂着脸，眼泪在眼圈里打转。从小到大，这是申文光第一次打她。

申文光见她哭的样子很心疼，但更多的还是气愤。要不是她的糊涂之举，公司也不至于落得今天的地步！

不过，那个傅时寒竟然愿意为了一个孤儿这样给自己树敌。申文光就不信了，傅时寒还能护苏绾心一辈子不成？

申文光看了申婧晨一眼，冷漠地开口："你下个星期准备一下，跟丁凯泽订婚。"

"爸？！"申婧晨崩溃地拒绝，"不！我不要和他在一起！我……"

"你还以为傅时寒能娶你不成？"申文光打断她的话，"以后少和傅家的人来往。我们和他们是敌人，不是朋友！"

申婧晨还想再说点儿什么，但看见申文光的脸色，终究没敢说出口，小声哭泣着，心中不甘。

她不要和别人结婚！她要和傅时寒在一起！就算他不娶自己也没关系，她只要能留在他的身边就够了！

明明苏绾心回来之前一切都不是这个样子的！傅时寒对她的态度一直

都很好的！以前她捏造和他的绯闻，让外面都误以为他们在一起，那时候他不是没生气吗？直到她特意准备了那场订婚宴，直到苏绾心出现，他就像变了一个人似的，当着所有人的面否认和自己的关系，让自己沦为别人口中的笑柄。

申婧晨越想越恨，回家后立刻查傅时寒的行程。她要去找他！

傅时寒见完申文光和张寒羽后就翘班去找苏绾心了，此时距离苏绾心下班还有一个小时。

办公室内，苏绾心和他面对面坐着，一本正经地问："傅总今天过来有什么指示？"

傅时寒看着她装模作样的脸，转移话题："陈磊，她前些天被拍到的那张照片你看了吗？"

傅时寒一提到这个，苏绾心瞬间身子一抖，不知道他想干什么。

"就是她带儿子和她老公逛街被拍到的那张照片。"傅时寒好像怕陈磊不知道他说的是什么一般，重点描述了一下。

站在一旁的陈磊一脸蒙地点了点头，回答："看到了啊……怎么了？"

苏绾心脸色一变，插话追问："傅总过来到底有什么指示？没有的话我去干活儿了！"

"急什么？"傅时寒瞥了她一眼，摆出一副"我现在很闲，想找人聊会儿天"的表情，"我晚上八点去滨市。"

我不知道什么时候回来，就先过来看看你再走。

后面这句话傅时寒没说出口，但苏绾心已经完全接收到了他的意思。

傅时寒重新看向陈磊，继续刚刚的话题："你就不觉得那照片里的男人有点儿眼熟吗？"

苏绾心没忍住，在桌子下面踢了傅时寒一脚，用眼神告诉他别说了。

陈磊为难地抿了抿嘴，不知该怎么回答。

眼熟吗？他没觉得眼熟啊。但傅总说眼熟，那他就得眼熟。

可是那张照片上除了小孩子露了正脸以外，剩下两个人都只有背影。单看背影他能看出什么啊？一个背影他就能看出来眼熟？

"对，"陈磊违心地点头，承认自己是个虚伪的人，顺着傅时寒的意思回答，"眼熟。"

傅时寒满意地微微勾起嘴角，凝视陈磊的双眼，又问："那你觉不觉得，那个人很像我？"

陈磊一听，吓得说不出话。

"哈！哈！哈！"苏绾心僵硬地尴尬笑三声，打破屋内的僵局，皮笑肉不笑地看着傅时寒，"傅总真会开玩笑啊。"

陈磊被傅时寒的话惊得起了一身鸡皮疙瘩，一瞬间脑子里好像闪过了什么，但终究还是没能抓住。

"傅总放心，我是不会因为私人生活影响工作的。答应 Alex 的三位数收益我一定办到，你特意过来提醒我还真是辛苦了。"

苏绾心的话扰乱了陈磊的思路。

傅时寒看了看苏绾心严肃的表情，叹了口气。

"傅总还有别的指示吗？"

"没了。"

苏绾心咬牙："那就赶紧去机场吧，别为了这点儿小事耽误了行程。"

傅时寒不情愿地起身。

陈磊见状赶紧送他，只有苏绾心坐在椅子上没动："抱歉傅总，我前些日子受伤，腿脚不太方便，就不送您了。"

她绝对不要跟傅时寒并肩走在一起！

傅时寒挑了一下眉，心说你刚才踹我的时候可一点儿都没见你腿脚不方便。

"行，那就别送了，陈磊也别送了。"傅时寒拿她没办法，又不愿见陈磊那张蠢脸。

苏绾心见傅时寒推门离开，总算松了口气，无力地站起，然后就看见陈磊若有所思地望着自己，欲言又止。

陈磊刚才看了看傅总的背影，觉得还是和照片里的那个人挺像的。

"不是他！"苏绾心一眼看穿陈磊的心思，否认，"我要是傅家少奶奶还在这儿给你打工，连个部门经理都混不上？"

陈磊想了想："也对。"

"你认识傅时寒几年了，听说过他有儿子吗？"

"没有。"

"所以跟我一起被拍的那个男人可能是他吗？"

"没可能。"

稳妥！苏绾心满意地离开。虽然她对傅时寒那张嘴没办法，但糊弄别人还是不在话下的。

苏绾心知道傅时寒今晚不会回来，下班后便多加了半个小时班才不慌不忙地回家。然后，她第二天刚到公司，就听到身旁的苏焱一声惊叹。

"傅神真厉害！"

苏绾心瞥了苏焱一眼，漫不经心地问："他又怎么了？"

"你看。"苏焱把显示器往她这边转了转，只见上面显示一条新闻。

滨市有个特别大的招商项目，是国外的 KL 集团首次在 H 国的投资。国内无数家公司打破了头一直在争这个项目，其中不乏各个行业的佼佼者。

之前 KL 已经跟一家国企谈好了合作，这事也算板上钉钉了。哪承想 KL 集团今天突然发公告，说和傅氏集团达成协议，引来同行们一片惊叹。

苏绾心沉默地看完新闻报道，无声一笑。

傅时寒昨晚才到滨市，不到一天就拿下了项目，这雷厉风行的行事风格还真是从未变过。

苏绾心收回视线，继续干活儿，然后听见苏焱又说："对了，绾心，有没有人说过你操盘的风格跟傅总挺像的？"

苏绾心手上的动作一顿，很快恢复常态。

"没啊，你听谁说的？"

"很多人啊。"苏焱八卦地讲。

他们每个月都会公开一部分操盘记录，所以有些数据在网上能查到。

"大家都说你颇有傅总当年的风范，采访一下，什么感想？"

苏绾心笑了笑，答："凑巧而已，荣幸。"

苏绾心巧妙地转移话题，没一会儿就把苏焱的思绪带到别的事情上去了。晚上下班，她钻进书房搜寻傅时寒的新闻，认真地看，目光盈盈，唇边噙笑。

滨市，深夜。

傅时寒满身酒气地回到酒店，刚出电梯就远远地看到自己的房间门口站着一个女人，便转身朝贵宾休息厅走去。

申婧晨已经在这儿等了几个小时了，看到傅时寒回来，满心欢喜地朝他奔去，不料被保镖拦下了。

"抱歉，我们傅总不见任何陌生人。"

保镖一开口，气得申婧晨瞪圆了眼睛。谁是陌生人？她才不是！

"你和时寒说，申婧晨想见他，他会见我的！"

这名叫林睿的保镖低笑出声："申小姐，我们家少爷跟你不熟。"

"你！"

申婧晨被林睿拎着衣领拽到了电梯口。任她撒泼叫喊，他直接把她扔进电梯赶走了。

傅时寒等清静了才从休息室出来，满脸不耐烦，警觉地四处看了看，生怕那个女人又搞什么幺蛾子。

"寒哥，那姓申的估计回头还得来，要不我去给你换个房间？"

"不用。"傅时寒疲惫地拒绝，"我住你那间。"

两个人换了房卡，傅时寒看了一眼时间，没给苏绾心打电话。第二天出门，果不其然，傅时寒又见到申婧晨了。

她一看见傅时寒，立刻快步跑到他面前。

傅时寒冷冷地看她，问："有事？"

"时寒……"申婧晨委屈地咬了咬下唇，"我过来是想和你解释，苏绾心那件事跟我没关系，我被孙恬然利用了！"

傅时寒听了这话，嗤笑一声。

"真的！我没骗你！你原谅我好不好？我这次真的知道错了！"

她嚷嚷的样子别说傅时寒烦，就连一旁的林睿都觉得脑袋疼。

此时，楼下有不少媒体的记者等着采访傅时寒。明眼人看申婧晨这架势，就明白她绝对打算和傅时寒一起出镜让媒体乱写一气。

傅时寒没耐心地点了根烟，缓解情绪。烟雾朦胧中他看了她一眼，问："错哪儿了？"

"我……"申婧晨没料到他会突然发问，不由得愣了愣，"我不该被孙恬然利用，不该和她走得那么近。"

"听说你三年前在我车里放了点儿东西，还记得吗？"傅时寒提起往事，让申婧晨的脸色一变。

"时寒，我那是因为……因为喜欢你才会一时糊涂，我真的错了！"

"你知道楼下现在有什么人吧？"

"知道，记者！"

她就是为了这个来的！她要让大家知道她现在和他在一起！

傅时寒笑了笑，熄灭烟蒂走进电梯。申婧晨见状，赶紧跟上。

林睿也不知道傅时寒的葫芦里卖的什么药，但见他暂时没有赶走申婧晨的意思，便沉默地候在一旁。

这次傅氏集团和 KL 集团的合作在业内掀起巨浪，媒体都想第一时间采访傅时寒，想搞清楚他究竟是在什么时候与 KL 接触的，是怎么拿下这个让别人眼红却抢不到的项目的。

傅时寒看到记者的身影，记者也远远地看到了他和他身边的女人。镁光灯不断亮起，申婧晨昂首挺胸、唇角含笑，试图以最好的状态入镜。

傅时寒放慢脚步，继续刚刚在楼上的话题。

"想让我原谅你，你现在就站在媒体面前把你的内衣拿在手里，承认你三年前犯下的错误。"

傅时寒凉凉地开口，让申婧晨脸上的笑容僵住。

"你既然那么喜欢送人内衣，不如就当着大家的面送个够。"傅时寒和她对视，眼中透着冷冽的尖锐，一字一顿地说，"做不到就给我滚，再也别让我见到你。"

他说完，大步朝门外走去。

申婧晨本想跟在他身边，可迈步的时候才发现她的腿已经软了，踉踉跄跄着向前，险些倒在地上。她望着傅时寒的背影，忽然就没勇气追上去了。

傅时寒走出酒店来到媒体面前。

八卦记者眼尖地看出里面的女人是申婧晨，赶紧问："傅总，请问刚刚站在您身边的那位女士是 ST 集团的千金申小姐吗？你们两个人怎么会在一起？方便解答一下吗？"

傅时寒看向问话的记者，目光悠悠，似笑非笑。他就那样定定地看着那位记者，最后竟看得她紧张地咽了咽唾液，后背泛凉。

记者望着面前的男人，听到他说——

"你现在也和我站在一起，难道这能说明我们之间有什么问题吗？"

傅时寒向来不喜欢媒体探究他的私生活．以前已经有"头铁"的媒体试过了，结果惨不忍睹。今天大家难得看到他和女人同框的画面，一时激动，忘了禁忌。

傅时寒收回视线，不再为难那位记者，严肃认真地说："我和申婧晨没有任何关系，她今天出现在这里只是为了送请柬给我。"

请柬？记者们面面相觑，抓到了话中的关键点。

"申小姐很快就会和凯润集团的少爷订婚了。"

这消息目前并没有被公开，但傅时寒已经提前知晓了。他帮申家把这个撒手锏提前甩出来，也彻底断了申婧晨今后和他传绯闻的可能性。傅时寒希望各家媒体以后再想写申婧晨的八卦新闻时，带的是丁凯泽的名字而不是他的。如果再有人乱写，那就等着收律师函，被他告到倾家荡产好了。

这是傅时寒今天要向媒体传达的讯息。

傅时寒回答完私人问题，又答了几个关于和 KL 集团合作的问题后上车离开，消失在记者们的视线之中。

这群人在傅时寒走后并没有急着离开，而是耐着性子等里面的人。

所以申婧晨刚走出酒店大门就被冲上来的记者围堵了。

"申小姐，你真的要和凯润集团的少爷订婚吗？"

"请问你们的订婚宴在什么时候？"

"关于两家公司联姻一事，是否和 ST 集团最近的危机有关呢？"

记者们七嘴八舌地问，问得申婧晨脸色苍白。她不能否认，否则就是打傅时寒的脸，也是和丁家过不去。

申文光刚刚已经给她打电话，说丁家愿意出钱帮他们渡过难关，只要她肯嫁给丁凯泽。

丁家的公司是国内家居装修行业的顶尖企业，关于家世、背景申婧晨肯定没什么好挑剔的，关键的是那个丁凯泽……

他是个肥头大耳的胖子，身高 170 厘米，体重可能有 190 斤。

申婧晨每次见他都恶心得要命。可丁凯泽偏偏对申婧晨一见钟情，烦了她好多年，这次终于找到机会下手了。

明眼人一看就知道申婧晨瞧不上丁凯泽，如今她愿意和丁凯泽在一起的原因只有一个，那就是申文光为了挽救公司把女儿"卖"了。

傅时寒在滨市抽不开身回 C 市。这天下午，苏绾心还没下班就接到傅时寒的电话说 GE 总裁来了 C 市，让苏绾心替他应酬一下。

GE 总裁之前就说过他有意在 H 国成立一家风险指标公司，用来搞垮、揭穿那些财务造假的不良公司，想必再次抵达 C 市也是为了这个。

苏绾心下班后到了酒店，对守在门口的服务生报了名字。傅时寒似乎已经提前打过招呼了，所以即便她手中没有邀请函，还是畅通无阻地进了门。

苏绾心一现身，很快引来旁人的频频侧目。

一来是因为她最近太火了，总能成为大家口中争相议论的话题；二来是今天这样的场合她似乎不大合适出现。

众所周知，苏绾心只是苏氏证券的一名普通员工而已，甚至连部门经理都不是，而今天到场的哪个人不是知名企业高管？她怎么好意思来这里？

申婧晨远远地凝望苏绾心的方向，目光阴冷，带着算计。

苏绾心起初没看到这碍眼的妖魔鬼怪，后来看到了，还是因为丁凯泽那极度像"二师兄"的身材引起了她的注意。

丁凯泽盯着苏绾心，冷笑一声，抖了抖肚子。

申婧晨挽住丁凯泽的胳膊，穿着高跟鞋，比丁凯泽高出不少。她纤细的身姿站在丁凯泽身边，倒显得小鸟依人。

二人走到苏绾心面前，脸上挂着虚伪的假笑。

自从苏绾心上次在申家的酒店差点儿出事，就一直有传言说事件的幕后指使者是申婧晨。所以今天为了给大家营造出一种自己和苏绾心关系不错的假象，申婧晨必须忍住脾气，不能暴露对苏绾心的讨厌。

"绾绾，好巧呀，你怎么也来了？今天的宴会不是只有公司副总级别以上的人才有资格参加吗？"申婧晨主动打招呼，看似热情，其实话中满是讽刺。

"嗯，挺巧的。"

苏绾心避重就轻，让申婧晨有点儿着急。就在申婧晨想追问的时候，却感觉丁凯泽那短粗的胖手在她的屁股上捏了一把，惊得她身子一僵。

"苏小姐，今天这场宴会的主办方是我们凯润集团，如果我没记错的话，我们似乎并未给你发出邀请函。"丁凯泽嘲讽地笑着问，"请问你是怎么混进来的？"

苏绾心叹了一口气：第一次见面，丁凯泽有必要搞得这样剑拔弩张吗？

她浅酌一口杯中的红酒，漫不经心地开口："原来是东道主，失敬。"

丁凯泽冷笑一声，然后听见苏绾心又说："霍德华先生对红酒要求很高的，你就打算拿这种廉价的酒糊弄他吗？"

她的话一说完，丁凯泽表情一变。

今天宴会上用的酒确实不高级，因为丁凯泽觉得没必要浪费钱，哪承想苏绾心这么直白地指出这件事。

苏绾心从小跟着傅时寒喝好酒，嘴都被养刁了。其他来宾也都不是寻常人，早就喝出这酒里的廉价味，都在小声吐槽。

"你一个证券公司的小员工也懂红酒？"丁凯泽重提刚刚的问题，"我在问你邀请函是从哪儿来的，如果你没有邀请函，这里不欢迎你。"

苏绾心暗暗吐槽：丁凯泽还真是冷酷无情呢，有点儿总裁的样子。

"我没有邀请函，又不想走，怎么办？"她笑眯眯地问，"要轰我出去吗？"

围观的群众渐渐增多，默默地站在一旁看好戏。

"凯泽，"申婧晨想趁机树立一个好人的形象，看向丁凯泽，轻声替苏绾心说情，"绾绾是我的朋友，你看在我的面子上，算了吧。"

"别算了，咱们两个人还是分清楚比较好。"苏绾心拒绝她的"好意"。

申婧晨被气得脸有点儿黑，心中怒骂这个人给脸不要脸。

"分清楚啊，那你想怎么分呢？你没有邀请函，是不能留在这里的。"申婧晨道。

"有人请我来的，你打电话问问？"苏绾心意味深长地笑，"你猜能请动我的人是谁？"

苏绾心说完这话，申婧晨就想到了傅时寒，但这事绝不能承认，也不能让旁人知道！

"谁啊？"丁凯泽不知情，对苏绾心叫嚣，"说出名字来！他在这里吗？"

场内一片安静，大家都不想掺和这件事情。苏绾心红唇微张，正欲说什么，却见一名服务生跑到丁凯泽身边低声耳语。

远处，一名五十多岁的外国男子正面带笑容朝这边走来，正是今天宴会的主角——GE 总裁霍德华先生。

他一出现，丁凯泽马上拽着申婧晨走过去，暂时懒得和苏绾心对质。

苏绾心悠闲地站在原地，看着那些蜂拥而上的人，讽刺地笑了笑。

霍德华要来 H 国拓展业务的消息已经传出去了，今天到场的嘉宾恐怕有二分之二是不希望霍德华来的，八成是因为害怕，特意跑来拍马屁。

GE 的名号实在太响，只要是心中有鬼、公司有猫腻的商人都会害怕眼前这位金发男子。

霍德华被众人团团围住，拿过一杯红酒与大家交谈。他在喝下第一口酒的时候皱了皱眉，虽没说什么，可大家都看得出他的表情变化。

这酒……的确不合他的胃口。

丁凯泽看到他皱眉，心里"咯噔"一下，暗骂这个外国人的臭嘴跟苏绾心一样——真挑。

"霍德华先生，久仰大名，今天能见您一面真是荣幸。"申文光笑着跟霍德华握了握手，攀谈道，"我是 ST 集团总裁申文光。"

"你好。"霍德华轻声回应，脸上始终带着柔和的笑容，那样子和人们送给他的外号"死神"简直相差十万八千里。

"听说您此次来 H 国的目的是寻找新的合作伙伴？"丁凯泽见缝插针，"您真的打算在 H 国创办一家新公司吗？"

霍德华扭头看丁凯泽，笑容依旧："是的，没错。"

他这话一出，众人顿时表情各异。

"死神"要来 H 国，不知第一个被盯上的公司会是哪家？他说要找合作伙伴，是已经和谁谈得差不多了，还是正在寻找中？

大家纷纷借机和霍德华攀谈起来，剩下一些没机会近距离接触霍德华的人就远远地看着热闹，然后发现苏绾心正在角落，像逛食堂一样挑选合自己胃口的东西。

那边只有她一个人。她表情认真地看着桌上的甜品，时而纠结，时而嫌弃。

苏绾心吃不好，喝不好，心情也变得不好，转头看向霍德华的方向，耐心地等待。等他和别人聊得差不多了，她才迈步朝他走去。

苏绾心的举动让许多正在盯着她看的人心生疑惑。她来这儿的目的也是见霍德华吗？那她不是自讨没趣吗？

申婧晨看到苏绾心前行的方向，眉头一蹙，上前拦住了她。

"你想干什么？"

"好狗不挡路。"

苏绾心面无表情地说出几个字，视线越过申婧晨落到霍德华身上。

霍德华正好也朝这边看过来。两个人的视线隔空相撞，苏绾心笑着点了点头，算是先打个招呼。

"让开，看在你快订婚的分儿上，我今天不砸你场子，过去说两句话就走。"苏绾心收回视线，看向申婧晨好脾气地说。

"说两句话，和谁说？"申婧晨依旧挡在她面前，"你还真当自己是个人物了？抱完傅时寒的大腿转身又来抱霍德华的，你以为自己是个狗皮膏药，见谁黏谁？"

"你看完傅时寒再看丁凯泽，心里是什么滋味？"苏绾心答非所问。

"你！"

不提傅时寒还好，她一提傅时寒申婧晨气得眼睛都红了。

"丁凯泽来了，快笑一笑，那么多人看着呢！"

申婧晨条件反射地扭头看去，嘴角微扬。可她的身后空空如也，谁都没有。

苏绾心趁她失神的工夫成功逃离，快步朝霍德华走去。申文光和丁凯泽原本想再拦一下，没想到听见霍德华说——

"绾心，好久不见。"

"好久不见，你这次打算待多久？"

"要看事情的进展。"霍德华神情凝重地看她，"你考虑好了吗？"

"还没。"苏绾心犹豫地摇了摇头，"今天 Christian 叫我过来打声招呼，等他回来我们一起吃个饭，到时再聊好吗？"

"好，到时聊。"

Christian 是傅时寒的英文名，但绝非他的专属名字，所以两个人这一番话听得旁观者一头雾水，不知他们话中提到的人是谁。

苏绾心和霍德华聊了一会儿，约好改天吃饭的时间，也算是完成了傅时寒交代的任务。

她率先离开，而霍德华在她走后十几分钟也准备回酒店休息。

申家父女二人的脸色相当不好，没想到苏绾心会认识霍德华。按理说这两个人并没什么交集，是怎么认识的？

申婧晨灵光一闪，想到前些日子苏绾心参加的那场由众多证券公司一同举办的比赛。在那场比赛的最后，傅时寒和霍德华都出场了，难道是傅时寒介绍这两个人认识的？

傅时寒的人脉太广，苏绾心在他的身边认识什么人都不奇怪。如此一想，申婧晨心中更为忌妒。

"霍德华先生，您和苏绾心认识？"终于，有人问出心中的疑惑。

霍德华看向问话的人，笑着承认："很奇怪吗？"

提问者尴尬地摇头："没有，只是觉得像她这样年轻的女孩子会认识您，很厉害。"

"她是很厉害。"霍德华认真地回答，"我和她认识很久了。"

"您和她不是前些日子在那个比赛后才认识的吗？"申婧晨惊讶，忍不住问，"我还以为您调查她所在的公司才知道她的名字呢。"

申婧晨笑容甜美，却让霍德华皱了皱眉，心生不悦。

众所周知，被霍德华盯上的公司基本没什么好下场。申婧晨刚刚的话若是被传出去，岂不会引起风向、掀起舆论？

"我并没有调查苏氏证券。"霍德华凝视申婧晨的双眼，神情凝重，"我和绾心已经认识六年了。"

众人吸气，听他又说："她是一个非常优秀的女孩子，天赋很高又很勤奋。五年前，关于沃尔顿公司的财务欺诈案，最初就是她发现的问题，你们都不知道吗？"

沃尔顿公司？苏绾心？！大家面面相觑，都从彼此的眼中看到了震惊和不相信。

沃尔顿公司破产倒闭之前，在全球企业财富排行榜上排名前十，用了五年从排名 147 升到最后的第 4，曾是无数人眼中的一个奇迹。

但这家公司被 GE 揭露有问题后，短短九个月，公司的股价就从每股 80 美元跌到每股 0.3 美元，让大多数股东遭受了重大损失，而沃尔顿公司的总裁也被判了 50 年，现在还在监狱里蹲着呢。这件事情让 GE 集团声名大噪，然后一发不可收拾。

可鲜少被外人所知的是，当初这件事就是被还在 GE 实习的苏绾心挑起的。

霍德华是傅时寒曾经的大学教授，本来一开始想让傅时寒去 GE 帮忙，但傅时寒懒得去，就把那会儿还没大学毕业的苏绾心推过去了。

当时傅时寒还忽悠霍德华，说苏绾心是他的"童养媳"，还说有人从小就挑个漂亮、乖巧的丫头养着，等丫头长大了直接娶进门。

霍德华听到"童养媳"的说辞时一脸震惊，后来问苏绾心这事的时候苏绾心也一脸震惊，直逼得苏绾心在心里狂骂傅时寒不要脸。

一转眼，几年就这么过去了。

苏绾心离开酒店漫步在热闹的街道上，望着头顶的星空，想起曾经的一些事情，嘴角浮起苦涩的笑容。

"童养媳啊……可惜了。"

傅家白养了她那么多年，还差点儿被她搞出人命。苏绾心不敢想如果当年李墨死在了车上，她如今是否还有勇气回来。

她已经回 C 市两个月了，却还是没胆子回去见李墨一面。那是她至爱的人，也是她这辈子都不敢再见的人。

苏绾心摇了摇头，强迫自己不要再回忆。她打车回住处，然后在慕酥雨担心的目光中吃了药，回卧室睡觉，第二天准时到公司。

早上九点半，苏绾心正专心地干活儿，被出现在门口的陈磊一嗓子吼得一哆嗦——

"苏绾心，来我的办公室一趟！"

"陈总，我又惹什么祸了？"苏绾心捂着心脏起身，一副心脏病要发作的模样，转身看他，"咱们桌子上的内线电话是摆着玩的吗？"

他有什么事打个电话不行吗？他非得当着这么多人的面吼她的大名，她不要面子的吗？

"少贫嘴！过来！"

"来了，来了！"

苏绾心手忙脚乱地设置好电脑上的数据，在同事们戏谑、调侃的视线中推开陈磊的办公室大门。

"老大，怎么啦？"她正襟危坐，犹如小学生般乖巧。

陈磊表情复杂地看她，问："你认识 GE 的人？"

"认识啊。"苏绾心点了点头，"我在 GE 待过两年。"

"那之前我怎么没听你提过这事？"

"那之前你也没问过我这事啊。"苏绾心一脸无辜，"而且提了又不给我涨工资，我说那个干什么？"

陈磊哭笑不得，因为一大早就接到了好几个电话。昨晚那个宴会他没去，但同行的好几个老总都去了，特意打电话来问他从哪儿挖到这个宝贝的。

"三石哥，你找我就这事啊？那我回去啦，着急干活儿呢。"

苏绾心屁股抬起，听到"坐下"两个字后，又默默坐了回去。

"你跟我说说你还干过什么惊天动地的大事，让我心里有点儿底。以后别人问我的时候，我好知道怎么回答。"

苏绾心若有所思，眸光一闪，心里嘀咕：你们的傅总是我的前男友，算吗？他的初恋、初吻、初次都给我了，我厉害吗？

但这话肯定是不能说的，所以她又想了想，一脸严肃地看着陈磊说："苏氏证券是我开创的，你现在最好叫我一声苏总。"

"神经病，滚蛋！"

苏绾心闭嘴。

她站起来"滚"回办公室走到自己的位置上，左右看了看身边熟悉的同事，然后推了一下苏焱的肩膀。

"公司是我开的，以后请叫我苏总。"

苏焱："神经病吧你？坐下干活儿！"

"好。"

看吧，傅时寒没开口，就算她说实话都没人相信。唉，做人怎么能难到这个地步？

傅时寒已经离开快一周了，苏绾心晚上回家，看着手中的透明药瓶，里面的药花花绿绿的，有十片。这是她在自我控制、调整之后的药量。以前最多的时候，她一天吃过二十片药。

苏绾心知道每天靠这玩意儿是不行的，所以一直在努力，能不吃就尽量不吃，可有的时候，又觉得不吃这药她好像就要死了。

她起身去倒水，痛快地吃完药上床睡觉，等天亮了又像正常人一样出门。

这天下班，苏绾心刚出公司大门就愣在了原地。

公司楼前的路上停了一辆拉风的黑色摩托，车旁靠坐着一个惹眼的男人。男人长腿舒展着，身材高挑，容貌精致，细碎的黑发下是一双桃花眼，右眼眼角还有一颗泪痣。

他嘴里叼着棒棒糖，好像已经等得烦了，不时看看腕表，对路上来往女生的频频注目毫不在意。在不经意间抬头看到门口站着的人后，男人眼中浮现出一抹笑意，冲她勾了勾手指。

苏绾心对上他的视线，忍不住一笑，快步走过去。

"你什么时候回国的？你怎么知道我在这儿？"

慕星瀚从兜里摸出一根棒棒糖，剥下糖纸递给她，说："我下午刚到，听展澈说你约了他一起吃饭？"

"嗯。"苏绾心点了点头，把糖塞进嘴里，"地址你知道吗？"

"知道，走吧。"慕星瀚扔给她一个头盔。

苏绾心戴上头盔，坐到他的身后。摩托车在轰鸣中快速远去，消失。

苏焱等人走出公司大门的时候，看到的就是这么一幅画面。大家面面相觑，小声议论。

"这个就是绾绾的老公了吧？"

"嗯，应该没错了。"

"看身高、背影都挺像的。"

苏绾心大概有一年没见到慕星瀚了。这一年里他杳无音讯，苏绾心只知道他在国外，不清楚他具体在哪个国家、干什么去了。

拥堵的路况对他们来说并没有产生影响。两个人很快到达一栋商场的地下车库，慕星瀚将车停好后，和苏绾心边走边聊着去找展澈。

展澈刚到不久，但突然有点儿事，现在正在车上捧着电脑，跟别人视频讨论患者病情。

苏绾心二人开门上了展澈的车。

展澈叫了声"少爷"，见慕星瀚点了一下头才又继续干活儿。

苏绾心安静地听展澈和别人研讨接下来的手术应该怎么做，要注意哪些事项。她听着听着，忽然听到车外传来一阵熟悉的声音。

"辞哥，盛家老爷子真来了吗？"郑楚炀跟路辞并肩走来，聊着天。

"嗯，中午到的。"

"连他老人家都过来了，这是出什么大事了？"郑楚炀惊讶地追问。

"还能有什么事？为了盛浅呗。"路辞笑着调侃，"盛家和傅家有婚约，你不知道这事？"

"我不知道啊，什么时候的事？"

"大概是盛浅还没出生的时候？"

两个人发出一阵笑声，然后又继续聊。

郑楚炀："你说啊，盛浅要是跟寒哥结婚了，那以后得是什么样啊？"

"她天天被虐到哭爹喊娘，吵着闹离婚呗。"

"啧，惨，太惨了。"郑楚炀笑着摇头，"寒哥知道这事吗？"

"知道，他中午回来了，现在在家。"

第七章

你不能不要我

苏绾心坐在座椅上，望着那两个熟悉的背影远去，后知后觉地发现一旁的展澈不说话了，车子里静得可怕。

她扭过头，轻声问："视频聊完了？"

展澈戴着耳机，猛地回过神来，匆匆和电脑对面的人继续讨论。

苏绾心抿嘴一笑，暗暗叹息一声。

她有时觉得科技发达真是一件好事，就像刚刚，要不是因为车窗上镀了膜，车外那两个熟人也不可能没发现她在车里。

苏绾心闭目养神，等展澈谈完正事后才缓缓睁开双眼。

"星瀚，帮我做件事。"她伸手把展澈的笔记本拿过来，"给各大媒体的邮箱发封邮件，告诉他们傅、盛两家准备联姻的事。"

"你疯了？！"展澈呼吸一窒，拦下她的动作，"这消息要是让媒体知道，那……"

"那就怎么样？"苏绾心笑得云淡风轻，好像这事跟她没什么关系一样，"就会满城风雨、无人不知？"

"你知道还发什么疯？！"

苏绾心用力夺过电脑，扔给慕星瀚："既然抓不住，何不送一程？"

慕星瀚接过电脑，听苏绾心缓缓地说："事情发生了，我就要发挥它最大的作用。如果我没记错，今天是申婧晨和丁凯泽订婚的日子，ST 指望用这个消息在明天拉个涨停板，我偏不让他们如愿。"

展澈眉头紧皱，看着苏绾心，不说话。

"你这么看我干什么？"苏绾心和展澈对视，无奈地笑，"别用这种送葬的眼神看我，我还没死呢。"

"闭嘴吧你，别说了。"展澈一口气堵在心口，难受得不行。

一直以来，苏绾心对自己都是这样薄情寡义地狠心。如果她能把这份狠劲用在傅家人身上，那绝对不至于落得今天这样的下场。

展澈不信苏绾心心无波澜，不信她真的能那么平静地接受这事。可她就是什么都不说，一个人受着。

后排，慕星瀚很快就找到一些媒体的联系方式，目光闪烁地看着苏绾心，问："确定要发？"

"嗯。"苏绾心犹豫了一下，终是点了头，"发完咱们去吃饭，有点儿饿了。"

慕星瀚唇角微扬，动作飞快地完成她的要求，然后三个人下车，直奔餐厅。

苏绾心边走边摆弄手机。她得给自己找点儿事做，才能让心情平静下来。

她打开工作软件设置了一些数据。傅时寒和盛浅的消息一旦被传出去，明天早上开盘时就会有很多板块直奔涨停。她心无旁骛地忙了半天，到了餐厅还没忙完。

"差不多行了啊。"慕星瀚拿着菜单在她的头上敲了敲，"再玩你那破手机，我把它扔锅里。"

他们是来吃火锅的，来的是一家超级火爆的店，不提前订桌的话绝对吃不到。

"你们先点，我吃什么都行。"苏绾心推了推菜单，不把慕星瀚的话当回事，"星瀚，你怎么没把小雨叫来？你们兄妹好久都没见了，昨天她还说想你了呢。"

慕星瀚嗤笑一声，完全不信她的话："那臭丫头躲我还来不及，想我？算了吧！"

"我没骗你，不信你打电话问问。"苏绾心总算忙完，把手机扔进包里，一脸认真地看着慕星瀚，"你这次回来打算待多久？"

"不知道，我最近想休息一阵子。"慕星瀚说着话，目光越过苏绾心朝楼梯的方向看，然后停顿了一下，问她，"那是你朋友？"

苏绾心扭头看过去，正好看到了往楼下走的路辞二人。

"绾绾？"路辞看到她在这儿有点儿意外，不着痕迹地扫了一眼她身旁的两个男人，然后笑着说，"你怎么跑这么远来吃饭？"

"好吃呗。"苏绾心仰头看他，笑盈盈地答，"你们怎么也在这儿？"

"过来送点儿东西。"路辞没打算久留，"我还有事，先走了，你慢慢吃。"

"嗯，拜拜。"

苏绾心冲他挥挥手，看着他远去，幽幽地松了口气。

这家店是路辞的朋友开的，路辞跟郑楚炀走出店门，若有所思。

"那两个男的你以前见过吗？"郑楚炀回头看了一眼店里面问。

"见过其中一个。"

前阵子苏绾心出事住院，路辞去看过，所以知道展澈是医生，可对另外一个人就不认识了，而且总觉得那男人的眼神有点儿不善。

苏绾心吃饱喝足已经是一个多小时之后的事了，结账的时候听说路辞提前结过了，抿嘴一笑没说什么。出店门后她问展澈："我还要去你那儿检查吗？"

"要。"展澈很肯定地回答她。

"换个日子不行吗？我今天心情不太好，不想去医院。"

这话换作平时展澈肯定是不信的，奈何今天……他看着苏绾心浅笑的模样，叹了口气："行，你是姑奶奶，说什么都行。"

"那我以后都不想做检查了。"

"你想得美！"

苏绾心这些年进过太多次医院，抽血抽到怀疑人生。所以如果让她选一个最讨厌的地方，那毫无疑问一定是医院。

"我送她回去，你先走吧。"慕星瀚支走展澈，等展澈上了车，看向苏绾心提议："要不要去兜兜风？盘山公路绕一圈，喝瓶酒再回去。"

"走，走，走！去，去，去！"

两个人到附近的便利店买了几罐啤酒，骑车离开。苏绾心没想到慕星瀚对 C 市的环境还挺熟悉，他骑着摩托车很快就找到了目的地。

山上有寒风吹过，有点儿冷，苏绾心拢了拢身上的衣服。慕星瀚见状，脱下外套扔给她。

"别了吧？你感冒了我还得赔钱，我不穿。"

"德行。"慕星瀚乜了她一眼，迈步前行，"你跟紧，别丢了。"

苏绾心撇了撇嘴，披上衣服紧跟在他的身后，走了两三分钟就到地方了。她坐在木椅上，望着山下的灯火通明与车水马龙，目瞪口呆。她没想到市内还有这么好的地方，能把商务区及整个中心地带都看得如此清楚。

　　慕星瀚在她旁边坐下，扔给她一罐啤酒，听到她小声嘟囔"展澈从来不让我喝这东西"时轻笑出声。

　　"他就是个书呆子，你没必要事事听他的。"

　　"但他也是为了我好，"苏绾心喝了口酒，叹了口气，"这些年为了治我的病，他的头发掉了不少。我打算明年他过生日送他一顶假发，超贵的那种。"

　　"他会直接怼你脸上。"

　　"他早晚用得到的，"苏绾心非常肯定地说，"一定用得到。"

　　两个人慢慢喝着酒，一时沉默。苏绾心始终望着远处的景色，心里不知在想什么。正当慕星瀚想劝她"想哭就哭，别忍着"的时候，她忽然扭头看他。

　　"你晚上有地方住吗？"

　　"没……"

　　"走吧，送我回去。"苏绾心站了起来，拍了拍身上的灰，"我有套空房子，你直接住进去就好。"

　　"苏绾心，"慕星瀚哭笑不得，"天时地利人和，气氛这么到位，你就不能配合着哭两声？"

　　苏绾心左右看了看："哭给鬼听？"

　　慕星瀚闭嘴了。

　　"再说我好端端的为什么要哭？哭了有钱赚？"

　　"傅时寒可能和别的女人结婚。"

　　"只要我哭他就不会结婚了吗？"

　　苏绾心笑着摇头。这些年她最清楚眼泪是无用的东西。如果哭能解决一切，那她就算哭瞎了这双眼睛也情愿。

　　"我在回来之前就已经想好了所有的可能，包括亲眼看着他和别人结婚。"

　　她说这话的时候心脏阵阵疼痛，望着慕星瀚，仿佛还想再说些什么，可最终那些话还是被咽了回去。

　　"不说了，走吧。"

苏绾心把衣服还给他，有点儿头痛地按了按太阳穴。盛浅跟傅时寒订婚了，她不能再住在傅时寒那儿了，得尽快搬出去才行。

苏绾心踏进家门时，十一点十分。客厅内，敬景文一脸不悦地看着她。苏绾心讪讪一笑赶紧跑上楼，头都不敢回。

她回到房间，像泄了气的皮球一样疲惫不堪地趴到床上，一动都不想动。

傅时寒今晚给她打了两个电话，公园的山上信号不好，她都没接到。他又给她发了信息让她回电话，单看那几个字苏绾心也知道他心情不爽。可是现在心情不爽的人，可不止他一个啊！

苏绾心把手机开了飞行模式，不想被任何人打搅。她进浴室泡了个澡，然后头昏脑涨地吃药、睡觉，第二天清早匆匆前往公司。

忙碌的一天正式开始，苏绾心盯着电脑屏幕，双手不停地在键盘上游走。

别人也许不知道，可是她十分清楚傅、盛两家联姻的事今天会被曝光。接下来，整个 C 市乃至全国都会被这门婚事轰动，受这件事情的影响，股市也会迎来一阵巨大的风。只要把握方向迎风而上，她便可借此机会大赚一笔。

苏绾心从昨晚就开始做准备了。因此，其他人在得知消息手忙脚乱地行动时，她已经不慌不忙地完成了大部分工作。

办公室内喧哗声接连响起，大家都在议论刚刚被爆出来的新闻。

"真的假的？！"

"我昨天确实听说盛家的人来了，没想到是为了这件事。"

"两个人的家世、背景都相当，结婚也是顺其自然。"

议论声还在继续，苏绾心听得格外清晰。她听了一会儿，起身走出办公室。

楼梯附近的吸烟区空无一人，这个时间大家都在拼命地干活儿，出来吸烟的人只有她一个。

自从上次在傅时寒家里被抓了个正着，苏绾心就再也不敢往家里带烟了。不过她在办公室还是随时备着烟，以应付烟瘾的突袭。

她抽了两根烟转身回去，其他人还在忙得屁股都不舍得离开座椅一下。

傅、盛两家联姻的事被突然爆出，所有人都始料未及，包括其中的主角。

傅氏集团内，傅时寒心情烦躁地坐在办公桌后，手里握着手机。他目光阴沉不堪，因为这件事闹得沸沸扬扬，也因为联系不上苏绾心。

听敬景文说她昨晚十一点多才回家，不知去了哪儿、和谁在一起。她昨晚不接他的电话，现在她的手机干脆电话打不通，这让他的一颗心怎么也静不下来。

傅时寒看了一眼自己今天的行程表，找出陈磊的电话拨过去。陈磊接到他的电话被吓了一跳，在听到他吩咐的事情后更是一头雾水。

"傅总的意思是，只要在晚上下班之前不让苏绾心离开公司就可以了？"

"对。"

"明白了，我会盯着她的。"

陈磊虽嘴上这么说，但实际上也没什么好盯着的，因为苏绾心根本就没想过离开公司。

中午休息，敬景文给苏绾心送来饭和药。她老老实实地吃完，趴在桌子上休息了一会儿，然后下午继续工作，和平常没什么两样。

晚上六点，办公室内传来一阵阵叹息声和号叫声。因为傅、盛两家的事，今天整个金融圈的人都忙成了一团。现在好不容易结束工作了，明天又是星期六，所以同事们都开心得想学狗叫上两嗓子。

傅氏集团股价从十一点开始封死在涨停板上，不出意外的话，接下来的一周都会是这种情况。

无论是金融板块还是娱乐板块，大家都在谈论这件事情，原本打算在今天上个头条的申家和丁家则完全成了陪衬。

ST股价没什么波澜起伏，申家试图通过商业联姻力挽狂澜的计划，初战以失败告终。

苏绾心非常满意这个结果，收拾了一下东西，准备下班回家。

办公室门外，陈磊皱着眉头往屋里看。傅总吩咐他下班之前盯住苏绾心不让她离开，可现在已经下班了，那他还要不要继续盯啊？

"三石哥，你站这儿干吗呢？"苏绾心走出办公室，狐疑地问。

"没什么事。"陈磊尴尬地笑了笑，"明天就放假休息了，你有什么安排？"

苏绾心警觉地上下打量他，然后义正词严地拒绝："你休想让我过来加班！"

"我没让你加班！我就随便问问，关心一下下属怎么了？"

"被我说中恼羞成怒了吧？"苏绾心狡黠一笑，回头冲办公室吼了一嗓子："没走的人赶紧走，磊哥过来抓人加班了！"

办公室内响起一片哀号声，接着，那些人像群疯狗一样往外冲，苏绾心也趁乱溜走了。

她快步进了电梯，嘴角的笑意一点点消失。说实话，她不想回家。

如果没什么意外，傅时寒今晚一定会回来见她，可她不怎么想见他。

离开公司，苏绾心又是一眼就看到了路边的慕星瀚。她惊讶地走过去，随手接过他给的糖，调侃："你也不怕得糖尿病。"

"人生苦短，多吃点儿甜食怎么了？"慕星瀚吊儿郎当地坐在摩托车上看她，"你今天是什么情况？电话一直打不通。"

苏绾心愣了一下，从包里摸出手机后脸黑了。她昨晚睡前把手机调成飞行模式，今早忘了调回来。

"脑子进水了。"苏绾心将手机恢复正常模式，问，"你特意过来就为了告诉我电话打不通？"

"你晚上有时间吗？带小雨一起吃个饭。"

"你终于想起还有个妹妹叫小雨了？不容易啊。"苏绾心笑着看他，提醒，"吃饭可以，但不准训她，听到没？"

"你的话怎么这么多？"

"我……"

苏绾心刚一开口，就见慕星瀚身后停着的豪车的车门被打开了，傅时寒脸色不是很好地大步朝她走来。

傅时寒半个小时前就到了，一直等她下班。他知道苏绾心一定看到了那个新闻，一直在想要怎么跟她解释、怎么哄她。他想过她可能生气，可能吵闹，甚至有可能哭，可绝对没想到他会看到这样的画面。

她仿佛完全没受到影响一般和别的男人谈笑风生。她有多久没这样冲自己笑过了？

傅时寒心中的怒气几乎将他淹没，吞噬着他全部的理智。他径直走到苏绾心身边，拽过她的胳膊，让她离那个男人远一点儿。

"傅总，"苏绾心表情有点儿僵硬，动作非常快地往旁边挪了挪，"有事吗？"

"原来这位就是傅总，久仰大名，我总算见到了。"慕星瀚打量了一番面前的人，似笑非笑地开口，"傅总好像要结婚了吧？未婚妻叫什么来着？盛浅？"

傅时寒满身戾气，熊熊怒火在他的胸腔中燃烧。他用余光看到办公楼内不断走出来的人，感受到他们频频投射过来的视线，咬着牙看向苏绾心平静的双眼。

"上车。"

"我今晚有约了。"

"别让我说第二遍。"

苏绾心看着他，重重低叹了口气，然后扭头看向慕星瀚，歉意地开口："不好意思，今天有事要处理，回头我联系你。"

"好啊，等你电话。"慕星瀚无所谓地笑了笑，意味深长地看着傅时寒。

慕星瀚眼中隐隐闪烁的敌意瞒得过苏绾心，却瞒不过傅时寒。同为男人，傅时寒很清楚对方的眼神代表什么。

对于苏绾心，他们都势在必得。

苏绾心低头从傅时寒身边走过，面无表情地上了他的车。傅时寒紧随其后，关上车门，在看见她剥糖纸的时候立刻把糖抢了过来，扔进了烟灰缸。

他刚刚看得清楚，这糖是那个男人给她的。

"你发什么脾气？"苏绾心蹙眉看他，"我做错什么了？"

"他是谁？"

"朋友。"

"你确定只是朋友？"

"不然呢？"苏绾心被气笑了，"我说他是我男朋友，是我这几年活下去的勇气，你信吗？"

说到最后，她的情绪险些崩溃，她红着眼睛看他，声音微微颤抖："你放过我吧，好不好？"

她真的好累，累到眼睛快睁不开，快没力气再跟他僵持下去了。

"回家，我要睡觉。"她疲惫不堪地合上双眸，蜷缩着身子靠在车门上，再也不想说什么。

傅时寒一动不动地看着她，脑子里一直在回想她刚刚说过的话。她说那个男人是她这几年活下去的勇气。

心口一阵闷痛袭来，傅时寒沉默地启动车子，很快抵达住处。

家中，慕酥雨等得快疯了，不停地在门口走来走去，在看见苏绾心回来后，迫不及待地问："绾绾，你看今天的新……"

"闻"字没被说出口，慕酥雨就看见了傅时寒，立刻被吓得往后退了退。

苏绾心径直上楼，回到卧室把门锁上，一头栽在床上。她好久没这么累过了，没几分钟便沉沉地睡着了。

楼下客厅，一片沉寂。

慕酥雨被新闻气得都快哭了，所以看见傅时寒后十分不快，瞪了他一眼就想去找苏绾心。

"苏绾心这三年都和你在一起吗？"

慕酥雨刚迈出去一步，就听见沙发上的傅时寒发问。她背对着他站在原地，觉得这问题并没有涉及苏绾心不准她说的内容，就痛快地点了头。

"对啊，怎么了？和你有什么关系？"

慕酥雨回身看傅时寒，一脸不高兴。她是真的为苏绾心抱不平，所以胆子大了很多，直接跟傅时寒叫嚣。

"你管自己的未婚妻就好了，管我们家绾绾干吗？"

苏绾心爱这个男人，说这个男人是她生命里的光，说只要想到他就觉得还有活下去的希望和勇气。可是她那么拼命地回来，得到的是什么？！

"我讨厌你。绾绾说得对，你根本不爱她。"

慕酥雨想到苏绾心这些年吃的苦，哽咽着说完，头也不回地跑上了楼。

傅时寒坐在沙发上看着慕酥雨离开，回味刚刚的那句话。

苏绾心说……他不爱她？

他究竟做了什么，让苏绾心觉得他不爱她？！

屋子里安静得可怕，傅时寒仰着头靠在沙发上，难得头脑空白，心也乱成一团。

他不停地回想和苏绾心在一起的这些年，回想把她放在心尖上、毫无节制地宠她的这些年。

他爱她爱得不知底线。只要是她想要的东西，哪怕这世上只有一份，不管在谁的手中，他都会亲手抢过来，只为让她开心。

可他做的一切，在她的眼里成了不爱她？

挫败感铺天盖地地席卷而来，傅时寒活了二十七年，从未像现在一般觉得自己如此失败。

他烦躁地掏出烟，还没点燃手机铃声就响起，斜眼看去，是林睿打来的电话。

傅时寒上午让林睿查各大媒体爆料的消息的来源，眼下大概率是有了答案。傅时寒满肚子火气没地方撒，这电话来得正是时候。

"寒哥，我查清了，各大媒体都是在今天上午十点半收到了一封邮件，邮件是从同一个邮箱里发出的。对方的 IP 地址我已经查到了，不过……"

"不过什么？"

"不过事情有点儿怪。"林睿皱着眉头，看着电脑上的地址，"爆料的人我们好像认识。"

那台发送了邮件的电脑此时正摆在城外的某家私人医院里，而医院正是在展澈的名下。

傅时寒冷笑出声，起身拿车钥匙朝外走去，叮嘱敬景文把苏绾心看好了，不准她离开家一步。

傅时寒开车直奔展澈的医院。展澈刚巡完房，看完几位病人的情况，见傅时寒气势汹汹地过来，猜出了多半原因。

"稍等，我跟护士说几句话。"

展澈打开办公室的门让傅时寒进去，又忙了十来分钟才唉声叹气地进了房间。

房间里，傅时寒犹如死神降临一般把整个屋子的温度都带下去了。展澈紧了紧身上的长袍，问："傅总这么晚过来，有什么重要的事情吗？"

"你说呢？"傅时寒没心情跟展澈兜圈子，瞥了一眼桌上的笔记本电脑，"不解释一下？"

"我有什么好解释的？"展澈一点儿都不慌，凝视着傅时寒的双眼，完全不像最初见到他时那样胆小，"如今最该给出解释的人难道不是傅总自己吗？"

"所以你的意思是承认那封邮件是你发的了？"

"不是我，只是有人恰好在我身边借用了我的电脑而已。"他笑得古怪，看着傅时寒玩味地问道，"傅总要不猜猜那个人是谁？"

傅时寒看他的表情与反应，心里忽然有种不好的预感。

"苏绾心。"傅时寒几乎是咬着牙说出这三个字的。

展澈听到后，笑着点了点头。

"没错，就是她。"展澈知道瞒不住这件事。

就算他不说，苏绾心也会坦白。

她就是对自己这么心狠手辣的一个人，一点点把自己的后路堵死，不给自己后退的机会。

"那么傅总要不要再猜猜，苏绾心下一次爆料，会说出什么惊天动地的消息呢？"

展澈今天一整天都在想这个问题，想到最后，胆战心惊。

傅时寒沉默不语，这让展澈的心情愈加烦躁。

展澈在苏绾心身边照顾了三年，知道她这三年过得有多么不容易，但别人不知道，傅时寒也不知道。

苏绾心总是不让他们泄露半分消息。展澈没办法像她那样决绝，终究不忍心看她受委屈。

"据我对苏绾心的了解，如果有一天她想彻底离开，那么她下一个要曝光的消息，将是三年前那场车祸所谓的'真相'。她会告诉所有人，李墨的双腿……是被她弄断的。"

傅时寒听到这话，眸光一下子就黯了下去。

展澈喝了口水，继续说："所以傅总既然有闲心来我这里兴师问罪，不如跟各大媒体通个气，让他们清楚，以后什么该说，什么不该说。毕竟苏绾心的嘴，咱们谁也堵不住。"

不知道傅时寒有没有办法，反正展澈对她是一点儿办法都没有。

傅时寒沉默半晌，低声问："前阵子苏绾心住院的时候你说过一句话，说她也许再睡个一两年，睡够了才会醒。这是什么意思？"

展澈当时说这话的时候见傅时寒没什么反应，还以为傅时寒没当回事，没想到这个人记在心里了。

"随口一说而已，傅总听听就算了，别太当真。"

不当真？事到如今他怎么能不当真？！

今天的事情很明显是他被苏绾心摆了一道，但转念一想，早该料到这件事情和她有关。毕竟敢对他下手的能有几个人？

虽然对苏绾心这次回来的真正目的还不得而知，但现在有一件事他无比清楚，那就是她不是为了跟他和好如初才回来的。

她不要他了。

傅时寒站起身来朝外走去。

展澈见他凝重的表情，忍不住多嘴说了一句："或许在当年那场车祸中，苏绾心才是承受伤害最多的那个人。"

傅时寒快步走出医院，夜幕中车子疾速前行。他回到家的时候已经快十点了，餐桌上的饭菜早已凉透。苏绾心还在房间，连门都没出一次。

傅时寒听着敬景文的汇报，朝楼上走去。他走到卧室外发现房门是锁着的，抬手敲了两下，里面毫无反应，便找来钥匙直接进去。

屋内静悄悄的，一片昏暗，没有开灯，只有月光透过窗户照射进来，一片清冷。

床上，苏绾心和衣躺在那里，身子缩成一团，似乎有点儿冷。她好像做了什么梦，眉头紧蹙着，脸色一片惨白。她呼吸越来越急促，双手紧紧拽着床单，额头一层薄汗。

傅时寒见状，正欲俯身将她唤醒，却听见她口中喊出一个人的名字："星瀚！"

苏绾心带着哭腔的声音在安静的房间里格外清晰，也分外刺耳。

傅时寒动作僵住，双眸猩红地看着她。他知道她做了噩梦，但她求助的人不是他。

星瀚是谁？是今天自己见到的那个男人吗？苏绾心认识他多久了？她梦见了什么，为什么会叫他的名字？

问题接踵而来，傅时寒来不及仔细耐心地思考，双手便已不受控制地按住苏绾心的肩膀，将她从沉睡中唤醒。

被噩梦困扰的人终于睁开了眼睛，眼角的泪缓缓滑落。她愣怔着看着眼前的人，一时间分不清是梦境还是现实。

"起来吃饭。"傅时寒松开手，站直身子，居高临下地看着她，"虽然不知道你梦见了什么，但很明显，那个叫星瀚的男人现在没办法在你身边，解决你的温饱问题。"

苏绾心大口地喘息，听到这番话后头脑渐渐清醒。她无声一笑，擦干眼角的泪滴，慢慢缓解心中恐惧的情绪。

她又梦见那些脏东西了，还好不是真的。

自从苏绾心从那场车祸中醒来，便日日夜夜梦到一些鬼怪，她的精神开始逐渐崩溃也是这个原因。

她害怕，怕得一连几天睡不着，没办法，只能吃安眠药逼自己睡着。

"我不饿。"

苏绾心伸手找手机，却被傅时寒顺势握住手腕从床上拉起。她跟跄着跟随他的动作下了床，一路被带到了楼下。

电视上，傅、盛两家联姻的新闻还在持续播出。苏绾心面无表情地看着电视画面，听着主持人分析一旦傅时寒和盛浅结婚将会对两家企业带来什么样的变化，会对哪些行业产生影响。

傅家是 C 市第一豪门，而盛浅这位即将成为豪门少奶奶的人也难得受到一致赞赏。目前舆论风向一面倒，大家都认为傅时寒和盛浅很般配。苏缩心用客观的心态想了想，也觉得是这样。

"你故意把这种消息捅出去，看见我的名字和盛浅摆在一起，心里很舒服吗？"傅时寒突然出声问道。

苏缩心身体僵了一下，叹了一口气。

她扭头看傅时寒。他的视线依旧落在电视上，他看都没看她一眼。灯光打在他的身上，勾勒出他身体挺拔的线条，还有俊逸的容貌。

苏缩心原本还以为能瞒几天，没想到事发还不到一天就被抓住了。人啊，果然是不能做坏事。

"我只是秉着'独乐乐不如众乐乐'的想法给大家谋福利罢了，况且这事早晚会被报道，我这样做又有何妨？"她说着说着，把自己说笑了，"我这也算帮公司拉升了一次价值吧？至少有几个涨停板呢，你的身价又能提高不少。"

"听这意思，我还得谢谢你了？"

"那就算了，不客气，我不需要。"

傅时寒被她气得面色阴沉。她还挺会给自己找理由，好一个"独乐乐不如众乐乐"！合着他跟别人传绯闻，她心里还偷着乐？！

傅时寒拽过她的手腕，一把将人扯入怀中。

"先不提你这个消息的来源是否准确，我只问你，如果我真因为你的推波助澜和盛浅结了婚，你怎么办？"

"我……"苏缩心心中沉闷，面上毫无波澜，"肯定祝福啊。"

"漾漾呢？他怎么办？"

"漾漾还小，过不了几年就会忘记一切。盛浅人不错，会好好对他的。"

她在心里计划好了一切，不在乎他跟别人结婚。傅时寒意识到这些，心中满是挫败感、无力感以及烦躁感。

换作以前，他从不担心如何把她留在身边。可现在一切都变了，他需要把她圈在怀里用力抱住，好像只要自己一松手，她就会消失不见。

"那我呢？"他低哑地在她的耳边继续问，想不通，"你有没有想过，你不要我了，我怎么办？我究竟做错了什么，才让你觉得我会和除了你的女人结婚？"

他在从展澈那里回来的路上一直在想，他和苏缩心怎么就变成现在这样了……

以前，苏缩心在他的面前会撒娇，会耍赖，会笑着扑到他的怀里跟他闹，即便生气了也特别好哄。

她的耳根子很软，只要他说几句好听的话或者手脚不老实，她就只能红着脸气呼呼地瞪他，连话都说不出来。

曾经的苏绾心愿意把所有的软弱展露在他面前，而如今……恰恰相反。

"你别这样。"

苏绾心试图从傅时寒的怀里挣脱出来，结果却被他越抱越紧。他温热的呼吸从她的耳边不断拂过，苏绾心闭紧双眼，不停地在心里告诉自己不要被迷惑。

傅时寒极少服软，每一次她都逃不过低头认输的结局。她最怕他来这一招儿，最怕他用这样的语气和声调跟她交谈。

"漾漾年纪小，几年后可以忘记你的存在。那我呢？你是想让我也把你忘了吗？"傅时寒目光阴沉，忽然觉得她可能真有这种打算。恼怒感一瞬间将他的大脑贯穿，他呼吸沉重地警告："你这辈子都别想！"

苏绾心张了张嘴，苦涩一笑。有些时候她真的特别讨厌他的聪明，讨厌他对自己的了解。

盛浅今天被媒体围堵，险些没维持住形象。

现在电视上播放的就是她被记者追着访问的画面。

在一群人中，她被助理和保镖护着，艰难地上了车。记者追问她什么时候结婚，而她的经纪团队在这一天没有对此事发出任何言论。

如果苏绾心没记错的话，盛浅的经纪人是傅时宜。官方没有否认，换种说法就是变相默认了，所以现在这事被传得更厉害了。

苏绾心想着这些事情，直到被楚佩打断思路。

"少爷，粥好了。"

"知道了，佩姨你回屋休息吧。"

傅时寒拉着苏绾心走到餐厅。苏绾心在他的注视下小口地喝着粥，然后听见他说："盛浅明天过生日，你和我一块儿过去。"

苏绾心一口粥没咽好，差点儿把自己呛死。她侧过身子背对餐桌，咳得面红耳赤，慢慢平稳了呼吸后再次看向傅时寒。

"我没准备生日礼物，就不凑热闹了。"

他让她去干什么，去感受一下气氛可以尴尬到什么地步吗？

"行，那我把盛浅叫家里来。"

"我不想去，也不想见她。"苏绾心还是摇头，"其实很多事情我们心里都清楚，傅、盛两家的婚约是真实存在的。你别为难我，也别为难她。"

如果婚约是假的，傅时寒会第一时间告诉她，盛浅也会矢口否认。

如今看来，或许盛浅几年前选择成为傅氏集团旗下的艺人，也有婚约的原因。何况这消息是苏绾心从路辞口中得知的，就更准确无误了。

苏绾心说得没错，婚约这事确实是真实存在的。傅时寒匆匆忙忙从滨市赶回来，连招呼都没敢和她打，生怕她知道了这消息心里不高兴。没承想她最终还是知道了，而且给他搞了这么大的新闻。

如果这事是别人捅出去的，傅时寒大可以无所顾忌地发火。可始作俑者是苏绾心，他就只能把火气往肚子里咽。

他看着面前这个给自己惹了一堆麻烦还毫无悔意的女人，再想到她和那个叫什么星瀚的男人，连饭都吃不下去。

傅时寒撂下筷子，靠在椅背上，把苏绾心看得不自在。她拿了张纸擦了擦嘴角，说了句"我吃饱了"就起身上楼。

傅时寒在她身后不紧不慢地跟着，途经慕酥雨的房间的时候踹了一脚房门，吓得里面正饿到在床上打滚的慕酥雨打了个激灵。

"下楼吃饭，把碗刷了。"

慕酥雨裹着被子听到门外傅时寒的声音，伸舌头舔了舔嘴巴。她是真想绝食表达一下自己的不满，也是真饿到两眼发黑、浑身难受。

吃，还是不吃，这是慕酥雨今晚将要面临的一项巨大挑战。

苏绾心回到房间，拿起床头上的手机，看到慕星瀚给自己发了信息。但她还没看清楚内容，手机就被傅时寒抢了过去。

她给慕星瀚的备注是名字，所以傅时寒看了一眼就猜出这个人跟慕酥雨的关系。

苏绾心看着他漆黑眼眸中闪烁的怒意，以为他会发火，却没想到他熄了灯，然后以非常快的速度揽过她的腰，抱着她躺到了床上。

"我不喜欢你和那个人见面。"他突然故技重施，就像不久前在客厅那样，温柔缱绻地跟她服软，"我不可能和盛浅结婚，也不会让你和慕星瀚在一起。"

他这话是贴着苏绾心的耳朵说的，听得苏绾心一瞬间头皮发麻。

"傅时寒，你能不能别这样？"

"老婆，你不能不要我。"

苏绾心倒吸一口气："我跟你一没领证二没公开，你注意一下自己的言辞，行吗？"

傅时寒没回答，只是在她的颈侧蹭了蹭，算是摇头。

"你别蹭了！"苏绾心崩溃地挣扎，"松手！"

她越挣扎，傅时寒抱得就越紧，完全不给她离开自己身边的机会。

傅时寒喜欢软硬兼施，也深知她吃软不吃硬的性子。苏绾心第一次被他不按套路出牌的招数惊到，是初中还没毕业的时候。

如果不是亲眼所见，她真是怎么想也想不到，那个前一刻和别人打架的男生，后一刻会抱着她的胳膊喊疼。

在他的脚边，是被他"教育"到爬不起来的流氓。在他嚷着说"受伤了"的胳膊上，只有一道小得几乎可以忽略不计的抓痕。

从那一天起，苏绾心的三观就时不时地被他震碎。

几年没回来，她记得他心狠手辣，记得他情话连篇，却差点儿不记得他那无理取闹、黏人、"戏精"到可以让人崩溃的一面。

傅时寒感觉到苏绾心神经紧绷，以及她对自己的无可奈何，满意地勾了勾嘴角，无声一笑。

苏绾心合上双眼，不想再和他说什么。眼下这种状况，她越是多言就越容易跳进他的陷阱。于是她疲惫不堪地推了推压在身上的人，说："我累了，想睡觉。"

傅时寒侧过身子把她拥入怀，只过了两三分钟，就听见怀里的人呼吸逐渐平稳，再次陷入沉睡。

苏绾心这一觉睡到了第二天上午十点。此时傅时寒不在房间里，她拿过手机看了一眼时间，眉头紧锁。

她怎么睡了这么久？之前就算吃了安眠药，她在早上七点左右也会准时醒来。苏绾心琢磨了半天，不想起床，干脆又躺下刷会儿微博，关心一下国家大事。

傅、盛两家联姻的消息自从昨天被爆出后就把整个网络惊得爆炸了，到现在，网络上依旧是沸腾状态。

盛浅的粉丝们的战斗力在整个娱乐圈里都能排在前面。以前如果哪个男演员在通告带上盛浅，或是想跟盛浅传点儿绯闻、搞热度，都会被盛浅的粉丝们骂到绝望、崩溃。

粉丝们不喜欢盛浅传恋爱的绯闻，可是这一次，舆论竟出人意料地和谐。

苏绾心随便翻了翻微博上的评论，从那些言语来看，傅时寒这个结婚人选真的很符合盛浅的粉丝们的胃口。

傅时寒今天本来打算在家待一天，然后晚上带苏绾心见盛浅，却被傅时礼的一通电话叫回了老宅。

漾漾一天不吃不喝，不哭不闹，只是找爸爸。

李墨起初很生气，跟漾漾较劲，想着他饿了也就服软了。不料小崽子硬气得很，别说吃饭了，连水都不肯喝一口。李墨拿他毫无办法。

傅时寒赶到家的时候，漾漾正坐在沙发上，把两只小手放在膝上，低着头，谁也不理。

他见傅时寒进屋了，面无表情的小脸瞬间被委屈的神色覆盖。他跳下沙发快速往前跑去，然后一把抱住傅时寒的大腿，委屈巴巴地说："我想妈妈。"

傅时寒弯腰把他抱起，扫了一眼远处满脸阴云的李墨，问："盛老爷子呢？"

"走了！"李墨没好气地回答，然后看了一眼身旁的管家，厉声命令："你去把苏绾心给我带回来！"

这两天因为跟盛家有婚约的事，李墨搞了一肚子火。盛家老头儿的话里满是提醒，说盛浅的年纪不小了，让他们尽快安排婚事。

李墨当年和苏绾心一起出的车祸，后来苏绾心一走了之，始终没回来，这事盛家知道。所以盛老爷子话里有话地嘲讽，说李墨这些年养了一头白眼儿狼，还嫌弃漾漾是苏绾心生下的孩子。

李墨忍气吞声了两天，什么都没说，眼下看到傅时寒回来，忍不住了。

"管家，现在就去！两个小时内我要见到人！"

"不准去。"傅时寒冷声制止，瞥了一眼正打算往外走的人，淡漠地开口，"谁也不准找她。"

他明白李墨的意思，李墨是想把苏绾心带回来，问三年前到底怎么回事。可他也明白，如果苏绾心现在见到李墨，一定二话不说就把那起车祸的责任担下来，甚至可能说些更过分的话让李墨记恨她。

他绝不允许这样的事情发生。

"不准？我倒要看看今天谁敢拦我！"李墨被这个不孝子气坏了，往日里冷静、优雅的形象全部消失，"她已经回来两个月了，你问出什么东西了？你今天不把人给我带回来，那就乖乖地准备和盛浅的婚礼，别让我跟着添堵！"

"不带，不结。"

傅时寒回答得倒是干脆，抱着漾漾起身就走。他态度非常坚定，摆明了不会让李墨见到想见的人。

漾漾趴在傅时寒肩上，露出这几天来的第一个笑脸，朝着李墨挥手，奶声奶气地道别："奶奶再见！"

"滚蛋！"

李墨眼睁睁地看着傅时寒离开，顺带把她的宝贝孙子带走了。要不是坐在轮椅上腿脚不方便，她非要追上去教训他一番不可！

餐厅内，傅时礼远远地望着客厅里发生的一幕，眼中隐隐闪烁着笑意。他走到李墨身边，把手里的水杯递给她。

"喝口水，顺顺气。"

"你也想气死我是不是？"李墨瞪了他一眼，接过水杯喝了一大口。

"大哥的脾气你又不是不知道，跟他硬碰硬，谁也得不到好处。他说不让你见缩缩，那你就一定见不到。"傅时礼说这话的时候，看向左右为难的管家，给他使了个眼色："祁叔回屋休息吧，暂时没你的事了。"

"欸，好！"管家连忙点头，赶紧走了。

李墨紧握着水杯，对傅时礼说的话没产生什么质疑。毕竟傅时寒是自己生出来的，他什么德行她心里最清楚。

"盛家那边大哥肯定会处理的。生气长皱纹，你这么生气，对得起天天晚上敷的那些面膜吗？"

"滚！"

"好的。"

大儿子不听话，小儿子和稀泥，她到底都生了些什么玩意儿？！李墨被气得头痛不已。

傅时寒带着漾漾开车离开，从后视镜看了一眼坐在后排的小人儿，问："我们不是说好不惹奶奶生气吗？"

漾漾噘着小嘴不说话，还偷偷摸摸地瞪了傅时寒一眼，以为他爸没看见，完全没有刚刚在家抱大腿的样子。

傅时寒看着他又凶又奶又凶的小样，嘴角微微上扬。这孩子，真的像苏缩心。

车子缓缓地行驶在路上，漾漾憋了好久终于忍不住出声："爸爸，你不要我和妈妈了吗？"他低着头，声音很小地问，带着一丝害怕和一丝委屈，"我不想让你和浅姨姨结婚。"

小家伙虽然小，可脑袋聪明得不得了。这几天在家，他把大人们的话偷听得七七八八，也看明白那个凶巴巴的爷爷是浅姨姨的爷爷，那个爷爷希望自己的爸爸和浅姨姨结婚。

可是，妈妈怎么办呢？

"谁说的？"傅时寒开着车，语气平静地回话，"现在是你妈妈不要我们。"

"怎么会？妈妈那么好！那么棒！"

"她不在这儿，你不用拍马屁。"

"爸爸，你这样不行的呀。"漾漾担心不已，"妈妈那么漂亮，有好多叔叔喜欢她的。你要加油！"

"你行你上。"傅时寒被小东西气笑了，"我现在就带你去见她，让我看看你是怎么行的。"

漾漾瘪了瘪嘴，哼了一声。见就见，他一定会哄得妈妈特别开心！

父子俩回到家，漾漾一头钻进苏绾心的怀里，小嘴说个不停："妈妈你有没有想我呀？我想你啦！"

他搂着苏绾心的脖子开始撒娇，亲苏绾心的脸颊，又噘着小嘴亲了亲她的嘴。

傅时寒走过来看到这一幕，黑着脸提醒："傅予安，你差不多行了。"

傅时寒直接叫他的大名，这表明事情有点儿严重。漾漾缩了缩脖子，乖乖听话。

"你怎么把孩子接过来了？"苏绾心抱着小家伙又香又软的身体，心里五味杂陈。

"你该问问你儿子多久没吃东西了。"傅时寒乜了一眼傅予安，似笑非笑。

"妈妈，我好饿呀。"漾漾是真的饿了，揉着肚子叫屈，"我昨天都没有吃东西。"

苏绾心没心思再问其他，赶紧抱着漾漾去厨房。

漾漾吃了顿饱饭，又因为早上起得太早，很快就睡着了。苏绾心抱着他回卧室，安顿好之后出门找傅时寒。

"怎么回事？"

"他吵着要见你，见不到就绝食。"傅时寒坐在电脑桌后，抬眸看了她一眼，"你猜我妈被他气成什么样了？"

"别说了。"一提到李墨，苏绾心就一阵酸楚。

傅时寒挑了一下眉，继续处理邮箱里未回的消息。他在书房待了一白天，傍晚来到苏绾心面前，提醒："一个小时后出门。"

他昨晚说过，今天要带她给盛浅过生日。

苏绾心拒绝了，但很显然她的拒绝无效。

苏绾心无奈地看他："一定要这样吗？一年难得一次生日，我非得给人家添堵？"

"你最近添堵的人可不止她一个。"

大家都是一条绳上的蚂蚱，傅时寒既然不高兴，那大家就一起都不高兴吧。

苏绾心看着傅时寒的表情，知道这事没商量了，垂眸沉思了一会儿，点头答应。

那她就见吧，毕竟早晚都要见，把话说清楚也好。

苏绾心起身去衣帽间，不忘问傅时寒宴会的细节："都是认识的朋友，没有外人吧？"

"嗯。"

苏绾心收拾了一下，准备跟傅时寒出门，然后发现漾漾穿好了衣服、鞋子，坐在门口冲她笑，笑得她后背发凉。

"漾漾也去？"

"要去！"漾漾乖巧地回答，"爸爸说浅姨姨过生日，我要去给浅姨姨唱生日快乐歌！"

苏绾心无力地靠在墙上，又不想出家门了。她目光幽幽地望着傅时寒，听他用非常平静的语气说"他自己吵着要去的，跟我没关系"时，真恨不得把手里的手机照着傅时寒的头扔过去。

如果她是盛浅，今晚都不会让傅时寒进屋。

苏绾心接受不了这个操作，直接黑脸："我不去了。"

虽然知道傅时寒这个人一向薄情寡义，可苏绾心不行。盛浅没害过她，她下不去这个手。

她走到傅时寒父子身前，看着他们两个人，很明确地告诉他们——

"我和漾漾今天只能去一个，你们自己选。"

漾漾："嘤……"

"'嘤嘤嘤'我也会，这招儿没用。"

漾漾回头看傅时寒，用眼神求助。

傅时寒痛快地把漾漾扔下，选择苏绾心，临走的时候还不忘和儿子说一句："你看，你也不行。"

两个人出门直奔目的地，一个多小时后抵达城北的一处别墅区。宴会开在盛浅的家里，而盛浅因为最近心烦，不想出去被媒体跟拍，连生日都不太想过。

苏绾心两手空空，看了一眼同样两手空空的傅时寒，磨蹭着不想下车。傅时寒把她拽了下去，走到门前按响门铃，很快，屋内传来了脚步声。

苏绾心深吸一口气，已经做好跟盛浅面对面的准备。不想片刻之后，她看到的是一张熟悉又陌生的脸。

顾瑾！他怎么在这里？！

苏绾心被吓得往后退了一步，撞进傅时寒的怀里。顾瑾看到她和傅时寒一起出现，也有点儿蒙。

"绾姐，寒哥。"

苏绾心回过神来，干巴巴地笑："顾瑾，好久不见。那个……我跟傅总顺路！在小区门口见到的。"

她面上看似冷静，心里却慌得很。

傅时寒不是说今天来的人都是熟悉的朋友吗？怎么会有顾瑾？那屋里不会还有娱乐圈的其他艺人吧？

顾瑾笑了笑，心想也对，不然这两个人怎么会一起过来，肯定是顺路凑巧遇到的。

傅时寒似笑非笑，搂过苏绾心的肩膀，让顾瑾脸色瞬间又变了。

这是什么情况？傅时寒顺手搂苏绾心的肩膀？别了吧，他又不傻，不会信的。

苏绾心的心猛地一提，她抬脚就要踩傅时寒，让他松手。傅时寒早有防备，让她踩了个空，然后拽着她进屋了。

"你不是说都是认识的朋友吗？"苏绾心生气地低声质问。

"你难道不认识顾瑾？你们在一起住了一个星期呢，算半个朋友了吧？"

她被套路了！

"就他一个不太熟的人，你放心吧。"傅时寒看着她这个样子，轻笑出声，"顾瑾是盛浅的远房亲戚，不用担心，剩下的人都是你非常熟悉的。"

他正说着话，路辞等人就从里面出来了，看到苏绾心，笑盈盈地打招呼。

苏绾心勉强一笑。确实都是她熟悉的人，认识很多年了，可就是这样才更难堪。

盛浅和傅时宜从楼上下来，看到苏绾心，表情僵了一下，很快恢复自然。

"绾绾，你来啦！"盛浅快步走到苏绾心面前，"身体怎么样了？没事吧？"

"没事，出院好多天了。"苏绾心浅笑着回答，抱了抱她，"生日快乐。"

"礼物？"

盛浅哪壶不开提哪壶。

"明天补……"

"要贵的！"

"好，一定给你买超级贵的。"

远处，顾瑾还是蒙得不行。他第一次见傅时寒和苏绾心在一起。

他看着这场面，发现别人好像见怪不怪，就他一个人像是刚进城的农村娃，脑中满是"天哪"的弹幕飞过。

顾瑾自认是见过大场面的人，毕竟是童星出身，在娱乐圈摸爬滚打很多年了，可眼前的场面还是让他有点儿承受不来。

他见傅时寒一个人坐在沙发上，赶紧凑了上去，八卦地问："寒哥，你跟绾姐……"

"怎么了？"傅时寒睨了他一眼，稳如泰山。

"漾……漾漾是……？"

"我儿子。"傅时寒回答得干脆利落。

顾瑾大脑空白了一瞬，扭头去看苏绾心。

苏绾心这会儿正巧朝这边看，撞上了顾瑾的视线，然后清楚地看见顾瑾无声地跟她说了两个字：厉害！

苏绾心头痛地扶额，大致已经猜出傅时寒跟这孩子说了些什么。

今天的场合想瞒住顾瑾这种聪明人是不可能的，但苏绾心还是觉得自己被傅时寒套路了。

她和盛浅说了一会儿话，两个人谁都没提傅时寒的事情。等盛浅转身去招待其他人的时候，苏绾心才环顾自己所在的环境。

今天来了十几个人，可是眼下苏绾心却觉得找不到一个可以交谈的人。

她来之前问过傅时寒，这里有没有不认识的外人。但就在这一刻，她觉得自己才是那个外人。

大家都是来给盛浅庆生的，都知道盛浅和傅时寒的关系。她呢？她确确实实是来破坏气氛的。

"你来干什么？"就在苏绾心自我检讨的时候，傅时宜来到她面前不客气地问，"盛浅要和我哥订婚了，你知道吗？"

苏绾心点了一下头："知道。"

"那你还来？你这是什么意思？"

"嗯……想尝尝不当人的滋味？"

她不正经的回答把傅时宜气坏了。傅时宜见附近没人，便压着嗓子问她："你还想和我哥在一起吗？你就认定我哥不舍得把你怎么样，是吗？车祸的事情你一直拖着，到现在都不肯给我们一个满意的答复。你回来到底是想干什么？"

"大概是想把你们都气死吧？"苏绾心嘴角微扬，眼底浮上一抹苦涩。她上前一步靠近傅时宜，在傅时宜的耳边轻声说："舍不得把我怎么样的何止傅时寒，不是还有你吗？"

申婧晨生日那天的事情在网上不断发酵，到现在还时不时地被翻出来上热搜。这种营销太专业了，只有傅时宜这种专业人士才干得出来。

"我在医院半死不活的时候，你不是也哭成泪人了吗？时宜，心狠的人不是你这样的，这一点你该和我学。"

苏绾心轻声说完，趁机抱了抱傅时宜，然后被她重重推开。

"别碰我，恶心！"

"恶心就对了，记住，你要一直恶心下去。"

苏绾心笑着离开，头也不回地朝屋外的小花园走去。清冷的空气迎面扑来，吹得人瞬间清醒了不少。

苏绾心拿出手机想分散一下注意力，但听见了脚步声，扭头一看是顾瑾。

顾瑾还处于"在风中凌乱"的状态，倚在门框上看着苏绾心，欲言又止。

"你怎么了？过来坐。"苏绾心拍了拍身旁的位置。

顾瑾坐了过去，小声开口："你跟寒哥……？"

"我们俩……是有过那么一段情。"苏绾心笑着点头。

"姐，你正经点儿。"顾瑾哭笑不得，真心觉得她这个人不简单。

其实在前段时间和苏绾心一起参加活动的时候，顾瑾就对她印象不错，不然也不会为她说话。但对于苏绾心有什么背景这个问题，顾瑾不管怎想，打破脑袋也绝对想不到傅时寒的身上去。

活动里，苏绾心曾和他们打赌，说她一定能查出是谁诬陷她，不然就告诉他们漾漾的父亲是谁。顾瑾当时还觉得有点儿好笑，如今想来是他天真了，这赌注下得真是太大了。

按理说，娱乐圈应该是小道消息最全的地方，更何况顾瑾和傅时寒吃过几次饭，关系还算过得去。可就连他都没听说过傅时寒结了婚、有了孩子，更别说其他人了。这消息一旦被传出去，绝对产生核弹爆炸的效果，顾瑾想想都觉得刺激。

"我和傅时寒没什么好说的，确实就是有过那么一段情。我给他生了个孩子，我们没结婚。"苏绾心坦然相告，"顾瑾同学，最近复习得怎么样了？"

苏绾心忽然转移话题，让顾瑾眉头一皱："姐……"

苏绾心见他一脸崩溃的模样，轻笑着出声："好了，不欺负你了，但高考确实是人生中很重要的一部分，你要竭尽全力才行。有什么需要帮忙的地方可以找我，你知道我的手机号码。"

顾瑾点头，心说：我还真有需要你帮忙的地方，可怎么敢找你？

两个人一起参加活动的那几天，苏绾心曾给顾瑾辅导过功课。当时顾瑾就想，人和人就是不一样，从哈佛出来的人讲题都比别人讲得容易懂。

他想找苏绾心给自己当家教，但又觉得这家教他应该请不起。

两个人闲聊了一会儿，有说有笑，气氛轻松。傅时寒过来找苏绾心的时候，远远地就听见她在笑。

她这么开心吗？傅时寒挑眉。看到她身边的小崽子，他倒是有点儿不高兴了。

傅时寒走到玻璃门外，抬手敲了两下，对上顾瑾的视线，淡声开口："打扰一下，人该还我了。"

傅时寒拉着苏绾心坐回到沙发上，在意地打探："你跟他说什么了？"

"傅时寒，你差不多行了！未成年的小孩子，你觉得我能说些什么？"

被直接吼大名训了，傅时寒不高兴，抬手在她腰间不轻不重地捏了一下，算是报复。

苏绾心的身子颤了颤，附近有人，她没跟傅时寒继续纠结这事。

她抬眸看电视，电视正播放一部外国电影。画面中的女人正问男人对爱的理解是什么，男人想了片刻，回答"爱是我要和你在一起"。女人听了，眸中噙笑，好像很满意这个答案。最后两个人拥在一起，影片结束。

苏绾心在看，身边的人也在看。傅时寒听到那个男人的答案，嗤笑一声。然后，苏绾心的耳畔响起他的声音。

"爱，是用来做的。"他收紧环在苏绾心腰间的手，一字一顿地说，"我只和自己爱的人做。"

苏绾心的脑子"嗡"的一声，反应过来他说了些什么之后，她深吸一口气，扭头看他，被他亲了个正着。

顾虑身旁有人，傅时寒没太过分，蜻蜓点水般的一吻落在苏绾心的唇上，然后笑着看她恼火的模样。苏绾心握拳想揍他，可场合不合适，只能作罢。

远处，路辞看着这边的画面，喝了一口酒，若有所思地一笑。

真是久违的画面，大灰狼和小白兔的故事，他百看不厌呢。

路辞太久没见到傅时寒这样发自内心的笑容了。三年过去，他险些忘了傅时寒还是个会笑的人。

那种笑不是带着算计的冷笑，也不是冠冕堂皇的假笑，是真的因为心情不错而开心的笑。

其实傅时寒今天会带苏绾心来，是在路辞这些朋友意料之中的。他们明白傅时寒今天就是要让圈子里的人知道他跟盛浅是不可能的，他要娶的人从来都是苏绾心。

沙发上，不知傅时寒又跟苏绾心说了什么，苏绾心终是没忍住，抬手捶了他一下。

傅时寒一副"厚脸皮随便你打，反正我调戏过瘾了，无所谓"的痞样，别说苏绾心，就连路辞看了都想踹他两脚。

"欸，你看寒哥。"郑楚炀推了路辞一下，以为路辞没看见，"太贱了。"

路辞："他不着调又不是一两天了，你还没习惯？"

霍景凡："没人比得过他。"

"其实他对我也这么干过。"林一帆目光幽幽，把路辞等人的视线都吸引了过去，"当年第一次跟他见面，他就把我按在了地上……"

"我记得。"林睿点头，"寒哥问你想怎么死，你说想和他身后的美女一起死，然后你就被打得爬都爬不起来。叔叔阿姨赶到医院的时候，还问我床上的人是谁。"

那画面，真是太惨烈了。

林一帆当年也算是个人物，是身边的小弟都争着抢着喊"帆哥"的人。谁能想到，就是这么一个职高不良少年，会被重点高中的学霸"教育"成那个德行。

从那以后，林一帆看见苏绾心都乖乖叫"绾姐"，一丁点儿歪心思都不敢有。

几个人一想起林一帆的悲惨经历，笑得不行。等到吃饭的时候，这几个人还起哄让林一帆敬傅时寒一杯酒，感谢傅时寒当年的不杀之恩。

时间缓缓流逝，气氛融洽和谐。酒足饭饱之后，除了傅时宜因为公司有点儿突发情况而不得不赶回去处理，其他人都继续留在这儿，享受难得的放松时光。

傅时寒被拽到楼上打桌球去了。苏绾心坐在客厅里无聊地看电视，在发现盛浅有意躲着她时，叹了口气。

盛浅不知在想什么，反正躲闪了好几次，最终站在了苏绾心面前。

"我们聊聊吧。"盛浅直白地开口，"我有话对你说。"

"好啊。"苏绾心的头点了点，这也是她今天来的目的。

两个人一前一后进了盛浅的卧室，关上房门，顺便上了锁。

盛浅进屋后就坐在床边，一直低头不语。苏绾心靠在墙上，觉得这画面有点儿不大对。

她无奈地走到盛浅面前，看着一脸纠结又难过的盛浅，轻声发问："你哭什么？"

"对不起，我这几天一直没敢找你，不知道该怎么和你解释。"盛浅吸了一口气，小声开口，"我爷爷说如果我公开否认婚约，他就让我没办法继续当演员。他是个说到做到的人，所以我……我没做任何回应。"

"我知道。"苏绾心看着她哭，心里很沉闷，坦白道，"这些我都知道，也知道你是被迫去面对的这一切。其实真正应该说对不起的人是我，因为消息是我发给媒体的。"

盛浅瞬间睁大双眸，不可思议地望着她，震惊得说不出一句话。

"我知道你们的婚约是真的，而且以前就问过你喜不喜欢傅时寒。我说过可以帮你，不是开玩笑的。"

"我不喜欢他！"

"浅浅，我知道你喜欢。"苏绾心无奈地笑，"他那个人，很少有女生不喜欢。"

"我真的……"

"上次我们住在一起，我看到你翻看他的照片。"

苏绾心那天是无意间瞥见盛浅的手机画面的。她看着盛浅的眼神和笑容，一下子就明白了。

盛浅表情僵硬，一时间不知该说什么。她脑子一片空白，感觉浑身的血液都凝固了，然后一瞬猛地往上冲，脸火辣辣地发热，像是被人重重地打了一记耳光。

房间里静悄悄的，两个人望着彼此，一个惊慌失措，无地自容；另一个微微浅笑，仿佛置身事外。

盛浅看着苏绾心那云淡风轻的笑容，眼角有泪滴滑落。她声音颤抖地出声："是，我是喜欢他。"她点了点头，承认这件事情，"三年前选择和傅氏签约，成为傅氏集团旗下的艺人，是因为我知道我和他有婚约，所以我才来的。"

那会儿是盛浅第一次知道这件事情。

"可是我有什么错？我不知道他有女朋友，也从来没听说过你的存在！如果他本来就应该是我的，那我为什么不能来？我为什么不能试试，万一他也喜欢我呢？"

苏绾心丝毫不怀疑她的话，几年前自己的存在就如现在的漾漾一样，是一个秘密，知道的人少之又少。

"可是我来了以后才发现我错了。他这辈子都不会喜欢我！他心里的人一直是你！就算你犯了错误一走了之，他也从来没有忘记过你！

"你不会知道，当我打扮得漂漂亮亮出现在他面前，希望他能多看我一眼时的心情；你也不会知道，当他终于看我了，却不是因为他在意我这个人，而只是问我，我的首饰是在哪儿买的、我拎的包包是什么牌子的时候，我是什么心情！

"傅时宜告诉我，他有一栋房子，里面满满的都是你的东西；傅时宜还告诉我，别人有的东西你也一定要有。所以就算你不在了，他不知道你在哪里，不知道你是生是死，甚至不确定他母亲的双腿是不是你弄断的，也还是会买东西给你。他心里想的、念的都是你！"

苏绾心用力咬着唇角，口中已是鲜血的味道也没什么反应。她静静地听着盛浅的话，绞痛的心口几乎让她无法呼吸。

盛浅看着苏绾心泪流满面的样子，不解地摇头。

"我不会和你抢的。我清楚我抢不过你，清楚不管我再怎么努力他都不会是我的，所以你别帮我了，好不好？我真的会放手！我会和我爷爷说我不喜欢他，我不会和他结婚的！

"绾绾，我不懂，不懂你为什么不肯跟他说实话，不肯告诉他真相，不肯回到他身边！我知道你爱他，你一定是爱他的，可是为什么？"

苏绾心站在盛浅面前，沉默地面对这些问题。

是啊，为什么呢？为什么她那么爱他，却没办法回到他身边，回到傅家呢？

苏绾心想了很久，自嘲地一笑，动了动唇，声音颤抖地说："或许是因为，那些事就是我做的吧。"

她深深地看了盛浅一眼，转身走出房间。

她也想知道为什么。这世上每天都有不想活的人，为什么她想活却那么难？

苏绾心走进洗手间，锁好门，哭得浑身颤抖。

她的脸色苍白得仿佛随时会昏过去，她靠着房门坐在地上，身体蜷缩抱住自己，一遍一遍地回想盛浅刚刚说过的话。

她哭到手脚冰凉，哭到咳嗽干呕，然后强逼着自己一点点平静，从地上爬起来，用冷水洗了脸。

她看着镜中的人，努力回想自己三年前的模样。

那时的她没这么瘦，没这么病态。因为被偏爱，所以她有恃无恐，每天都是开开心心的模样。

李墨说过她是家里的开心果。可如今呢？她再也没办法让她最爱的家人开心了。

苏绾心又洗了一次脸，好像什么都没发生过一样回到客厅继续看电视。傅时寒下楼的时候看到她还乖乖地坐在那儿，不由得一笑。

他走过去把她拉起来，回头跟下楼的盛浅打了个招呼就离开了。上了车，苏绾心沉默地望着车窗外。傅时寒瞥了一眼她的侧脸，微微皱眉。

"怎么了？"

"什么怎么了？"苏绾心扭头跟他对视。

"我看你好像不高兴的样子。"

"明天去医院吧，我带你挂个眼科。"苏绾心调侃地否认，然后问，"对了，霍德华走了吗？之前不是说要跟他一起吃饭吗？"

"饭局定在周一，你怎么突然提起他？"

"突然想通了，我想答应他的合作邀请。"苏绾心轻声回答，"最近无聊，我得找点儿有意思的事做才行。"

傅时寒挑眉，知道她肯定不是因为这个。

跟霍德华合作并不是一件讨喜的事，傅时寒倒是不介意她树敌，相反，还挺期待看见她把那些人踩在脚下、神气得意的样子。

二人开车回到家的时候是十点多，漾漾已经睡着了。苏绾心动作轻盈地来到床边，看他睡得小脸红扑扑的模样，俯身轻轻地在他的额头上亲了一下。

小家伙抱着一个钢铁侠玩偶，好像特别喜欢这个英雄人物，之前去直播活动找她的时候也把它带在身边。她静静地看着他，直到傅时寒推门进来才回过神。

"我要洗澡，一起吗？"傅时寒边脱衣服边看她，明知故问。

苏绾心回了两个字——"呵呵"，算是答案。

傅时寒倚靠在门上，上下打量她纤瘦的身体，思考如果自己来强的，她能不能承受得住。想到最后，他还是选择一个人冲冷水澡。

苏绾心看着被关上的浴室门，又看了看床上的小人儿，感觉眼皮有点儿沉重。她沉思片刻，起身去了慕酥雨的房间。

慕酥雨正趴在床上玩电脑，见她进来，扑过去抱住她的胳膊，然后皱眉："绾绾，你身上怎么这么凉？"

"我不是一直都这样嘛。"苏绾心不在意地说，"你还没习惯？"

"感觉比以前还凉……"

自从苏绾心昏睡一年半，她的身体温度就始终比常人的低一些。她还给自己取了个外号，叫"人体冰箱"。

"你感觉错了。我有件事想问你，最近我一直觉得脑袋昏昏沉沉的，睡得特别沉，是不是不太对劲？"

慕酥雨认真地想了想，为难地说："可能是，也可能不是。"

"这么模棱两可吗？"

"绾绾，你自己没有察觉到吗？"慕酥雨严肃地跟她对视，"只要姓傅的在家你就没有吃过药——你在他身边好像一直睡得很好。"

苏绾心微怔，不知该怎么回答。

"你之前有两次去他那边住，不是也没有带药吗？晚上睡着了吗？"

"嗯。"

"所以我觉得他是你的药，有他在身边，你睡得沉也是有可能的。"

苏绾心无言以对，灰溜溜地起身逃走。等傅时寒洗完澡回屋的时候，她已经搂着儿子睡着了。

傅时寒腰间围着浴巾，站在床边看着这母子俩，满脸阴沉。

不等他一起睡也就算了，她连个位置都没给他留，是不是有点儿过分了？

他弯身把漾漾身边的玩偶扔到地上，然后满意地擦了擦头发，上床睡觉。

第八章

药苦，她甜

星期一，苏绾心准时出现在公司。

因为傅时寒和盛浅的事，这一周注定还是十分忙碌，所以同事们来得都挺早，提前热身应付挑战。

苏绾心坐在电脑桌前有条不紊地操盘，下午发现了一个不太对的地方。她看着稳稳地处在涨停板上的苏氏证券，又查看了最近半个月的记录，眸光闪烁。

有人通过二级市场疯狂地购买苏氏证券的股票，这个情况已经持续好几天了。

苏绾心最近没太关注自家公司，所以没留意到这件事。她起身来到陈磊的办公室，敲了敲门，进去后开门见山："最近有机构大量购买我们的股票，你知道是谁出的手吗？"

陈磊皱了皱眉，摇头。

其实这种事情本来不应该对苏绾心这样一个小员工说的，但陈磊想了想她和傅时寒那莫名其妙的关系，就没隐瞒。

大家心知肚明，大量购买一家公司的股票的原因有两种。

一种是股票购买者单纯想赚钱，看好这家公司的发展前景，所以入手股票；另一种就是股票购买者想通过持续购买大笔股票成为公司的大股东，介入公司的管理层。这一次的情况很明显属于第二种。

"我查过委托机构的公司信息，是家成立不到一年的小公司。"陈磊头痛地按了按太阳穴，"没查出有什么背景。"

苏绾心问了那家小公司的名字，打算回去好好查一查。

虽然自身手上持有 60% 的股权，不用担心从董事的位置上被换掉，但现在有一种领地被侵犯的感觉，让她很不舒服。

忙碌了一下午，晚上，苏绾心来到傅时寒告诉她的酒店，刚下车，就见到同样刚刚抵达的霍德华。

两个人并肩朝包间走去。傅时寒已经在里面了，正无聊地看手机，西装外套被挂在一边，身上只穿了一件白衬衫，没系领带，领口解开两颗扣子，样子很是放松。

苏绾心看到他的第一眼，仿佛看到了当年那个穿着白色衬衣的少年。少年将袖子挽到手肘，侧身托腮坐在她身边，浑身上下都充满了懒洋洋的气息，嚣张得欠揍，可一张脸又过分好看。

她眉头紧蹙地低下头，咳嗽了两声缓解心中的痛，若无其事地跟在霍德华身后进屋。当霍德华再次提起合作的事，苏绾心轻声开口："我同意合作，但有个条件。"

"你说。"

"我和他，只能二选一。"苏绾心摆明立场。

傅时寒本没想掺和这事，可听她这么一说，突然有了心思："你现在这么嫌弃我？"

"就嫌弃。"

霍德华听到他们的对话，笑着出声："我答应你。这次我在 H 国的合伙人，只有你一个。"

做反欺诈侦查本就不是一件容易的事，有风险，会得罪人，所以霍德华最初的合作人必须是他非常了解且信任的。霍德华此次来 H 国的目的就是找苏绾心。他知道傅时寒没那个闲工夫，也对这种事不感兴趣。

"合作愉快。"苏绾心浅笑着举起酒杯，这事就算定下了。

霍德华的行程有点儿紧，H 国的公司暂定在几个月后成立，因为前期会有相当复杂的准备工作。霍德华是外国人，在 H 国做很多事有限制。所以新公司的第一大股东由苏绾心担任，他算是投资人。

饭局结束时已经是晚上快十点了，几个人离开酒店的时候，碰上同样来吃饭的傅时礼与傅时宜。

二人过来打个招呼，说了几句话就走了。回去的路上，傅时宜一直眉头紧蹙着生气。

"哥，你说苏绾心是什么意思？她说她回来是为了气死我们，我现在竟然开始相信这话了！"

"和不在乎的人生气，头一回啊。"傅时礼淡淡一笑，话里有话地调侃，"如果你不是傅家的人，愿意跟傅家作对吗？"

"我有病吗？谁都知道得罪了傅家没好下场。"

"所以苏绾心是有病吗？"傅时礼目光悠悠，缓声说，"我之前和她讲过，只要她说当年不是她的错，我们就相信。可你猜她怎么说？她说三年前的车祸是她这辈子都无法挽回的残局。我给她洗脱罪名的机会了，相信大哥也同样给了，但她不要。"

她愿意当罪人，愿意与傅家为敌，这在正常人的眼里就是疯了。

"你说，她会不会因为愧疚，所以心里过意不去，想用命抵销过错？"傅时宜顺着他的话想下去，狐疑地猜测，"她觉得死在我们手上就可以解脱了。"

"或许吧。"傅时礼叹了一口气，"当年的车祸只有她和妈在场，我们没亲眼见到一切，说什么都没用。"

苏绾心记得一切，什么都不肯说，想说出真相的李墨却已经忘了一切。造化弄人，人活着就是这么一件不容易的事。

两个人开车回到傅宅时，李墨正坐在客厅，敷着面膜看财经新闻。

傅时礼跟她打了个招呼就上楼了。

傅时宜坐到沙发上，跟她提起晚上见到苏绾心的事。

"妈，你觉得如果她见到你，会愿意说实话吗？"

"连见都不见，有什么实话可说。"李墨冷笑，抬手将耳边的碎发拂到耳后，"三年了，哪怕她一天吐出来一个字，该说的也早就被说完了。"

李墨将脸上的面膜拿下，扔进垃圾桶，神色凛冽，眼中寒光闪现。她没办法原谅苏绾心的所作所为。

傅时宜欲言又止，没敢把心里的话说出来。

当年，李墨出院以后就丢失了关于那场车祸的记忆，医生说这和头部受到的撞击有些关系，但更大的原因是心理上的。

这几年他们给她找了两位心理医生，但始终没什么成效。后来李墨烦了，抗拒再接受心理治疗，如今已经快一年没见过心理医生了。

"明天把新的心理医生带过来。"就在傅时宜沉思的时候，李墨语出惊人，"之前你不是说找了个很厉害的专家吗？让我见识见识他究竟多厉害。"

傅时宜呼吸一窒，心中一阵欣喜："妈，你怎么突然愿意见心理医生了？"

"我虽然年纪大了点儿，但不至于被年轻人骑在头上欺负。她不说，我自己想。"

等她想起来，倒要看看苏绾心还能说什么。

傅时宜看着李墨转动轮椅往房间走，心里一阵酸楚和难过。她回到房间睡不着，无聊地玩手机，在看到相册里自己和苏绾心的合照后，眼泪忍不住地流了下来。

"没良心的王八蛋。"她看着照片里苏绾心明媚、肆意的笑脸，轻声地骂，然后把手机扔到一旁，熄灯逼自己睡觉。

翌日下午两点，傅时宜办公桌上的内线电话响起。她接起电话听见助理说："傅总，有位叫钟贤的先生说和你有约。"

"你让他稍等，我这就出去。"

傅时宜撂了电话，赶紧看完最后一份文件，签上名字，起身离开。

门外，钟贤看见她微微一笑。两个人离开公司，傅时宜跟他简单地说了一下李墨的情况。钟贤听后若有所思地点了点头，然后问："那么另外一个当事者呢？之前是否想过让两个人见面，配合治疗？"

"另外一个人啊……"傅时宜想了想，苦涩地笑，"死了。"

钟贤点了点头，没怀疑她的话。

"对了，上次看见你和苏绾心在咖啡厅，聊什么啊？"傅时宜想起之前的事，有点儿在意地问。

钟贤目光一闪，心里沉闷。自从上次跟苏绾心见面后，他们就再没联系过。

"聊投资的事，我想买点儿理财产品，所以找她。"

"这样啊！"傅时宜也没怀疑，"找她可以，她确实挺厉害的。"

就事论事，苏绾心在专业上的确有本事，这点傅时宜不能否认。

傅时宜带钟贤回到了傅宅。李墨已经在客厅等候，见到钟贤后将他上下打量了一番。钟贤上前自我介绍，跟李墨握了握手，不着痕迹地观察她的状态。

他们先是随便聊了一会儿，然后才渐渐进入正题。管家在一旁看着，犹豫地出声："夫人，小少爷马上放学了，要接他回来吗？"

李墨皱了一下眉，回了句"不用"。

管家点头退后。

钟贤听见这话心生疑惑。傅家有什么小少爷吗？他怎么没听说过？

钟贤和李墨单独聊了聊。半个小时后他走出房间，对上傅时宜追问的视线，轻轻地摇了一下头。

"情况严重，有些棘手。"

"所以是行还是不行？"傅时宜心急地追问。

"我没办法给你确定的答案。我只能说，尽我所能。"

钟贤离开傅宅，回家后连夜制定治疗方案，然后发到傅时宜的邮箱里，让她考虑是否接受。

深夜，钟贤躺靠在床上翻看相关的专业书籍，在看到某一条病情的时候，脑海里突然闪现出了苏绾心的模样。

他觉得这辈子指望苏绾心主动找自己应该是不可能了。

难道他还要再厚脸皮地找她一次才行？

苏绾心没想过钟贤会这么执着，看着路边停着的银灰色豪车还有靠在车门上的男人，无奈地笑着朝他走去。

"钟医生，好久不见。"

"嗯。"钟贤皱着眉，点了一下头，"想好了吗？"

"你还真是医者心善啊。"苏绾心笑着调侃，正欲再说什么，手机响了。

钟贤随意一瞥，在看到她屏幕上出现的昵称后，微微一怔。

氟西汀……

盐酸氟西汀，又名百忧解，是抗抑郁药物的一种。如果他没猜错的话，这通电话应该是苏绾心的老公打来的。

苏绾心往旁边走了两步，接起傅时寒的电话，轻声和他说了几句就挂了，然后回头看钟贤。

她想了想，认真地说："钟医生，再给我一个星期考虑，我这次一定会联系你，就算不打算接受你的好意也会告诉你答案。"

"行，那我等你的电话。"

苏绾心目送他开车离开后，转身朝家的方向走去，想着工作上的事情。

她之前和一位叫 Alex 的客户订下三个月的合同，承诺了人家三位数的收益率。最近，她借着傅时寒和盛浅这股东风，已经提前实现了。

这个星期约客户过来解决完事情，她就有多余的时间查公司的事了。那个神秘人还在持续收购苏氏证券的股票，来者不善，她得提前做好准备才行。

第二天，她到了公司，来到陈磊的办公室，一屁股坐在椅子上，说：

"问问 Alex 下午有没有时间，让他过来一趟。"

陈磊微怔，想到一种可能，但又不太敢信："完……完事了？"

"嗯。"

陈磊这两天忙，没盯着苏绾心的业绩，虽然知道苏绾心问题不大，但绝对没想到她能提前完成任务。

她提前了半个月啊！陈磊有些兴奋，看着她问："多少？"

"160%。"

"你说什么？！"

别人连 100% 的收益率都很难达到，她却直奔 200% 去了？！而且她这几个月可出了不少事，尤其是最后一次出事都住院了，那么多天没来公司，令陈磊担心得不行。

陈磊的心脏狂跳，他知道这个消息一旦被传出去，肯定又会引起热议。

"你怎么操作的？买什么了？"他忍不住问道。

"嗯……运气好。"苏绾心谦虚地笑，"算是沾了傅总的光，他跟盛浅的绯闻让我赚了不少。"

"你可真是……哈哈。傅总知道这事吗？没管你要提成吧？"

陈磊笑着摇头，一边拿出手机找 Alex 的号码，一边听着苏绾心唉声叹气地回答："我还没告诉他，他知道了八成要来坑我一笔。"

电话接通，陈磊和 Alex 说明情况。如陈磊所料，Alex 也非常震惊。

"你确定她已经做到了？！"电话另一端，Alex 眉开眼笑，"有 160% 的收益？"

"对，你下午方便过来聊聊后续的合作吗？"

"可以！"

听 Alex 一口答应，陈磊满意地扬起嘴角，这块硬骨头总算是被拿下了。之前他找 Alex 谈了好几次，Alex 死活不肯松口提投资的事。如今风水轮流转，他终于翻身了，爽！

午休过后，Alex 匆匆赶来，走进陈磊的办公室后的第一件事就是要求看系统内的实时数据。当他亲眼看到苏绾心的业绩后，蒙了半天，笑出声来。

"她是怎么做到的？太神奇了！"Alex 笑着摇头，"把她叫来，我要见她！"

几分钟后，苏绾心推门进来，刚站稳脚跟就差点儿被热情地冲上来的外国人扑倒。Alex 给了她一个大大的拥抱，然后拍了拍她的肩膀，一脸遇见财神爷的夸张笑容。

"陈总,"Alex笑意盈盈地主动提起投资的事,"我之前和苏小姐说过,只要她在三个月内达到我的要求,我就会对苏氏证券投入一大笔资金。现在她完成了任务,我自然也会履行承诺。"

陈磊笑着点了点头,心说:你记得就好,不用我主动提醒你就好。

"把你们总裁的联系方式给我,我尽快联系他完成合作!"

Alex的一句话让陈磊脸上的笑容瞬间凝固。苏绾心是眼睁睁地看着陈磊如何变脸的,差点儿笑出声来。她敢肯定,陈磊这会儿一定在心里骂人。

"你要跟我们总裁聊?"陈磊不确定地问。

"对啊,这不是很正常的事吗?你只是一个分公司的经理而已,我需要见到你上面的人才行。"

这话Alex说得也有道理,但是他们总裁哪儿是那么好见的?别说这位外国人了,陈磊已经入职了好几年,到现在连总裁的头发都没见着!

"Alex,不瞒你说,我们总裁特别低调。"陈磊稳了稳情绪,开始瞎编,"他不太喜欢见人,所以……"

Alex听到这话,神情严肃起来:"我是很有诚意地想跟苏氏证券合作的,可你们这样让我感觉不到诚意。"

陈磊为难地皱眉。怎么办?要不然他联系一下傅总,让傅总搞定这块硬骨头?

"Alex先生,几个月前你跟我约定的时候可没说过一定要见我们的总裁。"关键时刻苏绾心开口,让陈磊头皮发麻。

姑奶奶啊,你闭嘴好不好?!

Alex脸色一沉,看向苏绾心,听她提议:"不然,这事你跟我谈怎么样?"

苏绾心看到他们两个人的反应,大致猜出了他们的心思。他们一定在想:你以为你是谁?

"你可以让我见到他?"Alex狐疑,见苏绾心笑了笑后,心情有点儿复杂。

"只要我们达成合作,我会和她说这件事。至于她愿不愿意见你,我现在无法确定。你应该听说过,苏氏证券的总裁始终没有现身过。董事会她都从未出席过,更别说来分公司谈合作了。"

房间内重归安静,苏绾心靠在椅背上,悠闲自在地看着Alex苦苦沉思的模样,似笑非笑。

他想要苏氏证券的诚意，她还想看看他的诚意呢。不知道公司的其他高管是怎么想的，但在自己这个总裁的眼里，她并不是太在意这次合作能否完成。

她当初之所以跟 Alex 达成约定，是因为遭人陷害闯了祸而不想给公司抹黑。但眼下，该低头的人不是苏氏证券，而是他才对。

谁不知道苏氏证券是一块肥肉？愿意搭上苏氏证券这条船的人太多了，苏绾心不在乎，此时开口只是想帮陈磊一把。相处这段时间，她对陈磊的印象不错。她瞧着陈磊越来越危险的发际线，不能当作没看见。

中年男人不容易啊，既要抵抗发福的危险，又要担心脑袋变秃。年轻人，她能帮一把就帮一把吧。

Alex 沉思了好半天，终于做出了决定。

"好，这次我跟你们合作，明天下午我们签约。"

苏绾心起身陪陈磊一起将 Alex 送出门，然后听见陈磊小声说："绾心啊，能不能也让我见见你父亲啊？"

苏绾心一脸蒙地扭头看他。

陈磊见状，皱眉问道："总裁不是你爸吗？"

她自己给自己当父亲，这感觉有点儿微妙啊。苏绾心低头轻笑，忍不住问道："你就这么想见他？"

"想啊，圈子里谁不想见他啊？！"

"行吧，知道了。"苏绾心点了一下头，"改天我搞个见面会，收门票的那种。"

苏绾心转身回到办公室，看着账户内盛浅的那笔资金，给盛浅打了一个电话，让盛浅明天过来拿回一部分钱，剩下的少量资金她随意发挥。

盛浅正跟傅时宜逛街，通话结束，两个人继续闲逛。

傅时宜挽着盛浅的胳膊，心不在焉，当视线落到远处大楼上的电影宣传片上时，脚步一顿。

"怎么了？"盛浅顺着她的视线看过去，只看到一个国外悬疑恐怖片的宣传片，疑惑地问道。

"没什么，想起苏绾心了。"傅时宜自嘲地一笑，嘴向那边的荧幕努了努，"她最害怕这些东西了。"

盛浅愣了愣，然后笑："我以为她什么都不怕。"

"她怕鬼，特别特别怕。小时候被我拉着看搞笑僵尸片，她都被吓得瑟瑟发抖，晚上连洗手间都不敢去。"想起往事，傅时宜眸光温柔了许多，"后来我听说，这好像是因为她在社会福利院的时候受到了影响。那个院长不是什么好东西，把不听话的孩子关到小房间里，给他们看鬼片。"

更多的细节苏绾心没说，傅时宜也没深究。傅时宜只知道，苏绾心也是有软肋的。

苏绾心打完电话回到办公室，就发现同事们看自己的眼神有点儿不太对劲了。

"我知道我长得好看，但你们也不至于这么看我吧？"苏绾心放慢脚步，微微蹙眉，"有话好好说，别这么看我，有点儿怕。"

"心姐，听说有 160%？"

"160% 啊 160%。"

"你们说今晚去哪儿吃？"

"去哪儿吃不知道，但谁买单我知道。"

Alex 的那笔单子已经完事了，苏绾心不但完成了三位数收益率的目标，还超出了一大部分。

陈磊刚刚在公司群里说了这事，大家都沸腾了。苏绾心看着他们眼中兴奋的光芒，微微眯了眯双眼。

你们敲诈得不要太明显啊，兄弟们！

"这个月工资没开呢。"她慢悠悠地走到桌前坐下，轻声地说，"我可穷了。"

"穷也没用，你今晚是跑不掉的！"

"欸，行吧。"

她这个老板当得惨了点儿，平时得跟员工们一起干活儿、加班、冲业绩，赚了钱还得请员工们吃大餐。和傅时寒那种动不动就怀疑属下脑袋进水、把人家嘲讽到怀疑人生的老板相比，她简直太善良了。

下了班，苏绾心跟同事们来到公司附近出了名价格昂贵的日料店，然后撂下狠话，说今天要撑死他们。

包下一个小型宴会厅后，大家坐在榻榻米上边吃边聊，都十分好奇苏绾心操盘的技术是怎么练成的。

"绾绾，你知道现在圈里都管你叫什么吗？"陈磊喝着酒，看着身边的人问。

"不是劳模吗？我每天晚上都得陪不同的人。"

"哈哈，早不这么叫了！"陈磊笑着摇头。

时间一旦久了，有些事情的真假自然浮出水面。

苏绾心是不是靠着不干净的手段走到今天这一步，聪明的人心里早已有数。至于那些依旧不肯相信的人——他们心里脏，苏绾心和他们不是一路人，解释再多也没用。

"叫绾神、女战狼，还有女神经病。"

苏绾心疑惑地问道："前两个我倒是可以理解，最后那个是什么意思？"

陈磊笑着摇头。

另一边的苏焱见状插话："就是说你脑子不正常，因为正常人谁干得出来这些事？"

两个半月达成160%的收益率，其间她还住了大概半个月的医院，也就是说，正常上班时间不足两个月，这个业绩真的是厉害到让人无话可说。

陈磊今天已经把消息放出去了，现在整个C市的金融圈都在聊这件事情，都在研究、分析苏绾心的操盘记录。

"对了，绾绾，你当初那么有信心地答应Alex的要求，是不是以前经常有这样的业绩？"陈磊好奇地问，"你之前在哪儿上班啊，怎么一直没听说过你？"

圈内有这么厉害的角色应该早就被传开了才对，可在苏绾心来公司之前，大家对她一无所知。

"大学没毕业的时候在GE实习了一段时间，后来……"后来她跟着李墨学着处理了一些傅氏集团财务上的工作，"后来就回家生孩子了，没在任何公司任职过。"

"那你这个操盘技术是跟谁学的？"陈磊惊讶，觉得她若没有足够的实际操作经验，是绝对无法达到现在的水平的。

"跟一个特别厉害的人。"苏绾心抿着嘴笑，浅酌一口清酒。

"嗯？"苏焱好奇地挑起眉尖，"有多厉害？有傅神厉害吗？"

傅时寒是圈里的一个传说，已经站在金字塔尖上好多年了，现在依旧没人把他从神坛上弄下来。

"傅神啊……差不多吧，"苏绾心笑着点了点头，"不相上下。"

大家听了这话，面面相觑：没听说圈子里有谁的实力跟傅神的差不多啊，难不成真是高手都在民间，苏绾心的这位老师为人如此低调？

随随便便就获得三位数的收益率，这事真不是什么人都能做到的。陈磊入行这么多年了，当年也是从常青藤名校毕业的，但依旧做不到。

有些事情只有人拼命努力之后才会明白天赋是多么重要。苏绾心的天赋太高，她天生就是吃这碗饭的人，别人羡慕不来。

Alex第二天来公司痛快地签了合同，以后就算是和苏氏证券在一条船上的战友了。苏绾心和陈磊一起把Alex送离公司后，想着等傅时寒回来后问问这个人到底有多大的来头，为什么那么多证券公司都想跟他合作。

"绾心，这次合作能成功全是你的功劳。"陈磊拍了拍她的肩膀，感慨，"年终奖一定多给你发，放心吧！"

"三石哥，我提醒你个事啊！"

"你说。"

"我的入职合同还没签呢。"苏绾心浅笑嫣然，"说不定哪天我就跳槽了，年终奖什么的太遥远。"

陈磊一脸蒙地看着苏绾心回了办公室。当初，她是被傅时寒带来的，确实没签入职合同。后来，陈磊一直觉得这家公司是她家的，没想过她可能跳槽，现在经她这么一提醒，有点儿慌。

不行啊，现在外面想挖她的人多着呢！这宝贝金疙瘩他得留住啊，绝对不能让人挖走！

他赶紧追上去让她签合同，结果被苏绾心无情地拒绝了。这么一来，陈磊更慌了。于是几分钟后，远在海外的傅某人接到了一条信息。

陈磊：傅总，苏绾心有意跳槽，这件事您了解一下？

傅时寒看完内容，眼中闪过一抹笑意。他快速回复，然后继续开会。

傅神：行，等我回去好好了解一下。

陈磊收到信息，舒坦了，安心了。

臭丫头，想跳槽？没门儿！

苏绾心没料到陈磊还有这个操作，他告状告到傅时寒那儿去了。她晚上九点多回到家，把漾漾哄睡着，自己却毫无睡意。

她想找展澈聊聊自己的病情，但这么晚了又不是时候。盛浅说过的话始终在她的脑海里盘旋，让她无法静下心。

苏绾心惦记着找展澈，但没等她付诸行动，傅时寒就提前回来了。

这天下班，她看到傅时寒躺在床上，迈步过去，然后就被他拽住，踉跄地扑倒在他身上，近距离和他四目相对。她敏感地问："你发烧了？"

他呼吸炙热，手上的温度也异常高。

傅时寒没回答，只是把她搂在怀里，合上眼想继续睡。她身上凉凉的，此时抱起来格外舒服。

"我去给你拿药。"苏绾心挣扎着起身,却挣脱不开他的怀抱。

"不吃。"傅时寒淡声拒绝,停顿几秒后,又加了一句,"药苦。"

"吃了再睡。"

傅时寒睁开眼睛跟她对视,两个人似乎在做视线上的较量。就这样相互看了一会儿,傅时寒叹了口气,松了手。

苏绾心起身离开,很快又回来。

傅时寒慢慢地坐起,一脸认真地强调:"真的苦。"

"苦也要吃!"苏绾心语气严肃,真想把这药直接塞进他的嘴里。

傅时寒鲜少生病,每一次生病都是他演技爆发的时候。他在苏绾心的注视下慢吞吞地把药咽下,扯过被子盖在身上,顺便把脸也蒙住。

苏绾心哭笑不得:"你发什么脾气?"

被子里,傅时寒沉默不语,突然想到以前自己生病吃药的时候骗苏绾心用嘴喂自己的画面。

药苦,她甜。

苏绾心看了他半天,忍不住俯身给他披了披被子,让他呼吸顺畅。

"我带漾漾去客房睡,你好好休息。"她站直身子想走,却被他再次拽回怀里。

"生病的是我不是他,你陪他却不陪我?"傅时寒睁开眼睛,目光阴沉,秋后算账,"听说你用我和盛浅的绯闻大赚了一笔,这事你不打算解释一下?"

他和别的女人闹绯闻,她不生气,还有闲心利用这事赚钱。

傅时寒想到她的淡定,再想到他和盛浅的事之所以被传出去全是因为她在幕后做推手,胸口就一阵阵地闷痛。

她是真的不在乎他了。

"商界瞬息万变,要抓住每一次机会,不遗余力地完成自己的目标。"苏绾心低声开口,"这话,是少爷你教的。"

傅时寒握住她的手腕的手瞬间用力。

苏绾心很痛,可连眉头都没皱一下。

"我把漾漾哄睡就回来。"她挣脱他的怀抱,起身离开。

半个小时后,她重新归来躺到他的身边。

傅时寒高烧不退,浑身难受,翻身把苏绾心拉入怀中,拥着她清凉的身体,声音低哑地问:"车祸之后你昏迷了多久?"

她是八月份回来的,在那么炎热的夏天她的手就一直很凉,直到现在也没有任何好转。

苏绾心没想到他会问这个，呼吸一窒，而后轻声回答："几天而已，很快就醒了。"

"我还以为你睡了一两年，所以才没来得及回来。"

"怎么可能？"苏绾心笑了笑，"我又不是要死的人，哪能睡那么久。"

她说完这话，就感觉到了傅时寒注视的目光，慢慢抬起头对上傅时寒的视线，然后听见他说："我要听实话。"

傅时寒的心情不好，展澈说过的每一句话他都记得。他看着苏绾心淡然的脸微微皱眉："你就不能服个软？"

"你怎么确定我说的不是实话？"苏绾心反问，"我们三年没见，难道就不能因为我不想回来吗？"

她的语气有点儿冲，傅时寒听后欺身压上她，看着她非常努力地想跟自己正面较量一次、眼神却总是不自觉地闪躲的样子。

她是真觉得自己伪装得不错，或许在别人面前确实做到了，但在他面前，这种小伎俩真的太容易被揭穿了。不用多麻烦，他用一个吻就可以解决。

刚才在吃药的时候，傅时寒就已经在忍了，可忍过了刚才，没忍过现在。

一个并不算温柔的吻袭来，苏绾心的身子被压住，双手被拉到头顶上方，唇被封住。

她能感觉得到自己的心脏在加速跳动，合上双眸，险些被鼻息纠缠、唇齿相依的久违熟悉感拖入泥潭，深陷其中。

她艰难地一点点往上爬，一遍遍地告诉自己要理智。然后，在他慢慢抬头离开她的时候，她重新睁开眼睛。

"我就是确定你一直都在说谎。"傅时寒一字一顿地告诉她，"从你回来的那天开始，你就一直拿我当傻子。"

"我没有。"

"你回来不是为了报三年前的仇，是为了报复我。"

她回来后做的每一件事，都是拿刀子使劲往他心上戳。她好像怕他不疼，怕他不在意，所以一次又一次地用力，换着法儿地怼他，挑战他的忍耐力。

"我是不是绅士你最清楚。我愿意让你在我面前折腾三个月，在你看来是为什么？"

"因为你没有证据。傅家的所有人，包括墨姨在内，都对我心存幻想。你们依旧不敢相信自己养了十几年的孤儿怎么就成了白眼儿狼。"苏绾心冷静地回答，把头偏向一旁，不与他对视。

"因为我想知道，在你的眼里我究竟能傻到什么地步。"

傅时寒放开她的手腕，继而一手揽在她的腰间，一手抵在她的脑后，低头再次咬住她微张的唇。

他滚烫的指尖在她腰间轻轻摩挲，然后一点点掀开她的衣摆，顺着那纤细的腰际向上抚去。他感觉到她的挣扎，加重力道狠狠咬了她一口，痛得苏绾心下意识倒吸一口气。

"告诉我，你究竟昏迷了多久？"他突然话锋一转，重新回到最初的问题。

苏绾心嘴上痛，脑子空，眉头紧蹙着摇头："没多久。"

傅时寒目光微沉。

转瞬之后，苏绾心感觉自己身上一凉，衣服已被他撩至胸口。

"展澈告诉我，你昏睡了一年多；慕酥雨告诉我，你说我根本就不爱你。所有人都在指责我对你不够好，包括你自己。"

苏绾心咬了咬牙，问他："就算我昏迷了一年多又能代表什么？傅少说这话是什么意思？你是想告诉我，你已经愿意原谅我了？"

"不原谅。因为我不原谅你，才更不会让你死。"傅时寒肯定地回答，"你心里清楚，活着比死更不容易。"

活着比死更不容易。这一句话像是戳中了苏绾心的泪点，她顿时鼻子发酸，眼圈一红。

"来日方长，我们的账要一笔一笔地算。从你当初拒绝和我结婚，到你现在撮合我和盛浅开始算！从你三年前怀疑我和那个姓申的丑东西有猫腻，到你今天弄回来一个展澈、一个慕星瀚在我面前晃悠开始算！这些我不光记在心里，还记在本子上！等你好了我会让你知道，我到底爱不爱你，我是怎么爱你的！"

傅时寒说完，低头在她身上留下点点印迹，后知后觉地想起一件事。

他怀疑自己的感冒根本就不是工作太累导致的，而是洗冷水澡冻的。

他看着身下气喘吁吁、胸口起伏不定的"妖精"，恨不得将她吞入腹中，连骨头都不剩。他重叹一口气，从她身上离开。

苏绾心不知道他想到了什么。前一秒他还在她身上蹭个不停，后一秒就翻身到了床边，扯过被子盖上，眼神都不再给她一个。

她拽了拽身上的衣服，看着他赌气的背影，一头雾水。傅时寒又气、又困、又累，背对她躺了一会儿后又回身抱住她，终于睡着。

苏绾心感受着他身上不正常的高温，在床边守到后半夜，等他温度退了些，才亲了亲他的嘴角昏昏睡去。

长夜漫漫，迎来天明。傅时寒睡了一夜，脑子依旧昏沉，看起来状态不是很好的样子。

苏绾心跟他一起下楼。电梯里，她望着他清冷的表情小声提议："不然你今天休息？"

傅时寒瞥了她一眼，似笑非笑："你要是肯去公司帮我开会，我倒是可以考虑。"

"傅总辛苦了。"

电梯抵达一楼，苏绾心灰溜溜地离开，到公司忙了一会儿后被陈磊叫到了办公室。

"中午有个饭局，陪我过去一趟。"

"多大的人物啊，用得着咱们两个人一起出面？"

陈磊听她这不情愿的语气，笑了："有家公司打算融资上市，找我们过去聊一下。"

证券公司涉及的业务不仅包括接受客户委托代买股票等理财产品，还包括针对资本市场的业务，即作为保荐机构、承销机构、财务顾问为企业上市融资提供服务。

一家公司想上市，需要先跟券商、会计师、律师各方达成合作，才能继续进行后面的相关操作。企业上市必须有两名保荐代表人签字保荐，所以券商在这个过程中的作用是非常重要的。

"这又不是我的部门该管的事，怎么找我陪你去？"苏绾心狐疑地追问。

"这家公司我觉得你应该会感兴趣。"

"哪家？"

"百然集团。"陈磊笑着回答。

他知道苏绾心跟申家有些过节，而百然集团是目前ST最大的竞争对手，是家老牌企业，只不过一直没有上市而已。

据小道消息，百然集团似乎已经拿到傅氏集团的投资了。傅时寒看好的项目一定会赚，所以陈磊接到百然的电话后就没拒绝合作。

苏绾心想了想，觉得就是过去混个饭吃，再闲聊几句而已，便点头答应了。十一点钟，他们前往见面的饭店，然后同两个往外走的人撞了个正着。

苏绾心远远地看到那两个人，神经瞬间紧绷。在对上某个人的视线后，她更是紧张地咳嗽起来，因为对方是傅时寒和傅鸿儒。

傅鸿儒是傅时寒的父亲，是整个傅家脾气最好——实际上有可能是最坏的那个人。

苏绾心知道傅鸿儒最近半年的工作重点一直在国外，没想到会在这里撞见他。她浑身僵冷，心脏悬在半空。感觉脚下好像有楼梯，结果她一脚踩偏，马上要摔下去。

她整个人都陷在一种不安和愧疚的情绪中，偏过头掩嘴不停地咳嗽，咳得面红耳赤。当她平缓下来时，那二人已经走到了她面前。

"傅总！"陈磊见到傅鸿儒和傅时寒，赶紧打招呼。

傅鸿儒笑着跟他握了握手，然后视线若有若无地掠过苏绾心的脸。

苏绾心很清楚地感觉到傅鸿儒的眼睛里带着一股凉意。他只看了她一眼，便将她彻底无视，这就好像……

他从不认识她这个人。

他不曾把她当过家人，不曾爱过她，不曾恨过她，也永远不会再接受她。

苏绾心的脸色渐渐变得惨白，她苦涩一笑，咬紧牙关，默默感受心里的痛。

其实，像傅鸿儒这样，将她无视才是对她最大的惩罚。她抬眸对上傅时寒的视线，然后转移视线去看傅鸿儒，面色平静地开口："傅总好。"

傅鸿儒侧眸看过来，什么都没说，甚至连个"嗯"字都懒得回她。他又跟陈磊聊了两句，然后和傅时寒一起与她擦肩而过。

陈磊感觉到空气中不大对劲的微妙气氛，等傅时寒和傅鸿儒走远后，皱着眉头看苏绾心，问："怎么感觉傅总不大高兴？"

"他就是不高兴了啊。"苏绾心叹了一口气。

"为什么？"陈磊一头雾水，"咱们也没惹他。"

"你没惹，我惹了。你还记得你曾经问我，我和傅时寒是什么关系吗？"

陈磊回想了一下，记起苏绾心当时给出的答案，她说她和傅时寒是仇人——"他折她的翅膀，她毁他的天堂"的那种势不两立的仇人。

陈磊觉得她在开玩笑，不料苏绾心再次提起这个话题："那个回答，用在我和傅鸿儒的身上也很合适。"

傅鸿儒幸福美满的好日子被她毁了。他以前经常和李墨一起出现，夫妻联手，所向披靡。现在只剩下他一个人在外，李墨已经鲜少出现在公众的视线里了。

"走吧，别让客户久等。"苏绾心朝电梯走去。

陈磊跟在她身后观察她，隐约有种不太好的感觉。他忽然间觉得，她有可能不是在开玩笑。

这一顿饭，苏绾心吃得心不在焉，食不知味。好在她伪装得不错，也没让人瞧出什么端倪。两个多小时后，饭局结束，事情也聊得差不多了，百然集团的张寒羽答应下周就把公司的相关资料送到苏氏证券，这单生意就算正式被签下来了。

苏绾心回到公司忙了几个小时，眼看着快到下班的时候收到了傅时寒的信息。傅时寒告知她他在公司外面，让她现在出去。

苏绾心叹了一口气，随手关掉电脑离开公司。她本以为傅时寒是来接自己下班的，不料他启动车子后朝着和家完全相反的方向驶去。

"要带我去哪儿？"苏绾心忽然有点儿紧张，不知道他是不是打算带她见傅家的人。

傅时寒睨了她一眼，轻声回道："带你做个检查，你中午不是咳得挺厉害吗？"

"我没感冒。"

苏绾心很快明白了他的意思，他以为她昨晚被他传染了。

"没感冒？"傅时寒挑眉，"那你咳什么？你怕存在感太低，我们看不见你？"

"不是，"苏绾心低下头，脑海里又浮现出中午傅鸿儒看她的眼神，一瞬间失神，不小心把实话说了出来，"是被吓的。"

她说完这话就意识到不对劲了，但再想辩解已经晚了。傅时寒扭头看她的怂样，轻笑一声，调侃："难得啊。"

这奶怂的模样他还真是好久都没见过了，本以为她现在天不怕、地不怕，原来她还是有害怕的人。

苏绾心抿着嘴看着窗外，不说话，直到傅时寒带她到了私人医院，才不情愿地跟在他身后进门。

那几位被傅时寒从世界各地花天价请来的医生都在，帮苏绾心简单做了几项检查后依惯例问话。苏绾心一一回答，然后被傅时寒冷着脸带出医院，两个人一路沉默着回到家中。

傅时寒一路想着苏绾心在医院说的那些话。这是他第一次听苏绾心亲口提起有关那场车祸的事情。

她承认了因为那场车祸，她的五脏全部受损，足足昏迷了一年半才恢复意识。虽然她没有提及更多，说到细节时语气非常淡然，可他还是能想象得到她当初伤得有多重。

他们到家的时候有点儿晚，漾漾已经睡着了。

苏绾心被他拽回了主卧。

"吃药。"苏绾心面无表情地看着他，一手拿水杯，一手拿药，递到他面前，"别说苦，苦也得吃。"

傅时寒坐在床边，眸光微亮，握住她冰凉的指尖。

"喂我，"他轻声开口，"像以前那样。"

苏绾心睁大双眼，心思一览无余：你还有脸提？

傅时寒不光有脸，脸还很大。他坦然地与苏绾心对视，继续耍赖，不慌不忙地说："我知道药很苦，但苦你也得喂。听说这回流感还挺严重的，好几家医院的急诊室都被挤爆了。"

苏绾心看了他半晌，被气笑了："你知不知道，一般像你这种无赖，最后的下场都挺惨的？"

"我像一般人？"

苏绾心想了想，觉得他说的也对。嚣张的人总是不一般的，傅时寒嚣张了这么多年，若是没点儿本事，早就死千儿八百遍了。

苏绾心跟他纠缠了一会儿，败下阵来，无奈地满足他的愿望。屋内一瞬间万籁俱寂，灯光昏暗，将两个人投射在墙上的身影拉长。

苏绾心低下头，看着他如星光璀璨的眼眸，抬手遮住他的双眼。她以红唇轻抿着胶囊，将药送入他的口中。他仰着头接受，双手环在她的腰间。待全部的药被吃完后，他突然后仰躺到床上，翻身将人压在身下。

"让我看看。"他伸手掀苏绾心的衣服，眉头微皱着打开屋内的大灯。

自从苏绾心回来，两个人暧昧的次数少之又少，多数情况下光线不好。他想看看她受伤的身体，看看她做手术后留下的痕迹。

虽然挣扎着抗拒，可狭路相逢勇者胜，跟傅时寒比力气，她完全没有获胜的可能。

傅时寒动作娴熟地解开她的睡衣扣子，面色阴沉地在她白皙的肌肤上扫荡。

苏绾心的体质不是容易留疤的类型，加上她后来一直在用祛疤膏，所以身体并没有因为那场大手术留下非常明显的疤痕。可仔细看，傅时寒还是能看到疤痕。

傅时寒将慢慢被收回的视线落到她的脸上，扯过被子盖在她身上，将她拥在怀里。房间重新安静下来，傅时寒熄了灯，心脏痛得难受。

苏绾心听着他的心跳，慢慢合上眼睛。她知道现在说什么都没用，说不疼，说她对那场手术早已没有印象了，他不会信的。

这一夜，她睡得格外艰难。她做了梦，梦到她终究没逃过死劫，梦到在她死掉的那天，他和盛浅结了婚。

清晨，苏绾心疲倦地醒来，捶了捶不大舒服的心口，深呼吸几下自我调节，然后仿佛一切没发生过般忙碌依旧，中午休息时接到了慕星瀚的电话。

"出来聊聊？"

"现在吗？你在外面？"

"嗯。"

"稍等两分钟，我这就出去。"

苏绾心匆匆地吃了两口饭，收拾好饭盒出门下楼，和慕星瀚边走边聊。她好奇他今天来找她的原因，正想低声问他有什么事，不料又撞见了傅家人。

昨天见傅鸿儒对苏绾心来说已经是个非常大的挑战了，而今天，她干脆把人见全了。

不远处，李墨坐在轮椅上，傅鸿儒推着她，正缓步朝酒店门口走来。

他们身侧站着傅时宜和盛浅，一旁还有两个眼生的陌生人。如果苏绾心没有猜错，那是盛浅的父母。

苏绾心看到他们，脑子"嗡"的一声，一片空白。她握紧拳头，视线落在李墨的腿上，身体因为极度的难过和不安微微颤抖。

李墨和她印象中的模样所差无几，依旧是那么端庄、美丽，除了……双腿已无法行走。

那几个人似乎是来这里吃饭的，大概要谈傅时寒和盛浅的婚事。很快，李墨发现了这边的人，视线凌厉地看向苏绾心。她的眼中除了清冷的疏离和恨意，苏绾心感觉不到其他情绪。

苏绾心僵在原地，觉得她应该过去说几句话，可双腿好像灌了铅一样，抬不起来。她就那样定定地站在原地，隔空与李墨对视，眼泪像是断线的珠子般无法控制地掉下来。

青天白日，一个姑娘站在路上哭很明显是件不大正常的事。所以，当盛浅的父母看到了苏绾心并且确认她的视线落在他们这边的时候，有些迷茫地问李墨和傅鸿儒："是认识的人吗？"

"不认识。"李墨垂下眼帘，淡声回答，"走吧，我们进去。"

她不再施舍苏绾心任何眼神，仿佛真的第一次见到苏绾心，彼此毫无牵连。

苏绾心望着李墨渐渐远去的背影，泣不成声。盛浅和傅时宜见她这个样子，犹豫了一下，但终究没过来，跟随长辈们的脚步离开了。

"这就是你愿意为了他们付出生命的那一家人？"慕星瀚目睹了一切，嗤笑出声。他第一次见苏绾心哭得这么伤心，哭得他心烦："'不认识'？呵，她说得可真轻巧啊。"

苏绾心吸了吸鼻子平缓情绪，看着慕星瀚讥笑的脸，不知该怎么解释。

"你再这么哭下去，我可要怀疑当初救你究竟值不值了。"慕星瀚迈步到她面前，低声警告，"别哭了，再哭带你看鬼片吓你。"

"你能不能做个人？别总拿这事吓我。"苏绾心胡乱地抹着眼泪，抽泣着看他。

这两天发生的事好像让苏绾心的头脑突然清醒了，她意识到自己已经成为傅家的外人，意识到无论是傅鸿儒还是李墨，都不愿意再认识她。

这就是他们对她的惩罚，她认。

停车场里，申婧晨坐在车里意外地看到远处的画面，忍不住笑出了声。

她一直在停车场等待，直到傅、盛两家吃完饭打算离开，才下车朝他们走去。

"墨姨、傅叔叔，好久不见。"申婧晨微笑着说道。

李墨瞥了一眼傅鸿儒，问："认识？"

"不认识。"傅鸿儒听她这么问，就知道该怎么回答。

李墨叹了一口气："流水线上做出来的脸，辨识度太低，记不太清楚。"

李墨说申婧晨是整容脸，而且是毫不掩饰地当面讽刺。申婧晨的脸隐忍到扭曲，她看着李墨垂下眼帘再也没给她一个眼神后，整个人都要爆炸了。

申婧晨深深地呼吸，目光阴冷地转身走了。回家后，她洗了个澡躺在床上，怎么想也咽不下今天这口恶气，便干脆做了一件事——

她曝光了苏绾心的孤儿身份。

她想做成这件事是非常简单的。在如今这个网络发达的社会，她想传播点儿什么消息不是轻而易举的？

苏绾心陪慕星瀚吃完午餐后就回了公司。办公室内工作气氛浓郁，大家全都目不转睛地看着电脑，时不时偶尔小声交谈几句，直到下午四点。

苏绾心最开始发现不对劲是因为她身边的苏焱的眼神。

苏绾心："有话就说，别用便秘一样的眼神看我。"

苏焱默默地把手机递了过去："你没加这些无聊的群，应该不知道吧？"

苏绾心接过手机，想着可能是关于她的一些谣言，但一看到那些人讨论的内容，微微一怔后轻笑出声。

有关身世，她从未想过隐瞒什么。她本就不是傅家的孩子，没必要一直挂着傅家的名声生活。

以前一直是傅时寒不愿意让别人知晓她的存在，没什么人问过她是不是孤儿。而现在，自己的身世就这样被戳破，她反倒有一种说不出来的畅快。

苏绾心把手机递还给苏焱，听他轻声安抚自己："一些乱嚼舌头不做事的闲人，你别听他们瞎咧咧，我让你看是因为……"

"这事是真的。"苏绾心看着电脑继续工作，云淡风轻地交代，"我确实是孤儿，我的父母在我很小的时候就出车祸去世了。"

苏焱身子一僵，恨不得抽自己的嘴。他是不是有病，好端端的，提这茬儿干什么？

"我的确没有结婚，漾漾是我和前男友的孩子。"

"我……我没别的意思，你别多想啊……"苏焱结结巴巴的，难得语塞，不知该怎么解释。

"不会，我知道你是好意。"苏绾心笑着摇了摇头。

父母去世不是她的错，生下漾漾她也不认为有什么错。既然错不在她，她就没必要因为这事生气，拿别人的错惩罚自己不值得。

苏绾心不想再提这件事。

不过很显然，关于她身世的传言已经渐渐被传开，不过一下午的工夫，整个金融圈全都知道了。

苏绾心预想到接下来可能会发生的状况——不过是受到冷嘲热讽和白眼，这些她都承受得住。

傍晚，眼看着要下班了，苏绾心靠在椅背上有点儿苦恼。她想从傅时寒那里搬出来，却知道傅时寒不会答应。

她的心情有些沉重，就在她认真想事情的时候，突然听到身后的同事轻声聊天。

"陈总好像发火了。"

"发生什么事了？"

"不知道，不过听人说他刚才拍桌子、摔电话来着，肯定不是小事。"

"这么大火气？"

陈磊向来脾气不错，发这么大的火确实有问题。苏绾心怀疑是因为自己，于是犹豫了片刻后起身朝陈磊的办公室走去，然后瞧见一张阴沉的脸。

"怎么了？"她随手关上门，直白地说，"听说你生气了，不会是因为我吧？"

陈磊重重地叹了口气，然后摇头，沉默不语。

"那是什么情况？"苏绾心一屁股坐下，"不瞒你说，我今天心情也不好，所以你有什么不开心的事赶紧说出来，让我开心开心。"

"你这丫头……"陈磊一言难尽地看了她一眼，又是重重地叹一口气。

"胸闷、气短、呼吸困难，买点儿六味地黄丸试试？"

"又不是肾亏，吃什么六味地黄丸？！"

苏绾心被逗笑，再次发问："到底怎么了？是哪个不长眼的人惹磊哥生气，说出来，我帮你报仇雪恨。"

陈磊眉头紧皱，又沉默了半晌才幽幽地说道："我被辞退了。"

"什么？"苏绾心眸光一闪，"辞退？"

"对，上头来的电话，说下个星期会有新的经理过来接手我的工作。"

"谁打的电话？"

"董事会的人。"陈磊心情复杂地看向苏绾心，"据说新董事要亲自过来掌管这边的事。"

"听他们放屁。"苏绾心冷冷地嗤笑，给陈磊吃定心丸，"你就在这儿坐着，我倒要看看谁敢赶你走！"

陈磊欲言又止。

今天下午在微信群里被广泛传播的那则消息他也看到了。他之前一直以为这公司是苏家开的，公司总裁是苏绾心的父亲，可现在得知苏绾心是孤儿，那这家公司跟她有什么关系？

陈磊再次想起申文光上次过来时发生的事，后知后觉地倒吸一口凉气，对上苏绾心的视线，呆住。

苏绾心似乎看穿了他在想些什么，淡然开口："想问什么，可以问。"

"你和傅家……？"

"我七岁被傅家收养，在傅家生活了十几年。"

他听她亲口承认这些，有些疑团好像一下子就被解开了。怪不得傅时寒对她很特别，说是她的靠山，原来是自家人。不过这消息可真是够隐秘的，这些年竟然一点儿都没被传出来。

陈磊沉思片刻，稳了稳情绪，又转回正题："这次新来的股东不知是什么来路，点名要我挪地方，也不知我在什么时候不小心得罪了谁。"

陈磊唉声叹气，对这种从天而降的灾难丝毫没有防备。他在苏氏证券工作三年，没想过离开，更没想过以这种方式离开。

"未必。"苏绾心总有一种感觉，这次的事未必是冲陈磊来的。

陈磊情商不错，能力也不错，在职几年没出现过大问题。董事会的管理层无论从哪方面讲都没理由要他走，即便让他转岗，也该让他转到其他分公司去，绝非直接辞退。

"我说了，你放心留在这里，没人能让你走。"苏绾心轻声保证，"这个新董事有问题，尽快查查他是什么来历，最近公司又有哪些股权变动。"

"你的意思是……"陈磊有点儿跟不上苏绾心的思路，"他是来搞改革的？"

圈内以前就有过这样的案例，资本大鳄大量购买某个公司的股权后，颠覆原有的股东结构，然后介入公司的管理层，甚至要求全部董事辞职，管理人员全部换血。

"改革倒不至于，公司第一大股东的手上有 60% 股权，傅时寒手上也有 20%，还轮不到他们这些小角色搞事。"

她只是担心这个人是像申婧晨一样的角色，搞不死人，却能恶心人。

陈磊听她这么一说，放心了。

没错，虽然目前总裁还没现身，但傅总的手上还有 20% 股权，关键时刻只要他过来，什么事都能被摆平。有傅时寒这样的靠山，难怪苏绾心说话这么硬气。

苏绾心跟陈磊又商量了一会儿公司的事，不知不觉就到了下班的时间，两个人都没察觉到。

傅时寒在公司外等着，眼看着已经下班十几分钟了苏绾心还没现身，不免有些担心。

傅时宜下午给他打了个电话，说了中午和苏绾心偶遇的事。傅时寒当时在外市，接到电话后就匆匆赶回来。

他知道苏绾心一直害怕见李墨，所以暂时没给苏绾心打电话，不确定她现在是否还在公司里。一想到苏绾心可能消失不见，他便没办法继续在车里等。

于是，他在下班的人流高峰中推门下车，在众人的视线中大步走进苏氏证券，神情凝重。

办公室内人还没走光，傅时寒推开门，看见苏绾心的座位是空的，心不由得一沉。他快步走过去，在看见她桌上的手机和包之后目光缓和了些。

"傅……傅神？！"苏焱还没走，扭头看到傅时寒，惊讶地摘下耳机，"您怎么来了？"

"她呢？"

"好像去陈总的办公室了吧？她还没……"

苏焱的话没说完，傅时寒已经迈步朝陈磊的办公室走去。

苏焱眉头紧皱，望着傅时寒的背影突然有点儿慌。他找苏绾心干什么啊？他的气势怎么有点儿瘆人呢？

傅时寒推门进屋的时候，苏绾心和陈磊正在看电脑上的资料。两个人不约而同地看向来人，然后表情各异地微微一怔。

陈磊看见傅时寒，眉开眼笑。苏绾心看见傅时寒，眸光一沉。

"傅总，您来了。"陈磊赶紧起身迎他，"我还打算待会儿给您打电话呢！"

"找我干什么？"傅时寒坐到沙发上，视线越过陈磊，落在陈磊身后的人身上。

傅时寒没有那些乱七八糟的微信群，整个下午都在忙工作，所以对苏绾心的孤儿身份被曝光这事暂时还不知晓。

陈磊坐在他对面，整理了一下思路，然后一脸认真地开口："傅总，我已经知道绾心跟您的关系了。不过您放心，这事我一定不会说出去的。"

傅时寒挑了挑眉，不太相信这话。苏绾心那么识时务，肯告诉别人他们的关系？

"我没想到，绾心竟然是在傅家长大的。"陈磊没注意到傅时寒的表情变化，继续说，"怪不得她操盘的手法跟您的那么像，原来是受您影响。"

傅时寒眸光微亮，再次看向苏绾心。她真跟别人说了？

傅时寒不动声色地垂下眼帘，掩住眼中高兴的情绪，低声开口问："那你说说看，她跟我是什么关系？"

"傅总，怪我有眼无珠，一直没看出来。"陈磊不好意思地笑，"您之前也没给我一个明显的提示，只说安排个打工的过来，叫我不能欺负她。我还以为她是您的朋友呢，没想到……"

他给傅时寒倒了一杯水，递过去。

傅时寒心情不错地接过来，听他的铺垫，等待最后的答案。

"没想到，不是朋友，是妹妹！"

傅时寒就知道对陈磊不能抱太大的希望，撂下陈磊刚刚递给他的水杯，似笑非笑："你可真是个人才。"

陈磊听到他夸自己，后背却隐隐发凉。

"我再给你一次机会，说说看，我和苏绾心是什么关系？"傅时寒姿态慵懒地靠在沙发上，双腿交叠，眸光微凉。

陈磊张了张嘴，被这么恐吓，不敢说话了。

苏绾心不是他的妹妹还能是啥，总不能是他的姐姐吧？苏绾心可比傅时寒小好几岁呢！

苏绾心坐在办公桌后听他们的对话。她之前只和陈磊说了自己被傅家收养，并未多说其他的事。更何况现在满世界都在传傅时寒和盛浅的婚事，两家长辈中午刚吃完饭，下午就登了报纸、上了新闻，所以她确定陈磊肯定不会说出正确答案。

"傅时寒，你是来找我的吧？正好我也有事跟你说，走吧。"苏绾心起身，开口，不希望这个话题继续下去。

傅时寒完全不动，静静望着苏绾心的眉眼，猜测她想和自己说什么。直觉告诉他不会是好事。

傅时寒收回视线看向依旧未出声的陈磊，嘲讽："你三年前要是迟钝得这么明显，我肯定不会让你坐上这个位置。"

陈磊噤声。傅时寒有话好好说呗，不要搞人身攻击嘛！

"妹妹？"傅时寒重复他刚才的回答，气笑了。

好一个"妹妹"啊！

陈磊有点儿精神恍惚。看着傅时寒讽刺的笑容，一种可能从他的脑子里一闪而过，但马上又被他拍死了。

怎么会呢？不应该啊！

"傅时寒，你走不走？"苏绾心蹙着眉头，语气有点儿冲。

傅时寒不慌不忙地看她一眼，慢悠悠地起身。苏绾心在他走到一半的时候意识到事情不对，转身就逃，但很快被他拽了回来。

傅时寒长臂一伸，把人拉入怀中，一手握着她的手腕，一手揽住她的腰肢，让她无法逃脱。

　　陈磊看到这一幕，身子一僵，目不转睛地看着这两个人，屏住呼吸。

　　傅时寒低下头，目标明确，以吻封缄，完全无视陈磊的存在，亲吻着怀里的人。

　　苏绾心满脸通红，用力挣扎，见自己挣脱不开后，干脆踩了傅时寒一脚，但还是被他紧紧地抱住，直到他意犹未尽地舔了舔她的唇角，抬起头。

　　他拥着已经呼吸急促、低头不语的苏绾心，回眸看陈磊。

　　"陈总是想祝我'有情人终成兄妹'？"

　　陈磊惊呆了，手一抖，滚热的茶水伴随着"嗷"的一声惨叫，洒了他一裤子。这水洒的位置相当有特点，在外人看来就像他受到什么惊吓，尿了裤子。

　　陈磊，三十四岁，从小到大考试没掉出过年级前五，一路以"别人家孩子"的高傲姿态冲进国内顶尖院校，接着出国深造，回来后成为人人羡慕的海归、精英。他这辈子从来没怀疑过自己的智商，可现在，觉得自己真像一个傻子。

　　陈磊慌慌张张地擦了擦裤子，重新去看不远处的两个人。跟陈磊的慌张相比，傅时寒这会儿真的是稳如泰山。

　　陈磊想起傅时寒可能还在等他的答案，于是结结巴巴地开口："天下有情人……终成眷属。"

　　傅时寒听到这话，满意一笑，拉着苏绾心的手走出房间，留下陈磊跌坐回椅子上，还没缓过劲来。

　　他脑子一片混乱，过了好半天才慢慢冷静了些，重新整理今天获得的信息。

　　苏绾心从小被傅家收养。

　　傅时寒对苏绾心有意思。

　　苏绾心有个儿子叫漾漾。

　　对了！苏绾心还有个儿子！

　　陈磊壮着胆那么一想，又风中凌乱了。他是不是知道了什么不得了的秘密？！

第九章

领　证

苏绾心被迫和傅时寒离开，坐在车上，看向车窗外一言不发。

傅时寒看了她几次，见她没有想跟他说话的意思，便主动开了口："今天中午……"

"我要搬出去，不会再住在你那儿了。"

"你发什么脾气？"

"没有，我只是觉得一直住在你那里不合适。"

苏绾心想到陈磊的话，笑了笑。其实陈磊的猜测没错，不单是陈磊，就算其他人知道了她是傅家收养的孩子，也不会把她和傅时寒想到一起去。他们两个人之间的差距就是这么大，本就不该在一起。

"我们毕竟是兄妹，传出去会被人误会的。"

傅时寒听她如此调侃，一时间竟分不清她究竟是在拿陈磊的事说笑，还是真的借题发挥。他一脚踩住刹车，将车子停在车辆较少的一条小道上。

"挑衅？"

"你猜。"苏绾心嘴角微扬，笑意却未达眼底，"我的事大家都知道了，不过我和你们家的关系暂时只有陈磊一个人知晓。因为觉得他是一个嘴严的人，又发生了点儿意外，所以我才和他说的。你要是觉得不合适就找他再聊聊，他肯定不敢外传。"

苏绾心三言两语就拉开了她跟傅时寒之间的距离。傅时寒突然想起路辞那几个人没事就爱说他薄情寡义、没良心，觉得真该让他们看看什么才叫真的没良心。

"和我们家的关系？听你这话的意思，你不是傅家人？"

"这不是显而易见的事吗？"

以前就算了，如今李墨、傅鸿儒摆明不想跟她扯上关系，她更不能厚着脸皮往上贴。

"回家吧，我困了。"

她无意再和傅时寒聊下去，只觉得脑袋昏昏沉沉的，随时都能睡过去。傅时寒开车到家的时候，她真的睡着了。

不到十分钟的车程，她却睡得无比沉，以至于被傅时寒叫醒时，竟有些蒙。

身体状况反复无常，让苏绾心的心情更是不好，她低着头跟在傅时寒身后上楼，应付一般吃完了饭，陪漾漾玩了一会儿后就直接回房间休息了。

傅时寒在书房，已经弄清楚她之前在车里说的"大家都知道了她的事"指的是什么了。

三年前傅时寒就担心的事，三年后还是发生了。

傅时寒听完手下的汇报，缓步回到卧室，见床上的人已经进入梦乡。他坐在床边目不转睛地看苏绾心，握住她冰凉的手，不知她这会儿睡着是真的困倦，还是对他的逃避。

傅时寒坐在那里，漫漫长夜，一直没合眼。

苏绾心早上醒来的时候，他已经不在家里了。

不知道昨晚发生了什么，苏绾心吃过早饭后去了公司。一上楼她就看见陈磊神色古怪地站在办公室门口，大概率在等她。她想到傅时寒昨天都做了什么，耳朵忽然有点儿热，硬着头皮走过去，笑问："三石哥一大早当门神呢？"

"你过来，问你点儿事。"

陈磊昨晚也没怎么睡好，憋得难受。他把苏绾心带回办公室，关上门，压低了嗓子，生怕被谁听见他们的对话。

"你跟傅总……？"

"有过那么一段情。"苏绾心想了想，回答，"前男友。"

"你觉得他昨天那个样子像前男友？"不管别人信不信，反正陈磊是不信的，"你那个儿子是……？"

"是。"

陈磊一屁股坐到椅子上，不敢相信他这些天把什么人跟那群臭男人放在一个屋里了。他低头沉思了一会儿，又看苏绾心："你觉得咱们公司的哪个职位合你胃口？"

"大白天的，后门走得如此明显，不好吧？"

"没事，小问题。"陈磊摆了摆手，"你上面有人，应该的。"

"不了，我挺喜欢现在的职位。"苏绾心笑着拒绝，"过几天再说吧。"

苏绾心回办公室忙了一上午。

中午休息的时候，每天都来给她送饭的敬景文竟然没出现，让她好不自在。

什么情况？断粮了？那她中午怎么办？

苏绾心犹豫地往外走，没想到一出公司门就看见路边停了一辆豪车，还有一辆摩托车。豪车是傅时寒的，摩托车是慕星瀚的。

苏绾心愣了几秒快步朝那边走去，走到慕星瀚面前，疑惑地问："你怎么来了？"

"我昨晚不是给你发了信息吗？"

"有吗？我怎么不知道？"

"啧，估计被那个姓傅的……"

慕星瀚的话没说完，停在摩托车不远处的豪车的车门就被打开了，那个"姓傅的"从车上走了下来。

在傅时寒朝他们走过来时，慕星瀚下意识地就勾过苏绾心的臂膀，把她揽在胸前，然后笑盈盈地跟傅时寒对视，无声地说了两个字：我的。

苏绾心背对着慕星瀚，没看见他的动作，只看见傅时寒脸黑得像要杀人。她轻松挣脱慕星瀚的怀抱，往旁边挪了挪，拉开一点儿距离，也尽量离傅时寒远一点儿。

傅时寒停下脚步，睨她，冷声开口："过来。"

过去——苏绾心肯定是不敢的。这路上人来人往，她怕他又对自己做出昨天在陈磊面前做的那种事，所以，不但没听话，而且又往旁边挪了挪，问："你怎么来了？"

傅时寒嗤笑："来看看你们两个人打算中午去哪儿吃。"

他猜到慕星瀚会来找苏绾心，所以特意在这儿等。

苏绾心听他这么一说，猜到昨晚自己睡着的时候发生了什么事，一言难尽地看着满脸写着"捉奸"二字的傅时寒，哭笑不得。

"过来，聊聊。"傅时寒看着她，重复刚刚的话。

苏绾心迟疑了一下，朝他走去。傅时寒见状，得意地看了慕星瀚一眼。

你的？你下辈子都别想。

苏绾心走到一半，傅时寒的手机响了，他随手掏出手机，微微皱眉，接起："什么事？"

盛浅："晚上有空吗？楚炀母亲过生日。"

"几点，在哪儿？"

盛浅："七点多，在他家，我现在就在这儿呢。"

"就你自己？"

盛浅："还有我爸妈。"

傅时寒听到这话，抬眸看了苏绾心一眼。苏绾心微微扬起嘴角，刚才就已经看到手机上的名字了。

她对上傅时寒的视线，示意他继续聊，然后在傅时寒叹了口气转过身去的时候，走向路边的摩托车。

"星瀚，吃饭去。"苏绾心拧了一下车钥匙，戴上头盔。

傅时寒回眸就看到慕星瀚长腿一跨坐到苏绾心身后，伴随着轰鸣声，摩托车在他的视线中快速远去。

苏绾心骑车载着慕星瀚，找了一家西餐厅。

慕星瀚看着她平静的表情，好奇地问："你怎么想起吃牛排了？"

"没怎么，就是想吃。"

苏绾心无聊地摆弄桌子上的刀叉，看着那泛着冷光的刀，忽然心里生成一种想法。

不知道这刀锋不锋利，她在手上划一刀，应该不疼吧？

这想法在她的脑海中一闪而过，把她吓了一跳。

她扔下刀，扭头看向窗外。

她心里不爽，非常不爽。刚刚在傅时寒接盛浅的电话的那一刻，她想起了昨天发生的事，想到盛浅站在傅时寒的父母身边，想到李墨说不认识她。

她心里种种情绪不断翻滚，交织在一起，又酸又苦。苏绾心默默感受着，骂自己没出息。

"你切牛排的时候能不能别像切敌人尸体一样这么凶狠？"慕星瀚看着她的盘子里被切得乱七八糟的牛排，笑着调侃。

苏绾心抬眸瞥了他一眼，面无表情地怼："再说就把'尸体'扔你脸上。"

"火气这么大，你吃枪药了？"

"看出来就别惹我，小心'突突'了你。"

"傅时寒刚才接的谁的电话？"慕星瀚不怕死，继续问，"能让你这么暴躁，情敌吧？"

他的话音刚落，苏绾心拿起桌上的餐巾纸，揉成一团，打了过去。

"闭嘴。"

慕星瀚笑着看苏绾心怒气满满的小脸，知道她真生气了。

两个人吃完饭，结账走出店门，苏绾心有种想翘班的想法。傅时寒这会儿八成在公司等她，她不想回去。就在她在翘班还是不翘班之中挣扎的时候，有人救了她。

看着电话，苏绾心深吸一口气，调整好心情，接起："钟医生好！"

钟贤听着她热情洋溢的打招呼声，不由得一愣："态度怎么这么好？"

"嘿嘿，我这不是心虚嘛！"苏绾心没掩饰，"最近忙，又忘了联系你，抱歉。"

"我就知道是这样。"

最近关于苏绾心的传闻都冲出金融圈，传到钟贤的耳朵里了。钟贤曾经问过她，她的家人是否知道她患抑郁症。她当时回答得非常肯定，说知道。但现在钟贤听说她是个孤儿，根本没家人，又听说她没结婚，孩子的父亲也不知道是谁——这就让他很头痛了。

合着她一个人生活？那她不是随时都有可能作大死？

"钟医生下午有空吗？我去见你吧。"

"你不用上班吗？"钟贤意外，她竟这么主动。

"不用！你在哪儿？我这就过去。"

苏绾心要了他的工作室的地址，回身冲慕星瀚挥手道别。

"不带我？"慕星瀚靠坐在车上，"见谁啊？带我一个呗。"

"约会。大白天的，带你当电灯泡？"

"'渣女'。"

"谢谢！"

"你吃着碗里的，瞧着锅里的。"

"我胃口大，没听说整个金融圈都是我的天下吗？"苏绾心才不在乎慕星瀚怎么说，跟他贫了两句后就钻进出租车离开了。

几十分钟后，车子抵达了目的地。

苏绾心付了钱下车，很快就见到了操心操得头发都快变白的钟医生。

而此时，她已经翘班半个小时了。

"今天怎么这么痛快地答应见我了？"钟贤邀她进屋，坐在办公桌后问。

"不想死呗。"苏绾心耸了耸肩，一脸坦然，"刚才吃饭的时候突然产生了自杀的冲动，感觉有点儿危险。"

她用这么轻快的语气说出这种事，让钟贤觉得更危险。

"什么情况？"

"就是割牛排的时候想顺便割一下手，不过你放心，我忍住了。"

"最近还有什么别的异常行为吗？"钟贤皱着眉追问。

"异常……倒也没什么吧，就是睡眠有点儿不规律。我有时候必须吃安眠药才行，有时候又睡得像死人一样，特别沉。"

钟贤目光一沉，垂头不语。

苏绾心见他这个反应，不免有点儿不安："怎么了？能睡不算好事吗？总比我嗑药强吧？"

"嗜睡是一种神经性疾病，你的睡眠本来就有问题，所以我很担心是你的抑郁症所致。"钟贤神情严肃地看着她问，"你仔细回想一下，嗜睡状况发生时有没有外在因素的干扰？比如……发生了一些让你压力非常大的事情，让你的情绪变得焦躁不安。"

苏绾心认真地想，嘴角的笑意一点点消失。

如果她没记错的话，嗜睡是从傅时寒和盛浅的婚约被大肆曝光、尽人皆知的那天开始的。那天晚上，她在傅时寒的车里睡着了，回家后更是昏睡得一塌糊涂。

再后来……就是盛浅过生日那天，她听盛浅说了那些话，整个人疲倦得不行，觉得要睡死过去。

她见到傅鸿儒、李墨的那几天晚上也是一样。

慕酥雨说她在傅时寒身边一向睡得好，她想想也对。确实，他在身边的时候，她不用吃安眠药也能睡着，就没太在意。可如今听钟贤这么一说，她觉得自己真蠢啊。

苏绾心从深思回到现实，抬眸对上钟贤担心的视线，抿嘴一笑。

"我好像确实有你说的这些情况。最近情绪的确不太稳定，自己也没太当回事，抗抑郁的药也是有时吃，有时不吃。"

"我早就说过，你一直靠大量服用药物来维持是不行的！一旦停药，精神会崩溃得非常快！"

钟贤摘下眼镜，揉了揉鼻梁。以他从医多年的经验来看，苏绾心的情况已经非常危险了，而且她抑郁的症状已经有一年多了，长年累月地累积下来，问题会越来越多。

他坚信，她今天突然产生自杀的想法一定不是偶然，以前一定发生过，只不过她没在意。现在，她身上像是绑了一颗定时炸弹，说不定哪天就把她炸死了。

"接受治疗吧，你不能再这样下去了。"钟贤义正词严地看着她说，态度很坚定。

苏绾心看着他，慢悠悠地点了一下头，然后小声地说："只要你别再摆着这张法医验尸的脸看我，那就治呗。"

"你……"钟贤被她气得说不出话来。

这都什么时候了，她还有闲心扯皮？

"你确定你是真的答应接受治疗了，而不是敷衍我？"钟贤狐疑地看她，可没忘了她有多难搞，"我必须和你约好见面的时间，要知道你家的地址以及你最亲近的人的联系方式，以便你不出现时我上门拜访。"

"抓人就抓人呗，还说得这么斯文。"苏绾心小声嘟囔，看着钟贤阴沉的脸，改口说道，"还有什么要交代的，你继续说，我听着。"

"如果想哭，别憋着。"

苏绾心沉默地听着。

"每个人都有自己无法承受的伤痛，这很正常。不要刻意控制自己的情绪，否则一旦时间久了，你就会发现，你连自己是不是真的开心都分辨不出来。"

一个人假笑惯了，就忘了应该怎么放下嘴角；把面具戴久了，就会忘记自己本来的模样。

"绾心，你不能一直活在绝望里。"

苏绾心的情绪原本是非常平静的，可她听到这话，眼圈开始泛红。她低下头揉眼睛，试图擦干眼里的雾气。

"你知道我为什么突然愿意接受治疗吗？"她轻声开口，"因为我想起曾经有个人对我说过的一句话。"

那是傅时寒在她小时候刚到傅家的时候曾对她说过的话。

"他说，人可以绝望，但不能把绝望当成一种习惯。"

钟贤默默地听着她的话，想到那天她接电话时手机屏幕上显示的备注，微微皱了皱眉头："在你的精神状态改变之前，出现过什么应激事件吗？"

像苏绾心这样的人，恐怕不是简单的生活和工作压力让她变成如今这个样子的。在钟贤看来，她能一个人熬这么久已经是一件不可思议的事，更别提她每天都伪装得那么好。若不是自己之前无意间发现她吃药，那结局会如何，钟贤不敢去想。

苏绾心想了想，回答："出过一场车祸。"

又是车祸……钟贤想到另外一个难搞的病人："你下午真的不用上班？那我们来安排以后见面的时间。"

苏绾心和钟贤定好见面的日子。至于紧急联系电话以及家庭住址这些资料，她答应回头给他。她得先从傅时寒那儿搬出来，不然万一哪天真的忘记过来，钟贤抓她时撞见傅时寒就不好了。

苏绾心看了一眼腕表，已经下午三点多了。无处可去，她只能乖乖地回公司。

苏绾心跟慕星瀚走了以后，傅时寒就直接在公司里等她，一等就是几个小时，直到三点被公司的"夺命连环电话"催回去。被霸占了办公室的陈磊总算松了一口气，对着那么一张送葬脸哪有心情干活儿啊，吓都被吓死了。

陈磊送神一样把傅时寒送走，顺便去苏绾心的办公室瞄了一眼，见她还没回来，重重地叹气。

苏绾心回去工作，下班后慢腾腾地收拾东西往家走。在看到坐在客厅沙发上的人时，她既意外又觉得正常。

傅时寒坐在沙发上看着她，嘲讽："你还知道回来？"

苏绾心没理他，直接上楼。傅时寒以为她去换衣服然后再下来吃饭，可是等了一会儿不见人影，便起身上楼找人，在看见苏绾心做什么的时候，整颗心都坠到了谷底。

苏绾心搬过来的时候行李就不多，所以现在要搬走，需要整理的东西也就是一些简单的衣服而已。

"你要去哪儿？"傅时寒快步走到她面前抓住她的手腕，制止她的动作。

"我昨天不是说过了吗？搬出去。"苏绾心语气淡然地回答。

"我说了，不准！"

"你不准我就不走？你以为你是谁？你凭什么管我？"苏绾心讥笑，"法律有规定，就算是夫妻，分居两年都应准予离婚。我三年没见你了！就算我曾经是你的女朋友，现在也已经不是了，你明不明白？！我现在跟你非亲非故，你凭什么拴着我，限制我的自由？"

她情绪激动，甚至有点儿歇斯底里。她红着眼睛看面前的人，呼吸急促，胸口一阵刺痛，痛得脸色发白。

"咱们两个人真的就这样算了吧，我不想再和你在一起了。"

"'非亲非故'？你三年前一走了之，如今回来用一句'非亲非故'就想把我们的关系撇得干干净净？"

"好，我欠你们傅家一双腿，那你拿回去啊！我还给你们行不行？！"苏绾心哭着喊出来，崩溃无助。

傅时寒看着她哭，火气哽在嗓子里发不出来了。

他握了握拳头，然后又松开，向前一步重回她面前，将她抱入怀中。

"是我的错，我不该大声跟你说话，你别哭。"他低头亲吻她的发顶，放缓了语气，"我只是想不明白我又做了什么惹你生气。中午扔下我的人是你，现在回过头来不要我的人还是你。"

傅时寒下午去公司开了个会就回来了，没心情做任何事，一想到那个姓慕的看苏绾心的眼神就酸得不行。

他接个电话的工夫她就带慕星瀚走了，看都不看他一眼。他……

对了！他接了个电话，电话是盛浅打来的！

"你吃醋了。"傅时寒低头看怀里还在努力挣扎的人，肯定地说道，"你因为盛浅的电话才生气的。"

"我没有！"

"郑楚炀母亲今天过生日，盛浅问我晚上要不要过去。我下午已经给楚炀打过电话了，说晚上有事，改天带你一起去。"

"我说了我没有！我也不会和你一起去郑家！谁给你打电话跟我没关系，盛浅和你……"

"傅时礼喜欢盛浅。"

苏绾心的话说到一半被打断，脑子一瞬间没反应过来，她愣在了原地。

"时礼两年前就和我说过，他喜欢盛浅，不然你以为我为什么跟盛浅走得那么近？爸妈这次和盛浅的父母见面，聊的也不是我和她结婚的事，是时礼。"

傅时寒昨天晚上回来就想跟苏绾心说这件事，见她睡得早，便没吵她。今天中午他过去找她，打算吃个饭顺便把这事说了，谁想到她和那个姓慕的走了。

"你什么时候学的骑摩托车？你都没骑车载过我。"

他转移话题的速度非常快，快到让苏绾心完全跟不上节奏。她怔了半响，才重新出声。

"出去。"

"我不可能让你走。"

"我让你出去！"

苏绾心把人轰出房间，锁上门继续收拾衣服。傅时寒从小到大就没被她以外的人这样对待过，看着"砰"的一声在自己面前被关上的房门，摸了摸鼻子上不存在的灰，下了楼。

他坐在沙发上想着苏绾心刚才说的话，然后眸光一闪，拿起手机去阳台打了个电话。

苏绾心在楼上收拾完东西就累得趴在床上不想动了，不知道自己什么时候睡着的，总之醒过来的时候已经是清晨。

她身上穿着睡衣，知道昨晚是谁给她换的。傅时寒不在屋里，苏绾心洗漱完下了楼，顺便拎着行李箱。

一楼餐厅。

餐桌上摆着味道鲜美的海鲜粥和清淡小菜，桌旁坐着身穿白色衬衣、黑色西裤，帅气到仿若美剧里的高贵男主人公的傅时寒。

苏绾心瞥了他一眼，听到从客厅的方向传来了陌生人的声音——

"傅总，这边都准备好了，随时可以开始。"

傅时寒冷淡地"嗯"了一声，起身走过来。苏绾心正好下楼走到客厅，这才发现有几个人在忙碌，还时不时地朝她投来好奇的视线。

客厅内，几名工作人员恭恭敬敬地站成一排，好奇地打量傅时寒身边的女人。苏绾心被傅时寒拉着走过去，眉头紧蹙："要干吗？"

她疑惑地看着那红色的背景布、脖子上挂着照相机的摄影师、桌上摆着的电脑，小声发问。

"结婚。"傅时寒低声回答．

苏绾心听到这两个字身子一颤，连连摇头往后退，又被他一把拽了回来。

他低头看苏绾心抗拒的表情，心里沉闷。

这不是他第一次提结婚的事了。三年前他就提过，不止一次，但每次都被苏绾心用各种各样的理由拒绝——这次就算她说出花来，他都不会退步。

苏绾心被傅时寒拥在怀里，不远处，站着一排目不转睛地盯着他们的人，他们的脸上挂着藏都藏不住的八卦表情。

傅时寒是谁他们当然知道，至于苏绾心……

她之前在网上的话题的热度很高，到现在也没降下来，时不时就传出一回绯闻。最近听说她既是孤儿，又未婚生子，她的事再次成为广大"吃瓜"群众工作无聊、聚会唠嗑时的热门话题。

几名工作人员屏住呼吸，看着最近同样是热门话题的另外一个主角——傅时寒。外面铺天盖地地传他要和当红女演员盛浅结婚了，这转眼的工夫新娘怎么换人了？他们看着态度强硬的傅时寒以及不断挣扎着拒绝、不想坐到沙发上的苏绾心，心里都生出了同样的想法——

这不是结婚，是逼婚吧？

"傅时寒，你放手！"苏绾心咬牙切齿地叫他的名字，被这些人围观得面红耳赤。

傅时寒的手腕被她用力地咬出个牙印儿，但他毫不在意，低下头附在她耳边，用只有两个人能听到的声音说："你三年前在床上可不是这么叫我的，提了裤子不认账，真当我是能随便白嫖的？"

他说的每一个字都宛若雷神手中的神锤，击打在苏绾心脆弱的心脏及脑袋里，锤得她呆若木鸡，半天缓不过劲。

他怎么想起结婚了？他怎么能和自己结婚？李墨要是知道了一定会被气死的！

傅时寒趁着苏绾心愣神的工夫给一旁的几个人使眼色。摄像师是个机灵人，趁着这个姑娘还没起身逃跑，"咔咔咔"地照了几张照片，然后启动神之技能——PS。

摄影师把照片中两个人的距离拉近，将苏绾心的嘴角上调，让整张照片看起来分外和谐、美好，看不出一丁点儿被调整过的痕迹。

摄影师把照片打印出来拿给傅时寒过目。傅时寒看着照片里苏绾心乖巧地依偎在自己身边甜甜地笑的画面，忘记了事实是什么样的，点头表示自己满意。接着，他把照片交到民政局的工作人员手上，看着他们当面给他制作红色的小本本，在照片上戳上钢印，再在电脑里录入他们的结婚信息，完美地结束整套手续。

他顺利地拿到了国家级证书，开心。

傅时寒起身对上苏绾心不悦的眼神，微笑："吹吹风，冷静冷静。"

"你发疯别带着我行不行？！"苏绾心气恼地去抢他手里的证件。

"别动我的东西，"傅时寒把证件塞进兜里，抓住她的手，"你该去公司了。"

"你大早上抽什么风？"

"不是你说你和我没关系，我无权管你的事吗？"

现在好了，他们有关系了。

苏绾心倒吸一口气，气得说不出话来，转身拎起行李箱，快步朝外面走去。

"你拿行李干什么？"

"分居！两年自动离婚！"

傅时寒挑了一下眉，心情好，没跟她计较。

苏绾心的脑袋都要炸了，她用最快的速度来到公司，但还是久久无法平静。

他以为结婚是过家家？说扯证就扯证了，他就是个疯子！

苏绾心坐在电脑桌前，心中狂骂着傅时寒。其他同事相继抵达公司，苏焱看着她红着脸发呆的表情，在意地问："感冒了？"

"啊？"苏绾心慢慢地扭头看苏焱，听他又问了一遍后迷茫地摇头，"没有啊。"

"那你的脸怎么这么红？我还以为你发烧了。"

"早上遇见了个 bug（故障），气的。"

"这样啊！"苏焱点头坐下，又看了一眼她脚边的行李箱，"你这是要出差？"

"不是……拉着锻炼身体。"

"可以啊，值得学习。"

苏绾心崩溃了一上午，其暴躁程度别人用肉眼就能明显看出。大家都十分小心谨慎，开会的时候，就连陈磊都把说话的语气放温柔了几分。

中午休息，苏绾心一边心不在焉地吃着敬景文送来的饭，一边接起慕星瀚的电话。

"小雨说你要搬家？你有地方住吗？"

"有，但是我还没想好住哪儿。"苏绾心咽下口中的食物，小声回答。

"我有套房子，你住过去？"

"你有房子当初跟我哭什么穷啊？你还说要住酒店！"

"那不是没收拾好嘛！现在弄好了，你过去吗？"

"不去！"苏绾心一口拒绝，不屑地冷哼，"你知道我这个人最大的优点是什么吗？"

"好看？"

"有钱！"苏绾心翻了个白眼，"我房子多着呢，不劳你操心。"

慕星瀚无语：听听这暴发户一样的语气，多气人。

苏绾心挂了他的电话，回想自己那几套房子的地址。到距离这里最近的一套可能要半个小时，都不如到傅时寒那儿住得方便，但她真的不能和他住一起，不能再跟着他的节奏走了。

晚上下班，苏绾心拉着行李离开公司，正打算叫出租车的时候，傅时寒的保镖林睿不知从哪儿冒了出来。

"女神，好久不见！"林睿笑眯眯地打招呼。

苏绾心冷着脸看他，问："看见我脸上写什么字了吗？"

林睿认真地看了几秒，回答："滚蛋。"

"知道就好。"苏绾心一甩头，"滚。"

"别吧，寒哥让我来的。"

"让他跟你一起滚。"

"他已经滚了。寒哥说了他搬出去，你别走。"林睿轻笑，伸手去拿苏绾心手上的行李箱，见她闪躲，便劝道，"寒哥真的走了，我刚帮他搬完东西。你回去看看。我要真是骗你，那你明天再走也不迟，对不对？"

苏绾心眉头微蹙，对他的话半信半疑。

"骗你我是狗！"林睿夺过行李箱，"走，回家！"

苏绾心缓步跟在他身后，纳闷儿傅时寒这次怎么这么好说话。回家后，她发现傅时寒的衣物果然已经被收拾走了，他只留下两套睡衣。不光是傅时寒，就连敬景文和楚佩也一并离开了。

"绾绾。"

慕酥雨顺着声音找过来，一脸迷茫。她昨晚睡得晚，今天起得也晚，完全不知道清晨发生了什么惊天动地的大事。

"你把姓傅的气跑了吗？"慕酥雨无辜地揉着肚子，"那能不能只赶他走，把管家和厨师留下呀？"

傅时寒走不走无所谓，没人给她们做饭这个问题就很大。慕酥雨吃惯了楚佩做的饭，外面那些花里胡哨的外卖根本入不了她的眼。

"晚上我做给你吃？"苏绾心靠在墙上，也有点儿头痛。

"算了……那我还是订外卖吧。"

慕酥雨吃过一次苏绾心做的饭，怎么说呢？一言难尽。

苏绾心看到慕酥雨嫌弃的表情，撇了撇嘴无法反驳。她确实不会做饭，会做的那两道菜还不如傅时寒做得好吃。

"小雨，去楼下把密码锁改了，改成你的生日。"

慕酥雨下楼照办。苏绾心把衣物放回原处，坐在床上发了一会儿呆就下楼了。两个人坐在沙发上摆弄手机，查看附近有什么饭店，还没定下来晚上吃什么，就听见房门被人"啪啪"拍响。

"妈妈！开门！"外面隐约传来了漾漾叫门的声音。

苏绾心怔了一下，快速起身朝门口走去，怀疑是不是傅时寒又打算搞什么幺蛾子。他要是敢拿漾漾当借口，今晚留在这里，她就直接捶他的头。

房门被打开，门外站着一大一小两个人。苏绾心目光复杂地看着他们，以及他们手上端着的——饭菜。

"妈妈，我来给你送饭饭吃！"漾漾仰头看她，小脸上满是讨好的笑容。

苏绾心俯身赶紧把他手里的盘子接过来，回身递给闻声而来的慕酥雨，然后看向傅时寒，问："什么意思？"

"邻居送温暖。"

邻居？送温暖？听到这几个字，苏绾心的太阳穴一跳，她莫名其妙地有种不好的感觉。视线越过傅时寒，她看向走廊的另一端，然后又看向傅时寒平静的脸。

"那是你的房子？"

"不行吗？"

这栋楼是两梯两户的设计，也就是说，一层住两户人家，每家有一个专用电梯。所以，苏绾心在这儿住的这段时间没看见对门邻居，也没觉得有什么不对的。

苏绾心哭笑不得，倚在门框上看他，问："你觉得这样有意思吗？"

"没意思。"傅时寒诚实地回答，"是你要分开住，要独处空间，所以我给你了。"

她要空间他可以给，但自由他绝不给。

"敬叔他们都在对面，你不点头我不会搬回来。"傅时寒转身要走，然后想起一件事，又回头看她，"我晚上有个应酬，可能会遇见盛浅，提前跟你打个报告。我没打算结婚第一天就搞外遇，所以你看见乱七八糟的报道，不准哭。"

他说完就回对面的屋子了，顺便把正想趁他不注意偷偷地钻进苏绾心的屋子的漾漾拽了回去。

"都怪爸爸！惹妈妈生气还连累我！"回到隔壁，漾漾气鼓鼓地抱怨，又被傅时寒的一个眼神吓得不敢继续埋怨。

"爸爸！"他抱住傅时寒的大腿，"你哄哄妈妈好不好？我们回家住好不好？"

"你行你上。"

"那我去找妈妈！"

"再闹就送你回爷爷家。"

"嘤……"

傅时寒没心情哄儿子，换了身衣服就出门了。他到了酒店见到傅时礼和路辞几个人，和他们聊天。

"怎么感觉你今天心情不错？"路辞打量了傅时寒半天，总觉得这个人今天怪怪的。

霍景凡："我也感觉出来了。"

傅时礼也皱了皱眉："你是签了什么大单吗？"

傅时寒想起早上发生的事，笑了一下，摇头："人逢喜事精神爽，你们这群人是不会懂的。"

其他几个人相互看了看，都听出他想说的是"你们这群狗"。

傅时寒不理会他们探究的目光，四下看了看，然后眸光一沉。

"他怎么来了？"用酒杯指了指远处的申文光，傅时寒冷笑，"ST已经到了破发价格，我还以为他这会儿在医院躺着呢。"

路辞："别太小看这只老狐狸，能在商场沉浮几十年，你觉得他靠的是什么？"

傅时寒认真地想了一下："靠狗屎运、抱大腿和走关系？"

路辞无奈地在心里吐槽：你正经一点儿好不好啊？

"ST的运营模式早就有问题，它到今天还没倒闭，不是走运是什么？申文光以为找了丁家，他的公司就能起死回生，一大把年纪了还这么幼稚。"

傅时寒喝下杯中的酒，又看了看。果然没让他失望——他看见丁凯泽和申婧晨了。

傅时寒还是第一次见这两个人同时出现，有一阵子没见到申婧晨了。最近关于苏绾心的一些消息被曝光，他查了一下，不出所料，消息是申婧晨放出去的。

人群中，申婧晨一转身就看到了傅时寒的身影。她眸光微亮，目不转睛地望着他，贪婪又不甘心。她绷住情绪深吸一口气，偏过头看了看身边的这头"猪",一股火气顿时蹿上心头。

丁凯泽看着身边的未婚妻时不时就往某个方向看去,顺着她的视线往那边一瞧,发现是傅时寒那几个人。

在C市这种地方,圈子分化得很明显,即便是上流社会也会划清界限,像傅时寒那伙人的圈子,就鲜少有外人进得去。

傅时寒听到身后有人叫自己,懒懒地回眸一看。

"傅少,好久不见。"丁凯泽笑着举起酒杯。

傅时寒看了看他和他身边的人,微微一笑,语气随和地问道:"二位什么时候结婚?"

他这如沐春风的笑容把身旁的傅时礼恶心到了,也让刚刚到场的盛浅跟傅时宜打了个寒战。

丁凯泽很明显没料到傅时寒会问出这个问题,微微一怔,而申婧晨的脸色更是难看。

"傅……"申婧晨刚一开口,就听见傅时寒又说——

"最近天气不错,适合领证。"

申婧晨听了这话,脸色直接变得苍白。

傅时礼也很奇怪:他哥今天犯什么毛病?

傅时寒说完这话就没有再打算搭理这两个人了,转身继续和傅时礼聊刚才的话题,谈国外的分支业务。

"你今天……"傅时礼仔细观察傅时寒的神情,"好像真的心情不错?"

"嗯,"傅时寒点了一下头,"不错。"

所以今天他不杀生,有什么仇、什么怨留着明天算。

"什么事啊?"傅时礼笑着问,想不出来还能有什么事情让这个人如此高兴。

傅时寒向来是一个善于伪装的人,即便在他们这一群朋友面前也不会把所有情绪都展露出来。可今天他真的一点儿掩饰都没有,高兴得任谁都能一眼看出来。

傅时礼:"公司的事情可不会让你这样。"

上次去滨市拿下KL的项目,傅时寒都只是一副"你们开心就好"的敷衍表情。

傅时寒沉思片刻,给傅时礼答案:"今天天气不错。"

"你哥不会傻了吧?!"盛浅在一旁看了半天,忍不住惊恐地出声问傅时宜。今天可有雾霾啊!天气哪里不错了?

傅时寒听见盛浅的声音，缓缓地看过去，然后又看了看身边的傅时礼，微微皱眉。

这两个人什么时候结婚？怎么他身边连一个结婚的人都没有？这群"单身狗"，他真是和他们没共同话题。

傅时寒一脸嫌弃，一个人慢悠悠地喝着酒。傅时宜看他这样，找了个机会上前和他说话。

"苏绾心又让你尝到什么甜头了？"她非常肯定地问，知道能让她可变成傻子的人从来只有那一个。

"没有，今天我被赶出来了。"

"那你抽什么风？"

"妈这两天怎么样？"傅时寒转移话题，也转移傅时宜的注意力。

"不高兴呗，自从妈那天和苏绾心见了面，家里就一直是修罗场。你就不能劝劝苏绾心，让她回一趟家？"

"她都说不认识我们了，怎么回？"傅时寒似笑非笑，虽隐藏得不错，但还是能让人听出言语间的不悦。

"妈只是一时生气，所以才……"

"我知道。"傅时寒语气平静，"我没有怪她的意思。"

他不怪李墨是真的，心疼苏绾心也是真的，所以算来算去，这气只能发泄在自己身上。

他瞥了一眼申婧晨的方向，垂下眼帘，遮住眼底的杀气，然后揉了一下傅时宜的头，轻声说："我回去了。"

傅时宜护住差点儿被弄乱的发型，跟着他走了两步："漾漾下周过生日，你带他回家吗？"

"不回。"傅时寒拒绝得痛快。

傅时宜停下脚步，望着他渐行渐远的背影，无力地叹息。

长夜漫漫，苏绾心躺靠在床上，毫无睡意。

早上发生的一幕幕对她而言如同做梦一般，让她直到现在还有种恍若梦境的感觉。她不敢想象，如果傅家知道了这件事会有什么样的反应。尤其是李墨，一定会大发雷霆。

睡不着，苏绾心想下楼热一杯牛奶喝。在经过洗手间的时候，她进去洗了个手，然后抬头看着镜子里的自己发呆。

因为车祸之后长期卧床昏迷、气血不足，苏绾心脸色一直都不好。就算后来休养了一年半，她也终究没法儿恢复到原来的模样，整个人看起来病恹恹的。再加上比以前瘦了不少，难怪回来后第一次见申婧晨的时候，申婧晨没认出她，现在就连她看着镜子里的自己都觉得有些陌生。

这样一张脸，究竟还有什么值得傅时寒喜欢呢？苏绾心苦笑着来到厨房，热了一杯牛奶后坐在沙发上继续发呆。

她今天都没看清楚那结婚证是什么样子的，也没看到上面的照片好不好看，只记得他满意的笑脸，他像占了多大便宜似的。

苏绾心又想到了以前，前阵子傅时寒说过，他要把跟她的账都记在本上，以后一件一件地算，还提到她以前拒绝他求婚的事。

说实话，苏绾心听到他那么说，甚至有点儿怀疑自己是不是失了忆。因为在她的印象里，她真不记得他求过婚。

如果非说有……那她唯一记得的是两个人在床上温存之后，他说"领个证吧，怎么也得给我个名分才行"。

苏绾心当时没当真，毕竟那会儿还没大学毕业，就送了他一个"滚"字。至于其他的，她就很难再想起来了。

她只记得傅时寒以前很爱看着她学习。她做数学卷子的时候，他就捣乱，随手写一个 $r-a\,(1-\sin\theta)$，让她画心形线；她写化学作业的时候，他就写镁和硫酸锌发生置换反应的公式，问她是什么意思；她偷懒看电影的时候，他拽着她讨论笛卡尔坐标系，顺便搞搞伽玛函数……她气得很想打他。

现在回想起这些，她不确定他当初花了多少心思，她又究竟错过了多少次所谓的求婚。如果一切可以重来，她一定认真解答他出的每一道题，接受他的每一次索吻，铭记他说过的每一句话。

苏绾心从回忆中挣脱出来，一口气喝光杯子里的牛奶，上楼努力睡觉，然后清早起来，吃了面包出门上班。此时距离陈磊收到董事会的辞退书已经好几天了。

上午十点半，两则新闻引起了苏绾心的注意。

第一个是丁家的凯润集团之前已经谈好的一个跨国合作项目崩了。双方合同已经签了，现在因为凯润集团，对方终止合作，并要求凯润集团赔偿全部损失。

第二则新闻，是有关申家的 ST 集团的。

众所周知，ST 最近一直处于低谷，经历连续十几个跌停之后，股价已经跌破当初的发行价。有关 ST 的种种不利消息始终没有停过，所以，没人认为这家烂公司还能从泥坑里爬出来。

可是就在刚刚，网上竟然传出了苏氏证券入股并力挺ST的消息，把苏绾心恶心得差点儿把早上吃的面包吐出来。因为这一则逆转性的消息，ST的跌停板还真打开了一个缺口，但在短短的十分钟后，它又重新趴在地上不动了。

苏绾心目不转睛地看电脑上的数据线，察觉出问题。就在她打算仔细查查ST最近几天的大笔交易记录时，突然听到身后的同事说——

"陈总好像和人吵起来了。"

"谁啊？"

"不知道，但我刚才看见Alex去他的办公室了。"

苏绾心身子一僵，拍案而起，在一众疑惑的视线中快步朝陈磊的办公室走去，象征性地敲了两下门后直接走进去。

屋内，陈磊和Alex面对面站着，Alex身后还站着一个年轻的女子。

陈磊脸色不大好看，一看就被气得不轻。苏绾心看到这个画面，大概猜到了什么，目光轻飘飘地落在Alex的脸上，微微一笑。

"Alex先生，好久不见。"

"好久不见。"他点了点头，"不过以后可能要天天见了，因为从今天起我会成为你的上司。"

"你确定？"

苏绾心挑眉，看了一眼陈磊的脸，想知道陈磊现在是不是把肠子都悔青了。

"你既然是来任职的，那有任职书吧？"苏绾心十分淡定，"总不至于光凭你的一句话就让我们走人，这不合规矩。"

"苏小姐，很抱歉，虽然不知道你和董事会的管理层的哪个人有什么关系，但是，我现在是以董事管理的身份来这里的。"Alex的态度比她还要从容，毕竟他手上握着股权，说话有底气。

苏绾心想了一下，又问："前阵子大量购买我司股票的人是你？"

"不可以吗？"

"今早发布苏氏证券看好ST这种消息的人也是你？"

"对。"

苏绾心收敛笑意，在心中怒骂，恨自己当初心软。早知今日，她那天就该把水泼在这个外国人的脸上，让他有多远滚多远，也不至于现在这么糟心。她辛辛苦苦忙了三个月，帮这么个玩意儿拿了160%的收益率，真是亏死了！

"你现在手上有多少股份？"苏绾心平缓了一下情绪，继续发问。

"5%，所以我足以当这个总经理吧？"

5%不少了，傅时寒才拿20%。陈磊听着这两个人的对话，眉头紧锁。

"陈总，收拾一下东西吧。"Alex回头看他，气得陈磊险些喷出一口老血来，"我下午就要过来处理业务，请你尽快离开。你放心，公司该给的赔偿一分不会少给你。"

"他不会走。"苏绾心及时出声，走到办公桌后坐下，像看什么笑话一样看着Alex，"5个点的股份还真不至于让你在这儿张牙舞爪、如此放肆。你让他走，问过我的意思吗？"

"你？"Alex微微愣怔，然后大笑出声，"你以为自己是谁，傅时寒吗？你以为你手上也有20个点的股权？"

陈磊为难地看着苏绾心，轻声开口："给傅总打个电话，让他过来吧。"

"找他干什么？他不过是一个打工的，看着烦。"

苏绾心可没说谎。这公司她最初打算独资成立，但禁不住傅时寒一直软磨硬泡，最后才给了他20%股权。

"我手上确实没有20%股权。"苏绾心缓声开口，看着Alex得意的表情，话锋一转，"但我有60个点。很抱歉之前我和你见面的时候没介绍清楚自己——本人苏绾心，苏氏证券总裁。"

房间里静悄悄的，气氛伴随着这些话的出现而凝滞。

苏氏证券总裁从公司成立之日起就从未在任何公开场合露面，在股东大会上也从未现身。虽然关于这家公司的幕后创始人众说纷纭，但绝没有一个人能想得到现在这种情况。

"你……"Alex愣了半晌，总算出声。

你一个无权无势的孤儿，怎么可能是苏氏证券的总裁？

Alex本来想这么问。最近关于苏绾心的消息他听到了不少，所以才会越发愤怒，想到苏绾心答应他帮忙联络苏氏证券总裁一事，就有种被羞辱、欺骗的感觉。

可话到了嘴边，不知怎么，Alex说不出来了。

他凝望眼前坐在办公椅上的女人，知晓这个女人的实力有多强。眼下，她就坐在那里淡然地浅笑，看起来就是个柔柔弱弱的女人，但从骨子里透出来的气势让人没法儿忽视。

她好像一直以来都隐藏着自己的光芒，在这一刻卸下伪装，气场全开。

虽然她没有拿出实质性的证据证明她所言属实，可就这样看着她，Alex 无法生出什么质疑。

更何况这种谎言谁敢说呢？她无论是不是孤儿，有没有背景，只要有"苏氏证券总裁"这几个字加持，就能稳稳地站在金融圈里食物链的顶端，俯瞰众生。

苏绾心脸上的笑意渐渐消失，眉目冷然地与 Alex 对视："每个圈子都有自己的游戏规则，握好你手上的股权，别让我抓住任何把柄。否则，我能让你跟苏氏证券签约合作，也一样能让你从苏氏证券股东的名单上消失。"

"你凭什么？！"

"大概凭我比你厉害吧。苏氏证券一日游到此结束，你走吧。"

Alex 沉默地喘着粗气，就像他之前把陈磊气得那样。他极力隐忍自己的情绪，和苏绾心对视片刻后冷哼一声，摔门离开。

苏绾心扭头看在一旁噤声许久、存在感差点儿消失的陈磊，刚想叫声"磊哥"，就见他连着向后退了几步。

苏绾心微怔，轻笑出声："我身上有传染病毒吗？"

"我……你……"陈磊支支吾吾半天，很想说话但不知该说点儿什么。

他现在的思绪很混乱。他想起傅时寒问过他这公司为什么叫苏氏，又想起苏绾心曾亲口说她是苏氏证券总裁，他当时还回了一句"神经病，滚蛋"。

他如今想来，果然是天道好轮回，苍天绕过谁——这次该滚蛋的人变成他了。

苏绾心看着陈磊的反应，差不多猜到他在想什么，眼中的狡黠笑意一闪而过。她笑眯眯地朝他走去，问："三石哥，找好下家了吗？"

"还没。"

"业内有哪家的薪资福利比咱们这儿好吗？"

"没有。"陈磊摇头，说的是实话。

苏氏证券的员工福利是一等一地好，不然不会招人要求那么严格还有一群人拼命往里钻。

"要不然就委屈委屈自己，继续在这儿干得了。"苏绾心拍了拍他的办公桌，"回去坐着吧，我也回去干活儿了。"

"别走，别走！"陈磊手疾眼快地把人拦下，好像这会儿脑子才清醒过来，"你跟我说说，你怎么成我的老板了？傅总带你来的时候不是这么说的啊！"

"你亲爱的傅总带我来的时候，说过我是他的前女友吗？"

"这倒没有。"

"那不就成了。"苏绾心想起往事，冷笑一声。

她当初来苏氏就想表明身份，当个好老板。谁知道傅时寒的一句话让她成了员工，她有什么办法？

公司的资料和股权登记证明书等文件都在傅时寒的手上，那会儿他们把关系闹得很僵，就算她要他也不可能给。她说她是苏氏证券总裁，没人信。

如今时机成熟，虽然他们的关系还是挺僵的，但好在她的名声打出去了，毕竟单是获得三位数的收益率就不是谁都能做到的事情。

苏绾心把陈磊往办公桌旁边一推，推门离开。陈磊看着她的背影，头都要炸开了。

十几分钟前，他被 Alex "噼里啪啦"地甩了一脸英语，被告知赶紧走人。

十几分钟后，他被自己的员工"噼里啪啦"地甩了一脸猛料，被告知她是老板。

再想想，他莫名其妙地知道了苏老板和傅老板之间的关系，还有那个孩子的真实身份，只觉得人生真的艰难。对陈磊而言，在这短短的一个星期里，他仿佛历尽了沧桑和磨难。

他瘫坐在沙发上，拿起手机找到傅时寒的号码，拨了过去。在电话那边传来傅时寒一向冷淡的声音后，他开门见山："苏绾心是苏氏证券总裁？！"

"我不是早就告诉过你吗？"

"你什么时候告诉过我？"陈磊很不乐意，"你当初带她来的时候，说的可是你带来一个打工的！"

"哟，你受什么刺激了，敢跟我喊了？"

陈磊立刻闭嘴。

要不还是辞职吧，别干了，他快被这两个祖宗玩坏了。

傅时寒听着电话那边的沉默，翻了一下自己今天的行程表。正常情况下，苏绾心不太可能主动向陈磊提及她的身份。

"出什么事了？"他低声问陈磊，在听到答案后停顿片刻，"我下午四点多有空，过去详谈。"

撂下电话，傅时寒让秘书取消他四点以后的行程，又派人去查 Alex 的底细。

苏绾心忙了一上午，中午吃饭回来就听苏焱说陈磊又找她了。

"磊哥刚才过来的时候，一脸凝重地告诉我们对你客气点儿，你是不是又接什么大单了？"

"就……差不多吧。"

苏绾心抿嘴一笑，在苏焱复杂的目光中起身找陈磊。陈磊没在办公室，正站在吸烟区吸烟，目光幽幽地望着楼下。

中午他接到不少同行的电话，问他是不是离开苏氏证券了。Alex 提前把消息放出去了，今天如果没有苏绾心，他是注定要被赶走的。

"还有烟吗？给我一根。"苏绾心走过去轻声开口。

陈磊微怔："你还会抽烟？"

苏绾心挑了一下眉，烟瘾莫名其妙地上来了。她接过陈磊递过来的烟，动作娴熟地点燃。

傅时寒从走廊的另一端走过来的时候，看到的就是这两个人并肩站在一起吞云吐雾的画面。

"你跟傅总现在是怎么回事啊？"陈磊忍不住小声八卦，"吵架了吗？"

"没有啊，大概就是前男友和前女友藕断丝连那么回事。"苏绾心说着，被自己逗笑。

"傅总那么好，你当初怎么舍得跟他分手啊？"

陈磊想不通，对女人而言，难道还有比傅时寒更好的结婚对象吗？

"谁知道呢？"苏绾心莞尔，"天涯何处无芳草，没准儿下一个更好呗。"

不远处，傅时寒站在那儿听到他们的对话，冷笑。陈磊无意间回眸瞥到了傅时寒的身影，慌慌张张地推了推苏绾心，示意她别说了。

苏绾心不知道傅时寒下午要来，只当是哪个同事来抽烟，于是无所谓地扭头，然后在看到傅时寒的时候，下意识地把手里的半截烟扔了。

傅时寒脸色阴沉，一副捉奸在床要人命的气场，吓得陈磊赶紧往旁边挪了两步，离苏绾心远点儿。

"陈磊，你先回办公室，我和你们苏总有点儿事要谈。"傅时寒低声开口。

陈磊听后立马转身就走，一点儿都不犹豫。苏绾心看着他逃跑似的背影，"啧"了一声。

真没义气啊，他忘了她上午给他撑腰的事了吗？他就这么把自己扔下了，忒不讲究。

"'天涯何处无芳草，没准儿下一个更好'？"傅时寒走到苏绾心身边，一字一顿地重复她刚刚说的话，"傅太太是不是忘了，自己现在已经是有夫之妇了？"

苏绾心沉默。

"需要我帮你想起来，或者让所有人都知道这件事，然后时不时提醒你一下吗？"

"不需要，谢谢。"苏绾心自知理亏，赶紧出声，"不劳傅先生操心了。"

"那再聊聊抽烟的事。"傅时寒转移话题，"还有下次吗？"

"你这就很过分了。"

"还有下次吗？"

"没有。"

傅时寒听到她的保证，眼中的阴郁这才消散了些。他叹了一口气，朝陈磊的办公室走去。

陈磊已经准备好茶水迎接他们了，坐在沙发一侧观察这两个人，心中感慨万千。他们真的分开了？这"女才男貌"的，看着多般配。现在的年轻人真是让人操心，要不他当个和事佬？宁拆十座庙，不毁一桩婚，再说了，他们还是在一起祸害彼此比较好，要不别人多遭殃……

"我听陈磊说 Alex 的事了。"傅时寒坐下直接聊正事，看向苏绾心问，"你什么看法？"

"Alex 的背景我大概知道一些，但细节不太了解。单纯针对这次的事情来说，我怀疑背后有人指使他，或者说他被人当枪使了。"

这些只是苏绾心的直觉，她没有具体的证据。

"我已经派人去查了，资料明天给你们发过来。"傅时寒点了一下头，"苏氏证券这几年发展的速度过快，圈内敌人不少。这件事不排除是同行搞鬼。"

"可是傅总，大家都是聪明人，那些人没必要跟咱们硬碰硬吧？"陈磊疑惑地问道。

"商人就是要硬碰硬。"苏绾心轻声给他答案，"苏氏证券这几年一直没有领导者，在对手眼中这就是一个很大的问题。"

即便大家知道傅时寒是苏氏证券的大股东，但他毕竟是傅氏集团的执掌者，业务繁忙，也没人知道他跟苏氏证券总裁的关系。另外，傅时寒很久没插手苏氏证券的事了，难免给大家一种他不会再过多去管这家公司的错觉。

"上午我问 Alex，外面有关苏氏证券看好 ST 的消息是不是他传出去的，他承认了。"苏绾心看向傅时寒说道。

傅时寒听后挑眉一笑。

陈磊看见他们俩相视一笑，皱了皱眉。笑啥笑啊，你俩在脑子里想的啥说出来行不行啊？公司现在被人盯上了，你俩还在这儿笑得云淡风轻，是瞧不起敌人还是瞧不起敌人啊？

不过，虽然不知道 Alex 背后的人是谁，但陈磊还是有点儿心疼这些人。毕竟遇上傅时寒加苏绾心的这对组合，谁来都够呛，有他们受的。

三个人在办公室研究今天的突发情况，聊得差不多了也快下班了。傅时寒让苏绾心去拿东西，两个人一起回去。他们虽然不在一起住了，但好歹还是邻居，门对门挺顺路的。

陈磊见苏绾心推门出去，轻咳一声，朝傅时寒靠了靠。

"傅总啊，你们现在……"

"有话就说，别吞吞吐吐的。"

"你俩现在什么关系啊？"陈磊壮了壮胆，低声问道，"她说你们是前男友和前女友的关系。"

傅时寒想了想，点头："差不多。"

那你这也不行啊！

陈磊在心里吐槽，没敢把话说出来，只能继续提醒："最近可有不少人找我打探苏绾心的联系方式。"

自从苏绾心"孤儿"加"单身"的身份被曝光后，这个消息给她带来流言蜚语的同时也带来了无数桃花。

她没有家庭背景？那男人们就觉得压力小了不少，敢追她了。

孩子没父亲？她没结婚、没男朋友？那他们还等什么啊？上吧！

"我要不是知道你们的关系就帮她牵线了，因为确实有几个条件相当不错的人。"

傅时寒听陈磊夸别人，神色一凛："是吗，有多不错？"

听出傅时寒语气不对的陈磊："那肯定没有您的条件好！"

陈磊看着傅时寒的表情，庆幸之前没做多余的蠢事，不然自己这会儿就算没被 Alex 搞出公司，八成也被傅时寒踢出去了。

苏绾心回到家，坐在沙发上看新闻。手机上一个 App（应用程序）的通知弹了出来，上面写着："重磅消息！当红女演员盛浅宣布即将订婚！"

苏绾心微微一怔，点进去发现这消息竟然是真的。盛浅工作室的官方账号也发布了相似的内容，承认盛浅即将在下个星期订婚，至于什么时候结婚还未确定。

苏绾心有点儿蒙：傅时礼这是把人追到手了？

傅时寒走过来，看她一脸迷茫的样子，问："怎么了？"

苏绾心默默地把手机递给他："是我想的那样吗？"

"我不知道你在想什么。"傅时寒瞥了一眼屏幕上的内容，"如果你想的是盛浅跟我结婚，那肯定不对。重婚有罪，这点我还是知道的。"

"你们不会逼她了吧？"苏绾心蹙眉，"她又不喜欢时礼，怎么会答应订婚？"

"你见过谁订婚、结婚是被逼的？"

苏绾心见傅时寒理直气壮的样子，真不好意思打他的脸，但又不得不提醒他："我。"

傅时寒沉默了一下，干脆当作没听见这句话，自顾自地说："订婚宴在下周末，你这几天好好休息，到时候过去散散心。"

"你确定是散心而不是砸场子？"

订婚宴上盛家和傅家的人肯定都在，她去了算怎么回事？

"确定。"

傅时寒打定主意到时候要带苏绾心过去溜达一圈。到了盛浅办订婚宴的日子，苏绾心本不想凑这个热闹，但是没想到盛浅会亲自过来接她。

书房内，苏绾心坐在电脑桌后，一脸蒙地看着进来的人。

盛浅笑眯眯地开口："绾心给个面子呗？以后我们都是傅家的媳妇，今天你就给我撑个场子吧！"

"你犯什么邪，傅时礼给你下降头了？"

苏绾心有一阵子没见她了，还以为她会因为订婚的事沮丧，可眼下看她的样子好像还挺开心。

"差不多吧，有钱能使鬼推磨呗。"盛浅为难地回答。

"说人话。"

"就是他'啪啪'地往我脸上砸钱，我没顶住。"盛浅一言难尽，看了一眼腕表，催促，"哎呀，回头有时间我跟你详说。你快换衣服跟我走，一会儿来不及了。"

"我不想去。"

"你不能不去！以后咱俩是战友，你得帮我才行。"

其实盛浅还挺怕傅鸿儒和李墨的，以前没什么感觉，现在一想到以后李墨成自己的婆婆就浑身不自在，心里怕怕的。因为听傅时宜说苏绾心哄李墨有一套，盛浅就想来取经。

苏绾心头痛地揉了揉太阳穴，苦笑着起身。

她知道今天她一旦出现，会处于一种多么尴尬的境界，但面对这样的盛浅，又没办法拒绝。

她心情复杂地换了衣服跟着盛浅离开，本以为订婚宴在酒店，没想到在滨江路的傅宅。

车子渐渐驶入熟悉的路段，苏绾心望着窗外，浑身紧绷、惶恐。没人和她说过今天要回傅家，盛浅没有，傅时寒也没有。

她不安地握起双拳，不知该怎么办。她没有做好准备，没想到再次回来会是在这种情形之下。

没有回头路可以走，两个人很快就抵达了傅宅。

今天虽然是私人晚宴，但消息还是被透露出去一些，不少媒体记者已经守候在傅宅院外了，看到盛浅的车时，镁光灯不断亮起。盛浅打开车窗，笑容美艳地向他们挥了挥手，向他们证实消息的真实。

苏绾心扭头看向另一侧窗户，不愿入镜。但事与愿违，早在车窗被打开的那一瞬间就有人拍到了她的侧脸。

傅宅大门开启，昏黄的夜灯下，曾经熟悉无比的一切就这样映入苏绾心的眼帘，刺得她眼睛痛、心里痛。保持着沉默不语，直到车子抵达别墅前停下，她没办法继续坐在车里装傻。

"走吧。"盛浅轻轻地推了她一下。

苏绾心恍惚地点头，动作僵硬地下了车。苏绾心抬头仰望眼前的房子，目光落到二楼的某间屋子，那里是她曾经住的地方。

苏绾心被盛浅拉着进了门。两个人一出现就吸引了众人的目光，因为盛浅是今天的主角，而苏绾心是本不该出现在这里的人。

苏绾心的事情早就被传开了，所以有些人看她的眼神便有些不大对劲。苏绾心承受着各种视线，不怎么在意他们如何看自己。她真正在意的人……

苏绾心扫视着屋内的人群，低声告诉盛浅："不用管我，你去应酬好了。"

她拿了一杯酒走到角落，默默地喝着。

漾漾早在放学的时候被接回来，眼下正在楼上闹情绪。

"我要找妈妈！"他气恼地坐在沙发上，和面前的人生气地交谈，"我要找我的妈妈，不是我爸爸的妈妈！"

李墨嗤笑一声，看了漾漾一眼，没出声。

倒是漾漾面前的傅时宜心疼地递过水杯，轻声安抚："别喊了，你把嗓子都喊劈了。漾漾喝一口水，一会儿我带你下去玩。"

漾漾也不客气，接过水杯喝了两口水润嗓子，然后跳下床，不管她们允不允许，直接推门"嗒嗒嗒"地跑了出去。

楼下热热闹闹的，漾漾跑到楼梯口往下一瞧，有点儿傻眼。

家里怎么这么多人？那他还能下去吗？他犹豫地站在那里，不知如何是好，但当看到苏绾心的身影时，一切便都不那么重要了。

他眼睛一亮，一路奔到苏绾心面前，脆生生地喊道："妈妈！"

苏绾心微微一愣，蹲下身子和他对视："我们今晚要低调，明白吗？"

"什么叫低调？"

"就是尽量不要让别人注意到我们，我们躲在角落里就好了。"

"明白啦！"

漾漾认真地点头，乖乖地站在苏绾心身边，拽着她的手，不吵不闹地看着别人。

他刚刚从楼上跑下来的画面已经被不少人看到了，人们面面相觑，不免狐疑。

大家都知道今天的宴会只在一楼，二楼及以上是私人空间，宾客是不能上去的。但大家很快就释怀了，"熊孩子"嘛，没教养，跑来跑去不是稀奇的事。傅家家大业大，素质也高，不跟他一般见识而已。甚至还有家长开始教育自己的孩子，千万别像跑上二楼的那个孩子一样，到处乱跑，丢人现眼。

傅时寒不知道去哪儿了，还没现身。傅时礼也是一样，完全不见人影。

盛浅订婚的消息虽然被传出去了，但大家只知道她和傅家少爷订婚，至于是哪一位少爷鲜少有人知晓——大家都以为是傅时寒，申婧晨也是这么认为的。

申婧晨是和丁凯泽一起来的，申家根本就没收到邀请函。申婧晨从苏绾心出现的那一刻就注意到了她，还有那个小杂种。申婧晨没想到，这不要脸的母子竟然有这么大的胆子，敢跑来这里。

漾漾捧着果汁小口地喝着，努力不出声，不让人注意到自己。可当他看到某个有点儿眼熟的人后，冷哼了一声。

他低下头，小嘴紧抿着。

苏绾心看出他不高兴了，便在意地问："怎么了？"

"没事！"漾漾笑着仰头回答，"妈妈亲亲！"

苏绾心挑了挑眉，俯下身。漾漾飞快地在她的唇上啄了一口，满足得不行。傅时寒从楼上的书房走下来的时候，看到的就是这个画面。

他跟傅时礼一前一后出现，顿时引发了一个小高潮。大家全都迎了过去，攀谈、祝贺。

客厅里越来越热闹，受邀宾客渐渐全部到齐，订婚宴的两位主人公终于站在了一起。苏绾心望着人群最中心的那几个人，眼神不自觉地温柔了许多。

"你今天是来找虐的吗？"申婧晨迈步走过来，"生了个小杂种却没人接盘，你当初想过有朝一日自己会落得这样的下场吗？"

她的话音刚落，被她叫了几次"小杂种"的傅予安就不客气地踢了她一脚。她被踢得惊呼一声，高跟鞋没踩稳，差点儿跌倒。

"你干什么？！"申婧晨踉跄地向后退了几步，怒斥，"小孩子这么没有礼数，你爸妈怎么教你的？！"

周围的人原本都把注意力放在傅时寒等人那边，听到这么一吼，纷纷扭头看过来，想知道是什么情况。当他们看到申婧晨对着苏绾心还有那个不知礼数的"熊孩子"生气时，脸上都露出一种讥讽的笑容。

申婧晨有意提及漾漾的身世，大家随着她的话一想，笑出声。爸妈？这孩子怕是连自己的爸爸是谁都不知道吧？

苏绾心面露冷意，正欲开口怼回去。不料，漾漾先她一步，深吸一口气，指着申婧晨，扭头看向傅时寒等人的位置大喊："她骂我，骂我是小杂种！"

傅家人几乎全在那边，只有行动不便的李墨在楼上，没有出现。漾漾可担心他们没看清楚自己指控的人是谁了，又加了一句："就是这个长得特别丑的老阿姨！穿黄色裙子的这个！"

这话一出，申婧晨气得脸都扭曲了。

长得特别丑？老阿姨？这小王八蛋，要不是有这么多人看着，她非掐死他不可！

傅家人一听这话，表情各异。

漾漾从不在正经的事情上撒谎，说申婧晨骂了那她一定骂了。虽然傅家人今天没法儿在这种场合公布他的身份，但这件事情肯定不会这么轻易算了。

不知情的宾客一头雾水，迷茫地冲着漾漾告状的方向看去，不知他到底是在找谁撑腰。

"来，我看看是哪个丑阿姨敢这么说小祖宗。"

一片寂静中，路辞嘴角微扬，朝这边走来，引来一片哗然。

"她！"漾漾一挥小手，直指申婧晨的脸。

路辞忍着笑意，弯腰把他抱起。

"叔叔，她骂我好几次了，我都记着呢！"漾漾搂着路辞的脖子开始翻旧账，认真得不得了。

上次这丑阿姨骂他的时候，他就想找爸爸告状来着，可后来忘了。

今天算是让他找到机会了！

申婧晨见路辞出面了，尴尬得不行。虽然路辞不姓傅，可他的身份是傅时寒的表弟。在今天这种场合，他基本代表着傅家，所以一出声就把别人吓了一跳。

"来，我也瞧瞧是谁啊，这么大的胆子。"

郑楚炀几个人随后跟过来凑热闹，气氛变得更怪了。

大家面面相觑，一时间谁都不敢出声，更庆幸自己之前没冒头教训这个"熊孩子"，不然这会儿被拎出来点名的可能就是自己了。

"我……我没有。"申婧晨的脸上红一块白一块的，她尴尬地出声，"我没那样说，是小孩子误会了！"

"我可没有。"漾漾靠在路辞的肩上，记性非常好地说，"上次我带妈妈买衣服的时候你就是这么骂我的，我记得可清楚了！"

漾漾说得头头是道，就差把自己是在哪家店被骂的说出来了。申婧晨没想到事情会变成这个样子，急得面红耳赤。

丁凯泽在远处应酬，发现这边的小骚动后快速走过来，把申婧晨挡在了身后。

苏绾心看到这一幕，微微挑眉。看来丁凯泽对申婧晨是真走心了，而非走肾。

丁凯泽看了一眼苏绾心，一脸不悦，然后又看向抱着漾漾的路辞，开口："小孩子最喜欢胡说八道，大人不能信以为真。我的未婚妻温柔、善良，怎么会对一个小孩子恶语相向？路少，不如今天的事情就算了吧，跟一个小孩子讲理，总归是讲不通的。"

"怎么就算了？丁总的意思是你的未婚妻温柔、善良，所以骂了人可以当作没骂过，杀了人也可以当作没杀过吗？"苏绾心不悦地出声，凉薄地一笑，"小孩子喜欢胡说八道，那我这个大人也喜欢胡说八道咯？"

她这话一出，摆明这件事不能算了。

今天的主场是傅家，主角是傅时礼和盛浅。如果可以，苏绾心想从头到尾都当个隐形人，不做任何引人注意的事情。但自己的儿子被骂被羞辱，她真的忍不下去。

而且，路辞这几个人过来撑场子恐怕是傅家人的意思。傅家人在这种场合不好出面，也不好公开漾漾的身份，但终归还是疼爱漾漾的，不想让漾漾受委屈。

既然如此，苏绾心就多着胆子在申婧晨这些人面前再嚣张一回。大不了自己等会儿从后门溜走，反正这地方她还挺熟的。

丁凯泽听完苏绾心的话，嗤笑一声，浑身上下都散发出瞧不起她的气息："苏小姐，恕我直言，今天这种场合没有你说话的份儿。你是怎么混进来的，我不得而知，但很清楚你作为苏氏证券的一名员工，没资格，也没权利对自家公司的合作对象如此不尊重。"

苏绾心无语。

等会儿，合作对象是谁？她怎么不知道这件事？

"苏氏证券目前力挺ST，这消息早就被传出去了。你身为苏氏证券的员工，不会连这件事都不知道吧？"

"我还真不知道。"

苏绾心闷声回答，表情尴尬，惹得周围看热闹的人轻笑出声。

她没在意，只觉得丁凯泽好笑。这消息是真是假他心里没有数吗？他竟然想在这种场合拉ST一把，申婧晨给姓丁的下什么迷魂药了？

苏绾心看了看依旧躲在丁凯泽身后装委屈的申婧晨，只觉得头痛。申婧晨这个演技，不去娱乐圈有点儿可惜了啊。

"不知道就别瞎掺和！真不知苏氏证券怎么会雇用你这种员工！"

丁凯泽冷哼着怒斥，真想知道她背后的男人是谁，让她有勇气在这儿如此胡闹。这样没长脑子的女人，只会给男人丢脸！

"大概是因为……"苏绾心满脸纠结地看着他。她的话说到一半，有人接着说道："大概是因为，她就是苏氏证券的总裁吧。"

第十章

离他远一些

　　傅时寒在那边看了好一会儿热闹，觉得还挺有意思的。路辞这几个人的速度比他快，没等他开口就跑过来站队了。

　　路辞这几个人都是聪明人，看到苏绾心今天回傅家就明白傅时寒对她大概是什么样的心思、傅家大概是什么态度了。他们该抱大腿就得抱，一点儿都不能含糊。

　　更何况受欺负的人是傅家的小少爷。不说苏绾心，傅予安可是绝对不能受一点儿委屈的。

　　漾漾见傅时寒来了，眉开眼笑，张开双臂冲着他说："抱抱！"

　　漾漾见谁都要抱，刚才要路辞抱，现在又要傅时寒抱。傅时寒把漾漾接过来，漾漾就很舒服地搂着他的脖子，在他的耳边继续告状。

　　"那个丑阿姨好坏好坏的，这个胖叔叔看起来也不像好人，我们可以赶他们走吗？"

　　"来者是客。"

　　"那就这么算了吗？"

　　"今天是客，明天就不是了。"

　　"明白啦！"

　　两个人小声交流完，其他人没听见他们说的是什么，都处在一种震惊的情绪中没回过神来——因为傅时寒刚刚的那句话。

"丁总，给你介绍一下，这位是苏氏证券的总裁苏绾心。"

傅时寒视线清冷地看着丁凯泽。这话由傅时寒说出，比任何人说都有威慑力。因为他是苏氏证券的第二大股东，这是众所周知的事情。

"ST是否与苏氏有合作关系，恐怕没人比她更清楚。"

丁凯泽张了几次嘴，愣是没发出声音。他反复地看苏绾心，万万没想到事情会是这样。终于，在愣了好一会儿后，丁凯泽找回了声音："苏小姐不是苏氏证券的普通员工吗，什么时候变成总裁了？"

"苏氏证券成立之初就已经是了。"傅时寒说道。

既然傅时寒已经把话说出口了，苏绾心不能不承认，只好硬着头皮上了。

"丁总，我是真不记得苏氏证券和ST有任何合作关系，也不记得力挺过ST，所以有些话别那么轻易地说出口。"苏绾心表明立场，不想被ST当枪使，"下个月ST的年度财务报告就要出了，苏氏证券会不会挺ST，ST又究竟值不值得挺，我到时候会好好研究一下的。"

苏绾心将一番话说完，丁凯泽的表情非常不好看。

丁家在国内好歹是有影响力的存在，苏绾心却当着这么多人的面将丁凯泽怼得说不出话来。围观的人看到这一幕，面面相觑，心情都有些复杂。

如果苏绾心没有"苏氏证券总裁"这一身份的加持，那刚刚的行为无疑是在找死。但是，她是苏氏证券的总裁啊……

谁能想到，一直以来那个神秘且强大的存在，最后会以这样的形象出现在大家面前！

苏氏证券自成立起便一路高歌猛进，只用了一年时间，业绩直抵行业顶端，而后便没有从第一的位置掉下来。

券商很重要，涉及各行各业，像苏氏证券这样级别的券商，对一家公司的研究报告和评级在某种程度上会影响这家公司今后一段时间在市场中的发展情况。因此，ST在面临困境的情况下，才会迫不及待地想跟苏氏证券扯上关系，试图扭转乾坤。

可惜，苏绾心不吃这一套，话锋一转，凉凉地开口："不过，我虽然暂时无法给出对ST的评价，但对于申小姐个人的行为我想说几句。或许是因为几次见面的场合都有些嘈杂，所以我和我儿子有可能听错了，但如果不是这样，我希望申小姐今后学会谨言慎行。'杂种'这两个字，真不是一个温柔、善良的千金大小姐该说出的话，你觉得呢？"

她目光悠悠地凝视着一直躲在丁凯泽身后的那个人，等待一个答案。

现场一片安静，申婧晨咬了咬牙，沉默片刻，给出回应："是你们听错了，冤枉我了。"

听她只干巴巴地说出了这几个字，苏绾心轻笑出声。

那是非常不屑的笑容，大家都看得出来。

苏绾心看了申婧晨和丁凯泽一眼，回了一句："那真是抱歉了，下次我会拿手机录下来，好好地听听申小姐到底说了什么。"

接着苏绾心不再提这件事，浅笑着与人聊天，缓和气氛。她不想毁了盛浅的订婚宴，于是百般努力，最后笑得脸都僵了，才勉强让众人忘记刚刚那段不愉快。

苏绾心赔着笑脸，担心傅家因为刚才的事把她赶出去。好在一直无事，直到晚宴的另一个小高潮被掀起，傅家人都没把苏绾心怎么样。

今天至少有三分之二的宾客以为盛浅的订婚对象是傅时寒。因为之前消息就是这么传的，新闻也是这么写的。所以，当盛浅挽起傅时礼的胳膊，两个人甚至当着众人的面亲吻的时候，苏绾心隐约听到了好多吸气的声音。

大家目瞪口呆，都被这突如其来的画面和其中蕴含的信息震得说不出话。

苏绾心站在角落，默默地欣赏那些人脸上有趣的表情。漾漾在她身边，由于今晚果汁喝得有点儿多，便拽了拽她的衣角，小声说："妈妈，我想去洗手间。"

"那就去呀。"

"你陪我。"漾漾仰头看她，小声地说。

他想让苏绾心陪他上楼，还想让苏绾心去他的房间。

苏绾心犹豫了一下，摇头，看到不远处的路辞，说："去找路叔叔，让他陪你。"

"妈妈……"

"撒娇也没用，不可以。"

二楼及以上是客人的禁区，她不能去。

漾漾见她态度坚定，失望地垂下头，听话地去找路辞。路辞回头看了苏绾心一眼，然后带漾漾离开，什么都没问。

屋子里热热闹闹的，到处都是温馨、喜悦的气氛。苏绾心趁着大家都去恭喜那一对璧人，悄悄地来到院子里。

马上快到十二月了，晚上很冷。她吹着寒风，慢慢抬头看向自己曾经住过的房间，眼睛不知不觉地有点儿红。

"你偷偷摸摸地干什么呢？"傅时寒追随苏绾心的脚步出来，站在门口看她。

"没什么，屋里有点儿闷，出来喘口气。"

傅时寒叹了一口气，回头看了看，见没人注意，便走到苏绾心身边，拉过她的手朝房子侧面走去。

此时只有几个用人在厨房的侧门旁忙碌。她们见一向情绪阴沉不定的大少爷牵着一个女人的手走进来，一时间都愣住了。

傅时寒目不斜视地朝前走，坐用人专用的电梯带苏绾心上了二楼，走到那间她刚刚在外面偷看的房间的门前。

"钥匙是我刚刚找管家要的，这房间三年多没人住，基本没什么人进来，只做定期打扫，其余时间都是锁着的。"

傅时寒打开房门，把苏绾心推了进去。当苏绾心踏入房间，借着月光看清楚房间里的布置和摆设时，不禁垂下眼帘，眼角湿了。

一切都没有变，仍旧是她三年前离开的样子。

傅时寒随手关上房门，没急着开灯，靠在门上看着苏绾心，问："你是想先参观房间，还是想先还债？"

苏绾心抬头看他，有些迷茫，恍惚间明白了他的意思，小声地说："是你自己要带我来的，我又没主动求你。"

"真没良心啊。"傅时寒感慨，然后伸手去拽她的手腕，"那别看了，出去吧，下楼。"

苏绾心被他拽得踉跄了一下，撞进他的怀里。傅时寒一手握着她的手腕，一手揽在她的腰间，低头看她的脸："刚刚你在楼下怼人怼得那么来劲，现在还想继续怼我吗？"

"你又不是丁凯泽，我怼不过还怼，傻吗？"

"原来不傻啊。"傅时寒嘴角噙笑，转身将她压在门上，"我还以为今晚你见到爷爷和外公，已经被吓傻了呢。"

他轻吻她的唇，带着一丝安抚的意味。他今天让盛浅接她，就是因为他得提前回来和两个老头儿打招呼。

交涉过程是惨烈的，他被两个人联合骂一顿是必不可免的，但终究结果还不错。

"为了你，我今天差点儿挨打。"

"那干吗还要硬碰硬？你该清楚他们都不想见到我，我来这里只会坏了大家的心情。"

"可是你终归要回来。"

苏绾心拽着他的衣角,心脏隐隐作痛。

这里是她的家,人终究是要回家的,她明白他的意思,但……

苏绾心和他对视,心情复杂地问他:"你是打算原谅我吗?"

傅时寒沉默了片刻,无奈地反问:"我还能怎么办?你知道我向来拿你没有办法。"

他也想一直狠心,想一直用她刚刚回来时的那种态度对她。可眼睁睁地看着她受那些苦、被人那样欺负,他舍不得。

他们曾经吵架,但冷战不会超过一天。无论多大的矛盾,即使心里有再大的怨气,傅时寒都会在二十四小时内低头,不管自身有没有错。

可这一次,他拖了足足三年多。

这三年里,他不是没找过她。不单是他,傅家的其他人也都在找她。

三年前的那件事,他们也不是没有调查。正因为调查过,没查出什么有用的线索,他们才会更加倾向于认为她就是始作俑者。

"没证据证明我是清白的,又拿我没有办法……"苏绾心小声呢喃,"你这下的是死棋啊。"

"别激我,大不了我把棋盘打碎,不下这盘棋了。"

"那你就是悔棋,想蒙混过关。墨姨要是知道你这么叛逆,会被气死吧?"

把一切都当作没发生过?不可能的。傅家人忘不掉那件事,苏绾心同样忘不掉。

大家都是聪明人,都清楚如果不把这局棋下到底,不分出个胜负,就没办法继续以后的生活。

苏绾心凝望傅时寒的双眼,轻扯他的领带,让他稍稍低下头来,在他耳畔低言:"为了我背叛家人,不值。"

"你所有的本事都是跟我学的。你要相信,关于投资做生意,我的眼光永远比你好。"

值不值是他说了算,而不是她。

他的态度非常明确。昏暗的房间里,苏绾心望着他的双眼,那堵一直将心脏牢牢围住的城墙,在一点儿一点儿坍塌、瓦解。

在这个世上,没有人会比他对她更好。

即便所有人都怀疑她,甚至连她自己都无法证明清白,他还是愿意向她低头,愿意告诉她:我信你,愿意和你站在一起,哪怕与全世界为敌。

苏绾心眼角的泪慢慢滑落。她深吸一口气，双手攀上傅时寒的肩膀，亲吻他微凉的嘴角。

傅时寒微怔，深沉的眼眸渐渐被喜悦侵占。

楼下的宴会厅里一片热闹，楼上的某个房间里安安静静，只是屋内的两个人拥在一起，呼吸相抵，唇齿纠缠。

之前趁着他睡着偷偷占他的便宜的那次不算，这是苏绾心回来后第一次主动向傅时寒示好，像三年前那样，又软又甜地站在他身前，抱着他，毫不抗拒。

身上的力气渐渐消失，她只能依附着他，任由他撬开贝齿，攻略城池。傅时寒贪婪地用力拥着她、吻着她，仿佛只要一松手，一切就又会重回原点。

炙热的呼吸辗转来到她的耳畔。他亲吻她的耳朵，然后紧紧抱着她，呼吸急促、语气缱绻地说："我好想你。"

三年，他没有一天不在想她，想她人在哪里，想她会和谁在一起，想她为什么还不回来，想她到底还会不会回来。

他早已习惯她的陪伴，她是他的人生中最不能割舍的那一部分。可是，她好像什么都不明白。

她只是知道他喜欢她，喜欢欺负她、调戏她、占有她。她却不知道，失去她对他而言，是生命中不能承受的痛。

他痛了三年，好在，她回来了。

苏绾心平缓着呼吸，听他在耳畔轻声抱怨："这个裙子是谁给你买的？"

裙子是连衣裙，拉链在身侧。傅时寒想把手伸进衣服里占点儿便宜都很难，一点儿都不方便。

"你儿子。"

上次跟漾漾出去逛街，漾漾给她选了好多条裙子，她今天穿的是其中一条。苏绾心感受到傅时寒的不悦，轻笑出声，慢慢将他推开。

"该下去了，漾漾一会儿要找我。"

"不管他。"

"偷情这种事总不好做得太光明正大。不客气地说，我今天还挺引人注意的，所以拜托傅少别再放大招儿，下楼以后请装作和我不熟。"

傅时寒皱眉，觉得这事有点儿难，而且——

"什么叫偷情？我们领了证的。"

"那叫领证吗？我劝你再好好想想，那结婚证是怎么来的。"苏绾心给他正了正领带，转身开门，"走了。"

傅时寒跟在她身后，目光哀怨。两个人一前一后地往电梯口走去，还未走出几米，就见二楼的某个房间的门被打开，李墨坐着轮椅从房间出来。

苏绾心脚步一顿，僵在原地，动都不敢动，原本绯红的脸上也失了一丝血色。

李墨看到苏绾心，微微蹙眉，再看她身后那个明明刚做了见不得人的事却理直气壮、一脸坦然的东西，李墨的眉头蹙得更紧了些。

"妈，"傅时寒看到李墨，上前一步走到苏绾心身边，不动声色地将她挡在身后，"我上来拿点儿东西。"

"她是怎么回事？"

"家里太大，我方向感不好，找个领路的。"傅时寒痞笑着回答。别说李墨，就连苏绾心都被他气到了。

李墨深吸一口气，看着这个不要脸的玩意儿，沉默了半响，只说出一个"滚"字。

傅时寒挑眉一笑，回了一句"好"，然后拉过苏绾心的手，大摇大摆地从李墨面前走过。

李墨望着两个人的背影，视线落在那个身形消瘦的人身上，直到再也看不见。她头痛地按了按太阳穴，靠在轮椅上，垂眸沉思。

苏绾心和傅时寒一前一后地重回客厅。他们上楼的时候没人发现，下楼的时候也没人看到，所以就算有人发现他们两个人消失了一段时间，也绝不会怀疑什么。

苏绾心下楼后就离傅时寒远远的。

漾漾已经找她一圈了，看到她回来就跑到她身边，拉住她的手，不高兴地问："妈妈，你去哪儿了？"

"嗯……洗手间。"

"哼，刚刚不和我一起去，现在又自己偷偷去，妈妈是坏蛋！"

"我有点儿饿，你带我去吃点儿东西吧。"苏绾心转移他的注意力。

漾漾听后马上兴奋起来，拉着她就往前面走。

苏绾心随便吃了两口东西，用更多的时间应付前来攀谈的宾客。

时间缓缓流逝，她喝了些酒，应酬了一晚上有点儿累了，便找机会离开。

傅时寒晚上还有事，需要留在傅家。苏绾心带漾漾回去，帮他洗完澡、哄他睡着后来到书房。

不出意外的话，明天上午有关她的消息就会被传遍整个行业。以后她的身份不一样了，苏绾心想了一下可能要面对的问题，觉得身心疲惫。

她看文件到后半夜，实在撑不住了才回卧室睡觉。第二天早上，她准时出现在公司，果不其然，已经有人听到了风声。

苏绾心一进办公室，热闹的讨论声立刻消失。大家纷纷行注目礼，目不转睛地盯着她的一举一动。

苏绾心径直走到自己办公桌前坐下，像往常一样打开电脑，登录系统账号。一旁的苏焱看了看她，又看了看其他同事。

在他们这个部门，苏焱算是跟苏绾心比较熟的人了。所以其他人不断给苏焱使眼色，让他问问到底是怎么回事。

他们一早就听到了消息，说苏氏证券的总裁已经露面了，而这个人不是别人，正是自八月份现身后就一直处在风口浪尖的苏绾心。

起初，大家觉得这事太扯了。这感觉就像一群学渣整天混在一起，可有一天有人说其中一个天天跟你逃课、打架、吹牛的同学是在考试中每次都排年级第一的学霸，遇到这种情况你会怎么想？这个人撒谎不打草稿是吧？！

但是……他们转念一想，好像又有那么点儿可能性。

苏绾心之前一直承认自己上面有人，且其在公司的这几个月里表现出来的实力确实跟他们这群普通员工完全不在一个水平线上。

没人知道她的背景，她甚至在当初最困难、人人都嘲讽她的时候都能笑着坦然面对，还自我调侃整个金融圈都是她的天下，这是普通人能有的心态吗？

苏焱看了苏绾心好一会儿，轻咳一声，犹豫地开口："那个，绾心啊……"

"怎么了？"

"刚才我们听到一个消息，是关于你的。"

"是吗？"苏绾心偏过头看他，"我又怎么了？"

"听说……你是咱们公司的总裁，这件事你怎么看？"

苏绾心微微一笑，提及往事，让苏焱脸上的笑意渐渐凝固："还记得不久前我跟你说过的话吗？我说公司是我开的，以后请叫我苏总，你是怎么回答的来着？"

苏焱认真想了想，紧张地咽了咽唾液。他记得他当时说——

"神经病吧你？坐下干活儿！"

现在想起这句话，苏焱真是恨不得把自己的嘴缝起来。

苏绾心看着他后悔莫及的表情，笑着追问："现在，这声苏总还叫得出来吗？"

"叫……叫得出！"苏焱连连点头，傻子也能听得出苏绾心是在默认身份，"苏总好！"

苏绾心抿嘴一笑，重新看向电脑屏幕。

"其实我早就想表明身份，不过最开始被你们的傅总摆了一道——我自己也有点儿蒙。所以如果你们想怨的话就怨他吧，我不是有意骗你们的。"

苏绾心要做的第一件事：甩锅给傅时寒。

"这段时间我和人家相处得很愉快，虽然以后没办法坐在一起办公，但是有什么聚餐活动还可以叫我。"

苏绾心要做的第二件事：安抚人心。

"如果玩虚拟币，你们最近最好全部出手，市场走向不太好，大概率要崩盘。"

苏绾心要做的第三件事：给大家一些福利，作为这突如其来的惊吓的一点儿补偿。

苏绾心说完，起身去找陈磊。陈磊几天前就已经把她的办公室准备好了，苏绾心简单收拾了一下后就去了办公室。

陈磊埋怨："总部已经给我打好多次电话了，你是不是得抽空过去一趟啊？"

"不想去，不想开会，不想被围观。"苏绾心拒绝。

陈磊一脸为难。

"算了，不让你为难。"苏绾心叹了一口气，"下午三点，你陪我一起过去。"

"行，那我跟总部说一下。"

陈磊点头离开，出去打电话。苏绾心开始看各种文件和数据，直到前台的小姐姐过来敲门。

"苏……苏总，有您的快递包裹。"

小姐姐差点儿直呼苏绾心的大名，有点儿没适应她的新身份。苏绾心抬头，疑惑地看小姐姐手里的东西，微微蹙眉。

她没在网上买过东西，哪里来的快递？

"确定是给我的？"

"是啊，这上面写了你的名字，还有手机号码。"

"好，放这儿吧。"苏绾心想了一下，点了点头，盯着那个包裹看了好一会儿才小心翼翼地拿过来。

包裹里面没传出什么奇怪的声音。苏绾心用剪刀将外包装剪开，见里面是一个没有任何品牌logo（商标）的硬纸壳，看不出是什么东西。

藏匿在纸壳内的锋利刀片在苏绾心伸手的时候划破了她的手指，鲜血瞬间涌出，钻心的疼痛朝她袭来。她脸色清冷，在看清楚里面的东西时，被吓得一僵，起身跟跄着向后退去。

因为她慌张的动作，包裹内的东西随之掉落在地。那是一个黑色的骨灰盒，里面装满了类似骨灰的东西，究竟是不是真的骨灰，她一时间无法得知。

在那堆骨灰中还有一张照片，照片上的人，正是苏绾心。

苏绾心脸色苍白，双手微微颤抖，好一会儿才回过神。她拿过纸巾擦了擦手上的血，拎起包快步往外面走。

陈磊正打算过来跟她商量点儿事情，看见她脸色不对地推门出来，手上裹着沾满了血迹的纸巾，不由得一愣。

"怎么了这是？"

"我去趟医院。你帮我调一下监控，查一下大概十分钟前来送快递的人长什么样子、叫什么名字、是哪个公司的。"

陈磊一头雾水，跟在她身后："你没办法开车吧？我送你过去！监控的事我安排别人查！"

苏绾心心情浮躁，一想到那个骨灰盒，心就一直悬在半空，呼吸有些困难。她无法确定这东西是谁送来的，也无法确定割伤她的刀片上是不是沾了什么东西，例如艾滋病患者的血液，所以当务之急是必须去医院。

苏绾心跟陈磊一同离开公司，找展澈说明情况。展澈给她抽了血，看她脸色依然惨白，便轻声安抚："放心吧，玩这种把戏的都是小孩子，不会有事的。过了窗口期你再来检查一下。"

苏绾心摇头："我感觉不太对。"

"你能大致猜到是谁发来的快递吗？"

苏绾心摇头。她第一个想到的人是申婧晨，但没有确凿的证据，不好随便说出人家的名字，再仔细想想，这甚至不太像申婧晨的作风——可除了申婧晨还会有谁？

展澈给她处理好伤口，她眉头紧锁着出去。

陈磊在外面等了半天，见她出来："傅总刚才给我打了电话。"

苏绾心："什么事？"

"他已经在去咱们公司的路上了。"

两个人开车回到公司的时候，傅时寒已经提前一步到了。苏绾心推开办公室的门，看到他坐在沙发上，目光阴鸷地看着地上的东西，沉默不语。

被打翻的骨灰盒、沾染着血迹的刀片，这画面无论怎么看都不对劲。

傅时寒见她回来，将她上下打量了一遍，起身朝她走去，皱着眉拉起她的手："怎么回事？"

"收了一个快递，包装里藏了刀片。"苏绾心语气轻松地答，"我第一次收到这么特殊的礼物，有点儿意外。"

"去医院检查过了？"

"嗯，展澈让我过几天再去一次，放心吧，没事。"

她说没事，可傅时寒不这样认为。送这种东西明显是一种恐吓，或者说是一种提醒，跟三年前一样，有人想要她死。

苏绾心的脑子乱糟糟的，她没心情工作，便取消了下午的行程，和傅时寒回了家。

陈磊查了公司的监控，也问了负责收快递的前台，发现来送快递的人根本就不是任何快递公司的员工。那个人戴了帽子和口罩，监控没拍下有用的画面。

傅时寒听到后立即派人查申婧晨。这次的事情一出，他和苏绾心都首先想到这个人。

安排完手下，两个人来到书房。

傅时寒强迫她坐在自己腿上，找出一份文件："别动，给你看点儿有意思的东西。"

苏绾心认真地看了一会儿后，疑惑地问道："这是……？"

"凯润集团之前答应提供给国外的那批货的质量不达标，这是检测报告，超出一半的货物用的是劣质材料。不然你以为他们为什么把那笔单子谈崩了？"

"凯润不是说双方在交流方面出了问题，对方误解了他们的意思才会提出解约，目前双方在积极沟通吗？"

"这种鬼话你也信？你觉得现在的翻译都是傻子，会在这种重大项目上犯错误吗？"傅时寒嗤笑，脸上写着"快夸我"几个大字，"这是丁家惯用的套路，几年前丁凯泽接班以后就开始用以次充好的办法降低生产成本，提高利润。"

苏绾心听到这话，想到前些日子丁家举办的那场晚宴上提供的全是廉价红酒，觉得丁凯泽真是有病。

那么多钱砸申婧晨身上他没心疼，在正经事上却小气得要命！凯润品牌能做到今天这么大，靠的绝对不是偷工减料。这份报告如果被传出去，那可真够丁家亏损一回的了。

苏绾心认真地看着傅时寒，看了半晌，问："有这种东西却没曝光出去，你什么时候这么心善了？"

"我是那种好人？"

"我就是随便客气一下，请你对自己有清晰的定位和认知，你和好人沾不上边。"苏绾心继续研究那份报告，轻声调侃，"路辞他们不是说过吗？不求你做个好人，你只要当个人就行了，做点儿人事比什么都强。"

"我什么时候不做人事了？"

"结婚证怎么来的？"苏绾心冷笑，"忘了？"

傅时寒原本是来邀功的，没想到最后话题会歪到这个地步。他不爽地搂住她的腰，低头在她颈间咬了一口。

既然她都这么说了，那他干脆多做点儿坏事，不然岂不亏了？

昨晚苏绾心在傅家主动向他示好以后，傅时寒就一直处在亢奋状态，昨晚就想跟她一起回来，再趁热打铁从她嘴里套出点儿别的话来，可惜抽不开身。

他一整晚没怎么睡好，闭上眼睛，满脑子想的都是她。他想抱抱她，想听她说说话，想问问她这几年有多想他。

温热的呼吸喷洒在颈间，苏绾心敏感地倒吸一口气，偏头闪躲，却被他干脆地抱起来放到书桌上。他站在她面前，低头看她，目光深沉。

苏绾心抬手，轻轻抓住他的衣角。只是简单的一个动作，就不可思议地抚平了傅时寒心中的浮躁。

"答应我，别再躲着我。"

"我什么时候躲……"

傅时寒低头亲了一下她的唇："你没躲我，只是把我赶出家门，不让我回来而已。"

"我……我现在需要独处的空间。"

"我给。"傅时寒叹了一口气，拿她无可奈何，"只要你不走，要什么我都给。"

男人身上有种藏不住的傲气，唯独肯在她面前卑微地低头。鼻子微酸，心底涌上一阵暖意，苏绾心正打算开口说点儿什么，却听见他说："要我也成，现在就行。"

男人突如其来的话让苏绾心猝不及防，也让她眼底的湿气瞬间消失。

傅时寒注意到了，恶劣地笑着，继续说："要不你顺着我的话先想想？想想我这个人在床上还是挺……"

"滚。"

苏绾心推开他，跳下书桌，重新回到电脑前，耳根红得有点儿不自然。

傅时寒微微勾起嘴角，见她不想哭了，便站在她身后，随意靠在书柜上，继续聊丁家的事。

"丁凯泽这个人还是有点儿小聪明的，跟合作方谈判后达成协议，答应以原来价格的七折重新提供商品，并提供检测报告。"

"检测报告是可以造假的。"

"没错，更何况他手上这批劣质商品还可以高价卖给别人。反正这件事情没被曝光出来，大家都是奔着凯润的品牌价值去的，不会在意过多的细节。"

苏绾心思索片刻，明白了傅时寒的意思："ST的年度财务报表马上就要出来了，你是想着到时候丁、申两家一起打，搞个大的？"

"聪明。"傅时寒一笑。

能跟上他思路的人不多，她是最合他胃口的那一个。

"那我负责写ST的分析报告，回头发给你。"

"好。"

苏绾心在工作上是个行动派，有了目标就会立刻动手。

她之前已经搜集到一些ST的数据报表，从中发现了一些猫腻。如果申家不把年度财务报表做得漂亮些，或者财务报表存在虚假及违反国家相关法规的情况，那ST就真的要凉透了。

苏绾心不想错过这个好机会，工作格外认真、专注。傅时寒在她身后，目不转睛地看着她。

或许是这三年他过得太苦了，以至于现在就这样看着她都觉得无比舒心。傅时寒自嘲地一笑，揉了揉她的头发，离开书房，不再让她分神。

夜幕降临，苏绾心陪漾漾玩了一会儿之后把他哄睡，回房间的时候发现傅时寒竟然没走，而是摆出一副今天不打算走的架势。

她倚在门上，双手环在胸前，对上傅时寒的双眼，示意他赶紧离开。

傅时寒摇头，还扯过一旁的被子往自己身上盖了盖，找借口："你今天被吓到了，我陪你。"

"我可以找小雨陪我。"苏绾心淡定地反驳，"她出差回来了。"

"我的作用比她大。"

"例如？"

"床暖得比她好。"

他沉默半晌就搞出这么一个答案，这让苏绾心很想赶他走。苏绾心一脸嫌弃，不知该说什么。

傅时寒见状，得寸进尺："你要不试一下？"

苏绾心扶额，站直身子转身想走，却被他手疾眼快地拦住了。

傅时寒把她弄到床上，不由分说地搂在怀里，跟她谈判："一、三、五让我回来。"

"不要。"

"那你打算让我独守空房到什么时候？"傅时寒想了一下，问，"总不能每天你睡这边、我睡那边，让我用手机开着视频看你吧？"

苏绾心听到这话，脸"唰"地红了："你再胡说八道，我就真的把你踹下去。"

傅时寒嘴角微扬，在她耳边小声说道："是不是胡说八道，你心里不清楚吗？"

对她，他什么事都干得出来。看她垂眸不语，他轻笑出声，语气温柔地哄骗："再不济一周七天，总要给我两天吧？"

他步步逼近，让苏绾心无处可逃。她开始有点儿后悔在傅宅二楼的房间里做的冲动之举了。因为再这样下去，她会忍不住的。

傅时寒在她的颈间蹭了蹭，低声呢喃："就两天，让我留下来。"

"那你不能做过分的事。"

"例如？"

"自己想。"

傅时寒明白她的意思，她就是想让他过来陪她盖着棉被纯聊天呗。他觉得自己有点儿惨，但此时此刻除了点头答应，没别的办法。

更何况她让他自己想"过分"这两个字的界限，这对傅时寒来说，范围有点儿广。

"好，我不做过分的事，"他顺着她的意思说，"一定不做。"

他答应得痛快，倒让苏绾心有点儿担心了。可话都已经说出口了，她不能反悔，所以只能硬着头皮把这事定下来。

傅时寒每周来苏绾心这边睡两天——具体是哪两天他自己选。傅时寒的目的得逞，他心满意足地抱着怀里的人，还不忘再问问她："你要是对我做过分的事，怎么算？"

他轻咬苏绾心的耳朵，似乎想到了什么往事，细碎的吻一路向下，然后他在她的脖子上留了一个痕迹。

"我什么时候做过过分的事？"苏绾心闪躲着反问。

傅时寒听后，嗤笑一声："你当初给我的三枚硬币，我还留着呢。"

苏绾心怔了一下，很快就反应过来他说的是什么事。

那是……当初……两个人的第一次。

苏绾心被要了几次，浑身酸痛，在傅时寒打算再占她便宜的时候直接发火了。

她让傅时寒赶紧走。傅时寒说她毁了他的清白，还不打算负责。苏绾心说这事吃亏的是她，如果他非要算清楚，那她就给他报销套套的钱。她还问他是不是外面的自动售货机，一块钱硬币可以买一个的那种。然后她就把床头柜上的三枚硬币拿过来给他，说——

"你今天用了三个，打个折吧，两块五。"

傅时寒当时就想，要不在床上弄晕她算了，可最后还是拿着她给的两块五被她赶出了房间。他清清楚楚地记得，他走的时候是凌晨三点五十分。

回忆起往事，傅时寒咬着牙在苏绾心耳边提醒她当时有多过分。苏绾心听后捂着嘴笑，任由他跟她闹了好一会儿，才亲吻他的嘴角，让他安静。

她知道他向来记仇，没想到他连细节都记得那么清楚。

傅时寒跟她耳鬓厮磨，逼着她说夸他的话，然后才起身去浴室冲澡，回来搂着她睡觉。

苏绾心在他的怀里睡得还算快，但在天快亮的时候还是被噩梦惊醒了。

那个骨灰盒和那张照片始终在她的脑海里挥之不去，她不安地往傅时寒怀里钻。傅时寒似乎感觉到她的害怕，迷迷糊糊地将她抱紧，亲了亲她的额头，声音低哑地说了声"不怕"。

被他一下一下地轻轻拍抚着后背，直到心中的恐惧消散，她再次入睡。这一次她睡到了早上七点半，被体内的生物钟叫醒。

吃过早餐，苏绾心到公司上班。因为傅时寒昨晚和她说了凯润和ST的事，所以她一直在关注这两家公司的动向，想多做准备，也好在傅时寒出手时跟上他的脚步，不拖后腿。

而丁、申两家此时完全没有预料到危机的来临。

下午两点，申婧晨和朋友逛街，忽然接到一通电话，眼中的欣喜一闪而过。她快步往旁边走了一段距离，小声开口："你终于找我了！"

电话中的人笑了笑，提醒："你得罪了苏绾心，她一定不会放过你的。ST最近风波不断，你需要做些事情，将风向转回你们这边。"

"该做的事情我都做了，还能怎么办？"申婧晨恼羞成怒，"我们已经往公司投了很多钱，但情况一直没好转。苏绾心身后有人帮忙，我拿她没办法！"

"你们的钱都投在了没用的地方。申家与丁家联姻没能引起任何效果，不单因为傅家的压制，更因为你们没有做出强强联手的举动。"

申婧晨问："丁家是做家居装修的，我们是食品饮料行业，怎么联手营销？"

"在每个凯润家居门店设置ST的柜台，ST目前需要的是活跃用户以及一个积极向上的正面形象。你们应该通过互联网的力量，让每一位ST官网的注册用户前往凯润家居领取一份饮品，这样既能给ST吸引流量和话题，又能给凯润带去一定客户量。"

这年头买房子、装修的人不在少数，且年轻人居多，他们逛街口渴时，领一份免费饮品顺便逛逛家居装修店也是很正常的事情。

申婧晨顺着电话那头的人说的话想了想，犹豫："现在爱占便宜的人那么多，只要是注册用户就可以免费领饮品，那我们得送出去多少钱？这岂不是只赔不赚的买卖吗？"

"你们现在往股市扔的钱还少吗？赚了吗？"那个人冷笑，"跟傅时寒和苏绾心在股市上斗，这辈子你都别想赢。你口中那些爱占便宜的人却可以在苏绾心抨击ST的时候充当'水军'，帮你们在舆论上讨些好处。"

吃人嘴软，拿人手短，就是这样的道理。

"好，我回去跟我父亲商量一下，后续我们怎么联系？"

"下周二，我打电话给你。"

"明白了。"

通话结束，申婧晨心不在焉地继续和朋友逛街。不过一个小时后，她就找了个借口匆匆离开，去找申文光。

申文光听了她的建议，眉头紧锁。

一直以来，ST的销售方式都是非常传统的，他们只给各大地区的销售商供货或者和电商合作进行销售。

申婧晨说的这种方式，申文光的确没有想过。

结合网络和现实，通过免费赠送产品的方式打广告、提升好感度，这是一场大的布局，想在 H 国所有的凯润店铺都布置 ST 的柜台，那投入的资金绝对不是一笔小数目。

申文光想了想，不赞同。

申婧晨见他摇头，心急地劝："其实不需要多少钱的！我们去找丁凯泽商量一下，他最会省钱了！"

既然那个给她打电话的人说这事行得通，那就一定可以。申婧晨已经三年多没联系过那个人了，上次联络他还是在苏绾心出车祸之前。

如果没有这个人，那场车祸绝对不会发生，也不会做得那么完美。申婧晨对这个人很信任，即使没有见过，甚至连对方是男是女都不清楚。那个人每次给她打电话都用变声器，很神秘。

申婧晨不知道那个人跟苏绾心有什么深仇大恨，但只要对方恨苏绾心，那就是和她在同一条船上的伙伴。

申婧晨安抚完申文光就去找丁凯泽，用尽浑身解数才勉强说服丁凯泽出钱。

丁凯泽最不喜欢搞这种白送钱的活动，但想到确实可以为自家企业吸引流量，更能让申婧晨主动示好，便同意了。

翌日。

苏绾心看到凯润集团和 ST 联合发布的公告，研究了好一会儿，接到了傅时寒的电话。

"看到新闻了吗？"傅时寒开门见山地问。

苏绾心笑着回答："嗯，这次搞得有点儿意思。"

ST 和凯润宣布，从下个星期起，只要是 ST 官网的注册用户，皆可以持凭证在任意凯润店门口免费领取一杯 ST 的咖啡饮品，同时，为了支持环保，顾客可以将用过的纸质咖啡杯送回 ST 柜台，兑换官网的积分。

积分可以在顾客买东西的时候直接抵钱，虽然没有太多，但一毛钱也是钱，纸杯回收这种做法也值得提倡。

"ST 现在打算做连锁咖啡品牌吗？申文光这招儿对于后期融资是有一定效果的，因为能给品牌带来正面的流量及影响。"苏绾心狐疑地猜测，"这样做还能给凯润吸引顾客，虽然前期会赔钱，但烧钱补贴顾客会慢慢让顾客形成消费习惯，这钱花得很值。"

傅时寒赞同她的观点："还有很重要的一点，舆论。"

　　"没错。当大部分人对 ST 产生好感的时候，如果我们当头一棒打过去，ST 就可以借机表态，说因为我们的打击引发资金链问题，今后无法继续提供免费咖啡。那毫无疑问，届时，我们在舆论上就会处于劣势。"

　　苏绾心怀疑，申文光是不是换了新的策划经理。如果按照以往 ST 的经营模式，他们是绝对不会想出这种办法的。

　　苏绾心一边和傅时寒研究这件事，一边快速地算了一笔账。最后他们得出的结论是，大概半年，ST 和凯润集团就可以逐渐盈利了。

　　"能不能坚持半年是个问题。"傅时寒淡声提醒，"公告上并没有明确指出活动的截止日期，也就是说，活动随时都有可能停止。"

　　"如果没猜错的话，前期投资的钱是不是'丁绿帽'出的呀？"苏绾心一不留神，把在心里对丁凯泽的形象定位说了出来。

　　傅时寒听后轻笑出声。

　　苏绾心尴尬地咳了一下，让他严肃点儿。

　　傅时寒想象她现在的模样，低声问她："面对这种情况，你打算怎么办？"

　　"嗯……回头去领一杯咖啡，尝尝怎么样吧。"苏绾心戏谑地调侃，"我觉得按照丁凯泽一贯的作风，送出去的一定不是什么好东西。他都能在自家的产品上造假，更别提这种免费赠送的了。"

　　傅时寒眸光微亮，对苏绾心这种与生俱来的敏锐欣赏以及喜欢到不行。

　　跟她在一起，很多话不用他明说，给她一个眼神或者一个暗示，她就全部懂了。她很清楚这是一场商业战，如果对方打算以舆论开始，那他们最好的办法就是以舆论回击。

　　傅时寒握着手机，听着她的声音，突然好想见她："苏总什么时候有时间，约个饭？"

　　傅时寒带笑的声音透过听筒传来，苏绾心一听就知道他又开始不正经了，便翻了一个白眼。

　　傅时寒听她沉默，又自顾自地答："好的，那今晚见。"

　　苏绾心深吸一口气，正打算怼他，他却挂了电话，不给她机会。

　　傅时寒放下手机，安排林睿盯着丁家的动静，然后给傅时宜打了个电话。

　　傅时宜负责娱乐、影视相关的工作，自然认识一些网络上的营销博主。傅时寒让她找这些人吹捧凯润集团和 ST 的"慈善"活动，闭着眼睛无脑吹。

傅时宜一听他要给对手做营销就知道他没安好心，但一时间猜不透他的心思。

"你怎么会想帮申家做广告？"她疑惑不解地问。

"捧得越高，摔得越狠。"

傅时宜听完他的话，就觉得损还是傅时寒损。

傅时寒让她帮 ST 宣传，说后续活动要送出的咖啡是手磨意式咖啡。当天傍晚，申文光和丁凯泽还在制订接下来要花费的预算时，发现网上已经有人帮他们安排好了后续的活动。

众多微博大 V 账号一起发消息，"ST 陪你过冬"的宣传语还上了热搜。

这时候如果申文光公开否认，说送的只是速溶咖啡，那就很掉链子，会被嘲讽；但如果不否认，他们疼的就不是脸，而是肉。

一想到自己的钱就这么被免费地往外送，丁凯泽就肉痛得不行。

有人花钱给他们免费打广告是好事，因为 ST 和凯润都没有发声明否认，所以免费送咖啡的事持续在网上发酵。

申婧晨之前几次败在苏绾心手里，这次长了记性，耐着性子憋着。ST 与凯润联手举办的活动上线后，第一天就收到了广泛的好评。

ST 官网的活跃用户一天之内增长了几十万，虽然免费送出几十万杯咖啡很肉痛，但是看着网上一边倒的好评，丁、申两家还是很开心的。尤其是在网友们提到苏绾心之前抨击 ST 的时候，他们心里更是畅快。

"搞不懂一个年纪轻轻的女人究竟是怎么站在那么高的位置上的，我不信她背后没有男人捧。"

"一个搞金融的人成天跟人家食品业的企业过不去！"

"今天逛街正好到了凯润的店门口，不得不说，ST 的活动真的走心了，提倡环保，回收纸杯，值得鼓励！"

"同志们有没有什么料可爆啊？我好想知道苏绾心生下的是谁的孩子。"

"那可多了吧？不然就凭她一个孤儿，能出国留学、混金融圈？她开公司全靠自己？傻子才信！"

网上冒出好多骂苏绾心的话，申婧晨看得那叫一个开心。短短两天，网上就多了好多苏绾心的"黑粉"。

苏绾心忙，没空刷微博，不知道自己被妖魔化到什么程度。直到盛浅给她打电话，问她是不是又跟姓申的杠上了，她才知道发生了什么。

"这姓申的应该请了不少'水军'，带节奏的手法有点儿熟练。"盛浅轻声说着自己的看法,"要不要我帮你骂回去?"

"不用,让她先骂着,"苏绾心拒绝,"骂个痛快。"

苏绾心丝毫不在意这件事,甚至特意上网看了一眼自己是怎么被骂的,看申婧晨是抓着自己哪些缺点骂的。结果她看来看去,还是那么点儿屁事。

网友们要么说她抱别人的大腿,给对方生孩子;要么说她恃强凌弱,仗着有苏氏证券的背景到处抨击良心企业。

这场单方面的骂战持续了将近一周,随着ST送咖啡活动的火热进行而日渐升温。

越来越多的人喝了ST的咖啡,越来越多的人成了ST的"水军"并加入骂苏绾心的阵营。终于,战火牵扯到了另一个人——

漾漾。

网上逐渐有人提到漾漾,讨论一个小孩子在不知道自己父亲是谁的情况下,有苏绾心这样一个肮脏的母亲,今后会长成什么模样。

当不停的脏话像污水猛烈地朝苏绾心身上泼的时候,有些"路人"看不下去了。

"大人的事情牵扯到孩子,某个姓申的人请的'水军'素质有点儿低啊。"

"金融从业者不明白你们究竟在骂什么。苏绾心说得没错啊,ST最近几期的财务报告就是很难看。ST再怎么买'水军'骂人也改变不了财务报告难看的事实。"

"ST送的咖啡那么难喝,我就想知道,那些说好喝的人是怎么想的……"

理智的网友终究还是存在,看出这场舆论骂战完全不正常。申婧晨此时处于疯狂模式,每天上网看网友们骂苏绾心看得不亦乐乎,停不下来。就连那个神秘人联络提醒她差不多行了,物极必反,申婧晨也完全没有在意,甚至切换小号亲自上场。

然后,在一片混战中,ST终于发布了今年的财报。

苏绾心一拿到资料,就立刻开始研究。因为她之前放过话,说她会盯着ST的财报,所以ST格外注意。平心而论,ST这次的报表做得确实很漂亮。

下午三点,傅时寒过来时,苏绾心正埋在一堆表格数据中忙到昏天黑地,连眼神都懒得施舍给他。

傅时寒在来之前也看了一会儿ST的财报,所以见苏绾心不理他,就主动开口吸引她的注意力。

"ST歪曲资产负债表的指标、夸大业绩的误导性指标以掩盖经营下滑的事实。听说ST前阵子先把产品提供给顾客，然后收回，为了制造收入增长做了赔钱的买卖。苏总，你把人家吓坏了。"

苏绾心听完他的话，红唇微抿，抬眸看他，接着瞥了一眼房门，吐出两个字："出去。"

"我是来送礼的。"

"拒绝贿赂。"

"看完是什么礼物你再拒绝也来得及。"

傅时寒起身走到她面前，把手机递到她手里。苏绾心疑惑地点开手机，里面是一段视频。她蹙眉看完之后，得出结论："恶心。"

"是恶心。"傅时寒嗤笑，"把这个传出去，够让上面请ST'喝茶'了。"

傅时寒这两天憋得有点儿难受。关于申婧晨请"水军"的事，苏绾心不让他插手，以至于他连立功、博好感的机会都没有。他等着，盼着，ST终于发财报了。现在外面都盯着这份报告，也盯着苏氏证券的动静。

"苏总有什么指示？"傅时寒调侃，"我配合你的档期。"

苏绾心想着让他快点儿走，便敷衍地开口："你发出去吧，我尽量在一个星期内给出结果。"

"这么拼？"

"你如果不在，我可能会更快一些，所以劳烦傅总行行好，赶紧走。"

苏绾心言语间都是嫌弃，让傅时寒感觉他就像一个无理取闹的小孩子，比漾漾还过分。他低头跟苏绾心对视，正欲说点儿什么，外面传来敲门声。

"苏总，海资证券的陈总已经到会议室了。"

陈磊的声音幽幽地传来，他知道傅时寒在里面。傅时寒不悦地看过去，紧了紧颈间的领带，站直身子，迈步朝外走。

"我去帮你开会，你慢慢忙。"

傅时寒走出办公室，眼中的笑意消失不见，收敛起身上慵懒放松的气息，换成往日的凌厉气势。

两种模式自由转换，他淡漠地看着陈磊，问了一下海资证券过来的目的，然后就去了会议室。解决完这些事情，他安排人把手上的视频发出去。

苏绾心不喜欢工作被打搅，就算是傅时寒也不行。所以傅时寒干脆去陈磊那儿等，想跟她一起下班回家。

他明天要出差，估计又得十天半个月才能回来，就算加快进度也得一个星期。

傅时寒坐在沙发上，姿态慵懒，无聊地翻看手机。

陈磊在一旁吞吞吐吐地开了口："傅总，最近网上的事您知道吗？"

"你是指你们苏总被骂，还是指我儿子被骂，或者是那张网传的苏绾心男友名单中没有我的名字的事？"

网友们罗列出一串能跟苏绾心扯上关系的男友，列成名单，名单内唯独没有傅时寒。

他微微皱眉，看向陈磊，满脸写着不高兴。陈磊听他说话的语气，一时间不知道该怎么回才好。

陈磊很疑惑，因为在他的印象里，傅时寒真不是大度的人。苏绾心被网友们骂这么多天，这事的热度还没降下去，这不正常。他猜傅时寒可能等着玩个大的，但猜不透傅时寒的心思。

"我配不上你们苏总吗？"傅时寒见陈磊沉默，不悦地追问，"你给我分析一下，凭什么那里面唯独没我的名字？"

陈磊沉默半晌，给了傅时寒一个答案："大概……是网友们眼瞎吧。"

傅时寒听后不客气地冷笑，附议："我觉得也是。"

陈磊一言难尽，壮着胆子问他："傅总，您跟苏总的事家里同意吗？"

傅时寒的眸色瞬间黯淡。

陈磊仔细地观察，心沉到了谷底。

傅家不接受苏绾心？难怪苏绾心对傅时寒的态度一直都有点儿怪，原来是这样……

如此一想，陈磊不免心疼。

发生这种事情，最后吃亏的人一定是女孩子。像苏绾心这样的好女孩，要是不遇见傅时寒，肯定能找一个非常不错的男朋友。所以，是傅时寒耽误了苏绾心，以后要是再没法儿给苏绾心一个名分，那就真是"渣"得过分了。

陈磊在心里暗骂傅时寒，脸上却一丁点儿都没敢表露出来。

"陈总还真是哪壶不开提哪壶啊。"傅时寒倚靠在沙发上，目光幽幽，语气哀怨，让陈磊后背发凉。

陈磊尴尬地笑着。

屋内陷入一种很微妙的气氛中，让他很难受。

苏绾心过来找陈磊要资料的时候，推开门就看见两个人面对面地坐着，陈磊一副快被吓尿的模样。

"你怎么还没走？"她走过去看了傅时寒一眼，蹙着眉赶人，"别在这儿耽误别人工作。"

"我等你下班。"

"你很闲吗？"

"一般闲。"

"磊哥，把海资证券的合作计划拿给他，让他做分析报告，你跟我过来。"

苏绾心不客气地给"闲人"安排工作，见傅时寒打算拒绝，笑意盈盈地开口："不想干吗？那你走人。"

傅时寒看了她片刻，气笑了。敢这么理直气壮地指使他干活儿的，她真是独一个。

"行，干。"他笑着点头起身，一屁股坐到陈磊的办公椅上，"苏总还有什么吩咐，一起说。"

"神经病。"苏绾心小声骂了他一句，带着陈磊一块儿离开。

傅时寒被单独扔在办公室里，叹气。早知今日，他当初一定会要那60%股权，不给苏绾心翻身的机会。

傅时寒继续低头看手机，关注凯润和ST的动静。

ST送咖啡的活动已经持续了一个星期，在这些天内，赞誉和骂声各占一半，再加上他们请了"水军"，把苏绾心拉入话题里，更让ST赚足了眼球，吸引了很多流量和关注。

傅时寒忍了他们一个星期，也算到极限了。

他之前安排人去附近的几个城市，持续跟踪关注ST送咖啡的活动。他的观点和苏绾心的一致，认为丁凯泽不舍得花这笔钱，这里面肯定有猫腻。

林睿按照傅时寒的吩咐，带着几个兄弟在外面忙了几天，终于拍到好玩的东西了。

傅时寒刚刚让人把他们拍到的视频发到网上，这会儿，这个视频已经成为一枚炸弹，炸得网友们愤怒不已。

ST之前打着环保的旗号发起回收纸杯的活动，其中一条活动规则是：集满十五个纸杯的人可再次免费兑换一杯咖啡。

ST这一举措引来无数环保人士的好感，甚至还得到了环保总局官方微博的转发和赞扬。

而今天，傅时寒曝光出去的这段视频让ST把这些好感瞬间都败光了。

ST送的咖啡是由低价买来的过期速溶咖啡再掺些廉价的香精勾兑而成

的饮品。

傅时寒手下的人把 ST 购买咖啡的渠道摸清了，还拍了视频。

ST 回收的纸杯也没有及时处理，而是被反复使用，也就是说，最近几天去凯润门店领咖啡喝的人，用的都是别人用过的杯子。

纸杯没经过任何处理，ST 没清洗、没消毒，把纸杯拿回来直接用。傅时寒也让人把这件事拍成视频，一并发出去。

网友们看完这铁证般的事实，都快被恶心死了。之前那些占了 ST 的便宜、帮 ST 骂苏绾心的人，脸都快被自己打肿了。

短短几十分钟，这件事就被传遍网络，沸沸扬扬，激起民愤。这些状况都是傅时寒早就预料到的——他送给 ST 更大的礼物还在后面。

傅时寒将这些证据提前发送给相关部门，事情在网上被曝光出来的同时，相关部门也开始介入调查。

ST 和凯润的这次"冬季送温暖"活动，可以说把一手好牌打得稀烂。这盘棋，他们走得太差了。

傅时寒一边看有关他们的新闻，一边等苏绾心下班。

六点半，苏绾心在陈磊的提醒下才想起傅时寒还在这里，无奈地关电脑起身，像去学校接孩子放学一样，去陈磊的办公室把傅时寒领走。

"你看，"傅时寒把手机递给她，"他们被骂得多惨。"

全网都在抵制 ST，这一晚，注定是让人心情愉悦的一晚。

傅时寒和苏绾心一起回到家，皱着眉提醒她："明天上午十点的飞机，我可能半个月后才回来。"

苏绾心点了点头，表示知道了。

"一起去？"

"是你疯了还是我疯了？"苏绾心对上他的视线，"半个月，很快就过去了。"

换作以前，傅时寒也是这么想的。出差这种事他早就已经习惯了，半个月也好，半年也罢，在哪儿待着都一样。

可现在不行，他现在有她。

苏绾心似乎看穿他在想什么，莞尔一笑："你离开两个星期，欠你的四天我给你记账？"

傅时寒眸光微亮，听她又说："这样你回来后就能来我这儿连着住六天，我再送你一天，凑成一星期，怎么样？不过傅总记得算好日期，我在生理期时脾气不大好，做什么事都不用负责，你懂的。"

她清楚用什么事能转移他的注意力，笑着看他。傅时寒听了这话，口干舌燥。

她在撩他。

他喉咙动了动，哑声说道："现在试试？"

"抱歉，你这周的两天额度已经用光了。"

她真的很严格，但这对傅时寒而言似乎不是什么大事。反正他不要脸也不是一两天了，就赖着不走，她能把他怎么样？

晚上十点，苏绾心把漾漾哄睡，下楼看见傅时寒还坐在沙发上，一派悠闲地看电视。苏绾心蹙着眉走过去，问——

"干吗呢？你收拾行李了吗？"

傅时寒微微侧眸看了她一眼："我在等上天垂怜。"

他都在这儿混一晚上了，连个手都没摸着。

苏绾心怔了一下，轻笑出声。

傅时寒挑眉看着她美艳的笑靥，调侃："苏总突发善心，觉得自己的确有点儿过分了？"

苏绾心抿着嘴笑，目光盈盈地看着他。自从那场订婚宴后，他好像就彻底放弃在她面前冷着脸，越来越像几年前的样子。

"这半个月你要去哪儿？"苏绾心不答反问，掏出手机问他，得到答案后，查了查那几个城市近期的温度，然后才抬头看他。

"走吧，我给你收拾行李。"

"你求我的？"

"对，"苏绾心无奈地点头，"求傅总给我一次表现的机会。"

听她这么说，傅时寒很满意，带着她去了隔壁。看着她一件件挑选他的衣服，他心里涌出说不出的满足感。

他有洁癖，从来不喜欢别人碰他的东西。路辞那几个人也知道这事，就算来他家也绝不敢上楼进他的卧室。可他就喜欢让她进别人进不了的领域，碰别人碰不了的东西。她喝过的水，他会喝；她切的乱七八糟的牛排，他会吃……他甚至会从她手里抢她吃到一半的水果。

傅时寒凝视着她认真帮他收拾行李的模样，迈步走过去。

苏绾心微愣，身子被他从背后抱住。温热的呼吸从耳畔拂过，她听见他轻声说："乖乖等我回来。"

苏绾心犹豫了一下，小声回了一句"好"。

"等我回来，你再告诉我一些我不知道的秘密。"

他像温水煮青蛙一样让她慢慢习惯，然后重新接纳他。他知道在她离开的这三年里发生了很多他不知道的事情。他想知道关于她的每一个细节。

这次苏绾心沉默的时间更久了些，但终究还是点了一下头，说了一声"好"。

傅时寒将她抱紧，把头埋在她的颈间，幽幽地叹息。

"多吃一点儿，太瘦了。"这么弱不禁风的身子，他都不忍心做些过分的事，"你出去打江山的时候，记得多想想我。"

傅时寒不停地轻声说着，听得苏绾心眼中的笑意越来越多。

"绾神，加油。"他最后轻咬她的耳朵。

苏绾心呼吸一窒息，明白他指的不是对付 ST 的事，而是她面对傅家其他人的事。

这些日子被他缠习惯了，苏绾心确实放松了不少。可他们两个人心里都明白，这种日子维持不久，暗地里偷着谈恋爱终究是长远不了的。

苏绾心心情复杂地帮他整理好要带的东西，然后陪他住了一夜，第二天甚至亲自开车送他去机场。

车子稳稳地停下，苏绾心看到傅时寒低头看手机，不知他在操作什么。过了片刻，她的手机的信息铃声响起，她收到一笔转账，额度很大的那种。

她疑惑地看向身边的人。

傅时寒已经打开车门准备离开："打车费，我回来的时候你记得接机。"

打车费他给得有点儿多，买辆车都够了。拿人手短，苏绾心不好拒绝，就沉默地收下了。

她目送傅时寒离开，突然觉得心里有点儿空。苏绾心垂眸冷静了一会儿后才慢慢找回状态，开车回了公司。

ST 从昨天傍晚开始就一直处于舆论旋涡的中心，有很多网友自发爆料，甩出手里早就保留已久的证据，证明 ST 的员工曾经在垃圾桶里拣顾客扔掉的纸杯，拿回来继续使用，而且那些纸杯完全没有经过消毒处理。

有视频，有照片，ST 想甩锅都没办法。

网络风向就是这样瞬息万变。

几天前那群恨不得钻进电脑里或是站在苏绾心面前，指着她的鼻子帮 ST 把她骂得狗血淋头的网友，现在都恨不得让 ST 这个垃圾公司快点儿倒闭，死得越惨越好。

苏绾心回到公司，立刻进入工作状态，埋头在一堆文件、数据、表格中，接连三天时间，都是这种状态。

苏绾心白天闷在办公室，晚上闷在书房，终于，赶在ST股东大会这天把分析报告做了出来。

她拿着东西来到陈磊的办公室，把文件往他的桌子上一甩，头痛地揉了揉太阳穴。

"发出去。"

陈磊疑惑地打开文件，看了一会儿后，说不出话。

这祖宗把ST年度财务报告扒得精光，所有不对劲的地方都被指了出来，有理有据。这东西被传出去，够申文光那几位高管喝几年的茶了。

陈磊反复地看手中的文件，最后服气地笑了，然后看向苏绾心，由衷地说了两个字："佩服。"

"师承傅神，常规操作。"苏绾心笑了笑，"下午没什么事，我回家休息，有问题你随时打电话。"

自从傅时寒出差走了，她每天睡眠时间不超过三个小时，时间基本都用在研究ST上面了。

"好，你快回去吧。"

陈磊连连点头，目送她走后，再次仔细看了一遍她做的分析报告。

虽然之前知道苏绾心以前在GE实习时干的就是揭穿各公司财务造假的活儿，还搞垮了当年全球排名前十的沃尔顿公司，但那些事都是传闻，陈磊没亲眼见识过，如今看了这份分析报告算是真正领略了她的风采。

这一次对战ST，可以说是苏绾心回国露面后打的第一战，尤为重要。陈磊按照苏绾心的吩咐把这份分析报告公布出去，不出所料，不到半个小时就在业内引起一阵轰动。

苏绾心跟ST杠上了，这件事圈子里的人都知道。前些天，苏绾心因为ST被骂得祖宗十八代都遭殃的时候，大家都在看热闹，想着苏绾心究竟什么时候反击。现在，他们终于等到了这个时刻。

苏绾心亲自完成的这份分析报告被无数人传阅，很多人都想从中找出点儿毛病，但是可惜，这份报告完美得很。

她从非常专业的角度剖析了ST近三年的年度财务报告，明确指出其中不对的地方——虚构收入并加以记录，运用其他方法掩盖成本和亏损，提供夸大业绩的误导性指标，把融资活动现金流转为经营活动现金流入……

苏绾心明确提出了ST每一条涉及财务欺诈的手法，并在下面提供了相关证据，整份报告长达十三页。

她究竟是什么时候收集到那么多数据和资料的，大家不得而知，只知道这份报告加上 ST 这几天的送咖啡风波，ST 怕是彻底凉了。

苏绾心这个女人，他们真的不能得罪。

苏绾心回家后疲惫不堪地洗了澡，头痛得不行，迷迷糊糊地睡了一会儿，最后被噩梦惊醒，慌张不安地环视着房间。

她已经好多天没梦到那些可怕的东西了，还有那场车祸。她目光空洞地望着天花板，直到意外地接到一个电话。

撂了电话，苏绾心硬着头皮出门赴约，见到人后，小声叫道："爷爷"。

傅炎生目光淡淡地瞥了她一眼，说："上车，聊聊。"

车子缓缓启动，车内一片安静。苏绾心将放在腿上的双手轻轻握成拳状，侧过头，看向傅炎生："爷爷来找我，是为了傅时寒吧？"

傅炎生没说话，只是叹了一口气。他这一叹气，倒是让苏绾心心安了几分。

"以后，离时寒远一些。"

傅炎生终于开口，说的话既在苏绾心意料之外，也在意料之中。爷爷从来不喜欢她和傅时寒在一起，她早就知道。

"车祸的事我们傅家不再追究了。我给你一笔钱，你别再回来了。"

苏绾心微怔，从没想过有朝一日会从傅家人的口中听见不再追究车祸的话。心脏隐隐作痛，她想了想，问："爷爷觉得我回来是为了钱吗？"

"我不管你回来是为了什么，总之离我孙子远一点儿。你的命格已经发生改变，你要是再留在他身边，只会害他。"

苏绾心万万没想到是这个原因。她想笑，但笑不出来，眨眼的瞬间眼泪凑热闹似的落了下来。

她几次张口，却终究什么都没说出来。车子继续缓慢地行驶在路上，绕了一圈后又回到她家楼下。

"停车。"苏绾心沉默许久，终于出声，"我答应你，让我下车。"

傅家不信她能救傅时寒，却信她能害他。苏绾心觉得这事真的让人难过，可仔细想想又觉得理所应当，于是更难过了。

说到底，她终究是外人。傅家当年愿意养她是因为不缺那点儿钱，花钱买份安心。如今她没用了，被一脚踢开，又有什么不满的？她好吃好喝地在傅家生活了十几年，傅家没亏待过她。

苏绾心就这样不停地在心里安慰自己，可是心脏还是越来越疼。何况她也怕，怕傅炎生的话是真的。

苏绾心的脑袋一片空白，她回到住处，坐在沙发上低头不语。她原本想了一些话，想等傅时寒回来后跟他说，可现在看来，没办法说了。

苏绾心自嘲地一笑，神情厌烦。

她厌恶自己，三年前就该死掉，那样就没这么多破事了。

她起身上楼通知慕酥雨，然后收拾了自己的东西，没再说话，就连出家门的时候都没回头看一眼。

慕酥雨虽不知道发生了什么，但看出这架势不大对劲，等到了新的住所才终于找到机会问清楚，然后暴躁地骂人。

她本来觉得苏绾心最近的状态好了很多，以为傅家已经愿意重新接受苏绾心，说不定哪天苏绾心的心病就好了，哪承想傅家突然来了这么一出。

慕酥雨欲言又止，不知还能说点儿什么。傅家这次是把苏绾心往死路上逼啊！虽然苏绾心嘴上不说，可慕酥雨知道苏绾心一直期盼自己的身体能好起来，期盼能重新回到傅家人的身边。

现在傅家不要她了。她唯一能回去的地方，没了。

苏绾心究竟会不会给傅时寒带来厄运，慕酥雨暂时不得而知，只知道，单是有这句话摆在这儿，苏绾心被打死都不会再回傅时寒身边，不会做一丁点儿可能伤害傅时寒的事情。

慕酥雨缓缓地长叹一口气，扭头看向窗外。

或许从一开始他们就不该让苏绾心回来，让她忘记一切，总好过被这样欺负，吃这么多苦。

星河迢迢只见你

墨子悠 著

下　册

青岛出版集团 | 青岛出版社

第十一章
离婚协议书

卧室内，苏绾心就这样静静地躺着，看着天变黑，又看到天亮了。

上午苏绾心要出去开会，不出意料地见到了丁凯泽和申婧晨。ST 陷入危机风波，凯润集团被连累得股价都下跌了不少，所以丁凯泽和申婧晨看见苏绾心后，气得咬牙切齿，表情非常不快。

几十分钟后，苏绾心作为市内优秀企业家上台发言，发言完毕就退场回公司了。她想着傅时寒差不多这几天回来，便准备好离婚协议书，签上名字后扔进抽屉。

苏绾心昨晚想了整整一夜，不知道自己继续留在这座城市还有什么意义。按现在的情况来看，只要她在这里就甩不掉傅时寒的纠缠。她既然答应了傅炎生要远离傅时寒，就一定要离得远远的。

傅家的态度那么明确——对车祸的事情不再追究，所以无论三年前是不是她害的李墨，这个真相对傅家已经不那么重要了。

现在对傅家最重要的就是让她走。

人的命，人的运。十几年前她因为特殊的命格进入傅家，十几年后又因为这个命格远离傅家。这是她的命运，她得认。既然事实莫辩，无力回天，那她走就好了。反正对傅家来说，有她没她都是一样。说不定在她七岁进入傅家之前，傅时寒身边就曾有过其他的"护身符"。

她只是代替品，不是唯一的。

苏绾心自嘲一笑，想起卓以清，那个之前跟她同样参加过直播活动的律师。她给他打电话，约好了见面的时间，然后赴约。

　　两个人落座，苏绾心开门见山地说出找他的原因。卓以清听后，目瞪口呆。

　　"你要把手上所持有的股权，全部……转让给傅时寒？"

　　"对。"

　　卓以清见她回答得痛快，一时间不免有些怀疑。苏氏证券的势头正足，多少人想分一杯羹都分不到，苏绾心身为最大股东却要直接把持有的股权全部转让出去？谁能相信她是自愿的？

　　"苏总，"卓以清犹豫了半晌，还是决定问一下，"如果你被人强迫了，可以告诉我，我们想办法解决问题。"

　　苏绾心很快明白他的意思，笑着摇头否认："傅总给的价钱很高，这点你不用担心。"

　　卓以清对这话倒是没产生怀疑，毕竟傅家最不缺的就是钱。

　　两个人聊了差不多一个小时，苏绾心的手机响了。

　　今天本该是她去钟贤那儿做心理治疗的日子。约定的时间到了，她却没到。

　　苏绾心蹙着眉接起电话，敷衍地说自己在外面谈事情，其实心里已经没有再接受治疗的打算。

　　C市机场。

　　傅时寒下了飞机，拿出手机，不着痕迹地皱了一下眉。

　　早上给苏绾心发信息的时候，他已经在国内了，又去其他城市办点儿事情就结束了这次出差的全部行程。最近几天，苏绾心连条信息都没给他回过。这丫头，不懂事啊！

　　他看了一眼时间，让司机直接送他回家。回到家中，他却发现苏绾心的东西全都不见了，屋内一片冷清，好像很多天没住过人一样。

　　傅时寒猛地回过神，快步朝慕酥雨的房间走去，看着同样是干干净净的屋子，悬在半空的心猛地坠到了谷底，双眸也瞬间染上了红色。

　　他拿手机拨打苏绾心的号码，打不通。他又找到慕酥雨的号码重新拨过去，被拒接。傅时寒沉思片刻后，给陈磊打了个电话。

　　"苏绾心这几天去公司了吗？"电话一被接通，他就暴躁地问道。

　　陈磊被问得一脸蒙："她正常上班啊，怎么了？"

　　"她今天也去了？现在在公司？"

"现在不在，她下午出去见客户，然后好像直接回家了。怎么了？"

人还在 C 市。傅时寒缓缓地松了口气，稳住情绪："你给她打电话，就说公司有急事，让她马上回来。"

"好。"

陈磊听出傅时寒的语气不对，于是没敢耽误，挂了电话就给苏绾心打过去。

陈磊是个老油条，谎说得也溜，没提傅时寒的名字，三言两语就把苏绾心骗回公司了。

他说公司的系统被入侵，有些数据可能会被泄露，这把苏绾心吓得提心吊胆地往公司跑。她气喘吁吁地推开陈磊的办公室的门，看到沙发上那道熟悉的身影。

傅时寒已经烦躁地等了半天，见到她，不安的感觉转瞬消失，取而代之的是说不尽的愤怒。

他冷笑着起身，对上苏绾心的视线，一字一顿地问："你把我拉黑名单了？"

陈磊的电话打得过去，他的就不行——这就是他离开十天的回报？

苏绾心看到他，微微怔了一下。她很久没看见他穿私服的样子了，这个人气得跳脚的模样真是跟几年前没什么两样。

先前傅时寒在家冲了个澡，冷静了一下，只来得及套了件连帽卫衣和牛仔裤，然后就从家里跑过来了，头发现在还是半干不干的状态。陈磊刚才看见傅时寒，被吓了一跳。他第一次见傅时寒不穿西装的样子，看了好几眼才确认眼前的人是谁。

苏绾心转移视线，看向在办公桌后坐立不安的陈磊，讥讽道："这就是你说的急事，系统被入侵？"

"这……这不急吗？"陈磊有点儿尴尬地瞥了傅时寒一眼。

现在的傅时寒不就像个入侵他们公司的外来物种吗？

苏绾心知道陈磊被逼无奈。她转身就朝外走去，连话都不想跟傅时寒说一句。

傅时寒见状，气得快炸了，直接把她拽进她的办公室，关门质问道："我又怎么惹你了？你发什么脾气？"

"疼，你松手。"

傅时寒下意识地把手松开。

苏绾心往后退了一步，拉开两个人之间的距离。

"你知不知道，待在你的身边是一件特别累的事情？"她看向他，眼中满是厌恶的神色，"你没惹我，我也不是在发脾气，只是累了，再也不想陪你玩过家家的游戏了。"

苏绾心的语气平静，她叹了口气，好像累到连说话的力气都快没有了，说完走到办公桌后，打开抽屉拿出一份文件。

"文件应该没什么问题，你看完就签字吧。"她把文件扔到桌面上。

傅时寒上前两步，"离婚协议书"几个字映入眼帘。

"在你的眼里，结婚就是小孩子过家家的游戏？"

"我和别人结婚不是，和你。在我的眼里，从七岁到你身边的那天开始，我就是在陪你玩一场游戏。"苏绾心给他肯定的答案，"这些年我按照你的安排和喜好做了每一件你希望我做的事，可我自己喜不喜欢，你在意过吗？在你的眼里，我究竟是个人还是个可被复制替代的玩具，你真正想过吗？"

苏绾心陪了傅时寒十几年，太清楚要怎么往他的心上捅刀子了。她的每一句话都像锋利的匕首，捅得他鲜血淋漓。

"你不会真以为我在离开的这几年里没跟别的男人在一起过吧？你怎么就那么天真啊？"

傅时寒听到这话，黯淡的眼神发生了变化。他看着苏绾心轻扯衣领，脖子上几个清晰可见的吻痕刺痛了他的眼睛。

"我昨晚还和别人在一起了，说实话，感觉比跟你好多了。"

"你确定知道自己在说什么吗？"傅时寒低声问道。

"我再确定不过了。我讨厌你，讨厌你的家人！如果可以选择，我宁愿当年死掉也不想遇见你们，陪你过这十几年。"苏绾心点了点桌子上的文件，催促道，"你痛快点儿，别让我瞧不起你，也别耽误我的事，我还要去吃火锅。"

"我要是不签呢，如何？"

"我死给你看。"

苏绾心声音很轻，说出的每个字却分量十足。傅时寒呼吸一窒，觉得她说这话是认真的。

她现在宁愿死，都不愿跟他扯上关系。

他看了她一会儿，拿起桌上的笔。他这辈子写过太多次自己的名字，可没有一次像现在这样，他的手竟然有点儿抖。

"文件我要带回去仔细看一下，没什么问题的话明天派人送过来给你。"

"傅总这是怕我贪你的财产吗？"

"这种事谁又说得准呢？我送的车子你不是也开得开心吗？"

"也对。"苏绾心点头，"那你好好看，我去吃饭了。"

她转身就走，没回头，也没看见身后人想抓住她的衣角的样子。

傅时寒的手僵在空中，他看着那扇门被毫不犹豫地打开又摔上，转身去看自己签过名字的文件，把它拿起来撕了个粉碎。

陈磊趴在办公室的窗户上，见他们都走了，这才松了口气。神仙打架，凡人遭殃。他不知道这俩祖宗因为什么吵起来了，可知道如果这俩人不和好，那自己接下来的一段时间都没好日子过。

傅时寒带着被撕碎的离婚协议回了家，黑着脸坐在沙发上一点点拼凑，看着里面的内容。

他想看看她是打算怎么跟他撇清关系的，结果看完更生气了。她还真是撇得干干净净！虽然早就知道她不贪图他的钱财，但到了今天这步，傅时寒仍觉得无比失败——他竟没有一件能困得住她的东西，钱不行，公司不行，儿子也不行！

苏绾心出了公司后就始终一言不发。慕酥雨脸红地看了她好几次，不知该怎么分散苏绾心的注意力。

苏绾心在下车走进苏氏证券的大楼前，逼着慕酥雨在她的脖子上啃了两口。慕酥雨现在一看苏绾心就脸红，思考着以后是不是得对苏绾心负责了。

火锅店内，苏绾心始终心不在焉。

慕星瀚用脚在桌子下面轻轻踢了苏绾心一下，把她的注意力吸引过来。

"咱们一会儿出去遛遛吧？这么早回家没什么意思。"

"去哪儿？"

"酒吧？"

"好。"

苏绾心点头答应，吃完饭后就全听慕星瀚的安排，和慕酥雨一起跟着他走。

车上，苏绾心迷迷糊糊地睡着了。不知过了多久，她被慕酥雨轻声叫醒，揉了揉眼睛，开门下车，望着眼前的酒吧。

慕苏。

酒吧的名字还挺好听的。苏绾心笑了笑，被慕酥雨搂着胳膊拉进酒吧，全然没留意到酒吧外有一个人从她下车的那一刻开始就注意到她了。

店外，一辆蓝色豪车停在门口。傅时寒坐在引擎盖上叼着烟，视线随着那人的身影消失不见而缓缓收回。

他忍不住低声咒骂，觉得自己这辈子真是死在她的手上了。他走哪儿都遇到她，烦。

傅时寒目光阴沉地望着酒吧门口，在看到几个人从店里走出来要离开的时候，掂了掂右手的罐装可乐，对准其中一个人砸了过去。这一举动引来骂声一片，几个人全朝这边看过来。

傅时寒淡然抬头。

站在几个人中间的男人一看到是他，赶紧跑过来。

"寒哥，你怎么有空过来了？"

姜诚恭恭敬敬地站在一旁。外人都知道姜诚是这家酒吧的老板，却不知真正的幕后老板是眼前这位。

"我们进去说。"傅时寒朝店内走去。

于是姜诚取消了今晚的应酬，陪他去二楼的办公室。

宽大的落地窗由特殊材料制成，办公室内的人看得见外面，外面的人却看不到里面。傅时寒站在窗边望着楼下的男男女女，找寻某个身影。

楼下。

苏绾心一杯接着一杯地喝酒，也不说话。

慕酥雨愁眉不展地看着她，又看向一边的慕星瀚，凑过去小声问道："她这么喝能行吗？她的身体本来就不好。"

"她的身体不好又不是喝酒喝的，你没听过'一醉解千愁'吗？"

"那她喝得这么快，说不定一会儿就晕了。"

"她晕了不是正好？我们直接把她扛回去，免得她胡思乱想。"慕星瀚一副纵容苏绾心的态度。

苏绾心连着喝了好多杯酒才抬头观察四周的环境，然后突然转头看向慕酥雨。

苏绾心有点儿难受地靠在慕酥雨的肩上，搂着慕酥雨的脖子，靠近她的耳边小声地说："我想去厕所。"

"好，我陪你去，走！"

慕酥雨搂着苏绾心站起，朝洗手间的方向走去。苏绾心醉得越来越明显，整个人都不在状态。慕酥雨看着她傻乎乎的笑容，心脏微痛。

慕酥雨认识苏绾心这么久，却总觉得自己认识的不是真正的她。在慕酥雨的印象中，苏绾心的眼睛总是黯淡无光的，笑容总是虚假敷衍的，苏绾心只有在看见那个人的时候，眼睛才会偶尔恢复神采，也只有在和那个人在一起的时候，才会偶尔控制不住地真心露出笑颜。

"绾绾，你笑得真好看。"慕酥雨愣怔地扭头看着苏绾心，"你以后多笑笑，好不好？"

"嗯？"苏绾心迷茫地眨了眨眼睛，慢慢摇头，"不好。"

她说完就轻轻推开慕酥雨，扶着墙壁走进洗手间。慕酥雨靠在墙上等，忽然听到一阵脚步声，顺着声音方向看了一眼，整个人僵住了。

眼前这个身姿高挑的男人穿着一件黑色的皮夹克，满身戾气，带着与生俱来的强大气场走过来。要不是这个人顶着那张让慕酥雨熟悉的脸，慕酥雨还以为他是来寻仇的阎王。

傅时寒觉得自己真的是犯贱。他在楼上坐着，视线就一直没离开过苏绾心，一看见她跌跌撞撞地起身被带走，又找了千百种借口跟过来。

人家不想见他，他还偏偏不死心，这不是犯贱是什么？！这事若是被传出去，够让那些被他甩脸子拒见的客户笑上一个月了。

苏绾心上完厕所，走出洗手间时没看到在外面等她的慕酥雨，不高兴地撇了撇嘴，低哼了一声。她看见一旁的楼梯便走过去坐下，等慕酥雨回来找自己。

走廊里安安静静的，让人觉得有点儿害怕。苏绾心低头伏在膝上，突然想起傅时寒，想起最近发生的这些事。她越想越难过，眼泪像是断了线的珠子，无法控制地往下掉。

傅时寒站在一旁的角落里，看着她坐在那里哭得像个孩子，眼底深处闪过一抹不舍的神色，双脚不受控制地走到她的面前。

他居高临下地看着她，低声开口："你哭什么？"

苏绾心听到声音，慢慢抬头，目不转睛地盯着他看，过了片刻又埋头趴着了。

"你不是傅时寒。傅时寒被我气走了，不会回来了。"她小声呢喃，只当自己在做梦。

傅时寒听到这话，咬了咬牙："你还知道你惹我生气了？！"

"知道。"苏绾心乖巧得像个娃娃。

她喝多了一向这样，不吵不闹——别人让她做什么她就做什么。所以傅时寒总是担心她，从不让她跟别人去酒吧。

傅时寒就这么看着她，心里的疼痛慢慢溢出，扩散，消减。他蹲下身和她对视，见她哭得难受的样子就又开始后悔了。

"酒好喝吗？"傅时寒轻声问道。

苏绾心认真地想了一下，点头，接着摇头。

"这是指好喝还是不好喝？"

"有的好喝，有的不好喝。这家酒吧不行，好的坏的掺着卖。"

傅时寒被气笑了："你知道这家酒吧是谁开的吗？"

"嗯？不知道。"

"我。"

慕苏。

慕，意向往。

苏，意绾心。

这家酒吧是傅时寒在上学那会儿偷偷摸摸开的，苏绾心不知道，家里人也不知道。

起初，傅时寒只是想着弄个地方，方便以后自己出来玩，不料后来这家酒吧的生意越来越好，现在它已经成为 C 市的招牌夜场了。

傅时寒定定地看着醉酒的苏绾心。她这样子太乖了，往日里那身锐气全部消失。他想趁机跟她掰扯掰扯白天的她有多过分，但她软萌乖巧得让他开不了口。

他是真的生气了，这些天在国外连轴转，就为了能提前回来见她。结果他回来了，见到了她，碰了一鼻子灰。

有那么一瞬间，傅时寒是真的在想：要不就这样吧，她想离婚那就离婚，看最后谁先后悔。谁先低头谁就是输家，到时候她求着他和好他都不会答应。

可就那一瞬间他也想明白了，先低头的人一定是他。如果他亲手剪断了那根能把他和苏绾心牵在一起的线，或许就再也连不上了。所以他把那离婚协议扔了，看都不想再看。

"你抱抱我。"傅时寒凝视着她的双眼，轻声说，"你抱我一下，我就不生气了。"

苏绾心愣了一下，哭着将他抱住，趴在他的肩上，泣不成声。

熟悉的气息，温暖的怀抱。她希望这场梦别醒，永远都别醒。

"我好累。"眼泪很快将他的衣服打湿，傅时寒皱着眉，听着她的哭诉。

"如果有下辈子，我不当你的护身符了，好不好？你要平平安安的，很平安才行。"她小心翼翼地说，言语间满是不安和惶恐，"我不想当护身符了。我想回家，想你，想墨姨。我不是故意的，真的不是故意的。我不知道我为什么要踩油门，记不起来了。"

她委屈地哭着，像是要把这几年憋在心里的苦全都哭出来。她紧紧抱着眼前的人，仿佛一撒手就再也抱不到了。

傅时寒的心脏一阵抽痛，他想起初次见苏绾心时的场景。那已经是很多年前的事了，如今他依旧历历在目。

那个梳着小辫子、穿着破旧白色连衣裙的小丫头怯生生地看着他，漂亮的脸上满是倔强，好看的眼睛里却隐隐闪烁着绝望的神色。

傅时寒从小就不是一个心软的人，可在那一刻突然就心软了。他不知道她在社会福利院受了什么委屈，可知道他要带她走，不想让她继续留在那里受苦。

苏绾心小时候很瘦，长得也很小，跟着他回家以后，好几天都不敢出屋。最后还是傅时宜用新买的娃娃诱惑她，才把她骗出去玩的。

后来她胆子大了些，开始学傅时宜叫他"哥哥"。有一天，傅时寒放学回家，她把他拉到餐厅，指着桌上的一块只吃了一小口的蛋糕跟他说："哥哥，这个好吃，你吃。"

"全法最佳工匠"得主的甜点大师亲自做的蛋糕，一定是好吃的，所以她吃了一口，就再也舍不得吃……

傅时寒从回忆中抽离，伸手将她抱住，轻轻拍抚她的后背。他的心里还有气，但是他在气自己。

"你不是护身符，是宝贝。"他亲吻她的额角，抱着她哭得瘫软的身体，小声地哄，"不哭了，你等我带你回家，我答应你一定带你回家。"

"回不去了，再也回不去了，"苏绾心绝望地摇头，"我没办法回去了。"

"绾绾，你信我吗？"

她迷糊地点头："你最厉害了。"

傅时寒轻笑，给她擦眼泪："那你乖。你没办法，我给你想。"

他抱着她坐在楼梯上，直到她在他的怀里哭着睡着。睡梦中，她的手紧紧地拽着他的衣角，像是抓着救命的绳索。

傅时寒低头看着她哭得可怜兮兮的模样，怜惜地亲了亲她，抱着她站起来朝外面走去。

慕酥雨守在走廊的另一边。傅时寒走过来的时候，她正吃着在自助售货机里买的三明治。

"绾心喝酒了吗？"傅时寒垂眸看着慕酥雨问道，见她摇头，便抱着苏绾心出去，把苏绾心放到车后座上。

慕酥雨吃完最后一口三明治，不高兴地往酒吧门口看了一眼："我哥还在里面呢。"

"我不会把他怎么样。"傅时寒关上车门，"不过，如果他像你一样在我老婆的脖子上留吻痕的话，就未必了。"

"你敢……"

"他敢我就敢。我的人谁碰谁死，不信就试试。"

他说完就朝酒吧内走去。慕酥雨气得跺了跺脚，不知道他是怎么看出来苏绾心脖子上的印儿是她弄的。

傅时寒回到酒吧，上楼拿手机打算离开，临走前看了姜诚一眼，吩咐："今天场内所有的单全免。"

姜诚听后愣了一下，点头，但还是没忍住，问："寒哥，为什么啊？"

"我心情不好，"傅时寒瞥了他一眼，胡说八道，"扔点儿钱发泄一下。"

姜诚立马噤声了。

行吧，有钱人的消遣不是他们这等平民能理解的。

傅时寒看着姜诚的模样笑了笑。其实没什么原因，傅时寒就是不想让别的男人请苏绾心出来喝酒。所以今天这场，他请。

傅时寒开车回家时给林睿打了个电话。林睿听出他话中的危险语气，战战兢兢地来到他面前，紧张地叫了一声"寒哥"。

"我走的时候交代什么了？"傅时寒看着林睿，平静地问道。

"你交代保护好绾神，有什么风吹草动都向你报告。"

"结果呢？"傅时寒淡声追问，"这些天你都是怎么汇报的？"

林睿最怕听见傅时寒这样的语气，后背一凉。林睿往后退了两步，求生欲爆棚："寒哥你听我解释。我这些天真的一直在盯着绾神，一切都很正常。"

"正常到她从家里搬出去，以后都不打算再见我？"

"这……我看她搬都搬了，也不敢拦。你在国外知道了也是干着急，我就想等你回来再说。而且我没搞明白她为什么搬出去……"

林睿吞吞吐吐地跟傅时寒说起这些天发生的事。他按照傅时寒的吩咐，每天都带着几个兄弟暗中保护苏绾心。所以那天苏绾心上了傅老爷子的车的事，林睿知道。

"寒哥，我就是因为老爷子插手才没敢跟你说的。你说老爷子那天找绾神到底什么事啊？他是不是威胁她了，要打断她的双腿？"

傅炎生不会威胁苏绾心，如果有意威胁，就直接动手了。

"你继续盯着，不能让她离开 C 市，再安排几个人盯着我的外公和爷爷。"傅时寒吩咐道。

"啊？"林睿一脸为难的表情，"这要是被他们发现，我会被打死的吧？"

那两个老爷子的段位都是一等一地高。到底发生什么了，寒哥怎么开始跟他们硬碰硬了？

傅时寒没回林睿的话，只是安静地看着他。林睿和傅时寒对视了几秒，连连点头："我这就去安排！"

林睿飞快地逃走，屋内重新恢复安静。傅时寒熄了灯，头痛地望着窗外的月色，毫无困意。

长夜漫漫，迎来天明。傅时寒回到老宅，进门后就听见砸东西的声音。在这里，能做并且有兴趣、有胆子做这种事的人只有一个——傅予安。

傅时寒步入正厅，傅炎生正在和傅时礼下棋。远处的餐厅里，三个用人正手忙脚乱地哄着椅子上的小祖宗，可桌上的碗仍是端来一个被摔一个。

"你一天天在外面瞎跑，也不知道管管孩子。"傅炎生瞥了傅时寒一眼，冷声说道。

餐厅那边的漾漾似乎听到了这边的动静，扭头看过来。

"你摔得挺有节奏感，不错，继续。"傅时寒隔空对上漾漾不安的视线，淡声笑道。

漾漾噘了噘小嘴，没太明白他这是什么意思，可想了一小会儿就懂了。爸爸说不行就是不行，说继续那就是继续。于是漾漾放开胆子继续闹，还听从了傅时寒的建议——"摔碗干什么？碗是不值钱的玩意儿，你要摔就摔点儿贵的东西。爷爷不是新买了古董花瓶吗？太爷爷不是新弄回来几幅字画吗？那些都在书房里放着，干脆你去那儿玩，那些东西多好玩。"

漾漾跳下椅子，小腿一迈，直奔楼上跑去。

傅炎生赶紧让人把他拦下，然后怒斥傅时寒："你教孩子什么玩意儿？就不能教点儿好的？"

"我教他分辨价值高低，怎么就不好了？"傅时寒点了一下傅时礼的肩膀，让他换地方，然后自己坐在傅炎生对面下棋。

"我的儿子，总不能以后连东西的贵贱都分不出来。"傅时寒一本正经地胡说八道，心不在焉地看着棋盘上的布局，几分钟后结束这场对弈，"我今天心情不好，不让您了。"

傅时寒落下最后一颗棋子，起身上楼。

漾漾正坐在楼梯上，双手捧着小脸看着他，见他过来赶紧站起来，想跑回房间，结果跑得太急，"啪唧"一下摔在楼梯上，身体顺着还往下滑了一下，最后被傅时寒拎了起来。

"走，我带你去看太爷爷的新宝贝。"

"傅时寒你给我滚下来！"傅炎生听到这话，气得拍桌子。

"怎么了，看看都不行？"

傅炎生听罢，更是生气了。

"原来您老人家也懂宝贝被毁是什么心情啊？"傅时寒似笑非笑地调侃，"刀子得往死穴上捅，这不是您教我的吗？我现在教给漾漾，不妥吗？"

他话里有话，任谁都听出不对了，就连傅予安小朋友都隐约听出爸爸在和太爷爷吵架。漾漾想了想，突然开口："爸爸加油！"

傅时寒拎着漾漾上了楼，把他扔进房间。漾漾爬到床上，吹着自己摔红的腿，小声地问："我可以见妈妈了吗？"

"不可以。你见不到，我也见不到。"

漾漾整个人呆住，趴到床上蹬腿打滚："爸爸你怎么也被赶出来了？！那我们以后怎么办？"

他坚持了那么多天就等爸爸回来救他呢，结果竟然全军覆没了？救命稻草被折断，漾漾绝望得鬼哭狼嚎，一上午过去，他的嗓子就又被喊劈了，哑得说不出话。

中午吃过饭，傅时寒让漾漾收拾行李，顺便上楼拿了点儿东西。

路辞的爷爷这几天正好也在 C 市，傅时寒把漾漾送了过去。傅家发现的时候，漾漾已经在路家了，一同被带去的还有几幅字画……

傅炎生冷着脸看着手机里视频电话的画面——漾漾坐在路振宁的怀里，马屁精似的喊"爷爷"，路振宁笑得脸上的老褶子都多了几道。

"小宝贝，告诉爷爷你叫什么？"

"我姓路，叫路予安！"

两个人一问一答，气得傅炎生倒吸一口气。

路振宁笑呵呵地点头，看向电话那边的傅炎生，拿起一旁傅时寒送来的礼："老傅啊，你看看这是什么？"

傅炎生定睛一看，只见本该在楼上书房、自己前些天费了好大力气使绊子才从路振宁那儿抢来的几件宝贝，现在却在路振宁的手里了。

傅炎生放下手机赶紧去书房查看：没了，全没了！能干出这种事情的没别人，只有那个吃里爬外、不怕死的糟心玩意儿傅时寒！

傅炎生找到傅时寒的时候，傅时寒正跟傅时礼站在二楼平台上抽烟，云淡风轻得好像什么都没发生。傅炎生上前，抬脚就要踢人，被傅时礼手疾眼快地拦了下来。

"你这个坏小子，拿我的东西出去送礼！谁教你的？！"

傅时寒看着老爷子暴躁的模样，轻笑出声："爷爷碰我的宝贝的时候，不也没通知我一声吗？"

傅炎生一听这句话就明白怎么回事了，气得直喘粗气，指着傅时寒吼："我是为了你好！"

"玩物丧志，我也是为了您老好。"傅时寒扔了烟，笑了笑，"我走了。"

"你干什么去？！"

"我去找找您还有什么好东西，送人！对了，我忘了说，我已经派人去南市了，不出意外的话，您老家里那点儿宝贝这会儿也被弄走了。"

"你敢？！"

"这有什么不敢的？"

傅炎生这些年没什么别的喜好，爱逗曾孙子，还爱玩古玩字画。

傅炎生不让傅时寒见苏绾心，可以，那就互相伤害嘛。反正傅时寒除了在苏绾心面前低头低得快，和别人对上还从没输过。

傅时寒已经跟路老爷子说好了，路振宁会帮他。至于代价，肯定是有的，他答应路老爷子，忽悠路辞三年内结婚、生子。

傅时寒想：坑别人，悦自己——划算，不亏。

苏绾心昨晚喝醉后，一觉睡到第二天下午两点才头痛欲裂地醒来。她的脑中隐约有画面断断续续地闪现，却拼凑不起来，她坐在床上想了好久，才勉强想起她昨晚好像抱着傅时寒大哭了一场。

苏绾心手脚冰凉、慌张无措地去找慕酥雨。慕酥雨正坐在客厅吃着薯片看电视剧，见她出来赶紧给她倒了一杯温水。

"我们昨晚怎么回来的？"苏绾心没接水杯，看着慕酥雨问。

"开车回来的啊，怎么了？"慕酥雨一头雾水，"酒吧那么远，我们总不至于走回来吧？"

"我昨晚见到傅时寒了？"

"绾绾，不是吧？你想他到这个份儿上了？"慕酥雨满脸不可思议的表情，"啪"的一下把水杯放到桌子上，"你知不知道你有多过分？昨晚你抱着我，哭着喊傅某某的名字也就算了，哭完就睡着了，害我拼了老命才把你从楼下拖上来！"

　　慕酥雨声情并茂地给苏绾心讲她昨晚有多惨，控诉苏绾心是怎么从厕所出来就不认人的，又是怎么把口红蹭了她一身的。慕酥雨还着重提了一下那件衣服的价格，特别高，自己把苏绾心从楼下弄上来的时候，特别累。

　　苏绾心听完，缓缓松了口气：原来是做梦……还好，是做梦。

　　"好了，你别生气了，一会儿我带你去买衣服。"苏绾心瘫坐在沙发上喝了口水，"那你昨晚怎么不找慕星瀚帮忙？"

　　"你在厕所外头抱着我就睡着了。我给慕星瀚打电话，他没接，八成在勾搭别人没听见。"

　　慕酥雨表现得很淡定，实则心里慌得很。因为收了傅时寒的钱，好大一笔呢，所以这谎她得说。好在苏绾心没起疑，毕竟昨晚是真的喝多了，什么都不记得了。

　　慕酥雨看着苏绾心坐在沙发上发呆，小心翼翼地问："绾绾，你想什么呢？"

　　"他快过生日了。"

　　傅时寒在小寒出生，1月初的生日，现在已经12月中旬了。

　　"那你打算怎么办？"

　　"我已经想好了，等他过完生日我们就走。"苏绾心扭头去看慕酥雨，微微一笑，"这几年辛苦你了，一直在我身边。"

　　"你别说这种话，你想去哪儿？我陪你！"

　　"不了，"苏绾心轻声拒绝，"我要出国。"

　　苏绾心以前一直想学法律，当律师，后来受傅时寒的影响才改成金融。如今她一个人，不用再考虑其他的事情，反正不知道自己能活到什么时候，就找点儿喜欢的事做吧。

　　"小雨，我回房间睡会儿。"

　　"好。"慕酥雨目送苏绾心进屋，有点儿慌。

　　苏绾心是那种做事特别有计划的人，行动力还特别强，既然说了要出国，那她的心里肯定已经有规划了，这事很难再变。

　　苏绾心回到房间很快就睡着了。

　　钟贤连着给她打了三个电话，都被无视了，很生气。

　　苏绾心已经很久没去过他那里了。钟贤猜出她已经对治疗产生心理抵抗，有点儿着急。因为这种事情是绝不能发生的，否则后果会很严重。

　　钟贤放下手机，启动车子。他今天还得见另外一个病人，现在就得过去。

滨江路，傅宅。

钟贤在进门的一瞬间就感觉到这里的气氛不对。往常傅家虽然也是冷冷清清的，可今天这气氛明显更凝重、阴沉，就像暴风雨前的宁静，压抑得让人喘不过气。

"钟医生，您来了。"用人看见他，赶紧迎他上楼，"夫人已经在书房里了。"

钟贤跟在她身后，皱眉发问："你们夫人今天心情不好吗？"

"没有啊，钟医生怎么这么问？"

"那这家里怎么感觉……"

"啊！"用人恍然大悟，有点儿尴尬地左右看了看，见没别人，才压低声音回答，"是我们家大少爷今天心情不好。"

傅时寒把傅炎生留在这边的宝贝都带走送人了，南市也打来电话，说家里被"洗劫"了。

傅时寒差点儿把傅炎生的家搬空了，导致傅炎生暴怒。现在傅家所有用人都夹着尾巴，生怕一个不小心说错话就被牵连到。

钟贤跟傅时寒不熟，但对傅时寒的脾气有所耳闻。外面都传傅家大少爷狡诈阴狠，性格喜怒无常，看来不是没有原因的。

钟贤不再过多追问，径直来到书房，推门进去。和另外一个难搞的病人相比，李墨让钟贤能松口气的理由在于，她配合治疗的态度非常好。

屋内十分安静，李墨随着钟贤的不断诱导，意识由清醒变得恍惚。她的精神很坚韧，受暗示性并不强，因此钟贤每次都要费好大的力气才能够让她接受自己的指引。

和之前几次一样，李墨即便被催眠了也会显得不安。钟贤目不转睛地观察她的反应，试图让她回想她经历过的那场车祸。

时间缓缓流逝，李墨脸上的神情也渐渐发生变化。她的额角开始有冷汗渗出，整个人也变得极为惶恐。

钟贤不停地问她一些事情，和她交谈，眼看着她的状态有些危险，立刻将催眠暗示解除。

"绾绾！"

李墨恢复清醒之前喊出了两个字，睁开眼睛，脸色苍白，满头大汗，还沉浸在某种恐惧中无法自拔。

钟贤看着她的样子，眉头紧皱着，微微一愣。绾绾……是谁？

钟贤脑海里浮现出的第一个人就是那个嚣张又难搞的苏绾心，因为之前也听别人这么叫过她，但转念一想，又觉得不对。

　　钟贤知道李墨当年发生车祸的时候身边还有另外一个人，但傅时宜说，那个人已经在车祸中离世了。苏绾心还好好地活着，傅时宜也认识她，所以这个"绾绾"不会是苏绾心。

　　李墨的双眼渐渐有些焦距了，她恢复了以往平静、淡定的模样，垂下眼帘，轻声开口："钟医生，今天就先到这里吧。"

　　"好。"钟贤点头应允，"下次我来的时候，你可以跟我说说都想起了什么吗？"

　　"可以。"

　　"那我先回去了。"

　　他起身离开，留下李墨一人在房间中沉思。她将双手紧紧地握着，脑海里始终回荡着刚刚听到的那句话。

　　在接受钟贤催眠治疗的这段时间里，今天是李墨第一次如此清晰地回忆起关于那场车祸的零碎记忆。虽然只是一句话，没有任何画面，但足以让她心如刀绞。

　　她听到苏绾心用带着哭腔的声音，颤抖地跟她说："妈，抓紧安全带。"

　　苏绾心来傅家这么多年，一直叫她"墨姨"，包括和傅时寒在一起并生下漾漾以后，也这么叫。苏绾心从没喊过李墨"妈妈"，车祸的时候是第一次叫，也是最后一次。

　　星期一，陈磊推门走进办公室，看见傅时寒后忍不住紧张。傅时寒意味不明地笑了笑，让陈磊头皮发麻，心中一阵"突突"。

　　"你知道你们苏总前些天送我什么了吗？"傅时寒懒散地靠坐在沙发上，缓声问道。

　　陈磊想了想，摇了摇头："我猜不出。"

　　"她送了我一份离婚协议书。"

　　"啊，离婚……"陈磊笑着笑着表情就僵住了，坐在椅子上足足沉默了一分钟，然后打开自己的办公桌抽屉。

　　傅时寒好奇地看过去，就见陈磊拿出一个棕色的小瓷瓶，"啪啪"往嘴里扔了几粒药，那小瓶子上清晰地印着几个字：速效救心丸。

　　陈磊含着药，有些口齿不清地说："来吧，我能挺住了。"

　　傅时寒被他这一顿操作弄得想笑。

陈磊看着傅时寒云淡风轻的反应，很生气。

"怎么有离婚协议书了？你们什么时候结的婚？前阵子你俩不还是前男友、前女友吗？"

陈磊心道：还好买了一瓶药备着，他就知道早晚有一天自己能用得到，在这两人身边干活儿是真的累，身心疲惫！

"我和她领了证，她不是前女友是什么？"傅时寒把陈磊问得哑口无言，"这段时间你给我盯住她，尽量找难题给她处理，让她无法抽身。"

"傅总的意思是……不准苏总离开C市？"

"她要是有工作转给你，一律拒绝。"

"明白了。"

陈磊点头，大概明白这两人现在是什么状态了，不过心里还是有问题。

这两人到底什么时候结的婚？他每天都在公司目睹这位女强人高效办公，也没见她哪天情绪特别激动啊？她别是被逼婚了！

陈磊心生疑惑，但肯定不会把这话问出来，除非真的想被灭口。

隔壁的办公室内，苏绾心接到一通电话。她听到那边的人用陌生的声音说他叫苏强，是她大伯家的哥。

她立马冷声回道："抱歉，你找错人了。"

"我怎么找错人了？"苏强心急地问，"你小时候不是叫苏瑶吗？你爸妈是推车卖水果的，你忘了？"

苏绾心咬了咬牙，压下心中的愤怒。她到傅家之前一直叫苏瑶，怎么会忘？她只是没想到，这么多年了，这群吸血鬼还能找到她。

多年前，她曾经回老家祭拜她的父母，也顺便查了些事情。当年她的父母离世之后，她就被苏强一家扔了，而她父母留下的房子以及存折里那点儿可怜的积蓄，都被苏强一家强占了，后来那房子被拆迁，新盖的楼成了苏强的婚房。

苏绾心甚至还找到当年的一位老邻居，了解更多她小时候不记得的事情。

苏绾心的母亲结婚后一直无法生育，家里的老人让她的父亲离婚另娶。父亲不同意，就带着妻子搬离老家，出去单过。那些年，母亲一直被家里的老人叫作"不会下蛋的鸡"。

而和老人相比，更可恨的是苏强一家。苏强的母亲当年经常抱着苏强找苏绾心的父母要钱花，说苏家就苏强这么一根独苗，大家得一起养。她的父母不给钱，家里的老人就会来哭、来闹，说没钱养孙子，活不下去了。

苏绾心的父母当时过得有多凄惨,苏绾心已经无法回忆起来,毕竟那会儿她的年龄才不到三岁。可是能让那位六七十岁的老邻居记忆犹新,还唉声叹气地说可怜,可想而知他们是真的惨。

"我知道你现在有钱!我也不多要,你给我三十万块就行!"电话里,苏强满是理所当然的语气,"要不是走投无路了,我也不会来找你,三十万块对你来说不多吧?听说你现在一年能赚几千万块呢!"

"几千万块?"苏绾心听他说了半晌,终于出声,"这消息不太准确。"

"是吧?我也觉得那娘儿们骗我。你哪能赚这么多啊?你能赚个一百万块就撑死了!"

"我一年能赚好几百亿元呢。"

"啊?!这么多?!"

苏绾心轻笑出声,直接挂了电话。她没心情搭理苏强,埋头工作到下班,然后在门口看见一张久违的熟悉面孔。

"钟医生,"苏绾心理亏地笑笑,尴尬地出声,"好久不见。"

"你还知道'好久不见'?"钟贤冷笑,"苏总今天应该有空一起吃个饭吧?"

"有的,有的!钟医生想吃什么?我请!"

钟贤看着她谄媚的笑脸,叹了一口气,这姑娘就是会见风使舵,深知伸手不打笑脸人的道理。

"我订好了餐厅,边吃边聊,走吧。"

"好,好,好!钟医生有心了。"

傅时寒下午来了之后一直没走,亲眼看着苏绾心跟钟贤离开。他不满地开车跟在后面,倒想看看这两个人要去什么地方。

钟贤是李墨的心理医生,这件事傅时寒知道。他开车跟随,一路上都在想苏绾心私下跟钟贤来往的原因。难道她和李墨一样正在接受钟贤的治疗,试图找回丢失的记忆?

如此一想,傅时寒不免心中一阵欣喜。

车子在拥堵的路段缓缓行驶,最后终于抵达目的地。傅时寒目视着他们走进一家餐厅,眼中的笑意慢慢消失。

谁会在餐厅里进行心理治疗?他们只是单纯地来吃顿饭而已。苏绾心连他的电话都不愿意接,却愿意跟一个不熟的男人出来吃饭?

事情的真相让傅时寒一口气梗在心头。他目光阴鸷地看着那两个人坐在落地窗边的位置,坐在车里等他们出来。

店内，苏绾心东一句西一句地跟钟贤瞎聊。钟贤观察着她每一个细微的表情，专心程度堪比当年考试。

一个小时后，苏绾心放下筷子，视线若有似无地瞥了一眼窗外，对钟贤说："钟医生，你先走吧，我坐一会儿再走。"

"行，那你路上小心，回头电话联系。"

钟贤点点头，起身结账。

苏绾心等他开车走后，才扭头去看路边那辆已经停了好久的车。

她是吃到一半发现傅时寒在外面的，见对方打定主意等自己出去，便无奈地起身出门。

她的车子也停在路边的停车位上，就在傅时寒的车前面。傅时寒见她出来，不耐烦地按了按喇叭，想让她过来。苏绾心有意无视，径直朝自己的车走去，片刻之后却停在了原地——傅时寒一脚油门，开着豪车撞上她的车，撞得路边的行人纷纷侧目。

他就是不高兴，必须得做点儿事情发泄发泄，让她清楚地感觉到他在外面盯了一个多小时的愤怒。

傅时寒撞完她的车，开车门下来，不要脸地吐出两个字："赔钱。"

苏绾心红唇紧抿，看着他不说话。此时的傅时寒活脱脱像个流氓，倚在车上跟她对视，偏偏还穿了一身高定西装，浑身上下都散发着一种斯文败类的气场。

苏绾心看了看被撞得有点儿惨的车屁股，无语地望天。

傅时寒不依不饶："这事走公还是走私？"

"傅总今天就这么闲吗？"

"我没你闲，你跟一个不熟的人都能有说有笑一小时十二分钟。"傅时寒真是酸得不行，"你们俩参加了一个活动，就发展成能约出来吃饭的关系了？"

"那不还是靠傅总推波助澜吗？能跟钟医生认识，我得谢谢你。"

要不是因为傅时寒，她怎么可能去参加那个活动？傅时寒搬起石头砸自己的脚，没话说。看着苏绾心送了他一记白眼后迈步朝公交车站走去，他赶紧跟在后面。

此时刚好有辆公交车过来，苏绾心没看这车是开往哪儿的就直接上去了。傅时寒紧跟着上了车，这辈子第一次体验挤公交是什么感觉。

车上已经有不少人了，车门一开，傅时寒刚踏进车门，后面就又拥来一群人推搡着他往前走。片刻之间，傅时寒有点儿蒙。他从来没坐过公交车，看着前面的人或是投硬币或是刷卡，只庆幸自己今天带了钱包。他没零钱，就随手往车里扔了一百块，然后快步来到苏绾心身边。

傅时寒一出现在这辆车里，顿时就成了人群中的焦点。他与这环境格格不入，那张挑不出缺点的帅脸更是让几个穿着校服坐在后面的小姑娘强忍着尖叫的冲动，拿起手机偷拍。

一站地的距离很快就到了，傅时寒在人群中煎熬着，终于等到车停，赶紧带着苏绾心下车，上了一辆紧随其后的豪车。

林睿现在每天的任务只有一个，就是跟着苏绾心。所以这辆豪车是他跟着苏绾心到餐厅，又跟着公交车一路开过来的。

"林睿，在前面找个地方停车。"傅时寒带着苏绾心坐在后排吩咐道。

林睿回了一句"没问题"。几分钟后，林睿被傅时寒赶下了车。寒风中，林睿紧了紧身上的衣服，望着那疾速远去的车，目光哀怨。

傅时寒漫无目的地开着车。

苏绾心被他强迫坐到了副驾驶上，不想跟他说话。

"我看了你准备的那份离婚协议，觉得不行，"车内安静了许久，傅时寒缓缓出声，趁着红灯停车的时间，偏头看着苏绾心说，"不太合理。"

"你说说哪儿不合理，"苏绾心点头，"我改。"

"我没有配偶赡养费。"

苏绾心以为自己听错了，愣了片刻才反应过来他说的是什么："傅总，你知不知道你有的时候真的有点儿不要脸？"

"还行吧。"傅时寒认真地回答，"大多数时候，别人都只夸我是真贵族。"

人不要脸，天下无敌。傅时寒无敌这么多年了，有点儿高处不胜寒的寂寞。

绿灯亮起，傅时寒继续开车。苏绾心看着他一脸高傲、理所当然的神情，一时间竟不知该说点儿什么来堵住他的嘴。

"我知道你不缺钱，但我缺。所以我思来想去，决定这婚还是不离了。"

苏绾心磨了磨牙，问他："你想要多少？我每个月按时给你。"

"你给的那点儿钱哪儿够！"

"你就想靠着我给的赡养费过日子？"

"差不多。"傅时寒点头，"我感觉自己快被赶出傅氏集团了，得留条后路才行。有你这么个能赚钱的老婆，我不能放手，得留着你养我。"

"你又在打什么鬼主意？"苏绾心目光微沉，"傅氏集团在你手上这么多年了，你什么时候有过要离开的念头？"

"就不能是傅时礼想谋权篡位，把我一脚踹开？"

"你这么坑你弟，他知道吗？！"

苏绾心彻底抓狂，觉得从这个人的嘴里算是听不到一句真话了。

谎言轻易被戳穿，傅时寒看起来还有点儿失落。苏绾心扭头看向窗外，彻底不理他，也不知道他打算带自己去哪儿。

车子左转右转，最后竟回到了苏绾心熟悉的地带。她紧拽着安全带，却被傅时寒硬拖着下了车，上了楼。

不久之前，她刚刚从这里搬出去。傅时寒像是松了口气似的放松下来，拽着苏绾心跟跄地跌入自己的怀里，然后坐到沙发上低头看着她。

"公交车上流氓太多，你以后不准坐。你跟钟贤聊了一个多小时，都说了些什么？"

"关你什么事？"

"小绾绾，你看我现在像是脾气很好的样子吗？"傅时寒摸摸她的头发，缓缓地说，"我很饿。"

苏绾心愣了一下。

傅时寒靠近她的耳边又加了一句："不过弄你的力气还是有的。"

苏绾心谨慎地看着他，望着他眼底深处的戏谑笑意，就知道他又在逗自己。

"傅时寒，你怕是没挨过揍吧？"

"确实没有。"

"你就不怕死吗？"

"怕。"傅时寒收紧抱着她的手，怜惜地亲了亲她的嘴角，"我死了，就没人哄你玩了。"

他说话的语气就像在哄小孩子，满是宠溺、纵容。她不知该说什么，傅时寒也没再出声，只是抱着她不松手，将头埋在她的颈间，闻着她身上好闻的淡淡香气。

屋子里安安静静的，苏绾心挣脱不开，就这么被他抱着。炙热的呼吸拂过她的肌肤，他贪婪地享受这难得的温存。过了许久，傅时寒才轻声开口。

"我们不离婚，好不好？"

"不好。"

"没人知道我们结婚的事，你也当作不知道，好不好？"

"不好！"

"不离婚，我们结了就不会离。"

他哄劝着她，脾气好得不像话，就好像这段时间发生的一切都不存在，仿佛时间可以回到他出差之前的那个晚上：他抱着她，叫她一声"绾神"，要她乖乖等自己回来；她没有给过他离婚协议，他也没被她气得红了眼睛。

苏绾心紧咬着牙关，强迫自己不去听他的话。每次都是这样，只要他低头示好她就没出息地动摇，可结果呢？除了他和她，如今还希望他们在一起的人能有谁？

傅炎生虎视眈眈地盯着她，李玄清随时都想断了她的腿给自己的女儿李墨报仇，傅鸿儒和李墨亲口说不认识她，就连她曾经最好的闺密——傅时宜，如今都懒得见她，懒得和她说一句话。

如果可以，苏绾心也不希望自己在这种时候还如此煞风景地保持理智。她就应该抱住傅时寒点头说"好"，说"我们就在一起，死都不分开。哪怕你全家没有一个同意的人，我们也要迎难而上，跟他们作对到底"。

但说到底，她能做到吗？她昨晚恍惚间差点儿吃了半瓶安眠药，把药扔进嘴里快咽下去的那瞬间才反应过来不对。

她被自己吓得整整一晚上都没敢合眼。

"傅时寒，你不是饿了吗？想吃什么我帮你叫外卖。"

"我想吃你今晚和钟贤吃的那家餐厅里你吃过的饭菜。"

"那你刚才抽风撞我的车干什么？你直接进去吃不就好了？"

"我生气得让你知道。"他依旧理直气壮。

苏绾心听后苦笑，把他推开："你今晚不是要参加宴会吗？我帮你订点儿东西，你吃完就走吧，我也该回家了。"

她有意转移话题，傅时寒不是没看出来，只是无可奈何，不敢细想。他了解她，大概猜出她接下来会有什么举动，所以如临大敌，丝毫不敢怠慢。

"你陪我去。"他又把她拉回怀里。

"你不是约了陈磊吗？"苏绾心条件反射地问。

这次傅时寒沉默了，皱了皱眉，安静了半晌才出声："你觉得，我是那种对他感兴趣的人吗？你陪我去，我会装成跟你不太熟的样子，结束后送你回家。"

苏绾心挑眉，对他的话半信半疑。

"我的演技你还不放心？你信我！"他信誓旦旦地保证。

苏绾心想了想现在的情况，衡量了一番，答应了。傅时寒这个人属驴的，要顺毛摸才行。

傅时寒见她答应，立刻起身带她去衣帽间。她之前把衣服都带走了，他就又派人买了一堆回来，把衣柜放得满满当当的，如同她还在家里一般。

"我去煮个面。你收拾一下，等我吃点儿东西就走。"

傅时寒离开，苏绾心望着衣柜里挂满的新衣服，眼角悄悄地红了。

他怎么就对她这么好？他能不能别对她这么好？

她靠在墙上出神地看了那些衣服好久，才慢慢地挑了一件穿上，然后补妆。

餐厅内，傅时寒吃着面看着手机，眼里尽是杀气。他听到苏绾心的脚步声后，眼中的杀气瞬间消失不见。

苏绾心等了他几分钟，跟他一起出门。在车上，两个人商量好了今晚的和平相处模式。

两个人分别是苏氏证券的第一和第二大股东，要说完全不熟那肯定是不现实的，所以这种时候就凸显出演技的重要性了。苏绾心对自己的演技不担心，就怕傅时寒在关键时刻搞事——她顶不住。

车子几十分钟后抵达目的地，二人一前一后步入会场。

苏绾心扫视了一圈场内的人，或多或少有些眼熟。C市商界的精英数来数去就那么些人，多年前，苏绾心跟着傅时寒学坑人的时候，就把他们的资料背了个滚瓜烂熟。

傅时寒教她兵不厌诈，所以她甚至连谁在外面出轨、谁有几个私生子、谁私下偷偷转移夫妻共同财产这种事情都一清二楚。

傅时寒入场后跟她说了几句话，两个人就分开去应酬了。苏绾心刚拿了一杯酒，瞬间身边就聚集了不少前来攀谈的人。

App的新闻消息是被直接推送到手机的，苏绾心看到那条新闻的时候，其他人基本在同一时间看到了。

新闻上说苏绾心的父母是推车卖水果的，苏绾心三岁时父母车祸身亡，七岁时被富裕家庭收养，最重要的是，近日她的亲戚走投无路，来C市找她求助，结果她六亲不认，不仅把那位亲戚赶走，还喊人把亲戚打到没了半条命。

苏绾心看完新闻，不屑地一笑，喝了几杯酒后去洗手间，被紧随其后的傅时寒拽到偏僻的楼梯间里。

傅时寒关上逃生门，目光灼灼地看着面前的人。他伸手拉过她的手腕把人拥入怀里，低头在她的耳边温柔缱绻地说："我来处理，你别生气。"

逃生楼梯间里，灯光特别昏暗。苏绾心微微仰头，看见他漆黑、深沉的眼眸里满满的都是讨好和宠溺的神色。

这里有点儿冷，他就用衣服把她裹住，一手揽在她纤细的腰间，一手搂住她的肩膀。两个人姿态亲密地站在阴暗的角落中，一墙之隔的那一端是热闹非凡的宴会厅。那里有曼妙的音乐声，有嘈杂的交谈声，相比之下，他们这里格外的安静。

她微微偏头躲避他的亲吻，白皙莹润的手指稍稍犹豫了一下，握紧。

"林睿在外面，我让他送你回家。"傅时寒又亲了亲她，然后牵着她的手往外走，"今天辛苦了。"

他们从酒店的逃生出口走出去，到了停车场。傅时寒目送着林睿开车带苏绾心离开，眼中的柔意渐渐消失，转身回到酒店继续应酬。

苏绾心被林睿送回住处，慕酥雨也正巧回来，开心地拉着她聊天。

"绾绾你喝酒啦？"苏绾心身上有淡淡的酒气，慕酥雨闻了闻，好奇地问，"你干吗去了？"

"我有一个应酬推不掉，喝了几杯红酒，不碍事。"

苏绾心以后都不会再像上次在酒吧那样放飞自我了，将"喝酒误事"的道理铭记在心。

她垂眸沉思了片刻，然后对上慕酥雨的视线，低声开口："小雨，上次在酒吧我们真的没有遇见傅时寒吗？"

听她忽然重提旧事，慕酥雨眸光一闪，有些不安地否认："没有啊，你不是早就问过我这件事吗？"

"你知道我讨厌被欺骗。"

"我不是有意的！"慕酥雨一听到这话，慌得都破音了。

苏绾心平时不是一个喜欢乱发脾气的人，但不代表就没脾气。正因如此，慕酥雨很怕她生气。

"我那天不知道傅时寒也在酒吧。我陪你去洗手间的时候他突然出现了……我……"慕酥雨支支吾吾的，不知道该怎么解释，"我觉得他可能跟其他姓傅的不太一样，而且……我知道你喜欢他，就……"

苏绾心身边亲近的人都知道她喜欢那个人。哪怕她再怎么掩饰，也只是欲盖弥彰，自欺欺人。

"后来他抱着你出去，让我带你回家，还给我钱，让我帮他骗你。我怕你知道真相生气，再加上拿了钱，所以……"

说到底还是贪财，慕酥雨涨红了脸，不敢看苏绾心的眼睛。苏绾心无奈地摇头，和她聊了会儿天后就回了房间。

几天后，苏绾心接到傅时寒的电话。

"张寒羽刚才给我发信息，说他已经跟申文光谈好收购的事了。你回头联系他一下，问问什么时候签合约，然后过去凑个热闹。"

"不去，我讨厌申老头儿。"苏绾心拒绝。

"就是讨厌他你才要去。之前我答应帮张寒羽，条件是要 30% 的控股权。"

"这么多？"

ST 和百然集团重组合并，两家公司变一家，股东多，股权分散，所以 30% 的控股权在那边应该算是最多的了。

"嗯。我已经跟张寒羽说了，把股权转让给你，你过去露个脸就行，就当看申家笑话。还有，你的身世的事我也查了，是申婧晨干的。"

别人都说傅时寒睚眦必报，他自己倒觉得有时挺仁慈的，不过有些仇该记还是得记，该报还是得报。

申家一直把苏绾心当眼中钉、肉中刺。如今申家的公司被收购了，苏绾心却成了踩在他们头上的头号股东。你看，这世界就是这么好玩。

傅时寒年少就接手了公司，忙碌这么多年也没疲倦的原因之一就是他把这一切当成一场游戏，有玩家、有赌注、有输赢的游戏。

苏绾心心中一热，知道他是在帮自己回踩申家。可如果她没记错的话，傅时寒最初跟张寒羽达成协议的时候，她和他的关系不是还很僵吗？

那会儿她刚回来没多久，每次见他，他都像要把她的脖子拧断一样凶狠。在那个时候，他就开始想着怎么帮她对付申家了吗？

"傅时寒，我想要你的一家公司。"她想了想，转移话题，"我给你钱。"

"哪家？"

苏绾心说出名字。

傅时寒听后忍不住笑："你的胃口不小啊。"

"那你是给还是不给？"

"看你有没有本事拿。你跟我比一场，赢了我免费送你。"

"怎么比？"

"明天上班告诉你。"

陈磊还是决定休假了，打算过完这个潇洒的星期就去找傅时寒告状，汇报一下苏绾心跟那个叫钟贤的心理医生在办公室里待了三个小时的事。

苏绾心不知道陈磊的心思，只当他最近的工作压力太大了。

当天下午两点，陈磊带着老婆、孩子乘坐的飞机刚刚抵达邻国某座城市的国际机场时，就接到了同行打来的电话。

"苏绾心最近抽什么风，怎么跟傅总杠上了？"

对方劈头盖脸的一番话问得陈磊发蒙："又怎么了？"

"你不知道？"

"我有点儿事出国了，刚下飞机。"

"哦，没什么，就是傅神重出江湖了。他那个几年没登录的账号今天有了动静，听说他跟你们公司的苏绾心打了个赌，比半个月内的收益率。"

敢跟傅时寒硬碰硬，只能说苏绾心艺高人胆大。傅时寒被称之为"傅神"不是没原因的，"傅时寒"这三个字代表的含义也不只是一个名字。

C市金融圈里多少学霸、精英，哪个不是从国内外的顶尖学府毕业的？哪个不是家境殷实、年少有为？最初傅时寒在苏氏证券的那段时间，不知多少人想较真儿地跟他比。这些学霸、精英一个接一个地挑战傅时寒，最后无一例外，全被他踩在脚下，连头都抬不起来，明白了什么叫被"吊打"的绝望。

不可否认，苏绾心是厉害，但想跟傅时寒一决高下，是不是有点儿太不自量力了？

苏绾心已经不是第一次公开跟傅时寒叫板了。她前脚在公开论坛会议上跟傅时寒唇枪舌剑，后脚就实名跟傅时寒叫嚣比收益。那同行说俩人还有赌注，傅时寒赌的是名下的一家公司，苏绾心赌的则是公司的股权。玩这么大，苏绾心就没想过给自己留一点儿后路吗？

第十二章
订婚戒指

傅时宜已经很久没见过苏绾心了，一直觉得苏绾心这次回来后跟以前不太一样。苏绾心以前不是这个样子的，现在连对漾漾都不在意了。

傅时宜一直是这么想的。直到在漾漾就读的幼儿园外看见了想见孩子却又不敢上前的苏绾心，傅时宜心里的不舒服感才稍稍缓解了些。

大家都不好过，那她就平衡了。

"时宜，什么事？"

电话被接通，苏绾心温柔的声音传来。傅时宜听后淡声回道："我有一个朋友下个星期过生日，你有空吗，陪我去一趟？"

苏绾心眸光微亮，毫不犹豫地答应："你把时间和地址发给我，到时候我去找你。"

"嗯，那我们见面说。"

苏绾心收到傅时宜的信息，便让秘书把那天的一些行程推掉。因为陈磊休假，她这几天的工作量急剧增加。还有跟傅时寒较量的事，也让她忙得天昏地暗。

也许是因为傅时寒太久没出手了，苏绾心和傅时寒两个人"打"得确实又有点儿凶，所以现在关于苏氏证券内部起内讧、两个人不和的消息到处都是。好像只要苏绾心一不小心就会立刻被傅时寒踢出苏氏证券，两个人必须有你没我一样。但在一片猜测争议中，就是有那么一小群人不按套路出牌。

当晚，苏绾心回到家，看到傅时寒给自己发来的微信，手一抖直接把手机甩了出去。

微博某知名营销账号说，苏绾心最近跟傅时寒杠上是有原因的，这个原因和大家了解的完全不同——苏绾心不停地在傅时寒面前刷存在感的根本目的是她想倒追傅时寒！

苏绾心很无奈，接着看到傅时寒发来了消息。

傅时寒：我觉得这博主分析的好像还挺有道理？

苏绾心：哪儿就有道理了？

傅时寒：他说你喜欢我。他说得对。

苏绾心无力地躺在床上刷微博。

被众多营销号这样一带节奏，现在网上都在讨论女追男到底能不能隔层纱。

苏绾心：你买的热搜？

面对苏绾心的怀疑，傅时寒表示很不满。他是会做这种事的人吗？他是。但这事还真不是自己做的，他冤。他就算要公开两个人的关系也不会选在这个时间点，更不会用这种方式。

营销号一带节奏，立场不坚定的网友立刻开始胡思乱想了。

"我觉得可以！"

"我连上 Wi-Fi 了，博主你继续编啊！"

"我流量多！请博主继续扒，我看得起！"

"给你们讲个鬼故事，这两人是从同一所大学毕业的。"

"再给你们讲个鬼故事，这俩人分别是苏氏证券的第一、第二大股东。"

对网友们的言论可以不理会，可当苏绾心发现不光网友们瞎操心，连公司的员工们都开始怀疑她追傅时寒的时候，情况就有点儿复杂了。

中午休息吃饭的时候，熟悉的同事欲言又止，想问问她情况，还没开口就听见苏绾心说："我没追，再问揍你。"

苏绾心不高兴，就没人敢继续当面跟她提这件事了，只是私下还在议论。而傅时寒作为绯闻中的另一位主人公，则从最初的开心变成了愤怒。原因无他，因为他约不出来苏绾心了。

绾神说了，怕被人再误会她倒追，所以他们别见了，当网友发发微信就行了。

从正牌老公到网友只有一个微博热搜的距离，傅时寒很气，当即安排手下去处理这件事。

晚上十点半，苏绾心的手机忽然响起，她斜睨一眼：傅时寒打来的。电话被接通，他声音低沉地说："开门。"

苏绾心愣了几秒，起身匆匆往外走，打开房门就看见站在门外头发还没干的男人。

"这么晚了，你有什么事？"

"我睡不着，来看看你。"傅时寒进屋侧身躺靠在沙发上，拍了拍身边的位置，"过来，聊会儿。"

细碎的黑发遮在眼前，傅时寒垂下眼帘，说是来找人聊天的，这会儿却什么话都没有。苏绾心看见他从外套口袋里拿出的东西，眸光闪烁。她目不转睛地盯着他，看着他打开那黑色的绒盒然后抬头问自己："喜欢吗？"

这么多年，傅时寒送过她很多礼物，衣服、包包、首饰，各种牌子、各种样式的都有，却唯独没有戒指。

今天，是第一次。

苏绾心的视线落在那对戒指上，她看了一会儿，然后又把视线转到他的身上，回答："喜欢。"

这对戒指苏绾心曾经见过一次，那已经是很多年前的事了。那会儿他们还没在一起，傅时寒也还没表白。两个人只是单纯的少爷和跟班、不写作业和代写作业的纯洁"战友"关系。

有次暑假，傅时寒突然消失了半个月，再回来的时候就拿着一对戒指。那半个月，傅时寒跟某位珠宝大师在一起，最后的成果就是这对他亲手做的戒指。当时傅时寒还和她炫耀，问她好不好。苏绾心那会儿很单纯地拍马屁，想都没想就点头说"好看，特别好看"。她把能想到的赞美的词汇都说了一遍，生怕他一个不高兴，回头再给她弄几套卷子。当时傅时寒说戒指是给他以后的老婆的，跟她没关系，没想到最后还是落到她的手里了。

"你怎么突然想起送我这个了？"

苏绾心坐到他身边，拿过那对戒指认真地看着。对戒的款式特别简单，女戒的戒面镶了一圈碎钻，其中有一颗是红的，而戒指内侧……刻着两个人名字的缩写。

"什么时候刻的？"苏绾心惊讶地抬头看他。

"当初做的时候就刻上去了。"

傅时寒拉过她的手就把戒指套上去了。尺寸刚刚好，他颇为满意。然后他又把戒指摘了下来，在苏绾心的注视下将戒指套进一条项链，给她戴在脖子上。

"你什么时候想戴手上了，自己戴。"他轻声说，"我早就想给你，总找不到合适的时机，刚才看见了就想给你送来。"

苏绾心点头说"好"，然后看着他自己戴上了男戒，轻轻蹙眉："你不怕被人看见？"

"这有什么好怕的。"他还生怕别人看不见呢。

这戒指是他第一次做的，当时动了点儿心思。戒面上的红钻实际上是人工的，他在里面安了一颗可以实时定位的小芯片。刚才他在家里试过了，定位依旧好用。

当初弄这东西的时候也没多想，那会儿苏绾心因为学习的事总躲着他，被躲的次数多了，他就恼了，然后就搞了这么一个定位系统。

"你记住，可以不让别人看见，但一定不准摘下来，要一直戴在身上，"他挑起她的下巴，直视她的双眼，"不然我会生气。"

他霸道惯了，苏绾心早已习惯。她不知道这戒指里有什么奥妙，便点头承诺，让傅时寒满意。

"乖。"傅时寒嘴角微扬，在她的唇上啄了一口。

这年头，男人戴饰品已经不是什么稀奇的事，但傅时寒戴就很稀奇。

傅时寒戴戒指的消息席卷了C市的各个圈子。

起初有的人还不相信，直到傅时寒第二天在出席项目发布会的时候，他的戒指被记者手中的镜头拍成了高清画面。

记者自然不可能放过这么好的噱头，干这行也早就被人骂习惯了，所以拿过话筒直接问："傅总，我们看到您今天好像跟以往有些不同，您最近是有什么喜事吗？"

傅时寒顺着声音看过去，面无波澜："说重点。"

"重点就是，您手上的戒指是不是有什么特殊含义啊？"

镁光灯"噼里啪啦"地亮起，全都对准傅时寒的手。一片紧张气氛中，只见台上的傅时寒意味不明地笑了笑。

他这一笑，笑得下面记者慌乱至极。就在那位手握话筒的记者已经做好被骂的心理准备时，突然听到傅时寒说出四个字——

"订婚戒指。"

他欠她一场婚礼，所以他们暂时不算结婚。

这话一出，不光记者惊了，就连坐在傅时寒旁边的傅时礼都一脸问号：

什么玩意儿？啥戒指？谁订婚？我怎么不知道？！

场内大概安静了两秒，紧随其后的就是一阵喧哗，更多的镁光灯亮起，闪得台上的人的眼睛都快瞎了。

记者哪承想傅时寒会回答得这么干脆，直接甩出一个"大料"出来。他顿时脑子一蒙，又问："您能透露一下订婚对象的信息吗？"

"女的。"

这回答真是一点儿毛病都没有。记者僵在原地，脑袋刹那间短路，简直就是豁出命地追问："是苏绾心吗？"

最近跟傅时寒有话题牵扯的女人只有这么一位，谁知道两个人是不是斗着斗着就斗出感情来了？

傅时寒又是一笑，好脾气地提议："那你要不要去看看她那里有没有戒指？"

凡事都有底线，傅时寒今天的底线就到这儿了。他嘴角的笑意消失，表示不再聊私人问题，便没人再敢提这茬儿了。

傍晚，苏绾心忙了一天，从公司离开，刚出大门就感觉到不对劲。苏氏证券的大楼外蹲了好儿个记者，一看见她，都快把镜头怼到她的脸上了。

苏绾心不知道出了什么事，只是不悦地看了他们一眼，然后快步走到停车场，开车离开。

记者们抓紧机会拍了好多张照片，等她走后再仔细看镜头里的画面……没戒指，和傅时寒订婚的人不是苏绾心。

苏绾心回家后才从新闻上得知是发生了什么事。她脸上红一阵白一阵地看着手机，心情五味杂陈，说不上来究竟是什么滋味。

傅时寒就这么高调地告诉别人他订婚了，却没逼她做什么选择。他把选择权交给她，只是单方面地让所有人知道他心有所属。

那个"订婚对象"终有一天会站出来，到底是什么时候却由她来定。他就像个等待主人认领的失物，这感觉忽然让苏绾心想哭。

她和傅时宜约好明天见面，说不定见面的时候自己就会被警告、嘲讽一番。如果到时候傅时宜让她离傅时寒远一点儿，她该怎么说？

苏绾心想着想着，苦涩一笑。她和傅时宜以前是无话不说的，可现在自己竟会因为要和傅时宜见面而担心得连觉都睡不着。

苏绾心忐忑不安地熬到后半夜才睡下，第二天下午三点准时出门，前往傅时宜之前发给她的地址。傅时宜说今天朋友开生日派对，和苏绾心约好四点半集合一起去。结果苏绾心四点就到了，傅时宜还堵在半路上。

高架桥上发生车祸，堵得让傅时宜怀疑人生。她烦躁地看着导航路线上那一片红色，气得一拍方向盘，拿过手机给苏绾心打了个电话，让苏绾心在门口等自己。

　　苏绾心安安静静地靠在墙上，不知道等了多久，只是越等越觉得奇怪，因为每一个来参加派对的人都穿得有点儿奇怪。

　　当她看见竟然有人扮成黑白无常，且他们头顶的帽子上还特意写了"我是黑无常""我是白无常"的字时，简直哭笑不得——这些人是生怕别人看不出来他们扮的是什么玩意儿吗？

　　这到底是什么派对？主题派对……恐怖的？

　　这想法在她的脑海里一闪而过，但很快就被她压了回去。不会的，傅时宜知道她害怕这些东西，怎么会带她来参加恐怖派对？

　　青天白日的，苏绾心就靠在门外的墙角站着，时不时偷偷摸摸地往屋里看两眼，活像个小偷。她又站了几分钟，房门再次打开，一个化着小丑妆容的年轻男子走了出来，上下打量着她一番。

　　"你是……？"他疑惑地看着苏绾心，微微皱眉问道。

　　"我是傅时宜的朋友，在这儿等她。她在路上有点儿堵车，要晚一点儿到。"

　　"时宜的朋友啊，你好，你好！"一听到傅时宜的名字，男子态度就变了。

　　苏绾心跟他握了握手，听见他说："时宜之前跟我说过今天会带朋友过来，你进来等，别在外面站着！"

　　他热情地邀请苏绾心进屋，没注意苏绾心脸上不太对劲的表情。

　　"我叫周成，是个导演，你呢？"他只觉得苏绾心有点儿眼熟，但不记得是在哪儿见过了。

　　"苏绾心，金融从业者。"

　　"苏绾心！之前参加七天六夜直播活动的那个金融美女！苏氏证券的总裁！"

　　他一惊一乍的，苏绾心只能尴尬赔笑。她跟在他的身边，进屋后，脸彻底黑了。

　　真是怕什么来什么，果然是个恐怖派对，现在屋里什么妖魔鬼怪都有。她欲哭无泪，分分钟想逃。

　　今天是周成的生日，周成是个专门拍恐怖片的电影导演，所以家里的布景道具都是直接从电影道具组搬过来的，仿真程度非常高，比游乐场的鬼屋还可怕。

苏绾心咽了咽唾液。整个屋里，她简直就像个异类，穿着一身职业装，傻了吧唧地坐在沙发上，抖得像个筛子。

周成笑着给她一杯名叫"血腥玛丽"的酒："今天来的都是朋友，你别感到拘束，随便逛！"

苏绾心心下哀叹：电影艺术者的世界她融入不进去，只能盼望傅时宜能快点儿来，带她走。

时间分秒流逝，屋内的气氛越来越火热。周成见苏绾心孤零零的一个人，便好心地来叫她和大家一起玩。周成已经邀请过几次了，苏绾心不好扫兴。毕竟是人家的生日，而且她也不能丢傅时宜的脸，便想着酒壮尿人胆，硬着头皮把那杯名叫"血腥玛丽"的酒喝了，然后就一直跟在周成身边。他走哪儿，她跟哪儿，以缓解害怕的情绪。终于，在她跟着周成走到洗手间门外的时候，周成发现了不对劲的地方。

"那个……我要方便一下，你也要进来吗？"

苏绾心："我就在这儿等你。"

"你就一直等着吗？我进去多久你等多久？"

苏绾心："不然我拿手机给你放一首生日快乐歌助助兴？要不我给你唱也行，你想听中文的还是英文的？"

两个人尬聊了几句，周成捂着脸进了洗手间。

这姑娘真逗，搞什么金融啊，去说相声得了。不过她是不是害怕啊？他怎么感觉她的脸色有点儿不对劲呢？周成坐在马桶上纳闷儿，打算一会儿出去问问她。

苏绾心等在门外，一抬头就看见"白无常"从楼梯拐角走过去，他瞧见自己的时候还特意把叼着的红纸吐出来，挥手打招呼；一扭头那边是只"狐妖"，屁股上戴着的假尾巴掉了一条，正费劲地给自己安尾巴呢；再转个方向，戴着面具的"无脸怪"因为看不清路一头撞在了墙上，捂着脑袋喊疼。

这么看好像也没那么吓人了。苏绾心抿嘴一笑，心情变好了些。她拿出手机，正打算给周成放首生日快乐歌的时候，突然听到有人叫自己的名字。

"你是……？"苏绾心疑惑地看着对方——她就是刚才在那边安尾巴的"狐妖"。

"程瑶。方便聊几句吗？傅时宜带你来的吧？"

女子面带微笑，却让苏绾心感觉不到善意。

"你认识时宜？"

"何止认识。"程瑶笑了笑，"你想知道我是谁的话，跟我来。"

苏绾心犹豫了一下跟了上去。两个人一前一后地进了一间屋子，苏绾心的脸色"唰"的一下就变了。

屋里依旧是恐怖的布景，干冰冒出的白烟弥漫了半个房间。其实这些都无所谓，苏绾心还能接受，反正在外面也看了不少。但当看见地上摆着的那个墓碑的上面贴着自己照片的时候，她整个人都不好了。

屋内光线昏暗，苏绾心的胸口沉闷得有点儿呼吸困难，她将视线慢慢从墓碑上的照片转移到程瑶的脸上。此时苏绾心正倚在门边，只要转身打开门就能离开，可她的双腿如同灌了铅，挪不动。

恐怖主题派对，有地府场景、有墓碑，苏绾心都可以理解。但是墓碑上贴着自己的照片，她理解不了，也不能接受。

苏绾心的脑子有点儿乱，有点儿疼。

"傅时宜没提起过我吗？"程瑶笑意盈盈地问。

"你有被提起的价值吗？"苏绾心讥讽道。

程瑶冷笑一声，不在意地往地上一坐，然后看似不经意地往墓碑上一瞥，故作惊讶："咦，这里怎么有你的照片？"

程瑶的演技太浮夸，苏绾心都懒得拆穿她，看着她演独角戏。

"我叫程瑶，生日是 5 月 21 日。"似乎因为苏绾心的无视而感到了无趣，总之在没听到苏绾心的回话后，程瑶脸上虚伪的笑容渐渐消失，"咱们两个人的生日是同一天吧？"

苏绾心没回答。她恍惚间好像明白这个程瑶是谁了——她俩不光是一天生日，恐怕连生辰八字都是一样的。程瑶，就是傅家找到的那个她的替代品。

傅时宜今天带自己过来，难道是为了告诉自己这件事的？

"你想说什么？"

"我不想说什么，就是跟你打个招呼而已。"程瑶一脸认真的表情，"以后咱们恐怕没机会再见了。还得谢谢你，要不是你，我也不会在这儿。"

"是傅时宜让你来的？"

"你猜？"程瑶笑得开心，"傅家现在有多讨厌你，你感觉不到吗？"

苏绾心当然感觉得到！她怎么可能感觉不到？！除了傅时寒和漾漾，傅家已经没人喜欢她了，现在就连她从前最好的朋友都送给她这么一份大礼。

苏绾心看了看程瑶，又看了看那个墓碑，径直回到楼下，重新坐在沙发上。苏绾心又等了很久，总算把傅时宜等来了。

傅时宜匆匆跑进来。

苏绾心听见有人喊傅时宜的名字，抬头看去，就看见程瑶几个人站在傅时宜的身边。

傅时宜应酬了一会儿才过来找苏绾心，看见苏绾心皱眉走过来，不悦地问："我不是让你在门口等我吗？你怎么一个人进来了？"

"你晚到了多久知道吗？"苏绾心看着她，淡声说道，"一个半小时，我已经等到不想再等了。"

"你……"傅时宜没想到她会用这种疏离的语气跟自己说话。

而且苏绾心看着傅时宜的眼神冷漠又带着敌意，仿佛站在她面前的不是，而是她的敌人。

傅时宜有点儿恼羞成怒："我又不是故意的！路上堵车，我有什么办法？"

"嗯，你不是故意的。所以你带我来这种地方是什么意思？"苏绾心鼻子酸楚，无力地苦笑，"别人或许不知道，但你应该清楚我最怕什么。"

"所以我让你在外面等我。"

"我没听你的话，对不起。"苏绾心深吸一口气，问她，"你还有什么想说的吗？"

"你这是什么态度？我都说了我不是故意的！"

"时宜，"苏绾心眼角泛红，重复刚刚的问题，"你有什么想跟我说的吗？"

"没有了，"傅时宜犹豫片刻，冷声回答，"我不想说了，也不想再看见你了。"

"好。"

苏绾心心如刀绞，点点头，转身离开了。

傅时宜僵在原地，看见苏绾心在转身的那一瞬间从眼角滑落的泪，心口一痛，想追上去，可再想起苏绾心看自己的眼神，又终究什么都没做。傅时宜就这么站了好久，然后也离开了。

苏绾心开车回家，脸色苍白。

曾经的她和傅时宜，是可以手牵手躺在床上聊一晚上不睡觉的好朋友，可现在却已经走到这种要互相伤害的地步。

其实自己早该明白的，傅时宜不缺朋友，没了自己她一样有其他人陪着她打发时间。苏绾心记得傅时宜之前和别人介绍过，盛浅是她最好的朋友。当时苏绾心就在旁边站着，那时的感觉和现在的差不多一样，心如死灰。

自己的位置在一点点被别人所替代，她眼睁睁地看着，无能为力，多可悲。

苏绾心脑子乱糟糟的，脑海里不时浮现出那块贴着自己照片的墓碑。车子行驶了几十分钟后终于回到家，她上楼后一头钻进房间，倒在床上钻进被子里，目光无神地望着天花板，浑身冷得难受。

已经是晚上 7 点了，外面天都黑了，风声呼啸，白雪飘飘，到处都是刺骨的冷意。苏绾心还是第一次这么清晰地感觉到，寒冬来了。

一夜无眠，苏绾心开着灯在床上辗转反侧，始终没有睡意。她心情不好，气色也不好。旁人不知真相，只当她是跟傅时寒对立给自己弄了一肚子火。

更多人开始关注她和傅时寒的那场较量，不光有国内媒体关注，就连外媒也开始了报道。

不过，跟国内的关注点不同，外媒关注的是 H 国这两位操盘高手在所公开的记录中展现出的技巧以及 H 国股市最近一段时间的风向。在一群金融同行的仔细分析之下，大家发现苏绾心是真的厉害。

也许是因为傅时寒这些年已经被神化了的缘故，现在能跟他打成平手的苏绾心才更显得不一般。

两个人的眼光在资本市场内出奇地一致，他们常常会在前后不差三分钟内入手相同的一只股票。哪个板块有异动、哪只股票是先锋，他们都清楚。之前曾有报道说过，苏绾心操盘的手法跟傅时寒的很像，如今看来，所言非假。

苏绾心不管外界说什么，自从见了傅时宜之后就两耳不闻窗外事，每天忙得天昏地暗，看着账户内的钱一点点变多，心里才能踏实。

果然，感情都是浮云，赚钱才是硬道理，没什么能比手机有电、卡里有钱更能让人安心的事了。

另一边，傅时宜见了苏绾心之后，心情也是差到了极点。

她总是能想起苏绾心那天看向她时恨意满满的眼神。

傅宅。

傅时宜坐在客厅里，一边吃薯片一边看偶像剧。李墨出来看到她不修边幅的宅女模样，微微蹙眉。

"你几天没去公司了？"

"两天，怎么了？"傅时宜疑惑地看着她。

"年纪轻轻就打算退休在家当米虫了？"李墨瞥了一眼电视上的内容，"你不上班就是为了看没用的偶像剧？"

"这电视剧的收视率挺高的。"

"这说明不长脑子的人越来越多。我生你不是为了让你'啃老'的，你找不到男朋友就算了，能自食其力的话，谁也不能说什么。可如果你打算继续这么瘫坐在家里当废物，就立刻滚出去嫁人。"

傅时宜哭笑不得，换了个姿势继续瘫坐着："我的心情不好，你就别说我了。"

"谁的心情好？你说出来我瞧瞧。"

傅时宜扔下薯片，坐直了看向李墨冷漠的表情："妈，你实话告诉我，当初咱家把苏绾心接回来，是不是因为她和大哥才是你亲生的，我跟我二哥都是充话费送的？"

不然"嘲讽"这个技能为什么她跟傅时礼都没遗传到？

李墨听傅时宜提到苏绾心，目光一沉。傅时宜注意到了，没敢再继续说。

苏绾心就是一块心病，长在傅家每个人的心里，治不好，除不掉；疼不死人，但折磨人。

客厅内陷入了短暂的沉默，只有电视剧还在继续播放，正好播到一场哭戏，连哭带号的声音让李墨脑袋疼。

"妈，我大哥这两天干的事你都知道吧？也不知道他在哪儿弄的订婚戒指。"

李墨虽然人在家里，但一点儿都不耽误知晓外面的信息，更何况在这几天已经有数不清的人来问李墨：她又跟谁结亲家了？傅时寒和谁订的婚？订婚宴什么时候举行？

傅时宜看着李墨垂眸不语，往她的身边凑了凑，拽了拽她的衣角。

"妈。"

"有事说事，别套近乎。"

"我跟苏绾心生气了。"

"你们不是一直在怄气吗，什么时候好过？"

"这次不一样，我更生气了。"傅时宜说着话，眼睛有点儿红，"我以后都不想见她了。"

"那就不见，没人逼你。"

傅时宜想在李墨这儿寻安慰，难于上青天。李墨冷眼看着傅时宜，一语道破："腿长你的身上，你不愿意，谁还能把你绑到她的面前？"

说白了还不是傅时宜自己想见苏绾心？她见了苏绾心后，没讨到好处，回来自暴自弃了——空有窝里横的能耐，没出息。

"那你不觉得她特别过分吗？她晾着我们却缠着我哥，知道我们家没人敢把我哥怎么样，特意气我们的吧？"

"她怎么惹你了？"李墨淡声问道。

"她……"傅时宜张了张嘴，"她被我弄哭了。"

傅时宜低下头，把那天的事说了。

李墨听后眸光微沉："你确定是她惹你，不是你惹她？"

"我也没想到路上会堵那么厉害，而且给她打过电话让她在外面等我。"

傅时宜知道苏绾心胆子小，没提前提醒苏绾心生日派对是恐怖变装主题也是故意的。因为苏绾心怕那些，才能老实地待在她的身边，去哪儿都得让她陪着。到时候她就有机会多和苏绾心说点儿话，说不定还能问出特别有价值的信息来。

她把苏绾心叫去就是因为这些，没承想搞砸了。虽然理亏在先，可傅时宜还是气。因为苏绾心以前事事迁就她，从没在外人面前让她难堪过，这次不但摆臭脸，还用那种眼神看着她。

李墨沉默半晌没说话，过了一会儿才提醒："这事如果让傅时寒知道……"

傅时宜身子一抖："你别告诉我哥！"

要是让傅时寒知道她把苏绾心带到那种地方去，他肯定要骂死她的！

"我不说，他就不会知道了？"李墨挑眉，"苏绾心不会自己说？"

傅时宜五官紧皱："她不是那种会告状的人。"

李墨嗤笑，没再说什么。傅时宜想了一会儿后，越来越害怕。

苏绾心以前肯定不会告状，可现在一定特别讨厌她，恨不得让傅时寒替自己教训她。

傅时宜绝望地瘫坐回沙发上，想找个机会再找苏绾心一次，把话说清楚。还没等她想好以什么借口找苏绾心的时候，傅时寒却突然回来了。

房门被推开，傅时寒抱着漾漾从外面走进来。傅时宜愣了一下，猛地蹿起。

"漾漾！快让姑姑抱！"

漾漾无精打采地趴在傅时寒怀里，软软地喊了声"姑姑"，鼻音特别严重，小脸看起来有点儿红，好像是发烧了。

傅时宜摸了摸漾漾的额头："他怎么烧成这样？"

"捉迷藏时趴雪堆里冻的。"傅时寒冷声替那发烧的人回答。

傅时宜看他的脸色就知道他现在不太想承认这小孩是自己的儿子——傅时寒小时候可没这么蠢过。

漾漾似乎也听出傅时寒的语气不太好，小嘴一噘，哭唧唧地说："我要找妈妈。"

"烧退了你再去，不然会传染给她。"傅时寒态度明确。

漾漾一听这话立马来了精神："医生伯伯在哪里？我要打针！"

"打针的时候你还哭吗？"傅时寒看着他问。

漾漾很认真地想了想，继续哭唧唧地说："不哭。"

傅时寒嗤笑。他在公司开会，开到一半接到路老爷子的电话，接起来就听见这小崽子鬼哭狼嚎的声音，还以为怎么了呢。他匆匆赶到路家，见到人才知道这小崽子全是演的，纯属借题发挥，想见苏绾心。傅时寒看破不说破，配合漾漾直接把人带回来了。

漾漾玩了会儿拼图就难受得往傅时寒的怀里钻。傅时寒看着他可怜兮兮的小样子，难得温柔。

落地窗外，白雪皑皑。傅时寒出神地望着外面想事情，在听到车子开进院子的声音后侧眸看了过去。

漾漾也听到了声音，以为是傅时礼回来了，结果伸脖子一看，愣住了。

"这个叔叔我见过！"

"嗯。"傅时寒垂眸，跟漾漾对视，"你还记得叫他什么吗？"

"叫钟叔叔！"

钟贤是过来见李墨的。傅时寒不知道他们约定的时间，现在碰到纯属巧合，不过既然见到了就不能白白浪费机会。

傅时寒思索片刻，摸了摸漾漾的头发，轻声开口："我们出去跟钟叔叔打个招呼。"

"好！"

傅时寒抱着漾漾缓步朝外面走去。客厅内，钟贤刚刚进屋，正在和李墨寒暄，听见脚步声后顺势看去，结果在看到傅时寒抱着一个眼熟的孩子后，脑子"嗡"的一声，整个人僵住了。

"钟叔叔！"漾漾见到他，甜甜地笑着挥小手。

钟贤目不转睛地看着漾漾和傅时寒，心提到了嗓子眼儿。

钟贤知道傅家有个小少爷，第一次过来的时候就听用人提起过，却一直没见到。因为职业操守，他没想了解这位小少爷的事。况且豪门世家都有各自的秘密，他多知道一件就多一些压力。但他万万没想到，自己或许早就见过这位小少爷了。

钟贤看着傅时寒愣了半天，失态地开口："氟西汀？"

傅时寒轻挑眉尖："这什么意思？"

"这孩子，是苏绾心和你的？"钟贤心情复杂地问，看到傅时寒点头承认，钟贤的脑子真的是一片空白。钟贤张嘴想说话，一时间却不知道该从哪儿说起。

他猜到苏绾心背后的男人肯定不一般，但C市这种地方最不缺的就是不一般的人，所以任谁也不可能想到，苏绾心和傅时寒会有这么一层关系。

钟贤一言难尽地轻笑一声，依次看了看身边的这几个人，问："苏绾心平时一个人住吗？"

傅时宜刚从楼上下来就听见他问的这句话，不知是发生了什么："钟医生，怎么了？"

钟贤扭头看向傅时宜，又问："之前和夫人一起出车祸的那个人是苏绾心吗？"

"钟医生，有什么话直说。"李墨也看出钟贤的状态不太对劲，轻声开口。

"苏绾心有非常严重的抑郁症，这件事你们知道吗？"

按理来说，有关病人的隐私他不该说，可现在这种情况又不得不说。

他一直就觉得奇怪，苏绾心怎么死活不肯给他一个家人的联系方式。现在他明白了，她哪是不想给，是不敢给。

钟贤的话让在场所有人都表情一僵，空气如死一般沉寂。这也算给了钟贤一个答案：果然，傅家谁都不知道这件事。

傅时寒的目光阴沉不堪，他让用人把漾漾抱走，问："你确定她有抑郁症？"

"她是我的病人，我当然确定。"

"她找你不是为了找回在车祸中丢失的记忆？"

"她上周才跟我提车祸的事。"钟贤觉得不可思议，"她得抑郁症已经快两年了，每天都必须服用大剂量的药物，甚至以前还有过自杀的倾向。你们竟然都不知道？"

所以，她和傅时寒到底是情侣关系还是什么关系都没有？难道那孩子是俩人在一段露水情缘后生出来的？

这种念头在钟贤脑海里一闪而过，很快就被打消了，因为傅家这几个人的脸色都太难看了。

傅时寒仔细听着钟贤说的每一个字。钟贤说苏绾心得抑郁症快两年了，可她从车祸中苏醒过来到现在也不过就是这么长时间。也就是说，她从苏醒后就一直在生病。

偌大的客厅，安安静静的。钟贤说的每一句话，都重重地击打在傅家几个人的心里。

傅时寒冷着脸，已经不想再听下去了，于是上楼拿了车钥匙，快步离开。

客厅内只剩下钟贤和李墨母女。跟黑脸的傅时寒和泪流满面的傅时宜相比，李墨的反应相对淡定，可她终究还是做不到云淡风轻。

李墨眼眶微红，继续问有关苏绾心的事情："她在你这儿治疗多久了？是她主动找你的吗？"

"是我找的她。之前我们两个人一起参加了一档活动，我无意间发现她在服用抗抑郁药物和安眠药，药量有点儿吓人。"

傅时宜听到这句话，想起一件事情："那次我在咖啡厅看到你和苏绾心，你们是……"

"那次也是我约的她。她的求生欲望非常薄弱，我找了她很多次她才勉强答应接受治疗。"钟贤缓缓说道，"到目前为止，她的状态依旧时好时坏，这种情况非常危险，一旦受到外界刺激，她随时可能发生意外。所以我之前曾经向她要过家人的联系方式，可是她说，家里就她一个人。"

她没有家，没有家人，所以死对她来说或许是一种解脱。

钟贤又想起来，苏绾心那次在咖啡厅里问过他，有没有办法让人忘记一些事。当时他不明白她为什么要问这个，但现在想通了。她想让一些人忘记她，而那些人现在就在他的面前。

钟贤凝视着李墨的双眼，心情非常复杂。

一场车祸祸及两个人，一个失去了双腿，那么剩下的那个呢？苏绾心失去的又是什么？

傅时寒离开后给苏绾心打了两个电话，都没接通。他紧皱眉头，猜想这个人是不是在开会，可她今天没上班。

傅时寒的心一沉，他上车用定位系统确认了一下她的位置。定位显示她在家里，这让傅时寒忽然有种不太好的感觉。

他快速往目的地驶去，途中给慕酥雨打了个电话。最近慕酥雨日夜颠倒，现在睡得正香，被吵醒还有点儿不高兴，可在听出电话那头是谁的声音后瞬间就清醒了。

"你找我干什么？"她看了看手机屏幕上的名字，确定自己没听错后，小声嘟囔。

"让苏绾心接电话。"

"你们两个吵架……"

"现在！马上！过去让她接电话。"

傅时寒的语气很不耐烦，听得慕酥雨都莫名其妙地急躁起来。她急匆匆地从床上爬起，敢怒不敢言地朝苏绾心的房间走去。

她知道苏绾心今天没上班，两个人中午还一起出门吃了饭呢。苏绾心说最近几天没怎么睡好，今天公司又不太忙，所以她要在家补个觉。

慕酥雨撇嘴，敲了敲苏绾心的房门，认定傅时寒一定又被苏绾心拖进手机黑名单里了。

"绾绾，你睡醒了吗？"

慕酥雨敲门问了半天，里面没什么动静。她直接推门进去，觉得傅时寒简直过分，苏绾心一定是吃了安眠药才睡着的，难得有个好觉还得被他恶意叫醒，真可怜。

屋内一片寂静，床上的人躺在被子里，睡得安稳。

慕酥雨蹑手蹑脚地走到床边，轻轻拍了拍苏绾心的肩膀，试图把她叫醒。

"绾绾，傅时寒找你。"慕酥雨用气声轻轻地说，怕声音太大吓着她，"他让你接电话，你跟他说两句话再睡吧。"

床上的人依旧没什么反应。慕酥雨为难地蹙眉，低头看了看手机。

通话还在进行中，傅时寒没挂，她也不敢挂。思虑片刻，慕酥雨只能咬牙，狠心地用力晃了晃苏绾心。反正绾绾被叫醒的话，生气了也是傅时寒的责任，跟自己无关！

时间分秒流逝，慕酥雨就这么叫了一会儿，渐渐觉得不太对劲——哪怕是吃了安眠药，苏绾心也不该睡得这么沉。

"绾……绾？"

慕酥雨动作微僵,扔下手机慌忙掀开被子,用力晃了晃床上的人。那人合着双眼,脸色苍白,身体的温度凉得吓人。

"绾绾,你醒醒!"

慕酥雨努力叫她,然后在不经意间瞥到了床头柜上的药瓶。安眠药瓶是空的,还有一支空了的胰岛素——已经打过了。

慕酥雨脑子"嗡"的一声:如果没记错,这瓶药是苏绾心前天才从展澈那儿拿回来的,她怎么会吃得这么快?!

恐惧感一瞬间充满全身,慕酥雨慌张地捡起手机,通话不知什么时候已经结束了。

她手指颤抖地翻通讯录,找到展澈的号码拨了过去。电话很快被接了,不等对方出声,慕酥雨便哭着问道:"绾绾把安眠药都吃光了,我叫不醒她,怎么办?!"

展澈从手术室往外走的脚步一顿,身子一僵。

"安眠药瓶是空的,旁边还有打过的胰岛素……展澈,我该怎么办?!"

"你马上送她过来!"展澈回过神,厉声吩咐道。

他现在派救护车过去,往返的时间肯定没有慕酥雨直接送人过来更快。他叮嘱了慕酥雨几个细节,挂了电话立刻吩咐手下的人准备急救。

他有一阵子没见苏绾心了,前天还听慕酥雨说,苏绾心跟傅时寒和好了,可谁承想现在会这样……

慕酥雨手脚僵硬地把苏绾心抱起,电梯刚抵达一楼,便看到有人在外面等着。

傅时寒将视线落在苏绾心身上,他的呼吸有点儿急促,什么都没说,只是把苏绾心抱过去,快步朝外走去。

展澈早就等在医院门口,接到人后直奔急救室,一句话都没和傅时寒说。

傅时寒看着那扇被关上的门,心坠入谷底。他就那么一直盯着手术室的门,一言不发,周身散发出来的低气压连带着整个走廊都陷入寒潭,清冷、萧瑟。

慕酥雨站在他的身边,沉默不语。过了很久,她听到身侧的人问:"抑郁症的事,你为什么不告诉我?"

傅时寒声音低哑,带着克制、愤怒、绝望的情绪。

"因为绾绾不想让你知道。她觉得她已经够狼狈了,而且……我以为你能发现她不对劲。"慕酥雨抹了一把眼泪，"她车祸醒来之后就一直靠药撑着，这两年没有安眠药根本就睡不着。"

苏绾心这次回来，傅时寒确实发现了她跟以前的不同之处。

她的性格没有以前的那么好，没那么开朗，哪怕有时候在笑，她的眼底也总是带着几分阴郁；不再每天早上晨跑，因为讨厌自己的脸上总是带着病气，所以出门一定会化妆；变得胆怯，变得不安，变得患得患失，变得……和以前不一样。

这些傅时寒都看在眼里，可真的没有想过她会和"抑郁症"三个字扯上关系。傅时寒头痛欲裂：这是他的错，他蠢到家了。

"她之前去你那儿过夜的时候没有吃药，但也睡得着。我以为你能让她变好，因为她连心理医生都愿意见了，这真的很好。"慕酥雨小声地跟他说着一些他不知道的事，"她很讨厌心理医生的，因为曾经被心理医生送进了精神病院。"

傅时寒呼吸一窒，扭头看向慕酥雨。

"对，就是那个在我们看来只有疯子才应该进的地方，绾绾被关进去了。"

后来慕酥雨找到她的时候，苏绾心哭得像个孩子，害怕得浑身颤抖，从那以后再也不提看医生的事。

慕酥雨接着说："你应该能感觉到，她这次回来并不是为了跟你和好。我问她为什么不肯告诉你真相，她说她也不知道自己能活到哪天，不想让你和她一样提心吊胆。我想了想，觉得也对，因为……我也不知道她能撑到什么时候。"

生命之所以会让人觉得敬畏，就是因为它的无常。那些因为车祸、空难、溺水等意外方式离开的人，可能前一刻还在和亲朋好友说笑，但下一刻就阴阳两隔。

没人不怕死，苏绾心也一样。说到底，她也不过就是一个二十岁出头的姑娘而已。她在二十一岁那年因为车祸被迫离开……再次睁开眼时，连她自己都不确定曾经发生了什么，却要背负满身骂名和伤痛。

所有人都说她错了，说她忘恩负义，说她是白眼儿狼，说她丧尽天良……可她做错了什么？她自己都不知道。

她只知道，她不过就是睡了一个有点儿长的觉而已。一觉醒来，她丢了整个世界。

在傅家的那十几年过得有多开心，在车祸醒来后的这段日子里她就活得有多压抑。在那些无数个失眠的夜晚，她哭着抱住自己，不停地在网上搜寻有关傅家的消息。

她知道李墨的腿断了，治不好了，也知道所有人都在等她给一个交代，可是……她给不了。

她不敢活，也不敢死。

她想回家，但回不去。

她孤立无援，和曾经最亲密的人对立真的好累，累到快没力气继续坚持下去。

若不是傅时寒的坚持和相信，或许她连今天都撑不到。吃错安眠药的事不是第一次发生了，就像钟贤说过的那样，她长时间大剂量地服用抗抑郁药物和安眠药，迟早会出事。

她开始产生幻觉，精神恍惚、焦躁不安，变得越来越像个神经病。所以别人说她和傅时寒不配，她觉得对。

傅时寒当然知道苏绾心回来不是为了跟自己和好的。若不是他死死纠缠，她就会一直躲着，绝不敢越雷池半步。

她一直和他说没事，说她很好，说她不疼，但结果就是现在这样——她又一次进了医院。她一点儿都不好，疼得终于活不下去了。

绝望、恐惧和梦魇终于将她击垮。她就想好好地睡一觉，梦里说不定没人逼她离开，没人问她真相，没人拿她最怕的鬼怪吓她。

急诊手术室的灯一直亮着，傅时寒靠在墙上静静地看着，直到电话响起。傅时宜知道他去找苏绾心了，忍不住打探："哥，你跟她在一起吗？"

"嗯。"

"那你把电话给她一下好不好，我有话想跟她说。"

"以后吧，现在不行。"

傅时宜微微蹙眉："哥，我就说两句话，我求求你了。"

"我在医院。"傅时寒叹了口气，"绾绾在急诊室抢救。"

手机滑落摔在地上，傅时宜的手微微颤抖，她脸色惨白。

"怎么了？"

李墨和钟贤在一旁看到傅时宜的反应，皱起了眉。

傅时宜沉默半晌，缓缓出声："绾绾在医院急救。"

钟贤愣怔了一下，随即一拍额头，重重叹气。他就知道！让抑郁症患者独自居住无疑就是放了个定时炸弹，随时都会爆炸！病人在接受自己的治疗过程中出现这种情况，这种挫败、不甘、自责的感觉让身为医生的钟贤难受不已。

他看向李墨直接开口："夫人，今天的治疗挪后吧，我有点儿事，先走了。"

李墨点头，目送他离开，然后去看傅时宜，低声道："你去医院看看。"

"你去吗？"

"我不去。"李墨咬了咬牙，"这又不是送葬，去那么多人干什么？！她醒了你通知我。"

"好。"

傅时宜赶到医院的时候，苏绾心还在昏迷，丝毫没有醒来的迹象。病床上的她呼吸微弱，眼下挂着两抹青黑色阴影，似乎很多天没有休息好了。傅时寒守在病床边，见傅时宜来了，也没说什么，只是目不转睛地看着床上的人，不知在想什么。

病房外，展澈在烦躁地抽烟。他亲手把苏绾心从死亡线上救回好几次，却没有一次像今天这么烦。

用安眠药自杀是最痛苦且没有尊严的死亡方式。选择这样自杀的人意识会模糊，五脏六腑会有刀绞般的痛感，尤其后续经历洗胃抢救的话简直生不如死，就算被救活还有可能留下种种后遗症。当医生的最怕遇见这种情况，所以展澈现在烦得不行。

病房里有傅时寒和傅时宜守着，慕酥雨便出来找展澈，两个人对视。

"她这身子哪里还禁得住折腾？即便这次救回来，也没有下次了。"展澈直白地说。

"她醒了就行。等她醒了，我们带她走，再也不回来了。"慕酥雨小声地说，生气地皱眉，"她要是再想回来，那我们就干脆把她绑起来好了！"

她回来受这些罪干吗呢？慕酥雨想想都替她憋屈！

展澈没接话。

苏绾心要是真想回来，就算被他们打断双腿，爬都会爬回来。感情的事如人饮水，冷暖自知。若是真能那么理智、冷静，人就不是人了。

慕酥雨给慕星瀚打了个电话，把苏绾心住院的事告诉他了。一个小时后，慕星瀚匆匆赶来，看到病床上的人，气得脸都黑了。

"你不是跟她住在一起吗？她吃药你怎么不知道？！"他回头看向慕酥雨劈头盖脸地问道，问得慕酥雨又哭了。

"我又不能24小时盯着她，况且她每天都吃药，之前也没什么事啊！"

慕星瀚张了张嘴，没再说什么，看了一眼床上的人还有守在一旁的傅时寒，冷冷地嗤笑。

傅时寒没心情理他，面无波澜。两个人一站一坐，屋内瞬间被紧绷的窒息感侵占。

"我之前跟你说的事，你想好了吗？"慕星瀚冷声开口问道。

傅时寒这才斜了他一眼："等她醒了，该做什么就做吧。"

忘了吧，忘了好！她可以把不好的事情都忘得一干二净，然后这一次换他去找她。

慕酥雨站在门外，把两个人的对话听完，等慕星瀚出来后拽住他的衣角，问："你找过他？你们说什么了？"

慕星瀚笑了笑，如实回答。

苏绾心自从出车祸后就一直在看医生，但到今天为止情况依旧不见好，最大的原因是心病。想让她好不是没办法，最直接的办法就是让她忘记一切，离开这里好好养病。慕星瀚那日去找傅时寒，要傅时寒也忘记一切。

慕酥雨听后瞳孔一缩，心急如焚："绾绾知道了会生气的！"

"她有命活下来再说。"

苏绾心活都活不下去，哪还有资格生什么气。

慕酥雨无力反驳，只能眼睁睁地看着慕星瀚离开。

等待的时间是漫长的，苏绾心这一次什么时候能醒，或者能不能醒，谁都不敢断言。她就那样躺在床上，如她一直期待的那样，睡得很沉。

夜色降临，傅时寒依旧守在苏绾心的身边。傅时宜来给他送饭，走出病房的时候，看见了正在门外吃三明治的慕酥雨。

慕酥雨感觉到傅时宜的视线，仰头看去。她刚从背包里拿出的几张平安符箓正被她捏在手里。

傅时宜看到那东西微微蹙眉，觉得碍眼，问："你是绾绾的朋友？"

慕酥雨点点头，防备而又略带敌意地看着傅时宜，回答："最好的朋友。"

傅时宜愣了一下，苦笑，然后看着她手里的东西，又问："这是干什么的？"

"平安符箓，你要吗？我高价卖你。这是我亲自画的，很灵。"

傅时宜觉得好笑：这个人亲自画的平安符箓很灵？这年头赚钱都这么容易了吗？随便写写画画就成了平安符箓，还能卖出高价？

慕酥雨看到傅时宜讥讽的笑，明白她在想什么，很气。

"苏绾心出车祸后每天都会做噩梦，梦见一些不干净的东西，两年多了，一直这样。"

"你说什么？"

"她很怕这些东西。你和她从小一起长大，应该清楚吧？"慕酥雨为苏绾心打抱不平，"你别以为只有你们可怜，谁不可怜？你们这几年过得不好，她就过得好吗？"

傅时宜说不出话，站了一会儿后沉默地离开了。

她想起自己说过的一些浑蛋话，做过的一些浑蛋事。她知道苏绾心怕鬼，搞笑的恐怖片也不敢看。可是上次她带苏绾心去参加恐怖派对，自己迟到了一个多小时，还和她吵架，说了难听的话。

往事历历在目，刺得她痛苦不堪。他们一直在以各种擅长的方式攻击苏绾心，让她遍体鳞伤。苏绾心自杀，是他们逼的。

傅时宜趴在方向盘上大声哭泣，想起很多年前苏绾心代替自己被绑走、回来后还笑着安慰自己说没事的事情。

苏绾心怎么会没事？！她被自己所爱的人欺负得那么惨！她明明就是个连打针都害怕的人，如今却要躺在病床上靠输液续命！

傅时宜泣不成声，不知道今后要怎么面对苏绾心。

人就是这么奇怪的东西，总是用攻击去试探底线、用伤害去索要关爱，伤人伤己后才追悔莫及。

苏绾心昏迷后的第三天。陈磊休假归来，到公司才发现她翘班好几天了。陈磊找不到她，便给傅时寒打了电话，这才知道自己那脆弱的总裁又生病住院了。

情况不对，陈磊连时差都没来得及倒，就赶紧处理这些天堆积下来的工作。

"陈总，有位叫卓以清的律师找苏总，说有重要的事情。"桌上的内线电话响起，陈磊听到秘书说道。

卓以清……陈磊无声地重复着这个名字——他不是那个之前和苏绾心一起参加直播活动的人吗？当时这个直播活动里一共有三个素人，分别是苏绾心、钟贤和卓以清。卓以清找苏绾心干什么？陈磊纳闷儿，让秘书带他过来。

苏绾心之前找卓以清帮忙拟了一份股权转让的合同，现在合同已经弄好了。卓以清找不到苏绾心，只能过来看看是什么情况。

"她身体不好，住院了，回头我去看她的时候让她给你打电话。"

"住院？"卓以清惊讶，"在哪家医院？"

"这我还真不太清楚。要不你留张名片，我一会儿问问，然后告诉你？"

"好，那麻烦你了。"

卓以清跟陈磊交换了联系方式，出了苏氏证券的大楼就和助理前往机场接人。

各行有各行的圈子，卓以清今天要去接的重要客户就是他们律师圈里的顶尖人物——全球四大律所之一瑞达律师事务所的负责人 Gina。

车子行驶了几十分钟后抵达机场，卓以清一边和助理轻声交谈，一边四下找寻疑似 Gina 的女性。突然，他在人群中看到了一张熟悉的面孔。

他微微一怔，眼睛瞬间睁大。他身边的助理似乎也看到那人了，也是一副迷茫惊讶的表情。

年轻女子容貌艳丽，不时引来路人的注目。她很快就看到这边的接机牌，微微一笑，快步朝这边走来。

"你们好，"她停在卓以清二人的面前，轻声说着流利的中文，只是有着 H 国人独有的腔调，"我是 Gina，苏瑶。"

"苏……苏绾心？！"小助理没那么淡定，倒吸了一口气。

苏瑶听到他说出的名字，疑惑："苏绾心是谁？"

助理目瞪口呆，转头看向卓以清，却见向来沉稳的卓律师此时也是一脸蒙的表情。

卓以清很快回过神来，带着歉意地解释："抱歉，因为你和我认识的一位朋友长得很像，所以我有点儿惊讶。"

苏瑶眸光微闪："你有照片吗？我想看看。"

"我们边走边说，苏总这边请。"

卓以清带着苏瑶往外面走，同时拿出手机给她找苏绾心的照片。

其实网上苏绾心的照片还是挺多的，其中不少是之前她参加那档直播活动时网友们截的图。苏瑶接过手机，在看到屏幕上的照片的第一眼便停下了脚步。

"抱歉，今晚的饭局我不能参加了。你有她的联系方式吗？我要见她。"苏瑶表情严肃地看着卓以清说。

卓以清听后有些为难："联系方式我有，不过她的电话关机，打不通。我今天去过她的公司，听说她生病住院了，目前在哪家医院还不太清楚。"

"生病？严重吗？"

"我暂时也不太了解，她的员工说稍后会联系我，告诉我医院的名字。"

"好，那我们等那位员工的电话。"苏瑶点点头。

几个人步行来到停车场。上了车之后，她拿出手机搜寻苏绾心的资料，在看完一个有关苏绾心的视频后抬头去看卓以清，问："这是怎么回事？"

她看的是之前申婧晨过生日时苏绾心险些被设计，用匕首刺伤腿部保持清醒，然后暴打流氓的视频。卓以清简单地把当时的事情经过跟苏瑶说了一下。苏瑶听后眉头紧蹙，没再追问什么，继续低头看手机。

车子抵达酒店的时候，苏瑶已经基本把苏绾心的资料看完了——苏氏证券的总裁、孤儿、未婚先孕、和傅氏集团总裁不和。

把几个重要信息储存在脑中后，苏瑶进了酒店房间，打了通电话，开门见山地问："哥，你之前到H国和傅氏集团合作的时候，合约是傅时寒签的吗？"

"对。"苏宇疑惑，"你怎么突然问起这个人？"

"他这个人怎么样？你客观地评价一下。"

苏宇沉默了几秒，非常客观地给出答案："不好相处。"

任何聪明人见到傅时寒的第一印象都该是这样的：精明、奸诈、不好相处。

苏瑶听后"啧"了一声，意味深长地笑了笑："哥，我刚在H国发现了一个有意思的人。"

"傅时寒？"

"不是，那人叫苏绾心。我给你发张照片，你看完之后再客观地评价一下这个人长得怎么样。"

说完苏瑶挂了电话，随手发了几张苏绾心的照片过去。

过了片刻，苏宇打了电话回来。

"她长得怎么样？"苏瑶嘴角微扬。

"瑶瑶，这是怎么回事？"苏宇没心情开玩笑。

苏瑶听后叹了口气，把事情经过跟他讲了。

"那两个接机的人看见我时眼睛都直了，我还以为是我长得太好看吓到他们了呢。刚才我在网上查了一下，这个苏绾心在H国的金融圈似乎还挺火，不过跟傅时寒有点儿矛盾，他们俩的关系不太好。"

苏瑶与苏绾心一个在S国，一个在H国，地界不同，行业不同，相互了解到的机会也就少之又少。

在S国的苏家全是忙人，各有各的工作领域。苏瑶和母亲是律师，每天埋在堆积如山的案卷中。别说上网登录其他国家的社交软件、查看别国的娱乐八卦了，就连本国的娱乐新闻她们都不了解。

苏家其他人的情况也基本相同，他们没那个时间和心思去了解 H 国的跟他们不相干的事。所以哪怕苏绾心在微博上了多少次热搜、在 C 市金融圈的名气有多响亮，苏家人在 S 国都没听过这个名字，更没见过她的照片。

"听说她生病住院了，我打算抽空去探望一下，顺便再了解一下情况。"苏瑶心情复杂地说，"如果她真的是……那就太好了。"

"见到人后给我打电话。"

"嗯，你暂时别跟他们说，等我先确认一下。"

苏瑶挂断电话，发现卓以清刚才给她发了信息，内容是苏绾心所住医院的地址。

苏瑶去的时候天已经黑了。为了不引人注意，她还特意戴了帽子和口罩，把脸遮得严严实实。

这是一家私人医院，苏瑶到病房区转了转，没在门牌上看到苏绾心的名字。正当她想找护士问问的时候，突然看到傅时寒从某个房间里走了出来。

傅时寒目不斜视，匆匆离开，完全没注意到她。苏瑶见他走后，缓步来到那个房间外，敲门进去。

慕酥雨坐在床边，看着推门进来的人，警惕地开口："你找谁？"

苏瑶没回答，往前走了两步，直到看见床上的人，呼吸一室，心脏没缘由地泛起一阵疼痛。

慕酥雨见对方站在那里目不转睛地盯着苏绾心看，起身挡在苏瑶的面前，然后在苏瑶摘下脸上口罩的时候倒吸一口气。

"你……"慕酥雨惊讶得说不出话来，"你是……？"

"你是她的朋友吗？她生什么病了，怎么看起来很严重的样子？"苏瑶轻声开口，生怕声音太大吓到床上的人。

慕酥雨盯着苏瑶看了半晌，忍不住问："你到底是谁？怎么长得和绾绾这么像？"

"我叫苏瑶。"她走到床边看着苏绾心病弱的样子。

听到慕酥雨说苏绾心是吃安眠药自杀的之后，她眉头紧锁："为什么自杀？她过得不好吗？她不是苏氏证券的总裁吗？"

"一点儿都不好，"慕酥雨认真回答，"她被欺负惨了。"

苏瑶想问是谁，脑海里闪现过一些讯息："她被欺负……被姓傅的？"

"你知道？！"

苏瑶跟慕酥雨聊了一会儿，套出好多信息。

现在苏瑶知道了苏绾心是被傅家从社会福利院收养的；知道了苏绾心给傅时寒生了个孩子；知道了苏绾心三年前出了一场车祸，当时车里还有李墨；知道了傅家上下都把苏绾心当仇人，就因为李墨当时被撞断了双腿。

苏瑶沉默了很久，重新看向慕酥雨。

"我们做个交易吧。"她低声开口，红唇微扬，"我把人带走，这件事你别告诉任何人，价钱你随便开，多少都行。"

"你要带她去哪儿？"

"回家。"

慕酥雨瞳孔一缩，想了半晌，点了点头："我帮你。"

想从医院把苏绾心弄走对苏瑶来说不是一件简单的事，但也不是很难。苏瑶离开医院，给苏宇打了个电话让他帮忙安排，几个小时后，飞机就抵达了机场。

慕酥雨说了，机会只有今天这一次，因为傅时寒不在，慕星瀚也不在。

与其说苏瑶是偷偷摸摸地把人带走，不如说是光明正大。苏瑶找来的人把苏绾心抱出医院，而外面的一辆加长版黑色豪车早已停在那里。

几个人上了车直奔机场。

当飞机升至上万米高空时，慕酥雨才回过神看向苏瑶："你到底是什么人？"

苏瑶笑了笑，打了个哈欠，回答："特别有钱的人。"

S国。

飞机在飞行了十几个小时后终于抵达目的地。

慕酥雨感觉自己像被人贩子拐卖了，下了飞机又上了一辆车，望着窗外陌生的城市，后知后觉地有点儿怕了。

车子疾速行驶，过了很久停下了。苏瑶疲惫不堪地伸了个懒腰，吩咐用人把苏绾心弄进屋，然后才掏出手机在家庭群里发了两条信息——一张照片，一句话。

照片拍的是苏绾心，她发出的话是："大家看看我从H国捡回一个什么宝贝！"

第十三章
我们以前是不是在哪儿见过？

二十四年前，苏家还没移民，苏夫人祁然生下一对双胞胎女儿，大女儿叫苏锦，小女儿叫苏瑶。

两个女儿的出生给苏家带来了无穷的欢乐，但因为大女儿出生后身体状况不太好，只能被隔离，重点监护，所以留在普通婴儿房的只有苏瑶。

外人以为祁然只生下一个女儿，不幸就这么来临了。苏家的仇人进医院将苏瑶偷走，那个还未满月的婴儿被轻轻那么一掐便没了呼吸。偷走她的人以为这婴儿死了，便把"尸体"扔在了垃圾堆。可谁能料到他走后几分钟，那婴儿便号啕大哭起来。

一对推车卖水果的夫妇刚好经过，将她捡回了家。那妇人结婚多年，无法生育，受尽公婆欺辱，见这婴儿的脖子上有青紫的指印，以为是婴儿的父母重男轻女，将她掐死扔了出来，所以没敢去找孩子的家人，就这样把婴儿留在了身边。

婴儿的小手上系着医院的标签，上面写着她的名字：苏瑶。她皮肤白皙，脖子上戴了半块玉佩，纵使五官还没有长开，也能看得出她的相貌十分漂亮。

结婚多年没有孩子的夫妇就这样有了女儿。家里的条件不太好，但他们努力赚钱，起早贪黑地忙碌，规划着女儿长大后的生活，尽其所能给女儿最好的东西。但好景不长，幸福的时光不过就持续了三年而已。

在苏瑶三岁那年，一辆因为司机疲劳驾驶而失控的大货车夺去了那对夫妇的生命。苏瑶被亲戚扔到了社会福利院，从此又没了家。

有人说苏绾心的命格特殊，说她在出生时就该死掉却生生扛过一劫，而就是因为这一劫，让她离开了真正的家人整整二十四年。

苏家找了苏瑶很久，始终没有找到。祁然因为失去了小女儿痛不欲生，整日以泪洗面。几年后，一家人移民到S国，远离了那个伤心之地。

原本应该叫苏锦的姐姐，就这样在S国冠着妹妹的名字一点点长大，仿佛姐妹俩从没有分开过一般。

一年的时间，说长不长，说短不短。这一年足够让一个人重新拥有很多记忆，也足够让一个人忘记很多事情。

苏绾心在苏家养了一年，身体渐渐变好。她有时会和苏瑶一起出门，参加一些晚宴；有时会和慕酥雨一起逛街，买几件当季新品；有时会陪父亲出海钓鱼，躺在甲板上晒太阳；有时会去母亲的律所转一转，感受一下律师们在工作时的狂躁心情；有时会被苏宇和苏白两个人带到公司，审核被他们扔过来的一堆数据报表……

自从苏宇无意间发现苏绾心擅长的事情后，就隔三岔五地把她弄到公司来帮忙。苏绾心虽然不记得以前的事情了，但对数字特别敏感，第一次出手就帮苏宇炒股大赚了一笔，后来又帮苏白炒期货，买了一艘新游艇。

她低头，认真、专注地看着文件上的每一行数据，不知不觉天已黑透，便跟苏宇一起回家。

"我明天出差，一个星期后回来。你想要什么？我买给你。"

"我什么都不要。"苏绾心摇头拒绝，"这次要去哪儿？"

"H国。"

苏绾心若有所思地点点头，似乎想说什么，但终究还是没说出口。她回到家，见苏瑶已经在床上打滚了。

一年前，苏绾心刚回苏家，苏瑶听说她怕黑，又担心她不适应这里的生活，就干脆搬过来和她一起睡。每天睡觉之前，苏瑶会和苏绾心说说今天又接了什么离奇的案子，遇见了什么傻帽儿。

"绾绾，我明天要参加一个晚宴，你陪我一起去吧？"

"好啊，那下班的时候我去接你。"

苏绾心随口应下。

家里就她是闲人一个，哪儿有需要往哪儿搬。既然答应了苏瑶，第二天苏绾心在家收拾了一番后就出门了，两个人会合前往酒店。

"我去二楼谈点儿事，你别乱走，有事就打电话。"苏瑶见了个客户，和客户说了几句后，走到苏绾心身边轻声叮嘱。

苏绾心苦笑："知道了，我又不是三岁小孩，走不丢的。"

"乖！"

苏瑶快步离开，剩下苏绾心一人。她无聊地找了个不太偏僻的角落，小口抿着杯中的酒，用视线打量自己所能看到的每一位来宾，直到——

她对上一双漆黑的眼眸。

看见那个人时，苏绾心微微一怔，心脏莫名其妙地有点儿疼。她微微蹙眉，垂下眼帘整理着糟糕的心情，再次抬眸时，那人竟已经走到她的面前。

"我们以前是不是在哪儿见过？"男人目不转睛地看着她，淡声问道，他的眼睛里是她不懂的情绪。

"都什么年代了，你还用这种烂招式搭讪？"

苏绾心嗤笑一声，看着眼前的人可惜地摇了摇头：这个人的脸长得倒是好看，但智商不太行。

傅时寒垂眸看着她的笑脸，轻挑眉尖，问："苏绾心？"

听见对方直呼自己的大名，苏绾心一脸问号，再次上卜仔细地打量面前的男人。

男人个子很高，在人均身高偏高的 S 国都完全没有被压制的迹象，他的脸很好看，五官让她莫名其妙地觉得特别合自己的胃口。从严格意义上来讲，他是个特别养眼的男人。但就是这么个肯定能让人过目不忘的帅哥，她却一点儿印象都没有。

"你认识我？"她狐疑地缓声问道，"我们以前真见过？"

"见过。"

"在哪儿？"

傅时寒认真地想了想，不太确定地回答："家里？"

臭流氓！苏绾心暗骂，握紧手里的酒杯，转身就要走。傅时寒见状，把多毛的人拦下，嘴角无意识地上扬。

"我们真的见过，不过在哪儿见的，我忘了。"他认真回答她的问题，"我只是听很多人说咱们两个人的关系不太好。"

苏绾心停下脚步，重新扭头看向他："我觉得他们说得对。"

傅时寒的眼中带着一抹懒洋洋的戏谑笑意，她的话并没有影响到他莫名其妙地变好的心情。

他见过她，在很多他经常去的地方。家里、公司，甚至在随身携带的钱包里他都能见到她存在过的痕迹。那些在各种场景下拍的照片，永远只有一个主角，但这个人，他却不记得自己在哪里见过。

热闹的宴会厅和熙攘的人群此刻都成了背景。眼中的炙热一闪而过，他微微低头，用很轻的声音在她耳边开口。

"傅时寒，我的名字。"

温热的呼吸拂过耳畔，苏绾心身子一颤，慌忙闪躲，又看了他一眼后匆匆逃离。她像个难民，哪里人多往哪里钻。好在苏瑶谈完正事后就带她回家了，苏绾心临走前回头望了一眼人群。

不远处，那个叫傅时寒的男人被不少人围住，正面色冷清地跟他们交谈，一副典型薄情寡义的奸商模样。他一本正经的神态让苏绾心忍不住怀疑：她刚刚是不是产生幻觉了？

开车回到家，苏绾心洗完澡躺在床上，却没什么睡意。她翻来覆去了好久，一合上眼睛，不知为何会想起那个人。

他说，他叫傅时寒。

说实话，苏绾心听过这个名字。苏家的 KL 集团在 H 国展开的第一个项目，其合作对象似乎就是这个人的公司。

H 国……

苏绾心努力平复心情。她从那儿离开有一年的时间了，倒也不是没想过回去，只是每次有那种念头的时候都会不舒服。

慕酥雨半年前回了 H 国，临走前跟苏绾心说："如果你有一天回 H 国了，记得去找我。"苏绾心答应了，却不知什么时候能兑现。

酒店内。

傅时寒百无聊赖地坐在沙发上看手机，想着今晚在宴会上见到的那个女人。其实他一进场就注意到她了，原因很简单，她长得漂亮。

在满是西方面孔的宴会厅，她的脸格外引人注意，更别提这张脸傅时寒曾在自己家里见过很多次。

半年前，傅时寒心血来潮地去了一栋他买了很久、但只去过两三次的别墅。在那里，他见到一整面墙的照片，被吓了一跳。他怀疑家里是不是什么时候进变态了，不然怎么有人干出这种事。

再后来，他发现他的每一栋房子都被这个变态碰过了。不管他住在哪里，都能看到那个女人的照片，还很多。

毫无疑问，这个变态是他自己。除了他，没人敢在他的房子里这么乱来。可他记不起自己在什么时候做的这些事、那照片上的人又究竟是谁，倒是身边不断有人跟他提起一些事。

听说他有个青梅竹马，叫苏绾心。路辞说就他这种性格，除了苏绾心，没人忍得了他，所以傅时寒一直好奇这个丫头的性格到底有多好。

今天他见了她一面，逗了一下，也没觉得她有多软。不过她那张脸是真的好看，比他家里的那些照片好看多了。除此之外，他暂时没发现她身上别的能吸引他的地方。

他是那种单纯因为脸就喜欢上对方的肤浅之人吗？肯定不是。所以他跟苏绾心的关系挺有意思的。

傅时寒想了一会儿，熄灯睡觉，第二天上午出人意料地又见到她了。

走廊内，二人沉默地对视。苏绾心暗自猜测她是不是"水逆"了，不然怎么这么倒霉？她特意起了个早，来公司给苏白送东西也能遇见他？！

苏绾心昨晚上没睡好，做了一晚上的梦。梦里有个男人不停地在她的耳边说话，具体说了什么，醒来的时候她已经不记得了。可有一件事她记得特别清楚——

那个人说，他叫傅时寒。

傅时寒看着她脸上复杂的表情，用慵懒到欠揍的语调问："好久……不见？"

苏绾心语塞。

傅时寒看着她逃也似的离去的背影，轻笑出声。

她说不过就跑，这毛病不好，以后得改改才行。

傅时寒是来办正事的，于是径直来到苏白的办公室，进去的时候发现苏绾心也在。苏绾心正站在一旁跟苏白交谈，再次对上傅时寒的视线后，微微一愣。

"你去休息室等我。"苏白瞥了傅时寒一眼，轻声对苏绾心说。

苏绾心转身进了隔壁的休息间，关门的时候看见一点儿客人的自觉都没有的傅时寒大大方方地坐在了沙发上，视线若有似无地扫过她这边。

苏绾心靠在门上，手不自觉地抓了一下颈上的项链。她隐约听见门外两个人的交谈内容，他们好像在聊 H 国的项目。

傅时寒聊完正事，目光悠悠地落在休息室的门上。苏白注意到了，视线尖锐地看着他。

"苏总，刚刚进去的那位……"

"你离她远点儿！"

傅时寒话还没说完就被苏白严肃地警告了。傅时寒"啧"了一声，笑了笑。

"傅总，我妹妹有男朋友了，所以你别打她的主意。"

"哦？"傅时寒听到这话，眸光微沉，"结婚了吗？"

"快了。"

"那就是还有机会。"

苏白听罢很是无语。

"谢谢苏总提醒，我会好好把握的。"

傅时寒完全没把苏白的警告当一回事，屋内的温度急剧下降。要不是合作关系还没结束，傅时寒觉得苏白可能都想挽袖子和自己动手了。

屋内，苏绾心等了很久。房门被打开，苏白站在门口有些疲惫地看着她。

"我送你回家。"

"别了吧，我又不是不认路。"

苏白不是怕她不认路，是怕楼下有人堵她。苏绾心似乎看穿了他的心思，笑着拒绝："青天白日的，能有什么事？放心吧，我到家给你打电话。"

说完她快速离开，生怕犹豫的时候苏白就跟了上来。

停车场，傅时寒等候多时。苏绾心见他有意等自己，便也没再故意躲他，大方走过去问："傅总找我有事？"

"我下午回国，你留个联系方式。"他把手机递到她的面前，直视她的眼睛。

苏绾心沉默片刻，虽然很想说自己凭什么要给他手机号码，但转念一想，他既然都有耐心在这儿堵自己，那肯定就是不达目的不罢休。

苏绾心不是很有信心能怼得过他，所以衡量之后，拿过他的手机输好自己的号码又还给他。

傅时寒当着她的面把电话拨过去，听见她的手机响起才满意。苏绾心庆幸自己没一时脑抽给了假号码，不然现在场面得相当尴尬。

"你有男朋友了？"

"关你什么事？"

"关我很多事。"傅时寒直白地回答，"咱们两个的关系，有点儿特殊。"

他不记得她，但他的身边很多人知道她的存在，这显然不正常。他怀疑自己是不是被催眠洗脑了。可如果他不愿意，没人能做得到这种事。

这一年，他也想过一些办法试图想起她是谁，但皆以失败告终。最后的结果就是他每次看见她的照片时，他的心情都很复杂。

他的儿子漾漾指着她的照片说"妈妈是坏蛋"。而他每个月都会收到自己发来的定时邮件，邮件的内容很一致，视频中的他拿着她的照片警告自己："如果有一天忘了她，记得一定要找她，要对她好。"

邮件里有用的信息倒是一句也没有，只是反反复复的那么几句"对她好"。

自己给自己发邮件，每月都发；自己给自己留提醒，到处都是。

这么傻气的事竟然是他干的，说出来都觉得好笑。他曾经好像生怕有一天真的不记得这个人了，又生怕自己做了什么伤害她的事。可话又说回来，他凭什么对她这么好？

他在网上随便一搜，搜出来的都是她跟他针锋相对的旧新闻。哪怕身边的人总是告诉他，他和她的关系很好、新闻都是假的，但傅时寒怎么会那么轻易地相信别人的话？他不信新闻，也不信别人，只相信自己。

"虽然现在这么说感觉有点儿奇怪，但苏小姐最好别找什么男朋友。"傅时寒轻声开口，一字一顿，满是警告。

苏缩心嗤笑着看他，觉得他有病："我找了会怎么样？"

"你找一个我揍一个，不信就试试。"

傅时寒跟她聊了两句，感觉时间差不多了就上车离开，直奔机场。

苏缩心莫名其妙地被甩了一脸警告，不爽之余却也心生疑虑。她回了家，给苏白打了电话报平安后就躺在床上沉思。

整整一年，她强迫自己无视心底的那个空洞，没主动尝试找回曾经的记忆。因为她只要稍微有那么一丁点儿的念头，心就会一阵阵地绞痛，痛得怀疑人生。

她不记得曾经发生了什么，但知道绝不会是什么好事，不然自己不会那么疼。她安分地过着现在的生活，不越雷池半步。一年前，她是被苏瑶从 H 国救回来的。所以，所有跟 H 国有关的东西一概不碰，哪怕家人这一年频繁地前往 H 国出差，她都没想过跟着去一次。

既然回那个地方是这么痛苦的一件事，那她为什么要回？明知山有虎，偏向虎山行吗？她不想。

苏缩心扯过被子。她这一年很喜欢睡觉，就好像曾经很缺觉，现在得努力补回来似的。这一觉她睡了两个多小时，醒来的时候发现自己的手机上多了几条信息。

整个苏家就她没工作。所以她闲着无聊的时候会给自己找点儿事做，比如炒股，一是打发时间，二是赚点儿零花钱。眼下，她的手机里的信息就是某券商公司的人发来的。

她开户的那个券商公司竟然找到她注册账号时填写的邮箱地址，给她发来了信息，问她是否有兴趣去面试，到公司上班。

可能因为这家券商公司的人太闲了，也可能因为她的那个账号作为一个散户来说成绩太突出了，所以在如今这种大环境并不是很好——她的帐号却每天赚得盆满钵满也没觉得多困难的情况下，她被券商公司盯上了。

虽然苏绾心认为这家公司的行为有点儿侵犯自己的隐私，但看在对方放了那么多"彩虹屁"的分儿上——算了，她不追究了。

苏绾心考虑了很久才给对方回复。她说"好"，因为实在是太闲了。

她跟对方约了时间，第二天，一个人悠闲地去金融街转了转，步行前往那家想挖她当员工的券商公司，然后，在楼下被几个人叫住了。

"苏绾心？"对方表情复杂地看着她，叫出她的名字。

苏绾心有点儿意外，疑惑地看着面前的几个西方人："你们是……？"

那几个人面面相觑："你不记得我们了？"

"抱歉，我生了一场病，脑子里丢了点儿东西，以前的很多事都不记得了。"苏绾心抱歉地解释。

他们听后若有所思地点头。

为首的男人一言难尽地看着她，问："你现在有时间聊聊吗？"

"可能不太行，"苏绾心指了指一旁的券商公司，"我要去面试。"

"面试？"男人看了看旁边的高楼，"面试什么？"

"我不知道他们打算让我到哪个部门，还没聊。"

"你的意思是要来这里当员工吗？"

"不然呢？"苏绾心回答得理所当然。

那几个人听了这话不约而同地笑了，也算是相信了她没说谎——她确实忘记了很多事情。

"你自己就有券商公司，何必来这里当员工？"男人笑着摇头，"我们聊聊吧，霍德华先生想见你，找你很久了。"

这几个人是 GE 的员工，当初和苏绾心一起共事过，所以认识她。

苏绾心一年前和 GE 签了合约，准备在 H 国筹建新的公司——一切准备就绪后她不见了。

商人最讨厌的事情就是失信。苏绾心若不是在项目中投入了大量资金且霍德华认识了她那么多年、清楚她的为人的话，一定会被当成骗子。

给人打工确实不如给人当老板来得舒服，所以苏绾心考虑了片刻就答应了。

在 GE 总部大楼，苏绾心见到了传说中的 GE 总裁——他是个已经开始身材发福的金发男子，虽然年纪大了，眼中的犀利却依旧不减。

他看到苏绾心时似乎有很多不满想要表达，但在听到员工说苏绾心已经不记得以前的事情了的时候，又变成了一副痛心的表情。

苏绾心一年前消失得彻底，在 H 国的金融圈掀起了一阵波澜。大家都猜她是不是因为跟傅时寒比赛输了，所以没脸继续混下去了。

各种各样的传言都有，人们都在好奇她去了哪里、什么时候会再出现，可就这样等啊等，一年了，她依旧没有任何消息。

霍德华找过她，也找过傅时寒。他记得傅时寒当时是这样回答的："苏绾心是谁？"

霍德华气得摔了电话，只当这两个人分手了，产生了很大的矛盾，谁也不想再提起谁。所以，他没再找傅时寒问她的事。

"绾心，你真的不打算再回去了吗？我们的计划已经被推迟了这么久，不能再等下去了。"霍德华提到他们的新公司，痛心疾首，"你不能因为和傅时寒分手就放弃自己的事业。你是个很棒的女孩子，不该把所有的重心都放在感情上。"

苏绾心很是疑惑。

她以前和傅时寒在一起过吗？为什么这些人都以为她是被傅时寒甩了而负气离开的？难道她之前已经伤心到抛下一切也要远离那个姓傅的人？

苏绾心知道自己一年前自杀过，至于原因就不是很清楚了。家里人不想跟她提那些伤心事，她自己也不太愿意想那些糟心的事。

她现在每个月见一次心理医生，心态维持得很平衡，也没再有过轻生的念头。但对于 H 国，她还是有说不出来的抗拒感与排斥感。

她要回去吗？她要回去看看那个自己曾经生活过、热爱过、憎恨过的地方吗？

霍德华提到的工作让她有点儿动心。她垂眸思虑了一会儿，答应了。

"好，我回去。"苏绾心抬头看向霍德华，认真地给他答案，"不过我要和家里说一下这件事情，他们不太希望我回 H 国。"

被"渣男"踩在头上欺负的这口气，她咽不下去。

"家人？"霍德华有点儿意外。

她不是孤儿吗？之前他还听说她是被傅家收养长大的。

"对，家人。"苏绾心笑着点头，"等我处理好一切后再来找你，可以吗？"

"好，我等你。"

苏绾心离开 GE 总部回了家。在书房中，她盯着电脑看了很久。

这是她第一次在 H 国的搜索引擎上打下自己的名字，她的手指有些颤。

一排排有关她的报道即刻显示在她的面前，她简单地看了前面的几条，然后苦笑。

傅时寒说他们的关系有点儿特殊，说得可真是隐晦了。从这些信息来看，他们简直就是敌人好吧？

苏绾心握紧手中的鼠标，眼底是藏都藏不住的愤怒和不甘的神色。她要回去，拿回那些原本属于自己的东西。

做了决定后，当晚祁然和苏瑶回来的时候苏绾心就跟她们说了。

"妈，瑶瑶，我打算回 H 国一趟。"她波澜不惊地开口。

那两个人的动作皆是一顿，她们表情复杂地看着她，但也清楚她的脾气，知道劝不住。

"你怎么突然想去那边了？"祁然恢复冷静，轻声问道。

"今天我出门闲逛的时候遇见了几个以前认识的人，听他们说，我在 H 国扔下了不少烂摊子。"苏绾心微笑，"我想回去收拾一下。"

"你想好了？"

"想好了。"

"行，那就回去。"祁然答应得痛快，出乎苏绾心的意料，"但是有一点你必须答应我——记住，自己才是最重要的，没有任何人值得让你伤害自己。"

苏绾心心中一暖，鼻子微酸："我记住了。"

"你不是一个人，你有我们。"

"我知道。"苏绾心用力点头。

"谁欺负你，你就直接打我的电话！"苏瑶没那么委婉，靠在沙发上翻白眼，"我把他们告到倾家荡产！咱家打官司、请律师不花钱，别怂！"

名正言顺地吵架这种事苏瑶最擅长了。她想了想自己最近的工作计划，盘算着能不能跟苏绾心一起过去。

H 国那边可以说是傅家的地盘，苏绾心就这么回去，傅家肯定会有动作。苏绾心身娇体弱、性子软，说不定又会被那群浑蛋欺负到自闭。苏瑶想，这种事绝不能发生第二次，她得提前防备才行。

祁然和苏瑶已经点头答应，家里剩下的人就好对付了。因为苏家父子三个人最近都在外面出差，所以苏绾心打算先斩后奏。

她第二天去了 GE 一趟，给霍德华答复，顺便又在 GE 混了一天，熟悉了一下自己以前的工作。

当天 H 国时间下午三点，已经沉寂很久的 GE 的 H 国官网以及华正风险指标集团官网联合发了一条公告，引起了轩然大波。

华正这家公司的开业的工作搁置了一年，人们还以为这家公司和 GE 闹翻不干了，谁能想到现在这两家公司又有动作了？

苏绾心没关注 H 国的舆论，只专心做自己的准备工作。她闲了太久，突然要回去搞事情，难免心里有点儿慌。

因为不记得以前的事了，也不清楚以前的自己有多厉害，她现在靠着的只是多年积累下来的、已成为她身体一部分的经验，以及与生俱来的天赋。

霍德华说她是天生的玩家，她的天赋很少见，也很少有人能达到她的水平。他还说她生来就是要吃金融这碗饭的，所以只要她想，就是胜者，他对她有无限的信心。

有人这么相信自己，苏绾心自然开心，也多了一份底气。过了一个星期，正好苏瑶要出差去 H 国，苏绾心就顺便跟着一起去了。

12 月末的 C 市，格外冷。漫长的飞行时间终于结束，苏绾心和苏瑶缓步朝外走。

来接机的人是卓以清。

这是他第二次给苏瑶接机。苏瑶通知他的时候没告诉他一起过来的人还有苏绾心，所以当他和助理看到她们的时候，他们的表情真是相当有趣。

苏绾心远远地就看到那两个仿佛被雷劈而目瞪口呆的男人，然后听见苏瑶小声和自己说："穿铁灰色西装的那个人叫卓以清，是你以前认识的朋友。他第一次见我就是这副表情，好像见鬼了一样。"

苏绾心走过去后主动开口："卓律师，好久不见。"

卓以清跟苏绾心握了握手，心情复杂到极致："好久不见。"

他们开车前往市内，卓以清把苏绾心二人送到酒店后给钟贤打了个电话。

他跟钟贤在参加那档直播活动之前就是朋友，关系一直不错。卓以清知道钟贤这一年始终在打探苏绾心的下落，不知道原因。

因为之前答应了苏瑶，不把她和苏绾心的事说出去，所以卓以清这一年也做到了守口如瓶。大家都在猜苏绾心的去向，他猜到了，但有约在先，不能说。

钟贤的电话被接通，卓以清寒暄了几句，问："你猜猜我刚才在机场见到谁了？"

"别卖关子，忙着呢。"钟贤一手拿电话，一手翻阅桌上放着的病人案例。

"苏绾心。"

"谁？！"

"苏绾心，你暗恋的那个。"卓以清笑着答。

"你别乱说！"钟贤听到这话有点儿恼，"你确定苏绾心回来了？她没事？"

"没事啊，好着呢，估计过几天你就有机会见到她了。"

钟贤和卓以清聊完，挂了电话，呆坐在椅子上。一年了，他已经不再当李墨的心理医生了，因为李墨已经想起曾经忘记的一切，治疗也结束了。

钟贤知道傅家在这一年里一直在找苏绾心，不过傅时寒对这事倒是不怎么积极。钟贤之前和他提过两次苏绾心的事，对方一副不怎么感兴趣的样子。钟贤便想那两个人估计是真的分开了吧，分得干净、彻底。

倒是钟贤时不时会想起苏绾心。因为苏绾心当初是在接受他的治疗的时候抑郁症发作的，所以他心里一直过不去这个坎。

苏绾心到了酒店后就趴在床上不想动，被苏瑶催了好几次才爬起来，陪着苏瑶一起下楼吃了点儿东西，回来继续装尸体。

"那我去公司了，你睡吧。"

苏瑶看着苏绾心困得随时可能睡着的样子，哭笑不得。

苏绾心冲苏瑶挥挥手，钻进被子将身子缩成一团。

在飞机上胡思乱想了一路，她没和苏瑶说。下飞机后，她看着这里的一草一木都觉得眼熟——这种熟悉感让她不舒服。

苏绾心昏昏沉沉地睡着，迷迷糊糊地醒来的时候已经八点了。

苏瑶发信息说晚上有应酬，会晚些回来，让苏绾心记得睡醒后下楼吃饭。人是铁，饭是钢，一顿不吃饿得慌。所以苏绾心看到信息后当即决定下楼，不能亏着自己的肚子。

酒店旁边有个 24 小时的便利店，她去买了点儿东西，叼着棒棒糖往回走。酒店外有很多豪车停在停车场，酒店里面似乎有什么宴会。

正值年末，各大公司都在忙着各种活动，苏绾心见怪不怪，没在意，直到在一楼大堂跟傅时寒迎面撞上。

他在等电梯，她也得上楼，场面有点儿尴尬。

苏绾心没想到回来后和他的第一次见面会是这种情形：她的前男友穿得人模狗样的，而她手里拎着泡面，嘴里咬着棒棒糖——俩人的形象差得有点儿大。

傅时寒看到她，眸光微闪。苏绾心直接当没看见他，头往旁边扭。

电梯到了，傅时寒见她有意等下一趟，直接把她拽了进来。苏绾心跟跄了一下，差点儿栽到他的怀里，好在反应得快，推了他一下，拉开一些距离。

"你什么时候回来的？"傅时寒垂眸看着她，淡声问道。

苏绾心不说话。

他见她嘴里的糖把腮帮顶得鼓出一块的样子，眼中的笑意一闪而过，故意惹她："你是回来找我的？"

"请你要点儿脸，谢谢。"苏绾心总算出声了，敌意十足。

傅时寒不知道为什么，看见她就想逗她，明明之前看她的照片都没什么感觉。

苏绾心没按楼层，就先跟着他上了16层的宴会厅，打算等他出去了再走。结果这个兄弟"稳如老狗"，一副"你不走，我也不走"的架势，很气人。

电梯的门打开，眼看着又要关上，傅时寒不慌不忙地按了开门键，视线始终落在她的身上。

他们就这样沉默地对峙，直到苏绾心听到有很多人朝这边走过来的声音。走来的人在聊天，脚步声很杂。

傅时寒是来应酬的，认识他的人大概也认识她。想到这儿，苏绾心看了看傅时寒身上的衣服，又看了看自己的装扮，觉得不行。输什么不能输气场，她不能让人看见她穿着这身跟傅时寒站在一起，被看见就输了。

于是她抬手压了压头上的鸭舌帽，朝傅时寒靠近。她将手里的购物袋往傅时寒的怀里一扔，伸手一推把他推出去，然后快速关上电梯门。

她一系列动作如行云流水，堪称完美。电梯回到宾客居住的楼层，她看着自己空空的两手，想骂人。

她的饭呢？！

16层，傅时寒站在电梯外，被别人看到的时候手里正拎着跟他的身份完全不符的白色塑料袋，袋子里面装了一盒泡面、一根火腿肠、一个蛋，还有两袋辣条、一大袋即食海苔和一包薯片，另加两瓶酸奶。

气氛有些诡异，傅时寒面不改色心不慌地拎着东西往里走。几十块钱的零食随着他的气场顿时身价飙升，他仿佛在告诉别人"这是高端食品"。

傅时寒一路引人注意，进场后叫来个服务生，东西交过去，叮嘱："看好，别弄丢。"

服务生看了看他给自己的东西，一言难尽，不敢吐槽。这玩意儿谁偷？

傅时寒在年末总有推不完的应酬。他敷衍地应付前来搭话的人，脑子里想的却是苏绾心。

她什么时候来的？晚上没吃饭吗？她就打算吃那些垃圾东西？

他不停地想，越想越烦，脸上的神色越来越冷。众人不知道这是怎么回事，便渐渐地不敢往傅时寒身边凑了。

傅时寒清静了片刻，转身往外走，拿回之前交给服务生的东西。

苏绾心坐在房间里，听见门铃响以为苏瑶回来了，然而在看到门外的那张脸后，条件反射地关门。

傅时寒没让她如愿，轻而易举地破门而入。屋内有淡淡烟气，她的指间是半支没抽完的烟，他皱眉，开口："我不是说过不准……"

话说一半，他停下话头。有些记忆在他的脑海里若隐若现，他抓不住，看不清，让人心烦意乱。

苏绾心用看傻子的眼神看他，催促："你有话赶紧说，没话就赶紧走。大晚上，孤男寡女共处一室，传出去不好。"

傅时寒凉凉地看着她和她手里的烟。苏绾心莫名其妙地头皮发麻，有点儿心虚。两个人对视半响，傅时寒把那堆垃圾食品扔到床上，然后伸手夺过她指间的烟，顺便吸了一口。

"没人教过你，住酒店要把安全锁锁上，在开门之前先看看外面的人是谁吗？"

"傅总是来钓鱼执法的？"苏绾心转身去拿他送回的泡面，烧水。

傅时寒看着她的动作，皱了皱眉，问："你这次回来还走吗？"

"肯定走啊，这儿又不是我家。"

傅时寒的心没缘由地疼了一下，他又问："那你什么时候回去？"

"还没定。怎么，傅总想送我一张回程的机票？"

"我送你一架飞机。"

"别了吧，不好，无功不受禄。"苏绾心坐在椅子上看着他，"咱俩商量件事吧？"

"说。"

"你出去，在外面把门带上。"苏绾心委婉地赶人。

傅时寒听后朝她走来。正当她以为他想干什么的时候，他却拿起桌上的那包烟和打火机，没收了。

"少吃垃圾食品，智商会变低。听说你之前跟我叫嚣没赢，八成就是这个原因。"

"谁和你叫嚣没赢？！"苏绾心听到这话就不高兴了，"你不服再比啊！看谁输！"

"比什么？"

"你选！"

"行。明天联系，走了。"

他痛快地离开。

在他转身的瞬间，苏绾心好像看见了他嘴角微微扬起的弧度。

他是故意的，故意激她，故意挖坑等她跳。

苏绾心有点儿恼，吃了两口泡面就没心情了。

苏瑶回来的时候已经是后半夜了，且喝得有点儿多。苏绾心睡得意识模糊，听到苏瑶口齿不清地抱着自己说："姐姐爱你，不哭。"

苏绾心动作缓慢地起身，帮苏瑶把衣服脱了，盖好被子。

翌日清晨，两个人下楼吃完早餐，各自分开干活儿。

苏绾心打算回苏氏证券一趟。酒店离那儿不远，她干脆步行过去，走了十来分钟就到了地方，也感觉到落在她身上的视线越来越多。

CBD 中心有很多金融公司，而金融圈子里不认识她的人很少。

苏绾心在很多人的注视之下走进苏氏证券的大楼。一路上，她吓到了前台、证券交易员，还有总经理——陈磊。

陈磊一年前休了个小长假，回来的时候听说苏绾心生病住院了，再后来，他想去医院探病的时候她已经走了，去了哪里谁都说不清。

这一年苏氏证券过得不太好，苏绾心的突然消失给了很多人找碴儿的借口。墙倒众人推，墙不倒也有人想推着试试。

客户被挖，产品遇阻，谣言一件接着一件往苏氏证券所有员工的身上砸。唯一庆幸的是他们的业绩还是第一，只是每个人的心里都不爽到了极点。

有太多的人说苏绾心是因为玩不起，把手上的股权输给了傅时寒，所以没脸留在这里。陈磊想骂人，想说等她回来你就知道是谁玩不起了。可过了一年，她都没回来。

"苏总，"陈磊站在门口，嗓子有点儿哑，"好久不见。"

"好久不见。"苏绾心笑了笑，想了一下，又说，"辛苦了。"

陈磊听后，积攒在心口的阴云一点点散开，最后随着一声长叹，全部消失。他进屋关门，看着苏绾心明媚的笑脸，觉得她又变好看了——主要是她气色好，一看就知道病好了。

"我太久没回来，不太了解公司的状况。你把这一年的各项数据报表拿给我。"

"行，我一会儿就给你送过来。"陈磊听着她的吩咐，真实感又多了一些，"总部那边你回去了吗？要不要我让他们安排下午开个会？不过那些股东的脸色可能有点儿难看，你到时候别在意。"

她不声不响地走了一年，惹得好多股东不高兴。要不是公司有业绩撑着，股东们舍不得卖掉手里的股权，说不定等她回来的时候董事会都换了一批人。

"没去，不去。"苏绾心轻声拒绝，"给我脸色看，他们还没有资格。"

她不会主动见任何人。她回来不是为了讨好谁的。

陈磊听到这话，轻笑出声。就是这个谁也不放在眼里的劲，他看着就舒服。

"那就不去。"他顺着她的话说，又问，"傅总知道你……？"

"别提他。"

陈磊立马噤声，拍马屁拍到马蹄子上了，有点儿尴尬。

陈磊想起一年前发生的事，还有这一年中傅时寒不对劲的态度，有种不太好的预感，觉得这俩人已经离婚了。一对金童玉女终究没在一起，他觉得可惜。

陈磊没再说什么，转身出去干活儿了。

因为苏绾心回来了，公司格外热闹，圈里的人听说她回来了，也议论纷纷。

苏绾心没留意外界的声音，只是在办公室里看公司的文件。她以为自己离开了一年，对业务会生疏，但实际上并没有。

将那些数字扫进眼里，脑中就自动生成一些信息，她依旧业务熟练。脑子没因为那瓶安眠药而废掉，她很庆幸。

苏绾心回来的消息传播得很快，不出一天，大部分人就知道了。

钟贤送走病人，刚结束一天的工作就接到朋友打来的电话，聊起苏绾心的事。钟贤实在太想知道她现在的状态，所以聊完之后就开车前往她的公司。

苏绾心在办公室埋头干活儿，桌上的内线电话响起，扰乱了她的思路。她微微蹙眉，接起电话，听见秘书说："苏总，有位叫钟贤的人说想见你。"

"让他进来吧。"苏绾心随口应道，放下电话继续计算数据。

钟贤就这么顺利地见到人，还觉得挺意外。他推开苏绾心的办公室的门，看到坐在椅子上的人时不由得一愣。

卓以清之前跟他说苏绾心的状态很好，他还不太相信，现在亲眼见到，一下子就放心了。

"你终于回来了。"钟贤轻声开口，愉悦地说道。

苏绾心听后笑了笑，"嗯"了一声，很淡然。

失忆了的事苏绾心不想让太多人知道，所以全靠演技撑着。钟贤没怀疑什么，在听见她说"之前的手机丢了，给张名片吧"的时候，赶紧把名片递了过去。

苏绾心快速瞄了一眼，看到他名字上面的头衔，眸光微微一闪。

心理医生？这个人是之前给她治病的那位？

"看到你现在的状态这么好，我就放心了。"钟贤叹了口气，"你现在每天还吃药吗？"

"不吃了，我每天都睡得很好。"苏绾心确定了他的身份，顺着他的话说下去，想从他这儿获取更多的信息。

他们轻声闲聊，气氛融洽。傅时寒来的时候，两个人的脸上都挂着浅浅的笑意，但这笑意在两个人看见他的时候又消失不见了。

傅时寒身后的陈磊看到屋里的状况都快窒息了：抽屉里那瓶速效救心丸不知道有没有过期，他回头得再重新买一瓶。苏绾心回来了，这玩意儿是必需品。

她就不能收敛一下吗？回来就玩这么刺激的？陈磊看着这三角关系的画面，瞥了一眼傅时寒的脑袋，觉得有点儿绿。

"你进屋不知道敲门吗？"苏绾心看着门口的人，冷冷地问道。

"我敲了，你笑得开心，没听见。"

"你找我什么事？"

"这位找你有什么事？"傅时寒不答反问，不进屋也不走，就这么站在门口，倚在门框上，似笑非笑地看着屋里的两个人，"咱们昨晚在酒店里怎么说的，你忘了？"

这句话阐述的内容是没有问题的，傅时寒和苏绾心昨晚确实在酒店遇见了，可怎么从傅时寒的嘴里说出来意思就变了呢？

"你昨晚对我可不是这个态度。"傅时寒说的每一句话都能让人想歪。

他的目光不善，钟贤接收到了敌意，当机立断，起身离开这个危险之地。

"苏总，我还有点儿事，先走了。"

见钟贤溜了，陈磊也找了个借口逃了。

　　傅时寒进屋关门，黑眸紧紧地盯着椅子上的人，幽幽开口："你向来这么讨人喜欢？"

　　"别阴阳怪气地嘲讽我，我讨不讨人喜欢跟你没关系。"

　　"谁说没关系？"

　　"前男友和前女友的关系？"苏绾心嗤笑，"你这位前男友管得可够宽的啊。"

　　苏绾心起身去拿书架上的文件，在路过傅时寒身边的时候被他拽了过去。

　　这是一个非常无意识的举动，傅时寒自己也没料到。他就是被她怼了，不开心了，见她走过来，想和她离得再近一点儿。

　　苏绾心撞进他的怀里，下一秒却把他推到墙角，拽着他的领带厉色警告："你少动手动脚！"

　　傅时寒垂眸看着她，微微眯了一下眼睛，伸手将她抱住。

　　傅时寒看着苏绾心，不知道她喷的是什么牌子的香水，特别好闻，还有那张近在咫尺的漂亮脸蛋，让人忍不住想做点儿什么。

　　苏绾心睁大双眸，看着傅时寒的五官靠近、放大，心脏失控地猛跳。这个人的力气很大，她挣脱不开。好在他最后停下了，只是用额头抵着她的额头，皱着眉问："为什么我每次看见你，心里都不太舒服，你到底怎么惹我了？"

　　"彼此，彼此，"苏绾心冷声回答，"我看你也一样不顺眼。"

　　"我没有觉得不顺眼，就是心里不舒服。"傅时寒纠正她的措辞。

　　他看见任何人都没有这种感觉，唯独对她，不想靠得太近，又忍不住靠近。

　　苏绾心听到这话，眼中闪过一抹不悦的神色。她趁机挣脱他的怀抱，躲得远远的。

　　"那为了你的心脏着想，傅总以后还是离我远一点儿吧。你找我到底有什么事？"

　　"你昨晚不是说了再比一场吗？之前怎么比的现在还怎么比，挑你拿手的。"

　　"我没有不拿手的，你随意。"

　　傅时寒唇角一勾，笑了："听说你的操盘手法和我的很像，我想见识见识。"

　　听说，又是听说！自从在S国见到他，她已经从他的口中听见好几次这个词了。

苏绾心的心中先是一阵不爽的感觉，然后又觉得老天爷真是公平，她忘了他，他也把她忘得干净，所有关于对方的一切都得听别人说。

"那就安排这个比试，让你开心开心。"苏绾心敷衍地说道，低头看着文件，"还有别的事吗？"

"晚上吃个饭吗？"

"谢了，我约了人。"

"刚才那个？"

"别人。"

傅时寒"啧"了一声，觉得这丫头真能撩人。这才刚回来两天，他找她吃个饭都得排队？她这行程比他的还满。

苏绾心一会儿要去接苏瑶。苏宇说她们住在酒店不安全，给她们买了个房子，所以她们晚上打算去看看新房。

傅时寒跟苏绾心商量完比试的事就走了，屋里重新安静下来。苏绾心重重地叹了口气，摇了摇脑袋，让自己别再受他的影响，清醒一点儿。

回来后工作的第一天，苏绾心觉得还算不错：虽然有点儿累，但更多的是满足感，比她闲在家里无所事事好多了。

下了班，她离开公司去找苏瑶。

"绾绾，你回来后有没有讨厌的人来找你麻烦呀？"

苏绾心狐疑地看了苏瑶一眼，反问："怎么个讨厌法？"

"比如……姓傅的？他就特别讨厌。"

"那确实有讨厌的人。"苏绾心轻笑出声，在这个问题上她们两个人的观点还挺一致，"我见了傅时寒两次，觉得这个人挺讨厌的。"

"你以后见到姓傅的就离远点儿。"苏瑶认真地说，"以前你在这边没少受他们欺负。"

苏瑶知道，苏绾心这次回来傅家应该还会找她，尤其是那边还有个小孩子。这事苏瑶之前一直没跟苏绾心提，苏绾心暂时不知道。如果她知道了八成会要孩子的抚养权，所以苏瑶都已经着手准备资料，开始打算如果跟傅家打官司争夺抚养权该怎么出招儿了。

"我怎么招惹他们家了？"苏绾心纳闷儿，"傅家权大势大，我没理由往枪口上撞。"

"不是你撞他们，是他们撞你。"苏瑶冷笑，"算了，不追究这些不开心的事了，总之你记得离他们远点儿就对了。"

"知道了。"

苏绾心点头，可前脚刚答应，后脚就被打脸了。被打脸的还不止她一个人，连带着苏瑶一起。

苏宇给她们买的那个别墅和傅时寒的一幢房子相邻。

傅时寒之前听说苏宇还有个妹妹，但一直没见过。这是傅时寒第一次看到苏绾心和苏瑶在一起的画面，他的视线在她们两个的脸上扫了扫，然后才放下心来。

还行，两个人的差别挺大的，他不至于哪天不小心逗错了人。

苏瑶看见傅时寒，都快把白眼翻上天了，拉着苏绾心进了屋，"砰"的一声把门摔上，忍不住怒吼："苏宇这个傻子，选哪儿不好，非得选这么个破地儿！今天住一晚，明天我们去酒店！"

"别气了，我们不理隔壁的人就好了。"

隔壁，傅时寒进屋后想着苏绾心刚才那一脸绝望的表情，忍不住笑。C市这么大，他们能碰上这么多次也算有缘。

傅时寒冲完澡回来，一手枕在脑后，一手摆弄着手机，在翻到通讯录中苏绾心的号码后，发了条信息过去。

傅时寒：你们两个谁大、谁小？

他在问苏绾心她和苏瑶谁是姐姐，谁是妹妹。

苏绾心蹙眉回复：她占了一分钟的便宜。

然后苏绾心又嘴欠地问：你和傅时礼谁大、谁小？

傅时寒：我大。

傅时寒：哪儿都是我大。

苏绾心偷瞄一眼不远处正在敷面膜的苏瑶，觉得耳朵突然有点儿热，赶紧把信息删了。

苏绾心不理傅时寒了。

傅时寒等了一会儿，耐不住寂寞，又发了信息过来。

傅时寒：你不问问我有多大？我可以给你仔细描述一下的。

苏绾心：你要点儿脸好不好？

傅时寒：我怎么就不要脸了？

苏绾心：你自己看看你聊的是什么话题？！

苏绾心很气，这个人真是个"渣男"。

傅时寒：这话题怎么了？聊一下年龄多大也不行？

他还可以仔细地告诉她，他是哪年哪月哪日哪个时辰出生的呢。

苏绾心看着他的回复，想摔手机。

见她又半天没回复，傅时寒的嘴角噙笑，他想到她现在一定是恼羞成怒的表情，觉得很好玩。

傅时寒逗完苏绾心，心情很好地睡着了。第二天早上，他出门的时候隔壁的那两个人已经走了，估计是不想跟他撞见，所以早早出发了。

苏绾心到了公司，开完早会又和 GE 讨论了一些下个月华正集团开业的细节问题，忙完已经是中午了。她伸了个懒腰，打算出门转转，随便吃点儿东西，结果一推门被吓了一跳。

门外，有人在来来回回地走，正好跟苏绾心脸对脸地撞上了。

"绾绾……"傅时宜看到她，紧张地开口，小心翼翼地看着她。

"你是……？"

傅时宜双眸睁大，第一反应是苏绾心还在生气，于是便抬手想拽拽她的衣角。

苏绾心侧身躲过，防备又不高兴。

"绾绾？"傅时宜看她的眼神，心一沉，"你别生气了好不好？我错了。我以后再也不吓你了。"

"我真的不知道你是谁。"

傅时宜愣了好一会儿，才反应过来苏绾心说的都是真的。她不知所措地站在那儿，红着眼睛。

看傅时宜这样，苏绾心很头痛："你是……？"

"傅时宜……"

"你找我有事？"

"绾绾，你跟我回家好不好？"

"我为什么要和你回你家？"

苏绾心有点儿烦躁，不想再聊，刚走两步见傅时宜又追上来了。她一直跟到公司外，苏绾心才听见她又说——

"那里不光是我家，也是你的家啊。"

苏绾心的脚步一顿，停了下来，她慢慢扭头去看傅时宜，问："我家？"

傅时宜点头："嗯，我们回家。"

"既然是我家，为什么我没住在那里？"她认真又直白地问，言辞讽刺，"我和你们傅家的关系不太好吧？"

苏绾心对"家"这个字特别敏感。听见这个字从傅时宜的口中说出，她格外喘不过气。

傅家也是她的家？那为什么她自杀之前一直和慕酥雨住在一起？为什么当时苏瑶找到她的时候她在医院，守在她身边的人也只有慕酥雨？

苏缩心和慕酥雨无亲无故，慕酥雨说她们只是单纯的雇佣关系。你看，她就连快死的时候身边都只有一个花钱请来的人陪着，而那时她的家、她的家人，都在哪里？

苏缩心想到这些，笑容讽刺："傅小姐请回吧，我不想见到你。"

见苏缩心说完转身离开，傅时宜挫败地靠在墙上，苦笑。

这都是报应啊。

"我不想见到你"，她一年前跟苏缩心说的话一年后就这样被送了回来。

她能清楚地感觉到苏缩心是真的讨厌她。

缩缩明明什么都忘记了，却还是这么讨厌她，那是不是真的没办法回到以前了？

傅时宜挫败地离开，无精打采。

苏缩心一个人去了公司旁的餐厅，心不在焉地吃完东西，回家换衣服。

陈磊说晚上是公司的年会，她得参加。因为这一整年都不在 C 市，所以年会的所有流程都不是苏缩心策划的。苏缩心到场后跟陈磊聊了一会儿，临时决定把每个人的年终奖多加一万块。

"苏总，你认真的吗？"陈磊犹豫地问她，"咱们今天来的可有上百号人。"

"我认真的。我自己掏钱，加吧。"苏缩心痛快地说，"我这个人最大的优点就是有钱！我可真是个好老板！"

这说话的腔调和大气的作风真是让陈磊无比怀念。他们苏总除了有时候说话有点儿噎人、办事不按套路之外，真是没别的缺点。

下午五点，年会准时开始。傅时寒身为苏氏证券的第二大股东，自然也会出席。

这是苏缩心第一次参加苏氏证券的年会。她简单吃了点儿东西就被不断前来敬酒的同事们包围了。应酬了好一会儿她才终于松了口气，赶紧往洗手间里溜，回来的时候，就听见一道熟悉的声音响起。

"苏总刚刚说的那一万块奖金，我也应该有份吧？"傅时寒笑问。

"傅总，你开什么玩笑？"

"怎么？不是听者有份吗？"

"你非得跟我较这一万块钱的劲，有意思吗？"苏缩心看了看傅时寒手腕上的手表。

这块手表的价格比她刚才发出去的所有钱都多，他还好意思管她要一万块？

傅时寒正打算说什么，视线却忽然一顿。苏绾心低头顺着他的视线看去，然后深吸一口气，想骂他不要脸，却听见他问——

"项链挺好看的，你在哪儿买的？"

苏绾心微微一愣，摸了摸颈间的项链。傅时寒低头凑过来也想看看，却被她躲开。

"你别碰！"

"嗯？这么宝贝？"

"这不是什么值钱的东西，我随便戴着玩的。"

话虽这么说，可苏绾心用手一直护着那条项链。傅时寒看着她的举动，没再追问。

苏绾心快步离开跟他拉开距离。他就一直站在原地，望着她的背影不知在想些什么，直到接到路辞的电话。

路辞是来看苏绾心的，进屋就开始四处张望，在看到那抹熟悉的身影后眼中闪过一抹惊喜。

"哟，小绾绾又变漂亮了。"路辞笑着调侃，把视线从她的身上收回后去看身边的人，表情有些复杂："你还是记不起来吗？"

他低声问傅时寒，见傅时寒点头后，叹气。

一年前，傅时寒有一天突然跟路辞说了一句莫名其妙的话："如果有一天我不记得绾绾了，你记得提醒我她有多好。"路辞当时只当傅时寒在开玩笑，又来喂他"狗粮"。可后来有一天他发现，傅时寒真的不记得了。

那天，路辞给傅时寒打电话问绾绾有没有醒、什么时候出院，然后听见傅时寒反问"绾绾是谁"。路辞当时的感觉就像是被一桶冰水从头浇下，透心儿凉。

这一年来，不管是路辞还是其他知道傅时寒和苏绾心真正关系的朋友，只要有机会都会跟傅时寒讲讲苏绾心的事，但傅时寒始终兴趣缺缺。

傅时寒就是这样的人——他喜欢的东西，别人再说不好也没用；不喜欢的东西，别人夸上天他也不稀罕。

纵使听别人说他和苏绾心是从小一起长大的，他喜欢苏绾心喜欢得不行，可他没看到苏绾心，也不记得那些事，就像在听笑话，无动于衷。其他人都在找苏绾心的时候，傅时寒也没什么动作，不帮忙，也不阻止。

路辞曾一度以为傅时寒疯了，后来才发现傅时寒除了不记得苏绾心，其他一切正常，他还是那个嘴毒心狠的奸商。

路辞和傅时寒说了会儿话就去找苏绾心搭讪了。路辞知道苏绾心失忆的事，便自报家门说他是傅时寒的朋友，结果不说这话还好，一说出口，就见苏绾心立刻满身戒备，像防贼一样防备他。

路辞哭笑不得，解释："我和傅时寒不一样。"

"哪儿不一样？物以类聚！"

"真不一样。"路辞认真辩解，"我是个好人，他经常不是人。"

苏绾心听到这话，想笑，但忍住了。她偷瞄一眼傅时寒的方向，问："他知道你这么评价他吗？"

"这不是人人皆知的事实吗？我不求傅时寒当个好人，只要他当个人就行了。"

这次苏绾心没忍住，抿着嘴笑。傅时寒不经意间扭头，看到的就是她在路辞面前笑像得一朵花的样子。

傅时寒发现苏绾心在谁的面前都能笑出来，除了他。他快步走过去打断两个人的对话，冷眼看着苏绾心，泼她冷水："你笑得真难看，别笑了。"

苏绾心气得瞪了傅时寒一眼，转身离开。

路辞重重地叹息，感慨地拍了拍傅时寒的肩膀，却被傅时寒警告——

"你以后少逗她。"

路辞敢怒不敢言。他们这群人从小打到大，确实没人打得过傅时寒，所以该尿的时候必须尿。路辞待了一会儿就打算走了，傅时寒送他下楼时正好看到苏瑶开车来接苏绾心回家，便怂恿路辞："路辞，你去逗逗这个人。"

"这是谁啊？"

"苏瑶。"

"她跟绾绾……？"

"是姐妹。"

"绾绾不是孤儿吗？"路辞低声问傅时寒，"怎么突然弄个双胞胎姐妹出来？"

"孤儿？"傅时寒挑眉，"这个孤儿的来头可不小。"

这个"孤儿"可是前有 KL 保驾，后有瑞达护航呢！

KL，排名前几的科技公司，也是全球最大的芯片硬件制造商——苏绾心她爸创立的。

瑞达律所，四大律所之一——苏绾心她妈建立的。

路辞听了这话冷静了一下，笑："这不正好吗？KL 做硬件，你做软件。"

傅时寒没说话，没觉得哪儿好。没见过世面的小姑娘多好骗啊，苏绾心这种的太难搞。

384

苏绾心喝了不少酒，回家后就一副非常难受的样子。她喝完苏瑶给的醒酒汤，没一会儿就乖乖睡觉了。第二天是休息日不用上班，两个人便赖了个床。

两个人睡到十点多起来，吃饱喝足后坐在客厅玩手机。苏绾心看到自己的照片出现在某档直播节目的封面上，一脸震惊。

她以前还参加过这玩意儿？她的业务涉及范围挺广啊！这是什么？她的脑袋进水了吗？她为什么去录这种东西？！

苏绾心点开视频，和苏瑶躺在沙发上盖着毯子，从头开始看节目，边看边吐槽。

苏绾心看着画面里的自己，觉得很神奇。她竟然经历过这些事情，感觉就像做梦　样。

视频中大门的门铃响起，正在洗菜的少年甩了甩手上的水，说"我去开门"。跟拍镜头随着他一同离开，房门打开，少年愣住，只见门外停着一辆豪车，门口站着一个怀里抱着玩偶的小团子。少年回过神，轻声问："小朋友你找谁？"小团子有点儿费力地抱着玩偶，歪头露出那好看到过分的小脸，奶声奶气地回答："我来找妈妈！"

看到这儿，苏绾心和苏瑶都不约而同地"哇"了一声。这就有点儿刺激了啊！这是谁的娃？

画面里的少年也是满脸问号，可有镜头在，只能哄着那小家伙问："你是不是找错地方了啊？"

"我没有找错地方！我的妈妈就在这里！"

小团子奶凶奶凶的，抬腿就往里冲。他摔了一跤，哭唧唧地爬起来喊"妈妈"。

苏绾心目不转睛地看着，然后就看到视频里自己和其他人从厨房走出来。视频里那个小团子看到她，眼睛一亮，朝她扑了过去，停在她的面前，抱住她的大腿，喊——

"妈妈！"

客厅内，寂静无声。苏绾心脸色苍白，目不转睛地盯着手机上的画面。一旁的苏瑶也没好哪儿去，眉头紧蹙，想抬手给自己两巴掌。

苏绾心过了很久才神情复杂地把手机放下，跟苏瑶说了声"帮我查查这个孩子"，然后就喝了杯水，上楼去冷静了。

苏绾心觉得这玩笑开得有点儿大，千想万想也没有想到自己竟然有一个孩子。孩子的父亲是傅时寒吗？苏绾心想了一下这个可能性，头更大了。

傅时寒说得对，他们的关系确实有点儿特殊，太特殊了。

苏绾心躺在床上凝视天花板。

不知过了多久，苏瑶推门进来，递给苏绾心一张纸。

"马上快五岁的小孩子，资料全在这儿了。"苏瑶帮苏绾心查了这孩子上学的地址，轻声问，"你要去看看吗？"

"学校放假了吧？"

"也对。"苏瑶点点头，"那你怎么办？"

"我的脑子有点儿乱，不过如果他是我的孩子，我想要。"苏绾心看向苏瑶，重复自己的意愿，"瑶瑶，我要这个孩子。"

"明白了。"苏瑶点头，就知道有这么一天，"那我们把他抢回来。"

苏瑶去书房继续准备材料，苏绾心继续怀疑人生，突然就想去隔壁找傅时寒聊聊，但最终还是忍住了。

苏绾心之前在网上搜了自己的名字，只是随便看了几条。漾漾被曝光的新闻已经很久了，排在后面，她还没耐心看到那里就关掉了页面，所以直到今天才知道这个事情。

太扯了，苏绾心沉默地想。她怎么能跟傅时寒那种人搞到一起，还生了一个孩子？她是疯了还是傻了？她再怎么沉迷美色也不至于被那张脸迷成这样吧？

苏绾心被自己气得够呛，晚饭都没吃，出门扔垃圾的时候正巧看到傅时寒出门，便狠狠地瞪了他两眼。

傅时寒看到了，微微蹙眉，不知她怎么回事。他被李墨一通电话叫回老宅，到了之后就给苏绾心发了一条信息，忘不了她瞪自己的那两眼。

傅时寒：我怎么惹你了？

苏绾心以前好歹还给他回信息，这次连信息都不回了。傅时寒等了一会儿后心烦地把手机扔到一旁，不看了。

李墨已经听说了苏绾心回来的事，把傅时寒叫回来也是为了这件事。

傅时寒和她聊了一会儿就上楼了。书房内，傅予安安静地坐在地毯上看书，听见开门声扭头看去，轻声地叫"爸爸"。

傅时寒走过去，睨了一眼孩子看的书。这一年有些事情变化还挺大的，例如这个小家伙：他的个子长了不少，话也少了不少，用李墨的话说就是"好的不学，学坏的"，他把傅时寒身上那点儿臭脾气的精髓学得是特别到位。

傅时寒坐在沙发上看着傅予安，想了一会儿，掏出手机。

"你认识她吗？"他找出一张照片给傅予安看。

傅予安看了之后愣了一下，点头："妈妈。"

"她回来了。"傅时寒轻声问，"我带你去见见她？"

"不见。"傅予安迟疑了片刻，摇头，"我不要见她。"

"嗯？"傅时寒挑眉，"你确定？"

"妈妈是坏蛋，我不要她了。"

傅时寒唇角带笑："行，你还挺有骨气，记住自己说的话，以后都别见。"

他说完起身要走，傅予安见状，慌张地从地上爬起，跟在傅时寒的后面，从楼上跟到楼下，再跟出门。

"你去哪儿？"傅予安有点儿着急地问。

傅时寒沉默。

"你要去见妈妈吗？"

傅时寒还是不说话。

"我也要去！"

傅时寒嗤笑："你不是说不见她，也不要她了吗？"

他连这三分钟都没熬过去，听听，"啪啪"打脸的声音有多响。

傅予安被怼得脸有点儿红，眼睛也一样。傅时寒心软了片刻，但也不过就是片刻而已。

有些话说出来是要付出代价的，不然他还怎么长记性？所以即便傅予安已经把意愿表现得足够明显，傅时寒还是没带他走。

寒风中，傅予安穿着单薄的衣服，看着那驶远的车子，憋了半天终于"哇"的一声哭了出来。他哭得不成样子，最后被几个用人合伙弄进屋。他跑回房间把自己锁在屋里，谁也不见了。

这一晚，父子两个人因为同一个女人，心情都不太好。

苏绾心一直没给傅时寒回信息，一个周末都躺在床上怀疑人生。她曾经认为自己还有无限光明的未来，可就是看了个视频的时间，就觉得人生灰暗了。

苏绾心就这样绝望到了周一，丧着一张脸去公司上班。公司的同事们已经很久没见过她这种杀气腾腾的表情了，顿时夹起尾巴做人，小心谨慎地讨论又是哪个不怕死的人惹到他们的苏总了。

整整五天，苏绾心没和傅时寒说过一句话。两个人每天固定见两面：早上出门上班时见一面，晚上下班进门时见一面。他们就在别墅前的那条小路上对个视线，然后擦肩而过。

就这么熬了五天，傅时寒越来越烦躁，终于在傅氏集团举行年会这天熬不住了。

"去，把苏氏证券的苏总请过来。"他坐在椅子上冷冷地吩咐。

林睿站在一旁听着，总觉得他真正想说的是"你去把苏绾心给我绑过来"。

林睿动了动嘴，提醒："寒哥，咱们一会儿要去酒店开年会呢。"

"那就把人绑……把人请到酒店。"

傅时寒心情极差，素质也就好不到哪儿去。他冷睨着林睿，一副"你再不去我就要揍你"的架势，吓得林睿二话不说，抬腿就跑。

苏氏证券。

苏绾心看着面前陌生的男人一脸谄媚地冲自己笑，头痛地揉了揉太阳穴："你刚才说什么，再说一遍？"

林睿"嘿嘿"一笑："女神，寒哥让我来接你去参加年会！"

"什么年会？"

林睿："咱们公司的年会啊！"

"谁跟你咱们、咱们的？你们公司的事我不掺和！你帮我给傅总带句话，就说'谢了，我忙，没时间，不到场了'。"

林睿为难："寒哥说了，必须把人带到，哪怕是……"

"是什么？你还敢绑我不成？"苏绾心不可思议地看着林睿的反应，觉得林睿可能还真有那个意思。

林睿尴尬地笑："寒哥说了，就算是绑也得把人带到。女神，我也不好跟你动粗，咱们就过去待一会儿，你就当去吃个饭，行吗？"

"你们傅总的饭哪儿是那么好吃的？"苏绾心不这么认为，但傅时寒不要脸，他手底下的人还能要脸到哪儿去？苏绾心如此一想，识相地起身，不想走得太引人注意。

林睿一年没见她，开车的时候忍不住多看了两眼。苏绾心冷着脸，没给他什么好脸色，可这依旧影响不了林睿的好心情。

终于，苏绾心忍不住了："你傻笑什么呢？"

"看见你高兴呗！"林睿嘴角上扬，"绾神，你身体好了比什么都强。寒哥以前为了你那糟心的体质都快愁死了！"

苏绾心微微蹙眉。

林睿没注意到，还在继续说："我们那会儿都怀疑，你要是再不好，他就要把我们送去当小白鼠做实验，给你研究药了！"

"你别说了，我头痛。"苏绾心扭头看向窗外，脑袋都快炸了。

车子抵达目的地，苏绾心跟着林睿一起进场，现身后频频引来艳羡的目光。

苏绾心来参加傅氏集团的年会本就是一件极不合理的事情。别说其他人觉得奇怪，就连她这个当事人都想吐槽一番。

林睿给苏绾心安排了一个好位置，和傅时寒邻桌。苏绾心一屁股坐到椅子上，决定破罐子破摔，从容面对。

傅氏集团的年会是在傅家的酒店里举办的，阵仗很大。听说一会儿有抽奖活动，一等奖是一台跑车，所以大家都特别兴奋，等着好运降临。

人人都有年终奖，苏绾心坐了一会儿，竟也收到一个红包。她有点儿意外，把红包接过来后却嫌弃地蹙了一下眉头。

她扭头看了看别人的红包，无一例外都是厚厚的一沓，而她的这个红包特别薄。她都怀疑里面到底有没有装东西——或者，可能就装了一块钱？

傅时寒是故意的吧？因为前两天在苏氏证券的年会上她不给他那一万块奖金，所以他特意来报复自己？他要不要这么幼稚啊！

傅时寒姗姗来迟，苏绾心趁着别人都在欢呼鼓掌的空当悄悄打开她的那个红包，忍不住看里面到底有多少钱。在看到里面装的东西之后，她真想跳起来，拎起桌子上的酒瓶子，照着某个姓傅的脑袋狠狠砸过去。

红包里面没有钱，别说一块钱，连一毛钱都没有，里面装着的是傅时寒的照片，还是带签名的那种。

他有毒吧？！他把她叫过来就是为了搞她的吧？！

苏绾心把照片塞回去，连着红包一起团成一团，塞进口袋里。手边没垃圾桶，要是有的话她肯定二话不说立刻扔进去。

因为傅时寒的差别对待，苏绾心的心里特别不平衡，她沉默地坐在椅子上，像个没感情、没灵魂的木偶。有人上台讲话，她就"啪啪"鼓两下掌；有人举杯喝酒，她就端起酒杯敷衍地抿一口；有人找她搭话，她就假笑着附和两句。

这种闹心的情绪一直持续到了吃饭的时候才稍稍缓解，她早就饿了，盯着桌子上的菜看了半天。别人都不动筷子，她不好意思一个人张嘴。

抽奖的环节就在吃饭的过程中进行，苏绾心没想到傅时寒在员工福利上还挺大方的，果然是"土豪"公司，不差钱。她不着痕迹地瞄了一眼傅时寒，结果不偏不倚地撞上了他的视线。

傅时寒嘴角微扬，心不在焉地听着身旁的股东们聊天。在听到他们议论苏绾心怎么会在这儿的时候，傅时寒轻轻挑着眉，懒懒地开口——

"我请的，你们有意见？"

别人一听，立马回答"没有"。这些人有意见也不敢说有，而且不单单不敢说，还得拍马屁，说"傅总就是大气，不计前嫌！哪怕跟苏氏证券是敌对状态，傅总还是给足了对方面子"。

场内的大屏幕上出现一等奖的兑奖号码，苏绾心被那阵尖叫声震得都出现耳鸣了。

一等奖由傅时寒亲自上台颁发。获奖的是商务部的一个年轻男子，正笑得合不拢嘴。

苏绾心看到台上的傅时寒还是穿得人模狗样的，怎么看怎么像"斯文败类"。他身材高挑，肩宽、腰窄、腿长，是天生的衣服架子，穿什么都好看，再加上顶着一张极具诱惑力的脸，女性没点儿定力真的不行。

苏绾心自认为定力很好，所以只看了两眼就不看了。

"恭喜咱们商务部的这位同事，跑车……唉，真让人羡慕。"台上，主持人一边摇头一边感叹，然后又说，"接下来咱们抽特等奖！"

台下一阵喧哗：特等奖？之前怎么没听说？

苏绾心听到这儿，下意识地看了一眼大屏幕，上面清楚地写了一等奖到五等奖的奖品，"特等奖"这仨字就没出现过。

"没错，咱们今天是有特等奖的！"主持人小姐姐兴奋得脸都红了，"现在请大家看看自己之前收到的红包，红包内有傅总签名照的人，就是今天的特等奖获得者！"

苏绾心蒙了。

"特等奖的奖品，是可以连续和傅总共享晚餐一个月！姐妹们，一个月啊！"

苏绾心沉默了，只觉得自己掉进了坑里。

"下面，有请获奖的同事快点儿上台！让我们来看看，究竟是哪位幸运儿获得了特等奖？"

场内一阵骚乱，唯有苏绾心完全融入不了这热闹的气氛。她现在只想找个地缝钻进去，不想上台。

"到底是哪位同事？大家快点儿看看自己手里的红包啊！傅总的签名照回头可以转手卖给我啊！"主持人还在催促，顺便想收个二手照片。

苏绾心一脸绝望，硬着头皮慢慢地站起来。

她清楚自己逃不过这一劫。她也想把那个红包趁乱扔到谁的脚底下，可傅时寒就站在台上，正目不转睛地盯着她看。

第十四章

恋情曝光？

场内喧闹的声音随着苏绾心起身以及朝台上走去的举动而渐渐变小。主持人看到获奖的人是她，也有点儿蒙，愣了一下后赶紧活跃气氛："没想到啊！竟然是苏总！来，让我们大家鼓掌，恭喜苏总！"

台下，掌声"噼里啪啦"地响起，特别热烈。苏绾心表情复杂地看了一眼主持人，皮笑肉不笑地扯了扯嘴角。

主持人面带微笑地看着她，羡慕、忌妒地说："苏总，快给我们看看傅总的签名照！"

"别了吧？"

"这个得看啊！不然怎么证明获奖的人是你呢？"

苏绾心纠结地咬了咬牙，动作缓慢地掏出那个已经被她揉成一团——简直和垃圾没什么区别的红包。

主持人看到这一幕，倒吸一口气。

苏绾心注意到了她的反应，小声嘟囔："是你们非要看的。"

苏绾心没办法，只得在众目睽睽之下把那个红包摊平，从里面拿出那张已经皱巴巴的照片。

照片上，傅时寒的一张帅脸上全是褶子。苏绾心感觉到傅时寒要杀人的视线，觉得如果眼神是刀，自己现在已经倒在血泊中了。

她慢慢地把照片递给主持人，尴尬地开口："你还要回收吗？我免费送给你……"

她话音刚落，还未等那主持人点头说"要"，一旁的傅时寒便快速把照片抢了过去，凉凉地看着她问："送人？"

苏绾心暗想：不然呢？难道我还带回去，裱起来摆床头上？

碍于傅时寒的表情太吓人，苏绾心也不得不适当尿了一下。毕竟这是在人家的场子里，她得给人家留点儿面子。

"我开玩笑的，怎么可能送人？"她把照片从傅时寒的手里拿回，宝贝似的摸了摸，安抚他暴躁的情绪，"傅总的照片我必须珍藏，放保险柜里！"

傅时寒听到这话，眼里的杀气才弱了一些。

气氛太尴尬了，苏绾心只好胡说八道，为自己辩解："因为刚才收到红包的时候，我看你们手里的都是挺厚的一沓，只有我这个有点儿可怜，所以以为是恶作剧来着。"

众人一听她这么说，释然了。

"我打算扔的时候才发现里面是你们傅总的照片，不然怎么可能会这样？"苏绾心笑着看向傅时寒，笑容嫣然："傅总你觉得呢？我是不是有点儿冤？"

他觉得？他觉得她这个小骗子说的话一个字都不能信。她叫什么苏绾心，叫苏小骗好了。

她冤？那他这可怜的照片冤不冤？傅时寒目不转睛地看着她的笑脸，喉结滚动了一下，听到了自己的声音："冤。"

苏绾心的脸太好看，傅时寒一时被迷惑，一不小心说了谎。

他说她冤，她就满意了。苏绾心知道这是傅时寒给她设的陷阱，刚才有点儿慌，但现在冷静下来了。她握着话筒，狡黠一笑。

"能得到这个奖我真的特别荣幸！和傅总连续共用一个月的晚餐，对我来说这真的是一件太开心的事了。但是因为我个人和傅总的行程问题，这个奖项执行起来可能会有点儿难。我看大家好像都对这个奖特别感兴趣，独乐乐不如众乐乐——我想了一下，决定把这个奖送出去。"

苏绾心的话让场内的气氛又渐渐升温。唯有她身边的那一块区域冷得像是开了冷空调，冻得她想哆嗦。

"雨露均沾，我选三十个人分别和傅总吃一次饭，并承担花销，希望大家能喜欢这份礼物。"

苏绾心轻轻松松地就把这个奖推出去了，同时收获一轮来自敌对公司的女员工的好感。她重回台下，美滋滋地继续吃东西，吃得差不多了，也该走了，就和"敌营"的高层们打了个招呼，然后逃之夭夭。

回公司的路上，她一想到傅时寒的那张黑脸就忍不住想笑。奖品被送出去了，兑奖券却还留在她这里。她拿出那张照片，轻笑出声。

"签名照，亏你想得出来。"

苏绾心回到公司，平复了一下心情，把之前没做完的工作拿出来继续做。时间缓缓流逝，等她忙完手头上的活儿，都已经九点多了。

她开车回了家，刚下车就被傅时寒拉到他的家里去了。

傅时寒等苏绾心好久了，耐心已经全部用光。房门"砰"的一声被关上，苏绾心感觉不妙，挤出一丝笑容想缓和一下气氛，结果听见他冷冷地说："别笑。"

笑容就这样僵住，苏绾心一点点收住笑容，有些紧张地抿了抿唇，眼神不自觉地有点儿飘忽。

"照片不好看？"

"好看，怎么可能不好看？"苏绾心没灵魂地拍马屁。

"奖品你不喜欢？"

"喜欢，有人请吃饭我怎么会不喜欢？"

"那你把照片扔了，还把奖品送人是什么意思？"傅时寒"啪"的一下将手按在门上。

苏绾心被吓得一哆嗦，抬眸对上他漆黑的双眼。熟悉又陌生的气息就这样毫无保留地靠近她，她的鼻息间满是他身上的味道，带着点儿酒气。

他今天应该是喝了不少，毕竟自己公司的年会，免不了要被敬酒。

他的呼吸有点儿急促，她不知道他是不是喝多了。

他……

苏绾心看着他低下来的头，下意识地闪躲。炙热的呼吸在她的耳边拂过，他毫不留情，一口咬在她的颈间，痛得她"嘤"了一声。

屋子里只有他们两个人，静得能听见彼此的呼吸。她一声不满的"傅时寒"撩拨得人心痒难耐。傅时寒闭着眼睛，把头埋在她的颈间，每呼吸一下，他的心就疼一下。

他不知道自己怎么了，只是每次看见她心都会疼。

他这个人不缺什么，也没什么特别的喜好，活得随心所欲，见合得来的朋友，怼看不惯的下属，玩没眼力的敌人，从不把什么东西放在心上。女人对他来说，也可有可无。可是为什么在面对她时，他会这么反常？

他对她应该是厌恶的。他不喜欢自己的世界被搅得一团糟，更不喜欢被牵着鼻子走，所以哪怕看见自己以前留下的那些提醒和暗示，都会不高兴，都不愿意按照那些指示去执行。

一个女人哪儿值得他那么费尽心思？她到底哪里特殊，能让他忘得那么彻底，又忘得那么不甘心？

"你喜欢我吗？"他沉默了许久，轻声在她耳边问。

苏绾心的身子微微一颤，她回答："我讨厌你。"

她看见他就不舒服，看见他的家人也一样——她全都讨厌。

她这答案本该让他生气。

可他笑了："真巧，我也一样。"

苏绾心倒吸了口气，恼火得想推开他，但他站直身子，勾起她的下巴，不由分说，以吻封缄。

这样一个蛮横无理的吻让她瞬间大脑一片空白，眼泪不知道为什么就这么掉了下来。傅时寒把她紧紧拥入怀里，和她唇齿纠缠。苏绾心感觉身体的力量在一点点消失不见，到最后只能无力地依附在他的怀里。

一切都在他的手探到她的衣角时停止了。

傅时寒后知后觉地回过神，这才意识到自己在做什么。他看着怀里面红耳赤、眼神迷离的女人，眉头紧皱。

"晚上留在这儿？"他声音低哑地问。

苏绾心听后摇头："开什么玩笑？！"

"我的技术应该不错。"

"应该？"

"嗯，以前都是和你做的，好不好你说了算。"

苏绾心脸色飞红，拼尽所有力气推开他。她跑回家，锁好房门，奔回卧室，钻进被子缩成一团。她的身体也不知是怕的、恼的还是羞的，在微微颤抖。

隔壁，撩拨没成功的傅时寒浑身不舒服地坐在沙发上，点了根烟，叹气。他回味了一下刚才的那个吻，舔了舔嘴角——这么快就开始有点儿怀念那感觉了。

他抽完烟，上楼冲了个冷水澡。

苏绾心一晚上没怎么睡好，第二天早上躲在楼上，看到他开车走了才松了口气。

"你鬼鬼祟祟地干吗呢？"苏瑶看她的举动，打着哈欠问，"对了，我把有关孩子抚养权的起诉书拟好了，放在楼下了，你一会儿记得看，有问题给我打电话。"

"嗯，知道了。"

苏绾心下楼把桌子上的文件带走。到了公司，她接到霍德华的电话，他说有点儿事情想当面跟她谈。

听他的语气严肃，所以苏绾心当即答应了，订了下午的机票回 S 国。

天黑时，傅时寒回到家，下车后顺其自然地往隔壁瞄了一眼，然后发现屋子里没开灯。

这么晚了她还没回来？傅时寒看了一眼时间，才九点多，这不是睡觉的时候。他靠在车上掏出手机，找到苏绾心的号码拨过去，关机。

傅时寒微微皱眉，不太开心。他迈步走到她家门口，按了按门铃，没有任何人回应。

他心脏的痛就这样毫无征兆地又开始了，痛意一点点蔓延至全身。他听说苏绾心一年前就是突然消失不见的，可她现在已经回来了，还能去哪儿？回家了？按理说，年末时公司应该有很多事情要处理，她不留在 C 市工作，回家干什么？

心中猜了几个苏绾心能去的地方，但不管是哪一种可能，他都不高兴。

她走了，没通知他。她在哪儿，他不知道。

苏绾心就这么消失在他的视线里，一走就是好多天，终于在元旦假期结束后归来。

说不上为什么，傅时寒看到自家隔壁停着的那辆有些日子没见的车，心情突然好了不少。他开门进屋，回到卧室打开床头的抽屉，拿出那枚已经很久没戴过的戒指，重新戴回手上。

他手指间多了一个异物，有些陌生且不舒服，但心里的感觉……是不排斥的。

苏绾心最近是真的忙，但很充实。她享受这种被数据包围的工作和生活，如果不是接了祁然的一个电话，简直觉得自己这辈子有工作就能活下去，完全不用考虑感情的问题。

"心心，妈妈有个朋友的孩子最近要去 C 市工作一段时间，你去帮忙接个机怎么样？他是个小帅哥呢。"

"接机就可以了吗？你确定没有其他的安排？"

"你要是有时间，把他约出来吃吃饭、看看电影也是蛮好的。他性格不错，你们应该合得来。"

这话已经说得够明显了，苏绾心轻笑出声："把相亲说得这么清新脱俗，祁大律师，您这山路十八弯拐得有点儿远呀。"

目的被戳穿，祁然坦然地说："你们的年龄相仿，我觉得这个人各方面都不错，你们就算发展不成男女朋友关系，多一个朋友也是好的。"

苏绾心的交际圈太小了，她似乎不太喜欢交朋友，这让祁然有些担心。

"妈妈不是催你结婚。就算你和瑶瑶这辈子不结婚，妈妈也不会说什么。但是如果你能遇到一个自己喜欢而且对方也喜欢你的人，那我也很期待看到你们在一起。结婚只是一种选择，不是唯一的路，你不需要有任何心理负担。多交一些朋友总是好的，你觉得呢？"

苏绾心认真地想了想，叹了口气："你都这么说了，我能怎么办呢？和律师打嘴仗我肯定是打不过的，你把他的航班信息发给我吧。"

"好，那我等下就把航班信息还有他的照片都发给你。"

"妈，我不保证跟他相处得愉快。"

"你不想见的话也不用勉强自己。"

苏绾心不想让祁然担心，便应下了，想着回头去接机，再请人家吃个饭，适当地尽一下东道主之谊，以后就不联系了。可是当她看见祁然发来的照片后，整个人都愣住了。

小帅哥？她妈妈用的这个形容词是不是有点儿太收敛、委婉了啊？

祁然让她接的不是别人，是一个苏绾心比较喜欢的演员，这个人在 S 国很有名。

Keith 这次来 C 市是拍戏取景的。由于 Keith 的粉丝特别多，所以他特意跟剧组分开走，悄悄从特殊通道出来。苏绾心和他前一天发过信息，约定在停车场碰面。

两个人见了面，各自报了名字，苏绾心送 Keith 去酒店。Keith 的大学专业也是金融，两个人自然少不了话题，聊了一路，不知不觉就到了地方。

吃晚餐的餐厅在酒店下面，Keith 可以吃完就上去休息。如果不是吃到一半被某个姓傅的人撞见，苏绾心真的觉得这是特别愉快的一天。

傅时寒和苏绾心差不多有半个月没说过话了。苏绾心陪 Keith 吃完晚餐，把人送进电梯挥手说"再见"，结束第一次完美的见面，然后在停车场，迎战。

傅时寒坐在她的车上抽烟，等了半个多小时。他看着她出来后神情淡漠地看着他，他也平静地回望过去。

苏绾心走到车前，拍了拍引擎盖："麻烦让让。"

"那个人是谁？"傅时寒忍不住问。

那个打扮得人模狗样的金发男子好像是个电影演员，苏绾心跟那个人吃饭肯定不是为了谈生意，那还能是为什么？烛光晚餐？她都没和他单独吃过饭。

夜幕太深，苏绾心竟有些看不太懂傅时寒眼里的情绪，只回答："朋友。"

"我怎么不知道你还认识这样的朋友？"

"傅总，"苏绾心苦笑，"那你说说，你都知道我的什么事？"

傅时寒沉默了。

"我失忆了，你也不记得我了，对吧？谁都忘了对方，这是挺公平的一件事。这一年没见面，咱们各自不是都过得挺好的？既然如此，何必继续纠缠不清呢？"

她过得好不好不知道，但傅时寒清楚，自己过得一团糟。

"我们都各自重新开始吧，行不行？"苏绾心继续开口。

傅时寒没立刻出声，视线落在她的脖子上——项链在衣服里，他只能看到一小截链子。

"你告诉我，我应该怎么重新开始？"他声音低哑，"像你一样找个人出来吃饭、聊天，相互了解一下，感觉不太讨厌，就这么凑合着在一起？不知道你行不行，但我不行。"

苏绾心垂下眼帘，躲避他的视线。

"你说得对，我不记得你了，忘得还挺彻底，就连为什么忘了、怎么就忘了都记不清楚。"傅时寒接着说。

苏绾心："那你就别想了，就这么忘记，就当我们没认识过。"

"我试过，不行。"

他试过，试过记起她，试过忘记她，都不行。

他走到她的面前，抬手将她衣服里的项链挑出。苏绾心警惕地护住，向后退了一步，戒备地看着他。

"项链是谁送的，你还记得吗？"傅时寒看她的反应，轻声问道，"没猜错的话，是我。"

"你怎么知道是你？"

"别跟我装糊涂，戒指里刻着什么你看得清楚。你早就怀疑过，只是不想相信，毕竟外面关于咱俩的传闻挺多的。"

什么"学长、学妹联手创业，公司发展起来后搞了内讧"，什么"倒追失败恼羞成怒，一走了之玩不起"——这些都是那些八卦媒体乐此不疲地爱写的故事。

"你既然这么讨厌我，为什么还戴着这个东西？扔了不就好了？"傅时寒一字一顿地问。

苏绾心的呼吸变得沉重，她把项链重新放回衣服里，不让别人看见。

"东西是我的，我怎么处理是我的事。"

"还给我。"傅时寒突然话锋一转，让苏绾心的心跳一顿，"戒指，还给我。"

她慢慢抬头看他，满脸不可思议的表情。

傅时寒："你既然不想要了，那就物归原主。"

停车场空旷，此刻就他们两个人。寒风徐徐吹过，苏绾心抬头望了望天，然后抬起手，摘项链。

他说得没错，她看见了戒指里刻的是什么，也猜到戒指可能是他送自己的东西。在过去的一年里，哪怕她不知道这东西是从哪儿来的，始终没有把它摘下来的念头。

她觉得这东西很重要，不能摘。她似乎曾经答应了什么人，一定不会摘。

她的双手摸到项链的按扣，动作停下来，然后，她听见自己负气的声音响起。

"我不还！这是我的！"她又往后退了一步，好像傅时寒会过来抢她的宝贝一样，"你给了我，东西就是我的了，没有要回去的道理！"

"人可以不要，戒指不行？"傅时寒气笑了，"我把人也给了你，你不是也扔得轻巧？"

"你怎么就知道不是你扔的我？"苏绾心声音颤抖地反驳，"你凭什么指责我？！"

"你别哭。"傅时寒看到她的眼泪，呼吸一室。

"我没哭！"苏绾心揉着眼睛否认，"你少假惺惺地抢我的东西，浑蛋！"

傅时寒听她骂自己，用舌头顶了顶腮帮，觉得自己真是要死在她手上了。

换个人骂一句，他肯定教那个人重新做人。可她骂的时候，他想的是什么？他竟然想的是他还真是个浑蛋，竟然把她弄哭了！

这脑回路让傅时寒愣了片刻。他打开副驾驶门将苏绾心推进去，然后开车回家。

苏绾心生气地扭头看窗外，一个字都不想跟他说。他竟然想把项链要回去，真是个小气、不要脸的臭"渣男"！

"你想结婚了？"

"不想。"

"那你相什么亲？"

"遇见喜欢的人，我说不定就想了呢？"苏绾心破罐子破摔，"我爸妈都认识他，印象不错。"

"不用再见他了，你肯定不喜欢他。"

"你怎么知道我不喜欢？！"

"你以前喜欢我——你看他跟我哪里像？你是喜欢他英文说得好吗？我也行。"

"傅时寒，你喜欢我吗？"苏绾心觉得他可能疯了，"你管我这么多，闲得慌？"

她的问题让车内重回安静，傅时寒认真地想了很久，叹了口气。

"喜欢。"

"你前些日子可不是这么说的……你喜欢我什么？"

"好看？"傅时寒挑眉，看见她的表情笑了，"你该问我讨厌你什么，这个容易答。"

"你讨厌我什么？！"

"讨厌你让我心疼，不知道该怎么治。"他轻声回答，"你要是真想结婚，跟我试试。咱们重新开始，不行吗？"

他问得认真，苏绾心也认真地想了想，摇头："不行。"

感情这种事很难破镜重圆，苏绾心自认是个挺乐观向上的人，很多问题在她的眼里都不是问题。如果不是亲身经历过，她绝不会相信自己竟然轻生过。虽然不记得当时的痛，但她清楚地记得醒来后的疼。

那种疼是到她几乎快要昏厥过去、钻心刺骨、忍不住想哭的疼。

在一个人的身上连续栽两次跟头，而且是要命的跟头，这种事苏绾心不会做。纵使他是个很好的结婚对象，她也不会再拿自己的生命开玩笑。

"我们都是聪明的人，应该明白，如果真的可以，我们之前就已经在一起了，不然不至于连孩子都生了，还混到现在这个地步。"

傅时寒眸光一闪——他以为她不知道孩子的事。

"感情对我们来说，一定不是最重要的那部分。所以，你别再为了这种不重要的事浪费我们彼此的时间和心血。"苏绾心笑着调侃,"自杀挺难受的,我不想再尝一次了。"

她把这话说完,傅时寒就没再说什么了。他开车回到住处,两个人下车各自回家,连句简单的"再见"都没说出口。

这一晚,苏绾心久违地失眠了。

窗外月色皎洁,她握着颈上的项链,摩挲着上面的戒指,想着傅时寒下车时的样子。

她知道自己今晚说的话挺伤人的,可不伤人就得伤己——她不想再受伤了。她劝自己别太自责,傅时寒那种人不可能因为别人的两句话就难过,说不定他说的"试试"不过是一时兴起,拿她开玩笑的。这么一想,苏绾心好受多了。

隔壁。

傅时寒不光难过了,还难过到睡不着。正好路辞给他打电话,问他要不要去酒吧玩,他干脆换了一身衣服又出门了。

慕苏酒吧。

傅时寒推门进屋的一瞬间就让屋内的几个人感觉到不对劲:这个人顶着一张送葬脸来喝酒,吓谁呢?

"来,来,来!猜猜寒哥今儿因为什么生气?"路辞笑着冲其他几个人说,"我猜是因为绾神。"

"这还用猜?"郑楚炀也笑着附和,"这种脸,好久不见了啊。"

"猜猜绾绾今天用的什么招儿把人气成这样?"霍景凡也是一脸见怪不怪的表情。

傅时寒冷冷地睨着这几个人,脱下外套扔到一旁,挽了挽袖子开了瓶酒,提议:"不如猜猜你们今天会怎么'死'这儿,更简单点儿。"

他这火气大得都快喷出来了!

傅时寒会在苏绾心身上栽跟头是再正常不过的事了。从他一年前把苏绾心忘了开始,路辞他们就想到他会有这么难受的一天。

苏绾心是谁?她是他的命!把自己的命都丢了,他不难受谁难受?

傅时寒看着他们幸灾乐祸的表情,突然后悔来这一趟了。终于,他主动开口问苏绾心的事:"她之前自杀,是我逼的?"

他开口就是送命题,这让他们怎么答?沉默之中,房门又被推开,傅时寒扭头一看,是自己的亲弟弟。

傅时礼进屋坐下,看了一眼他哥的表情,问:"绾绾惹你了?"

路辞几个人笑成一团，不怕被揍。

"她今晚跑去和人相亲，被我撞了个正着。"傅时寒破罐子破摔了，靠在沙发上喝酒，"她以前口味就这么特殊吗，喜欢外国人？"

"相亲？谁介绍的？"傅时礼狐疑，还有人敢给苏绾心介绍相亲？

"她家里介绍的吧？据说她父母挺喜欢那老外的。"傅时寒越说越不痛快。

那个黄毛小子哪里比他好？

"哥，你见过绾绾的父母吗？"傅时礼想了一下，问。

"没，KL 这两年是苏宇和苏白在接管，我基本都在和他们接触。不过我见了也没用，那一家子没一个喜欢我的。"

听听，他这自嘲又不甘心的语气。傅时礼他们幸灾乐祸完，不忘帮傅时寒一把。都是兄弟，他们哪能真眼睁睁地看着而不出手？

当听到傅时寒追问苏绾心自杀的事时，傅时礼眸光微沉。

"这事跟你没关系，跟我们有关。"

路辞几个人相互交换了一下视线——这话只能傅家人说，他们没法儿说。而且他们没确凿的证据，只是猜测而已。苏绾心因为那场车祸的事压力一直很大……说到底她也就是个小姑娘，被逼急了，想不开，很正常。

"一直逼她的人是我们，"傅时礼沉声说，"这锅不该由你背。"

几个人一边喝酒一边聊过去的事，分析各种疑点。后半夜回去的时候，傅时寒站在家门口看了一眼隔壁的房子，目光闪烁不定地进屋了。

苏绾心以为她昨晚得罪了傅时寒，以后再见面他肯定不会给她好脸色，可能连见面的机会都不会有了。但事实证明她错了，错得彻底。

清晨，她看着靠在她车边的男人，脑子一蒙，踩空一级楼梯，趔趄着差点儿摔倒，最后被他手疾眼快地扶住。

"你在这儿干什么？"苏绾心抬头跟他对视，心情复杂地问。

"等你。"

苏绾心无语。

"我想了一晚上，有句话不说，憋得难受。"

苏绾心听他这么说，做好了被他骂的心理准备。她想想觉得也对，像他这种孤傲的人，向来是拒绝别人的那一方，哪有机会像昨晚那样被人甩狠话。

"我还是觉得咱们两个人挺配的。"傅时寒垂眸看她呆住的表情，笑了，"我忘了那么多事都放不下你，那就干脆别放了。自杀这件事我不会让你试第二次。"

苏绾心握了握拳，想推开他。

"订婚戒指你都收下了，要不要试试看，戴手上是什么感觉？"

他这么一说，苏绾心才发现他的手上多了一枚戒指，跟自己脖子上戴的很像是一对的。

"我不要。"苏绾心蹙眉拒绝，正欲再开口说什么，就听见开门的动静。

苏瑶一出门就看见有个臭流氓在自家门口搂着自己的妹妹，把她妹妹吓得脸都红了。之前苏瑶曾亲口警告过这个流氓！这个人左耳朵进右耳朵出，她的话都说给鬼听了？！

"姓傅的，你给我松手！"苏瑶站在台阶上，指着傅时寒怒斥，"你别占她便宜！"

苏瑶像个着急护崽的老母亲，一脸痛心疾首的表情，好像闺女被臭流氓糟蹋了似的。

而那个身为罪魁祸首的臭流氓不但没松手，反而笑着把苏绾心抱得更紧了。

苏绾心回过神，轻轻推了推傅时寒，不知道他受什么刺激了。

傅时寒看着苏瑶气势汹汹地冲过来，不慌不急地问："你听过'路辞'这个名字吗？"

他没头没尾地问了一句，让苏瑶一瞬间有点儿失神："谁？"

"路辞，我听说他想追你。"

"啊？"

傅时寒说完这么一句，就替苏绾心开了车门。苏绾心下意识地上了车，听他跟自己说了一声"路上小心"后就看着他走了。

苏瑶看着傅时寒离开的背影，猛地想起她刚才想骂他的事，结果还没张嘴，就听见她妹妹说——

"姐，路辞我认识，"苏绾心摇下车窗，把下巴抵在窗框上说，"他挺帅的。"

苏瑶气得脑瓜子疼，指了指苏绾心，又指了指那边也已经上了车的傅时寒，然后用手比了一个大大的"×"。

苏绾心抿着嘴笑，点点头开车去了公司，结果一开门，就发现屋里有人。

屋内，傅时礼坐在沙发上玩手机，身边还坐着一个小朋友。小朋友正襟危坐，看到她后很紧张。

苏绾心僵在门口，直到傅时礼主动打招呼："绾绾，好久不见。"

"好久不见。"苏绾心进屋关门，"你是……？"

"傅时礼。"

"哦。"

苏绾心的视线死死地落在那个小家伙的身上，她见过这个孩子，在视频里他抱着自己喊"妈妈"。此时，小家伙看着她的神色有些拘谨，没之前视频里那样热情。

"二少找我有什么事？"苏绾心看着孩子，轻声问傅时礼。

"我哥说你应该想见漾漾，让我把人送过来。"傅时礼起身，"人送到了，我走了。"

他走得特别痛快，很快屋内就剩下一大一小的两个人，面面相觑。苏绾心被小东西盯得心慌，尤其是在听见他问自己"你想见我吗"的时候，她的心真的是又慌又疼。

苏绾心走过去，半蹲在他的面前，微微浅笑。

"小家伙，好久不见。"

她语气温柔，笑容温婉，一下子就把小孩子心里的委屈勾出来了，漾漾的眼泪"噼里啪啦"地往下掉。

"我不要你走！"他扑进她的怀里，哭得伤心，"你别再走了！"

"好，不走了。"苏绾心摸摸他的头，轻轻将他抱住，"我答应你，再也不走了。"

漾漾抽泣着仰头看她："你保证？"

"保证。"

苏绾心在公司忙了一天，漾漾就在她的办公室里等了一天，不吵不闹，乖乖看书。

晚上苏绾心带他回家，把苏瑶吓了一跳。

"叫小姨。"苏绾心笑着介绍。

漾漾："小姨漂亮！"

苏瑶被这小机灵鬼逗笑了："过来，让我抱抱！"

漾漾躺在沙发上，享受这得来不易的幸福时光，听到门铃响后，自告奋勇地要去开门。他"噔噔噔"地跑到门口，打开门，在看到门外站着的人后迟疑了两秒，"啪"的一下又把门摔上了。

苏绾心走过来的时候，刚好看到这一幕。

屋外，傅时寒手里拎着傅予安的书包和行李箱，被亲儿子甩了一鼻子灰。他目光阴沉，开口："你确定不让我进去？"

"你之前不带我见妈妈！"漾漾趁机告状。

"是谁说妈妈坏，不要她的？"

漾漾不安地看向苏绾心，猛地摇头："妈妈，我骗人的！"

傅时寒听着里面的对话，皱眉："傅予安，咱们两个人之前怎么说的？"

小家伙之前可是答应得痛快，现在连门都不给开？这儿子，八成是废的。

"换洗的衣服你不拿？今晚你打算光屁股睡吗？"

漾漾听到这话脸红了，看了苏绾心一眼，老老实实地去开门。

门打开，傅时寒低头看着他，嗤笑。傅时寒迈步要进屋，结果被苏绾心拦下了。

"东西留下，你走。"

"你真的不打算请我进去坐坐吗？我们好歹邻居一场。"傅时寒看她根本就不敢抬头看自己的样子，挑了挑眉，"吃个饭也不行？"

"你就不要故意惹事了，好吧？"苏绾心无奈地叹了一口气。

他早上气了苏瑶，还真以为苏瑶会让他吃她做的饭？苏瑶看见他，八成要举着锅铲过来打人。

傅时寒盯着苏绾心看了好一会儿。

苏绾心不知所措，倒是一旁的漾漾仰头，来回看这两个人，好奇地问："爸爸，你怎么总盯着妈妈看？"

"好看。"他说完话就把东西给了苏绾心，然后转身离开。

漾漾跟着他跑出房门，看着他进了隔壁的别墅，这才又跑回来，小声地呢喃："爸爸怎么总和妈妈住隔壁？"

以前是这样，现在还是这样。

这是漾漾时隔很久，又一次和苏绾心躺在一张床上。他靠在苏绾心的怀里，明明困得眼睛都快睁不开了，但还是不睡。

苏绾心看他想睡不敢睡的模样，忍俊不禁："换地方睡不着吗？"

漾漾摇头，沉默了半晌，答："我要是睡着，你又走了怎么办？"

苏绾心微怔，一阵阵酸楚的感觉从心间溢出，让人想哭。

"妈妈保证这次一定不走，我们以后都在一起，不分开。"

她亲了亲他的额头，哄了好久才驱散小家伙心中的不安和惶恐。小家伙抓着她的衣服睡着了。

年底业务繁忙，苏绾心连着几天没碰见傅时寒，这天晚上九点多的时候，突然接到他的一通电话。

"我有一份文件落在家里了，你过去帮我拍两份数据发过来。"

苏绾心拿着电话走到他家门口，听见他说门锁密码后手指颤了一下，因为那一串数字，是她的生日。

她直奔二楼，找到书房，进去便看到了他要的东西。她按照他的要求把文件内容发了过去，然后在他的一声"谢谢"中结束了通话。

苏绾心拿着电话，说不上心里什么滋味。她帮他把文件合好，打算离开的时候却看到书架上放着的一张照片。

那照片上的人她很熟悉，因为就是她自己。照片是什么时候拍的她早就不记得了，只是觉得那张脸年轻得过分。

那张脸上璀璨、无忧的笑容竟让现在的她觉得妒忌。

苏绾心看着那照片，发呆半晌，然后打量书房中其他的东西。这其实是一件特别没礼貌的事情，她身为邻居，过来帮忙却不及时离开，还想打探人家的隐私。

当脑海里浮现出"去别的房间看看"的念头时，她忍不住唾弃自己，但挣扎了很久，终于还是做了一件缺德的事。

她就看看，什么都不做，看几眼就走。她想知道这家里还有没有她的别的照片。

苏绾心就这样心情复杂地从书房出来，走到主卧门口的时候脑子一片空白。

偌大的房间空空荡荡，清清冷冷的装修风格如同傅时寒给人的感觉一样，干净利落、冷漠疏离。可就在这样的一间屋子里，却有那么多违和的东西。

苏绾心步伐沉重地进屋，看着那面墙，呼吸渐渐急促。她红着眼眶，眼泪随着眨眼的动作掉了下来，悄无声息，没有一点儿征兆。

整整一面墙，全都是她的照片，那么扎眼，那么突兀，那么过分。

她倚靠着墙，身体一点点滑下来。她坐在地上抱住自己，冷静了很久才心情沉重地回家。她面上装作什么都没发生，但自己清楚，她的心里多了一个秘密。

她不敢跟苏瑶说，更不敢去问傅时寒这是怎么回事。她觉得那面墙见不得人，又隐隐有那么一点儿坏心思，想让它尽人皆知。

你看，你们说我技不如人，失败离开。

你看，你们说我倒追傅神，恬不知耻。

可你们再看，送我戒指的人是他，在房间偷着放我的照片的人还是他。

苏绾心觉得这件事情有点儿好笑，可不能和别人说。

她回家后休息，第二天接到 Keith 的电话。他说他在这边的外景拍摄工作要结束了，想在走之前约她再吃个饭。

苏绾心答应了，于是吃了个饭，顺便把 Keith 送去机场。粉丝的偶像见面会到此结束，然后她就上了新闻。

狗仔的厉害之处除了无孔不入的拍摄技能，还有胡说八道的本事。不出半天，苏绾心的热搜体质重新上线，时隔一年后她再次荣登热搜榜榜首。

陈磊看到新闻的时候，一脸老父亲无能为力、说不了也劝不动的悲痛表情。他坐在椅子上看着苏绾心，看了几分钟，把苏绾心看生气了。

"你要是不给我一个合理的解释，我可就要怀疑你暗恋我了。"苏绾心抬头看向陈磊，"我知道我好看，但你好歹收敛点儿，嫂子同意你这么看她以外的女人吗？！"

陈磊默默地把手机递给苏绾心，干笑两声："苏总和这位国际演员还认识啊？你不知道他的'老婆粉'超级多吗？"

"'老婆粉'多又不是老婆多。"苏绾心纳闷儿，"吃个饭至于这么大惊小怪吗？"

"我友情提醒一下，你不把他的'老婆粉'放在眼里，可以，但你转转聪明的小脑袋瓜想想，不觉得会有一个比这些狂热粉丝更难搞的人吗？"陈磊看到她的表情变化，知道她总算想起来了，"最近傅总虽然不在 C 市，但这件事瞒不过他吧？"

苏绾心听了这话突然有点儿慌，可碍于面子，就硬着头皮说："他管天管地，还管我跟谁吃饭？"

陈磊就欣赏她这不要命的勇气："傅总找上门的时候，你记住现在的这个状态，稳住，别尿。"

"你干不干活儿了？上班聊什么天？！"苏绾心生气地赶人。

陈磊灰溜溜地走了。

陈磊唉声叹气的样子让她不免受到影响，觉得危险在朝自己靠近，脑海里也不由自主地想起傅时寒家里的照片。

离开那么多天，他差不多该回来了吧？

突如其来的想念让苏绾心措手不及，很快又得偿所愿。苏绾心看着隔壁门口停着的车，嘴角微扬，心情愉悦。

傅时寒回来后就在补觉，再醒来的时候是早上五点多。床头昏黄的夜灯一直亮着，开灯睡觉已经成为他这一年来的习惯。以前他没有这臭毛病，只是一年前的某一天突然讨厌起黑暗来。

他慢慢适应光线，翻看手机里的未读消息，然后脸越来越黑——隔壁某个姓苏的小姐这几天似乎过得相当滋润？

《恋情曝光？》——傅时寒看着媒体取的标题，想甩几个料糊他们一脸。

傅时寒认真地看完苏绾心被偷拍的照片，一点儿困意都没了。他明明都和她说了，不喜欢看见她跟那个黄毛一起吃饭，结果她不仅吃了饭，还送了机？她是没把他的话放在心上还是故意给他找不痛快？抑或是她真的对那个男人有好感，所以才又答应了见面？

傅时寒这一年来苏氏证券的次数屈指可数。如果陈磊没记错的话，他就来过四次，还得加上今天这回。

陈磊看着傅时寒那张简直要命的黑脸，有点儿担心自家老板的安全。

这会儿苏绾心还没到公司，他要不要偷着给她发信息提醒一下，让她晚点儿来，或者干脆今天就别来了？陈磊偷偷摸出手机，脑子里刚闪过这种念头，就听见傅时寒凉凉的警告声响起——

"你嫌工资太多，花不完了是吗？"

陈磊忙将手机放回口袋："我就看看时间。"

八点五十分，苏绾心推开办公室的门，愣住，隐约觉得气氛不太对劲。

"傅总找我有事？"

"你说呢？"傅时寒坐在沙发上看她，懒得动一下，"苏总就没什么事找我吗？"

苏绾心看着他脸上那晦暗不明的表情，听着那嘲讽的语气，淡定地放下包，开始一天的工作。傅时寒的目光阴沉不堪，屋内安静了十来分钟，苏绾心终于忍不住叹了口气。

"你干吗呀？"她抬头去看沙发上的人，"大早上的，吓谁呢？"

他的脸上写着"生气"两个大字，苏绾心看得真切。她猜到一种可能，但又不太确定他是不是真的因为这个可能来的。

"你公司不忙吗？你刚回来，应该有挺多事情要处理吧？你……"

声音随着他起身的动作而消失，苏绾心看着走到自己眼前的人，被他扯着手腕拽起。

"你也知道我很忙？"傅时寒冷声开口，"忙到没时间盯着你跟那个黄毛小子出去吃饭,是不是?"

果然,真是因为这件事。

"我跟 Keith 真的只是朋友,或许第一次吃饭是以相亲开始的,但第二次是以朋友结束的。"

她和 Keith 说,他们还是适合当朋友。这意思她已经表达得够明显,对方也明白她的意思,笑着说没关系。然后,她就开开心心地把人送走了。

"我以后不会再和他单独吃饭,这结果你满意了?"苏绾心三言两语就浇灭了傅时寒心中的火气,"傅总,你知不知道,你这样真的挺吓人的?"

"我倒没觉得你怕了。晚上一起吃个饭?"傅时寒淡声开口。

苏绾心答应了,顺利把这尊神送走。

两个人下班后出去吃完饭,在外面逛了逛,到家的时候已经接近十二点。苏绾心解开安全带想下车,却被身边的人拦下。

"再待一会儿,"傅时寒看了一眼手表,"十分钟就行。"

苏绾心不知道这个人又要搞什么鬼,但在看到他眼中那深深的期待后,不由得心软。

他就这么一直盯着她,哪怕她不去看他的眼睛,都能感觉到那灼灼的视线。

"你一直看我干什么?"

他是想看满十分钟然后回家睡觉吗?

傅时寒的眼底腾起一抹笑意,他语气懒洋洋地答:"好看。你吃什么长大的,这么漂亮?"

"你够了啊,"苏绾心没底气地警告,"再说我要走了。"

傅时寒轻笑一声,转移话题:"回来后,工作还适应吗?"

"还行,一开始不知该从哪儿下手,不过这么多天已经适应了。"

"你这一年在 S 国做过相关的工作?"

"没,"她在家当了一年米虫,说出来都惭愧,"我闲了一年,什么都没做。"

傅时寒听到这话,有点儿意外。他今天跟陈磊聊了一下,陈磊说苏绾心和以前一样雷厉风行,回来后在这么短的时间内就让一切事情回归正轨。傅时寒以为她这一年一直保持着工作的状态,所以才能这么快地接手处理公司的业务,却没想到她歇了那么久,状态还恢复得这么快。

他想到之前听路辞他们叫她"绾神",不由得轻笑,夸道:"不愧是绾神,果然厉害。"

苏绾心张了张嘴，真想问问他到底做了什么对不起自己的事，才把"彩虹屁"吹得这么来劲。她瞥了一眼时间，提醒他十分钟到了，她该回去了。傅时寒也低头看了看时间，然后将视线重新落回她的脸上，声音很轻地说："我的生日到了。"

过了十二点，就是他的生日了。

苏绾心微微睁大双眼，脑子有点儿空白。她想了想，跟他说"生日快乐"。他点头接受了，然后摊开手索要礼物。

"你突然告诉我你过生日，大半夜的，我去哪儿给你弄礼物？"她无奈地笑，"你想要什么？我明天白天去买。"

我想要你。

傅时寒的脑海里一瞬间就浮现出这个答案，他好像很久前就已经想过这个事情一样，可是明明重新遇见她还不到一个月。这时间太短了！过去的一年里他有多不信邪，在这些天里就有多打脸。

这一年里，他曾经觉得以前的自己是个傻子，所以才会一遍遍地提醒自己，要对这个已经忘了的女人好。他还觉得自己要是再遇见那个女人，肯定不会像以前陷得那么深，不会做那么多没脑子的事。

但事与愿违，眼前的人什么都没做，哪怕连句好听的话都没跟他说过，他的脑子里却已经开始想要怎么把她彻底占有了——他从来没对一个女人有过这么强烈的欲望。

傅时寒将视线从她的眼睛上慢慢下移，就那么意味十足地往下看。苏绾心被看得身子僵硬，有了想逃的念头。

"话没说完，别走。"他似乎看穿了她的心思，声音低哑地开口，身子前倾，拉住她的手。

"你想干什么？"苏绾心小声问他，紧张地抿了抿唇。

就是这么一个她无意间的小动作，仿佛导火索一般，让他把她带回家中。

关门，开灯，傅时寒回眸就看见她急得要哭出来的样子，心头瞬间就软了一下。

"别怕，我不动你。"傅时寒像是被下蛊了一样，见不得她委屈到害怕的模样，"你不答应，我就什么都不做。"

他的保证让她不安的心稍稍放松了些，可他紧随其后的一句话，又快让她哭出来了。

他说——

"可是今晚，你也别想从这儿走出去。"

就算不要她，他今晚也得把人留下来。

他想尝尝抱着她睡觉是什么滋味。

苏绾心拼命地倚在墙角，傅时寒干脆俯身将她拦腰抱起。他上了楼，从主卧门前经过，进了客房，将人不轻不重地扔到床上，压在身下。

"你用聪明的脑袋想想，能跑得掉吗？你老实一点儿我就抱抱，什么都不干。可你要是自己惹火上身，那……"话音顿了顿，他往她身上顶了顶，"那就别怪我了。"

苏绾心感觉到他身体某处的变化，什么都说不出口。傅时寒看着她透着红晕的脸，忍不住低头在她的唇上啄了一口。

房间安安静静的，谁都没有说话，只是听着彼此的呼吸和心跳。过了很久，苏绾心看到他还没睡，便犹豫着问："你晚上睡觉不关灯吗？"

"嗯。"

"怕黑？"苏绾心觉得奇怪。

"不怕，只是觉得天黑有点儿烦。"

苏绾心眉头紧蹙，有些失神地缓缓说："我也是。"

她睡觉要开着一盏夜灯，不想一睁开眼睛就是无尽的黑暗，暗得看不清任何东西，就好像这世间只有她一个人一样。

傅时寒听到她的话，嘴角噙笑，用手轻轻拍了拍她的后背，安抚："别怕，我在。"

他的话宛若一颗安眠药，让苏绾心很快就静下心来，意识渐渐模糊。倒是她身旁的人，越来越清醒，没有丝毫困意。

怀里的人又软又香，傅时寒如愿以偿，尝到了抱着她睡觉的滋味。这感觉……让人怀念得不想再放手。

他想到卧室里的那些照片，苦笑。这要是让她看见，他得怎么解释才好？

长夜漫漫，傅时寒一晚上都没睡着。所以当早上苏绾心醒来的时候，第一眼看到的就是他目光灼灼地盯着自己看的模样。

两个人对视了几秒，她伸手捂住他的眼睛，推开他坐起身。

"早。"傅时寒声音低哑地开口。

她敷衍地"嗯"了一声，然后落荒而逃。

午休时间，苏绾心在公司附近吃完饭，想起傅时寒昨晚向自己要生日礼物的事。她纠结又挣扎，回到公司的时候手里多了一样东西，却不知道该什么时候送出去。她只觉得，她跟傅时寒像是隔了一层窗户纸，这纸要是被戳破了，一切就会变得不一样。

苏绾心的心情有点儿惆怅，但很快，她这惆怅的心情就因为几条信息直接转为悲愤。

她这次回来后，手机号码是新换的，知道的人不多。所以当她接到关于她和傅时寒的一些事情的几条信息时，有种被监视的感觉。

发送信息的号码被处理过，在她这儿只显示"未知号码"四个字。三条信息，每一条的内容都让人看得心情沉重。

第一条信息告诉她，她七岁被傅家收养，因为命格成了傅时寒的护身符。

第二条信息告诉她，她四年前把傅时寒母亲的腿撞断，从此跟傅家恩断义绝。

第三条信息告诉她，她一年前跟傅家发生了种种争执，被傅家逼得服药自尽。

只是三条信息，却好像概括了她这短暂的一生。苏绾心反复地去看这几条信息的内容，直觉告诉她，这些都是真的，是她脑袋里缺失掉的那些非常重要的记忆。

她看完信息很难过，好像明白了为什么她看见傅家的人时心情会那样复杂而抗拒，又好像明白了为什么傅时寒形容他们之间的关系会用"特殊"这两个字。

苏绾心抱着自己坐在那里，很生气，想知道信息是谁发来的，又为什么要告诉她这些。她猜不出答案，心情不好，火气有些大，直接的后果就是下属们个个都夹着尾巴，求生欲爆棚。陈磊因为每天跟她接触的时间比较多，所以觉得自己是最危险的那一个。

下午，陈磊跟着苏绾心出门办事，再次近距离地感受到了她的火气。被吓得瑟瑟发抖的他给傅时寒发了信息。

苏绾心这次发火的原因是她在酒店门外撞到了一个人，对方吵得她很头痛。

"我还纳闷儿这是谁呢？原来是苏总呀！大家不都说苏总把公司输了吗？你怎么还有脸回来？"这个小姑娘看着年纪不大，脾气却很大，"不要脸的老女人还想打傅神的主意？也不瞧瞧自己什么样子！"

"你是……？"苏绾心轻声问道。

对方冷哼一声，报了名字，顺便还报了背景。原来她是某券商公司老总的女儿，是从小含着金汤匙出生的娇小姐。

苏绾心听后点点头，然后问："你这勇气是你爸给的还是许愿池里的老王八给的，有胆子这么跟我说话？你喜欢傅时寒就去追，别来找我的不痛快。"

苏绾心疾言厉色的，陈磊觉得她分分钟想动手教这姑娘做人，于是赶紧上来缓和气氛。

他笑着把那小丫头哄走，小声提醒苏绾心："祖宗啊，火气别这么大。那姑娘是个网红，最近还挺火呢，回头到网上一哭，那帮小粉丝还不得来找你的麻烦？"

"这年头还时兴组团欺负人？"苏绾心纳闷儿，"那我是不是也得搬点儿救兵？"

"是啊，是啊！没事，傅总要是知道了，肯定给你摆平。"

"我的事跟他有什么关系，需要他给我摆平？"苏绾心斜睨一眼陈磊，警告，"你别做多余的事，总经理这位置还有不少人等着接呢。"

陈磊连忙噤声了：这可真是太可怕了。

苏绾心没把女网红的事放在心上，怼完那人就把这事抛在脑后了。万万没想到一个小时后，那人在网上发了张脚踝扭伤的照片，然后还配了一段文字指桑骂槐。

"我遇见一个有娘生没娘养的孤儿，她仗着自己有几分姿色被包养了。就横行霸道的，撞了人，不但不道歉还趾高气扬的。只不过一年，你就当所有人都忘了你那些破事了？"

陈磊说得没错，那姑娘最近真的挺火，所以她这么一闹，她的那些小粉丝顿时就不乐意了。粉丝们根据她提供的信息，直接就扒出这个"横行霸道"的人是谁了。

有娘生没娘养，孤儿；长得漂亮，被收养；手段强硬，走了一年，一身破事……这不是苏绾心还能是谁？

当天苏绾心就多了个外号，叫"苏螃蟹"。傅时寒看到后忍不住一笑，晚上直接在家门口堵人。苏绾心这一天都是火气，看见他后心情更是糟糕，直接想无视他。

"小螃蟹。"傅时寒不怕死地开口，"跟我说说怎么回事吧？"

"你才是螃蟹！"苏绾心怒火冲天。

傅时寒轻挑眉尖，忍着笑将她拽进家里。

苏绾心看着眼前的人，脑海里瞬间就浮现出自己收到的那三条信息，心都不由得一沉，脸色又难看了几分。

傅时寒清楚地看到了她的表情变化，心生狐疑。她这是在跟他生气吗？他这几天可是在老老实实地做人，生怕自己太过主动把她吓跑了。结果他老实了几天，还是把她得罪了？

傅时寒忍不住苦笑，坐到她身边，动作亲密地抱着她。苏绾心愣了一下，立马挣扎。傅时寒权当陪她闹着玩了，就这么闹了一会儿后才把她压在沙发上，问："你到底在气什么，小螃蟹？"

他想不太明白：她是气他那天晚上把她留在这里过夜，还是气他这几天没主动找她？

"傅时寒！不准这么叫我！"

"那叫什么？小祖宗？"他笑着揉揉她的头发，"你跟一个'蛇精'置什么气？她没你会赚钱，又没你长得好看，哪里值得你生这么大的气呢？"

"你是不是见到漂亮的女人都来这套？"苏绾心觉得他像个老手，苏宇、苏白要是有傅时寒这哄人功力的一半，也不至于到现在快三十了还是两条"母胎单身狗"，"你对我这么谄媚干什么？"

傅时寒脸上戏谑的笑容一点点消失不见，表情格外认真："我以前怎么追你的，你还记得吗？"

他明知故问，她就差把她自己是谁给忘了，哪里还会记得那些？

傅时寒："我不记得了，所以想重新追你一次。"

他一年的抗拒抵不过屈指可数的几次相处。傅时寒那天晚上留她在这儿过夜的时候就在想，自己的眼光总不会出错，不然也不会在重新遇见她后这么短的时间内就想着，如果以后每天都能睁开眼睛看到这个人该有多好。

他向来不是那种委屈自己的人，所以在明白自己想要什么之后自然就出手了。她也不是小孩子。她聪明，懂他的意思。只要她点头，他就一定对她好。

苏绾心没想到他会这么直白地说这种话，慌神之后，面色清冷地拒绝："我不会和你在一起。"

"理由。"

"因为我不想再和你在一起，不想再当你的护身符了。"

苏绾心一字一顿地说，傅时寒就一字一顿地听。当他听到"护身符"三个字的时候，心突然绞痛到无法言语。

"我七岁被带回傅家的原因是什么，你了解吗？听说我把你母亲的腿撞断了，发生这种事情你还会想和我在一起吗？"

"这些事你都是听谁说的？"傅时寒沉默半响，低声问道。

"别管我听谁说的，你只需要告诉我这些是不是真的。"

苏绾心也想了好几天，觉得这种事情问谁都不如问傅时寒来得直接。如果他接近自己就是为了给他的母亲报仇，那她不得不说他的演技真的太棒了。

"如果我把这些事情说清楚，你就考虑和我在一起吗？"

"你少跟我谈条件。"

傅时寒苦笑。所有有关她的事情，他都不记得。不过好在身边的人都记得真切，所以他想知道也不是什么难事。

"当初我们接你回家确实是因为那个。听说我的奶奶当年认识一位特别有造诣的道士，那老头儿说我命中有大劫，得挡，所以我们就找到了你。你具体几岁到我们家我不记得了，但有一点我的心里很清楚——我从来没把你当成护身符。"

他的语气是那样的坚定，苏绾心听后忍不住问："你明明都忘了以前的事，怎么这么肯定没利用过我？！"

"护身符是用过就得丢掉的东西。我这种人，会喜欢上自己手里随时可能扔出去的棋子吗？"

有些事不管过多少年都不会变，他再怎么不要脸，也不会想着让一个无辜的小姑娘挡在自己的前面，给自己卖命，更何况自己还和她生了一个孩子。他是有多蠢，才会和一个不喜欢的人生下孩子？

"出车祸的时候，你和我妈都在车上。具体情况我不清楚，但是她说跟你无关。你整天被别人'苏总''绾神'地叫着，怎么私下里就这么瞧不起自己？"傅时寒看着她，有点儿无奈，也有点儿急，还有点儿生气，"在你看来，我就不可能喜欢上你吗？你行行好，去照镜子，看看你这张脸。我看了十几年，怎么就不能喜欢了？外面喜欢你的人那么多，凭什么我就不行？"

"你说归说，突然拍马屁是怎么回事？"

傅时寒被气笑了，叹了口气，转移话题："你真不打算考虑和我在一起吗？我难得张一次嘴，就这么被拒绝了，多没面子。"

苏绾心听到这话，起身打算回家。傅时寒手疾眼快地把人捞回来。

天旋地转间，她跌坐在他的腿上。

"一码归一码，我家里人以前可能欺负过你，但我没有，所以你不能把气撒我身上。"傅时寒一本正经地跟她讲道理，"外面的阿猫阿狗就更不行了，那个叫张心洁的网红算什么东西？她惹你，我凭什么也受牵连？"

"我怎么就不能牵连你了？"苏绾心也一本正经地反驳，"要不是因为你，她还碰瓷不到我这儿来呢。"

那个女网红当时怎么说的来着？苏绾心可是记得清楚。她这辈子第一次被骂成"老女人"是因为傅时寒。

"那我帮你碰回去？"傅时寒提议。

碰瓷这事他也挺在行的。

"不劳傅神大驾，我自己来。"苏绾心拒绝他的好意，推开他站起来，"拜拜。"

苏绾心回家后不久，苏瑶就气势汹汹地推门进屋了，怒吼道："那个山沟沟十八线爬出来的'蛇精脸'也敢欺负到你的头上来？孤儿？老娘不把她告得怀疑人生算我输！"

苏瑶气那些人骂苏绾心有娘生没娘养，现在她的妹妹好歹还是苏氏证券的总裁呢，那以前没权没势的时候得被骂成什么样？苏瑶没经历过这些，也不敢想，于是上楼换衣服后躺在床上，给祁然发了条信息。

苏瑶：有人骂你的女儿有娘生没娘养，祁大律师自己看着办。

祁然：哪个没教养的人这么给自己加戏？

苏瑶把事情的经过说了，还稍稍添油加醋了一下。她痛痛快快地告完状，祁然痛痛快快地订了机票。

第二天早上，苏绾心就被告知：祁大律师明天来，让她去接机。

祁然来 C 市的消息很快就在律师界传开了。瑞达律师事务所作为全球顶级四大律所之一，在行业内的地位、权重自然不用多提，几十个国家都有瑞达的分支机构。H 国作为国际上非常重要的一个国家，瑞达却在这两年才开始在 H 国展开相关业务。

祁然出生于 H 国，却几十年不回 H 国，其原因是什么，众说纷纭，其中流传最广的说法是说她忘本。然而祁然这些年接的案子，又有不少是帮 H 国人出头的，所以她的名声非常好，这就显得她不回 H 国这件事更奇怪。不管怎么说，她终于回来了。

苏绾心知道祁然这次过来是要参加瑞达的开业宴的。晚上下班后，她和苏瑶一同出席宴会，瞬间引来众人的注目。

苏瑶到 C 市的这段时间，见到的只是很少一部分的人。她大多数时间都在律所忙，也算是有意降低自己的存在感。所以即便有人见过她，或是有消息外传说最近律师界出来个跟苏缩心长得像的律师，大家也没怎么注意。

可眼下，当他们看到这所谓的"长得像"是什么概念的时候，不由得愣住了，议论纷纷。

苏瑶到场后就去跟瑞达的高层碰面了。今天瑞达的总部来了不少人，数位律师界的精英齐齐现身，为H国的瑞达分支机构撑场子。

时间缓缓流逝，到场的人越来越多，苏缩心感觉到有不少人都在朝自己投来异样的视线，不过没在意，只是跟在漾漾的身后，笑意温柔地陪他。突然，漾漾停下往前跑的脚步，看着某个方向一脸惊讶，然后回头看向苏缩心，拽了拽她的衣角。

"妈妈，奶奶来了！"漾漾指了指他刚才看的那个方向，小声开口。

苏缩心身子一僵，条件反射地抬头看去。

人群中，有一个人很引人注目。她和寻常的人不太相同——她坐在轮椅上，行动不便。

苏缩心将目光落在轮椅上，视线顺着那双腿慢慢上移，最后和那个人对上视线。那是一个容貌很好看的女人，只是气质清冷，看起来难以靠近。

苏缩心看到李墨的第一眼便觉得她是一个强势的人，因为哪怕她坐着轮椅，也让人无法从她的身上感觉到她是个弱者；第二眼是难过，那从心底瞬间溢出来的难过贯穿了苏缩心的四肢百骸，苏缩心来不及细品便已经红了双眼。

"妈妈你怎么哭了？"漾漾见她落泪，慌忙抱住她，"妈妈不哭！"

"没事，"苏缩心低声开口，安抚，"有东西掉眼睛里了，有点儿疼。"

她眼睛疼，心里疼，浑身都疼。

这是李墨时隔几年第一次出现在公开场合。之前傅时礼在家里订婚的时候，她都没有露面。

曾经的李墨是商界的一个传奇。她在傅氏集团占据着重要的位置，在谈判桌上无往不利，但从几年前的某一天开始，便消失在了众人的视线里，从此留给人们的只有回忆。

有传言说她出了车祸，半身瘫痪，险些丢了一条命，可亲眼看到的人只是鲜少一部分，所以还是有很多人不相信，只当她退居幕后，不愿再抛头露面地打拼。而今天，他们不信也得信了。

李墨是来见祁然的。苏缩心的亲生母亲，她得见见。

"妈，你怎么来了？"傅时寒一到场就看见了李墨，十分意外。

李墨抬头看了他一眼，轻声回答："我来看看你是怎么被骂的。"

"路辞告诉你的？"

"轮不到他通风报信，瑞达的开业宴谁不知晓？"

李墨扫了一眼会场，看到很多眼熟的人。大家三三两两地站在一起，相互攀谈、应酬。众人看到傅时寒和李墨都出现了，场内的气氛更上一层楼。

苏绾心不愿和傅时寒有什么交集，于是带着漾漾离得远远的。傅时寒环顾四周，看到苏绾心他们后立刻迈步朝那边走去。可惜，有人抢先一步。

苏绾心最近跟网红张心洁发生了点儿争执，这事在网上闹得沸沸扬扬。眼下，张心洁来到苏绾心的面前，笑容温婉。

"苏总，好久不见。"她轻声打招呼，说出的话却不像脸上的笑容那么好看，"你还真是哪儿有热闹往哪儿凑。只要排得上号的热度都被你蹭了一遍吧？"

张心洁言辞犀利，句句嘲讽。苏绾心波澜不惊地看着她，心想这个人不愧是网红，瞧瞧她笑得多好看，不知道的人还以为她们的关系不错呢。

苏绾心左右看了看，问："张总今天来了吗？"

"你问这个干什么？"

"不干什么，就是想看看手下败将。"苏绾心浅笑嫣然，说的话也不是那么好听。她看着张心洁渐渐僵硬的笑容，又问："你认识申婧晨吗？"

苏绾心之前在网上查自己的信息的时候，查到了跟申婧晨的那些恩怨。张心洁正纳闷儿苏绾心是什么意思，就听见她意味深长地说："有个好出身是好事，但娇小姐的身份是你的父母给的，你在没能力自己摆平事情之前，别轻易给父母找麻烦。"

张心洁："你什么意思？！"

"就是你想的那个意思。"苏绾心痛快地给她答案，"别惹我，也别和姓申的学。"

张心洁看看申家现在是什么下场，就该知道惹苏绾心是要付出代价的。申家的 ST 一年前被收购重组，目前已经完全受制于百然集团了。ST 这个名字很少被人提起，而每次大家提起它的时候，都在说它的那些倒霉事。

至于申婧晨，苏绾心看新闻说她已经结婚了，不过日子好像过得不太好，因为结婚后不到两个月，她的老公就被狗仔拍到了出轨的证据。

张心洁被气得倒吸一口凉气，没想到苏绾心会把她跟申婧晨放在一起比较。她黑着脸正打算骂回去，余光却瞥到一抹熟悉的身影。

那是傅时寒！

张心洁眸光闪烁，脸上是藏不住的爱慕和向往的神色。苏绾心看她一脸花痴的样子，又看了看傅时寒此刻那面瘫的表情，翻了个白眼，带着儿子走了。

张心洁迈步朝傅时寒走去，但傅时寒的目光始终落在离开的苏绾心身上，他目不斜视地跟了过去。

"傅……"

"别挡路。"他越过张心洁，快步追上逃跑的人，把苏绾心拦住，"看见我，你也不打个招呼，这么见外？"

苏绾心抬眸看他，小声问："你想干什么？"

"这么多人我能干什么？"傅时寒自嘲一下，"我们聊几句，你不至于敌意这么大吧？"

"我们有什么好聊的？"苏绾心小声嘟囔，低头摸了摸漾漾的头。

祁然还没现身，苏绾心不知道她什么时候到场。路辞那几个看热闹不嫌事大的人这会儿都已经到齐了，始终跟傅时寒保持着不远不近的距离，等着看傅时寒出丑。

"你一会儿给我点儿面子？"傅时寒压低声音跟苏绾心商量。

"给你什么面子？"

"我今天要是死在祁姨的手上，你记得帮我收个尸。"

苏绾心："你不招惹她的话，她是不会把你怎么样的。"

"你觉得这么好的机会，我会不招惹？"傅时寒理直气壮地问，"好感度总归要刷一下吧？"

"你在她那里刷好感干什么？"

"别装傻，你知道为什么。"

傅时寒以前没想到谈恋爱是这么难的一件事，追个女朋友还得先讨好人家的家人。他斜睨一眼自己的傻儿子，有点儿担心这小子以后能不能娶到老婆。

傅时寒跟苏绾心说完就转身走了，生怕祁然到场后看见他和苏绾心搭话，误以为他在调戏她的女儿。而在傅时寒走后不久，祁然也终于现身了。

第十五章
你看，我爱你

祁然回到 H 国的这几天，心情一直比较复杂。当初她因为丢了女儿而离开，如今又因为女儿归来。祁然深知这群捧高踩低的势利眼有多可恶，所以才急着过来给苏绾心撑腰。

到场后，她先应酬了一会儿，抽不出时间找苏绾心和苏瑶。好在没过多久，苏瑶就拉着苏绾心过来了。

"妈，苏白说他明天中午到，十一点的飞机。"

苏瑶开口就喊妈，听得旁边的人均是一愣，没反应过来她喊的是谁。

祁然点头，接下她的话："我明天中午没空，晚上我们一起吃饭。"

两个人简单的对话让以祁然为中心的一块场地瞬间鸦雀无声，跟远处的热闹氛围形成鲜明对比。一种怪异的氛围萦绕在她们四周，因为事情发生得太过突然，以至于有些人目瞪口呆。

苏瑶和苏绾心的长相，大家都看在眼里。在祁然到场之前，大家热议的话题就是苏绾心什么时候多出来一个姐妹。

自从现身苏氏证券，苏绾心就一直是一个极具话题性的人物。很多关于她的事都有非常大的争议，但唯独一点，大家的观点非常统一，那就是她的身世。

已经没人记得最初是谁站出来说苏绾心是个孤儿，说她能有一切全是因为她的姿色，说她为了内幕消息走后门，说她为了爬上高处而被人养。

苏绾心给人的印象已经根深蒂固——她就是一个略有能力的"花瓶"，聪明狡诈，孤傲清冷，膨胀自大，为了金钱和权力不惜一切代价，跟傅时寒叫嚣，最后输得销声匿迹。

所有关于苏绾心的一切信息，此时在他们的脑海里不停盘旋。苏绾心到底是谁？这是他们眼下最迫切想知道的答案。

苏绾心站在祁然身边，脸上还是那副波澜不惊的表情。看着时间不早了，苏绾心干脆先行一步，带着漾漾回家睡觉。

傅时寒目送她离开，听着路辞调侃："祁大律师出手就是大招儿，明天可又要出大新闻了。"

苏绾心有背景比她没背景要更值得人关注。

"祁总，您跟苏绾心是什么关系？"终于有人忍不住问道．

这问题听起来有点儿傻，但也是所有人都想问的。

"你觉得我们是什么关系？"祁然笑着回答，"看来我的女儿之前从来没提起过我这个人。"

何止是没提起过，她都被指着鼻子说孤儿了。大家暗自嘀咕，面面相觑，竟都不知该说些什么来表达自己此刻的心情。

祁然惆怅叹气，一脸拿女儿无可奈何的样子。祁然就这么被一群人围着，聊一些跟苏绾心有关的事。

有人说苏绾心从来没提过家里的任何人，祁然就叹道这孩子从小到大都不愿意拿家里的背景出去卖弄；有人说他们之前听说苏绾心是孤儿，还纳闷儿一个女孩子无亲无故的，怎么能这么厉害，祁然就笑着说自己不知道这些事，不然早就过来跟他们聊聊诽谤罪的话题；还有人问苏绾心是不是已经结婚了，因为孤儿的事情是假的，那未婚先孕什么的八成也是编的吧？没想到，祁然这次倒是承认了。

"这孩子连个男朋友都没有，结哪门子的婚？"

一直在不远处听着的傅时寒觉得很无奈。

这招儿就有点儿狠了吧？祁然当众公开苏绾心的身份，他没任何意见。可她当众说苏绾心单身，这不摆明了是在征婚吗？

路辞没忍住，直接"扑哧"一声笑了出来，扶着傅时寒的肩膀，笑得身子一颤一颤的，说不出话来。

傅时寒冷冷地瞪路辞一眼，气得骂道："你滚一边笑去！"

"你说我要不要也凑个热闹追追小绾绾，当个苏家女婿什么的？"路辞笑着问，"现在这种情况，我肯定比你更容易入选吧？"

之前苏绾心一身黑料的时候，想追她的人都不少，现在祁然在公开场合说这种话，可想而知，从明天开始得有多少人明里暗里地盯着这块宝。傅时寒什么都没搞定，倒给自己等来一大堆情敌。这件事真的太好笑了，哪怕回头被傅时寒打，路辞也得笑个够才行。

傅时寒现在没闲心跟路辞算账，迈步朝祁然走去——自己再不过去打招呼，说不定一会儿她都要现场挑女婿了。

祁然的视线冷冷地落在傅时寒的脸上，她打量了一番，想起苏瑶说过的那句“恃靓行凶”。她的小绾绾就是被这张脸迷得神魂颠倒，给他生了个孩子？想到这儿，祁然冷笑一声，把周身的温度都笑得又低了几度。

这种事以前都是傅时寒干的。现在他就这么被嘲讽了，无奈地低声开口：“祁姨，明天中午我去机场接苏白，晚上大家一起吃个饭吧。”

“傅总业务繁忙，还是算了吧。”祁然冷声拒绝。

“公司的事确实有点儿忙，但凡事也得分先后。”傅时寒厚着脸皮继续说，“我和苏白见过几次，正好明天接他回公司，聊聊合作的事。”

“公事公办，私事私聊。既然傅总还没处理好工作的事，那就先和苏白去忙好了，吃饭的事以后再谈。”

祁然拒绝了傅时寒的邀约，视线落到远处的另一个人身上。

宴会厅的另一边，那个人也被包围得抽不开身，一直在与人交流、应酬，那是傅时寒的母亲李墨。

苏绾心在傅家生活了十几年，于情于理，祁然和李墨在一个场内见到了都该说句话。所以祁然把傅时寒打发走了，去找李墨。

她来到李墨面前，让李墨有点儿意外。李墨本来想先去找她的，可因为自己太久没现身，过来说话的人有点儿多，一时耽误了。

祁然低头看了看她的腿，然后用手里的酒杯碰了碰她的杯子，率先开口：“这些年，多谢傅家的照顾了。”

李墨微微一怔，听出祁然的一语双关。傅家把苏绾心从社会福利院带回去，确实照顾了她十几年，但后来又把苏绾心逼入绝境无路可走，从某种意义上来说也算是另外一种“照顾”。

“不愧是瑞达的祁总，开口一句话，就是致命点。傅家对绾绾照顾不周，发生了一点儿意外。如你所见，代价摆在这儿了。”李墨对上祁然尖锐的视线，淡声笑道，“我能活到现在，全靠绾绾。”

祁然的目光微沉，她再次去看李墨所说的代价——那双已经无法行走的腿，沉思片刻，开口：“既然如此，那就是两不相欠，我们两家最好以后私下互不来往，免得相看两厌。"

祁然不希望苏绾心跟傅家的人再有任何接触。她现在每一天都会担心苏绾心的健康。心理医生说过，哪怕苏绾心现在看起来已经恢复了，也不排除抑郁症复发的可能。

祁然的要求不多，只要她的女儿能平平安安、开开心心地过完这一生就可以了。

"你我身为人母，都想让自己的子女平安、健康，所以我想你能明白我的痛处。"祁然说着话，扭头看了一眼远处的傅时寒，"傅总条件不错，只要一句话，你们傅家不愁找不到儿媳。"

"你这话说得对，可也说得不对。"李墨顺着她的视线看过去，似笑非笑地调侃，"虽然我们都身为人母，但是可惜，我生的这个跟你们家的有太大的差距。"

苏绾心从小乖巧、听话，至于傅时寒……

呵，算了，她这个当妈的都懒得提。

李墨看着傅时寒，缓缓地说："找不找媳妇，他自己说了算；找哪一个，也是他自己选。祁总这次打算在 H 国停留多久？方便的话我们一起吃个饭吧。"

"免了。我办完事就走，多谢好意。"

祁然拒绝邀约，深深地看了李墨一眼后转身离开。傅家没有放手的意思，这让祁然有些后悔，不知道当初没阻止苏绾心回来究竟是对是错。

苏绾心回家后早早就把漾漾哄睡了，在书房忙了好久，然后看到手机上有一条未读信息，是傅时寒发来的。他说："你先别睡，等我回去有话跟你讲。"

晚上十点多，傅时寒的第二条信息又发了过来，告知苏绾心他已经在楼下了。

苏绾心穿着睡衣，踩着拖鞋跑下楼。傅时寒看到她的装扮，二话不说把她带回自己家，关上门，将人堵在了墙角。

"你说，要我怎么做你才答应当我的女朋友？"他开门见山地问，"什么都行，只要我能做到。"

苏绾心危机感立刻升起："你喝多了？"

"差不多。"傅时寒点头承认，"我看见你我的脑子就乱，跟喝多了是一个效果。"

傅时寒目光灼灼地看着她，心中五味杂陈。他说的是真话，现在他的整个脑子都是乱的。他从酒店出来就想见她，想跟她说说话。

祁然的态度太明确了，她看他的时候脸上清清楚楚地写了"不喜欢"三个大字，就差亲口说出"你离我的女儿远一点儿，我是不会同意你们在一起的"这种话。但傅时寒想，估计用不了多久，这话她就会说出来了。

今天苏绾心的身份已经公开，经过一晚上的发酵，明天一定会传得沸沸扬扬的，到时会有多少双眼睛盯着她看？傅时寒只要想到那个画面，心里便像有无数只蚂蚁啃噬一样难受。

虽不想承认，但他确实慌了。

祁然这一招儿打得他措手不及。他没法儿像对待别人那样去对祁然，不能说难听的话，不能暗中搞破坏，不能让苏绾心为难。

苏绾心的脸上有点儿热，她闻到他的身上有淡淡的酒气，可觉得他的状态不像喝多了。

"别紧张，你想让我做什么，告诉我就行。"傅时寒感受到她紧绷的身体，温柔缱绻地哄着。

"你……"苏绾心犹豫着开口，"你才认识我一个月，确定说这种话没关系吗？"

"我认识你十几年了。"

苏绾心一怔，眼眶红了。她发现今晚自己的神经很脆弱、敏感，自从在晚宴上见到李墨，她的心里就一直很压抑。

"十几年。"她"喃喃"地低语，"可是你忘了啊……对你来说，我和一个陌生人又有什么区别？"

"我会想办法想起来。你和陌生人不同，怎么能和他们一样？我会宠你！你和我在一起，好不好？"

房间的一角，身材高大的男子顶着一张好看到有些过分的脸，期待地看着眼前的人，等待她的答案。虽不记得自己以前是怎么和她表白的了，可是他想，总不会比现在难。

苏绾心沉默地垂下眼帘，不看他的眼睛。

一向习惯让别人等待的傅神难得示弱，低声叫她的名字："绾绾。"

他叫她"绾绾"，声音很轻、很好听。

苏绾心的心跳加快，她抿了抿唇："我不记得以前发生了什么，不确定你母亲的腿是不是我撞断的……我有太多不确定的东西，所以没法儿答应你。"

傅时寒目光一沉："不是你，她说了不是你。"

“可就算不是我，我们之间肯定有很多矛盾吧？”

苏绾心因为他的表白而变得乱糟糟的思绪一点点变得清晰。不管是慕酥雨还是她的家人，都告诉她要离傅家人远一点儿。他们说如果没有傅家，她一年前就不会自杀。她自己看到傅家人的时候，心里面也总是怪怪的。

“你觉得以前那些被我们忘掉的烂事，有多少是值得我们去努力想起并终生怀念的？你和我都选择忘记，或许就是因为它让我们太痛苦了。我们都不是感情用事的人，你也许喜欢我，但不是没我不行。我不在你身边的这段时间你也过得很好，不是吗？”她轻轻推开他，提醒道，“不要重蹈覆辙了，是我们自己选择忘记的。我们可以不相信别人，但终究该相信自己的选择吧？”

“你说要相信自己的选择？”

苏绾心点点头，然后听见他说：“好，我让你看看我的选择。”

他牵起她的手来到书房，逼迫她坐在他的腿上。他打开电脑犹豫了一下，最终还是决定服从心底的欲望。

这一年，是他目前人生中最煎熬的一年，没有之一。

他登录邮箱，在苏绾心迷茫不解的视线中点开邮箱里的一封邮件。苏绾心不明白他想干什么，直到那邮件中的附件被打开了。她在视频中看到了一个熟悉的人，而那人此刻就在她的身边。

视频里，傅时寒痞痞地坏笑，看起来玩世不恭的。他拿着一张照片，照片里的人同样让她熟悉，是她自己。

视频里，他说：“如果有一天你忘了她，一定要找到她，要对她好。她不是护身符，是命。”

“你说要相信自己的选择，这就是我的选择。”傅时寒环抱着因为哭泣而身体轻轻颤抖的人，一字一顿地对她说，“每个月一号，我都会收到相同的邮件，发送邮件的邮箱就是我自己的。你猜猜你走的这一年，我过得好不好？”

他不是故意把她弄哭的。如果不是她这么抗拒，他也不想给她看这些东西。他骄傲惯了，不习惯跟任何人低头，而给她看这些无疑就是在低头，在告诉她——

你看，不是我选择忘记你的。

你看，你离开后我有多焦虑。

你看，哪怕我真的把你忘记了，我也依旧没放弃。

你看，我爱你。

"我确实不记得曾经发生了什么。"傅时寒低头看着她哭红的眼睛，抬手为她擦拭眼泪，"或许和我在一起的这十几年的回忆让你痛苦，但对我来说一定不是痛苦的。我不是逼你和我在一起，只是想告诉你，就算你不答应我，我也不会让别人得逞。"

苏绾心眼眸一颤，抬头瞪他。

他诡佞地笑："我就是这么不讲理。忘记的事你可以想不起来，但我一定会想办法想起来，得想起来你到底有多好，能让我这么神魂颠倒。绾绾，做我的女朋友好不好？"

"好……"

瑞达开业宴上发生的事很快被传开了，听到消息的人都在议论真假。

中午，苏白的飞机落地，苏绾心去机场接他，一见面就听见他问："听说傅时寒欺负你了？"

"瑶瑶把你喊来的吧？"

"这么明显？就不能是我想我亲爱的妹妹了，主动过来的？"

"你想让我怎么回答？"苏绾心趁着红灯的空当看了他一眼，"可以，但没必要。"

苏白听后，笑着解释："公司确实有点儿事要处理，之前一直跟傅氏集团谈的那个项目是时候该签合同了。"

KL两年前开始跟傅氏集团接触，于一年多以前展开第一次合作，那会儿苏家还不知道苏绾心的事。

这么长时间的洽谈和铺垫，双方耗费了大量的人力和物力，造成的直接后果就是即便现在苏家人知道苏绾心的事了，但没法儿轻易断掉跟傅氏的合作。大手笔的项目投资摆在那儿，他们想后悔也晚了。

苏绾心带苏白去吃了个饭，把他送去傅氏集团后就回了自己的公司。

苏氏证券的股票从早上开盘就死死地钉在涨停板上，收盘的时候还被封着。短短一天里，苏绾心接到好多邀约，都是各种晚宴、聚会、商业活动的——她拒绝到头都大了。

苏氏证券的股东大会，傅时寒准时出现在苏氏证券的总部大楼，让其他人很是意外。

众所周知，傅时寒虽是苏氏证券的第二大股东，但他跟苏绾心的关系并不好。苏氏证券的股东大会他只来参加过一次，那是公司成立的第一年的事了，而那一次苏绾心没现身。

傅时寒和苏绾心两个人同框出现，其他人有点儿担心他们吵起来。毕竟公开针锋相对这种事他们以前做过，而且是在电视直播的情况下做的，一点儿也不收敛。

　　会议正式开始，屋内的气氛严肃而热烈。大家都在讨论公司这一年的种种状况以及对董事会的建议。

　　时间缓缓流逝，不知不觉中，人们发现了不太对劲的地方。

　　傅时寒坐在椅子上，正随手翻阅手边的文件。他感觉越来越多的目光落在自己身上，便抬眸扫视了一圈，懒懒地开口："你们看我干什么？"

　　"傅总，你对苏总刚刚说的话没什么看法吗？"一片寂静中，有人硬着头皮打破沉默。

　　傅时寒看着他想了想，点头。

　　"有啊，"他缓声回答，在大家期待又复杂的视线里笑了笑，"我觉得苏总说的都对。"

　　傅时寒想：他的苏总不愧被人叫绾神，思路清晰、眼光独到、格局宏大，真棒。

　　傅时寒表达了自己的看法，注意到他们的反应有点儿奇怪，便反问道："难道你们对苏总的看法有不满意的地方吗？"

　　众人连连摇头：没有，怎么可能有？连你都拍马屁了，我们敢说什么？

　　傅时寒见状才满意地点点头。

　　会议最终在一阵怪异的氛围中结束。大家不知道傅时寒今天抽哪门子风，竟然对苏绾心的态度那么好。

　　苏绾心开完会头也不回地跑了，可傅时寒想跟她吃个晚饭，就在停车场把人堵住并拽上了车。

　　车子稳速行驶在路上，过了很久，苏绾心发现这竟然是回家的路。

　　"你要回家？"她狐疑地问。

　　"嗯，我亲自下厨做饭给你吃。"

　　"你还会做饭？"苏绾心听到这个回答更惊讶了，完全想象不到他在厨房里的样子。

　　"还行，手艺算勉强过得去。"

　　他谦虚的回答还是让连个蛋都煎不好的苏绾心沉默了。

　　在做饭这件事上，她竟然连个男人都比不过！

　　车子驶入小区，缓缓停下。傅时寒见苏家没有人回来，便一脸嚣张地拉着苏绾心进了自己的大别墅。

苏绾心坐在客厅，过了一会儿听见脚步声，顺势扭头，然后目光微微一颤。

傅时寒很少在意自己穿什么，毕竟长得帅，怎么穿都好看。可刚刚，他特意上楼去衣帽间转了一圈，本想换身衣服再下来，但想了想还是放弃了。

他觉得不行，太刻意了。

不能引诱得太刻意，他只好脱了外套，摘了领带，解开两颗衣领的扣子，再把袖子微微往上挽了一下，露出肌肉线条流畅的小臂，然后照镜子捣鼓了一下头发才下楼。

他目不斜视地进了厨房。

苏绾心慢慢收回视线，起身到厨房门外，探头往里看了看："要我帮忙吗？"

"你别进来就是帮忙了。"傅时寒随口回答，说完后微微一愣，抬头看了苏绾心一眼，问，"你不会做饭？"

"不会。"

"难怪。"

苏绾心被赶回客厅看电视了。远处隐隐传来厨房里的声音，恍惚间她觉得这场面很熟悉，仿佛经历过很多次。

她心不在焉，电视播放的内容完全没看进去，直到傅时寒喊她吃饭才回过神来。

傅时寒说自己的手艺一般，可在苏绾心看来，他简直是太谦虚了。她表情复杂地看着他，真是完全想不到他竟然把厨艺这个技能也点满了。

一顿饭吃得格外愉快，傅时寒跟她聊工作上的事情，让苏绾心很放松。不过，这放松的状态在她帮忙把碗筷扔进洗碗机时戛然而止。

傅时寒牵过她的手朝客厅走去，搂着她坐到了沙发上，拿过遥控器说："你看一部电影再走。"

"已经九点了。"

"还早。"

他环抱着她又香又软的身体，只想跟她多待会儿。电视上播放的是一部外国电影，名叫《异次元杀阵》。苏绾心为了减弱因为跟他近距离接触而产生的紧张感，认真地盯着电视看，看了一会儿后渐渐挪不开视线了。

电影里，六个素不相识的人一觉醒来后身处在同一个迷宫里。迷宫由一个个形状相同的立方体房间组成，结构非常复杂、精密。他们想逃出去，唯一出路就是要利用数学知识推理解开每一个机关。

房间中有三个三位数的数字，这些数字构成了房间里的笛卡尔坐标，继而可以算出直角坐标。这种运算方法跟苏绾心学过的笛卡尔坐标系有很大的区别，但她不能否认，这很有意思。

她有点儿忍不住想拿纸笔亲自算算。就在她这个念头的时候，傅时寒已经起身帮她去拿了。

两个人坐在桌子的两端，安静地看着电视，写写画画。过了很久，苏绾心不经意间抬起头，在看到身旁的人后只觉得自己的脑中一片空白，然后若隐若现地出现一些模糊、陌生又熟悉的画面。

"棱长 14 尺，每边 26 个房间，那就是……17576 个房间的大小。"

"坐标是（477，804，539），直角坐标就是……（18，12，17）。"

"算出三个向量，就知道房间的移动轨迹了。"

"你这丫头怎么这么笨？初始坐标加上向量就能找到规律了啊！"

脑海里，少年清冷却好听的声音隐约响起，他的语气有些不耐烦，身边是因为被训而低头不语的少女。

少女的眼角泛红，因为感觉到他生气了，她有些害怕，又有些恼火，因为她的脑子没他的转得快。

她手里握着笔，终于，在少年小声说了她一句"笨蛋"后抬起头来负气地喊："我就是笨！我再也不理你了！"

苏绾心的呼吸愈发沉重，身边的人似乎感觉到了她的不对劲，靠过来担心地问她怎么了。她目不转睛地看着他，看着他那张和自己脑海里刚刚浮现出来的少年的极为相似的脸，眉头紧蹙着不说话。

"你怎么了？"傅时寒重复地问，看着她泛红的眼圈，"算不出来，急哭了？"

苏绾心摇摇头。他们以前是不是也看过这部电影？突然浮现的一些回忆让她莫名其妙地难过起来。

苏绾心慢慢站起来，有些恍惚地看着傅时寒："头有些痛，我先回去了。"

她的表现反常，傅时寒的眸光微沉，但他没反对。他目送她回到家才长叹一口气，忍不住骂了自己一句：看什么电影不好，非得看悬疑片？

苏绾心是真的头痛，没骗他，回家后钻进被子，再想努力地想起什么，却已经没办法了。她昏昏沉沉地合上眼睛，抱着一旁已经熟睡的漾漾，不知不觉地睡着了。第二天醒来，她急急忙忙地爬起来洗漱，往下跑的时候被坐在客厅里喝早茶的苏瑶告知"今天是星期六，不用上班"。

难得休息，加上祁然和苏白都在，所以苏绾心没出门。家中气氛温馨，苏绾心陪着漾漾在客厅下棋。外面天色阴郁，不知什么时候开始下起了雪。

中午吃饭时，祁然刚和苏瑶一起做好饭菜，门铃就响了起来。苏白前去开门，和傅时寒脸对脸地看着彼此。苏白问："你有什么事？"

傅时寒正打算回答，漾漾快速跑过来抱住他的大腿，邀请道："爸爸！我们正要吃饭呢，你快来一起吃吧！"

傅时寒心下暗笑：漾漾你真是个好儿子，我没白养你。

漾漾拉着傅时寒的手就往屋里拽。

苏白看着小家伙猴急的小模样，一时间想阻止又不知该以什么理由阻止。

餐厅。

祁然和苏瑶刚把饭菜端上桌，就发现家里来了一个不速之客。她们冷冷地看着傅时寒，脸上很清楚地写着"不欢迎你"，奈何后者装瞎，看不出来。

"外婆！"漾漾脆生生地开口，一脸期待地看着祁然说，"让我爸爸一起吃饭吧，好不好？"

祁然正欲说不好，就又听见漾漾说："外婆做的东西最好吃了，让我爸爸也尝尝吧！"

祁然被堵得没话了。

"外婆，我好久都没和爸爸一起吃饭了。"漾漾松开傅时寒的手，跑到祁然身边撒娇，"外婆，求求你了。"

"你来干什么？"祁然侧眸去看傅时寒，问。

"我想做点儿吃的，发现家里没盐了，过来借点儿。"

这回答真是不要脸到家了，傅时寒一脸坦荡地迎着祁然的目光，笑说："祁姨，我真没吃饭呢。"

你看我儿子都这么求你了，你好意思当着他的面把我赶出去，让我饿肚子吗？你好意思赶，我都不好意思走。

祁然深吸一口气，低头去看抱着她露出一脸期待的神色又卖萌的小家伙。她没办法，只能点头。

"就这一次，下不为例。"

傅时寒满意地一笑，推着漾漾的头，带他去洗手间，轻轻地捏了一下他的脸蛋，夸："干得漂亮。"

傅时寒就知道把漾漾送过来还是有点儿用的，看，这不就用上了？

两个人洗完手回到餐厅，其他人都已经落座了。傅时寒被安排在离苏绾心最远的位置，挨着苏白。

人在屋檐下，不得不低头，再说现在的情况也不允许傅时寒挑三拣四。因此，他很识时务，痛快地坐下了。

餐桌上的气氛因为多了一个人而发生改变，苏绾心被祁然和苏瑶左右包围着，别说跟傅时寒说句话，就连视线都不敢跟他对一下。

傅时寒被苏家的几个人戒备地盯着，自己却坦然，低头认真地吃东西，然后在碗里的饭吃没后抬头看向祁然。

饭是苏瑶给他盛的，故意盛了很少的小半碗，想着让他吃完快点儿滚蛋。结果谁也没想到，他的脸皮是真的厚。

傅时寒起身去盛饭，完全没有作为客人应该低调一点儿的自觉。他回来后对上祁然的视线，笑着开口："漾漾说得对，祁姨您的手艺确实好。"

"你别一口一个'祁姨'地叫，我们没那么熟。"

祁然作为在律界打拼多年的律师，身上本就带着那么一股子凌厉的气质。她板着脸看着傅时寒说这种话时，别说傅时寒，就连在一旁的苏绾心都心中一沉。

一时间气氛很凝重，一般人面对这种状况绝对会慌，可傅时寒看着祁然却笑了，然后在祁然清冷、尖锐的视线中，悠悠开口："妈？"

谁也没想到他会突然喊这么一句。

傅时寒"稳如老狗"地坐在那儿，没觉得自己叫的有什么不对。

他的儿子喊她"外婆"，他这么叫没毛病吧？祁然不让他叫"祁姨"，那他能怎么办？他一个小辈，直呼人家的名字多没礼貌。

祁然的嘴角抽动了一下，她看了傅时寒几秒后，厉声开口："你滚回家去！"

"好的！"傅时寒痛快地起身，笑着开口，"妈，那我回去了。"

傅时寒转身离开，如祁然所愿，出门拐了个弯就到家了。

祁然被气得不轻，哪能想到堂堂傅氏集团的总裁私底下是这么个德行？！

傅时寒走后，苏白忍了又忍，终于忍不住笑出声："哈哈哈……笑死我了，不叫'祁姨'就叫'妈'？他是怎么想的？"

苏白笑得前仰后合，最后被祁然重重地拍了一巴掌才收敛许多，但还是忍不住想笑。

沙发上，苏瑶一脸的生无可恋的表情——她就说这个傅时寒难搞吧？今天太失误了，她就不应该让他进门才对。

祁然板着脸，想到傅时寒时，觉得好气又好笑。这个人的反应真的快，难怪她听说，鲜少有跟他谈判还讨到好处的人。

祁然暗暗叹了口气，看向苏绾心。

苏绾心也因为傅时寒刚才的举动而有点儿蒙，对上祁然的视线，抿了抿唇掩住笑意，劝道："妈，你别生气。"

祁然冷哼一声："这个人油嘴滑舌，你以后少跟他接触！"

"我知道了。"

苏绾心痛快地点头，明白这时候可不能再惹祁然了。

屋内的暖气开得足，漾漾吃饱后不一会儿就开始揉眼睛，有了困意。苏绾心上楼哄他睡觉后，看到了傅时寒发来的消息。

傅时寒：明天我带你去滑雪？

苏绾心：不行，我妈说了，不让我跟你一起玩。

傅时寒：那我妈有没有说什么时候准你跟我一起玩？

苏绾心：你可真不要脸。

傅时寒：我要老婆，不要脸。

他突然说出这么一句话，让苏绾心的心停跳了半拍，然后有点儿慌地加速狂跳。她忍不住转移视线去看其他地方，半晌后又回归到手机屏幕上。

傅时寒：绾绾，等我把你的家里人都哄好，让他们同意你和我在一起的时候，你搬过来跟我一起住，好不好？"

偌大的房间空荡荡的，只有傅时寒一个人。傅时寒还是第一次觉得家里这么大，大到有点儿烦。

他想和她一起住，白天他们可以各忙各的，晚上回到家一起吃饭，一起聊天，一起睡觉。

他喜欢跟她在一起的感觉，自在。他很久没过得这么舒服了，虽然看见她时自己的心还是会隐隐作痛，但想她的欲望和冲动远远超过了那份疼痛。

只要能见她，他疼也甘心。

傅时寒就这么提出同居的邀请，让苏绾心又一次不由自主地脸红心跳。

隔墙有"饵"，那诱饵无时无刻不在抓紧机会引诱她。苏绾心叹了口气，给他回复。

苏绾心：以后的事以后再说，我觉得你想搞定我的家人，需要花点儿时间。

这话她不说傅时寒也明白。

傅时寒难得悠闲地在家待了一天，晚上进书房开了个会后就回卧室休息了。

安静的房间里，他的意识渐渐开始模糊，十几分钟后，他完全沉入梦乡——

"嘀——嘀——嘀——"

仪器监控的声音在昏暗的房间中有节奏地响起，屋子里充斥着的是医院独有的消毒水的味道。

病床上，有一个人安安静静地躺着，仿佛睡着了。若不是有脸上的氧气罩和手臂上的针管，她真的和睡着没什么两样。

病床边，有一个人目不转睛地看着她，神情严肃，漆黑的眼眸里是藏不住的自责和担心的神色。他看了床上的人好久，低声呢喃："忘了吧，忘得一干二净最好。"

凌晨一点半，傅时寒突然惊醒。梦中的画面清晰地在他的脑中浮现，他犹如被一桶冰水从头浇下，浑身冰冷。梦里躺在病床上昏迷不醒的人是苏绾心，坐在床边说让她忘了的人，是他自己。

他说"忘得一干二净最好"，是想让谁忘记？是苏绾心还是他自己？苏绾心的失忆难道是他造成的？

事情的疑点很多，他却找不到一个突破口。这一年来，他始终觉得他丢失的那部分记忆是在他点头同意之下才消失的。

他这个人很自负。如果他不同意，没人能夺走他的什么东西。可他那么喜欢苏绾心，怎么会同意让自己忘掉她呢？

漫长的夜终于熬过去，傅时寒出门去了隔壁。这一次，来开门的人是祁然。她似乎料到按门铃的人是谁，所以并没有拿出好脸色。

傅时寒跟祁然对视，轻声开口："祁姨，我有几句话跟绾绾说，说完就走，今天不气你了。"

他严肃认真的表情让祁然微微一愣，犹豫了一下后让他进屋了。

苏绾心正在书房盯着电脑屏幕分析数据，看到他后愣住了："你怎么来了？"

傅时寒关门走到她的面前，伸手将她拽起来并抱住，把头埋在她的颈间小声倾诉："我昨晚梦见你了，想了一晚上，终于见到你了。"

他缓解了这一夜在心中堆积的烦躁，拉着她坐下，问："你前些日子说，不想再和我在一起是因为不想再当我的护身符，这事是谁跟你说的？"

苏绾心没想到他过来找自己是为了问这件事，情绪有些低落地回答："你怎么想起这件事了？"

"因为我昨晚梦见你了，你躺在病床上，病得很重。"他慢慢抬手，轻抚她的脸颊，"我一晚上没怎么睡，一直在想我们的事情。我想查查我一年前为什么会忘了你，是谁有本事让我忘记你。"

她不在的这一年，他只是试图去恢复记忆，却没想查清楚当初为什么忘记她。因为他之前没遇见她，觉得她不那么重要，不想浪费时间做这种麻烦的事；也因为他还沉浸在给自己发邮件的烦躁情绪中，不想再跟她扯上什么关系。

苏绾心咬了咬唇角，转身拿起桌上的手机，给他看自己那天收到的信息。

傅时寒目光阴沉地看完，听她说："这个人对我们的事情似乎很了解，所以我看见了以后就更不希望再和你有什么纠葛。"

她现在看见这几条短信都会害怕，觉得自己像在悬崖边上走，一不小心就会坠入崖底，摔得粉身碎骨、万劫不复。

傅时寒皱了一下眉，轻声问她："那你为什么还和我接触，是被我缠得没有办法吗？"

"我只是觉得……应该信你。"比起几条有意挑起事端的匿名信息，她更愿意相信他。她抬眸凝视他的双眼，一字一顿地说："傅时寒，你别骗我好不好？"

比起那些摆在眼前只要努努力就能迈过去的坑，苏绾心更怕的是那些看不到、防不住的欺骗。

傅时寒点头说"好"。

她舒心一笑，又和他说了会儿话后把他送走，回想过去整整一年的生活。

这一年，有家人陪在身边，苏绾心觉得自己像一只鸵鸟，一直把头埋在沙子里，对很多事都抱着逃避的态度。因为那些深藏在她骨子里的痛苦在不断提醒她，她曾经生活得一点儿都不好，受到过很多伤害。

苏绾心想了很久。她记得前阵子有一个叫钟贤的男人找过自己，那个人说他是她曾经的心理医生。如果她想记起过去的事情，那么找这个人应该是个不错的选择。

苏绾心拨通了钟贤的电话。

两个人约好见面时间，她准时到场赴约。

钟贤没想到，苏绾心走了一年，回来后摇身一变，成了苏家千金——就如同他曾经万万没有想到她的孩子会是傅时寒的一样。

苏绾心拂衣落座。两个人视线相撞，她浅笑着问道："上次见面时你就在观察我，心理医生平时都有这种习惯吗？"

"算不上习惯，我只是想确定你是否真的已经痊愈而已。"

苏绾心这个病患真的算是钟贤从医路上的一块心病。

"那你现在确定得怎么样了？"苏绾心双腿交叠，慵懒地靠在沙发上，看着他问。

她穿着黑色的职业套装，手边搭着灰色的大衣外套，妆容精致、目光犀利，微微上扬的红唇带着一抹意味不明的笑意。

钟贤看着这个难对付的女人，无奈地摇了摇头，喝了一口咖啡后才重新和她交流。

他轻声询问："苏总找我到底有什么事？"

钟贤知道她是一个做事目的性很强的女人，不可能无缘无故约自己见面。苏绾心沉默了数秒，给了他答案，让他身子一僵。

她红唇轻启，悠悠开口，只说了两个字："看病。"

"找我看病？苏总不是在开玩笑吧？你还没痊愈吗？"

"离开之后，我接受了大半年的心理治疗。医生说我的状态基本稳定，只是还需要每个月见一次心理医生，观察情况，但我找你不是这个原因。我找你看的病，是失忆。"

钟贤呼吸一窒，瞳孔瞬间收缩。

"一年前的事情我已经完全不记得了，也把你忘得一干二净。"苏绾心从容地坦白，"只是知道这件事的人不多，我也没打算让太多的人知道。"

钟贤喝了一口咖啡，压了压惊，思路渐渐清晰后皱了一下眉。他想到苏绾心之前的状态，又看了看眼前这个焕然一新的女人，迟疑地开口："你确定要想起一切吗？"

"钟医生这话是什么意思？"

"从一个专业心理医生的角度来看，你现在的状态远比之前的要好。在我看来，忘记有些事情未必不是件好事。"

这些年他看过很多病人，有失忆的，也有想要失忆的。人生不如意事十之八九，相较现在，苏缩心之前过得好不好，答案显而易见。

"每一个得抑郁症的患者都是因为各种各样的压力而难以痊愈，你确定要回忆起那些事情吗？你就这么忘掉不开心的事不是挺好的？为什么想重新记起？"钟贤不解地问，猜不透她的心思。

"因为除了不开心的事，好像还有一些更重要的事我也一并忘了。"苏缩心垂下眼帘，淡声回答，"你对我应该有些了解。毕竟你是心理医生，我和你说过很多真话、心里话。不瞒你说，我现在挺不甘心的。"

她听说自己从小是在傅家长大的，跟傅时寒一起生活了十几年。忘记了这些，她不甘心。

钟贤叹了一口气，心情非常复杂："那你就不怕想起之后抑郁症重新发作，一切重蹈覆辙？"

"怕，"苏缩心认真回答，"但我觉得值。"

苏缩心以前总听人说，恋爱中的女人是"无脑生物"，现在好像明白一些了。因为她竟然会觉得，如果能记起有关傅时寒的一切，哪怕自己受些伤也是值得的。她愿意用伤痛换回有关傅时寒的记忆。

和钟贤聊完治疗安排的事，苏缩心回到公司。最近因为苏缩心的身份问题，公司的业绩有了明显的上升趋势，好多人想约她见面，甚至有人干脆来公司找她。来的人多了，她总要见几个才行。

下午五点半，傅时寒抽空来接苏缩心下班。他见办公室里没人，便问了一下秘书，结果被告知苏总正在会议室见客户。

女朋友认真工作的时候被打扰肯定会降低对他的好感度，所以傅时寒聪明地选择乖乖等待。他无聊地把陈磊拽到走廊陪自己抽烟，过了好久，不远处的会议室大门终于被打开了。

傅时寒偏头看去，看到苏缩心跟一个男人从里面出来，那男人还笑着对她说："很高兴能和苏总合作，不知苏总今晚有没有时间跟我一起吃个饭？"

"抱歉，我答应了孩子，今天得早点儿回去。"

"那明天呢？什么时候都行，我配合苏总的安排。"

苏缩心感觉到对方的目的性，正思考该怎么拒绝的时候，余光瞥到不远处一抹熟悉的身影。她扭头看去，就看到傅时寒姿态慵懒地站在那儿，指间是一根没抽完的烟。他迎着苏缩心投射而来的视线，似笑非笑。

"傅总？！"苏缩心身边的男人也顺着她的视线看过去，惊讶地出声，快步过去打招呼。

傅时寒这才收起懒散的气场，神情淡漠地应付对方。

"傅总，好巧！你怎么也在这儿？"

"我来找苏总谈点儿事。"傅时寒冷冷地回答，看了一眼苏绾心所在的方向，"没想到苏总的业务这么繁忙。"

苏绾心站在原地没过来，跟傅时寒隔空对话："傅总找我有什么事？"

"你答应我的比试什么时候开始？"傅时寒最近有点儿手痒，"不是说我们这次一定要分出胜负吗？"

苏绾心愣了一下，没想到他还没忘记这件事："傅总安排就好，我随意。"

傅时寒没忘，而且记得还挺清楚。他时不时就从网上翻翻她之前公开的操盘记录，继而去猜测她当时的思路，看着她那跟自己确实颇为相似的手法，心底便隐隐欢喜。

傅时寒迈步朝苏绾心走去，借口低声跟她商量事情，随即推开她的办公室的门往里走。苏绾心顺势跟他进屋，关上门问："外面那个人怎么办？"

"晾着，你管他干什么？"傅时寒一脸的无所谓，"来找你吃饭的人这么多吗？我偶尔来一次都能碰上。这帮人怎么都摸不清自己的定位？约你吃饭，他们也配？！"

"傅总每天拍的马屁都很别出心裁。"苏绾心叹了口气，靠在门上看着他，"那你倒说说，谁配？"

傅时寒不说话，只是笑，拍了拍自己身边的位置让她过来。见苏绾心摇头，他又说："一会儿到家，我就抱不到你了。今晚我能不能睡个好觉全靠你了。"

苏绾心僵持了片刻，头痛。他是真的会撩逗，她顶不住。她缓步走到他身边坐下。他倒也没什么过激的行为，只是把她搂在怀里，和她聊天。

"我明天去滨市，跟苏白同一个航班，去签新项目的合同。我还以为上次在你家叫的那声'妈'，把这个项目叫黄了呢。"傅时寒想起那天的事，嘴角上扬，"等明天把合同签完，我再试试。"

"你是没被我妈打，不甘心吗？"苏绾心笑意盈盈地扭头看他，"真以为我妈的脾气好吗？"

"我早晚都要叫，让她早点儿适应不是挺好的？"傅时寒回答得理直气壮。

苏绾心听后，耳朵微微发红。他这话就好像在说他们早晚都要结婚一样。

傅时寒心里还在想怎么讨好祁然，没注意到苏绾心的害羞表情，又问："祁姨什么时候过生日？"

"正月初三。"

"那岂不是快了？你跟我说说，她都喜欢什么，我提前准备礼物。"傅时寒一脸认真的神色。

苏绾心笑着答："她喜欢你离我远一点儿。"

眼前的人明眸皓齿，笑靥如花。傅时寒望着苏绾心的笑脸，目光一热，忍不住低头以吻封缄。过了很久，他才慢慢抬起头，放过已经面红耳赤的人，强忍着没再继续。

再这么玩，他说不定会忍不住做点儿过分的事，但不想重遇后的第一次在这间办公室里。

苏绾心推开他去收拾东西，然后看到包里的东西，犹豫着开口："给你，生日礼物。"

她那天买完就一直把这东西放在包里，不知道该不该给他，也不知道应该找个什么机会给他。

傅时寒眸光一亮，接过来，听她说："我不知道你喜欢什么，只是看你好像经常换表戴，应该对这东西不排斥，就买了一块表。漾漾说你喜欢贵的，这个超级贵。"

傅时寒满意一笑，把手上的表摘下，换上新的，怎么看怎么顺眼。他今晚约了路辞见面，这个表必须得给路辞看看才行。

到了家，傅时寒揉了揉她的头发就回去了。

路辞到的时候，傅时寒特意挽了挽袖子，让自己的新表能被全方位地展示出来。傅时寒问："好看吗？"

路辞不知道傅时寒好端端的发什么疯，就过去看了一眼，然后没灵魂地点头："好看。"

"绾绾送的。"傅时寒得意扬扬，"像你这种没女朋友的人，不懂吧？"

路辞忍不住笑了："以前你所有的表都是绾绾买的，就再送你一块表已经是新鲜事了吗？"

这话一出，傅时寒忍不住愣了愣，因为完全不记得这件事了。

路辞看他的表情就知道怎么回事了，叹了口气，说："你喜欢戴表，所以你们两个在一起后，她送你的第一份生日礼物就是手表。我记得清楚，是一块名表。"

对他们这种人来说，这款表不算贵，但以前这笔买表的钱对苏绾心来说不是小数目——是她平时攒下的零花钱，还有出去打工赚的钱。当时，她因为英语很好，去给人家当翻译，后来辞职的时候那家公司不愿意让她走，提出给她升职加薪，想把她留下来。

傅时寒当时收到礼物，高兴得一晚上没睡，不要脸地跟苏绾心说"以后我所有的表都得由你买"，苏绾心答应了。再后来，苏绾心慢慢长大，挣钱的能力越来越强，送给他的礼物也越来越贵。上大学后，她甚至用自己炒股赚来的钱给傅时寒买了一辆车，当时真是把路辞他们几个人酸得快当场去世。

不过这些事，傅时寒现在都不记得了。

傅时寒听完路辞的话，再看看腕间的表，已经没了炫耀的心情。路辞走后，傅时寒回到卧室，一夜无眠到天亮，清晨和苏白在飞机上相遇。

两个小时后，飞机在滨市降落。今天是傅氏集团和 KL 集团时隔一年第二次以重大项目签约的日子，此事备受业内关注。

镁光灯下，傅时寒和苏白在文件上分别签署自己的名字。到了记者提问的时间，傅时寒听到有人问他——

"傅总你好，我是《新时代经济》媒体的财经记者。我最近听到了一些消息，称苏氏证券的苏总似乎跟 KL 集团有些关系。那我想问傅总，你是否也听到类似的消息，这消息是否属实？如果消息是真的，傅总又是在什么时候得知苏总的身份的呢？"

傅时寒看向提问的记者，微微眯了眯眼睛。他一旁的苏白意味深长地挑眉一笑，觉得这位记者还挺会问的。

场下一阵喧哗，因为听到这个消息的人有很多，但没听过这个消息的人更多。镁光灯还在时不时地亮起，场中央的摄像机也在持续工作。

傅时寒拿起话筒，轻声反问："你觉得我应该在什么时候知道？"

记者被噎住：我要是知道还问你？

今天的签约仪式还在网上以及经济频道直播，眼下，网上的弹幕密密麻麻的，而观看者大多数并不多么关注国内芯片行业的发展，只是奔着脸来的。

傅时寒自从去年不小心在旗下的娱乐公司的年会上现了身，并且被直播播出之后，在网上就多了一群"老婆粉"。这群粉丝天天嗷嗷待哺，哭着、喊着、叫着，不放过任何一个傅时寒在公开场合露面的机会。

傅时寒看着被自己问到心累的记者，嘴角微扬。

"苏总和 KL 集团的关系我也是前些日子才知道的，并没有比你们提前多少。大家想想也知道，如果我知道她是苏总的妹妹，那一年前……"

傅时寒一言难尽的模样让不少人轻笑出声。如果他早知道这件事，那一年前就不会作死跟苏绾心作对，在公开场合跟苏绾心互怼。大家都清楚，这次傅氏集团跟 KL 集团签约项目有多困难，这到底是不是因为他之前得罪了苏绾心，谁都不敢断定。

苏绾心没时间看直播，也不知道傅时寒在签约仪式上说了什么。直到手机 App 推送了弹窗新闻，她才发现自己好像又成了别人嘴里的故事的主人公。

傅时寒离开 C 市两天，和苏绾心没怎么联系。到了第三天晚上，他有点儿忍不住了，主动发起视频通话。

苏绾心刚洗过澡，头发用干发帽包着，一张白净的小脸就那么明晃晃地出现在他的视线里，让傅时寒挪不开视线。

"傅总有什么指示？"苏绾心把手机搁在一旁，轻声问道。

"我还得过几天才能回去，想看看我的女朋友在我不在的时候都在干什么。"傅时寒躺在床上，一手拿着手机，一手枕着脑后，百无聊赖地说。

苏绾心听后，把手机换了个位置，让摄像头对准电脑屏幕。

然后傅时寒就发现她在玩期货，盯夜盘。

期货是傅时寒拿手的东西。他最初在 C 市的金融圈声名大噪，就是因为一手期货玩得无人能敌。

期货的操作要比股票难得多，当然，风险大，收入自然也高。只要人够机灵，眼光够准，十分钟左右就能有 70% 到 100% 的收益，这是傅时寒的成绩。

这些年期货市场迅速发展，有些人靠着这个发家致富，但因为玩期货而倾家荡产、选择自杀的人也不在少数。傅时寒前阵子还听说有个人玩的期货被爆仓了，由于亏损超过提前交的保证金而被强行平仓，账户里的钱被瞬间清零，这个人受刺激，心脏负荷不了而当场去世。所以说，期货这东西玩的就是个心态。

傅时寒安静地看了十来分钟，兴奋得睡不着，也起身去了书房，打开电脑登录自己的账号。

这丫头怎么这么厉害？满仓操作，思路清晰，单看她的手法他就知道她是老手。

"苏总，再比一次吧。"傅时寒登好账号，认真开口，"不好奇跟我相比，你差在哪儿吗？"

苏绾心一听这话笑了："你就确定是我差，而不是你？"

"那就比吧，每天晚上九点到十二点，一个星期就好。"

"行啊，随便你。"苏绾心特别坦然，一点儿怕的意思都没有，"输的人有什么惩罚？"

"我要是输了，把自己送你？"

"傅总这话说得就不要脸了吧？"苏绾心嘴角微扬，"拿你自己当赌注，还不如给我点儿钱呢。"

人不如钱，他的待遇是有多惨？傅时寒暗暗叹了口气，觉得自己真是离开几天地位就下滑得厉害。

"行，你喜欢钱，我就给你钱。"他无奈地开口，"不过，我要是赢了，你要陪我一晚。"

手上的动作一顿，苏绾心看向视频屏幕。

"这次，我不能保证什么事都不发生。"傅时寒淡淡地说。

他看到的是苏绾心的电脑，并没见到她紧张的样子。

苏绾心咽了咽唾液，沉默着继续操作。傅时寒倒也不急，听着她操纵鼠标和键盘的声音，耐心等待。时间分秒流逝，过了许久，傅时寒听到她说："好，我答应你。"

她要是输了就陪他一晚。他不保证什么事都不发生，她也不能保证。

这本来是一件挺私密的事，因为他们决定的时候没有第三个人知道。可是傅时寒已经好久没登录他的期货账号了，每次有点儿动作就会被很多一直盯着他的人发现。这些人会顺着蛛丝马迹找出关联的线索，然后将事情无限放大。

对于比赛的事情，傅时寒倒没有刻意隐瞒，相反还挺期待知道的人再多些，让他们也见识见识他的女朋友有多厉害。于是傅时寒干脆玩了个大的，在账号内增加一大笔资金，让人一看就知道他要有大动作了。于是，盯着他的人越来越多，然后大家就发现，他每天晚上九点开始都会有一段时间在线——而同样在这个时间疯狂操作的，还有苏绾心。

这两个人不是第一次对上了，这次也毫无例外地被大家围观个痛快。苏绾心不过就跟他比了一个晚上，还没觉得怎么样呢，就在出席产品发布会的时候被记者用话筒怼到脸上问，她是不是又跟傅时寒过不去了。

苏绾心尴尬地笑笑，解释两个人就是随便玩玩，没什么过不去这一说。然后记者又挑事，说有人怀疑她找人帮忙，也就是说，她账户内的每一笔操作都不是她自己完成的，这就让苏绾心很生气了。

怀疑她业绩作假简直比怀疑她整容还让她不高兴。你说我不漂亮？可以；你说我不厉害？不行。

苏绾心看着那位有意拱火的记者，问："那你觉得我应该怎么做才能打消你们心里的疑虑呢？"

记者早就想好对策了，立刻回答："苏总要不要考虑找个时间直播一下？"

"直播？"

"苏总可能不知道，最近金融圈有个活动，每天都有人直播，在线教学。苏总也可以试试啊！"

因为今年的市场行情不好，炒股亏损的人比比皆是，也不知道是谁想出的馊主意，说希望有专业人士救救他们这些因快破产而活不下去的"韭菜"。目前已经有几家券商公司参与活动，每天都安排一名操盘手在线教学一个小时。

"苏总，你不打算直播一次吗？"记者笑着看苏绾心，满脸狡诈的表情。

人呢，不蒸馒头还蒸（争）口气，所以苏绾心一置气就点头答应了。她回公司找陈磊问了一下直播的事，没想到这件事是真的。

"咱们也派人参加了，跟风闹着玩呗。"陈磊笑着说，"这也算是给咱公司的'单身狗'们打个广告，万一他们被看上了呢？他们娶老婆的事不就有着落了？"

"你当个经理，一天天的可操碎了心。"

陈磊不但要关心业绩，还要关心员工的婚姻问题，他的头现在还没秃真是个奇迹。

苏绾心把今天被记者挖坑的事说了，让陈磊帮自己弄了个直播账号，当晚九点就出现在广大网友面前。

关注苏绾心的直播的人不单单有无聊的网友们，还有业内同行。苏绾心第一次搞这个东西，还有点儿不太会玩，等调好了摄像头的角度和电脑直播画面的时候，发现直播已经有几十万人气了。

她有点儿蒙，看着直播助手上飞速闪过的一条条弹幕，哭笑不得。

"小姐姐有这个姿色干点儿什么不好，进娱乐圈啊！"

"小姐姐，你看看我，看我一眼就行！我给你买口红！"

她还什么都没干就先吸了一批"颜粉"。不得不说，这个年代"颜狗"

泛滥，在看脸这件事情上大家都肤浅地有着共同话题。

苏绾心看了一会儿弹幕，微微浅笑。她这一笑不要紧，不少人又呼吸一室，喉咙发紧。

她穿了一件白色衬衣，领口最上面的扣子没系，隐隐能让人看到锁骨。她脖子上戴了一条细细的白金链子，但谁也看不见下面的吊坠是什么样的。

苏绾心没说什么话，直接步入正题。她把账号登好，账户内的资金在被显示出来的一瞬间，弹幕又疯了。

苏绾心不看弹幕，注意力比较集中。金额大、浮动大、心理落差大，这样玩才刺激。网友们一开始被她的颜值吸引，不停地发弹幕表白，但很快，弹幕的数量少了下来。因为网友们都在目不转睛地看着她的每一笔操作，被她的大胆和镇定征服。

傅时寒今晚回 C 市，到家的时候还不到九点半。他正打算给苏绾心发个视频，就看到路辞给他发了条信息，里面是个网络链接。

傅时寒：色情网站？

路辞：色什么色？你老婆在直播，不去看看？

直播？这件事傅时寒可没听说。他点开路辞发来的链接，片刻后，看到苏绾心的脸和一条条让他不高兴的弹幕，尤其在看到有人在弹幕里喊苏绾心"老婆"的时候，火冒三丈。

他看了一会儿，起身朝外走去，出门到了隔壁按响门铃。

苏瑶来开门，看到他后警惕地问："这么晚了，你干什么？"

"我跟绾绾说两句话。"

"不行！"苏瑶连忙拒绝，"我妹妹在直播呢！"

客厅的电视上显示的正是某直播平台的界面，苏瑶也正在疯狂"舔屏"，觉得妹妹好厉害。

"我知道，让开。"傅时寒垂眸看着苏瑶，看起来心情很不好的样子。

苏瑶小心翼翼地一点点关门，然而门被傅时寒抬手挡住了。

他问："你确定不让我进去？"

"不让！你能怎么样？！"

"你就不怕我明天也搞个直播，和广大网友聊聊我跟你妹妹之间的那点儿事？"

苏瑶不敢回嘴了。

"我这个人嘴碎，不确定到时会说出什么东西。如果你想让我公开，那我肯定没意见。"

见傅时寒说完就转身，苏瑶条件反射地抓住他的衣服，觉得这件事他还真做得出来。傅时寒趁她注意力不集中的空当成功进屋，苏瑶再想把人赶出去已经晚了。

书房内，苏绾心还在直播盯盘，因为有点儿困，还戴了个耳机听歌，完全不知道楼下发生了什么，甚至不知道傅时寒已经回来了。所以当一抬头看到倚在门框上的人时，她倒吸一口气，目瞪口呆。

苏绾心惊慌的模样通过摄像头成功传播出去，让观看直播的观众们纳闷儿、好奇。

她动作僵硬地关掉音乐，摘下耳机，紧张地看着傅时寒，以为他不知道自己在直播，于是小声开口："我在直播，有什么事一会儿说，好不好？"

她不提直播还好，一说这个，傅时寒便迈步朝她走了过来。

苏绾心立马慌张地起身，想拦住他。这要是让网友们看到傅时寒，那……画面太美，苏绾心不敢想。

傅时寒面无表情地走到她的身边。

直播画面中，苏绾心就这样一脸惊慌地被一双手按着重新坐到了椅子上。

那双手手指修长、骨节分明，只要不瞎的人都能看出来是一双男人的手。

苏绾心是在用笔记本电脑自带的摄像头直播，摄像头能录到的范围是她的脸到胸口，所以傅时寒站在她的身后，网友们完全看不到他的脸。因此，这并不影响他做事。

傅时寒微微俯身，双手从苏绾心的身后绕到她身前，然后慢条斯理地将她的衬衫最上面的那颗被解开的扣子重新系上。

他刚刚在家看她直播的时候就看到有人说苏绾心的锁骨好看，这说明什么？说明他们在盯着看！其他人对她又是看又是喊的，这件事他能忍？！

傅时寒给她系好扣子便站直身体，然后在苏绾心扭头看他的时候，伸手点了点她的眉心。苏绾心的脑袋就随着他的动作一下下地往后仰，接着，她听见他说——

"你会不会好好穿衣服？不会我教你。"

他清冽的声音传到网友们的耳朵里，瞬间让直播的热度又上升到了一个新高度。

苏绾心的脑子一片空白，过了片刻才回过神来，她恼羞成怒："我怎么不好好穿衣服了？！"

傅时寒看着她恼怒的模样，心情莫名其妙地就好了。他又抬手揉了揉她的头发，走到沙发坐下，无声地表示他不说话了。

苏绾心心累得怀疑人生，完全无法平静。她的脸色飞红，网友们看得真切。

明明几分钟前，她还是一副高高在上的冷艳女神形象，让人觉得可望而不可及。可就在这短短的时间内，那仿佛还在云端的女神身上立马多了一丝人间烟火味。

她目瞪口呆、惊慌失措、恼羞成怒、面红耳赤，因为一个男人的突然出现变得更真实。她硬着头皮坐在那儿，目光飘忽不定地看着电脑屏幕，又忍不住去瞄不远处的男人。

期货市场瞬息万变，几分钟的工夫就让苏绾心亏了钱。她咬了咬牙，重新盯盘，直到把赔的钱又捞了回来，才有气无力地和网友们说："今天就到这儿，不播了。"

说完她关了直播，退出平台，甚至还把电脑关机了，才深吸一口气，愤怒地叫某人的名字。

"傅时寒！"

被吼了大名的男人波澜不惊地坐在那儿，一副天"塌下来都无所畏惧"的模样。他慵懒地看向苏绾心，给她自己来这里的理由——

"他们说你的锁骨好看，喊你'老婆'。"

苏绾心微怔。

他走到她的面前，把她的椅子转过去，然后将双手撑在椅子扶手上，微微俯身，把她限制在这空间里，和她面对面。

"我采访一下，苏总现在是什么心情？顺便再问一句，你是谁的老婆？"

苏绾心羞得说不出话来，眼睛直直地盯着他。

"我已经够让步了。"傅时寒抬起自己的左手给她看，"我刚才进来的时候，摘了戒指的。"

他要是戴着那枚订婚戒指……呵，直播平台的系统都得崩。他觉得自己够收敛，因此更加理直气壮。

"我才走几天，你就开始玩这种花里胡哨的东西了？苏小姐是因为我不在，所以觉得无聊了，想给自己找点儿乐子吗？"

苏绾心觉得耳朵烧得难受，心脏也一直在乱跳。她垂眸，不与他直视，咬了咬唇角，一句话也不说。

傅时寒见她的小动作，目光一沉："你别勾引我，我忍不住。"

他说完就真的忍不住了，挑起她的下巴，以吻封缄。

其实他们分开的日子并不长，可说来奇怪，他觉得好像过了很久，想她想得难受。

不知过了多久，苏绾心才被他慢慢放开。他的呼吸也有点儿急促，他伏在她的耳边，声音低哑地开口："老婆，这下所有人都知道你名花有主了，开不开心？这么喜欢直播，明天我陪你一起吧？"

"不了，我就直播今天这一次！"

"不好吧？堂堂苏氏证券的苏总的'网红'生涯就因为一颗扣子就此结束了？"傅时寒觉得挺可惜的，"凡事哪儿有那么绝对的？一定还有下一次的。"

至于下一次要搞点儿什么事，他得提前好好想想。

苏绾心的脑子乱得厉害，她没心情跟他掰扯这些，就希望他能快点儿滚蛋。傅时寒倒也没再继续纠缠，毕竟名不正、言不顺，要是被未来岳母堵在这儿，怎么解释？所以趁祁然回来之前，他识相地走了。

傅时寒去找苏绾心的时候没拿手机，回家后才发现有几个未接来电，还有好多消息，全部来自路辞。

路辞给他打电话他没接，发信息他没回，就把这件事和别人说了。

傅时寒跟路辞还有郑楚炀、霍景凡几个人从小就认识，他们有一个小群，群里还有傅时礼。路辞去群里宣扬了一通，因为直播平台在直播的时候会有录屏的功能，所以眼下哪怕苏绾心已经下播了，还有录像视频在。

路辞找到了录像视频，发给这几个人，群里聊得火热。傅时寒躺在床上看着他们的聊天信息——

傅时礼：我还以为我哥会一不小心露个正脸。

郑楚炀：你摸摸自己的良心，"一不小心"这词用他身上你觉得合适吗？

路辞：就算他是你哥，你也不好睁眼说瞎话吧？

霍景凡：我真是好多年没见他这个样子过了。

这个"好多年"，大概就是从当年苏绾心出车祸失踪开始，一直到最近结束。

这四年多，傅时寒变得沉默寡言、规规矩矩、压抑收敛，哪怕在他们这群朋友面前，都跟以前的那个他有很大的差距。

曾经的少年肆意妄为、轻狂放纵，后来渐渐长大，也始终不改初心，做自己想做的事，爱自己想爱的人。直到一场车祸，有个人不见了，他变了。

他不怎么和朋友们联系了，甚至都不怎么留在C市，一心扑在工作上，满世界地跑。他说忙着开拓市场、扩张板块，可谁又敢说他到底是在找什么？

有件事霍景凡一直没跟路辞他们讲。

大概在两年前的某天，霍景凡去傅时寒家里找傅时寒说事，很意外地发现傅时寒喝醉了。

作为这么多年的朋友，他们都清楚，傅时寒是个无论做什么事都会给自己留退路的人，在酒桌上从来就没喝多过。但那天傅时寒一个人在家喝得酩酊大醉，红着眼睛问霍景凡："你说，她还能回来吗？"

后来霍景凡后知后觉地想起，那天是苏绾心的生日。也就是从那天开始，霍景凡是真的确定了，哪怕苏绾心这辈子都回不来，傅时寒也没法儿爱上别人了。

苏绾心之于傅时寒，就是没了她他也能活、但绝不再提爱情的执念。

从十几岁那年第一次跟霍景凡他们几个人说"我喜欢绾绾，你们都别打她的主意"时开始，傅时寒那颗心就已经锁死了。他喜欢苏绾心，只喜欢苏绾心，哪怕后来她不见了，身边多了一个性格跟她很像、又有婚约的盛浅，都没动过心思。

他喜欢的人，是那个小时候会把自己喜欢的东西都留给他吃、会娇滴滴地喊他"寒哥哥"、会因为他感冒发烧而整夜陪在床边睡不着、会因为他的一句"笨蛋"而一边偷着哭鼻子抹眼泪一边看书做卷子的姑娘，是会被他的一句话羞得满脸通红、会被他在床上欺负得哭出来、怕痛但还是愿意为他生孩子的姑娘，是会因为想保护他而努力追上他的脚步、会奋不顾身到哪怕牺牲性命都在所不惜的姑娘。

一晃，快五年的时间就这么过去了，他找的人回来了，他好像又重新活了。

傅时寒躺在床上，看着他们几个人调侃自己，冷冷地嗤笑，然后懒懒地打了几个字发出去。

傅时寒：几个连女朋友都没有的人瞧不起我这个已经有儿子的？脸呢？

傅时礼：哥，我订婚了。

傅时寒：这个月你给自己的未婚妻打钱续约了吗？

傅时礼：……

傅时寒嘴毒起来谁都不放过，连自己亲弟弟都怼。所以这个时候路辞几个人痛快地乖乖地噤声，仿佛一切都没发生过。

第十六章

You're my everything

　　直播事故引起热议，当事人苏绾心表示非常后悔。如果可以，她这辈子都不想再直播了。

　　今天 GE 总裁霍德华以及 S 国萨普金融总裁来到 H 国，业内精英相继出动去迎接、应酬，苏绾心也抽空过去了一趟。她到场的时候，傅时寒已经抵达，正和霍德华在聊天。苏绾心犹豫了一下，没立刻上前，而是等傅时寒离开后才过去。

　　站在霍德华身边的人中有一位白人男子，正是萨普金融的总裁 Mark。苏绾心跟 Mark 握了握手，聊了几句，突然想到一件事：她之前在 S 国时差一点儿去应聘工作的公司不就是萨普金融吗？那天要不是遇见 GE 的老朋友，她现在已经是 Mark 的员工了吧？

　　Mark 注意到她的表情变化，在意地问："有什么有趣的事情，你不如分享一下？"

　　苏绾心抿了一口酒，回答："之前我曾经接到过贵公司的电话，问我是否有兴趣成为贵公司的一员。"

　　"哦？" Mark 惊讶，"什么时候的事？他们怎么会找到你？"

　　"我去年曾在 S 国休息了一年，那时候在你们公司开了个账户，参加过两次比赛。"

　　Mark 若有所思："你参加的是什么比赛？"

"一场是由你们公司为主策划的全帝投资锦标赛，另一场是哈佛商学院策划的期货比赛。"

两场比赛的交易时间是四个月，苏绾心最后都拿了第一名，赚了不少。

"是你？！"Mark 突然一脸震惊，眼中的欣赏之情已经满到快溢出来了，"我们公司那场比赛的第一名的收益率是 600%，原来是你创造的纪录？！"

去年在 S 国的金融圈，有人曾掀起了一阵不小的风波。没人知道她是谁，她也从来没露过面，只是参加了两次比赛，留下了一些平时的交易记录，便在所有注意到她的人的心里深深地印下了烙印。

她的高收益战绩让人们震惊并仰望，甚至有不少金融报道都提到了这个神秘的人，猜测她到底是谁，未来又会以什么样的身份和方式出现。可一年就那么过去了，这个人始终没有再出现。那天，萨普金融的 HR 在打通苏绾心的手机后，听到对面是一个年轻女人的声音时也很惊讶，在核对了苏绾心注册的一些信息后，才勉强相信苏绾心就是他们要找的那个人。

四个月，600% 的盈利率，这在大家的眼里是个连想都不敢想的数字。苏绾心又和 Mark 说起了她在期货市场上搞的那些事。

长期国债期货市场是全球最大的期货市场，过去一年，苏绾心用短线持仓的方式时不时地在市场中露个脸，甚至她有时的持仓时间可以用秒钟来计算——一分钟内买卖结束，赚钱离场。当然，她不能实现 100% 盈利，但面对交易的盈亏时相当无所畏惧，心态好到爆炸。

Mark 和苏绾心聊这些事时，旁观的人就在一旁默默地听着，表情各异地交换视线。

人们都在说"付出就有收获，努力一定就会成功"。但也有很多时候在那些天赋极高的"怪物"面前，他们就会发现，无论自己怎么拼命也达不到"怪物"的高度——而苏绾心，很明显就是"怪物军团"的一员。

苏绾心因为一时嘴快，意外地掉了个"马甲"，后悔莫及。傅时寒看到她被一群男人包围着搭讪，心里酸得难受。苏绾心不是一个用钱就能追到的女人，所以傅时寒最大的优势在她面前一文不值。

月色清冷，苏绾心应酬完抵达停车场，借着月色和灯光缓步朝自己的车位的方向走去，远远看到有个人站在路灯下倚着她的车时，她的步伐不由得一顿。那个人单手插兜，另一只手指间夹着烟，仰头看着天上的月亮。

那个人是傅时寒。哪怕光线昏暗，自己又离得这么远，她也能一眼就看出那个人是他。

"你再不出来我的烟都要抽没了。"傅时寒吐了个烟圈，垂眸看她，"你跟他们有什么好聊的，聊了这么半天？"

"你特意在这儿等我？"

"不然呢？"

最近降温，天气特别冷，她这才刚出来一会儿就觉得身上快冷透了，可想而知，他在外面站那么半天，一定不好受。

苏绾心让他上车，他却没什么反应。最后她忍不住伸手拽住他的衣袖，把他推进了车里。

不经意间的指尖相触让她感觉到了他的体温。她眉头紧蹙，把暖风开大，问他："你怎么不上车等？"

"那显得我多没诚意。"

苏绾心生气："把自己冻感冒就有诚意了？"

"能让苏总心疼，那就是成功。"

他痞气十足地一笑，把苏绾心气得说不出话。

车子一路开回家，稳稳停下后，傅时寒开门下车，有点儿迫不及待地把人带到自己家，搂着她坐在沙发上，低头看她。

"四个月600个点的盈利！绾神，我的最高纪录才800，再这么下去我要有危机感了。"

"800？"苏绾心微微蹙眉，小声嘀咕，"原来我比你差那么多。"

傅时寒被气笑了，眸光闪烁，突然问她："你喜不喜欢我？"

苏绾心一愣，不愿开口。

傅时寒见状又问："你是想换个地方吗？去卧室说？"

苏绾心不敢有那个想法，便鼓足勇气反问："你觉得我喜不喜欢你？"

"我这张脸，没人不喜欢吧？"傅时寒戏谑地挑了挑眉尖，"哪怕你忘了我，重新见到了也该喜欢的。"

傅时寒信心满满，而事实上好像真是这样的。苏绾心还未组织好语言，傅时寒就已经从她的表情里获取到自己想要的答案。

傅时寒的眼神柔和下来，他哄她："你说给我听，我想听你说。"

"喜欢。"

听到这话，傅时寒眼睛瞬间一亮。他目光灼灼地凝视她的双眼，就这么看了一会儿，轻笑出声，腾出一只手来拿出手机，递到她的嘴边。

"你刚才说什么？声音太小，我没太听清。"

苏绾心低头看着眼前的手机屏幕，屏幕上清晰地显示着录音的界面。

她哭笑不得地问："你是怕我翻脸不认账吗？"

"怕啊。"傅时寒点头承认，"我们是一类人，翻脸比翻书快。"他说完捏了捏她的肩膀，催促："快点儿，说你喜欢我。"

"不说了。"苏绾心抢过手机，关了录音软件，觉得那句话要真是让他录下来，他说不定会天天放给她听。她可不想自己挖坑自己跳。

傅时寒尝到了甜头，哪儿能那么容易认输？手机重新回到他的手里，录音界面被重新打开，他低下头吻她，威逼利诱。过了许久，录音软件录下了一个呼吸不畅的声音，苏绾心微微颤抖地说——

"我喜欢……我喜欢傅时寒……"

傅时寒满意地结束录音，在保存录音片段后编辑名字的时候想了想，然后输入"我喜欢苏绾心"几个字。

苏绾心是眼睁睁地看着他把这几个字打上去的，然后在傅时寒重新看向她的时候，丢下一句"我回家了"便落荒而逃。

一转眼的工夫，马上就到二月份了。在接到祁然的电话问她什么时候回家，苏绾心便决定一个星期后带漾漾一起回去。

安排好回家的事，苏绾心便继续投身到工作中。这天下班，她去参加某个慈善晚宴，拍下一幅字画完成当晚的任务。就在她想早点儿回家的时候，却被傅时宜缠得脱不开身。

苏绾心不明白为什么傅时宜每次见自己时眼中都透着一股子哀求的神色。傅家千金哪里用得着以这个姿态跟自己讲话？自己以前还得叫她一声"大小姐"吧？于是，苏绾心拒绝了傅时宜，然后看见这位傅家千金的眼中有失落的情绪一闪而过，并且眼角渐渐泛红。苏绾心心烦意乱，直到回家心情也没好起来。

苏瑶不知道苏绾心怎么了，在发现苏绾心站在阳台上抽烟的时候被吓了一跳，因为已经很久没见过这个人抽烟了。

"怎么了？谁惹你不高兴了？"

苏绾心沉默地摇摇头，倚着墙看着星空，吞云吐雾。

烟雾弥漫，灯光昏暗。苏瑶看着她，发现她的眼中有泪意闪现。

"瑶瑶，你说为什么我看见傅时宜哭，自己也会有想哭的冲动？"

苏绾心明明心里是讨厌傅时宜的，是不愿意见她的，可是在听到她说"我们是最好的朋友"那几个字时，还是忍不住难过了。

"我一直觉得自己不是心软的人，可回来后，不管是之前对傅时寒还是今天对傅时宜，都心软了。对上傅家这些人，我总觉得我输得彻底。"

"你不是心软，是心善，心地善良的人难免会被利用。"苏瑶拿过她指间那半根没抽完的烟，趴在栏杆上看向傅时寒家的方向。

夜深了，傅时寒还没回来。

"所以，你的意思是我被傅家利用了？"

"你对你和傅家的事了解多少？"

"我知道我曾经为什么会被傅家收养，听说我当过傅时寒的护身符。"

"没错，就是护身符。你和傅家的关系从一开始就是不平等的，或许在你看来是各取所需——他们给了你优渥的生活条件，带你离开了社会福利院，让你那十几年的生活无忧无虑，可你要付出的代价是什么？我讨厌傅时寒，不是因为他的身份，也不是因为他对我做了什么，是因为他曾经差一点儿夺走了你的命。或许你会说他没做什么，但……你受的那些苦难都是他带来的，这也是无法泯灭的事实。你是傅家用钱买的一条命，帮傅大少爷挡灾的一条命！你让我、让爸妈、让苏宇和苏白怎么接受这个事实？怎么接受傅时寒和你在一起？！"

苏绾心垂下头，沉默。

苏瑶："虽然你不说，但我看得出来你喜欢傅时寒，你看他的时候眼睛里有星星。我不知道怎么劝你，也不知道怎么拦你，只知道我希望你好。只要你好，无论付出什么代价我们都愿意。"

一年前，把苏绾心带回家的时候苏瑶就在想：这丫头混得也太惨了，怎么被欺负到自杀的份儿上？

一年后，陪苏绾心回来的时候苏瑶也在想：傅家这个魔咒，这丫头怎么就逃不掉、躲不开了？

傅时寒每天都一副不达目的不罢休的架势，苏绾心每天都一副心神不宁、犹豫纠结的样子。或许她们从一开始就不应该回来，可命运就是这样，无法什么都顺着心来。

苏绾心听完苏瑶的话，迈步到苏瑶的身边抱住她："别哭，我会好好的。"

"是真的好还是自欺欺人的好？"

"是真的好，有你们在身边，我怎么会不好？"苏绾心埋头趴在苏瑶的肩上，小声地说，"我连死都不怕，还会怕什么？我总觉得，一年前我勇于让自己的人生回归于零，一年后我也该有勇气坦然面对当初未完成的一切。我知道你们对我好，担心我，可是瑶瑶，我喜欢他啊，忍不住，就想喜欢他。我喜欢他到哪怕一切重来还愿意经历一遍的地步。"

苏瑶感觉到肩膀上的湿意，轻轻拍了拍苏绾心的后背。苏绾心低着头哭，难受不已。

"那些被我忘记的过往始终在折磨我、提醒我，不该忘了它们。我看见傅时寒会心疼，看见傅时宜也会心疼。那天看见他们的母亲坐在轮椅上时，想到别人说是我撞断了她的腿，我连她的眼睛都不敢看。"

楼下，一辆黑色豪车顺着小路缓缓驶来，片刻之后停在楼下。傅时寒下车后习惯性地朝苏绾心家这边看。他脚步一顿，停了下来。

她在哭？

傅时寒皱眉，犹豫着迈步回家。他越想越不安，根本睡不着，于是干脆起身又出门了。

苏绾心躺在床上，忽然枕边的手机开始振动，拿起手机一看，原来是傅时寒打来的。苏绾心接起电话，耳边响起他低沉的声音："阳台，开门。"

苏绾心愣了一下，不知道是不是自己理解错了，赶紧走过去拉开窗帘，然后看到在落地窗外平台上站着的人。

她将门打开，目瞪口呆地看着他进来："你怎么上来的？"

傅时寒没回答，把她拽进怀里低头看她。她的眼睛还是红的，鼻尖似乎也有些红晕，因为光线太暗看不真切，但有一点他可以肯定，她刚刚真的哭过了。

"谁惹你了？傅时宜？"

"你怎么想到她身上去了？"

"她给我打电话，说在宴会上遇见了你。真的是她惹的你吗？"

苏绾心摇头："你怎么过来了？刚才你不是都回家了吗？"

"我看见你哭，睡不着。你别哭，我心疼。"傅时寒挑着她的下巴让她看自己，顺便亲了亲她的唇角，"要是傅时宜欺负你，你和我说，我收拾她。"

"她没。"

"真的没有还是假的？你以前就总帮着她说话。你……"

话说到一半，傅时寒和苏绾心都不禁一愣。傅时寒的喉结滚动了一下，无意识说出来的话让他向来精明冷静的脑袋又乱了一下。

"我以前和她很好吗？"苏绾心小声转移话题。

"应该是吧，老宅里有不少你们的合照。她自己也说和你的关系很好，谁知道是不是她在自作多情？"傅时寒讥笑，"不过她跟你再好，能有我们好？"

"你连自己妹妹的醋都吃啊？"

"我连自己儿子的醋都吃。"傅时寒倒是有自知之明，看了一眼床上熟睡的小家伙，一脸不爽。这明明是他的位置，这臭小子霸占多少天了？！

傅时寒慢慢收回视线，又去看怀里的人："你有什么事和我说，别一个人憋着，也别因为别人哭。"

苏绾心沉默地点了一下头，靠在他的怀里待了会儿，就这么静静地听他的心跳声，然后被他抱起放到床上。

"你好好睡觉，别胡思乱想。"

"你要回去吗？"

"我等你睡了再走。"

苏绾心嘴角微扬，脸上总算有了一丝笑意。她在他的身边不知不觉地入睡，醒来后去找钟贤接受治疗，然后收拾行李准备回 S 国。

苏绾心和苏瑶的航班是晚上九点起飞。傅时寒提前从公司回来，沉着脸坐在沙发上，不高兴。直到苏瑶回来，他送她们去机场，亲眼看着飞机起飞后才又开车回家。

苏绾心走了之后，傅时寒就一直很有危机感。时差不同，他想打个电话都要算算对方的时间，而这种相处方式竟然要持续一个月之久。

"傅总，这是明天的行程，您过目一下。"

傅时寒的沉思被秘书打断，他有些烦躁地接过行程表，然后上下打量了秘书一番，问："你叫什么名字？"

"程瑶。"

"你来公司多久了？"

"半年多。"

秘书室的人有不少，不是每一个人傅时寒都眼熟。眼前的这个人，他就是第一次见。

傅时寒看完行程，签了字，又问："董温莹呢？"

"董温莹今天感冒请假了，明天会正常上班。"

最近天冷，公司感冒请病假的人也多。傅时寒点头表示知道了，随后继续猜想苏绾心现在在哪里、做些什么。

电脑发出提醒，傅时寒每个月给自己发的邮件又准时抵达邮箱。他重重地叹了口气。他都已经两三个月没看邮件了，因为每次的内容都是一样的，便懒得再看。可今天他心情不好，也没什么事情想做，就干脆查看邮件内容。

"我没算错的话应该快过年了，所以决定今天送自己一份新年礼物。"

傅时寒点开视频，见里面是不同于以往的开场白，瞬间坐直了身体，目不转睛地看着屏幕中的自己。

画面中的傅时寒正在衣帽间里，是一副打算换衣服出门而随意地拍了个视频的样子。视频中的他把手机调整好角度，一边挑衣服，一边嘴碎地跟数月后的自己对话。

他脱下身上的浅灰色长裤和白色上衣，换上西裤、衬衫，又去找领带，然后在挑领带的时候不知看到了什么东西，伸出去的手都僵硬了片刻。

他愣了愣神，把某个领带盒拿了出来，扭头看向手机，声音带着几分暗哑："知道这是什么吗？"

电脑外，傅时寒眉头紧皱，不知以前的自己在搞什么鬼，直到视频中的他把盒子里的东西拿出来——是一块黑色的蕾丝布料。

傅时寒呼吸一室，心脏跳动的速度都加快了不少。视频中的他用一脸炫耀的表情说："我老婆送我的，羡慕吗？啧，先不录了，我去一下浴室。"

傅时寒有些蒙。

他不敢想象原来他对自己下手这么狠，看着视频里的自己真的进了浴室，画面再一转，自己湿着头发、裹着浴巾出来了。

傅时寒眼睛一闭，怒火中烧，脑子里却不合时宜地想着一些少儿不宜的画面。他拿着一条女人的私密衣物进浴室做什么了，自己很清楚。

视频中的他痞笑着看着摄像头，拿毛巾擦拭着头发，仿佛在与很久后的自己进行眼神交流。就这样沉默了半晌，他才缓缓开口："不知道现在她的脖子上还有没有戴着戒指。如果有，我说不定还可以找到她。"

电脑面前，傅时寒瞳孔微缩，在听完后面的话后立刻按照曾经的自己留下的线索埋头忙了好一会儿，紧绷的脸上才有了一丝笑意。

定位系统还好用！

傅时寒看着电脑屏幕上的红点，放大位置，位置显示苏绾心此时正在家中。

他倚在椅背上笑，收到曾经的自己送的这份新年礼物还是很开心的。另外，苏绾心一直随身戴着戒指这件事，也让他心里的不安感稍稍减退了一些。

她怎么那么乖？他让她戴着就真的一直戴着。哪怕她现在什么都不记得了，也依旧把那枚戒指当成宝贝。

傅时寒想着她的眉目，抬手敲了敲胸口。他好想她，想到恨不得现在就去 S 国找她。他怎么会那么喜欢她？他这辈子算是彻底死在她手上了。

S 国，苏绾心被苏瑶拉着出来溜达了几个小时。她走得腿都软了，可这位苏瑶大小姐好像还没怎么尽兴。两个人拎着"战利品"到了停车场，被另一辆车挡住了去路。车内是非常熟悉的一张面孔，熟到两个人一下子愣住了。

"他怎么在这儿？"

苏绾心疑惑间，又听到苏瑶小声开口："他的车里不会有别的女人吧？他是来陪别人逛街的？"

苏绾心一听这话立刻眉头紧蹙，走过去一探究竟，结果刚过去就被傅时寒拽上了车。

"你怎么在这儿？"

"找你。"

"你怎么找到我的？我和苏瑶出来逛街只有我妈知道。"

"定位系统。"

"什么？"

"你脖子上戴的戒指，里面有定位系统。"

苏绾心倒吸一口气，下意识地握住藏在衣服里的项链，满脸不可思议的表情，看着他："你什么时候弄的？"

"很多年前。不确定当初送你戒指的时候有没有告诉过你，我也是最近收到邮件后被以前的自己提醒才知道这件事的。"

苏绾心把项链扯了出来，低着头认真查看："那……你是能 24 小时监控到我在哪里了？"

"只要我想。"傅时寒淡声回答，"而我，特别想。"

苏绾心的心中生出一抹异样的情绪，有些模糊的画面似乎就在脑袋里，只差那么一点点就能清晰可见，可不管她怎么努力地想，就是想不起来，反倒让头痛得受不了。

傅时寒的车和苏瑶的车一前一后抵达了苏宅，车子停下，他打量着眼前的建筑。

"你别看了，赶紧回酒店，路上小心。"苏绾心看见他的举动，偷偷一笑，"别指望我会收留你。我爸妈都在家，一定会把你赶出去的。"

"没带见面礼我肯定不能进去。"傅时寒很有自知之明，"你上去吧，我马上就走。"

苏绾心点点头，解开安全带，然后想了想，问他："你什么时候回去？"

"不知道。"

扔下公司大堆的事情跑过来，傅时寒肯定是要吃点儿甜头才能走。他想起那封邮件里的视频，想起曾经的自己拿着的那块蕾丝布料，不由得喉咙一紧。

苏绾心不知道他在想什么，总觉得他看自己的视线突然变得炙热又奇怪。她意识到他可能是在想什么下流的事情后，脸色微微泛红，骂了一句"流氓"便转身下车了。

傅时寒来S国的事苏绾心没敢跟家里说，苏瑶也就帮着隐瞒了。上午十点，苏绾心接到傅时寒的电话。他说他已经在大门口了，还特意叮嘱她出门的时候别带漾漾。

苏绾心扭头看了一眼沙发上的儿子，内心挣扎、纠结，还是开口："宝宝，爸爸在外面，我们今天跟他出去玩好吗？"

"好！"

苏绾心带漾漾上楼，换了衣服后出门。

一大一小两个人出现后，傅时寒黑着脸地盯着自己的儿子看。

"傅予安，你之前是不是说过，长大后想像我一样厉害？"

"对呀！"

"那等你回家了，我给你报几个补习班。你也到了该'好好学习，天天向上'的年纪了。要不你准备一下明年的钢琴考级吧？我再给你报个画画班、围棋班。"

小孩子还有什么兴趣爱好班来着？不管了，我都给他报个遍吧。

苏绾心："傅时寒，你够了。"

"没够，我现在只想送他一百套卷子，让他在家给我好好刷题，别来打扰我约会。"

傅时寒开车回酒店，把漾漾扔给一起过来的路辞后带着苏绾心去提前订好的餐厅。餐厅不大，也算不上有多豪华高档，但傅时寒隐约记得他应该是来过这里，这儿的东西味道不错。

两个人进门后挑了一个地方坐下，很快就有一位老人拿着菜单过来招呼，然后在看到两个人的相貌时微微一愣。

"是你们！"老人看到他们时是满脸的惊讶和欢喜，"好久不见！"

苏绾心表情僵硬，笑了笑："好久不见。"

"真的是好久了，好多年了。"老人把东西给他们摆好，自言自语地说，"那会儿你们还是学生呢！"

帅气、潇洒的男孩子和漂亮、明艳的女生总是能让人印象深刻的，虽然过了那么多年，傅时寒和苏绾心的容貌也随着年龄的增长有些许的改变，但美好的记忆始终刻印在老人的脑海里。她记得他们第一次来这家餐厅的时候开了一辆豪车，因为这种店很少有富人光顾，更别提两个人的样貌还那么优秀，所以老人记得特别清楚。后来他们基本每个月来一次，老人和他们也就渐渐熟悉了。

老人说着话，扭头去看身后的照片墙。

那墙上有很多顾客在这里拍的照片，也会在照片后面留言。

"我记得你们也留了照片在这里，不知道还能不能找得到了。"

傅时寒一听这话，眼睛立刻亮了，速度很快地吃完了饭，然后站在墙边一张一张地找。

一整面墙的照片，有的甚至被叠压在了下面，傅时寒想找到他们的照片很不容易，更何况老人也不确定照片还在不在这里。傅时寒先是分析了一下这些照片分布的范围和数量，计算多年前的照片应该贴在什么位置，然后又想了想按照他的脾气会把照片放在哪里。

他不舍得让别人发现苏绾心，所以会把她藏起来。但既然愿意把照片拍出来贴在墙上，就说明他有心炫耀。

苏绾心心情复杂地帮着傅时寒一起找，找了好久，终于找到了。

"绾绾，过来。"

她听见傅时寒轻声叫她，快步走到他身边，然后顺着他的视线看到墙上的某张照片，眸光一闪，鼻子泛酸。

照片中的他们是年少的模样，她倚在他的怀里，他的手搭在她的肩上。她笑得无忧无虑、灿烂明媚，他的表情则是一脸的骄傲。

傅时寒喉咙微动，目光深沉地将照片取下，翻过来看背面。照片背面刚劲洒脱的笔迹很眼熟，因为是他写的。

那只是简单的一句话：You're my everything.（你是我的一切。）

那时傅时寒年少轻狂，说话不懂得收敛，直白地向她表达着"我喜欢你，你就是我的一切。只要跟你在一起，我就无所畏惧"。

傅时寒迈步去找店主，提出要把照片带走，并且可以付钱给她。店主笑着说这照片本就是他们的，他们想要自然可以带走。

回去的路上，傅时寒心情愉悦，嘴角都微微上扬着。苏绾心要去接苏瑶下班，他便开车把她送到了瑞达总部附近，然后陪她站在路边等候。

车子的轰鸣声、喇叭声、人们的交谈声和欢笑声交织，苏绾心处在这热闹的氛围中，低着头看着她和傅时寒紧握在一起的手。

他的手指修长，特别好看，她看着看着，不由得入了神。傅时寒时不时低声在她的耳边说几句话，她轻声回应着，心中平静而满足。

她想着那张他们在餐厅找到的照片，上面显示的拍摄时间是十年前。遥远的年代，漫长的时光，她一直是和他一起度过的。十几年的时光他和她经历了多少风风雨雨、喜怒哀乐？其间，他和她一定也有过困境，不知道他们当时又是怎么熬过去的。

"你想什么呢？"傅时寒垂眸看她，目光温柔宠溺。

"我在想那张被你抢走的照片。"苏绾心撇了撇嘴，"我想要。"

傅时寒浅笑："那你亲我一下，我就给你。"

苏绾心犹豫着抬头，看了看身边的人群。在国外的街道上，接吻算是一件常见的事，但她终究还是放不开。

她是真的想要那张照片，又是真的不好意思，所以就纠结着，目光哀求地看他。她不知道在他的眼中，她现在这个模样有多么让他把持不住。

傅时寒的脑子不受控制地开始想一些事情，心跳加快，他转移目光，不看她，声音低哑地催促："快点儿，不然照片就没了。"

"过分。"

"这就过分了？"傅时寒轻笑，"你是对我了解不深，还是对我有什么误会？"

接吻这种小事是完全满足不了他的好吗？他要不是看在她现在对他感情不深、自身也还没得到她家里人的认可、怕她分分钟跑了的分儿上，一定会对她做很多事。

苏绾心终于做了决定，踮了踮脚想亲他，远处的一阵惊声尖叫却在此时吸引了她的注意力。

她顺着那声音的方向看去，看到一辆失控的车子正疾速朝这里驶来。车子的速度很快，在她看到的时候车子马上就要抵达他们面前了。

车子撞到了很多人，大家都在尖叫着逃跑，有的人跌倒在地，有的人直接被撞飞出去。苏绾心的脑子"嗡"的一声，一片空白，她来不及思考，身体便已经做出了反应。

她伸手用力将傅时寒推开，想让他离开这个危险的地方。傅时寒被推得向后退了两步，但握着她的手始终没有松开。他用力把人拽回怀里，护着她转过身体。两个人跟跄着倒在地上滚了两圈，那辆车子已经撞在了公交站的广告牌上，总算停了下来。嘈杂的尖叫声接连响起，傅时寒心慌地撑起身子看身下脸色苍白的人。苏绾心呼吸急促，身子在抖。

"你没事吧？"

"你没事吧？"

两个人异口同声地问对方，然后不约而同地愣住。

苏绾心的声音微微颤抖，她扭头去看附近那些受伤的人群，没留意傅时寒眼角的血色。傅时寒起身把她拉到安全地带，蹲下身检查她腿上的擦伤。

她今天穿了裙子，膝盖和手肘都因为刚才的翻滚而擦伤。傅时寒心疼得不行，哪怕知道和其他人相比这伤是轻的，还是心疼。

他缓缓起身，皱眉看她。他想平缓心情，却办不到。

"疼吗？"他开口问她。

她摇摇头回答："不疼。"

"我疼。"他心疼。

苏绾心愣了一下，挣脱他的怀抱，紧张地上下看他："你伤哪儿了？我们去医院检查一下！"

傅时寒沉默不语，又抱住她，感受着她的温度。他咽下喉咙的干涩感，帮她理了理耳边的碎发，目光越过她，不偏不倚地和不远处的人对视。

"祁姨她们来了。"

苏绾心顺着他的视线看过去，条件反射地往旁边迈了一步，和他拉开一些距离。傅时寒轻咳一声，表示自己的不满。苏绾心瞄了他一眼，低声说了句"我先走了"，然后就朝祁然和苏瑶的方向走去。

傅时寒无奈地苦笑，跟在苏绾心的身后打招呼。傅时寒没遇见祁然也就算了，现在被祁然抓了个正着，还能真的转身就走吗？

"妈。"苏绾心走到祁然的面前，不知道她们是什么时候下来的。

车祸闹出的动静太大，场面一片狼藉，好在附近就是警局，警察出警的速度也算快，暂时稳定了现场。受伤的人不少，远远传来一阵阵受惊吓和承受伤痛的哭声，让人听了心里很不舒服。

"祁姨，"傅时寒也走过来，颇为淡定，"好久不见。"

祁然看了他一眼，眉头紧蹙着去看苏绾心，仔仔细细地把她检查了一遍，确定苏绾心只是受了些皮外伤后，说了句"回家"。

苏瑶扶着苏绾心，欲言又止地看了看傅时寒，表情有些复杂地离开。

傅时寒目送着她们远去，这才松了口气，拍了拍有点儿疼的脑袋，回想刚刚那一瞬间浮现在脑海里的一些画面。

苏绾心跟祁然她们回了家。

祁然帮她处理了伤口，问："他怎么来了？"

苏绾心硬着头皮说谎："他想漾漾了。我把漾漾给他送过去，他顺便送我去律所找你们。"

祁然听后没再追问，起身上楼回房间换衣服。

苏绾心看向苏瑶，一言难尽的模样："你跟妈什么时候出来的？"

苏瑶沉默了片刻，其实很想说她们在车祸发生时刚下楼，但事实是，她们目睹了整个经过。

车祸发生得太突然，谁都预料不到。苏瑶当时的脑子是空白的，祁然也难得惊慌失色。她们喊了苏绾心的名字，但当时大声尖叫的人太多了，场面混乱，所以苏绾心没听见。

"绾绾。"

"嗯？"

"你傻吗？你自己跑就好了，先推开他算怎么回事？"

苏瑶心情复杂，觉得祁然肯定比她更难受。

苏绾心想了一下当时的经过，勉强扯了扯嘴角："没有啊，你看错了吧？"

"你就当是吧。"苏瑶拿苏绾心没办法，扶她起来，送她回房间换衣服，"你先休息，吃饭的时候我来喊你。"

世界重回安静，苏绾心躺在床上，心里还是慌慌的。她拿过手机一直等傅时寒的信息，过了差不多半个小时，终于等到了。他告诉她已经到酒店了，跟漾漾在一起。

夜色渐浓，傅时寒站在阳台抽烟，望着楼下的车水马龙，想起苏绾心今天保护自己的画面，嘴角忍不住上扬。

一夜辗转难眠，傅时寒第二天上午安顿好了漾漾之后就去了瑞达总部。他是个行动派，更何况在苏绾心的问题上他的心急得不行。

苏瑶看到傅时寒，十分意外，问："你来干什么？"

"我来谈生意。"

他这一句话就让苏瑶笑了："这就免了吧？贵公司不是跟你们的律师团队合作得很愉快吗？"

"祁姨在吗？"

"在不在都一样，她不会见你的。"

"你帮我个忙？"傅时寒轻声跟她商量，"我们都不想让绺绺不开心。她喜欢我，你应该清楚。"

苏瑶犹豫了半晌，叹了口气："我妈出庭了，不出意外一个小时后回来，你去她的办公室等吧。"

苏瑶把傅时寒带到祁然的办公室，然后就转身离开去忙了。傅时寒往椅子上一坐，随手拿了本书打发时间，直到祁然回来。

祁然看到他，冷冷开口："你来干什么？"

她话里话外都是不欢迎的气息，傅时寒听出来了，回答："我来找祁姨商量一下有关公司合作的可能。"

祁然嗤笑："傅总什么时候转性，瞧得上我这小公司了？安普给你的服务没能让你满意吗？"

傅氏集团在S国的分公司是和安普律所长期合作的，而安普又是瑞达的对手。傅时寒在发现这件事情的时候就觉得他曾经做的不少事情都是在作死。

"祁姨说笑了。"傅时寒脸上的笑容有些无奈，"其实不管我说什么你都明白我的意思。我想跟你谈合作，也想跟你谈绺绺。"

祁然低头翻文件，根本就不接他这茬儿。

傅时寒见状便继续说："我愿意用自己拥有的一切来保证我会对她好。我名下所有的股权和资产都可以转到绺绺名下，只要她和我在一起。"

祁然万万没想到他会说这种话。傅时寒的钱很多，这是所有人都清楚的事实，可他愿意把这些都押在一个人的身上，恐怕没人能想到。

祁然愣怔片刻，回神："你觉得值？"

"值，"傅时寒丝毫不犹豫，"转让协议我会尽快让律师拟好。不过这件事，我不希望绺绺知道。"

既然苏绺心是他的一切，那他就用自己的一切去赌。

他这个人从不怕输。更何况，他不认为苏绺心会让他输。

那个哪怕忘了他也依然会在危险来临的时候愿意奋不顾身保护他的苏绺心，怎么可能会让他输？他要对她好，那就好得干脆点儿！而且以后他什么都没了，也算是顺理成章地入赘苏家了吧？靠老婆吃饭，这事他觉得行。

祁然看了他一会儿，拒绝："我们家不缺钱，也不希望有人觉得我在卖女儿。"

"买卖达成的条件是双方都有意愿，你不卖女儿和我把自己的一切都给她并不冲突，也不达成买卖的条件。"傅时寒认真地反驳，"祁姨，我是真的喜欢她，没她不行。"

祁然没想到傅时寒这么难对付，考虑了一会儿，出声："你先回去，我考虑一下。"

傅时寒眼睛一亮，既然她这么说了，那就是有希望，而且希望很大。他痛快地起身离开，去接苏绾心找霍德华吃饭。

傅时寒和苏绾心到餐厅等了一会儿，霍德华推门进来。霍德华已经很久没见过这两个人坐在一起了，打量了他们一番，轻声开口："我以为你们分手了。"

傅时寒笑了一声，悠悠地开口："我们两个人今年要结婚了。"

苏绾心心道：我怎么不知道？

"哦？"霍德华感兴趣地问，"真的？"

"真的，"傅时寒认真回答，"一定结。"

"那我等你们的好消息。"

霍德华笑了笑，这才开始跟苏绾心聊正事。

一顿饭吃了两个小时，他们聊的是年后 H 国马上要开业的新公司。他们聊得认真，傅时寒听得认真。饭局结束，霍德华离开后，傅时寒问苏绾心："你为什么会答应跟他合作？"

"有什么问题吗？霍德华先生不是你的……"

"和他个人无关，我只是问你为什么会选择这种工作。"

揭露某些公司的财务诡计骗局，无论在谁的眼里，这都是一件危险的事。华正集团一旦开启业务，苏绾心作为公司法人代表，毫无疑问会备受关注。

傅时寒不觉得她是那种喜欢被众人瞩目的人，所以她做这件事不可能因为一时兴起。说实话，傅时寒有点儿担心她后续会面临的问题以及会遇到的敌人。

苏绾心看了傅时寒半晌，明白了他的意思，想了想说："去年冬天，我在街上遇到一个无家可归的流浪汉。你知道他为什么能吸引我的注意吗？"

"为什么？"

"因为他看得懂股市，而且在我看来他还是稍微有点儿水平的那种。他当时就坐在交易所外的花坛上，目光特别专注地看着外挂屏幕上的走势图。

我有些好奇，就走过去问他：'看得懂吗？'结果他笑了，笑容特别苦。"

苏绾心回想当时的一幕幕场景，心口还有点儿堵。

"我了解了一些有关他的事。他原本是一个房屋销售员，虽然不至于大富大贵，但维持家里的正常开销是完全没问题的。他结婚了，有一个三岁的儿子和一个两岁的女儿。他用自己平时积攒下来的钱买了一只叫奥德公司的股票——对奥德公司你有什么印象吗？"

"破产倒闭了。"

"对，这家公司虽然倒闭了，公司主要的高层却并没有受到太大的影响。至少和那些被他们坑害了的无辜百姓相比，这些高层损失得太少了。"

这些人用一个又一个虚假的数据去欺骗那些相信他们的股民，用他们所擅长的知识从一些外行人的手里骗血汗钱。尤其在公司出现大问题、明显撑不下去的时候，他们更会铆足劲欺骗股东。每年都会有相当一部分人被这些无赖公司骗取一大笔钱，最可悲的无非就是落得家破人亡的地步，就像苏绾心遇到的那个人——他输掉了全部，包括他的妻子，也包括他的孩子。

"所以你是因为那个人才决定答应和 GE 合作的？"

"不是，"苏绾心笑着摇头，"我的道德没那么高尚，我不会因为一个萍水相逢的陌生人就给自己设定什么计划和目标。我只是单纯地觉得，跟这些没良心的浑蛋交手应该是件挺有意思的事。这些人对于数字的热情在于坑钱，而我对于数字的一部分热情在于坏了他们的好事。"

更何况这份工作又刚好给了她一个理由回 H 国，所以她就答应了，有点儿义无反顾。

"时候不早了，我该回家了。"

苏绾心让傅时寒送自己回去。明天就是祁然的生日，她还没那么大的胆子在今天夜不归宿。

傅时寒把她送回家，然后去公司准备了一些东西，第二天又来到祁然的办公室，把手里的文件递了过去。

"上次说过的事我已经让人拟了份合同，签了字。"

傅时寒说过，他是真的想和苏绾心在一起，拿拥有的一切来赌也在所不惜。现在祁然手上的文件就是傅时寒名下的股权以及资产的转让书。他诚意满满，不是空手而来。

祁然是律师，自然也看得出这份文件不是随便捏造的，只是没想到他能说到做到，而且行动还这么快。

祁然笑了笑，把文件推回他的手边。这东西她可不能要，一旦要了问题就大了。

傅时寒见祁然的举动，没说什么，又拿出一样东西递到她面前。

祁然疑惑地打开，抬眸跟他对视："你这是什么意思？"

"刚才那个是送给绾绾的，这个是送给你的。"

满绿的翡翠项链，光看水头就知道它价格不菲。祁然喜欢这种东西，因此更清楚要做一串翡翠珠链是多不容易的一件事，更何况眼前这串是上好的佳品。所有珠子的原料不但要种水相同，为了达到整体的色彩均匀一致，还有必要来自同一款原石。如果她没猜错，这项链是从前年某场拍卖会上拍出的价格非常高的收藏品，只是没想到会在他的手上。

"祁姨，"傅时寒单手托腮，哪里还有什么傅氏集团总裁的架子，看着祁然悠悠地说道，"我特意来这一趟，不管怎么说你总得收一样才行吧？"

"无功不受禄，你这礼太大，我不能要。"

"当然不是让你白拿的。"

"你小子要跟我谈条件？"

"倒也不算条件，只是希望你就算不同意我和绾绾的事，起码给我一个表现的机会。"

他的要求真的不高，只要祁然别拦着苏绾心不让他们见面就行了。只要有机会，他就能赢。

"行了，回去吧。"祁然叹了一口气，赶人，"时候不早了，我也得回家了。"

"好。"傅时寒点头起身，"祁姨生日快乐，我先走了。"

见他转身就走，祁然赶紧说道："你把东西带走！"

"送你了。"傅时寒拒绝得痛快，头也不回地朝门口走去，"你要是不喜欢的话也可以送人。"

傅时寒找祁然的事被苏瑶通风报信给了苏绾心。苏绾心放下电话后忐忑不安地等她们回家，结果祁然看起来跟平时没什么两样。她甚至因为生日收到儿女送的礼物还显得更平易近人一些，全然没有提及傅时寒的事情。苏绾心也只好装傻，当什么都不知道。

过完年，苏绾心回到 H 国，休息了几天就又到了上班的日子。这天中午，苏绾心正打算出去吃饭，推开办公室的门却看到了在走廊里徘徊的傅时宜。

"绾绾，"傅时宜看到她推门出来，小声开口，"一起吃个饭可以吗？"

"你来找我是为了一起吃饭，还是为了其他的事情？"

"只是吃饭，剧组今天在附近拍外景，我就顺便过来了。"

苏绾心看她一脸真诚的表情，狠不下心拒绝，便跟她去了附近的餐厅。两个人轻声交谈间，服务生过来送了饭菜。吃完后傅时宜本还想找借口和她多待一会儿，结果接到公司打来的电话，只能离开。

"绾绾，这周周末你要是没什么事，我带你去片场玩吧！"临走前，傅时宜忍不住提议，"就在城郊，那边还有一个度假村，可以滑雪，你带上漾漾一起过去玩两天？"

"我不确定是否有时间，到时候再联系吧。"

"那好，我先回去了。"

傅时宜匆匆离开。

苏绾心晚上回家跟苏瑶说了这件事。苏瑶从小在国外长大，还没见过拍古装戏的片场，有点儿感兴趣，只是对要跟傅时寒的妹妹一起过去这件事有点儿不爽。

度假村的位置虽然有些偏，但因为是周末，来这儿的人不少。

周六下午，傅时宜接苏绾心他们去了附近的影视拍摄基地，在片场转了一大圈。苏绾心回到酒店后头有点儿痛，很快就睡着了，再醒过来的时候不知几点，只知道她躺在一个非常温暖的怀抱里。

熟悉的感觉让她瞬间鼻子一酸。

这是傅时寒——他抱着她睡着了。

苏绾心转过身往他的怀里蹭了蹭，又睡了一会儿，再次醒来，是被他弄醒的。

他饶有兴趣地玩着她的头发，把头发轻轻地在她的耳边扫过。那痒痒的感觉让苏绾心慢慢苏醒。她无意识地"嘤嘤"一声表达不满，缓缓睁开眼睛。

"你别睡了，不然晚上睡不着。"傅时寒扯开被子，低头看着她说，"我点了外卖送过来，一会儿就在房间吃。"

"你什么时候来的？"

"一个小时前，苏瑶说你可能感冒了。"傅时寒摸了摸她额头的温度，确实有点儿高，"我给你带了药，你吃完饭把药吃了再睡。"

"我晚上还要带漾漾去滑夜场呢。"

"路辞、苏瑶带他出去了。"

外卖不出半个小时就被送了过来，两个人吃完，不知怎么的就聊到傅时寒今晚住在哪儿的问题。

"你知道苏瑶现在和谁在一起吗？路辞。那你又知道如果现在我给路辞打一个电话，让他拖住苏瑶今晚别来坏我好事，会有什么后果吗？后果就是今晚我会留在这儿。苏瑶会发生点儿什么事我也不确定，得看路辞当不当个人。"

所以，综合种种因素来看，傅时寒觉得自己完全占据了上风。

苏绾心听他分析完，有点儿恼羞成怒："你敢？！"

"我当然敢。宝贝儿，这是酒店，我有没有告诉你傅时宜并没有单独给我开房间？我拿的是你的房卡。"

他目光灼灼地看着她，不再说什么，单单那眼神就比说出的话有杀伤力，苏绾心害怕了。

傅时寒打开电视，搂着她心不在焉地看，提议："这边没什么好玩的，要不我们回家吧？"

"回家有什么好玩的？"苏绾心想也不想地拒绝，"我在这儿能滑雪、泡温泉，再说瑶瑶他们几个都没回去，我们为什么要走？"

"说不定我们回去以后有更好玩的。"

"什么好玩的？"

"我啊。"傅时寒理直气壮，"你回去玩我，不比在这儿有意思多了？"

空气突然安静，苏绾心回过神明白了他的意思。他说得猝不及防，苏绾心觉得跟他这种人相处久了以后，脸皮一定被磨得超级厚。

傅时寒见她不说话，嘴角噙笑，追问："回家？"

"不回！"

"我怕这儿的隔音不好。"

"你闭嘴！"苏绾心回手抓过抱枕砸过去，"不准说了！"

傅时寒接过枕头，薄唇紧抿。他可是正常的男人，来这儿之前把"小雨伞"都准备好了，现在变成只能躺床上看电视，这谁受得了？

傅时寒赌着气把手机扔给她："那你什么时候肯答应？自己找日子、选时间，给我定一个闹钟，每天都定一个，提醒我别把这件事忘了。"

他的话里都表达着不满的情绪，苏绾心看着他发脾气，"扑哧"一笑。

"好笑吗？"傅时寒斜睨她，见她点头，说，"那我再告诉你一件好笑的事？"

"好啊。"

他动了动身子，从裤子后兜掏出几个"小雨伞"扔到床上。苏绾心低头定睛一看，脸红得咳嗽起来。

"要不是苏瑶手上有房卡，我也不至于跟你说这么多废话。"

门关好、窗帘拉好，他不干人事就行了，谁要跟她掰扯这么多？

苏绾心感觉到他的强烈不满的情绪，把东西一个个捡起来，还给他。

"我不要，"傅时寒目不斜视地看电视，"反正也用不到。"

"万一……能呢？"苏绾心小声说道，成功地让他转头看自己，"你快点儿收好，放在我这儿要是让瑶瑶看到了多尴尬。"

她姐还不得以为她疯了，以为她迷恋傅时寒都已经到了开始自备这东西的程度？苏绾心脸皮薄，不敢想到时候要怎么跟苏瑶解释。

苏绾心把东西塞回傅时寒手里，不敢和他有视线接触："我怕他们一会儿回来。漾漾肯定是要找我们的，万一被撞见……"

那她可真是没脸见人了。

傅时寒看她这样，气也消了，把人搂过来问："那再晚点儿，等他们都睡着了？"

"嗯。"

她一个字让他眉开眼笑。

可现在才晚上七点，他起码得等两三个小时，甚至更久才能如愿。

平常看起来很短的一段时间现在变得格外煎熬，傅时寒觉得他得给自己找点儿什么事做才行，便把在附近拍戏的林一帆叫过来打发时间。

苏绾心陪着傅时寒他们一起玩到晚上十一点多才回酒店。进了电梯，傅时寒目光悠悠地看着她，嘴角微扬。

傅时寒今晚有点儿开心。他喜欢人多的时候她寸步不离地待在他身边的感觉，也喜欢别人看到他们在一起时都觉得很理所应当的感觉。想公开恋情的欲望一天一天高涨，他不知道自己能忍到什么时候。

苏瑶因为不知道傅时寒有苏绾心的房卡，所以很安心地回去休息了。

傅时寒趁机进了苏绾心的房间，低头咬她的耳朵，声音低哑地说："我们回家吧，你明天睡个好觉。"

苏绾心明白了他是什么意思，不由得面红耳赤。她不说话，他就一直咬她，力气也不重，就那么一下下的，很磨人。

傅时寒目光灼灼，视线充满了期待。苏绾心看了他一会儿，然后扭头看床上熟睡的小人儿，问："那漾漾怎么办？"

"抱回去。"

"你真是……"苏绾心无奈地开口,"今晚你就不打算放过我了是吧?"

"对。"

难得的机会,谁放谁傻。以前她没点头答应的时候,他忍一忍也就过去了,可现在不行。她说可以了,他忍不了。

苏绾心叹了一口气,轻轻推了他一下:"那漾漾要是醒了、哭了,你哄。"

"好。"

苏绾心起身去换衣服收拾东西,慢吞吞地整理好一切,两个人乘电梯下楼。

室内停车场,傅时寒正打算开车离开,余光却敏锐地捕捉到外面的一抹鬼鬼祟祟的身影。他目光微沉地解开安全带,轻声说了句"在车上等我",下车了。

苏绾心不知道发生了什么,视线疑惑地落在他的身上。她看着他朝左侧走去,走到一个方形柱子那儿停下,柱子后面好像有什么人,傅时寒在和那个人说话。

傅时寒看着面前全副武装的男人。男人戴着鸭舌帽和口罩,脖子上挂着相机,背上还背着个黑色的大背包,是非常好认的狗仔形象。狗仔硬着头皮迎视他冰冷的视线,紧张地咽了咽唾液。

干这行的人都得有点儿冒险精神,因为做的也不是什么好事,所以总得做好被骂、被摔相机甚至被打的准备。眼下,狗仔面对着传说中阴狠狡诈、最不能得罪的那一类人里的典型人物傅时寒,浑身都充满了恐惧。

傅时寒伸手,只是这一个动作吓得那个男人往后退了一步。

他以为傅时寒要打自己。

傅时寒见状,似笑非笑:"相机拿来。"

"傅……傅少,我什么都没拍到。"男人不安地否认。

傅时寒沉默地看着他。

他咬了咬牙,把相机交了出去,心痛到无法呼吸。

他想跑,其实刚刚在傅时寒下车的时候就已经想跑了。但看到傅时寒一边走一边解大衣袖口处的扣子,明显是要动手的意思,所以小狗仔思量了一番,觉得还是别跑了吧——自己二十几个小时没睡觉,身上又背了这么多东西,腿又没傅时寒的长,就算是跑起来也肯定没人家跑得快,被抓住还要被打一顿,多难受。更何况他拍到的东西……他一想到自己的相机里的那些照片,就忍不住瑟瑟发抖。

傅时寒拿过相机，看了看里面的内容，果不其然，拍到了自己和苏绾心，而且从拍摄时间来看，这个狗仔已经潜伏在这儿一天多了。

"谁给你的消息？谁通知你我们在这里的？"傅时寒幽幽地开口，冷声问道。

"没……没谁！"

"我不打女人，但没有不打男人的习惯。我最后问一次，谁给你的消息？"傅时寒目光凛冽地看着他。

男人又紧张地咽了咽唾液："是工作人员说的！"

狗仔的工作室和一些高档场所的服务生都有合作。服务生给他们提供线索，他们给服务生报酬。

"他们说林一帆在这儿玩，还有你和路少，还……还有苏氏证券的苏总。"狗仔不想跟傅时寒作对找死，便全盘托出，"傅少放心，这件事我肯定不会泄露！照片我这就删！我当着你面删，好吧？"

傅时寒听到这个回答，眼中的阴鸷稍稍减退了一些。他还以为这个狗仔是一直跟踪苏绾心到这儿的，但如果这个狗仔是被这儿的工作人员通知才过来的话，那倒也不是什么大问题。

"你还拍了什么？"傅时寒淡声问道。

"没了！全在这儿了！"

"你是哪个工作室的？"傅时寒追问。

"这……傅少，我吃这碗饭也不容易，您就别赶尽杀绝了吧……"

傅时寒听到这话，低头又看了看相机内的照片，问："那你觉得，我跟苏总是什么关系？"

"傅少，我真不会说出去的，您放心！"

"我问你，我跟她是什么关系？"

狗仔："朋友？"

"你约朋友出来带儿子？"

狗仔沉默了。

"电话给我留一个，"傅时寒随手把相机扔给他，"回头我想曝光的时候联系你。"

这是啥意思？狗仔一脸问号，跟拍过那么多人，头一次见到主动想曝光的人。狗仔愣了片刻，回过神，赶紧说出一串号码。

傅时寒记下，叮嘱："这些照片我暂时不想让第三个人知道。"

"肯定不会！"狗仔连连点头，就差伸手发誓了。

相机里的照片有傅时寒和林一帆他们晚上去玩的，也有刚刚傅时寒抱着儿子、牵着苏绾心的手的。专业狗仔把照片拍得还挺清晰，这些要是被传出去够"炸"一大回了。

　　傅时寒急着回家，不想跟狗仔说太多，记下他的样子就转身离开了。狗仔暗暗松了口气，却见傅时寒突然停下脚步，被吓得全身的神经再次戒备起来。

　　"我和苏绾心结婚了。"

　　狗仔手中的相机"啪"的一声摔在了地上。

　　傅时寒垂眸看了一眼那个镜头，还有狗仔那心痛到生无可恋的表情，颇为满意地一笑，走了。

　　苏绾心见傅时寒回来，表情凝重地问："谁在那边？"

　　"记者，我已经摆平了。"

　　"那他拍到我们了？照片删了吗？"

　　"删了。"

　　苏绾心瘫坐在座椅上郁闷，一路低着头，担心明早全网都是她和傅时寒的绯闻。

　　回到家，傅时寒把漾漾送回房间，见他没有要醒来的迹象后才转身出去。楼下，苏绾心生无可恋地坐在沙发上刷微博热搜，害怕刷到她和傅时寒的名字。傅时寒走到她面前，拿过她的手机，问："你就那么在意？"

　　"嗯。"

　　"我们的事早晚都要公开。"

　　"那也不能是现在！"

　　"好，你想什么时候公开就什么时候，我都听你的。"傅时寒捏了捏她的脸，"你上楼等我，我去洗澡。"

　　苏绾心纠结地看着他，又看了看楼梯，突然有点儿尿了。

　　"苏小骗，你不会到这个时候还想跑吧？"傅时寒看穿她的心思，轻笑开口。

　　"谁是苏小骗？我骗你什么了？"

　　"你骗我的感情了！"傅时寒认真地反驳，"是你自己上去还是我抱你？"

　　"那我后悔了还不行吗？"

　　"不行。"傅时寒痛快地回答，态度强势地拉着她上了楼。

　　楼梯口，苏绾心双手死死抱着扶手不松。傅时寒皱了下眉，叹气："你别在这儿玩，不安全。我不逼你，但你总归要回房间睡觉，自己看看现在几点了？"

苏绾心撇嘴，松了手，进了客卧。她好久都没来他家了，躺到床上望着天花板发呆，想着在停车场遇见狗仔的事。

傅时寒洗完澡回来，看到她后心底不自觉地软了一下。他缓步走过去低声问："困了？"

"嗯。"

"睡吧。"

他躺下将她轻轻拥入怀里，却早已毫无睡意。她身上的香气让人神思迷离，似乎是不太适应和他躺在一张床上的缘故，所以她的身体此时有些紧绷。

"我都答应了不碰你，你还怕什么？"傅时寒感觉到了她的紧张，小声问道。

"我怕你反悔。"苏绾心垂下眼帘，犹豫地说，"我总觉得你答应得太快，像在骗我。"

傅时寒气笑了："我不答应你，你赖在下面不睡觉；我答应你，你又说我骗你？"

"谁让你在酒店一直缠着我，缠得那么厉害？"

"你的意思是，我心疼你，还成了我的不对了是吗？你以前就这么没良心吗？"

苏绾心不回答，屋内陷入一片寂静，只听得到彼此的呼吸。苏绾心双眸紧闭，过了很久慢慢睁开眼睛，然后便撞进他的视线里。他没睡，甚至没合眼，就这么看着怀里的人，目光灼灼，好像在看什么宝贝。

视线相触的一瞬间，傅时寒喉咙干痒，轻声叫她的名字。他没想过要什么回应，只是突然想叫，想确认她是真实存在的。

"绾绾。"

"嗯。"苏绾心往他的怀里蹭了蹭，"你怎么还不睡？"

"我睡不着。"

"那我问你，我来过你家几次，你为什么都只带我住在客卧，而不是去你的房间？"

傅时寒没想到她会问这个问题。他想到主卧墙上的那些照片，不知该怎么开口。

他没跟她说过照片的事，倒也不是有意隐瞒，只是没合适的机会，而且也怕她看到那些东西有太大的压力，让她觉得他这个人……心理有问题。毕竟没有哪个正常男人会在自己的每一个住处都挂满了一个女人的照片，还不是一两张。

"是不是我以后也只能住在客房里？"苏绾心见他不出声，追问。

"不是，"傅时寒否认，"你想什么时候过去都行。"

"那我现在就要去。"

"你确定？"

"嗯，"苏绾心轻轻点头，"你抱我过去。"

她突然黏人，也折磨人。傅时寒咬了咬牙，点头说"好"。

从客卧到主卧并没有多远的距离，门被轻轻踢开，傅时寒抱着她进去，把床头的灯打开。昏黄的灯光瞬间点亮了眼前的视野，苏绾心坐在床上打量自己所在的地方，最后视线落在了那面引人注意的墙上。

那些照片还在，还是她第一次来时的样子。他真的是每天早上睁开眼睛，都能第一时间看到她。

苏绾心目不转睛地看着那些照片。傅时寒目不转睛地观察她的反应，在确认她的眼中没有厌恶和抗拒的神色之后，他的心才稳稳落地。

"怕吗？"他声音低哑地问她，见她连连摇头之后，笑了，"你就不怕我是个变态，哪天忍不住把你绑起来、藏起来？"

"你为什么会有这么多我的照片？"

"不知道。"傅时寒摇头，"不止这些，还有更多。"

就像他不知道他为什么会把她忘了，还忘得那么干净彻底一样。

苏绾心惊讶得微微睁大双眼："还有？！"

傅时寒坦白："嗯，我的房子不少，每个地方都是这样，我也不知自己哪儿来那么多照片，多到……"傅时寒将"快把我的世界都挤满了"这十个字吞下肚，顿了顿说，"多到我怀疑自己是个打印照片的。"

傅时寒自嘲地调侃。

这话听起来挺好笑的，可苏绾心只觉得难受："那你没有什么想和我说的吗？"

"有。"傅时寒点头，"如果有一天，你在我之前想起了以前的事，记得告诉我。"

他抬手轻轻拂过她的侧脸："如果我曾经不小心做过伤害你的事，你别走，留下来，给我补过的机会。我有多喜欢你，你大概很难猜到。"

她猜不到，他为了她会愿意拿全部身家去赌。总有人说他是奸商，这不是没有原因的。他这个人，想要的东西谁都不会给，包括面对关系最好的路辞那几个人时，在生意场上也没怎么手下留情过。生意都是靠自己抢的，各凭本事，大家都拎得清，从不在这种事情上计较。可是在面对她时，他觉得她要什么都行。只要她要，他都愿意给。

月色动人，但她更甚。

傅时寒眼中的欲望不断翻滚，呼吸也慢慢有些沉重。他垂眸看着她的唇瓣，视线一点儿一点儿上移，和她对视。

苏绾心长睫微颤，有些受不住他那灼灼的视线。她面红耳赤，心跳的速度让她有点儿慌。

是她主动要来这个房间的。她知道这里有她的照片，也知道她一旦来了会发生什么。她是故意的，倒也没别的心思，只是不想让他失望。

傅时寒侧身躺到她的身后，听着她小声地说："上次你打电话让我来帮你拍文件的时候，我在你家里转了一圈……"

傅时寒微微一愣，回想起那件事。

他那天确实忙得有点儿晕头转向。国外的分公司突然出现状况，他还在睡觉就被一通电话吵醒。电话里的下属说了一堆却说不到重点，他气得脸都黑了，然后就匆匆起来穿衣服、找证件，直奔机场。

会给苏绾心打电话，倒不如说是他的私心，他想找个理由跟她说两句话。只是他没有想到，她竟然在那天就看到了这些照片。

"也就是说，你早就知道这里有照片的事？"傅时寒低声问她。

"嗯，那天就看到了。"

"你当时是怎么想的？"

"我有点儿意外，觉得这些东西放在这儿不搭，坏了装修风格。"

"我觉得挺搭的。"傅时寒眼中满是笑意，抱紧她继续问，"你既然早知道了，怎么今天才提？"

"我没敢，怕挨骂。"苏绾心诚实地坦白。

跟他变熟之前，她挺怕他的。哪怕现在，只要他板着脸，她也有点儿怕。

"那你今天怎么不怕了，敢提出要来这边睡？"傅时寒眼中的笑意都快溢出来了，猜出了她的小心思，"你是想好该怎么哄我，不让我骂你了？"

寂静的夜幕中，他听到她特别小声地"嗯"了一声。她慢慢转过身，轻轻抱住他，把头埋在他的怀里。

她这主动示好的意味太浓了。傅时寒目光闪烁，忍不住了，受不了她这样的撩拨。

夜深人静，满室旖旎，暧昧的声音接连响起……

第十七章
分　手

人逢喜事精神爽，傅时寒最近简直是如沐春风一般，让时不时就被他怼到怀疑人生的下属们都有点儿不适应。这天他开完会回到办公室，傅时礼来找他时观察了一下他的表情，道："我听说你今天心情特别好，看来没错。"

"你这么闲？你过来就为了确认我心情好不好？"

"傅子骞他们有动作了，入资了一家名叫 Trojan 的公司。"

傅时礼的一句话让傅时寒眼中的笑意消失了。

他恢复了以往冷清的模样："什么时候的事？"

"上午得到的消息。"

"你继续盯着，有什么风吹草动立刻通知我。"

"行，那没别的事我先走了。"傅时礼点头，"回头有时间，你带绾绾出来吃个饭。"

办公室内很快又只剩下傅时寒一人。他靠在椅背上，眸中寒芒闪烁。

数年前，傅氏集团的总裁还是傅鸿儒，也就是傅时寒的父亲。当时公司里除了傅鸿儒，还有一位权力极高的人，叫傅明哲，傅时礼刚刚提到的傅子骞便是他的儿子。

当初公司经历了长达好多年的明争暗斗。最后内斗结束，傅明哲退场，公司也算是走上了一条平稳向上的路。那场内斗傅时寒没有参与其中——

那会儿他初中刚毕业，是傅鸿儒和李墨在撑场子。一转眼这么多年过去了，傅时寒对傅明哲一家并没有放松警惕，不然也不会让傅时礼一直盯着。

Trojan 公司的中文名是"特洛伊"，这家 Y 国的外企跟傅氏集团有一些业务重叠，在国际市场上二者偶尔会碰个面、交个手。也正因为如此，傅子骞他们入资这家公司才更显得有问题。

傅时寒突然有点儿兴奋。

苏绾心翘了一天班，第二天想起有点儿事情要找傅时寒商量，就开车前往傅氏集团。抵达目的地，她刚解开安全带，还没下车就看到一抹熟悉的身影从大楼内走出。

藏蓝色大衣下是一身得体的黑色西装，傅时寒的脸上没有一丝笑容，他像是急着去什么地方。他的身边跟了个女人，苏绾心瞄了一眼，皱了皱眉。

在看清楚那女人长相的一瞬间，她的心里极不舒服，突如其来的痛楚让她半晌才缓过神来，而这时傅时寒已经上车离开了。

白来了一趟还给自己搞得浑身不舒服，苏绾心赌气回了公司。

忙忙碌碌好几天，转眼到了华正集团开业的日子。公司筹备了一年多，有太多人等着看究竟是谁胆子那么大，敢搞这种公司给自己找麻烦。

苏绾心早上先回了一趟苏氏证券，再到华正集团的时候已经有不少媒体等候在此了。镁光灯不停地亮起，晃得她的眼睛有点儿不舒服。

苏绾心快步走进公司，大厅内的人纷纷跟她打招呼。很快，到场的嘉宾们都渐渐发现了不对劲的地方。

他们见苏绾心一直站在 GE 核心团队的身边，时不时跟 GE 总裁低声交流着什么，看起来关系很不一般。一种可能性在他们的心中缓缓升起，大家面面相觑之后，都从彼此的脸上看到了震惊的表情。

不会吧？不是说 GE 来 H 国一直在跟傅时寒接触吗？

众人心中一切的疑虑伴随着剪彩仪式的正式开始得到了解答。剪彩仪式开始的同一时间，华正集团官网发出一则消息——

"华正集团经 H 国证券监管会、财务监督管理委员会批准，取得经营风险指标研究以及反商业财务欺诈等业务许可，准予开业。"

公司地址、经营范围、业务许可证号码、营业执照注册号都清楚地标注在了消息下面，还有一条最重要的信息是公司法人代表，上面清楚地写了三个字——

苏绾心。

消息一出，金融界也好，其他行业也罢，全都"炸"开了"锅"。华正集团不是由傅时寒管理的这件事并没有让他们松一口气，因为大家的心中都清楚，苏绾心的脾气未必比傅时寒的好。

下午四点半，苏绾心瘫坐在办公室，宛若一条咸鱼，动都不想动一下。她一会儿还要去参加开业宴，不知要喝到什么时候才能回家。傅时寒今天也一直没有消息，不知道在做什么。

苏绾心盯着手机看了好久，努力几次又放弃，最终还是拨打了他的号码，然后又像是个泄了气的气球一样把手机扔进了包里，因为傅时寒的手机关机了。

华正集团的开业宴，傅家一个人都没来，这让在场的来宾都挺意外。众所周知，傅时寒跟 GE 总裁的关系很好，因为霍德华是他大学时的教授，两个人相识多年。

大家想起了之前的一些谣言。听说 GE 这次本来是打算和傅时寒合作的，不知为何最后却变成了苏绾心，再加上傅时寒和苏绾心不和一事闹了很久，所以大家有理由相信是苏绾心抢了傅时寒的生意，导致傅时寒没有出场，而苏家今天全员到场，摆明了要给苏绾心撑腰。苏家对上傅家……大家以后可真是有好戏看了。

时间分秒流逝，苏绾心时不时地往入口方向瞥一眼，直到晚上十一点，终究还是没把人等来。

心情是说不上来的难受和复杂，她喝了不少酒，被司机送回家后躺在床上，看着手机生气。她再次找到傅时寒的号码，可还未拨出去，就有电话打了进来。

"绾绾，你现在在哪儿？"

听筒内传来路辞急躁的声音，苏绾心愣了一下，回答："家里，怎么了？"

"你快来医院，时寒出事了。"

苏绾心瞬间睁大双眸，从床上跳下来，快步往外走："他怎么了？！"

"飞机出了点儿意外，我也是刚给时礼打电话时才知道的。"

港市到 C 市的航班在降落时出现了意外，不少人受了伤，还有一名乘客当场死亡。

苏绾心挂了电话就往外跑。深夜路况非常畅通，可苏绾心还是觉得这路太长了，怎么那么久还不到？！

半个多小时后，她终于到了地方，慌慌张张地下车。因为太急了，她在下车的一瞬间就崴了脚，疼得倒吸一口气，一直在眼眶打转的眼泪"啪"的一下就掉了下来。

她匆匆跑进医院，只是短短的十几分钟后又失魂落魄地出来，脸色苍白，垂头不语。

黑色夜幕中，她缓步往停车场走，在感觉到前面有人看她的时候缓缓抬头，心猛地坠入谷底。

那是程瑶。苏绾心前阵子曾见过这个女人一次，就在傅时寒身边。眼下，那个女人头上包扎着纱布。如果苏绾心没猜错的话，程瑶是和傅时寒坐同一班航班回来的。

两个人隔空相望，表情各异。苏绾心目不转睛地看着那个女人，一阵尖锐的刺痛感从心底蔓延开来，痛得整个人呼吸不畅。她用力捶了两下胸口，低头的那一刻眼前一瞬间变得漆黑。她险些昏厥，狼狈地扶住身旁的车，额头抵在车门上，双目猩红，脑海里有些东西在忽闪忽现，快到她抓不住。

黑夜仿佛一只巨大的妖怪，试图将苏绾心一点点吞没。恐惧不知何时生出，等她意识到的时候已经席卷了全身。

苏绾心浑身颤抖着抬起头。停车场昏暗的灯无法照亮所有的角落，她慌张无措地四下看去，看不到什么，却总感觉身边有东西。

傅时寒……

傅时寒……

她在心里一遍遍重复着那个人的名字，痛不欲生。她绝望地坐在地上，随着时间的消逝，脑中那条混乱的线也终于露出了源头……

凌晨两点，苏绾心已经在停车场整整坐了两个小时，恍若隔世。她站起来，浑身冰冷，驱车到了公司附近的一处高档住宅小区，手指微微颤抖地按下密码，打开顶楼的房门迈步进屋，把屋内所有的灯都打开，目光缓缓地打量屋里的每一处。

从客厅走到卧室，她看着里面的那张床，苦涩一笑。一瓶安眠药让她足足"睡"了一年多。如今她梦醒了，却依旧不好过。

她重新躺到那张床上。这屋子已经很久没有人来过了，被褥上满是灰尘，就如同那层蒙在她心上的尘雾，脏得很。

她钻进被子蜷缩着身子，直到天亮也没合眼。早晨七点半，手机又一次响起。苏绾心疲惫不堪地动了动身子，抬手接起电话。

"你去哪儿了？"听筒内传来苏瑶疑惑的声音。

她在别墅里看着苏绾心的房间空荡荡的，眉头紧蹙。

"我有点儿事要处理，来公司了。"

"苏绾心你要不要这么拼啊？"苏瑶崩溃地哀号，"你给姐姐一条活路好不好？"

苏绾心这么拼显得她好没上进心啊！苏瑶今天本来都不想去律所的，想问苏绾心下午有没有时间陪自己逛街，结果一打电话就是晴天霹雳。

通话结束，苏绾心起身进了浴室洗漱一番，低头看了看身上的衣服。衣服已经很脏了，她完全没法儿穿着去公司。她抱着一丝希望来到衣帽间，在看到那一排排属于她的东西时，眼角再次湿润。

昨晚航班出事的消息经过一夜的发酵，已经尽人皆知了。会议室内，口袋里的手机振动了几次，苏绾心都懒得去看。开完会已经是四十多分钟以后了，她心不在焉地看苏瑶发来的信息。

苏瑶：傅时寒住院了，你知道吗？你在医院吗？他怎么样？

苏绾心：知道，我在公司开会。

苏瑶：嗯？

她的妹妹出息了，竟然没第一时间跑去找傅时寒？！苏瑶看到这回复觉得不太对劲，还以为苏绾心会慌张失措得哭鼻子呢，可苏绾心怎么会是这么冷静的反应？

苏绾心没心情聊天，现在不想跟任何人说话，苏瑶也不行。苏绾心埋头在工作中，满眼的数字让她稍稍安心了些。但很快她就发现这根本是在自欺欺人：十个数据算错仨，这哪里是她的水平？！

苏绾心麻木地过了几日。这天，她在办公室核对了一天数据，正打算去外面随便买点儿东西吃，结果一开门就看到了正要敲门的傅时寒。

苏绾心一愣。傅时寒看着她，也不说话。两个人就这么僵持了一会儿，苏绾心垂下眼帘，侧过身让他进屋。

"傅总找我有什么事？"

"傅总？你这是想跟我划清界限？"傅时寒冷笑一声。

有外人在也就算了，可现在屋里只有他们两个，她装什么？

苏绾心不答反问："你是来找我吵架的吗？"

"我是来问问苏总，在你的眼里我到底算个什么东西？"傅时寒语气嘲讽，"如果我没记错的话，咱们两个人现在是男女朋友的关系对吧？"

苏绾心慢慢点头："对。"

"那你说说，当得知我坐的飞机出了事故——我躺在医院昏迷不醒的时候，身为女朋友的你是怎么想的？你不来医院看我，又是怎么想的？"傅时寒斜靠在沙发上，姿态慵懒，"苏总想好了再答，我真的特别好奇。"

苏绾心凝望着他阴沉不堪的双眼，然后低下头抿嘴一笑。她这一笑，笑得傅时寒彻底恼火了。

"你笑什么？"

"没什么，我只是想起一些事。"

苏绾心想起他以前特别生气以后，他们最后是怎么和好的。

"你和我聊天还有心思想别的？！"傅时寒"噌"的一下子站起来，大步走到她的面前，捏住她的下巴让她抬头看自己，"你是仗着我喜欢你，就觉得我不能把你怎么样了，是吗？"

"是啊。"苏绾心嘴角微扬，"你就是喜欢我，就是不舍得把我怎么样。"

"那我要是不喜欢你了呢？苏绾心，我最后给你一次机会，告诉我，你为什么不去医院看我？"

"大概是因为懒吧。"苏绾心耸了一下肩膀，"如果再加上一个理由的话，那就是我不想见你的家人。"

傅时寒深吸一口气，算是明白她根本就不想好好说话了。他做的那些努力，在此时此刻仿佛一拳重重地打在了棉花上，得不到任何回应。

"你确定不道歉吗？"

"我没做错什么，不需要道歉。"

"行。"傅时寒咬牙说道，"既然如此，我们也没必要在一起了，就当我以前瞎了眼，看错了你。分手吧，以后我们没关系了。"

屋内陷入死一般的沉默，苏绾心目不转睛地看着他，过了很久，点头："好，分手。"

傅时寒垂眸看着她的脖子，又说："你把戒指还给我。"

"好，还你。"苏绾心抬手去摘颈间的项链。

傅时寒看到她的举动不由得一愣。

项链被放在掌心，苏绾心看着套在上面的戒指，目光落在那一抹耀眼的红色上面，看了两秒收回视线，把戒指递到他的面前。

"傅总，收好。"

傅时寒双目猩红，接过戒指紧紧握在手心："我会收好，你不配戴它。"

"没错，我不配。"

"苏绾心，我绝对不会再找你。"傅时寒咬牙切齿地撂下狠话，大步走出她的办公室。

苏绾心头昏脑涨地忙了一天，晚上回到家跟苏瑶说了自己的决定。

"瑶瑶，我在你们律所附近有一栋房子，明天你搬到那边去住吧。"

苏瑶眯了眯双眼："你赶我走？"

"不是，我也搬出去。这里离公司有些远，我实在不想把时间浪费在路上。"

"你是不是想出去单独和姓傅的一起住？！"

"真的不是。"苏绾心苦笑，"华正集团那边遇到个难题，我现在没心思想他的事。"

知道苏绾心是个工作狂，苏瑶听她这么说便也没怀疑，点头答应了。

凌晨四点，傅时寒带着一身酒气回到家里。他冲了个澡，然后把衣服口袋里装着的他不久前从苏绾心那儿要回来的戒指扔进了垃圾桶。

他是真的决定好好当个人，不再干"舔狗"的事了。分手就分手，谁没了谁活不了？他缺什么也不会缺女人，不信自己会吊死在苏绾心的身上！

傅时寒一抬头，看到墙上的照片，立刻下床把照片都撕了下来，想起曾经的自己说的那些话，什么要找到她、对她好之类的，忍不住低声骂脏话。他以后对谁好也不会对苏绾心好！他们两个以前不和，根本就不是在演戏，而是真的吧？！怎么会有她这种不识时务的女人？

傅时寒回到床上翻来覆去的，直到天亮都没睡着。早上出门，他正好跟隔壁的某人撞了个正着。两个人看了彼此一眼，然后又同时收回视线上车离开。

傅时寒大早上就看见了不想见的人，他的心情格外差。他驱车到公司，听秘书汇报今天的行程。

"晚上五点，苏氏集团的……"

"取消。"傅时寒不等秘书把话说完，便冷声开口，"这是谁安排的？"

"傅总你自己啊……"

"我坐飞机撞了脑袋，你也撞了？"傅时寒冷冷地睨着她，"你不知道我和苏绾心是仇人？"

秘书赶紧点头，把行程删掉，说："我知道了！傅总，以后所有跟苏氏证券有关联的行程全都取消。"

傅时寒脾气暴躁，所到之处见人就怼。晚上他约了路辞那几个狐朋狗友喝酒，心情依旧没好转。

"你跟苏瑶现在是什么情况？"傅时寒斜靠在沙发上看着路辞，"你追到手了吗？"

"你问这个干什么？没到手你帮忙？"

"追到手就分手，没追到手你干脆别追了，浪费时间。"

路辞一脸疑惑的表情。

其他几个人听到这话也觉得奇怪，纷纷看向傅时寒。

霍景凡："寒哥今天让疯狗咬了？"

郑楚炀："这是没事搞个小聚会，拆散一对是一对？"

傅时礼："哥？"

大家面面相觑，片刻后好像明白了什么。

傅时礼："哥，你跟绾绾吵架了吧？"

"我跟她分手了，有什么可吵的？"傅时寒冷笑，扬了扬自己的手，"戒指我都扔了。"

见他完全不像开玩笑的样子，傅时礼皱眉，不确定地问："你真扔了？"

"扔了。"傅时寒肯定地回答，"苏绾心手上的那个我也要了回来，扔了。"

这事态听起来相当严重，不过几个人想了想，大概猜出因为什么了。客观来讲，苏绾心这次没去医院，真的挺过分的，也不怪傅时寒生这么大的气。但是他把戒指都要回来了，以后打算怎么办？

路辞不要命，凑过去好奇地问："你要戒指的时候她没哭吗？"

"哭什么哭？她好着呢。"

她要是哭了，事情也不至于变成现在这样。

"啧，"路辞摇头，"绾绾小时候可爱哭了，都怪你把人教坏了。"

"你们这算是彻底分手了？"霍景凡问，见傅时寒点头，又问，"那我追她没问题吧？"

傅时寒正喝着酒呢，呛了一下。

霍景凡："寒哥，不瞒你说，我喜欢她好多年了。之前你放话让我们几个人离她远点儿，我就没跟你说，现在总可以了吧？"

"我也是！"郑楚炀笑着附和，"景凡，你记不记得，绾绾小时候被狗追得爬到树上不敢下来，蹲在树上哭了一个小时，最后被你爷爷抱下来的事？"

"记得！"霍景凡连连点头，"也不知道她现在还怕不怕狗。"

"肯定不怕啊，"郑楚炀斜睨着傅时寒，调侃，"她跟'一只狗'在一起那么多年，早习惯了。"

傅时寒嗤鼻一笑："谁爱追谁追，反正以后她跟我没关系。"

霍景凡："你玩真的？"

"真的。"

"行，那我明天去找她吃饭。"霍景凡表情相当认真，"你别怪我没事先提醒你，到时候说我挖你墙脚。"

傅时寒喝着酒，没说话。

过了十二点回家，他发现隔壁门前一辆车都没有。平时最少也有一辆车停在隔壁，多数停两辆车子，今天是什么情况？那两个人都没回来？

傅时寒思考片刻，很快回过神来，觉得自己有病。苏绾心爱回不回，爱去哪儿去哪儿，跟他没关系！他开门，进屋睡觉。早上他醒得早，出门的时候发现隔壁的人彻夜未归。

苏绾心昨晚没回来，去哪儿了？她跟谁在一起？傅时寒越想越烦躁，干脆上车走了，然后晚上再回来，发现隔壁还是没人。

自从傅时寒说了分手后，苏绾心就一直避免和他见面，知道对方也是如此。她甚至为了离他远一点儿，连家都搬了，可上流圈就那么大，就算再怎么躲也不可能躲得干净、彻底。

商界某位老前辈过生日，苏绾心前去庆祝，到了酒店，进屋一眼就看到了坐在座位上的傅时寒。他正偏头和身边的女人聊天，看起来心情很不错的样子。

旁人看到苏绾心纷纷出声，这时傅时寒才转过头。苏绾心及时收回视线，脱下黑色大衣搭在椅背上，一身墨绿色西装干练十足。她坐下的同时解开外套的扣子，露出里面的米白色衬衫，增添几分清新、帅气的气质。

饭局还没正式开始，桌子上已经摆好了酒。傅时寒跟她坐一张桌子，看着她依次和身边的人握手打招呼，偏偏到了自己这儿只是点了点头，连敷衍的演戏都懒得演一下。她这样的差别对待，让人想不生气都难。傅时寒越看越气，目光沉了沉，嗤笑一声。

"傅总怎么了？"他身边的女人似乎感觉到了他的不悦情绪，身子轻轻靠过去，小声问道。

"没事。"傅时寒淡声回应，闻到身旁女人身上的香水味，不着痕迹地皱了皱眉头，忍住心中的厌烦情绪，耐着性子跟她说笑。他知道苏绾心看得到，就故意笑得很开心。

大家闲聊了差不多二十分钟，人都到齐了，饭局也算开始了。在这种场合免不了要喝酒，苏绾心来之前做好了心理准备，甚至还在车上提前吃了两颗解酒药。可她万万没想到，最后灌她酒的人会是傅时寒。

他是个非常狡猾的人，从来都是。他不主动敬苏绾心酒，却总是在恰当的时机说出一些发生在苏绾心身上的"喜事"，例如新公司开业、旧公司破纪录。他每次一提起这些事，就会有人顺其自然地起身，以这些借口给苏绾心敬酒。

酒局上，女人本来就是弱势的一方，再加上来的这些人都是圈里的前辈，以后在生意上都要来往接触的，而且今天又是人家的生日宴，她不能甩脸砸场子……种种的原因叠加在一起，这些酒她就不得不喝。

苏绾心已经记不清楚自己喝了多少，只是觉得浑身上下不舒服，尤其是肚子，隐隐作痛。傅时寒就坐在她的斜对面的位置，她不用正眼看，用余光也能瞥到他和身边的女人聊得有多高兴。

那女人是寿星的外孙女，被故意安排坐在傅时寒的身边肯定是有原因的。至于原因，大家都心知肚明。傅时寒没拒绝，桌上也没人敢灌他酒，所以全程都像个局外人。他穿着黑色衬衫，鲜少表现得这么像一个纨绔的少爷，痞笑着没正形地坐着。

这一顿饭苏绾心吃得无比煎熬。好不容易等到结束，苏绾心忍着想吐的冲动强撑着往外走。有些人还想着约下一个酒局，她拒绝了。

"抱歉，我明早还得赶飞机，下次吧。"

她今晚够给他们面子了，再加上她感冒的迹象太明显，所以这帮男人就见好就收地放她走了。苏绾心匆匆走到停车场，脸色惨白，靠在副驾驶座位上吹了会儿冷风。没多久，代驾到了，开车送她回去。

一路上，苏绾心昏眩恶心的感觉越来越明显，终于在到家的那一刻全数翻涌上来，趴在家门口的垃圾桶上吐个不停。

"你没事吧？"代驾是个女孩子，看到苏绾心这样，被吓了一跳。

苏绾心接过代驾递来的湿巾，低声道谢。

腹部的阵阵疼痛提醒着她，她现在不对劲。

苏绾心难受地喘着粗气。她已经和苏瑶分住几天了，家里没别人。明早七点的飞机去滨市，她想赚钱，可也想要命，所以思虑片刻后扭头看向身边的女孩子，问："你能送我去医院吗？"

"走！"

去医院的路比较畅通，苏绾心在代驾的陪同下朝急诊的方向走去，走到一半的时候脚步一顿，脸色一变。

"怎么了？"代驾女子迷茫地看着苏绾心，只觉得这位乘客看起来比刚才还要严重。

苏绾心慢慢低下头看了一眼自己的肚子，下腹有东西缓缓流出的感觉让她的心都提到了嗓子眼儿。她加快脚步往里走，慌得不想说任何话。

苏绾心焦心地等待，终于见到医生后，已经处于一种快虚脱的状态。她躺在床上接受检查，然后听见医生问："孩子你不打算要了？"

苏绾心的心"咯噔"一下沉到了谷底，她呆呆地望着医生，一脸惶恐的表情。医生看到她这副表情，叹了口气。在医院待久了，像她这种怀孕而不自知的人医生见得多了。现在的年轻人，就是不懂为自己、为孩子负责。

苏绾心的脑子一片空白，她心里又慌又痛，眨眼的瞬间眼泪掉了下来。她想起自己和傅时寒在一起的那一晚，做了几次已经记不清了，只记得他们做了保护措施的，怎么会……？

"就一次，怀了就生下来。"

苏绾心脑海里忽然闪过一句话，身子猛地一僵。

对，有一次他说试试，怀了就生下来。她当时没力气挣扎，又被他给哄骗得失了理智。

苏绾心抬头看向医生。

那医生看到她哭得梨花带雨、可怜兮兮的样子，火气不由得消了些。

"你们这些年轻人，没事喝这么多酒干什么？就算你没怀孕，喝这么多也伤身体的啊！"医生无奈地看着她，"你打算要这个孩子吗？"

她打算要吗？她能要吗？苏绾心抬手抹了一把眼泪，逼着自己冷静下来。她小声跟医生说了情况。

医生听后又看了看她的状态，皱眉："你得住院保胎，观察几天看看。"

"可是我早上还得出差……"苏绾心话说到一半，就被医生的眼神吓得缩了脖子。

"要还是不要，你自己做决定。"

医生甩下一句话，就去看电脑屏幕上她的身体指标数据了，随即，医生的表情看起来不是很乐观。苏绾心的脑子乱成一团，她想了很久，想起一个人，忍着不舒服的感觉走到走廊，拨打展澈的号码，数秒后电话被接通。

"哪位？"

"是我。"

电话那边沉默了很久，再次响起声音："你最近还好吗？"

"不好。"苏绾心倚在墙上，缓声问道，"你现在在 C 市吗？我有点儿事想要你帮忙。"

"不在，不过我明天可以过去。"

"那我明天去接你。"苏绾心听到这话，稍稍放松了些，"还有，你来的时候别告诉慕星瀚。"

"为什么？"展澈疑惑。

苏绾心目光微沉，没在电话里给他答案，只是说见面再说，展澈答应了。

从医院离开，再到家的时候苏绾心已经被吓得没了醉意，只剩下难受的感觉。

怀孕的事苏绾心没法儿跟家里人说，她的朋友屈指可数，能说真心话的也就傅时宜和慕酥雨。可现在她不能找傅时宜，也找不到慕酥雨，所以就有一种孤立无援的感觉。如果不是恰好认识一个叫展澈的医生，她这次是真不知道该怎么办才好。

这孩子要不要，她现在还做不下决定，但在做出决定之前，没办法放任不管。

也许是从小在社会福利院长大，后来又被收养的关系，苏绾心特别清楚一个小孩子的身边没有父母是怎样的一种滋味。她上次怀漾漾的时候就是被傅时寒摆了一道。她一点儿心理准备都没有，孩子怀得十分突然，没想到这次还是这样……

更可悲的是，这次没做准备的不单单是她，还有他。

休息一夜，苏绾心早早出门去机场接展澈。如果不是突发状况，她这个时候已经在飞机上快到滨市了。现在所有计划都被打乱，她心烦意乱。

苏绾心站在接机口发呆，在想究竟该不该要这个孩子，如果要了，后续该怎么办；如果不要……说实话，她舍不得。

她总是心软，当初想毕业后工作起码两年再考虑要孩子的事，可是一毕业就怀了，生完孩子就出了意外……兜兜转转，她的事业规划整整晚了四年多。四年，足够让她站在更高的位置，让她有底气、不害怕地站在他的身边了。

苏绾心站在那儿唉声叹气。展澈出来的时候就见她苦着一张小脸，表情特别难受的样子。

展澈一年多没见她，重新见到她，恍如隔世。展澈从没见过她如此健康的样子，之前和她在一起时，她要么是躺在病床上，要么是满身病气、随时可能晕过去的架势。

他快步朝她走去。

苏绾心似乎感觉到了他的视线，抬头看去，眉开眼笑。那明媚的笑容让她身边的不少陌生男人都忍不住回头张望，多看了她几眼。

两个人一边走一边聊天。

苏绾心把现在的情况说完，气得展澈的脑袋"嗡嗡"地疼。

"我早就跟你说过，让你少喝酒、别喝酒。你看，出事了吧？"展澈操心地唠叨，"那你打算把孩子生下来吗？"

"我不知道，还没想好。"

"你最好尽快想，别受罪吃苦把孩子保住了，结果又不想要。"

"嗯，我会好好考虑的。"

两个人吃完饭，开车去了展澈的医院。展澈立刻给苏绾心做了一个全身体检，然后就一直黑着张脸，好像苏绾心欠了他的钱没还一样。

"你别训我。"苏绾心看他要开口，还不等他说什么就立刻先表示，"我昨晚已经被医生训了一顿了，不想再被你训。"

"那我就只问一句，想要这个孩子就戒酒，你能不能做到？"

苏绾心连连点头。

展澈瞪了她一眼，带她去病房，问："你让我过来的时候别跟慕星瀚说，是什么意思？"

"慕星瀚现在也在 C 市，你知道吗？"

"我不太清楚，有些日子没和他联系了。"

"那你应该也没有听说我失忆的事吧？"苏绾心抬眸看着他，见展澈一脸惊讶的表情，又语速缓慢地说，"一年多之前我服药自杀，被家人带回 S 国，醒来后就什么都不记得了。"

展澈："那你怎么给我……"

"我想起来了，我不信他。"

"你不信慕星瀚，信我？"展澈听到她的话，不由得笑了，"你应该知道我和慕家的关系。"

展澈是慕家的医生，与慕家关系匪浅，但是苏绾心在跟慕家接触的那几年里也了解到一些情况。如果说慕家分为慕酥雨和慕星瀚两派的话，那展澈就是慕酥雨那边的人。

苏绾心自从知道傅时寒把她忘了以后，心里就一直有个疑惑：傅时寒为什么不忘别的，偏偏忘了她？

后来她恢复了记忆，再想这个问题，就越想越奇怪。

傅时寒的警惕性很高，别说在他的面前搞什么小动作，就算是想让他跟你和颜悦色地说话，都是一件挺不容易的事。

他失忆的事是在她自杀之后发生的——她十分确定傅时寒在那个时候会病急乱投医。只要她好，他什么事都能做得出来。如果是因为她，那他心甘情愿被人抽去一些记忆，这事就能说得通了。

傅时寒也许在失忆之前就已经料到了会发生什么，所以才会不停地给自己留提示，希望在他忘了以后再去找她。所以究竟是谁，会拿她为理由威胁他，又做出让他忘记她的事？

其实早在自杀之前，她就隐约感觉得到慕星瀚喜欢她了，因为他为她付出了太多。慕星瀚那几年兜兜转转地忙不停，想尽了办法救她的命，所以慕星瀚喜欢她在她的意料之中，但她也有不理解的地方。

她想不通慕星瀚究竟喜欢自己什么。因为在遇见他的时候，是她这一生中最狼狈的几年。

她哭，她闹，她崩溃，她绝望，把丑陋的一面展现在他的面前，结果却让他喜欢上了？

种种零碎的记忆拼凑在一起，就足够让苏绾心怀疑到慕星瀚的身上了。现在自己恢复记忆的事情慕星瀚还不知道，苏绾心也不想那么快就让他知道。

展澈："你既然知道我是慕家的人，还敢跟我说你怀疑慕家大少爷这种话？"

"我赌的是你敢，但你不会说。"苏绾心淡然地笑，"我就算输了也无所谓，反正早晚要和慕星瀚摊牌。"

苏绾心之所以没急着找慕星瀚，是因为觉得傅时寒失忆也挺好的。她和傅时寒在一起太久了，将近二十年的时间，在他们的感情生活里只有彼此。苏绾心一度怀疑，傅时寒喜欢她，到底是因为真的喜欢她这个人，还是因为他们俩相处得太久了，他没想过还有别的选择。

不过苏绾心经历了这一遭，心中隐约有了答案。

时间是个很可怕的东西，能让人习惯一些事情，也能让人忘记一些事情。这世上唯一不变的，就是所有的事情都在变，无一例外。

人心会变，感情也会变。她从当年遇事就哭着找傅时寒的小哭包变成今天这副德行，他也从当年的百依百顺变成如今说分手就分手，还算计她喝酒的人。

苏绾心躺靠在病床上，打开电脑处理工作。手机忽然响起，电话是陈磊打来的。

"姑奶奶，你又跟傅总吵架了？咱们公司跟傅氏集团合作的项目被打回来了，那边说是傅总亲自拒的。"

苏绾心微愣，而后释然："那就拒了吧，所有和傅氏集团合作的项目全部取消。"

陈磊听到她的话，赶紧劝："别啊，好几个项目呢！这都卡在最后关头了，产品都要上线了，你跟我说取消？传出去的话外人怎么想？"

"他们爱怎么想怎么想，反正我和傅时寒不和也不是一天两天了，大家都清楚。"

"你们还演戏演上瘾了？"陈磊崩溃，"祖宗，人家演戏挣钱，你演戏赔钱啊！"

苏绾心沉默了一下，坦白："我们不是演戏，是真的闹掰了。如果没猜错他应该会发一阵疯，你最近尽量少和他接触，免得被他当成出气筒。"

"你们这……苏总，要不你再想想办法？把项目撤下来我们要损失好多的！"

"没办法，你认识傅时寒这么多年了，见过他对敌人手软的时候吗？"

"你们又不是敌人！"

"以前不是，以后是了。"

陈磊听她这么说，也不知道还能再说什么了。清官还难断家务事呢，更何况他也不清楚这两人到底是因为什么闹掰的，劝架也劝不明白，多说多错，还是干脆闭嘴，什么都别说比较好。

"公司的备用方案全都换上来，别再理傅氏集团了。"

"行吧，我知道了。"

苏绾心猜得没错，傅时寒对她的打压只是刚刚开始而已。短短一天，他就压下三个和苏氏证券的合作项目，让一直和傅氏集团那边谈的项目经理彻底崩溃。好在苏绾心不慌，和陈磊提出把备用方案放出来，让产品上线的日子没有空档，一切看起来照旧。

傅时寒企图用打压的方式让苏绾心难过，可惜并未得逞。他一连拒签了几份合同，苏氏证券那边始终毫无动静。

办公室内，傅时寒戴着眼镜，目光阴沉，手指一下下敲打在桌面上，十分烦躁。

分手这么多天了，他就没见苏绾心有后悔的意思。那晚酒局之后，他听说她去了滨市出差，也不知道她什么时候回来。不过就算她回来，他也没有去找她的打算。除非她认错，不然他是不会再理她的。

傅时寒收拾了一下烦躁的情绪，继续干活儿，可是没一会儿，就又走了神。办公室门被敲响，部门经理推门进来，欲言又止。

"你找我不说话，来这儿散步？"

"傅总……"经理被嘲讽了一下，把文件递了过去，"签名……错了。"

傅时寒斜睨了经理一眼，接过文件打开看，然后目光一僵。

苏绾心。傅时寒在公司文件上签的名字是她的。

部门经理看着傅时寒阴沉的脸，不敢说话，也不敢问。傅时寒接手公司这么多年，哪里犯过这种低级的错误？这几天跟傅时寒接触过的人都知道傅时寒的心情不好，再加上今天听说傅时寒把跟苏氏证券那边合作的几个项目都打回去了，全在议论纷纷。

"你再打印一份文件送过来。"

"好的，傅总。"

经理赶紧转身离开，没一会儿又带着新文件回来，让他重新签字。

傅时寒见经理关上门，便翻了翻自己的行程，思虑片刻后订了张机票。当晚八点，他抵达滨市，下飞机后立刻被司机接到酒店参加酒会。

好事不出门，坏事传千里，傅时寒没想到他和苏绾心表面上的那点儿恩怨竟然这么快就被传到这边来了。他喝着酒，看着面前话中有话、打探他打算怎么对付苏氏证券的男人，似笑非笑。

"傅总，苏氏证券的股权你转出去了吗？"

"还没。"傅时寒淡声回应，"怎么，你想要？"

"哈哈，没有，随便问问。"男人笑着摇头，"其实大家今年对苏氏证券都不怎么看好，因为苏绾心这个人太狂了。"

傅时寒轻挑眉尖，没表态。

"听说华正集团本来在开业后就要有大动作的，可这都过去多少天了，连个动静都没有。噱头玩得足，行动力欠缺。还有啊，苏绾心本来是要出席萨普金融在这边举办的活动，结果放了人家鸽子，Mark 现在对她也有好大的意见。"

"你说什么？"傅时寒皱眉，"她没来滨市？"

"没来啊，她一直没露面。"

傅时寒心一沉，转身走出宴厅，给陈磊打了个电话。

陈磊正在家里陪女儿写作业，本来就心累得不行，一看到傅时寒给自己打电话，顿时觉得陪女儿写作业是一件多么幸福的事。

　　他唉声叹气地起身，走出书房接电话，叫了声"傅总"后听见对方问："苏绾心在哪儿？"

　　"苏总去滨市出差了。"

　　"你确定她在滨市？"

　　陈磊无奈地回答："她在滨市，去参加萨普金融的活动了。"

　　所有人都以为她在滨市，可她没了踪影。

　　"她什么时候回去？"傅时寒追问。

　　"明天？我也不太确定。苏总最近的行程挺多的，好像要回来参加一个经济论坛，然后还要去Ｓ国。"陈磊回答完他的问题，忍不住唠叨，"傅总，我们公司那几个项目您真不打算继续了？"

　　"嗯，不要了。"

　　"您要不再考虑考虑？"陈磊愁得头都要秃了，"我们的产品经理被您虐得都哭了，一天打回来三个项目。傅总，不是我说，您真的太狠了。"

　　"我看你们苏总倒是挺淡定的。"

　　"啊……这倒是。"陈磊实事求是，"苏总说早料到了，让我把公司的备用方案放出来，别找您。"

　　傅时寒气得挂了电话，忙完滨市的事就回去了。正好路辞给他打电话，傅时寒便打探问道："你最近跟苏瑶联系过吗？"

　　"有啊，我和她中午一起吃的饭，怎么了？"

　　"我跟苏绾心分手的事她还不知道吗？"

　　"不知道。"路辞中午小心地观察了一下，还挺担心苏瑶因为这件事不理他的，结果发现她根本就不知情，"不过我听她说绾绾最近特别忙，搬出去自己住了，她都好多天没见到绾绾了。"

　　"苏绾心现在没和苏瑶住在一起？"

　　"没啊，你不知道？"

　　"我知道才怪，"傅时寒没好气地说，"分了就没再联系过。"

　　路辞忍不住笑："那你还找我问什么啊？傅少什么时候这么有闲情逸致，关心前女友的私生活了？"

　　傅时寒被路辞奚落了一番，特想知道苏绾心现在在哪儿。他耐着性子等世界经济论坛会议开始，而苏绾心这些天则一直在医院，有点儿生不如死的感觉。

她最初天真地以为保胎就等于在医院吃吃喝喝，住几天而已。可是当展澈要给她打针的时候，她就明白事情没那么简单了。

　　苏绾心特别害怕打针，就像有的人怕鸡，有的人怕狗，有的人恐高，有的人晕水一样，她对打针是从心底深处排斥的。可是，她得打保胎针。

　　保胎针是肌肉注射针，药汁又比较浓稠，所以打第一针的时候苏绾心就疼哭了。护士给她打完针出去，她疼得不敢坐，就靠着墙，站那儿抹眼泪。展澈推门进来看到苏绾心这个样子，哭笑不得。

　　"这就哭了？你还得打肚子呢。"

　　"啊？"苏绾心抬头看他，一脸惊恐的表情，"肚子也要打？"

　　"对，一会儿护士会再过来的。你这种情况得先治疗一个星期，然后看看情况，再决定要不要继续留院。"

　　"可是我好忙啊……"

　　"那你就别要孩子。"展澈冷冷地说道，"又怕疼又不想待在医院，那你非跟自己较这个劲干什么？"

　　苏绾心被他训得眼睛通红，疼得头皮都在发麻。她颤悠悠地摸了摸自己的小腹，担心地问："打这么多针会不会对孩子有影响啊？万一以后生出来的孩子是个畸形怎么办……？"

　　"不会。"展澈叹了一口气，"足量的黄体酮能促进胚胎的生长、抗排异，保证胎儿顺利发育。你后期还要做排畸形检查和唐筛检查等，孩子有问题的话我们会及时发现的。"

　　"那能不打针只吃药吗？"

　　"苏绾心！"

　　苏绾心身子一颤，摆了摆手："好了，我知道了。你别说了，我打。"

　　不就是打针？她又不是没打过，习惯就好了。

　　苏绾心就发现啊，展大医生一年多之前和现在说话完全是两种气势。之前估计他觉得她的身子太差了，怕说话语气不好，把她训晕了，要是她一不小心死掉自己还得担人命官司。可现在不同了，她身体倍儿棒，吃什么都香，喝酒都能喝进医院来。所以他也就放开了，使劲训她。

　　苏绾心意识到这一点，不得不放低姿态，该尿的时候必须尿。她暗暗叹了口气，说服展澈让她去参加明天的会议后就回病房休息。翌日清晨，她早早醒来，换好衣服化了个淡妆，吃了点儿东西后直奔会场。

　　她到的时候已经有不少人到场了，傅时寒算其中之一。苏绾心这几天本来就被孩子的事搅得烦躁不堪，现在看到他和他身边的人更是倒吸一口气，心中默念十遍"傅时寒是个浑蛋"后才平缓了情绪。

傅时寒正跟路辞几个人站在一起，身边还有一个女人——正是那天晚上在生日宴上坐在他身边的那个。

苏绾心翻了一个白眼，懒得理傅时寒，去忙自己的事了。她这几天瘦了不少，因为感冒不能吃药，难受，也因为怀孕的事情上火，没什么食欲。陈磊看到她的时候，第一反应就是觉得她最近好辛苦。

会议正式开始，苏绾心的座位在第一排。也不知是哪个傻瓜安排的位置，她跟傅时寒挨着。

"你叹什么气？看见我不高兴？"傅时寒听到她的叹息，开口，"主办方安排的座位，我也没办法。"

"嗯，理解，傅总辛苦了。"苏绾心客客气气地回应。

傅时寒看了她一眼，想问她这几天跑到哪儿去了，但最终还是忍住了。

会议分上午和下午两场，苏绾心熬过上午的几个小时，中午的餐食是直接在酒店解决的。宴会厅内摆满了自助餐，她挑挑拣拣也找不出几样自己想吃的东西，肚子一饿，心情就更不好了。

路辞几个人看到她，过来打招呼。傅时寒慢悠悠地跟在他们的身后，看起来就是那种"不是我自己想过来，他们都来了，我没办法所以只好也委屈一下"的很不情愿的表情。

"你什么时候这么养生了？"路辞看到苏绾心手中的鲜榨果汁和桌上的青菜，忍不住轻笑，"不喝一杯？"

"不了，"苏绾心淡声回绝，"下午我们还得开会，喝多了不好。"

路辞知道她在客套，也没多劝。偏偏有人幼稚，没话找话，讥讽出声："苏总脾气大，向来不给人面子。我们别耽误人家吃饭，走吧。"

苏绾心听到这话气不打一处来，冷笑看他："傅总的意思是，喝了酒就是给你面子了？"

她火气大，而且是直接冲着傅时寒去的。

路辞几个人都听出来了，便都默不吭声地看热闹。

苏绾心对上傅时寒的视线，似笑非笑地嘲讽："那还真是抱歉，你不值得我给面子。"

这浑蛋又想坑她喝酒！上次因为喝酒的事，她这些天都不好过，时不时被医生骂，还不敢反驳。所以她这憋了满肚子的火气，不冲他发冲谁？

苏绾心说的话火药味十足。路辞几个人面面相觑，还是第一次听她用这种语气跟傅时寒说话。

傅时寒什么时候被人说过"不值得给面子"这种话？他黑着脸看苏绾心，听着她说："我们已经分手了，你就不能别搞事，安安静静、老老实实地当个前男友？你这么喜欢劝人喝酒，找别人去，别和我来这套。"

要不是场合不合适，路辞几个人听到这儿都想吹流氓哨。

霍景凡忍着笑瞥了一眼傅时寒的脸，开口道："绾绾，晚上有空吗？我们一起吃个饭？"

苏绾心看向霍景凡，尖锐的视线柔和了些，但还是摇了摇头："晚上有事，改天吧。我最近都在出差，公司有不少事等着我处理。"

她不提出差还好，一提这个，傅时寒冷笑出声。她去哪儿出差了？滨市？那原本该到滨市却又放人鸽子的是谁？

傅时寒正欲发火，却听苏绾心的电话忽然响起。她低头接电话，然后就听见展澈像个老妈子一样叮嘱她千万别喝酒。

苏绾心抿嘴一笑，点头说"知道了"。她和颜悦色的态度让傅时寒瞬间不爽了。脑袋还没反应过来，手就已经自行做出举动，他上前一步抢过她的手机，听见那边的人问："你晚上想吃什么？我提前订好。"

傅时寒咬了咬牙，每呼吸一下心口都疼得不行。这个男人是谁？她这几天都是和这个男人在一起？

苏绾心起身夺回手机，跟展澈了两句，挂断电话，然后把餐盘收拾了一下，转身就走了。

"谁啊？"路辞看着傅时寒的表情，忍不住问道。

"不知道。"傅时寒冷冷地回了一句，没说别的。

但路辞从傅时寒的反应也能猜得出那电话是一个男人打来的。

午休结束，又到了在大家眼皮子底下装模作样的时候，苏绾心被请上台，拿起麦克风开始回答记者问题。她中午没吃饱，又被傅时寒气得胃疼，所以表情看起来格外冷艳、严肃。

傅时寒坐在台下目不转睛地盯着她，脑袋里一直在想刚才的那通电话，还有她在接电话时温柔的表情。分不分手对她来说似乎都没什么太大的影响，她这么快就找好下一任，他是没想到的。

苏绾心在台上发了很久的言，下来后傅时寒又上去，等他们再重新坐在一起的时候已经是两个小时以后的事了。两个人的身上都散发着一种凌人的气势，坐在附近的人也不知发生了什么，只是觉得周围的空气莫名其妙地有点儿冷。

"和我分手你是不是挺开心的？"傅时寒冷声问道，"还是说没分手的时候你就已经和那个男人联系上了？"

苏绾心不说话。

傅时寒见状追问："你们住一起了？谁啊？说出来我听听。你找得这么快，我是不是也该找一个平衡一下才行？"

"对，尽快找吧，"苏绾心低声开口，"你开心就好。"

"到时候我给你直播一下？"

"傅时寒，"苏绾心淡淡一笑，"我认识你快二十年了，真的从来没像现在这样觉得你是个浑蛋。"

苏绾心现在就在想，该怎么做才能把她和傅时寒那张结婚证注销了。她希望傅时寒永远失忆，永远都别记起来。

晚上，会议结束还有晚宴，苏绾心强撑着又坚持了一个小时，然后在展澈打电话说他到停车场的时候立刻开溜。傅时寒一直在盯着她的举动，见她离开便给在外面等待的林睿打了个电话，让他跟着。

林睿尾随苏绾心到了医院，赶紧给傅时寒打了电话："寒哥，把绾神接走的人叫展澈，咱们以前就认识的。"

"认识？"

"对啊，他是绾神以前的主治医生嘛，他们俩挺熟的。"

什么主治医生会接她下班、带她去吃饭，还提前打电话问她想吃什么？他们这是治病治出感情来了？

傅时寒将杯中的酒一饮而尽，冷声说道："你继续盯着，看他晚上去哪儿。他们要是住在一起，你就把那个男人给我带过来。"

"行，明白！"林睿笑着应道。

这活儿他最爱干了。挂了电话后林睿把座椅调整好，舒舒服服地盯着医院大门，等那两个人出来。可是，他一等就是一个小时，也不见二人的踪影。

林睿看了一眼时间，纳闷儿这么晚了他们还在医院干什么，总不至于晚上住在这儿吧？绾神现在的身体不是挺好的吗？她住哪门子院？

医院内，苏绾心回来就挨了两针，五官紧皱着站在房间里用手机看邮件。苏瑶把电话打过来的一瞬间，苏绾心被吓得手一抖，差点儿把手机扔了。

苏绾心最近一直挺怕跟苏瑶联系的，就怕苏瑶发现自己和傅时寒分手的事。她心惊胆战地接起电话，听见苏瑶问："宝宝，你什么时候回家？"

"怎么了？"

"我现在在你家门口，想你了。"

苏绾心倒吸一口气，赶紧告诉苏瑶家门的密码，接着向展澈请假回家。展澈听后倒也没说什么，穿衣服送她回去。

林睿一见两个人出来，立刻打起了精神，启动车子一路跟随。车子兜兜转转抵达目的地，林睿松了一口气，给傅时寒发了一个定位，然后打电话汇报苏绾心已经回家了。

傅时寒黑着脸听完，心中有一股火气在燃烧。苏绾心新搬的地方他不知道，那个医生却能找上门？

在宴会上应酬完，傅时寒回到家，洗完澡躺在床上。床对面的那面墙上的照片一张不剩，全被他撕下来了。他每天早上醒来，再也不是第一眼就看到她的脸，这滋味是说不出来的难受。

一年多养成的习惯，他想几天就改掉是不太可能的。他想到苏绾心对他的态度，就把手机扔到一旁，熄灯睡觉。

他一定要把她戒掉。

苏绾心到家以后就看到苏瑶坐在客厅吃着零食看电视，状态像是打了鸡血一般兴奋。

"你明天陪我去机场好不好？"

"接谁？"

"白钰雯，我之前和你提起过的那个人！"

苏瑶从小在S国长大，社交生活圈稳定，能让她着重和苏绾心提起的人不多，现在说的白钰雯就是和苏瑶关系最好的那个人。

苏瑶："白钰雯这次是来工作的。我听说，她当了时尚杂志的主编，半个月后回去。"

"几点的飞机？我安排一下。"

"十点半，我们中午刚好可以一起吃个饭。"

"行，走吧，上楼睡觉。"

"啊？"苏瑶惊讶，"还没到十二点呢，这么早就睡啊？"

"早睡早起身体好，我身体弱，熬不了夜。"

苏瑶觉得她的妹妹在逗她。苏绾心平时一个熬夜熬到飞起的人，其口号就是"一时熬夜一时爽，一直熬夜一直爽"，好端端的，怎么突然转性了？

苏瑶只当她累得想睡觉，也没多猜疑，跟着她上楼休息了。第二天，两个人准时抵达机场接人。

苏绾心提前订好了餐厅。三个人到了地方点完餐，苏瑶和白钰雯去洗手间，苏绾心无聊地四处张望，然后就很意外地看到了几个眼熟的人——傅时宜、盛浅还有程瑶，这三个人的组合让人忍不住挑眉。

苏绾心目光冷冷地落在程瑶身上，眼中闪烁着寒芒。她最近是真的不开心，满肚子火找不到地方发。她想起自己一年多之前和程瑶见面的场景：那个房间和房间里的那块墓碑，以及墓碑上的那张照片。

一幕幕画面就这样在苏绾心的脑海里闪过，她知道程瑶就是那个代替她的护身符，可对这个"同行"，却无法用一种友好的态度对待。

苏绾心微微眯了眯眼睛，视线一直落在程瑶身上，没过多久，对方就感觉到了她的盯视。

程瑶在看到苏绾心的时候有些惊讶，但除了惊讶，苏绾心也从她的脸上看到了其他的反应：得意。

傅时宜和盛浅一直在说什么，没太注意到这边。苏绾心就这样跟程瑶对视了一会儿，然后朝那边走去。傅时宜和盛浅这才看过来，惊讶地出声。

"绾绾？你怎么在这儿？！"

"我和朋友来吃饭。"苏绾心淡声回答，眼睛却始终看着程瑶。

傅时宜和盛浅感觉到不对劲，正欲问她怎么了，却见她抬起手毫不留情地朝程瑶的脸上挥去。

力气特别大的一巴掌，苏绾心打得自己的手心都有点儿麻了，可想而知被打的人有多疼。但她再疼，也没有苏绾心当初看到那块墓碑上贴着自己的照片时的心脏疼。

见苏绾心的举动把附近的人的注意力都吸引了过来，盛浅下意识地按了按头上的鸭舌帽，怕被人拍下传到网上。

苏绾心揉了揉手腕，似笑非笑地与程瑶对视，见程瑶想起身，便伸手按住了她的肩膀，俯身伏在她的耳边轻声说道："程小姐，好久不见。"

程瑶听到这话，身子猛地一僵。

苏绾心感觉到了，笑着站直身子，听见盛浅问自己："你这……什么情况？"

盛浅和傅时宜都有点儿蒙，倒也不是没见过苏绾心强势的一面，只是打人总归要有缘由吧？

"没什么情况。"苏绾心浅笑嫣然，"我看她不顺眼，所以就打了。"她说完又看了看程瑶，道："下次见面，剩下那半张脸你给我准备好。"

苏瑶和白钰雯从洗手间回来的时候就发现餐厅内的气氛有些不对劲。

苏瑶在看到焦点在苏绾心身上后，立刻加快脚步到苏绾心的身边，问："怎么了？"

"没事，我遇到几个老朋友过来打个招呼。"苏绾心转身，"走吧，该吃饭了。"

苏绾心搞了这么一出戏，盛浅几个人没法儿继续留在这里吃饭。盛浅的知名度太高，几个人为了她的荧幕形象只好离开。

盛浅三个人走出餐厅，傅时宜蹙眉看向程瑶："你和绾绾认识？你怎么惹她了？"

"我不知道。"程瑶摇头，满脸委屈，"我只是见过苏总几次而已！"

傅时宜听后也没再问，只是觉得这件事太过蹊跷。她今天找程瑶出来，主要是想问问傅时寒的事。

程瑶是傅氏集团秘书办的，平时见傅时寒的机会比傅时宜这个当妹妹的还多。傅时宜听说傅时寒和苏绾心分手了，又不敢去问他们，所以就想找程瑶打探一下傅时寒最近的行程，没承想会发生这样的事。

傅时宜她们离开餐厅后，苏绾心回到座位，被苏瑶盘问刚刚发生了什么。

"没事啊，我就是看到以前认识的人，过去打个招呼嘛。"苏绾心一脸无辜的表情，"可能是盛浅的知名度太高了，所以大家的反应都有点儿激烈。"

她一本正经地胡说八道，将苏瑶和白钰雯忽悠得迷迷糊糊。因为两人没亲眼看到苏绾心打人，所以最后也就信了。

吃完饭，苏绾心回公司干活儿，晚上下班打完针躺在床上休息，看着聊天群里苏瑶和白钰雯说话，也没有想加入的意思，直到白钰雯问她——

小白有点儿帅：绾绾，听说傅时寒是你的男朋友？我们《丽莎》杂志想邀请他来做采访，你看方不方便帮忙说个情？

苏小绾：那你有没有听说路辞是苏瑶的未婚夫啊？这两个人还没官宣呢，你们要是能请到他们两个人做一期节目，效果肯定更好吧？

瑶大律师天下无敌：嗯？

苏瑶也是没想到，她跟苏绾心之间的姐妹感情这么"塑料"。她莫名其妙地就被推出去了，一脸问号。

苏绾心满意地看着苏瑶她们两个人纠缠，继续安心地看热闹。

白钰雯到C市后的第三天，她所在的公司举办了一个时尚派对，众多演员都在被邀请的行列之中。苏绾心被苏瑶拉着去捧场，一到场就看见了路辞的身影。

在看到路辞的那一瞬间，苏绾心隐约有种不太好的感觉。事实证明她的猜测是非常准确的，因为在她入场后不到十分钟傅时寒就来了，他的身边还有一个女人。

苏绾心在看清楚站在他身边的人是谁时，忍不住笑了。事到如今，她非常肯定她在餐厅打了程瑶的事已经传到傅时寒的耳朵里了，不然他不会带程瑶来。

苏绾心转身，不再看他们。

苏瑶看到傅时寒带了一个女伴过来，火冒三丈。

"傅时寒什么意思啊？搞事是不是？！那女人怎么有点儿眼熟，我在哪儿见过？"

"餐厅，她那天和傅时宜、盛浅在一起。"

"啊！"苏瑶恍然大悟，"她是谁啊？"

"傅时寒的秘书。"

苏瑶脑洞大开："他们两个有一腿？"

"我亲爱的姐姐，她和傅时寒有没有一腿我不知道，但我知道跟你有一腿的人现在正朝这儿走呢。"

路辞和傅时寒会来参加这种时尚晚宴，是出乎很多人意料的。苏绾心一直和傅时寒保持着距离，可是再怎么躲也不能挖个地缝钻进去。而且有苏瑶在，她总归是要装一装样子的。

苏绾心和傅时寒并肩站在一起，等路辞带着苏瑶离开后她立刻想走，却被傅时寒挡住了去路。

苏绾心蹙眉看着他，听见他此地无银三百两地说："我不是来找你的。"

"那你别挡我的路，让开。"

"听说苏总好像对我的秘书有点儿意见？"傅时寒挑眉问道，"你不如跟我说说，她究竟怎么惹你了？"

"傅总是来给手下人撑腰的？"

"我如果说是呢？"

"你开心就好。别碍我眼，你爱干什么干什么。"

傅时寒一听她说自己碍眼，火气顿时就压不住了："你觉得谁不碍眼？那个姓展的医生？"

"你调查我？！"

"算不上调查，我只是派人跟踪了两次。没想到我们分开以后，你的眼光越来越差了。"

苏绾心微怔，恍惚间想起她车祸后初回 C 市，第一次带展澈见他的时候，他说"几年不见，你看男人的眼光倒是越来越不如从前"。

苏绾心想起那一幕，低头苦笑，苦得眼泪都快流出来了。她无奈叹了一口气，问："你别招惹我了，行吗？我的眼光如何是我的事，和你无关。"

她伸手推开傅时寒，却被他条件反射地抓住了手腕。傅时寒握着她那纤细到仿佛一用力就能捏断的手腕，感受她身上的温度，没有想放手的意思。

她今天化了妆，穿的高定礼服，看起来又欲又甜。傅时寒专注地看了她几眼，而后缓缓松手，喉结滚动了下，转身快步离开。

他得出去冷静一下，再看下去怕自己忍不住。

苏绾心看着他落荒而逃的背影，慢慢收回视线，拦下程瑶，道："聊聊。"

程瑶想拒绝，但苏绾心完全不给程瑶机会，扯过程瑶的手腕，快步朝宴厅的角落走去。

"程小姐应该还记得我是谁吧？"

程瑶不说话。

"一年多没见，你如果忘了，我倒是可以提醒你一下。"

"记得如何，忘了又如何？"程瑶楚楚可怜的表情下，说出的话却锋芒十足，"你不过是傅家丢弃的一颗棋子，现在真正有用的人是我。"

"那你猜猜，我要是和傅时寒说你这颗棋子的来历，他还会不会把你留在身边？"

"你不会说的。我在他的身边是对他好，你守了他那么多年，舍得害他吗？"程瑶冷冷一笑，不再收敛什么，"苏绾心，'卑贱'这两个字怎么写，你知道吗？"

"我知道啊，这两个字不就写在你的脸上了吗？我看得清楚。"

"你！"

"跟我要嘴皮子你还差了点儿。"苏绾心看着她，讥笑，"程瑶，我们以前是不是在哪儿见过？"

"或许吧，谁知道呢？"程瑶目光幽怨，缓缓地说道，"我们也许真的见过，可苏大小姐贵人多忘事，早就不放在心上了。"

程瑶这话苏绾心怎么听怎么不对劲。

她更加坚定自己的想法：在傅时宜朋友的那场恐怖主题生日宴之前，

自己一定和程瑶见过面。

喧闹的宴厅中，两个人四目相对。苏绾心看着程瑶眼中的恨意，却想不明白这恨意从何而来。

见程瑶向前一步，苏绾心下意识想往后躲，却听见程瑶说："你在傅家生活的那十几年开心吗？你曾经过得有多开心，我就会努力让你以后有多煎熬。你真以为我是好对付的？那天让你打了一巴掌，不是因为你有多厉害，而是我主动愿意的。苏绾心，我有多恨你，你早晚会知道。"

她话里话外满是恨意，恨到骨子里的那种。苏绾心目送着她转身离开，独自待了一会儿后也离开了酒店。

停车场里，苏绾心走到一半就看到自己的车边有一个人。那个人高高瘦瘦的，哪怕远远看去也是非常好看的样子。

那个人正倚坐在车上，嘴里叼着一根烟。烟雾缭绕中，苏绾心和他对视，然后打开车门想走。

傅时寒快步过来拽住她的手，声音低哑地说出两个字："别走。"

"你别在我的面前抽烟。放手，我冷。"

傅时寒把烟扔了，可手依旧没放，看着她问："听说《丽莎》的新任主编让你来找我，你为什么不找？"

"你听错了，消息不准。"

"苏瑶和路辞的聊天记录，你想现在看吗？"

"雯雯要我找的是我的男朋友，而非前男友。所以，傅总大概理解错了。"苏绾心甩开他的手，拢了拢身上的大衣，"我不插手过问你的事，你也别来管我。"

"你说什么也不肯低头认错是吗？"傅时寒的眼睛有点儿红，他问，"哪怕跟我分手，看我去找别的女人谈情说爱，你也不后悔？"

"既然分手了，我就没权利阻止你找别人。"

"那我现在就去找别的女人，我今晚跟她在一起！"

"所以你现在想要我帮你们订房间吗？"苏绾心问，"行，你喜欢哪个酒店？说吧。"

傅时寒沉默，只是眉头紧锁地看着她。苏绾心真的觉得冷了，就转身开门上车。傅时寒迟疑片刻，紧跟着上了副驾驶，系好安全带。

"你送我回家。"

"你自己开车回去。"

"我喝酒了。"

"我也……"

"我看见你没喝。"

苏绾心扭头看了他半晌，无奈地启动车子朝他家开去。几十分钟的车程，两个人没交流一句话。车子抵达目的地，傅时寒解了安全带，沉声道："我把你的照片都扔了。我要把所有和你有关的东西都扔掉，把你忘得干净、彻底。"

"好。"

"你别后悔，别哭着来找我。"

"我不会，"苏绾心抿嘴一笑，摇了摇头，"一定不会。"

傅时寒的呼吸有些沉重，他安静了一会儿，扭身下车，把车门摔得巨响。

回到家，他把手机扔到桌上，扯下颈间的领带去洗澡。冰冷的水从头顶浇下，让他清醒无比。

骗人的，都是骗人的，他扔再多东西也没办法把她从自己的心里面扔出去！她能分手后转头跟别的男人吃饭、约会，可他不行！他要怎么做才能让她低头？她为什么就不肯低头？明明只要她说一句她错了，他就能原谅！可为什么她就是不肯说？

傅时寒洗完澡看到桌子上的两枚戒指，打开抽屉扔了进去，看都不想多看一眼。

骗子。苏绾心就是个骗子，专业的。

傅时寒扯过被子蒙在脸上，气得整整一晚都没睡着，到了该去公司的时间也依旧躺在床上，一动不动。

上什么班？女朋友都没了，他上班挣钱给谁花？！不去了！他今天"翘班"！

傅时寒坚定地"翘"了班，躺在床上看天花板，想苏绾心的时候被林睿的一通电话打断了人生规划，很烦。

"寒哥，这个程瑶不对劲啊！"机场内，负责跟踪程瑶的林睿坐在椅子上跷着二郎腿汇报，"她刚刚坐飞机走了！"

傅时寒自从那天得知苏绾心在餐厅打了程瑶以后就在暗中盯着程瑶了，听到林睿的话，慢悠悠地从床上起来去书房，怼道："她对劲还用你跟着？"

"也对……我查了一下航班信息，发现她要飞去 J 国。寒哥，这个女人到底是谁啊？"

林睿对这个人毫无印象。要不是这次傅时寒让他盯着，他都不知道这个人的存在。

"我的秘书。"

"啊？！"

林睿有时会去傅氏集团走动，还挺喜欢往秘书办跑的，毕竟好看的小姐姐多。傅氏集团的秘书的水准可以算得上是国内顶尖行列，无论是从外貌上还是从专业上评价都是如此。不过林睿去过这么多次，还真对这个程瑶没什么印象。按理说，她长得可以，存在感怎么会这么低？

林睿听完傅时寒的回答，一头雾水："她这是辞职了？"

傅时寒和公司的秘书办的主管联系了一下，确定对方并没有收到程瑶的辞职申请，也就是说，程瑶是因为跟苏绾心起了争执而离开的。

"你最近给我跟着苏绾心，24小时盯着，"傅时寒看着电脑上的资料，吩咐道，"有什么不对劲的地方立刻向我汇报。"

"那程瑶呢？我不用查她去哪儿了？"

"我自己查。"

傅时寒切换电脑页面，软件上的红点最后显示的位置刚刚好是机场。他那天随手往程瑶随身携带的口红里装了个小玩意儿，目前来看还是好用的。虽然他不确定能坚持多久，但想查到她此行的目的地绝对够用了。

"寒哥，"林睿挠了挠头发，脑子一抽，不要命地问，"你是不是被绾神甩了啊？"

电话那端沉默了几秒，而后传来傅时寒清冷的声音："你现在回来，当着我的面把这话再问一遍，我不把你的头拧掉，就不叫傅时寒。"

"我去找绾神了！寒哥，拜拜！"

林睿手忙脚乱地挂了电话，决定最近一段时间都不往傅时寒的身边凑了，不然自己百分之一万要挨捶。

傅时寒继续看着公司那边发来的程瑶的简历，在看到她的出生年月日的时候挑了一下眉——

这个程瑶，竟然和苏绾心是同年同月同日生？！

第十八章

她穿婚纱的样子

傅时寒把程瑶的资料全部扫了一遍，在书房忙了很久，直到感到饿了才起身下楼。

冰箱里的东西所剩无几，只剩下一盒牛奶和几瓶啤酒。傅时寒在冰箱门前站了一会儿，用力摔上门。

他要女朋友没有，要吃的还没有？！

傅时寒坐到沙发上赌气，打开电视却越看越气，因为看哪张脸都觉得没有某个姓苏的好看。他干脆重新上楼，在书房待到天黑，然后收到林睿发来的信息，说苏绾心去机场接了祁然。

祁然前些日子刚回S国，怎么又回来了？傅时寒看着信息，皱了皱眉。他跟苏绾心闹分手的事……要是祁大律师知道了怎么办？

傅时寒想到自己之前送给祁然的那份文件，自己的全部身家都在里面。什么叫赔了夫人又折兵，他现在算是亲身体会到了。

祁然有些日子没见到女儿，看着消瘦许多的苏绾心，不禁心疼。

"我听说你和瑶瑶分开住了？"

"嗯，我住到离公司比较近的地方了。"

"那一日三餐你怎么解决？"

她这个小女儿的做饭水平仅限于烧水泡面，可苏绾心总不能天天吃那些东西。

"妈，现在外卖行业挺发达的……"

"外面的东西不干净。"祁然叹了口气，又问，"傅时寒没跟着你搬家？"

突然听到傅时寒的名字，苏绾心一口唾液没咽好，把自己呛得直咳嗽。祁然看她没出息的样子，无奈地摇头。

"他为什么要跟着我搬家啊？"苏绾心觉得逃避这个问题不好，便硬着头皮回答。

祁然觉得这话不对劲。为什么？傅时寒跟着她跑还需要为什么？

想想傅时寒之前厚着脸皮无所畏惧的劲，祁然猜测，如果在苏绾心搬出去的这段时间里，傅时寒没搞什么小动作，那这俩人不是吵架就是分手了。

鉴于傅时寒之前找自己时的态度以及交到自己手上的东西，祁然觉得吵架的可能性更大一点儿。如果是分手，呵，那她回头就把傅时寒送过来的那份文件签上名字，让他血本无归。

两个人到了家，苏瑶带着白钰雯也赶了过来。吃完饭，苏绾心恹恹地躺在沙发上，捧着保温杯，心不在焉地和她们聊天。到了十点多，大家各自回屋休息。苏瑶在发现自己和白钰雯都没带睡衣后，自告奋勇地去找苏绾心拿衣服。

苏绾心刚洗完澡，只穿了内衣，正在卧室里护肤。苏瑶进来的时候，苏绾心一点儿心理准备都没有。

房门被推开，四目相对，苏瑶将视线稍稍一偏就看到了苏绾心肚子上的痕迹，不由得蹙紧眉头："这是什么啊？"

苏绾心皮肤白皙，是平时磕碰都会容易有瘀青的体质。眼下，她的肚子上一个个青紫的针眼痕迹看起来触目惊心。

苏绾心用双手护着自己的小腹，又被苏瑶强势拉开。苏瑶观察了一下，严肃地开口："到底怎么回事？你给我说清楚！"

苏绾心转身穿睡袍，头痛："我告诉你，但你不能告诉妈。你保证不说，我才跟你说实话。"

"行，你说。"苏瑶毫不犹豫地点头，特别痛快，不免让苏绾心怀疑她的可信度。

虽然知道这一天早晚都要来，可苏绾心还是没想到它会来得这么快。

"我怀孕了，这是打的保胎针。"

房间里安静了片刻，苏瑶一脸震惊，完全无法消化这个事情。她目瞪口呆了一会儿，接着猛地起身，深吸一口气，大喊："妈！苏绾心她……"

苏绾心手忙脚乱地把要往外冲的苏瑶拽了回来，把她死死地压在床上并捂住她的嘴，恼羞成怒："你不是说好不告诉妈的吗？你怎么说话不算数？！"

"你……"苏瑶想起苏绾心这阵子种种不对劲的行为，恍然明白她为什么要和自己分开住，"你竟然不告诉我？我不和你好了！"

"我现在是孕妇，你确定要用这种语气和我说话吗？"

苏瑶老老实实地闭上嘴，过了好久，小声问："傅时寒知道吗？"

苏绾心摇摇头，垂下眼帘："我之所以连你也没说，就是因为现在也不确定会不会要这个孩子。"

"你想打掉？不行，好伤身体！"

"可是我不打的话，后续要面临的问题太多了。我不想再因为孩子的事情放弃自己的事业，能撑到现在完全是因为舍不得。"苏绾心难过地说，"所以你别跟妈说，我不想让她担心。"

"那保胎针是怎么回事？孩子不健康吗？"

"我前阵子喝了酒，有流血的症状，不得不保胎。"

苏绾心的话音刚落，她的胳膊就被苏瑶重重地打了一下，疼得她倒吸一口凉气。

苏瑶："怀孕还喝酒，你找死啊？"

"我也不知道自己怀了啊！"苏绾心委屈，"谁能想得到！"

苏瑶气得磨牙，不舍得骂苏绾心，就只能去骂某个姓傅的。和自家妹妹躲在房间里疯狂地骂完傅时寒，苏瑶心里舒服了些，拿了两套睡衣走了。

她回去后跟白钰雯躺在一张床上，翻来覆去地睡不着，满脑子想的都是她的妹妹怀孕了，她的妹妹怀孕了，她的妹妹怀孕了……原本苏瑶心里还盼着苏绾心和傅时寒分手呢，这下可好，还分什么分啊？二胎都要出来了，他们俩够积极响应国家号召的！

"你像个蚯蚓一样扭来扭去的，干吗呢？睡不睡了？"白钰雯感觉到她的焦躁，"你尿急啊？"

"我妹妹怀孕了。"

"啊？！"

苏瑶立即噤声。

啊，她这张嘴！这要是让苏绾心知道了，她的嘴会不会被缝上？！

白钰雯一个打挺直接坐了起来："你说什么，再说一遍？你哪个妹妹？"

"我还有哪个妹妹？"苏瑶生无可恋，"你千万别让别人知道这件事，也别让我妹妹知道我告诉了你，不然我们会被灭口的。"

白钰雯条件反射地摸了摸自己的脖子，慢慢地重新躺下。两个人就这个事情开始讨论，第二天早上都顶着一对熊猫眼下楼，全没睡好。

匆匆解决完温饱问题，苏瑶打着哈欠出门，临走前还着重盯着苏绾心的肚子看了看。苏绾心装没看见，和祁然说了几句话后也去上班了。

路辞下午出来见客户，路过苏瑶的律所的时候想着进去打个招呼再走，结果一进苏瑶的办公室就看到墙边摆了一堆的……孕妇保健品？

路辞有点儿蒙。

苏瑶发现他在看什么的时候，非常慌。

"你……怀孕了？"路辞一言难尽地开口，"现在人类已经进化到牵手、接吻就能怀孕的地步了吗？"

路辞很确定自己没做过任何有可能当爹的行为，看苏瑶慌张的小模样，也不像是给他戴绿帽子的样子。

"我给朋友买的，"苏瑶硬着头皮回答，"不知道送什么，就先买这些了。"

路辞也没多想："听说祁姨来了？"

"嗯。"

"要不要去我家吃个饭？"路辞坐在苏瑶的桌子上，抬手揉乱她的头发，问。

"不要！"

"那我去你家吃个饭？祁姨不是知道我们的事了吗？就算我到时候表现得再差，也有傅时寒在那儿顶着，你怕什么？"

再差也差不过把老婆搞没的寒哥，所以路辞现在自信满满。他在苏瑶这儿套了些话，离开后给傅时寒打了一个电话。

"你跟绾绾还没和好吗？这都多少天了，破纪录了啊。"

"我不是说了不和好了吗？"

"这种话我们听听也就算了，你以为谁会当真？寒哥，别怪我没提醒你，要是让祁大律师知道你们俩分手的事，那你以后可就不好混了。我明天打算去苏家吃个饭，你要不要一起？"路辞笑着问道。

"不去。"

"算我求你？"

"行吧。"

"大恩不言谢，寒哥回头给点儿钱就行了。"路辞非常实际地说，"我手上有个项目，你到时候别跟我抢。"

"我最近手头紧，缺钱。"

"放屁！你缺哪门子的钱？"

傅时寒沉默了：我真的缺，你怎么就不信呢？

他们要去苏家吃饭的事苏瑶不知道，苏绾心更不可能知道。所以当苏绾心回家看到坐在沙发上的人时，不由得僵在了原地。

"你怎么来了？"她和傅时寒四目相对，蹙眉问道。

傅时寒懒散地坐在那儿，回答："路辞求我陪他来的。"

"那路辞呢？"

"他去接苏瑶了，马上到。"

苏绾心表情复杂地看了看他，然后进厨房帮祁然打下手。她关上门，小声问："妈，他什么时候来的？"

"半个小时前。"

"你怎么让他进来了？"

"你的意思是让我现在赶他走？"

苏绾心语塞，一直躲在厨房，直到苏瑶回来才重新出去。苏瑶一看到傅时寒，立刻摆出一张冷脸，瞪了他一眼，拉着苏绾心到一旁说悄悄话去了。

"你知道他们今天要来？"苏绾心歪头看那两个人，纳闷儿地问。

"我不知道！他们突袭，太不要脸了！"

"一会儿吃完饭就尽快让他们走，我朋友要来帮我打针，我不想被他们撞见。"

"好！"

苏瑶拍着胸脯打包票，保证吃完饭就把这俩人赶走。可惜她们失算了，因为展澈来的时间要比预想中的早很多。

"妈，这两位是我的朋友，过来找我谈点儿事。"苏绾心把展澈和护士迎进屋，给祁然介绍。

祁然在听到展澈是苏绾心之前的主治医生后，态度变得柔和不少。

傅时寒在一旁听他们的对话，也不参与，心想：什么朋友啊，谈什么事啊，还直接约到家里来谈？

他满肚子的不悦情绪，却只能眼睁睁地看着吃完饭后的苏绾心和那两个人上楼了。

"两位大少爷，时候不早了，你们是不是该回去了？"苏瑶看了一眼时间，开始赶人。

傅时寒瞥了一眼楼梯方向，拒绝："我还有话和绾绾说。"

他坐在沙发上，一副打定主意不走的架势。路辞想看热闹，就一并留了下来。

傅时寒一边等一边留意着时间。

路辞看出他的焦躁，笑："那个医生不是还带了个女人吗？你急什么？"

傅时寒现在是什么都听不进去的状态，只想上楼，奈何苏瑶虎视眈眈地在旁边盯着。

"带女人怎么了？那女人说不定是他带来站在门口把风的呢？"苏瑶嘴毒地刺激傅时寒，"绾绾和那个医生有秘密，连我都不告诉，关系特别好。"

路辞瞥了一眼傅时寒的表情，把苏瑶拉入怀里，伸手捂住了她的嘴："乖，咱们不说了。"

某人疯起来谁都咬，这种时候自家女友还是别刺激某人的好。

"我就要说！"苏瑶挣扎着拽下路辞的手，"他活该！他欺负绾绾！"

傅时寒不说话，一直盯着楼梯那边看。直到那姓展的从楼上下来，他立刻起身上楼。

苏绾心被扎了两针，这会儿在房间里坐不敢坐，趴不敢趴，就倚着墙站在那儿难受着。房门突然被打开，她被吓得一哆嗦，扭头看去，看到傅时寒那寒霜罩面的模样。

"你生病了？"傅时寒快步走到她的面前，打量她，"哪儿不舒服？"

傅时寒看得出她最近瘦了，也知道她感冒了，所以觉得她瘦了是正常的。但现在傅时寒看她和那医生三番五次地来往，不由得有些慌。她怎么了？

他言语间透出来的关心和紧张，苏绾心听得真切。

她定定地看了他一会儿，低头："我没事，没生病。"

"那你总见那个医生干什么？你不光见他，还见了那个心理医生，别以为我不知道！"

苏绾心听到这话，睁大了双眼：傅时寒怎么连她见钟贤的事也知道？

"你跟踪我？"

"对，我跟踪你。"

"你凭什么？！"

"凭我怕哪天一不小心，你就又不见了。"傅时寒沉默片刻，声音低哑地回答，"我找不到你怎么办？"

他认真地看着她，慢慢往前走了一步，然后将她抱住，低头埋在她的颈间。

空荡的怀抱在这一刻被填满，傅时寒的心中是说不出来的满足感，他深深地呼吸，闻着她身上的香气，收紧抱着她的手，闭上双眼。

"你就低一次头，给我一个台阶下，好不好？"

苏绾心身子僵硬，一动不敢动。她最怕的就是这样，不怕他冷眼相待，只怕他温柔缱绻地和自己这样说话。

苏绾心咬紧牙关，生怕一不留神就吐出来一个"好"字。傅时寒等了半晌，没等到答案，便张嘴在她的颈间咬了一口，很用力的那种。

"那你再等几天，等我忍不住了，我自己低头。"

他说完转身离开。

苏绾心听着他渐行渐远的脚步，慢慢蹲下身子抱住自己。

她的心跳在疯狂地加速，到了她几乎难以承受的程度。

她太痛了，想要不能要的感觉，真的太痛了。

她蹲了没多久，苏瑶就跑上来找她了。苏瑶看见苏绾心红着眼睛，赶紧将她扶起，问："傅时寒为难你了？"

"他是在为难他自己。"

天生孤傲的人，骨子里是有一种倔强的脾性的。对于傅时寒这种人来说，面子比钱重要，也比很多其他的东西重要。

当初分手是他说的，不再找她也是他说的。苏绾心明白，想让他把这些话收回去是多困难的一件事。他忘了以前，也不是那个喜欢她喜欢了十几年的傅时寒。她以为重新开始，他对她的感情就没那么深了，所以撂了狠话，说了分手，也就真的分了。可谁想他还是那样，哪怕嘴上跟她吵架，手也要紧紧拉着她不放。

"堂堂傅氏总裁快被我逼疯了。"苏绾心趴到床上一动不动，"你知道我为什么这么舍不得打掉肚子里的孩子吗？"

"因为你喜欢小孩子，这是你的孩子。"

苏绾心摇摇头，笑了笑："因为这是他的孩子。"

傅时寒回家洗完澡，躺在床上辗转反侧。他睡不着，回味着今晚抱苏绾心时的感觉。

他那天为什么要提分手？他真是没事给自己找事。覆水难收，他话都说出去了还怎么往回收？要不自己死不要脸，不承认？可是戒指又被他要回来了……

如果说那天做的哪件事情最让傅时寒后悔，毫无疑问就是拿回那枚戒指。他本想用戒指逼她认错，不想她的骨头比他的还硬。

他要怎么办才能让她把戒指收回去？他想到大半夜也想不出个好的法子，只能先睡觉。

苏绾心这一晚上也没怎么睡好，第二天清早接到一通电话。电话是卓以清打来的，说想约她见个面。苏绾心很久没见到他了，又知道他和苏瑶现在有业务上的来往，便没有拒绝。

下午两点半，卓以清敲响苏绾心的办公室的门，进屋后直奔主题，递给她一份文件。

苏绾心当年自杀前，曾经让卓以清帮忙拟一份文件，文件内容是将自己手上所持有的苏氏证券的股份全部转给傅时寒。

"这个早该给你的，不过我最近太忙，忘了。傅总没签字，所以协议并没有生效。这东西被别人看见不好，就在我的保险柜里锁了一年多。"

卓以清苦笑，想起自己当初拿这份文件去找傅时寒时的悲惨经历。如果时光可以倒退，他绝对不会接这个活儿。

苏绾心翻看文件，笑着跟卓以清道谢。晚上回家的时候，她把文件带回去，随手扔在了书房的桌子上。

祁然无意间看到这个东西，心情非常复杂。她拿着文件去找苏绾心，问："这是怎么回事？"

苏绾心怔了一下，回答："这是我以前准备的东西，已经没用了。我之前半死不活的时候，想着遗产总归得有人继承，所以就提前做了一点儿准备。"

祁然听完她的话，重重地叹了一口气，什么都没说，又回书房去了。苏绾心以为这件事就这么过去了，不料，临睡前祁然却再次敲响她的房门。

"怎么了？"苏绾心看着祁然不太对劲的表情，又看了看她怀里的东西，解释，"妈，我都说了这个文件没用了，你一会儿帮我粉碎就好。"

"这不是你的那份，这是傅时寒给的。"

苏绾心愣了愣，低头翻看文件，眉头越蹙越紧。文件的内容和她之前找卓以清准备的那份大同小异，不过这里面的东西要更多一些。

"他什么时候给你的？"苏绾心看了好一会儿，抬头问祁然。

"过年那阵子。"祁然摸了摸她的头，"你和他吵架了？"

祁然是过来人，有些事情看得分外清楚。昨晚傅时寒过来的时候，两个人之间气氛不太对劲，祁然看出来了，不过没挑明。

苏缩心没想到祁然问得这么直接，一时间没做好说谎的心理准备，就只能沉默地点头。

"妈，"苏缩心身子一歪，栽进祁然的怀里，"你觉得傅时寒这个人怎么样？"

"客观评价？"

"嗯。"

"在他这种年纪，能达到他这种高度的人不多。"祁然实事求是，毕竟傅时寒的工作能力是大家有目共睹的。

"那你觉得他和我哥比，哪个更厉害一点儿？"苏缩心坏笑，又问。

祁然听后也笑了笑，回答："他。"

"苏宇和苏白听到会炸的！"

"没办法，谁让傅时寒能让我的宝贝女儿喜欢？那两个'废物'还不知道自己的女朋友在哪儿。文件放在你这儿，你想怎么处理自己做决定。"祁然和她聊了很久，最后轻声说，"不管怎么样，开心最重要。只要你开心，你做什么妈妈都支持。"

"那如果我开心了，别人不开心怎么办？"苏缩心小声问道。

"有时候人是要自私一点儿的。你从小在傅家都学到了什么，我不清楚，但有一件事希望你能明白——你要为自己活，不是为别人。"祁然抱住她，轻声说，"我愿意接受你和傅时寒在一起的前提是，你所做的牺牲要适可而止。你要明白，你除了在他的身上可以付出，还可以得到更多。你特别好，配得上任何人。"

一夜好梦，苏缩心第二天在司机的陪同下出门。车子缓缓驶出小区，她听见陈飞说："小姐，后面有人跟着。"

"你确定？"

"嗯。"

车子一路开到公司，稳稳停下。停车场远处，一辆黑色豪车停在那里。苏缩心在看到那个车牌号的时候就翻了一个白眼，不用过去便已经猜到跟踪她的人是谁了。

车内，林睿看到她朝自己走过来，装死不出声。

苏缩心叹了一口气，轻声说："你再不出来我要砸车了。"

"别，别，别！"

林睿一听她要砸自己的"老婆"，赶紧下车。他冲着苏绾心"嘿嘿"一笑，还不等说什么手机就被苏绾心夺了过去。

　　苏绾心垂眸看林睿和傅时寒的聊天记录，一条一条地往上翻。眼下，林睿正跟傅时寒告状，说她的身边又突然冒出来一个男人，还拍了照片，堪称人证、物证俱在。

　　苏绾心看完记录，"啪啪"打了两下他的胳膊，问："什么叫我换了个男人，又换了个男人？"

　　"啊啊啊疼！"林睿疼得直咧嘴，"绾神轻点儿，疼！"

　　"你疼？我的手还疼呢！"苏绾心冷哼，"你不是傅时寒的保镖吗？你跟着我干什么？你转行当狗仔了？"

　　"这不是寒哥让我干的嘛！他怕你跑了！"

　　"我往哪儿跑？！"苏绾心气得又打了他一下。

　　林睿装模作样地继续喊疼，其实没什么感觉。他看了看苏绾心身边高大的男子，好奇问道："嫂子，这是谁啊？"

　　"保镖。"

　　林睿急了："你放着我不用，找别的保镖？你这是瞧不起我啊！"

　　"那你这是打算跳槽，不跟傅时寒，跟我了？"

　　林睿挠挠头："其实也是可以的。"

　　傅时寒对于自己派人跟踪苏绾心被发现这个事情一点儿都不慌，反正最近掉链子的事做多了，也不差这一件，干脆就让林睿光明正大地跟着苏绾心好了。

　　林睿收到命令后照办。所以等晚上苏绾心再见到他的时候，他完全是一副"死猪不怕开水烫"的厚脸皮状态了。

　　"寒哥说了，以后我跟你。两个保镖在一起更安全。"

　　苏绾心甩不掉林睿，又不能让陈飞打他一顿，就黑着脸说了一句"随你"，然后上车了。

　　林睿一路跟着她到了家，吃完饭，赶紧偷偷摸摸地给傅时寒汇报情况。林睿听说苏绾心下个星期要去J国出差，想起那个叫程瑶的人也是去了J国……

　　周五下午，苏绾心忙里抽闲，陪苏瑶去找白钰雯。三个人来到一家开在商业街的婚纱工作室，和造型师一起挑选下期杂志拍摄要用的服装。

　　苏绾心是被苏瑶硬拖着出来散心的，懒懒地坐在一旁听她们讨论。结果那几个人聊着聊着，就动作非常一致地看了过来。

　　苏绾心顿时慌了。

"宝宝，模特今天有事没来，你去帮忙试一下这件！"苏瑶兴奋地跑过来。

苏绾心抗拒地摇头："不要！"

"快点儿，让我看一下嘛！"

"你自己去试不就好了？"

"人家造型师都说了，主题是甜美，我不合适！"苏瑶强拉硬拽地把人推进试衣间，动手扒苏绾心的衣服。

苏绾心被迫穿上那件号称是什么大师手工打造的、价值上百万的婚纱，重新回到人堆，被苏瑶几个人围着观看。

同一条商业街上，奢侈品专柜旁，傅时寒被傅时宜忽悠过来买单。傅时宜说打探到了程瑶的一些消息，要和他当面谈，结果就到这地方来谈了。

傅时寒面无表情地听傅时宜跟柜姐聊五十周年限量款手链，无聊地低头看柜台里那些花里胡哨的东西。忽然他目光一闪，轻声开口："这两块表包起来。"

销售人员一听这话，眼睛都亮了，脸上满是掩不住的笑容："傅先生好眼光，这款情人桥和日月星辰系列是我们店里卖得最好的，平时没有现货，需要预订，全手工制作，表盘上的珐琅是设计师亲手画上去的！"

傅时寒心不在焉地听她介绍了几句，扭头问傅时宜："你选好了吗？"

"好了！"傅时宜连连点头，看了柜姐一眼，说："这个，一起的！"

她美滋滋地跟在傅时寒身后，长这么大还是第一次见她哥主动给她买东西。

傅时寒结了账。

走出店门，傅时宜眉开眼笑地道谢，然后去拿傅时寒手里的东西。

傅时寒侧身躲开，不悦："你干什么？"

"你怎么知道我喜欢这两块表？我上次来店里就没有现货。她们说预订时间要半个月到一年不等，我就没有订。"

"谁说是给你买的？"

傅时宜脸上的笑容僵住，接着渐渐消失了。她就说她哥今天怎么转性了……果然还是那个老配方，一点儿都没变。他给她买一条手链已经不容易了，主动送她表？呵呵，她这辈子都别想了。

傅时宜自我安慰了一番，也不问他那两块表是要送谁的，因为答案非常明显。为了不再自取其辱，她很快转移了话题，说程瑶的事。

两个人边走边说，朝地下停车场的方向走去。傅时寒听着，余光在瞥到一处店面展示台上的模特时，注意力被吸引了过去。

婚纱店。

店面处在繁华的商业区中心，透亮的落地窗内摆着一些穿着展示用的婚纱的模特架子。他将视线越过那些假模特，就能看得到店里精致唯美的装修，以及正在工作的员工和进店挑选婚纱的顾客。

傅时寒在看到那条婚纱的时候心里忍不住一动，停下脚步看向店里，目不转睛。

屋内，苏绾心生无可恋地换了第二套婚纱。在看到工作人员拍照的时候，她赶紧出声制止："你们别拍呀，我又不是模特！"

"我们拍下婚纱的样子，回去好有个参考嘛！你放心啊，我到时候把你的脸打上马赛克，不让别人看。"

白钰雯出声安抚，然后给工作人员使了个眼色：多拍几张！

大家都在忙碌，时不时低头看 pad（平板电脑）上的模特信息、妆容、饰品搭配等。苏绾心就是在她们的轻声议论中，听到远处的店员说出"傅总"两个字的。她条件反射地扭头，在看到傅时寒和傅时宜走进来的时候，脑子"嗡"的一声，一片空白。她万万没想到能在这儿见到傅时寒，因为这条街根本就不是他会来的地方。

苏绾心扶额转身，匆匆说了句"我不试了"就落荒而逃，快步走向里面的试衣间。

今天是又一轮的"水逆"的开始吗？她出门之前应该看看皇历的！苏绾心窘迫不安，进了更衣室后着急地说："瑶瑶，快帮我把衣服脱了！"

她身后的人没反应，只是慢慢地关上了门，倚在门上看她。苏绾心焦急地找拉链的位置，不经意间透过镜子看到身后的人是谁之后，吓得惊呼一声："傅时寒？！"

怎么是他？苏瑶呢？！

傅时寒将视线一点儿一点儿地在苏绾心的身上移动，从头到脚，反复看了好几遍后才和她四目相对。

苏绾心像是一只误入狼穴的兔子，慌张不堪。她面红耳赤地拽过一旁的外套披在身上，想逃，却被他堵住了唯一的出口。

傅时寒自嘲地一笑：他输了！他是真的戒不掉她！

他心中最后仅存的那一点点防线全数崩塌瓦解。他走到她的面前，低头看她垂眸不语的模样，喉结动了一下，声音低哑地问道："你怎么会来试婚纱？"

"要你管！"

傅时寒轻轻皱了一下眉，牵起她的手，放在自己心口的位置。苏绾心不理解他的意思，疑惑地抬头，听见他说："这儿，疼。"

自从他和她说了分手，他的心就每日每夜地疼，比之前她不在的那一年多还要疼得厉害。

扔掉的戒指被他捡回来了，墙上的照片被他贴回去了……他反复无常得像个还没成年的毛头小孩。

"不分手了，我不要分手。"他低下头，抱住她，"你把那天的事情忘了好不好？你就当什么都没发生过，我什么浑蛋事都没做过。"

她身上好香，脖子上隐约还能看到他前几天咬的那个牙印儿。他能看见，刚刚其他人也一定看见了。除了亲密无间的人，哪有人会咬这种地方？想到这件事，傅时寒心情好了一点儿。

苏绾心被他紧紧地搂在怀里，动弹不得。双手抵在他的胸前，她没出息地红了眼："我记忆力好，忘不掉。你说了分手，还把我的戒指要回去了。"

"我错了，再也不说了。"傅时寒紧闭双眼，在她的耳边低声缱绻，"我想结婚，绾绾，我们结婚吧。"

她真的好美，傅时寒没想到第一次见她穿婚纱会是在这种情况下："我知道你还生气，你打我消消气，怎么样都好，只要你高兴。"

"你先放开我。"

"我不放，好多天没抱到你了。"

"你让我把衣服换了，我们在这里这么久会让人误会的。"

"没什么可误会的，她们想的都是真的。"

苏绾心咬咬牙，有些崩溃又挣扎地问："你怎么这么无赖？你那天说过什么都忘了吗？"

"我没忘，每一个字都记得清清楚楚。"

他说他再也不会找她，说不会再喜欢她，说她不配戴他给的戒指。

"那你还来找我干什么？"

"我想你。"

傅时寒又收紧了几分抱着她的手。如果今天他没在这儿遇见她，没看见她穿婚纱的样子，或许真的还能再忍几天。他原本打算等她出差去 J 国时再去找她的，可世事难料，老天爷让他活该在今天折在这儿，他的脸都不要了。

"你怎么能连家都搬了，一眼都不让我看？"傅时寒没想到她会那么心狠，"别人分手，女朋友都会给男朋友求和的机会，我就不行？"

他的语气太委屈了，苏绾心的心免不了发软，但随着他的下一句话，她又倒吸了一口气。

"你在外面见到我也不和我说话，跟别人有说有笑，跟别人喝酒……"

傅时寒话没说完，就被苏绾心突然用力地推开。

"喝酒？你还好意思提喝酒？！"苏绾心火冒三丈，"你自己说，那天你是不是有意设计我喝酒的？！"

傅时寒想说"不是"，但看她生气的样子就觉得可能还是老实承认然后认错比较好。于是他点了点头，说："是。"

"你滚出去！"

"我不滚。我是想着把你灌醉，让你跟我认错的。"

"我是不是最好再醉到神志不清，跟你回家做点儿你爱做的事？"

傅时寒沉默了：她怎么猜得那么准？

苏绾心气不打一处来，不敢让他留在这儿看自己换衣服，毕竟自己肚子上的针眼挺明显的。所以她连推带搡，把傅时寒给弄了出去，锁好房门，坐在椅子上平复心情。

傅时寒一直站在门外，耐心地等她出来。苏绾心磨磨蹭蹭地换回自己的衣服，小心翼翼地抱着那件昂贵的婚纱出来。她瞪了他一眼，快步去找苏瑶。傅时寒跟在苏绾心的身后，不理会别人异样的眼光。

他无所顾忌地跟着她，寸步不离，一出店门，就立刻把苏绾心从苏瑶的身边抢了过来，握着苏绾心的手看着苏瑶说："我送她回去。"

"你放手。"苏绾心蹙眉开口。

可傅时寒只当什么都没听见，拉着苏绾心就往停车场走。

苏瑶一看他走得快，急了："哎，你慢点儿走！她……她的身体不好！"

傅时寒放慢脚步，低头看身边的人："你的感冒还没好吗？"

"没有，好不了了！"苏绾心没好气地回答。

到了停车场，她便被他不由分说地推着坐到副驾驶座上。苏绾心接住他扔过来的包装袋，看着上面奢侈品品牌的标志，纳闷儿他今天怎么会跑到这边逛街。

"送你的。"

"我不要。"

傅时寒笑了一下，启动车子，时不时偏头看她一眼，好像看到她他的心里就会多踏实似的。

他开车直奔苏家，到了以后看到祁然，特自然地叫了声"祁姨"。

苏绾心满脸的不情愿："都到我家了，你还拽着我干吗？我又跑不掉。"

"祁姨，我跟绾绾上楼聊点儿事，一会儿下来。"傅时寒径直往楼上走。

祁然双手环胸地看着他，没拦着。

他拉着苏绾心到她的房间，往床边走，吓得苏绾心连连后退。

"你想干吗？"

"我抱一会儿。"

"不抱！"

傅时寒被痛快拒绝，只好勉为其难地坐到沙发上，然后拆开包装把买的东西拿给她看。苏绾心在看到他买了什么之后，微微愣住。

"你喜欢吗？这表是不是还挺好看的？"

她看着他手里拿着的表，摇头："好看我也不要。"

情人桥，这表她早就有了，当时也是他送的。傅时寒一直不太喜欢这个品牌的东西，说花里胡哨的，但后来还是给她买了不少。他送过她太多东西，衣服、鞋子、手表、包包、车子，送戒指是唯一一次，结果还要回去了，太气人了。

"你看表里这两个小人儿，柜姐说他们每隔 12 小时就亲一次。"

这小人儿亲的次数比自己亲苏绾心的次数还多，他活得还不如表上的两个小假人儿。

苏绾心看了一眼他期待的表情，不知道他究竟在期待些什么。傅时寒见她没反应，就直接动手把表戴在她的手上，然后给她看另外一块。

苏绾心忍不住叹气，因为这块表自己以前买过。她记得当时还买了一块星空表，什么土星、木星、火星、地球、金星、水星，表盘上全都有，真的是花里胡哨地漂亮。她当时没太明白那表要怎么看时间，还被傅时寒奚落了一番，所以对这款表的印象格外深刻。

"你今天怎么想起去逛街了？"苏绾心看着他，轻声问道。

"我是被傅时宜叫去刷卡的，她卖了点儿情报给我。"

苏绾心想起傅时寒给祁然的那份文件，挑眉："你还有钱？"

"我什么时候没钱过？"他理直气壮地反问，抱住她不放手，"绾绾，我们结婚吧。"

"我不结！"

我都是想跟你离婚的人了，还结什么婚？

苏绾心好怕他现在上头，带她往民政局跑。她绝不能让他知道他们已经领证的事，不然他能上天。

傅时寒知道她还在气头上，也没指望她真能点头答应。可是结婚这念头一旦出现了就真的很难消失，再加上经过分手这么一闹，他更加意识到得想办法把她"捆"在自己身边才行。

傅时寒抱着她，想着想着就想到他们这次为什么会闹成现在这样了，然后委屈地开口，说："我坐飞机受伤了，你都不去医院看我。"

他的心里终究还是在意这件事，因为他昏迷前和清醒后第一个想到的人，都是她。

苏绾心想起那晚在医院发生的事，眉头紧锁。

"这次的事情翻篇儿了，可下次我再……"

"你还想有下次？"苏绾心抬头瞪他，"你住院住上瘾了？"

傅时寒看了她片刻，轻笑出声："我就知道你关心我。"

"算了……我懒得跟你说。你下楼行不行？我妈还在呢，你别这么嚣张。"

"祁姨又不是不知道我是什么人。"

"妈"他都喊过了，祁大律师肯定对傅时寒其他的操作见怪不怪。

"你现在是破罐子破摔吗？"

"我现在是低头做狗，无所畏惧。"

苏绾心没忍住，"扑哧"一声笑了出来。傅时寒目光灼灼地看她，终究没忍住，做了她的腕上那块表里的两个小假人儿每隔 12 个小时就会做的事情——接吻。

这么多天了，他每天都在气，都在想，都在悔。他气她不关心他，想她在做什么，后悔那天说了太多的狠话。

说了分手以后，他一怒之下真想，干脆找别的女人试试算了，总好过吊死在苏绾心这一棵树上。可他看见别的女人，心里就会下意识地挑挑拣拣，跟苏绾心做比较，这个不行，那个也不行。

他都这么想过，所以担心她会不会也有这样的想法。加上她最近频繁和其他男人接触，他不得不心慌。现在，他这样抱着她、吻着她，心才会踏实，才会满足地相信她还是他的，只能是他的。

时间缓缓流逝，他慢慢抬起头，看她红唇微张的模样，眼中欲望闪烁。苏绾心看到了，一惊，恼怒道："你放手！"

"绾绾。"

"你别喊我！我没答应你和好！"

"你早晚会答应的。"

虽然心里也明白是这么个情况，可这话从他的嘴里明晃晃地说出来，苏绾心还是很不爽——就好像她被他死死吃定，一点儿反抗的可能性都没有一样。

傅时寒放手，起身。

苏绾心看着他的动作，猛地猜到他想干什么，慌张跟了过去。

"傅时寒你回来！你别去找我妈！"

不找是不可能的，傅时寒要去找祁然聊点儿大事。傅时寒下了楼，正好这个时候苏瑶回来了，身后还跟着傅时宜。

"哥，绾绾。"

"你怎么来了？"傅时寒看着他的妹妹，微微皱眉。

傅时宜深吸一口气："你说呢？"

傅时宜是坐傅时寒的车出门的，结果他看见苏绾心就跑了，把她这个亲妹妹扔在了大街上！跟苏瑶人眼瞪小眼的时候，傅时宜就只好问苏瑶能不能带她回家。还好苏瑶答应了，不然这会儿她可能还在商业街跟别人抢着打车呢！那边的出租车是出了名的难叫，之前还有人为了抢出租车动手打起来，傅时宜可不想穿得这么美去跟人拉扯！

傅时寒不咸不淡地"哦"了一声，完全没有任何愧疚感。傅时宜也算是习惯他这种操作了，反正在苏绾心面前谁都是背景板。算了算了，她输给闺密不算输。

傅时宜来的时候去买了礼物——一直没机会私下和绾绾的家人见一面，她之前就想见见祁然。虽然时间很赶，但礼物的价格很贵，她诚意满满。

到了饭点，几个人围坐在饭桌旁。傅时寒安静地吃着饭，苏绾心看他老老实实的，便慢慢放松了警惕。但事实证明，有些人哪怕表现得再怎么老实，依旧有一颗不安分的心。

傅时寒吃得差不多了，听她们聊天也聊得差不多了，便抬起头看向祁然。祁然刚好看过来，两个人的视线一对上，就感觉到这臭小子想搞事。

一旁，苏瑶紧贴着苏绾心的耳朵，用只有两个人能听到的声音问："你怀孕的事情他知道了吗？"

"我还没告诉他。"

"那你打算什么时……"苏瑶话没说完，就听见身边传来了一道声音——

"妈，我想和缩缩结婚。"

苏瑶倒抽一口凉气．

傅时宜表现得更是直接，"噗"的一声把刚喝进嘴里的饮料喷了出来，呛得猛咳不止。

苏缩心则是直接低头扶额，脸色由白转红，在桌子下面狠狠地踩了傅时寒一脚。

不知道为什么，祁然突然有点儿想笑。这臭小子，有点儿意思。

傅时寒上次已经厚着脸皮喊过祁然一次"妈"了，所以这次叫得格外顺嘴。他觉得自己还能再叫几声，要是祁然点头了，那就从今天改口。

"你吃完饭跟我来书房一趟。"祁然轻声开口，低下头继续吃饭。

傅时寒说了声"好"，扭头看着苏缩心笑。

苏缩心被他笑得头痛，气得咬牙切齿。

书房，祁然坐下，看向傅时寒，问："你想和我女儿结婚？"

"想。"

祁然似笑非笑，又问："你们最近吵架了？"

傅时寒犹豫了一下，点头："嗯，怪我。"

祁然嗤笑出声：这个人还挺有自觉，不用我多问他便认了。

楼下，苏缩心觉得她是真的"水逆"了，一会儿得找个"水逆符"当手机屏保才行，实在不行再去微博转发几条散霉运的"锦鲤"中奖帖，给自己来点儿心理安慰。

过了一会儿，傅时寒和祁然一前一后地下楼。苏缩心、苏瑶和傅时宜三个人动作一致地扭头看去，仔细观察那两个人脸上的表情，却看不出什么。

傅时寒带着傅时宜离开，直接回了老宅，不为别的，因为他的儿子漾漾回来了。

漾漾这阵子一直在国外参加夏令营和钢琴比赛等活动，今天刚回来就喊着要找爸爸妈妈。看到傅时寒，漾漾屁颠屁颠地跑过去求抱抱。

傅时寒弯腰把漾漾抱起，听他炫耀："爸爸，我拿了第一，好几个第一名！我把奖状和奖杯都带回来啦！"

"棒，明天你拿给妈妈看好不好？"

"好。"

爸爸答应明天带自己去见妈妈，傅予安欢天喜地、开开心心。

傅时寒抱着漾漾上楼，给他洗了澡，软硬兼施地把他哄睡着，自己则是一闭上眼睛，脑海里就浮现出苏绾心穿着婚纱的样子。

　　傅时寒后悔在婚纱店的时候忘了拿手机拍几张照片，但脑中白芒一闪，想到了苏瑶，立刻拿过手机给苏瑶发信息。

　　傅时寒：绾绾今天穿婚纱的照片，你手上有吧？

　　瑶大律师天下无敌：我有又怎么样？你想要？不给！

　　傅时寒：我们做个交易？

　　瑶大律师天下无敌：什么交易？你少唬我，我是不会上当的。

　　傅时寒：你给我绾绾的婚纱照，我给你路辞的未婚妻的照片。你还不知道他已经有婚约了吧？他一定没敢跟你说。"

　　苏瑶看到傅时寒这么说，心顿时猛地一沉。路辞订婚了吗？她怎么没听说？

　　瑶大律师天下无敌：你确定没骗我？

　　傅时寒：我骗你有什么好处？我们都是一家人，以后要抬头不见低头见的。

　　瑶大律师天下无敌：那你把照片发给我看！

　　傅时寒：你不先表现一下你的诚意？绾绾穿婚纱的样子我今天可是亲眼见到了，但路辞的未婚妻，你未必知道是谁。

　　苏瑶心里太在意这件事，生怕自己当了小三，于是思来想去之后就把手机里存的照片发过去了。照片是苏瑶晚上回来后向白钰雯要的，专业相机拍出来的效果特别好，像婚纱照似的。

　　傅时寒收到照片后一一保存，接着不慌不忙地上网搜了几张苏瑶的照片，转手给苏瑶发了过去。

　　苏瑶收到照片后整个人都愣住了，愤怒地骂了一声："傅时寒你这个浑蛋！"

　　她骂完以后还是很气，找傅时寒理论，结果说不过他，气得抓狂。

　　瑶大律师天下无敌：活该绾绾有秘密不告诉你！你活该！

　　苏瑶心想：苏绾心怀孕的事我不告诉他！等妹妹偷偷把孩子生下来，我也不告诉他！

　　傅时寒看到这话，轻挑眉尖：秘密？苏瑶说的"秘密"指的是什么？

　　凡事要有度，傅时寒清楚今天已经没法儿再从苏瑶这儿套出来什么东西了，更何况看苏瑶抓狂的样子，恐怕再说什么就要被她拉进黑名单了。他适可而止，发了一个转账表示一下心意，结束了今天这场照片交易，然后心情愉悦地起身去了书房。

书房有打印照片的机器，他要把照片打印出来，带回家去。

傅时寒缓步朝楼上的书房走去，走到楼梯拐角，听到走廊里有人在小声说话，便饶有兴趣地靠在墙上听了会儿。

"你说大少爷那天住院的时候，老爷子为什么发那么大的火？老爷子还把那个女的赶走了……"

"你不知道吗？"

"知道什么？"

"大少爷那天是临时改的航班，本来计划三天后回来，但急着参加小少爷母亲的公司的开业宴，结果出事了。"

"我说老爷子怎么那么大火。"

"傅家就这么两根苗，大少爷小时候在老爷子身边待的时间久，老爷子宝贝着呢，把大少爷当命根子一样。"

"啧，那女的也是真的衰。"

"可不嘛，要不然老爷子能生那么大的气？听说夫人的腿当初也是跟她出去的时候被撞断的。她简直像个扫把星一样！别说她生了一个小少爷，我看就算是再生两个，老爷子也不会开口让她嫁进来的！"

傅时寒听着听着，笑了，站直身子往前走了两步。那两个人看到傅时寒后一脸震惊的表情，连忙出声喊"大少爷"，没想到他会在这里。

傅时寒懒得往前走，歪了一下头，示意他们过来说话。两个人面面相觑，心底不由得生出一抹非常不好的感觉。

"你们刚刚说谁是扫把星？再说一遍。"

傅时寒想起那天去找苏绾心，问她为什么不到医院看自己时苏绾心的表情，想他说分手时她又是什么反应。他心里一直想要的答案终于有了，却比什么都不知道更沉重。他早该想到的，她怎么可能不去医院看他呢？她是遇到危险会第一时间把他推开的人，在她的眼里，他的命比她的还重要吧？

书房内，傅炎生正低着头，心情平静地画着水墨画，直到有人匆匆敲响房门。

平时这个时间是没人敢来打扰他的。傅炎生皱眉，抬眼，看向房门，不等自己出声，就听见外面的人慌张地说——

"老爷子，不好了！出事了！"

用人把外面发生的事情快速说了一遍。

傅炎生一听这话，拍案而起，快步朝外面走去。

自己的孙子是什么脾气傅炎生是知道的。傅时寒下手向来阴狠，虽然最近几年不怎么搞事了，但上学那会儿可谓是"恶名远扬"。

傅炎生不安地乘电梯到一楼，只见客厅里不少用人都慌慌张张地往外看，但没人敢出去劝，也没人敢说什么。

傅炎生眉头紧皱，走到院子里就看见了满地狼藉。傅时寒站在一旁，听到脚步声，斜睨一眼，眼神阴鸷不堪。

傅时寒看到傅炎生，嗤笑，问："你养狗不知道养两条听话的？"

"你这个臭小子，抽什么风？！"傅炎生看向一旁的保镖，厉声吩咐："你们去把他给我绑起来！"

可那些人看了看傅时寒，却没人敢动手。

他们非常清楚，哪怕现在一起动手真的绑了傅时寒，回头傅时寒也会挨个儿找他们算账的。而且这些人中又有大部分是傅时寒的人，所以他们更不可能对傅时寒动手。

傅时寒看着眼前的老人，喉结滚动，缓缓叹了口长气："行，我今天饶他们一条命。但是从今天起，别让我再看见他们，不然我一定让他们有交代。"

傅炎生："你到底抽什么风？"

"绾绾那天去医院找我的事，为什么不告诉我？"

傅炎生听到这话，瞳孔微缩，瞬间明白他为什么动手了。

"爷爷，我现在心情不好，所以说的话可能会难听，但有些话我还是要说。您是长辈，我不能对您做什么，可所有您派去的人，谁动她一下，谁死。"

"小浑蛋，你吓唬谁？"

"我是不是吓唬，您试试就知道了。"

医院的事是傅时寒无意间听到的，那是不是还有没听到的事？老爷子他们都背着他对苏绾心做过什么，苏绾心是绝对不会主动告诉他的。他如果不是忍不住了去找她，那是不是这辈子就错过她了？

楼上，某间卧室。

李墨坐着轮椅坐在窗前，目光悠悠地看着楼下。

身边的用人在为李墨做着按摩理疗，看她淡然的模样，忍不住问："夫人，您怎么不拦着少爷呀？"

李墨一直坐在这儿，从傅时寒把人带到院子的时候就已经发现了，可什么都没说，就这么静静地看着。

"拦什么？"李墨听到用人的话，微微一笑。她抬起手，低头看了看自己的指甲，语调慵懒地说："他教训得好。"

用人身子一颤，立刻闭嘴，再也不敢说什么了。

傅时寒煎熬地过了一晚，翌日清晨打通苏绾心的电话。

"你在公司吗？我现在过去找你。"

"可是我一会儿得开会，客户马上就到了。"

"你忙你的，我到你的办公室里等。"

"好。"苏绾心听出他不太对劲，狐疑地问，"你怎么啦？"

"没事，见面说。"

"那你路上开车小心点儿。"

一旁的沙发上，林睿正吊儿郎当地坐在那儿玩游戏："寒哥打来的电话？"

"嗯。"苏绾心低头看开会要用的资料，吐槽，"他的语气听起来心情就很不好，你一会儿给他当出气筒，挨一顿打，等我开完会回来就没那么危险了。"

林睿身子一哆嗦，立刻起了想走的心。他抬头看苏绾心十分淡定的模样，迟疑片刻后问："绾神，你那天……为什么没去医院看寒哥啊？"

苏绾心愣了一下，敷衍地答："我喝多了，不知道他出事。"

"我听到辞哥给你打电话了，你别骗我。"

林睿认识苏绾心的时间虽然没有傅时寒、路辞他们那么久，但也好多年了，自认对她还是有些了解的。

在苏绾心的世界里，傅时寒的事情绝对是排在她前面的。

有的人，无论时间怎么变，外貌怎么变，心是不会变的。在林睿眼里，苏绾心就是这种人。

林睿听说苏绾心七岁就跟在傅时寒身边了，而在林睿的印象里，自从认识傅时寒他们开始，苏绾心和傅时寒这两个人就是一直在一起的。所以林睿真的不信，傅时寒出事了她会不紧张。

傅时寒这些天都在气头上，林睿不敢多嘴说什么，怕挨揍。他知道傅时寒肯定也会怀疑，但有时候这就是旁观者清、当局者迷的事。

"你别问了，都过去了。"苏绾心手上的动作一顿，起身去会议室。

林睿继续优哉游哉地躺靠在沙发上玩游戏。直到傅时寒推门进来，他手忙脚乱地爬起来。

"寒哥你来了，那我走了！"

傅时寒这脸色、这气场，谁顶得住？林睿不想当出气筒，关上门灰溜溜地跑了。

傅时寒耐着性子待在办公室里，等了差不多一个小时苏绾心才回来。她看见傅时寒，还有点儿担心他是来找自己翻旧账吵架的，便默默坐到办公桌后佯装很淡定的样子整理文件。傅时寒目不转睛地看了她一会儿，声音低哑地开口："绾绾，过来。"

苏绾心摇头，有点儿怕。

傅时寒苦笑，径直走到她身边，搂着她坐到他的腿上。

"你十吗？这儿是办公室。"苏绾心不敢张扬，只能挣扎着小声提醒他。

"你别动，我抱一会儿。公司要是不能抱，我就带你回家。"

他满身戾气，苏绾心感受得特别明显，壮着胆子问："我又怎么惹你了？"

"我出事那天你真的没去医院吗？"傅时寒看着她的眼睛问，"别说谎，我要听真话。"

"没去……"

"那躲在停车场哭的人是谁？你告诉我。"

苏绾心张了张嘴，却突然不知该说什么。他是怎么知道的？他查了监控？

"我以前到底是怎么教你的？"傅时寒皱紧眉头，捏着她的下巴让她微微仰头看自己，"我在你的眼里怎么就那么贱？别人随便两句话就能左右你对我的态度吗？那是不是回头我死在外面了，他们不让你参加葬礼，你也不去？"

"你骂我就骂我，咒自己做什么？！"苏绾心被这话气得红了眼，"对，我是去了医院，爷爷不让我见你。可你小时候都被爷爷拿鞭子抽，我凭什么就不能怕他？我好人做不成，坏人也做不成，里外不是人，你还咒你自己？！"

傅时寒认真地听着她的指责，等她全部说完，缓声开口："我小时候被爷爷拿鞭子抽，连路辞他们都没见过，你怎么会知道？苏小绾，你是不是记起来什么了？"

祸从口出，言多必失。苏绾心一直都明白这个道理，今天怎么就忘了？他骂就让他骂，自己非跟他置什么气？她闭嘴听就好了啊！

苏绾心红唇紧抿，咬紧牙关盯着眼前的桌子看，不敢跟他对视。傅时寒抱着她，感受到她的身体紧绷就全明白了。果然，她都想起来了。

傅时寒没想到自己在冷战上输了，在恢复记忆这一块又输了。他拽回试图起身逃走的苏绾心，抱得更紧："我没问完呢，你跑什么跑？"

"你还想问什么？"苏绾心带着哭腔问他，"我不是都告诉你了吗？"

她都告诉他了？傅时寒觉得这话的可信度实在是太低了。

"你什么时候想起来的？你把所有事情都告诉我，我就不回去和老爷子闹；不说，我跟他闹到底。既然你想起以前的事，那就应该知道我是个什么样的人。"

"去医院那晚……"

"也就是说在分手之前。"傅时寒若有所思地看着她，"你全都想起来了，还答应跟我分手？"

"是你说的分手，又不是我！"

"是我说的没错，但你应该知道我为什么说分手。"

他要不是为了逼她，至于把自己搞成那副德行？她认识他十几年，不会猜不出他的本意。

"你借我之口达到你自己的目的，开心吗？你恢复记忆了，就想和我分手？"

苏绾心看着他的眼中腾起的怒意，沉默许久，开口："我没办法。对我而言，除了跟你分手，离你远一点儿，我没有别的路可走。"

"就因为我爷爷？他的态度对你来说就那么重要吗？"

"重要，但不全是。"苏绾心深吸一口气，无奈地苦笑，"你不记得了，但在我们失忆之前我就曾经和你说起过这件事。曾经的我对你来说是解药，但现在，是毒药。傅家当年找到我，是因为我能保护你，可现在的我已经不行了。我不是以前的那个苏绾心了，可能从你的福星变成你的扫把星。如果这次的飞机出事只是一个开始，以后还有第二次、第三次危险靠近，你会怎么办？你让我又怎么办？"

傅时寒也许不怕死，但大概永远不会知道，苏绾心有多怕他死。

在苏绾心曾经很长的一段人生里，他是照亮她生命的光，在今后漫长的人生里，也依旧如此。她不能让她的光灭了，为此，愿意付出一切。

傅时寒听完她的话，恍然大悟："这话是谁告诉你的，我爷爷？"

"对，是爷爷，其他人也和我说过。"

"谁？"

"慕星瀚。"

傅时寒咬了咬牙：他昨天就该把家里那两个嚼舌根的人活剐了，扔在老爷子的门口。

"我听说傅家找了个新的护身符，安置在你身边，你知道是谁吗？"苏缩心心疼地看着他的眼里一闪而过的痛苦，突然转移话题。

傅时寒眸光微闪，迟疑地出声："程瑶？"

"你知道？"

"她走了以后我查过她的资料，她的生日和你的是一样的。"

"也就是说你不知情。"苏缩心想了想，说，"她在你身边这么久了，你一点儿都没察觉吗？"

"没有。"傅时寒肯定地回答，"她什么都没做过，秘书办里最没存在感的一个人就是她。"

"倒是安分。"

但从程瑶的种种行为来看，她又绝对不是一个安分的人。

傅时寒没再接话，而是从口袋拿出一样东西。苏缩心低头一看，下意识把手背到身后。

"我特意回家取的。"傅时寒拽过她的手，哪怕她再怎么拼命挣扎，还是把戒指套在了她的手指上，"收好，我下次再怎么无赖、再怎么不要脸，你也别还给我了。今天我心情不好，就不陪你了，回家处理点儿事，晚些时候给你打电话。还有，你不是毒药，谁家毒药这么甜？那我死了也值了。"

说完，他忍不住低头亲了亲她的嘴角，然后揉了揉她的头发。

傅时寒匆匆回了老宅，直接去找傅炎生。

傅时礼见状想过去拦一下，结果却被李墨出声制止："你别管，让你哥自己处理。"

"爸、妈，到底怎么回事？"傅时礼皱眉，"他们俩在一起，这家不得闹翻天吗？"

"那就闹，房子闹塌了就搬家，正好在这边住久了，我有些厌了。"李墨说完，看向一旁盯着她看的傅鸿儒，挑眉："怎么，我说得不对？"

"你说什么都对。"傅鸿儒微微一笑，起身推她上楼。

傅时寒直接进了傅炎生的房间，没管他高不高兴，反正不爽的人不光是他。要不开心，那就大家一起不开心好了。

进屋之后，傅时寒开门见山："程瑶是你安排的？"

"是又怎么样？"

"那你找的这个护身符不靠谱儿啊，说跑就跑了。你给了她多少钱？她的背景你查过吗？听她的初中同学说，她爸是清洁工，听她大学同学说，她家住着几千万块的豪宅。怎么着，这钱都是她当护身符赚来的？她这是骗了多少票子，骗到您老的头上来了？"傅时寒连嘲带讽，心情复杂地看着傅炎生，"是谁把她介绍给您的？告诉我。"

傅炎生沉着脸，问："程瑶的事，苏绾心跟你说的？"

"我用得着她说吗？傅时宜和程瑶是大学同学。您如果现在联系得到程瑶，那就再问问她，是谁给她的胆子，让她敢动我的人？"

傅时寒拼命压制自己的火气，努力让语气听起来不那么像来找碴儿打架的，哪怕现在真的还想再打一架。

"您有空盯着我，不如盯着傅予安。还有，我和绾绾的事您以后别再插手了，管也没用，我不会听。她是奶奶当年选的人，您这么不待见她，是觉得老太太坑我了？"

"你少放屁，少扯到你奶奶身上！"

"你看，老太太人都没了，您还护着。我的人还在呢，您就不能对她客气点儿？"

把该说的话说得差不多了，傅时寒转身就走，走到门口突然停下，回头问道——

"把程瑶介绍给您的人，不会是某个姓慕的神棍吧？"

苏绾心今天不是说，当初跟她说过那种话的人除了老爷子，还有慕星瀚吗？

傅时寒本来只是随口猜测，但在看到傅炎生的表情后就知道，还真猜对了。

傅时寒一晚上没睡着，第二天照常到公司。忙到中午的时候，桌上的内线电话响起，他听见秘书说——

"傅总，苏氏证券的人说要见你。"

不一会儿，办公室的门被人敲响。傅时寒抬头，看见陈磊和另外一个看着有点儿眼熟的男人进来了。

陈磊看着傅时寒，表情尴尬又纠结。

傅时寒看他这个反应，视线上下在他的身上扫了扫，问："你这是想背叛你们苏总，跳槽来我这儿，不好意思开口？"

"并没有！"陈磊立刻否认，"傅总，您看……之前跟我们公司合作的那几个项目，还有没有继续的可能？"

之前傅时寒一口气毙了苏氏证券的几个项目，眼下站在陈磊身后的男人就是那个被傅时寒搞到哭的产品经理。三十几岁的大老爷们了，最近被傅时寒弄得特别有阴影，导致现在看到傅时寒本人就觉得压力山大，莫名其妙地瑟瑟发抖。

　　"项目？"傅时寒眼中闪过一抹笑意，"苏总让你们来的？"

　　陈磊心中默默盘算：并没有……我们苏总说这几个项目她真的不是特别想要了——但这话我是不是不能说？

　　"我们苏总说，傅总还是不打算签的话，就让我们给她打电话。"思来想去，陈磊聪明地回答。

　　傅时寒一听这话，眼睛一亮："我不签，你给她打电话吧。"

　　陈磊就猜到会是这样，于是低下头叹了一口气，拨通了苏绾心的号码。

　　苏绾心这会儿正在华正集团审核数据，忙得头都要炸了，接到陈磊的电话听说傅时寒又找事，便翻了个白眼："你把电话给他。"

　　苏绾心今早才知道傅时寒一共毙了她五个项目。她不怎么在意，可她家的产品经理今年就指望这笔奖金到手，送儿子出国游学呢。结果傅时寒倒好，一棒子把人家的美梦打得稀烂。

　　陈磊乖乖听话。

　　傅时寒接过手机，刚放到嘴边说了个"喂"，就听见苏绾心说："你当个人吧，好不好？我们家的产品经理被你搞得都要去看心理医生了！你不签字我把戒指摘了！"

　　"我签。"

　　陈磊和那个产品经理面面相觑，不知苏绾心说了什么让傅时寒当即改口。傅时寒大笔一挥，签下名字，五个项目重新启动。

　　辛辛苦苦大半年的劳动成果，被傅时寒一天之内毁掉全部，又被苏绾心一秒钟救了回来。这个事情就有点儿值得人深思了。

　　产品经理在离开傅氏集团的路上一直在看那几份合同，不敢相信这事真的成了。他笑得脸都僵了，扭头看向陈磊问："磊哥，苏总跟傅总说了什么啊？怎么那么管用？"

　　"只可意会不可言传……"

　　"啊？"

　　"年轻人，以后你就懂了。"

　　陈磊觉得，看今天这个情况，那两个人应该是和好了，所以自己最近一段时间又有好日子过了，于是心里美滋滋的。

傅时寒签完苏氏证券的文件就去了机场出差，回来后直奔苏绾心家，跟大包小包搬家的苏瑶撞了个正着。两个人在门口四目相对，都觉得彼此碍眼。

苏瑶："你来干什么？我妈已经走了，没饭给你蹭！"

傅时寒："你不是跟绾绾分开住了吗？你又要搬回来？"

苏瑶："我乐意！"

她妹妹怀孕了，怀孕了啊！她妹妹不得需要人照顾吗？！傅时寒这个"渣男"，她倒要看看他到底什么时候发现！

两个人一前一后进了屋，苏绾心回来的时候就感觉到家里的气氛有那么一点点不太对劲。

苏瑶在厨房做饭，傅时寒坐在客厅看电视，看见苏绾心便拍了拍身边的位置，让她过来坐。

"祁姨走了，我明天搬过来好吗？"

"谁同意你搬了？"苏绾心痛快拒绝，"我妈临走时说了，你来吃饭可以，来这儿住，不可能。"

长辈的话是可以听一半的，所以傅时寒就把前半句听进去了，后半句就当不存在。他厚着脸皮蹭完饭，拉着苏绾心去她的房间，问："除了我，还有谁知道你恢复记忆的事？苏瑶？祁姨？"

苏绾心摇头，迟疑片刻回答："钟贤，展澈。"

傅时寒没想到会在这个时候听到这两个名字，表情顿时一变："他们凭什么比我知道得还早？"

"傅先生，我劝你别在这件事情上吃醋，不然真的追究起来，你是吃亏的。"

傅时寒听到这话，聪明地选择暂不追究。她现在记得的事情比他多，会这么说肯定有她的道理。他伸手想抱抱她，余光却不偏不倚地扫到一个眼熟的文件，顺势拿了过来。

"这个怎么在你这儿？"

这份文件的内容他熟得很，因为是他找人做的。他当初把这个给了祁然，表态度也表诚心，没想到会在苏绾心这儿看到。

"我妈给的。"苏绾心小声回答。

"你怎么还没签字？"傅时寒看了看首页和尾页，"给钱你都不要？"

"不要。"

"我的钱烫手吗？"

"这里面的内容有多重要你比谁都清楚，所以别闹了，我是绝对不会签的。"

股权在手，公司的话语权也就在手；股权一旦没了，董事会那些人分分钟给他找事。

"那文件留你这儿，你就得养我。"傅时寒破罐子破摔，"吃喝拉撒睡全包的那种。"

"你的脸呢？"

"我没有那个东西。"

他回答得痛快，然后抱着她就躺到床上，心想今晚绝对不走了。

房间安静了片刻，苏绾心躺靠在他的怀里，过了一会儿听见他说："委屈你了。我有时候觉得自己特无敌，可有时候又发现，我连一个你都保护不好。"

在她的面前，他所有暴戾的脾气会消失不见。他喜欢单独和她在一起的这种感觉。这样小小的、软软的一个人，搂在怀里就能让他无比满足。

他要娶她，而且要光明正大地娶，昭告天下的那种。

晚上，傅时寒如愿以偿地住在了苏绾心的房间里，第二天清晨陪她一起去了机场，因为已经到了苏绾心该去 J 国出差的日子。

苏绾心本以为他只是单纯地来送机，不料他却一同过了安检，苏绾心目瞪口呆。

"这几天我陪你。"

"你的公司不忙吗？我要去一个星期呢！"

"重要的事情都交代给傅时礼了，剩下的我用电脑处理就行。"

傅时寒早有准备，苏绾心再也无法拒绝。而且十几个小时的飞行对自己这个孕妇来说相当不友好，她没心情和他说太多。

飞机降落，苏绾心强忍着恶心到了酒店，看着态度非常强势地进她的房间的傅时寒，只觉得头痛。

傅时寒："酒店没空房间了，我们凑合挤一挤。"

"你仿佛在逗我。"

傅时寒嘴角微扬，脱衣服进了浴室。

苏绾心盘腿坐在床上看电脑里的数据报表，等他再出来的时候已经生无可恋了："我想睡觉，你帮我弄好不好？"

"怎么了？"傅时寒走过去拿过她的电脑，"华正集团现在还没正式开展项目吗？这么多公司的资料，你是打算广撒网吗？"

"这些是给公司的研究员工练手用的。"苏绾心解释，"至于主项目为什么到目前为止一点儿水花都没有，责任在我。有一个问题，我一直没有处理好。"

"哦？"傅时寒听她这么说，不由得好奇，"什么问题？"

"前几天最新公布的《金融对外开放的措施和条例》你关注了吧？"

"当然，"傅时寒点头，"金融界都在关注。"

"鼓励允许外资全资设立或参股货币经纪公司，还有鼓励境外金融机构参与设立、投资入股商业银行理财子公司这两项条例已经吸引了很大一批外资企业入驻 H 国，而华正集团要展开调查的，正是这次积极入驻 H 国、动静很大的一家外资银行。"

傅时寒想了想，迟疑："威帝斯？"

苏绾心点头。

"哇哦，"傅时寒眼中满是欣赏之色，"绾神好大的胃口。"

威帝斯皇家银行，去年入围"全球最赚钱的 50 家公司"名单。这次威帝斯来 H 国投资，确实引起了很大的反响。

"所以你遇到了什么难题？"傅时寒摸她的头，追问。

"威帝斯总裁的儿子 Alex 是苏氏证券的股东，我这个破脑袋之前失忆把这件事忘记了。"苏绾心埋头在床上哀号。

傅时寒听完就乐了。这确实让人头大，因为华正集团若是放话开始调查威帝斯，苏氏证券必然也受影响，就相当于苏绾心一边打自己巴掌，一边给自己甜枣吃，很难受。

"我想把 Alex 手上的股权搞回来，可现在还没想到好办法。虽然我有一些他的把柄，但不知道用什么方法才能发挥最大的作用。而且他最近一直不在 H 国，我找不到他。"

"你说到重点了。那你觉得这个难题谁能帮你？"

苏绾心抬头看他，咬了咬下唇，出声："你。"

"你觉得我是那种做好事不求回报的人吗？"傅时寒笑，"我帮你，可以，你能给我什么？"

"你想要什么？"

"你知道的。"傅时寒目光深沉，一字一顿地说道，"我想要的从来都只有一样。"

他想要的就是她。

他慢慢低头，用自己的鼻尖蹭了蹭她的鼻尖："你给吗？"

"今天不行……"苏绾心小声开口，"我身体不舒服。"

"那你说什么时候可以。"

"我不知道，"苏绾心为难，"不可以先欠着吗？"

"可以啊。"傅时寒轻笑，"那你写张欠条吧。"

"傅时寒你别得寸进尺！"

不得寸进尺是不可能的，苏绾心被他威逼利诱地写下欠条后面红耳赤地去洗澡、睡觉，醒来后开始了忙碌的一周。她尽可能以最快的速度结束J国的工作，因为苏瑶还在等她回去。

路辞的爷爷要苏瑶去路家的老宅吃饭。苏绾心猜测，如果没有意外，这是路家想要订婚的意思。但苏绾心没敢告诉苏瑶，因为苏瑶怂得连单纯的一场家宴都不敢独自前往，软磨硬泡地要苏绾心陪她过去。

苏绾心无奈地答应。

到了日子，两个人前往路家。苏绾心一边吃饭，一边观察路家人脸上的表情，然后就发现自己的猜测是正确的。苏瑶完全被路辞套路了，一头雾水，还不知情。

苏绾心看得明白却佯装不知，乖乖吃饭不说话，努力降低存在感。可惜，事与愿违。

苏绾心咽下口中的食物，美味消失，取而代之的是铺天盖地的恶心。她脸色一变，慌忙捂嘴，起身冲向洗手间。一片和谐温馨的画面里，她坏气氛地开始吐个不停。

苏瑶显然没料到会发生这种情况，赶紧追了过去，看到她吐到快虚脱的样子，又心疼又心慌。

苏绾心吐成这样可怎么办啊？路家要是问起来，自己该怎么回答啊？！苏瑶一点儿都不淡定，但是苏绾心觉得自己厉害多了。

把胃里的东西吐得干干净净，苏绾心拿过矿泉水漱了漱口，扶墙站了起来。她看着门外担心的路辞等人，叹了一口气，稳稳地开口："我最近工作太忙了，胃肠感冒有点儿严重。对不起，影响大家了。"

她小声道歉，还轻轻吸了下鼻子，真的很像感冒。苏瑶目瞪口呆地看着苏绾心，觉得自己的妹妹不当演员真是有点儿可惜啊。

就这样，苏绾心以一人之力忽悠了整个路家。但是，她虽然面上稳得很，可心里还是慌的。

饭局结束，路辞送她们回家。苏绾心和苏瑶往外走的时候，微凉的手挽住苏瑶的胳膊，用只有两个人能听到的声音说："扶一下，我腿软了。"

苏瑶赶紧扶住她，想笑又不敢笑，忍得难受："你没事吧？要不要去展澈那儿看一下？"

"没事，孕吐而已，你这种黄花大闺女是不会理解的。"

"你再贫嘴我松手了？"

"姐姐，我腿软。"

苏绾心把苏瑶的胳膊抱得死死的，上车以后松了一口气，歪头倚在车窗上，闭目养神。

路辞扭头看苏绾心不太舒服的样子，给傅时寒发了信息，让他多留意一下苏绾心的情况。

傅时寒前几天翘班陪苏绾心在J国待了一个星期，代价就是忙得团团转。自从他回来，傅时礼就开始翘班了，说是要去找盛浅玩。傅时寒没办法，除了第一天送苏绾心回来，两个人就没见过面了。

他看到信息已经是半个小时后的事了，在车上立刻给苏绾心打了一个视频电话。苏绾心昏昏欲睡，慢慢适应光线，看到傅时寒的脸，声音带着睡意，问："怎么了？"

傅时寒看到她眼神都不禁柔和了几分："路辞说你今晚吐了，还难受吗？"

苏绾心身子一僵，皮笑肉不笑地摇摇头："我没事了。"

"我安排人明天接你去医……"

"我不去医院！我最近就是比较累，然后今天去路家有点儿紧张。"

"你紧张什么啊？都没见苏瑶紧张。"傅时寒笑，"路家那些人哪个你不认识？"

"你怎么知道她不紧张？不出意外的话俩人快订婚了，她今天话都说得不利索了。"

傅时寒听到这儿，眸光黯了黯：路辞都要后来者居上，先订婚了？

"我大概还得两天才能回去。你乖乖吃药等我回去，要是还不好，我就带你去打针。你哭也没用，知道吗？"

"哦。"苏绾心点头。

"好了，睡吧，有事给我打电话，晚安。"挂了电话，傅时寒靠在椅背上，透过天窗看了看星空，然后冷声开口："去公司。"

司机咽了咽唾液，听着他前一秒特温柔地跟姑娘说"晚安"，后一秒冷冰冰地命令自己去公司，就好想抻长了自己的脖子，看看刚刚电话里的女人是谁啊！

傅时寒到分公司熬了一个通宵，拼死拼活地提前结束了手里的工作，下飞机后直奔苏绾心的公司。

苏绾心正在办公室里核实数据，听见有人没敲门就直接进来，怒气冲冲地抬头，然后眼睛一亮。

"你怎么回来了？！"

傅时寒这两天都快累瘫了，坐到椅子上看着她问："你的感冒还没好吗？"

"好了，好了！"

傅时寒不太相信地打量着她："苏总还得多久下班？陪我吃个饭吧。"

"现在就走吧。"

苏绾心猜出他应该又是熬了通宵才赶回来的，便收拾了一下没处理完的文件，打算带回家弄。结果她上了他的车以后，就发现他在往一条并不熟悉的路上走。

"这是要去哪儿？"苏绾心疑惑地问道。

"一会儿你就知道了。"傅时寒握了握她的手，继续专心开车。

车子疾速行驶，一路畅通，二十分钟后抵达目的地，到了一处封闭式别墅小区。

车子进小区后拐了一个弯，很快就到了目的地。苏绾心进了院子打量四周，按理说她的记忆已经恢复了，如果以前来过这里是没理由不记得的。也就是说，傅时寒没带她来过这里。

大门口，林睿正坐在那儿抽烟，看见他们来了赶紧起身迎过去，跟他们打招呼。

傅时寒下车进屋，扭头看林睿，觉得这愣小子像自己的房产经理。傅时寒问道："这房子我什么时候买的？"

"几年前。"

"废话。"

"四五年前的样子。对了，就是绾神出车祸失踪之后你买的！你说要当婚房来着。寒哥，我不当电灯泡，先走啦，你有事给我打电话！"林睿笑着转身离开。

苏绾心等他走后苦笑。房子是他在她走后才买的——她都不在了，他还准备什么婚房？

苏绾心心情复杂地去看傅时寒。

傅时寒回看过来，浅笑："你想夸我就快一点儿，想投怀送抱也快一点儿。"

"你要是不说这话，我就抱了。"

苏绾心的话音刚落，傅时寒就走到了她的面前。他伸手将她抱住，问："我把婚房都准备好了，你还不准备跟我结婚吗？"

"你最近对结婚的执念怎么这么深？"

"分手分怕了。像我这种弱势群体，还是需要国家证件来维护权益的。"傅时寒说完，见她完全没有被感动到的样子，无力地叹了口气，"你自己转转，我去做饭。"

苏绾心看着他幽怨的背影突然很想笑，特别想知道他把结婚证藏哪儿了。她都走一年多了，他一直都没发现那个红本本吗？

第十九章
"傅氏集团总裁已婚！"

苏绾心忍着笑在屋里转了一圈，再回到楼下就见傅时寒坐在餐椅上打电话，语气听起来很不高兴，好像是国外的分公司出了什么状况。

傅氏集团这几年发展迅速，苏绾心也说不清他到底开了多少个分公司，又开辟了多少新市场。傅时寒这几年给人的感觉就像是在疯狂侵略各国的市场，只要他的手能够得到，就要分一杯羹。

这样强势的侵略性扩张，毫无疑问会增加公司的业绩增长，但同样也有弊端，就是树敌太多。

自己要怎么做才能帮他，是苏绾心一直在思考的事。在她看来，亿万星辰里傅时寒是最闪耀的那一颗，因为他的光芒太盛，所以免不了把火力吸引到身上。苏绾心想把他身上的战火分散，唯一的办法是自己变得同样优秀，然后也做点儿危险的事，给别人添堵。

所以她一直在追他的脚步，想和他并肩前行。可是不管她怎么努力，好像都差了那么一点儿。

傅时寒还在和电话那边的人发火。要不是隔着电话，他可能忍不住把对方的脑袋拧下来，看看里面装的都是什么东西。这是小学毕业的人做出来的事吗？不对，他不能骂小学生，他的儿子马上要上小学了，都比这个人聪明。

傅时寒连嘲带讽地骂电话那边的人，直到苏绾心走到他的身后把他抱住。他微微一愣，低头看她环在自己腰间的手，沉默了几秒，说："你把资料都传给我，连着辞呈一起。"

说完，他挂了电话，拉着她的手转身看她。

"公司怎么了，你发这么大的火？我听你的语气感觉你不是想开除那个人，而是想直接弄死他。"

"下个月要上市的产品，现在源代码被泄露了，你觉得这件事值不值得我弄死他？"傅时寒冷笑，然后抬手捏了捏她的脸颊，"吃完饭上楼休息，我明早出国。"

苏绾心蹙了蹙眉："怎么被泄露的？"

"据说是电脑被黑客入侵了，我倒是觉得还有其他可能。最近我总怀疑公司有外面进来的人，不过人太多了，一下子也揪不出来。"

"我帮你？"

傅时寒挑了下眉："你有什么办法？"

"还没想出来，不过我挺聪明的，多想想应该就好了。"

傅时寒被她逗乐，听她又说："就算我在还你人情，你不是帮我在搞Alex吗？"

"成。"傅时寒点头答应。

两个人吃完东西后，他就上楼收拾东西去了。

两个人分开各自忙碌，傅时寒出国后下了飞机，立刻就新产品信息被泄露的问题展开处理。

有了产品的源代码模板，竞争对手想复制并做出差不多的产品并不是难事。如果此时产品按照原定的计划于下个月上线，很难保证不会受到影响，所以傅时寒在飞机上就已经做出决定，让产品提前上线，时间定在三天后。他不信外面真有人能三天做出一款产品，且比他做得好。

那些人是想偷他的东西用吗？呵，看来他们真不了解他的脾气啊。

傅时寒抵达分公司，跟高层开了一个紧急会议，当场宣布把目前已经被泄露的模板公开。他的话让在场所有人无不倒吸一口气，因为这可是公司自行研发的产品，花费了多少心思、多少时间？！模板一旦被公开，会被多少人拿去用？他疯了吗？！

傅时寒淡然地看着他们的反应，笑了一下："谁说免费公开了？我是要收费的，不过价钱会让他们觉得物超所值。"

傅时寒知道他的这一举动一定会在业内引发很大的反响，可要的就是这个效果。有人想偷偷摸摸地用他的东西，做出差不多的产品和他抢市场？好啊，那他就把这东西扔出去，不要了。

市场要有竞争才做得起来，这份模板一旦被发出去，会有很多家公司开始争相模仿。但不管他们后续做出怎样相似的产品，人们都不会忘记他们用的是傅氏集团的模板，第一个上线这种产品的公司是傅氏集团。哪怕客源会被抢走一些，但同时换来的是市场被打开，有更多人了解这种产品。换句话说，傅时寒要利用这些公司给自己打广告。

傅时寒态度很坚决，立刻让手下发布这个消息。高层们拦也拦不住，而且看傅时寒冷着一张脸，也不敢说太多。所以会议结束时，由傅氏集团研发部精英团队耗时两年做出来的一份模板，就这样被傅时寒公开了。

众所周知，傅氏集团之所以厉害，不单单是因为领导者，还有很大一部分原因是公司聚集了太多的高精尖人才。这个模板，别的公司就算想做也做不出来，因为那些公司没有这么多懂技术的人才。

傅时寒公开叫卖模板源代码的事瞬间就被各大媒体相继报道，很多家公司也是第一时间入手模板。外界众说纷纭，对傅时寒的这一谜之举动的猜测非常多。傅时寒不用他们多猜，直接告诉他们原因。

傅氏集团的官网当天发出一则公告，说法很冠冕堂皇，但通俗一点儿的解释就是——

公司有间谍偷了东西，为了不让他们得逞，老子决定不要这东西了，便宜卖给你们慢慢研究。你们研究我的模板的时候，我的产品已经上线了；你们发售产品的时候，我已经开始做新模板了。你们永远跟在老子身后跑就对了，累死也追不上我的。

消息一发出，配合傅时寒低价抛售模板和产品提前上线的举动，让产品在上线那一天格外火爆。

傅时寒先处理了产品的事，接下来就要追究信息被泄露的问题了。傅时寒忙得昏天黑地，生生提前了两天回国。不过他并没有第一时间通知苏绾心，也没有让去机场接他的林睿透露消息。

"寒哥，为啥不让绾神知道啊？"林睿纳闷儿，"你都这么多天没见她了，不想她吗？"

"让你别说就别说，哪儿来那么多话？"傅时寒疲惫地闭目养神，低声开口，"我要准备一下，求婚。"

林睿一听这话，眉开眼笑："那我肯定不说！寒哥，都需要我做点儿什么？"

"等我想好了告诉你。"

傅时寒回家舒舒服服地洗了个澡，补了一觉，睡醒之后来到书房，在电脑的搜索引擎上打出"求婚攻略"四个大字。

搜索页面瞬间冒出数个链接，傅时寒从上往下看，忍不住骂了句脏话。这些网页里怎么全是广告？内容垃圾得跟林睿说的话一样，完全没有任何有用的信息。果然靠人不如靠己，求婚还是自己来吧，他随意发挥就好。

傅时寒拿过电话联络做珠宝的朋友，听对方说手上正好有一颗特棒的钻石，便直接找上门去了。

傅时寒忙了一天。钻戒到手，他到家后吃了点儿东西，坐在沙发上看着钻戒发呆。他心里有一种说不上来的感觉，有点儿痒，还有点儿紧张。

他给苏绾心打了一个电话。

苏绾心接起，听见他问："你现在有空吗？"

"干什么的空？"苏绾心戴着耳机，双手敲打键盘做数据分析，问道。

"你和我见面吃个夜宵的空？"

苏绾心手上的动作一顿："你回来了？！"

"嗯。"

"什么时候回来的？"

"今天。我去找你吧？"

"我在家，你过来吧。"

傅时寒挂了电话，拿上戒指出门，半个多小时后抵达目的地。他缓步来到书房，倚在门框上看她。

"你进来呀，站在那儿当门神吗？"苏绾心轻声开口，"公司的事你忙完了？"

"差不多，剩下的我回来处理就行。"

"你吃饭了吗？"

"我在家吃了，来找你谈点儿事。"

"行，"苏绾心点点头，以为他要跟她聊工作之类的事情，"说吧。"

她站起来去一旁的沙发坐下，结果屁股刚挨到沙发上就被傅时寒拽了起来，随后坐到他的腿上。

傅时寒抱着她，话到嘴边却不知怎么开口。

苏绾心看他犹豫的样子，有点儿担心："你怎么了？问题很严重吗？"

"嗯，特别严重。"

苏绾心眉头紧蹙："大概是什么程度？"

"大概……"傅时寒想了想，答，"出了这个事，我得用一辈子来解决。"

苏绾心惊讶得睁大双眼，一下子没反应过来。公司的问题这么严重吗？信息被泄露的事傅时寒不是都解决了吗？外界都在夸他这次处理问题的手段一流，难道其中还有她不知道的其他危机？

"你跟我说！我能帮什么忙？"

傅时寒目不转睛地看她不安又担心的样子，忍不住低下头，轻咬她的嘴角。苏绾心身子一颤，心也跟着颤了颤。

傅时寒拥吻着她，沉沦，无法自拔。过了很久他才慢慢抬起头，看她呼吸不太顺畅的模样，开口："你嫁给我好不好？"

苏绾心呼吸一窒，僵了片刻，原本就泛红的脸瞬间飞红，算是彻底反应过来。她紧张得下意识抓住他的衣服，听见他声音低哑地说："我爱你，好爱，好爱！"

他想记起以前的事，想知道所有有关她的事，想每天睁开眼就能看到她，想不管发生什么陪在她身边的人都是他。

"我什么都能给你，钱给你，人给你，命也给你。我不用你做什么，只要你在我身边别走。"

苏绾心眨眨眼睛，眼泪掉了下来。

傅时寒抬手给她擦眼泪，低声继续说："我知道你因为我受了很多委屈。是我不好，早该发现的。你给我机会，让我补偿你。"

苏绾心抱住他，埋头在他的怀里点头："我嫁。我不走。你赶我走，我也不走。"

"真的？"

"真的，"她泣不成声，"但你不能赶我走。"

傅时寒忍俊不禁，亲了亲她的额头，掏出钻戒给她："那你把这个戴上，就是真的答应了。"

钻戒的颜色、精度都是顶级的，加上完美的切工、抛光，闪烁着耀眼的光芒。苏绾心看着他把戒指套进自己的指间，将手背到身后翻旧账："这个你不准要回去了！"

傅时寒愣了一下，笑："我不要，什么都是你的。"

苏绾心听到他这么说，这才又低头看那枚戒指，一副喜欢到不行的样子。傅时寒看她开心的模样，就觉得什么都值了。

苏绾心看了好一会儿，抬眸跟他对视："我没想到你是来和我聊这个的，也没想到你会这样求婚。"

"那你觉得我可能会怎么求婚？"

"大概是搞一段代码，让我研究。"

傅时寒暗暗松了一口气：好险，还好自己来之前把电脑里的代码删了。

傅时寒抱着她，两个人说了一会儿悄悄话。

楼下，苏瑶已经不知道第几次看向楼梯了。

姓傅的上楼说什么去了，怎么还不下来？他可别占她妹妹的便宜啊……她妹妹现在身体虚着呢。

苏瑶有点儿担心，看到苏绾心两个人下楼后松了一口气。

苏绾心跑到苏瑶面前，伸手问："好看吗？"

修长白净的手指，好看；指间明晃晃的钻戒，也好看。苏瑶眼中的欣喜一闪而过，看了看苏绾心身后的人，笑容收敛："哼，恋爱的酸臭味。不好看！你摘下来，姐姐明天给你买个比这大的！"

傅时寒看着苏瑶幼稚的举动，好心情地不跟她计较。他现在心情是真的好，究竟好到什么程度呢？大概就是那个泄露公司机密文件的人站他面前，他都不会骂的程度。

傅时寒坐在沙发上，有点儿飘。对于求婚成功这事他很想找人聊聊，于是给路辞打了一个电话。

"你把郑楚炀他们几个人都叫来，我有重要的事跟你们说。"

傅时寒的语气严肃认真，路辞没多想。一个小时后，几个人纷纷到场，相互交换了下视线，不知道傅时寒有什么事。

"苏瑶刚才说以后再也不见你了。"傅时寒嘴角微扬地看着路辞，挑事，"吵架了？啧，辞哥真惨啊。"

"你……"路辞气笑了，"你把我叫来就为了当一下狗？"

"谁是狗？"傅时寒不承认。他看了看霍景凡和郑楚炀，还有蹲在阳台抽烟的林睿，说："这几个才是狗，'母胎单身狗'。"

三个人一阵无语。

"你们两个人说话就说话，别瞎带别人行不行？"霍景凡哭笑不得。

郑楚炀："我刚回国睡了还不到两个小时被你们搞起来，就为了被你说是'单身狗'？"

林睿："汪汪汪！"

"我说错了？"傅时寒挑眉。

郑楚炀："你别忘了，绾绾已经跟你分手了！"

"炀哥出国多久没回来了，消息这么不灵通？"傅时寒斜睨他，"我是马上要结婚的人了，你还提我分手的事？"

众人立马圈重点：马上要结婚的人。

几个人愣了愣，瞬间明白傅时寒把他们叫过来是因为什么了。他们又相互交换了一下视线，动作一致地起身要走。谁大晚上不睡觉要在这儿听他炫耀他求婚的事啊？！现在什么时间了？十一点半了好吧！

"你们别走啊，我还没说完呢。"傅时寒懒散地坐那儿看着他们，"绾绾说明天就搬去跟我一起住，你们明晚再去我那儿坐坐？"

几个人的脸都黑了，他们不理傅时寒，继续走。

"你们不问问我求婚戒指在哪儿买的吗？万一你们以后也用得到呢？就算用不到你们买一个自己戴也行啊。"

傅时寒今天找他们的主要目的就是这个，告诉他们自己要结婚了，让他们准备好份子钱。见几个人被自己气得头也不回，径直离开，傅时寒这才美滋滋地上楼去休息。

他躺在床上，若有所思，想着苏绾心都答应和自己结婚了，就算现在办不了婚礼，先领个证不过分吧？他是"三好市民"，办什么事都遵纪守法，非法同居这种事可不能干。

傅时寒想了很久，做出了决定，第二天早上醒来就拉着苏绾心出了门。苏绾心坐在车上看着沿途的风景，最后抵达目的地时，不知该哭还是该笑。

民政局的门口站着几个苏绾心有点儿眼熟的人。

他们看了看傅时寒，又看了看苏绾心，皆是一副欲言又止的样子。

苏绾心看着这一切，低头拽了拽傅时寒的衣袖，小声哀求，不想丢人："傅时寒你别闹，我们走吧。"

"谁闹了？我要结婚。"傅时寒认真严肃地看着她说，"别想跑，你今天肯定跑不掉的。"

"我……"

苏绾心被他强势地带进民政局，坐下后看到那些曾经见过面的人，她的脸都红了。

民政局的人皆是一副很紧张的样子。

傅时寒微微皱眉，看着他们的反应，有点儿不爽。他们这都什么表情？给他办结婚证不是应该开开心心的吗？他们都丧着脸干什么，想被举报吗？

傅时寒不悦，正打算怼他们，就听见其中一个人结结巴巴地问："二位是要离……离婚吗？"

傅时寒一脸问号。

苏绾心看到他的反应，赶紧把人按住，不让他起身。

"没有，我们不离婚。"她尴尬地冲着那几位工作人员笑。

傅时寒冷声开口："我要结婚！"

"傅先生，重……重婚是有罪的。"刚才问要不要离婚的那个人又出声了。

傅时寒忍不了了，"噌"的一下子站起来。

这个人说谁结婚了？他往谁身上泼脏水呢？万一绾神当真了，以为他在她不在的一年多的时间里做了什么对不起她的事怎么办？

"你！"傅时寒指了指那个人，"你把话给我说明白了，谁结婚了？"

苏绾心恨不得找一个地缝钻进去，抱住傅时寒的胳膊想把真相告诉他。

不过那被吓得直哆嗦的工作人员反应更快，求生欲贼强。

"傅少你等等！等一分钟！一分钟就行啊！"他打开电脑"啪啪啪"地敲键盘，然后把电脑屏幕转了过来，"这不是你们吗？"

工作人员反复看傅时寒和苏绾心的脸：没错啊，上次就是自己给他们办的结婚证啊！

傅时寒一股火梗在心头，还没等这火气发出来，就看见电脑屏幕上的登记页面上面清楚地显示着他和苏绾心的结婚信息。

傅时寒认真地看了一下，在看到登记日期时扭头瞥了一眼身边的人，似笑非笑。苏绾心被他看得头皮发麻，有种完蛋了的感觉。

两个人离开民政局，傅时寒推着苏绾心靠在墙上，居高临下地看着她："请你解释一下，这是怎么回事？"

苏绾心低头不语，想溜又被他拎了回来。傅时寒挑起她的下巴，一字一顿地问："我要是今天不把你带到民政局来，你打算什么时候跟我说？"

"就……过几天再说……"苏绾心说话的声音小到她自己都快听不到。

她把双手交握在身前，像是在被家长训的孩子。

"小骗子。"傅时寒咬牙评价，"你老实交代，还有没有其他的事瞒着我？"

"我还能有什么事啊？！"苏绾心急了，"结婚证我一眼都没看到就被你拿走了！它藏在哪里我到现在都不知道！"

傅时寒看着她发飙，听她这么说，心里有种"不愧是我啊，可真棒"的感觉。

"你放开我，我要去上班了。"

"不放。"傅时寒握着她的手，"再待一会儿。"

他现在心里的喜悦已经满得快溢出来，随着血液流窜到四肢百骸。他无法用语言形容出这种感觉，只是觉得开心，开心到恨不得去跑几圈，喊几声，抱着她转几圈，然后，把她弄到床上。

这个人是他的，里里外外、从头到脚都是他的。他求了婚，领了证，而现在，还欠她一个婚礼。

"傅太太。"他轻声叫她。

苏绾心低头，都不敢看他。

"早知道我的身份这么有保障，我这段时间就应该好好疼你。"

"你别说了。"苏绾心将额头抵在他的胸前，"我就知道你要是知道了这件事肯定会耍流氓的，所以才没敢告诉你。"

傅时寒忍住笑，咬她的耳朵。苏绾心偏过头闪躲，听见他说："那你抱抱我，亲亲我。"

苏绾心动作缓缓地将双手环过他的腰间，微微踮脚在他的唇上亲了一下。蜻蜓点水的一吻，肯定满足不了她面前的人。所以他反守为攻，把她按在墙上欺负了好一会儿才慢慢松了手。他送她去了公司，自己则回家找结婚证去了。

苏绾心到公司，开完会和合作方去吃饭，结果吃到一半就听到在座各位的手机都很有默契地接连响起。同一时间，苏绾心的手机也收到推送消息，标题简单明了，写着——

"傅氏集团总裁已婚！"

众所周知，傅时寒一年多以前自己曝光过订婚的消息，可这么久过去，大家都忘得差不多了，没想到突然又来了当头一棒。

瞬间，饭局上聊的话题就变了。

有关傅时寒的消息，无论是工作上的还是私人的，总是会第一时间成为人们关注的焦点。当年他说自己订婚的时候，就有一大批名媛的手上多了一颗钻戒配合家里炒作，试图让媒体的目光放到自己身上。如今傅时寒又放大招儿，傅氏集团的股价瞬间飙升，直奔涨停板，连带着最近和傅氏集团有密切合作的几家公司一并受益。

苏绾心听着这些人八卦了半场饭局，离开之后忍不住松了一口气，拿出手机重新去看网上的消息。此刻网上已经是非常热闹的状态了，因为这件事不是从别人嘴里说出来的，而是傅时宜。

傅时宜在微博上的粉丝还挺多，毕竟她的身份是多个流量演员的老板。苏绾心刷微博，乐和了一会儿，接着猛地想起一件非常重要的事情！事情闹得这么大，苏瑶不可能没听说，怎么还没给自己打电话呢？！

有句话怎么说的来着？不在沉默中爆发，就在沉默中死亡。瑶大律师这是在加载小宇宙能量呢？！

眼下，苏瑶坐在办公室里，什么也不做，就盯着手机等苏绾心给她打电话坦白。她很气，气到顶点的那种。

她等了又等，等得都快睡着了。办公室的门被敲响，她抬头一看，看见今日头条新闻的当事人之一出现在她面前。

苏瑶冷哼一声，佯装很忙的样子翻看文件。苏绾心缓步走过去，小心翼翼地打量苏瑶的表情。

"瑶瑶？"

"你别叫我，我跟你不熟。"苏瑶冷声开口，"我很忙，别来打扰我工作。"

"你一会儿再忙，和我说说话呗。"苏绾心走过去，蹲在苏瑶的身边仰头看她，"我不是故意瞒你的，听我解释？"

"我给你一分钟无干扰自述时间，你要是不让我满意，就等着我在爸妈面前添油加醋告那姓傅的的状吧！"苏瑶猛地一拍桌子，瞪她，"还有你怀孕的事，我也要说出去！"

苏绾心苦笑，珍惜这宝贵的一分钟。

"结婚证是在我自杀之前就已经领了的，我把以前的事都忘了，所以也不记得这个。傅时寒把我忘了，更不记得。要不是他心血来潮带我去民政局，人家问我们是不是要离婚，这件事还不知道要等到什么时候才能被我们想起来。"苏绾心一半真话一半假话地坦白。

苏瑶听后表情渐渐发生了变化："你没骗我？"

"我骗你干什么？结婚证之前被他藏了起来，现在翻箱倒柜地找，总算找到了。领证日期是前年的 11 月 16 日，晚上我把证件拿给你看，你就知道我冤不冤了。"

苏瑶想了想，火气消了一大半，但还是有点儿不爽："那你为什么几个小时前不告诉我？"

"我自己也有点儿蒙啊……更何况你知道了，爸妈就要知道。爸爸那个脾气你了解的……"

S 国现在是晚上，祁然他们都在休息。等醒来听到消息，苏昱延肯定是要炸的。

"对啊。"苏瑶咬了咬唇角，"苏老板会疯的。那你打算怎么办，怎么跟他说？"

"瑶瑶，你听说过一句话吗？"

"什么话？"苏瑶一脸好奇的表情。

"死道友不死贫道。这个时候肯定要把傅时寒推出去当挡箭牌，我们只要装无辜就好了。"

傅时寒既然要公开这件事，那就得想办法面对一切后果。

苏绾心拉过苏瑶的手，哄道："我把傅时寒的卡要来，我们去逛街好不好？"

"好！我要刷爆它！"苏瑶连连点头。

臭男人的运气那么好，能娶到她妹妹这种小天使，太便宜他了！

苏绾心见苏瑶不生气了，暗暗松了一口气，但自己的猜测很快成了真的。两个小时后，苏绾心开始接到苏家众人的电话盘问。

傅时寒今天的心情两极分化，十分严重。他白天接到数个道贺的电话，傍晚却被苏家人集体"血虐"。苏白甚至让傅时寒开价，说只要他肯和苏绾心离婚，多少钱都愿意给。

傅时寒开车去接苏绾心下班，纳闷儿地说道："你觉不觉得你家里人对我有什么误解？我今天接了三个电话，都是想收买我，让我跟你离婚的。"

"我觉得你对自己有什么误解。"苏绾心摇头，"你别指望我帮忙。"

苏绾心拒绝得痛快，不过傅时寒倒是不怎么慌。生米都成熟饭了，苏家还能怎么样？他就是不离婚，打死也不离。

"银行卡给我一张，苏瑶说她要刷爆它。"

傅时寒难得觉得苏瑶有点儿可爱，因为可以用钱摆平她。他一边开车一边想，等到家了，小声问苏绾心："要不，我们忽悠路辞和苏瑶也领证吧？"

这样就可以转移苏家人的战火，傅时寒就轻松了。

苏绾心听到这话，倒吸一口气："傅时寒你是想把所有人都得罪光了吗？你醒一醒，当个人好不好？"苏绾心伸手晃了晃他的脑袋，"你自己听听，这里面装的都是馊主意！"

"办法不论馊不馊，有用就是好的。"傅时寒搂着她往屋里走，越想越觉得自己的计划可行。

反正路辞也想结婚，而且他之前也答应路老爷子忽悠路辞这两年结婚、生孩子来着。那剩下的就是苏瑶了——瑶大律师已经被路辞忽悠得想退休了，不如他干脆趁热打铁，让她退个彻底吧。

苏绾心偏头看傅时寒嘴角的坏笑，觉得她的姐姐有点儿危险："你放过瑶瑶行不行？"

"不行，"傅时寒肯定地答，"我现在有点儿怕。"

"你怕什么？"

"我怕苏宇、苏白组团过来揍我。"

苏宇、苏白再加上岳父大人，要是真动手，傅时寒肯定不敢还手。可是他又不想挨揍，唯一的办法就是拉上路辞。只要他们动手，他就把路辞推到前面。

两个人坐在沙发上说着话，没过多久，路辞和苏瑶来了。

"结婚证呢？拿给我看看！"苏瑶伸手摊开掌心，蹙着眉头，"我要看你们到底是不是前年领的证！"

"我的话你不信，绾绾的话你也不信？"傅时寒戏谑地笑着问。

"不信！我的妹妹已经被你带坏了！"

傅时寒意味深长地看了苏绾心一眼，觉得苏瑶这话说得对。

他迈步往楼上走，路辞紧随其后，调侃："寒哥可以啊，这事都憋得住？"

路辞本来以为傅时寒是刚刚领的证，没想到却是在前年11月。傅时寒求个婚都能跟他们炫耀到后半夜，结婚这么大的事不跟他们讲？前年11月，那会儿傅时寒可还没失忆呢。他是怎么憋住不说的？

两个人上了二楼，进了书房，路辞看到保险柜的位置，感慨："不知道的人还以为你在家里藏了什么古董呢。"

"你懂什么？"傅时寒波澜不惊地说，"要不是怕这证以后有用处，我都想一把火烧了。"

免得改天他惹苏绾心不高兴了，她找结婚证离婚。

苏瑶验证了结婚证日期，无话可说，有气无力地上楼了。傅时寒见苏瑶他们都去休息了，也迫不及待地拉着苏绾心跑回房间。苏绾心看出他想做什么，心一横，反手将他推出房间，锁在了外面。

长夜漫漫，有人美人在怀，有人独守空房直到天亮。

傅时寒气了一晚，清晨早早起来坐在客厅里研究东西。苏绾心下来的时候都没敢正眼看他，灰溜溜地从他的面前跑走，上班去了。

傅时寒瞥了一眼她的背影，冷哼一声，单方面宣布进入冷战，还单方面决定，这次的冷战时间得长一点儿。

晚上，苏绾心忙完公司的事，怀疑人生地往家走。把傅时寒锁屋外这种办法已经不能再用了，她再这么做，傅时寒八成会把家里所有的门都拆掉，所以怀孕的事根本就没法儿再瞒下去了。

她到了家，进屋就看见傅时寒坐在客厅里摆弄着什么，走过去一看，桌子上竟摆了好多型号不一样的锁。

"你在干什么？"她惊讶地问道。

傅时寒抬眸看她，回答："生活不易，我多学门手艺。"

苏绾心反应过来，哭笑不得："傅时寒，你不是吧？我锁门你就学开锁，那我要是坐飞机跑了呢？"

"追呗，我早就有飞行执照，你不知道？"

苏绾心佩服得直点头："那你慢慢学。"

傅时寒拽过她的手，顺势把人拉进怀里，不轻不重地咬了一下她，然后松开继续低头开锁，认真得颇像一个专业的开锁匠。

苏绾心强忍着笑上楼换衣服，琢磨要怎么开口向他坦白自己怀孕的事。但计划没有变化快，在她吃完饭再次吐到浑身无力的时候，傅时寒已经发现不对劲了。

苏绾心挣扎着，死活不去医院。傅时寒严肃地看着她，回想她这段时间的反常状态，若有所思。

她不喝酒、不让碰，身体不好，前阵子去路辞家吃饭时吐了，今天也是这样……

傅时寒的视线一点点从她的脸上往下转，最后落在她的肚子上。他看了一会儿，突然起身，吓得苏绾心身子一颤。

"你等我。"

他匆匆出门买东西，前后不到二十分钟，重新回到苏绾心的面前。

"你进去，"他推着苏绾心到浴室门口，把刚买回来的东西往她的手里塞，"全给我测了。"

苏绾心低头看自己手里的东西，摇头："我不测。"

"你是想让我帮你？"傅时寒倒是一点儿都不介意，"行，来吧。"

"别！"苏绾心慌张拦下要进浴室的人，手里抓着一把验孕棒，表情复杂地跟他对视。

傅时寒看她的表情，似笑非笑："苏小绾，这么大的事你敢瞒我，欠收拾了吧？"

"那你揍我一下？"苏绾心底气十足地跟他对戗。

傅时寒被气笑了，推她的脸把人推进浴室，自己倚在门口心急地等。

里面半天没动静，他忍不住开口："你再磨蹭我进去了！"

"我锁门了，你进不来。"

"你当我开锁技术白学的？"

傅时寒等得焦心，鲜少对她这样没耐性。他皱着眉头，心里说不出是什么滋味，只感觉有一股莫名的情绪堆积在心口，酸痒得难受。

他缓缓地长舒一口气，脑子里闪现过很多最近发生的事情，好的、坏的、开心的、愤怒的，全是跟她有关的。他想了许久，浴室的门终于被打开。

他站直身子，夺过她手里的东西，看了好一会儿，才咬着牙抬头看她，许久都没说话。他搂过她上床休息，第二天清早就带她去了医院。

"周伯，"傅时寒推门，见到屋内老者，开口说道，"劳烦你帮我老婆做个检查。"

老者推了推鼻梁上的眼镜，认真打量傅时寒身边的人，笑了："哟，这位小朋友好久不见了。"

之前苏绾心车祸回来后，傅时寒就带她来这儿做过检查。当时这位周医生就说："时寒啊，你这个小朋友身体虚得不成样子，要回去好好调养才行啊。"苏绾心没想到这位周医生竟然还记得自己。

"周伯伯好。"

"你好。"他笑着点头，"你的身体状况看起来好很多了，这次是怎么了，要检查什么？"

"她怀孕了，"傅时寒痛快回答，脸上带着一抹炫耀，"二胎。"

医生嗤笑一声，斜睨了他一眼："二胎怎么了？三胎、四胎的我都见得多了。"

"那怎么能一样？这是我的！"

"行了，你一边去，别耽误事。"

老者把傅时寒推开，带苏绾心去做检查。

傅时寒寸步不离地紧跟在后。

"胎儿的状况目前看是没什么问题的，不过……"周伯皱了皱眉，看了一眼苏绾心的小腹，"你之前是打过保胎针吗？"

苏绾心没想到这老爷子的眼神竟然这么好使，下意识想否认。但她又想，算了吧，人家可是专业医生，她这种水平的选手想在关公面前耍大刀是要被笑话死的。

傅时寒一脸严肃地看着她，表情简直就像在审视并等待自家孩子坦白错误的家长一样。苏绾心被他看着，免不了又有些委屈。

"你快点儿告诉周伯是怎么回事，他要知道你的状况才能确定你现在到底好不好。"

"小寒说得没错。你之前检查过吗？病历带来了没？"周伯点头说道。

"没带。"苏绾心没办法，小声回答，"我之前……是因为喝酒了，孩子的状况不好，所以打了针。"

"你怀孕了还敢喝酒？！"周伯皱眉，"你们这些年轻人，怎么对孩子这么不负责？"

"就是，你怎么对孩子不负责任？！"傅时寒也跟着一起训。

苏绾心握了握拳，很想打傅时寒。她凝视傅时寒的双眼，一字一顿地说道："没办法，之前我不知道怀孕，又恰好被一个浑蛋坑得不得不喝酒，所以出了事。"

"谁敢坑……"傅时寒话说到一半没了声音，好像想起了什么，然后望着苏绾心，嚣张的气焰一点点消失。

周伯听他的话只说了一半，再看他的反应，就猜到这就是"浑蛋本蛋"了。周伯拿着病历本走过去，路过傅时寒身后的时候"啪啪"用力打了他两下。

苏绾心检查完毕，两个人开车从医院离开回到家里，一路上傅时寒一句话都没说。进门后，他拉着苏绾心上楼到卧室。

"展澈之前去你家，是去给你打保胎针的？"傅时寒轻声发问。

苏绾心犹豫地点了一下头。

"你是那天晚上发现怀孕的吗？"

那天晚上别人过生日，他听说她要去，便也凑了个热闹。结果她到场后笑着跟每个人打了招呼，偏偏连眼神都不给他一个。他生气了，就使坏让别人给她敬酒。他知道她的性子软，在那种场合她肯定不好意思不给别人面子。结果如他所料，她一直在喝酒，喝到最后有点儿醉了，叫了代驾回家。

傅时寒那天本来想跟上去的，可后来被别人拖住了。而且那时他们刚分手，他又心高气傲，不想那么快低头找她，就没跟她走。如今想来……他还真是个浑蛋。他都干了什么缺德的损事？！

傅时寒抬手摸了摸她的脸，低下头和她的额头相抵："对不起，"他低声开口，眼中满是心疼和懊悔，"是我太过分了。"

苏绾心垂下眼帘，沉默了片刻，说："那天晚上我流血了，医生说必须住院保胎才行。我不敢住公立医院，怕被人认出来，只好给展澈打了电话。"

傅时寒听着她的话，想起自己那段时间让林睿跟踪她，还查到了她总去展澈医院的事，他的心口不由得阵阵疼痛。

"我不知道孩子能不能保住，也不知道自己会不会要这个孩子，所以没跟你说。"

"你不想要？"傅时寒紧张地问道，"不行，这是我们的孩子，你不能不要！"

"我们那会儿刚分手，如果我要这个孩子，会很麻烦。"

傅时寒皱眉："可是你知道我们已经结婚了，我们分不干净的！"

"我想过偷偷把婚离了，反正你也不记得。"

"心狠的小东西。"傅时寒听她这么说，眼角有点儿红，"喃喃"地低语，"你以后都别想着离开我，我没你不行。"

傅时寒一想到她独自一人承受的那些苦、遭的那些罪，就懊悔得不知该说什么、做什么好，只是恨不得她狠狠打自己一顿。傅时寒怜惜地抱着她，深深地呼吸，闻着她身上淡淡的香气，努力平缓心绪。

"跟我这种人结婚，你后悔吗？"他看着她问。

他这种人又坏又不讲理，明知故犯，死不悔改。

苏绾心看着傅时寒难过的表情，心疼了。

她从小在傅家长大，其实墨姨他们基本没怎么管过她，倒是傅时寒这个大少爷管她管得紧。小时候考试，她要是做错了什么题，都会担心回家会不会被他嘲讽。他从小就毒舌，说话总是又嘲又讽。她每次都会被他弄哭，可是也知道他对她好。

他一个自己都不做课堂笔记的人，竟会时不时地查看她的笔记，给她改错，告诉她有些题应该怎么做才更简单。

他带她出去玩，看见别的女生身上有什么好看的东西，就会问人家在哪里买的，然后给苏绾心买回来。

她小时候身体不太好，时不时就要生病。她又怕打针，娇气得很。他就拽着她早上晨跑，还找人教她防身术。看着她被教练虐哭，他就坐在一旁笑着说她笨，但回家后又蹲在她的面前，给她受伤的膝盖上药。

太多太多事，关于他的点点滴滴她都记得那么清楚。苏绾心看着眼前懊悔不堪的男人，慢慢摇头。

"我不后悔。"她轻声回答，"你是这个世上对我最好的人，只要你需要我，我就一直在。"

傅时寒眸光微动，看了她半晌，嘴角噙笑地低下头，亲了亲她。他摸摸她的头让她上床休息，自己则是接了一个路辞的电话。

"寒哥，我求你低调点儿行不行？"

"我又怎么了？"

"我爷爷刚打电话骂完我，说你又要生儿子了。他问我怎么回事，是腰不好还是肾不行？"

"原来你不行。"

"你……你还搞事，是不是？"

"辞哥我错了。"傅时寒点头，决定给自己积点儿德，"不过你家老爷子是怎么知道的？"

"他约你爷爷出门打高尔夫，听你爷爷说的。"

"我爷爷？他怎么知道的？"

路辞："好像是周伯给他打电话了吧？你爷爷好一顿炫耀，给我爷爷气得够呛。"

傅时寒："这群老头儿，还真是闲得无聊。"

这群老头儿有儿子的时候比儿子，有孙子的时候比孙子，现在孙子辈也都该结婚生子了，又开始比这个。

傅时寒嗤笑一声，等着家里给他打电话。既然路辞的爷爷都知道这事了，那他的爸妈肯定很快就会知道。事实也证明他猜得没错，因为李墨的电话在几分钟就到了。

"绾绾怀孕了？你怎么不早点儿告诉家里？"

"怎么早？我也是昨天才知道。你要怪就怪你那宝贝外甥路大少爷，他知道得比我早，不告诉我。"

"你少贫！自己的老婆怀孕，你自己察觉不出来，还有脸怪别人？路辞的眼神都比你的好用，你明天趁早去医院看看眼睛吧！"

"行，我明天就去挂个眼科。"傅时寒点头，"再挂个脑科，省得你哪天怀疑我脑袋不好用，说我智障了。"

李墨没闲心跟他说这些没用的，直入主题，问："你明天带绾绾回来吃饭吗？"

傅时寒把电话拿远了一点儿，用气声问苏绾心："妈问我们明天晚上回去吃饭吗？"

苏绾心点点头。

傅时寒见状又把电话拿回来，给李墨答复。

　　重回傅宅，苏绾心心情复杂。她清楚以后回来的机会有很多，但今天却是自己恢复记忆后第一次和这些人坐在一起。

　　以前发生的一切她都记得。她努力地隐忍着情绪，感觉像是恍如隔世。因为很久很久以前，这样的场景也曾经出现过，然后在某一天停止了。

　　苏绾心的视线总是不受控制地往李墨的身上飘，哪怕她隐藏得再好，还是被李墨察觉到了。

　　李墨不经意间地抬头，刚好捕捉到苏绾心偷瞄过来的视线。她看着苏绾心慌忙低头的反应，嘴角微扬，眼中的笑意若隐若现。

　　大家各怀心事，轻声交谈。吃完饭，傅时寒接了个电话，然后把他们都叫到了书房，表情颇为严肃地说："前阵子我和绾绾去 J 国出差，发生了一点儿意外。酒店失火，着火点在我们的门外，明显是有人故意为之。"这件事傅时寒之前并没有跟傅家其他人提起过，可现在觉得很有说出来的必要，"现在我很确定，这件事是冲我来的。"

　　"为什么？"苏绾心心急地问道，"你得罪什么人了？"

　　"我在酒店丢的电脑你还记得吗？丢失的电脑开机后，我锁定了对方的位置，调查了那栋房子的信息。"

　　房屋拥有者的名字是 HankTitus，单从表面资料上来看，这个人只是一家农场的农场主。但傅时寒深入调查后发现，这个人还是 Trojan 公司的拥有者。

　　傅时礼听完他的话怔了一下，笑了："特洛伊？"

　　"对，就是你之前查到的那家公司。"

　　傅时礼看向傅鸿儒几个人，解释："傅子骞入资了这家公司。"

　　"特洛伊……Y 国的那家？"傅鸿儒问。

　　傅时礼："对。"

　　傅鸿儒扭头看李墨。

　　李墨悠悠地叹了一口气，说："我就知道他们不会安分。傅明哲还没死吗？"

　　傅时礼苦笑："妈，你十年后再问这个问题都有点儿早。"

　　李墨表情看起来有点儿失望："那我们就做点儿给他添堵的事，帮他早些退休。"她蹙眉看傅鸿儒，吐槽："你们傅家到底是什么基因？当年傅明哲不是低头认输了吗？怎么过了几年，他自己说过的话就当放屁了？"

　　"妈，"傅时礼有点儿尴尬，"你别无差别攻击……这件事跟傅家的基因真没什么关系。"

　　李墨还想再说点儿什么，但余光瞥到苏绾心后又把话咽了回去。算了，她不骂了，给他们留点儿面子。这件事跟傅家的基因没关系，傅家都是好人——一家子臭脾气，翻脸不认人玩得比谁都溜。

　　苏绾心听到他们的对话，有点儿想笑，但不太明白傅时寒叫自己过来的真正原因。就在她满腹狐疑的时候，傅时寒给出了答案。

　　"HankTitus 的资产，目前是交给威帝斯皇家银行的基金经理打理的。"

　　苏绾心恍然大悟，绕了这么大一个圈子，原来是这样。威帝斯皇家银行是华正集团目前正在展开调查的一家综合型银行，威帝斯总裁的儿子是Alex。

　　"华正集团的业务能暂停吗？"傅时寒明知故问。

　　"不能。威帝斯在洗黑钱，我手上有证据。"

　　银行帮助客户洗黑钱可是非常严重的一件事情，一旦公开，足够犯罪者把牢底坐穿。

　　傅鸿儒听到苏绾心的话，想到傅时寒刚刚说他们俩住的酒店着火的事情，也忍不住出声："所以，这些人不烧你们烧谁？"

　　傅鸿儒打探了一下特洛伊公司的情况，很痛快地做了决定：傅时寒他们兄弟两个人爱怎么折腾就怎么折腾，他不管。他们俩要钱、要股份都可以，但要他重新回公司上班，没可能。

　　李墨对再和傅明哲等人交手这件事也没什么想法。做过一次的事重新再做一次，哪怕对方野心勃勃，她也终究提不起什么兴趣。

　　聊完公司的事情，傅时寒几个人先行离开了。

　　屋内只剩下苏绾心和李墨两个人，安静到让人有些害怕。

　　李墨凝视眼前的人，浅笑开口："你没什么想和我说的吗？"

　　苏绾心听着李墨问自己，脑子还没转过弯，眼泪就已经不受控制地掉了下来。她想说什么？她说什么也换不回李墨那一双腿。她迈步到李墨面前，看着那双因为常年无法运动而消瘦、病态的腿，疼得心都在颤，就像有人用匕首用力刺她的心，一刀刀，一下下。

　　这双腿，连傅家都治不好，那就是真的没办法了。他们能做的努力都做过了，终究还是这么个结果。

　　苏绾心张了张嘴，终于声音颤抖地喊了声"墨姨"。

　　"对不起，"她蹲下身，伏在李墨的腿上，懊悔不堪，"是我害了你。"

　　"谁说的？"李墨摸了摸她的头发，轻声开口。

"没有我，你根本就不会上车。"

"如果这么说的话，那该怪时寒。他那天如果不惹你生气，我们就不会出门。"

"不怪他，是我不懂事，别人说什么都信。"苏绾心用力摇头。

李墨重重地叹了一口气。傅时寒要不是有苏绾心这样惯着，也不至于练出今天这样的厚脸皮。

李墨无奈，低头看着苏绾心，问："那天的事，你还记得多少？"

"记得我们出去……是我开的车。"

在车上李墨哄她，说要带她逛街，带她出国散心。如今想来，这些似乎都是些无关痛痒的小事，可偏偏就是这些小事，支撑着苏绾心在外面过了好几年。苏绾心有时候会想，如果李墨不对她那么好，事情可能也不会到今天的地步。

苏绾心记得以前跟李墨去李家的时候，那些用人会叫李墨"大小姐"。傅时寒的外公李玄清是一个特别宠女儿的人——因为妻子去世得早，两个女儿是他全部的命。他不光宠，还炫耀。所以李墨从小到大拿的那些奖状、得的那些荣誉，都在李家的墙上贴着。

李墨是名副其实的千金大小姐，受最好的教育，过最奢华的生活。别人求而不得的东西，是她早就玩腻的。她高贵又漂亮，十八岁的成人礼是上千万块的跑车；有自己的私人飞机，可以无忧无虑地去任何她想去的地方；喜欢骑马，李玄清就给她买了马场，听说她就是在那儿认识傅鸿儒的。

傅时寒说，是李墨追的傅鸿儒，据说傅鸿儒特别不矜持，李墨一追就成功了。可是想想看，像李墨这样的人，哪有人会不喜欢？从李家到傅家，李墨过的一直都是被人捧在手心里的生活。如果没有苏绾心，她现在依旧会是那个肆意张扬的李家大小姐——

如果没有苏绾心，李墨不会卖掉马场，不会退出公众的视线，不会整日坐在这个会困住她下半辈子的轮椅上。

苏绾心一想到这些，真的痛不欲生。她曾经不止一次地想，为什么不让自己死了算了。她的命贱，死她一个人就够了，何必要如此牵连李墨。苏绾心没什么好说的，除了道歉还能说什么？

见苏绾心泣不成声，李墨轻轻摸着她的头，眼睛红成一片。

快五年了，时间就是这么可怕，所有好的、坏的东西，都会随着时间的流逝而渐渐让人适应。

这双腿，李墨从最初车祸醒来后的无法接受，到后来的憎恨、绝望，再到如今的习惯。从好人到废人，短短的五年时间就让她不得不接受了这一切。

在苏绾心于车祸后消失了三年，终于回来的时候，李墨曾经恨她恨得牙都要咬碎了。她恨当时是两个人出的事，可最后只剩她一个人回来；恨丫头走了三年，却连一个解释都没有。可她如今想来，一双腿换来一条命，这是一件多么划算的事情。他们懂得太晚了。

"乖，不哭了。"李墨低声安抚，"我们叫你回来，不是为了让你哭的。"

苏绾心泪眼朦胧地抬头看她，听她缓缓地说："有些话我早就应该和你说，早些给你希望，也不会发生这么多的事情。"

对于李墨来说，如今唯一能庆幸的事是苏家找到了苏绾心。所以祁然说什么，李墨都不会生气，因为没资格。

"车祸的事不怪你，不是你的错。如果非要怪，就怪你叔叔和傅时寒他们。"

怪他们没发现家里跑进了"老鼠"，怪他们连自己最重要的人都保护不好。

那是卑劣的算计，所以当初无论是谁开车，最后的结果都一样。换成别人开车，结果甚至会更加惨痛。李墨记得苏绾心离开家时的难过，也记得苏绾心在发现车子无法控制后的惊慌失措。

当时的一通电话让苏绾心眼泪全无，电话里的人清清楚楚地告诉苏绾心，她要面临什么样的选择——

在她们的车子上方有一架无人机，车子行驶的高架桥下是一望无际的海面，而海面上突然轰鸣的爆炸声让苏绾心握着方向盘的手都颤了颤。

她们的车上有一颗同样等待被引爆的东西，苏绾心只要踩下刹车，车子会瞬间被引爆，因为引爆那东西的线就在刹车上。

对方给了苏绾心一分钟的时间，让她考虑是选择踩油门还是刹车，然后就像在看小丑一样监视着苏绾心的举动。

60 秒，够她考虑什么？她考虑自己会不会死无全尸，还是考虑要怎么揪出电话里的人，以牙还牙地报复回去？

当时，苏绾心的脑子是空白的，她不想相信那个人的话，奈何刚刚目睹了海面上的爆炸，也让李墨帮着确认了车上确实有奇怪的东西。

那时候，苏绾心只要踩了刹车就立马会死，踩了油门则命由天定。苏绾心选择什么都不做，保持原速驾驶，一分钟后，车内的引爆器的开关自动开启了。

活着有多难，在那一刻，苏绾心无比清晰地感觉到了。她顺着匝道下了高架，想着哪怕是死也不能让太多人给自己陪葬。

　　苏绾心没有任何多余的时间考虑。催命符就在她的头顶，她只能做出选择。她奔着路边停着的货车驶去，沉默了整整一分钟，只和李墨说了一句话。

　　她说："妈，抓紧安全带。"

　　她从来没这样叫过李墨，只是觉得再不这样叫，自己这辈子怕是没机会了。

　　车子一旦发生事故，副驾驶位置的安全系数是远远低于驾驶位以及后排的。因为在发生危险的时候司机会下意识地先避开，这是人在零点零几秒钟里会做出来的自然反应，而这样的直接后果往往是副驾驶座位受到更严重的撞击，导致副驾驶座位上的人受伤，甚至死亡。不过，在五年前的那场车祸中活了下来且伤势较轻的人，是副驾驶上的李墨。

　　如今两个人再提起那件事，似乎无论用什么样的语言来形容都显得过于平淡、苍白。那是怎样的绝望和无助，没有经历过的人永远都不会明白。

　　李墨看着苏绾心因为难过而哭红的双眼，告诉苏绾心这不是她的错。如果说是谁亏欠了谁，那么毫无疑问，傅家欠苏绾心的，太多太多。

　　苏绾心和李墨聊完，回自己的房间睡了一个好觉。第二天，她还没到公司就接到了陈磊的电话，说 Alex 已经把股权转让协议送过来了。

　　这么快就成功把 Alex 手上的苏氏证券的股权收了回来，苏绾心万万没有想到。她知道一定是傅时寒在暗中做了什么，便忍不住给他打了电话。

　　"Alex 把转让协议签了，你到底对他做了什么？他竟然没在最后关头跟我抬价？"

　　傅时寒听到她这么问，轻笑出声："他也想，但是不敢。"

　　"所以你是怎么做到的？"

　　"我没做什么，就是手上有点儿他犯罪的证据，还有一些视频。苏总不会求知欲旺盛得连视频都想看吧？你相信我，看他不如看《动物世界》。"

　　苏绾心听到这话，默默挂断了电话。

　　苏氏证券的股权变更很快就由官网发出通告。消息一出，众人不免议论纷纷，不明白苏绾心玩的这是什么套路。

　　众所周知，威帝斯皇家银行已经得到来 H 国的通行证了，不久的将来，这家银行就会在 H 国展开各种业务。Alex 是威帝斯的少东家，这种时候苏绾心非但不抱紧人家的大腿，反而把他从公司推了出去？

苏绾心无暇关心外人的看法。上午十点，她来到会议室开会，还没开口说什么，门就被人敲响。她不悦地扭头看去，看到秘书一脸紧张地看着她说："苏总，傅氏集团的李总来了！"

苏绾心愣了一下，面露狐疑之色。

秘书见此情形心急地说道："李墨啊！傅总的母亲！"

秘书这话一出，会议室内一阵喧哗。苏绾心表情一变，连忙站起来，匆匆朝外走去。

会议室内，众人见苏绾心匆忙离开的表情，压低了声音议论。大家都知道苏绾心和傅氏集团的关系不太好，李墨已经好多年不露面了，突然找上门，是发生了什么大事吗？

苏绾心快步前行，很快就看到了想见的人。走廊内，李墨正坐在轮椅上看苏绾心的公司的宣传册，身边站着保镖。偶尔有人经过时，其视线会若有似无地扫过李墨的腿。苏绾心注意到了，眉头紧蹙着表示不爽。

苏绾心走到李墨面前蹲下，仰头轻声问："墨姨，你怎么来啦？"

"你开完会了？"

"还没。"

"那你去忙，我不急。"李墨微微一笑，"去吧。"

"走廊风大，你去我的办公室待一会儿，我这边很快就完事了。"

"好。"

苏绾心推着李墨回到办公室，帮她泡了杯茶才转身离开。苏绾心以最快的速度开完会，重新回到李墨面前，问她来找自己有什么事，结果听见她说："我想找你要点儿东西。"

苏绾心微怔，不解："你要什么？你说。"

李墨垂下眼帘，问："我要什么你都给？"

"给。"苏绾心毫不犹豫地点头。

"既然如此，我要公司的一半股权。"李墨抬眸和她对视，似笑非笑，"你给吗？"

苏绾心还是点头，神情却很疑惑，不明白李墨要苏氏证券的股权干什么。

"可以，我回头联系律师，拟好转让协议，拿回去给你签字。不过到时候傅时寒手上的股份就比我们各自的多了，要不我把我的全转给你吧？"

苏绾心莫名其妙地不想让傅时寒占了上风，于是一脸认真地提议。

李墨却摇摇头，说："不是苏氏证券，我要的是华正集团的股份。"

苏绾心表情微变，低下了头。

李墨看她的反应，淡笑着追问："怎么，你不想给？"

"不是！"苏绾心为难地抬眸看了李墨一眼，心情复杂。

如果李墨要的是钱，哪怕是苏绾心所有的资产，苏绾心都不会拒绝。可华正集团干的就是费力不讨好还到处得罪人的事，李墨非要来这儿掺和一脚干吗？苏绾心不想让她掺和，更不想让她跟着自己一起被人骂、被人威胁。

"墨姨，如果是华正集团的话，股权变更公告发出去，你会被别人说的。"苏绾心小声开口，"我还是给你苏氏证券的股权吧。"

李墨听到这话，笑了："在你的眼里，我是那种害怕被别人议论的人吗？"

"不是，但我还是不想让他们说你。你是应该在'神坛'上待着的人。"

"所以苏总的意思是，不欢迎我加入华正集团？还是你担心我的工作能力不够，拖了你的后腿？"

苏绾心愣怔片刻，恍惚间明白了她的意思——她是说，她要来华正集团工作？

"傅叔知道你想出来工作的事吗？你不打算回傅氏集团了吗？"

"我做事什么时候需要他先点头了？"

"可是华正集团离家好远。"

"说到底，你还是没办法把我当成正常人对待，是吗？"

"我不是那个意思！"苏绾心急得红了眼睛。

苏绾心或许是比谁都更希望李墨能重新变回以前的样子的人，可是也比谁都清楚这件事有多难。

五年了，这段时间李墨一直待在家里，鲜少现身露面。她来找自己，苏绾心万万没有想到。

苏绾心知道李墨的工作能力，换句话说，谁会不了解呢？在李墨面前，苏绾心说什么都感觉像在班门弄斧。华正集团如果一定要选一个人扛大旗，那相比起苏绾心或者傅时寒，毫无疑问，李墨才是更合适的人。

可是……

苏绾心沉默不语。

李墨见她犹豫，便轻声说道："你考虑一下，下次回家告诉我答案。"

苏绾心心情复杂地将李墨送走，一个人坐在办公室发了好久的呆。直到有同事来找她问事情，她才不得不回过神，带着文件出门了。

华正集团对威帝斯皇家银行的调查已经持续了一段时间，如今掌握了一些相关证据。

H国引进外商金融的政策刚刚开启，威帝斯作为巨头银行入驻C市，苏绾心若是一声不吭地直接甩出证据，既打了威帝斯的脸，也打了上头部门的脸。所以她现在非常有必要和傅时寒学一学，当个遵纪守法的"三好市民"，得先拿着证据去找领导告个状才行。

相关部门对苏绾心所说的事情非常重视，大家开会开到晚上六点多，苏绾心疲惫不堪地回到家，第二天清晨被一通电话惊醒。她看着屏幕上的号码，赶紧接起。

电话是某个部门的领导打来的。一接通，那边的人便迫不及待地开口："小苏，你说的事情有结果了！你继续查下去，有什么证据直接送过来！"

苏绾心听到这话，眼睛瞬间就亮了："好的，郑部长，我明白了，就等您的这句话呢！"

"就知道你这个丫头急，所以我才会第一时间通知你。不过这件事你还是要妥善处理，一定要有十足的把握再把证据放出来，明白吗？"

"我保证不丢人，"苏绾心认真地承诺，"您等我好消息吧！"

"行，下午你再来我这边一趟，有些事咱们还得再当面商议一下。"

"好，您定时间，我什么时候都可以。"

"那就四点，咱们聊完，晚上一起吃个饭。"

"我一定准时到。"

苏绾心挂了电话，长舒一口气。

下午三点四十，她抵达目的地的时候，房间里已经有几个人在等着了。

"小苏，你那边准备得怎么样了？"郑部长推过来一个茶杯，给她倒了杯茶，轻声问道。

"数据我已经整理出一大部分了，随时可以公开。"苏绾心把带来的资料分发给几个人看，浅笑，"只等你们安排了。"

几个人接过资料，认真地看了一会儿，然后讨论后续应该怎么处理这个事件。

作为响应H国政策号召第一批入驻的外企，威帝斯皇家银行的行为毫无疑问是非常恶劣的。不过众人看到苏绾心手上的证据，才知道这家银行似乎在来H国之前就已经劣迹斑斑了。

"事情一旦被公开，舆论以及人身攻击的影响你考虑过吗？"郑部长皱眉，看向苏绾心，担心地问道。

这姑娘看着柔柔弱弱的，却专干这种危险的事，让人刮目相看。

"部长，我这些年被人议论得还不够多吗？"苏绾心自嘲地一笑。

当初她刚入职苏氏证券那会儿都被黑成什么样了？不夸张地讲，她就是金融界的一枝交际花，每天晚上都忙得不行。苏绾心听多了恶言恶语，早就不在乎了。

郑部长听了她的话，若有所思地点点头，觉得也对。这姑娘心理强大着呢，不然也不可能走到今天这个位置。

大家继续聊正事，苏绾心始终没喝那杯茶。最后聊到口干舌燥的时候，她被人问"是不是不喜欢喝龙井"的时候，只好无奈地苦笑。

"我对茶没什么讲究，只不过……怀孕了，所以不太喝这种东西。"

几位长者不约而同地一愣，目光一致地看向她平坦的小腹，而后打趣道——

"几个月了？我们也好把红包准备一下。"

"看你这工作状态，可一点儿都不像是怀孕的样子。"

"你还没结婚吧？打算什么时候结婚啊？"

长者们三言两语就问得苏绾心有点儿招架不住了。

郑远昌神秘兮兮地压低声音问："小苏，你的男朋友到底是谁，跟我们说说？"

这话要是别人问，苏绾心早就扔一个白眼过去了。可眼下，这几个人随便哪个挑出来她都不能得罪。

苏绾心嘴角的笑容僵了僵，听到郑远昌又说："你放心，我们这几个老头子的口风还是很紧的，不会出去乱说。"

"倒不是不能说，反正也不是什么见不得人的事，早晚都要公开。我们结婚证已经领了几年，不过婚宴确实一直没办，想等明年不太忙的时候再考虑这事。至于我先生……你们都认识。"

傅时寒这个人他们应该再熟悉不过了——他跟他们打的交道可比她要多得多。

"谁啊？"郑远昌一脸疑惑不解的表情。

他看了看身边的几个人，他们也相继摇摇头。

"傅时寒。"苏绾心轻声吐出三个字，然后听见某人手中的茶杯"啪嗒"一下摔在了桌子上。

屋内安静了数秒，几位长者相互交换了视线，最后也不知是谁开的头，相继笑了起来。苏绾心就这样被盘问了十几分钟，直到被问到他们满意，她的心都提到了嗓子眼儿。

藏在心里那么多年的秘密终于被自己亲口说出来，这感觉真的有点儿奇妙。苏绾心的心情很复杂，她一时间说不清楚是什么滋味——紧张，也有点儿类似于自豪、炫耀的感觉。

她听着郑远昌等人夸傅时寒，暗暗告诉自己要稳住，要淡定一些，得像个经历过大风大浪的成年人才行。

苏绾心就这样陪着他们从四点聊到六点，公事和私事穿插着聊。到了下班时间，几个人纷纷起身去楼下的饭店吃饭。结果一进店门，他们就遇见了眼熟的人。

苏绾心看着不远处的 Alex，在对方走过来打招呼的时候客气地与之握了握手，说了几句客套话。然后两个人各自进了各自的包房，吃饱喝足后离开饭店。

回去的路上，苏绾心心情愉悦，计划着揭露威帝斯罪行的时间。可她还没到家，这份好心情就被一通电话破坏了。

华正集团收到举报电话和邮件，点明傅氏集团垄断市场、滥用市场支配地位以及数据造假等罪状。

苏绾心知道傅时寒的仇家很多，眼下傅氏集团出了问题，产品源代码被泄露，公司内部有了内奸，大家想一拥而上地对付他也是正常的。所以这个活儿，她想不接都不行。

她回到家等傅时寒，在对方进门后的第一时间就把情况和他说了。

"华正集团接到举报，有人要告你们公司垄断市场，以及什么滥用市场支配地位，还怀疑你们公司公布的一些数据有问题，并且给我发来了几十页的资料，看得我头都大了。"

"这个人倒是会找人告状。"傅时寒笑了笑，"这件事你公开不太好，不公开更不好。"

"所以请傅总尽快把所有数据资料发给我，也好让我能在最短的时间内找出那份假资料中的破绽，OK？"

"OK！"傅时寒答应得痛快，"择日不如撞日，一会儿吃完饭我直接带你去公司，你想要什么资料自己查。"

苏绾心还是头一次见到这么配合调查的人，一时间不知道说他什么好。

垄断市场？他不承认。

滥用权力？他不是那样的人。

谎报数据？这更不存在了。

傅时寒想的却是：绾绾想要什么资料都成，反正我是清清白白的"三好市民"，有"三好市民证"，她随便查。

傅时寒起身上楼，晚上真的拉着苏绾心去了公司。傅时寒进了办公室，打开电脑，插入密码卡，输入口令后让苏绾心随便玩，自己则顺便抽了个时间，和还在加班中的产品研发部的人员开了一个会。

两个人各忙各的，数十分钟后傅时寒出门，看到电梯里的人后惊讶得挑了挑眉尖。

"妈，这么晚了，你怎么来了？"

李墨这几年来公司的次数少之又少，一只手都数得过来，更别提在这个时间过来了。

"这么晚了，你来公司干什么？"李墨不答反问，看到他时她的表情有点儿不爽。

"绾绾说要用点儿资料，我带她过来拿。"

"现在几点了？"

傅时寒低头看了一眼腕间手表："十点。"

"晚上十点，你还让绾绾来你的公司给你擦屁股。傅时寒，你可真是越大越出息了啊。"李墨冷嘲热讽。

傅时寒一字不差地全都听进耳朵里，觉得老太太今天的火气是真的大。这种关键时刻，他除了靠老婆也没别的办法了。于是他推着李墨的轮椅出了电梯，朝他的办公室走去。

屋内，苏绾心正坐在电脑前打印资料，看到李墨后惊讶出声："墨姨，这么晚了，你怎么来了？"

这是自上次李墨去公司找苏绾心后两个人的第一次见面。

李墨把傅时寒赶了出去，看着苏绾心说："公司最近出的事你应该都知道了，我今天过来是因为听到了一些风声，所以来找点儿资料。如果我没猜错的话，我跟你要找的是相同的内容。"

苏绾心若有所思：李墨的消息网一向很广，所以公司被告垄断的事她肯定已经知道了。

"我上次跟你说的事情，你考虑得怎么样了？"

苏绾心抿了抿唇，点了点头："我考虑得差不多了，只是有些担心。"

"你是担心我这一把老骨头受不了外人的冷嘲热讽，还是担心我整天坐着轮椅行动不便，会耽误工作？"

"墨姨，你别这么说自己！"苏绾心打断李墨的话，就听不得李墨说这些，"我知道你想帮我，可是你在现在这个节骨眼儿来帮忙，一定会被好多人说闲话的……我不想让你被他们那么说。如果你真的想工作，那等我和傅时寒解决完这些事情再来，行吗？"

"我进自家的公司工作，一群外人有什么资格指指点点？"李墨淡声问道，让苏绾心到嘴边的话突然说不出了。李墨接着问："绾绾，你和我们之间的关系，你还打算瞒到什么时候？"

"我也不是想瞒，只是……"

事到如今，苏绾心也不是还想瞒着，只是找不到一个合适的机会和场合公开，也不知道该怎么公开才好。每天一大堆的工作摆在眼前，苏绾心光是忙那些都已经忙到身心疲惫，实在没多余的精力再想其他的事。

李墨从她的嘴里得到了想要的答案，和她说了会儿话便先回去了。

傅时寒把人送到楼下，回来看着苏绾心，忍不住猜道："我妈刚刚说等你的消息，你们两个在研究什么？她不会想着把手上的股权转给你吧？"

"你怕我抢你的家产？"

"我怕你们两个人自立门户，抢我的风头。"傅时寒戏谑地调侃，随口一说。

苏绾心听到这话后嘴角微扬，敷衍地转移话题，带着打印好的资料回家了。

第二十章

陌路伊始，归途是你

　　傅时寒最近对公开他和苏绾心的关系一事非常着急，便想到了之前在度假村酒店遇见的狗仔。脑海里浮现出狗仔当时报的号码，他随即打通。电话时长两分半，通话内容可算是道德沦丧、人性泯灭。两个人聊完这两分半，傅时寒神清气爽地忙公司的事，狗仔南宫强则是兴奋到尖叫，把工作室的其他人都惊到了。

　　南宫强抓起桌上的包就往外跑，开着自己的小破车直奔目的地，几十分钟后抵达傅氏集团旗下的娱乐传媒公司，没想到进去以后就见到了自己的死对头——娱乐传媒公司的公关部经理关宇。

　　南宫强看着对方又白又瘦。戴着个金丝框眼镜，一想到他的名字就忍不住想笑，而关宇看南宫强也是哪儿都不顺眼。两个人就这么相互看了一会儿，南宫强主动开口："时宜小傅总在哪儿呢？我找她有事！"

　　关宇听着他的话，笑了："我说强狗啊，我刚才还想夸你两句，有段日子没见，你这手段明显高了不少，竟然都攀高枝儿攀到我们家头上来了。不过现在看来，你果然还是'狗改不了吃屎'。你真当我们这儿是谁都能来，小傅总是谁想见都能见的？"

　　关宇讥笑着看着南宫强。从关宇入职到现在，至少有一半的工作都是眼前这个狗仔带来的。南宫强每次一曝光演员的绯闻，关宇就要发动力量去平息。他们两个人来来回回地交手无数次，以至于现在关宇一看见南宫强这张脸就想揍他。

"小傅总在开会，让我来应付你。你有话快说，我只给你五分钟时间，"关宇不耐烦地看了看腕表，冷声说道，"过期不候啊。"

"老子今天是带了任务来的，你要跟我聊是吧？那行，聊吧！咱们就聊聊你们家傅总跟苏氏证券的苏总隐婚多年，这事应该怎么被曝光才好！"

南宫强一抓自己的背包，从里面拿出来一叠照片，把它们"啪啪"地拍在桌子上摆成一排。关宇定睛一看，立刻上前一步把照片都抢了过来。

"你……"南宫强没想到他会有这动作，愣了愣神，喊，"光天化日的，你干什么？你给我放下！"

"你还真是什么都敢拍啊？！别说我没警告你，这照片要是让傅总看见，断你一条腿都是轻的！"

"我都说了是傅总让我来的，你是不是傻？傅总现在想公开！公开你明白吗？你到时候要是敢公关辟谣这件事，看看挨揍的人到底是谁！"

两个人在办公室里你一言我一语的，相互骂了能有十来分钟。傅时宜开完会过来找关宇的时候，屋内还是剑拔弩张的场面。

南宫强看到她，眉开眼笑地凑了上去："嘿，小傅总，好久不见！"

"好久不见。"傅时宜笑着进屋关门，"我听我哥说，你的手上有些照片？"

"对，对，对！都在他那儿呢！您看看有哪些能用得上？"南宫强一指关宇，顺便谄媚地给傅时宜挪椅子，"您坐下慢慢看！"

傅时宜顺着南宫强的动作坐下了，看了他带来的照片后，忍俊不禁："行啊你，还真是什么都敢拍。"

南宫强尴尬地挠了挠头发："我就混口饭吃，这些是我不经意间拍到的，都是天意！"

"这张照片，谁给你的？"傅时宜点了点桌面。

那是十年前的一张老照片，照片里基本上会集了目前整个 C 市他们圈子内的那一部分人。如果傅时宜没记错，当时苏绾心过生日，是留学在外的傅时寒特意跑回来搞的拍照这一出，傅时宜也在拍照的队伍中。只不过这张照片她没有，于是很好奇这个狗仔是从哪儿弄到的。

"这个啊！"南宫强脸上的笑意更浓，"我在申婧晨那儿发现的。"

"申婧晨？"傅时宜回眸和关宇对视了一下，然后两个人意味深长地一笑。

不得不说，南宫强能被称为"业界第一狗仔"算是名副其实，还是有些本事的，至少收集情报的能耐跟他的名字还有点儿匹配——有点儿强。

"那这个呢？这个又是从哪儿来的？"傅时宜点了点桌上的另一张照片，好奇地问道。

只见那张照片里有傅时寒的身影，但背景有点儿奇怪，像是在公交车上。不过谁都知道堂堂傅大少爷是不可能坐这种交通工具的，所以这张照片的真实性就很可疑。

"这张啊……我是从网上找到的，一两年以前的事了吧？我都不记得具体是什么时候了，闲着无聊刷微博的时候，看到有人说在公交车上遇见了一个超级帅的帅哥，气场特别强。我瞧着这人像傅总，就随手把照片存下来了。"南宫强把照片拿起来，认真地看了看，然后问傅时宜，"这个人是傅总吧？"

"我不知道，不确定。"傅时宜起身，拿过那张照片揣在兜里，迈步往外走，回头看了一眼关宇，吩咐："你们两个人好好研究，讨论出几个公关方案，然后给我送过来。"

"小傅总，我们真要跟他合作啊？！"关宇跟着她出门，小声说，"这狗仔不靠谱儿，你想想他以前给咱们惹了多少麻烦？"

这年头技术发达了，狗仔能玩的套路也多了，什么东西都能搞出来。上个月，南宫强这伙人还拍到林一帆喝多了，在小区里抱着树猛亲的视频，把关宇气得鼻子都要歪了。

"合作啊，我哥介绍来的人你敢赶走吗？"傅时宜也压低了声音，"你好好给这个人下套，记得把以前吃的亏都找回来，明白吗？"

"明白了。"关宇听到这话，脸上的笑容绷不住了。

他笑意盈盈地转身回屋，拍了拍南宫强的肩膀，语重心长地说道："强强啊，咱们以后就是合作伙伴了，所以自己家的艺人呢，你能不坑就不坑了，行吧？林一帆这个人你跟了这么多年，也知道他的'中二病'（网络流行词，指的是青春期少年特有的自以为是的思想、行动和价值观）严重。为了保持他的人设，咱们公司也花了不少心思……"

"呵，你们公司需要保持人设的艺人不止这一个吧？"

"你什么意思？"

"我给你看一点儿有意思的啊。"南宫强掏出手机，找出一段视频。

关宇看到后脸都绿了。

视频中的人不是别人，正是向来以御姐形象示人，在娱乐圈里出了名的冷傲美女盛浅。画面里，她穿着一身名牌睡衣，正踩着拖鞋蹲在地上嗑瓜子，而在她的面前，是两只正在做羞羞的事情的小泰迪。视频里，盛浅不光看，还吐槽，还指导。

"你这个小短腿，这个姿势不行啊，哎……你看，掉下来了吧？我跟你讲，你要往上骑，知道吗？"

关宇听到这话，一口气噎在嗓子眼儿，想自杀的心都有了。

"我说关二哥，"南宫强看到关宇的反应，很满意，"你们公司这些艺人都是什么牛鬼蛇神啊？他们私底下的人设简直棒呆了啊！"

"我给你五秒钟的时间！你要是不把这视频删了，我可就要'杀人灭口'了！"

南宫强看着关宇气势汹汹的样子，叹了一口气："我想发的话早就发了，留着没事自己乐和乐和也不行？"

"不行！你删了，赶紧的！"关宇黑着脸拍桌子，"这可是傅二少的未婚妻，你拿她乐和？胆儿肥了是吧？"

关宇抢过手机，把视频删得干干净净，又仔仔细细地检查了一遍南宫强的手机，确定没有对自家艺人不利的证据后才满意地把手机还回去，然后叫来几个手下，拉着南宫强一起开了一个大会。

南宫强被关宇强制开会到天黑，莫名其妙地觉得今天来这儿吃了大亏。

苏绾心不知这些人私下里的把戏，也无暇去关心那些八卦，因为光是公司的事就足够让她头痛了。

威帝斯皇家银行入驻 H 国后没有选择和苏氏证券合作，这已经是众所周知的事了。两家公司之间的种种恩怨也一直被外界各种猜测，毕竟在大家眼里，强强合作才是正常的。而今天，二者没有合作成功的"真正原因"，终于被公之于众。

威帝斯皇家银行放出消息，称没有和苏氏证券达成合作意向的真正原因是苏绾心公私不分，包庇与自己有关的企业。此消息一出，所有的矛头都指向了苏绾心以及华正风险指标集团。

卧室内，苏绾心看着网上突然爆出的新闻，想起前些天收到的有关傅氏集团的那些资料，恍惚间就明白了新闻内所指的她包庇的公司是哪一家。

"公私不分，包庇相关企业集团……"一旁，傅时寒轻声读着新闻里的关键字眼，"谁有那么大的面子能请得动苏总？"

"我不知道，你自己想。"苏绾心没好气地扔下手机，起床，"你们公司垄断市场的案子什么时候能有结果？"

"我不知道，要不打电话问问苏瑶？"

"算了，瑶瑶最近火气大，你别惹她。"

苏瑶自从和傅氏集团开始合作，就渐渐开始明白了钱是真难赚的道理。傅时寒的敌人来自各行各业，苏瑶的律所简直收律师函收到手软。苏瑶以前都是叫嚣着给别人发律师函的，现在竟被函搞到连约会的时间都没有了，很烦。

苏绾心洗漱完毕下楼，填饱肚子出门到公司，短短几十分钟时间，网上就又多了数条有关她以及苏氏证券和华正集团的"黑料"。

苏绾心一路上看完这些消息，到了公司后立刻开早会，把今天的日程都安排下去，回到办公室后拨通了李墨的号码。

从李墨第一次对苏绾心说她想入职华正集团工作到现在，已经过去一段时间了。这件事除了苏绾心、李墨以及祁然，连傅时寒都不知晓。

苏绾心一边和李墨聊早上的事，一边浏览最新发布的新闻内容。网络上已经有媒体影射苏绾心包庇作假的公司是傅氏集团了，一时间，有关苏绾心和傅时寒的关系的猜测层出不穷。

苏绾心看着那些内容，有点儿哭笑不得。

"墨姨，你说他们到底是什么意思啊？"苏绾心百思不得其解，"他们是真的觉得傅氏集团现在已经产生了很大的危机，还是觉得我没办法反击？"

"华正集团最初创建时，给外界最直观的感觉是什么？"李墨答非所问。

苏绾心迟疑片刻，回答："华正集团是 GE 在 H 国的唯一合作伙伴，创建之初就是打着公正、公开的态度，尽力打击、揭穿财务造假之举。"

"那你收到举报傅氏集团的邮件有几天了？"李墨追问。

"这……是有些日子了，我也没公开过。"

"所以说对方的目标很明显，他们不认为这一战会赢，但在舆论方面你多少是要吃些亏的。一旦对方在舆论上占了上风，华正集团在大多数网民的心中，信任度就会下降一些。华正集团如果在这个时候揭露威帝斯的财务问题，你猜大家会怎么想？"

苏绾心："他们会觉得我是在心急报复。"

"没错，所以在傅氏集团这个问题上你并没有做错什么，可在别人眼中却未必。事发之后你的第一反应会直接影响外界对你的看法。"

"可是……"苏绾心犹豫着开口。

"可是什么？"

"可是在收到邮件之前，就曾有傅氏集团垄断国内市场、财务造假的消息传出，而我当时的第一反应是……"苏绾心扶额，突然就有点儿不太敢说出口了。

她当时都做了什么？她一听说这个消息就去见上面的领导了。虽然不是故意去告状的，但她"举报傅氏集团"一事已成定局。

苏绾心心情复杂地把自己举报威帝斯的事说了出来，果不其然，电话那端沉默了几秒。苏绾心紧张地咽了咽唾液，然后听见李墨用带笑的声音说："傅时寒知道这件事吗？"

"他好像还不知道。"

"很好，不错。"

李墨的夸奖让苏绾心忐忑不安地结束了通话。

她双手抱头在桌子上趴了一会儿，接着才打起精神干活儿。

一上午的时间在忙碌中过去，对于网上的种种传言，华正集团以及傅氏集团两方都没有做出任何回应，而这一举动也被有心人解读成"做贼心虚"。

到了下午，苏绾心在外吃完午饭回来，单手托腮地坐在电脑桌前沉思。她一直在等威帝斯的人招儿，结果半天都过去了也没等到，不免有点儿烦。她决定干脆不等了，吩咐其他部门开始做事。

几分钟后，华正风险指标集团官网上多了一条公告内容——

"傅氏集团的前任财务总监担任华正集团总经理一职。"

"傅氏集团"也好，"前任财务总监"也罢，随便哪个词被单独拎出来都足够有话题性。苏绾心在这个时候迎风而上，宣布这条消息，让众人都惊讶不已。

如果大家没有记错的话，傅氏集团的前任财务总监应该是——李墨？！

苏绾心把手机调成了静音，看着电话一个接着一个地打进来，始终没有接。直到手机屏幕上出现熟悉的名字，她才拿起手机。

自打消息传出后，傅时寒就一直在打苏绾心的电话，可惜打了几次都显示在通话中。他急得想摔手机。

"傅氏集团的前任财务总监，是我想的那位吗？"电话一接通，苏绾心的耳边便传来傅时寒有点儿急的声音，"我妈真的愿意去你那里吗？你们两个人什么时候说好的，我怎么不知道？"

苏绾心耐心等他说完，轻声回道："墨姨说没有告诉你的必要。"

傅时寒愣怔片刻，笑了——所以说这事是真的？！

李墨消失了那么久，在所有人都以为她再也不会出现在公众视线中的时候，却在这种时机以这种方式重新归来，实在是出乎众人的意料。

消息一传出，傅时寒也接到不少询问、打探的电话——可惜他得到消息的时间和这些人是相同的。眼下，傅时寒亲耳听到苏绾心承认此事，除了惊喜，更好奇苏绾心是怎么办到的。

"是墨姨主动想来帮我的。"苏绾心低声解答，听到外面敲门的声音，微微蹙起眉头，"我这边还有事，晚上回去聊。"

她挂掉电话，看着助理一副欲言又止的模样，就知道肯定又发生了什么。其实早在早上"黑料"被爆出来的时候，苏绾心就猜到对方肯定还有后手。

"苏总，现在网上对您和傅总的关系……议论纷纷。"

苏绾心点了点头："意料之中，还有呢？"

"这个热度我们不需要降一降吗？"助理见苏绾心坦然淡定的模样，有些意外，还以为她会着急地让自己想办法降热度、撤热搜呢。

苏绾心沉默片刻，摇了摇头："算了，随他们怎么说，我无所谓了。"

不然苏绾心撤了热搜，下班回去后还要应付傅总的不满。相比之下，还是姓傅的比较难对付。

"好，我知道了。"助理点点头，转身往外走，小声嘀咕，"可是视频、照片都被传得厉害啊……"

"你等等！什么视频、照片？"

"就是苏总你当初参加的那个直播活动啊……本来已经是很久之前的事了，热度已经过去，但是从今早开始，又被网友们翻出来了。还有照片……你等一下，我找给你看！"

苏绾心看完助理说的那些内容，咬了咬牙。视频是很久以前的，照片也是很久以前的了。

当初她和傅时寒一起带漾漾逛街，被店员偷拍了照片。那张照片倒是没拍到傅时寒的脸，漾漾却被拍得一清二楚，而现在的网友也是无聊，竟然拿这张照片和傅时寒出席其他场合的照片放在一起做比较，还搞什么身高、体重分析。

苏绾心越看脸越黑，把手机递还给助理，吩咐："你尽可能地把网上所有关于漾漾的视频都撤掉，照片也让媒体打上马赛克。"

"好，那其他的呢？"助理犹豫地说，"媒体可能不会轻易收手。"

"干我们这行的什么时候需要看他们的脸色了？"苏绾心不悦，"我要的只是我儿子的样貌不被公开，如果媒体连这点都做不到，那你就直接联系律师，让他们去沟通好了。"

这件事若是放在以前，苏绾心不会有这么大的反应。以前看到有些演员带孩子出门都是想方设法地遮掩容貌，她还觉得奇怪，可现在真是太了解那些当母亲的心理了。

苏绾心自打认识了 Alex，三观就不断地被刷新。因为根据傅时寒的调查，Alex 对儿童有特殊的偏好。而此人当初痛快地交出手上苏氏证券的股份，也是因为被傅时寒查到了这件事。

助理退出房间，按照吩咐去办事。苏绾心缓和了一下情绪，继续工作，也不急着今天就反击威帝斯。

威帝斯违法的种种证据，苏绾心早就递交给了相关部门。如果她没猜错的话，不出三天，相关部门肯定会出声的。

一天的时间就这样飞快过去，不知不觉中，天色已经完全暗了下来，苏绾心简单收拾了一下，便和来接她的林睿下楼。刚出公司，苏绾心就看到远处站着一个人。不是别人，是程瑶。隔着这么远的距离，她都能感觉到程瑶的眼中那藏都藏不住的愤怒和恨意。

隔空对视，苏绾心心情复杂。

程瑶见苏绾心注意到了自己，便毫不客气地朝这边走来。

苏绾心想起过往种种，觉得程瑶这个女人的精神不太正常，便心生警惕地上车、关门。同一时刻，苏绾心听到了程瑶抓狂的喊声。

"苏绾心，我不会放过你的！"

苏绾心身心疲惫地叹了口气，闭目养神，再睁开眼时已经到家了。

傅时寒今天难得比她先回来。苏绾心还没反应过来，就已经被傅时寒堵在了墙角。

"老太太的事你怎么不提前告诉我？"

"你被墨姨骂得还不够吗？"苏绾心听着傅时寒对李墨的称呼，哭笑不得，"因为我也不确定结果，所以就没跟你说。"

傅时寒轻挑眉尖，又问："那你和上头举报我的事也是因为不确定能不能成，所以没说？"

"傅总的用词不太准确，我不是去举报的，当时只是短暂性地跟你划清了界限，说出我所知道的一切而已。"

没想到傅时寒会这么快就知道这件事，苏绾心忍不住心虚。她看着傅时寒似笑非笑的表情，嘴硬地说道："'守法公民'该做什么，你这拿过锦旗的'三好市民'不是最清楚了吗？"

傅时寒微怔，轻笑着拉过她微凉的手，提醒："你和'三好市民'的事这次真瞒不住了，消息太多，我挡不住，也不想挡。"

　　苏绾心撇撇嘴："最后一句才是重点吧？"

　　"你知道就好，我们说点儿正事。"傅时寒拉着她走到沙发旁坐下，"林睿刚才已经和我说了程瑶去找你的事，你一定要小心那个女人，她很不简单，和贩卖儿童的组织有非常密切的关联。"

　　傅时寒说出自己查到的一切，苏绾心却越听越想不明白——程瑶为何还要如此憎恨自己？

　　两个人低声交谈，眼看着苏绾心都快忘记时间了，身后忽然传来林睿贼兮兮的声音："寒哥、绾神，我给你们看一点儿东西。"

　　林睿走到两个人面前，把手机递过去，观察他们的反应。

　　手机屏幕上显示的不是别的东西，正是这二位的合照。

　　南宫强在沉默了那么久之后，终于放了大招儿。和其他媒体的凭空猜想不同，南宫强可是有真凭实据的。

　　数张多年前的合照将两个人之间虚幻的绯闻坐实了。苏绾心看着南宫强的微博上那恐怖的转发、评论数，心脏陡然加速跳了几下。她知道这一天终将会到来，而在迎来这一刻的瞬间，除了松了一口气，竟还有些许不安。她就像给大众交了一张卷子，忐忑地等待他们的评分。

　　这样的念头在苏绾心的脑中一闪而过，随后她又自嘲地扬起嘴角。他们爱打几分打几分，反正日子又不是过给他们看的，自己开心就好。

　　傅时寒翻看着那几张照片，心情看起来相当不错，搂着她说："我近几天有事回不来，你出门一定要带着林睿。"

　　"你要去哪儿？"

　　傅时寒说出一个附近城市的名字，还问她要不要一起去。苏绾心干脆利落地拒绝了他的提议，走到餐桌旁坐下，一边吃东西一边查看手机上的消息。

　　南宫强的几张照片算是彻底将她推到了风口浪尖之上，也让网上一些专业的"考古队"忙碌了起来。这些人把苏绾心几年前第一次露头的事情扒出，然后一件一件地往下捋，硬是要从这些事件中找出点儿猫腻，证明她和傅时寒一直在互动才甘心。

　　羡慕祝福的话有，嘲讽谩骂的也有，真真假假、虚虚实实。总之整整一个晚上，网络以及H国商界都因为这件事而议论纷纷。

　　夜深人静，苏绾心躺在床上，身后是傅某人炙热的胸膛。她抓住他轻轻摩挲她腰间肌肤的手指，疑惑："那些照片是你给媒体的吗？"

被爆出的照片贯穿了他们在一起这些年的时间线，甚至有两张久远到连苏绾心自己都快不记得是什么时候拍的了。

"不然呢？"

苏绾心转身与他对视："那么久远的照片，你在哪儿找到的？"

"南宫强的工作室最近在和傅时宜合作，他们一直在联系。"

"难怪。"苏绾心若有所思地点点头，思路瞬间被傅时寒拉偏了。

"等我这次回来，傅太太难道不打算找个场合，帮我正个名吗？"话题被成功转移，傅时寒认真地发问，"如果我没记错的话，我们两个人在一起的场合似乎从来都不太和谐。"

"现在都已经这样了，你还要怎样正名？"

傅时寒就差把"傅时寒专属"几个大字贴在她的脑门上了。今天南宫强搞了这么一出，苏绾心和傅时寒两个人谁都没出来否认，这就已经是变相地默认了，更何况还有傅时宜那边，想想也知道不会安静的。

"像这样。"

傅时寒话音刚落，薄唇已经贴上她的唇，短而深的一个吻，让人有些意犹未尽。

苏绾心舔了舔唇角，脸颊微微泛红，气息急促地吐出两个字："疯子。"

一夜好梦直至天亮，当苏绾心乘车抵达公司楼下的那一刻就知道，在接下来的一段时间里，她绝对逃脱不掉被人热议的命运了。

镁光灯瞄准她的方向不断亮起，狗仔们的头上像是安了雷达，哪怕看不清车内的画面，他们也能确定里面坐着的就是他们要见的人。

傅时寒看到外面的阵仗，挑眉一笑："要不要我送你进去？"

苏绾心目光幽怨地瞥了他一眼，起身摔门而去，算是给他的答案。她突破重重阻碍，终于进了办公楼，隐约还能听到楼外记者们不放弃的调侃与提问——

"苏总！你和傅总打算什么时候要二胎啊？"

林睿跟在苏绾心的身侧，看着她隐忍地翻了一个白眼，同时伸手摸了摸自己的小腹。他差点儿笑出声："绾神，要不要告诉他们你已经……？"

"不要！"

苏绾心凶巴巴地瞪了林睿一眼，突然间有点儿担心某个姓傅的人会不会主动把自己和他的事抖出去。

傅时寒开车驶离办公楼，直奔城外而去。车子在高速路上飞驰了近两个小时才抵达目的地。这是一栋很久没有人来过的别墅，傅时寒推门而入，屋内已有人等候在此。

姜诚跟在傅时寒身后，只知道傅时寒今天要来见一个人，却不清楚对方是谁。眼下，姜诚将视线越过傅时寒，在看清楚屋内人的容貌后不由得眉头紧皱——那个人是慕星瀚。

傅时寒让姜诚离开，转瞬间屋内只剩下两个人。傅时寒径直走到慕星瀚的面前坐下，开门见山："说说你有什么办法。"

慕星瀚皱着眉看傅时寒的脸，心里想的是现在关于傅时寒和苏绾心之间的铺天盖地的新闻。哪怕他早就知晓这两个人之间的种种，但到了公布于众的这天，还是非常不爽。

傅时寒看着他的表情便将他的心思猜出了七八分，轻笑出声："绾神跟我的事，你第一天知道吗？"

"你向来这么欠收拾吗？"慕星瀚忍不住反问，"苏绾心这几年因为你过得有多苦，我想你该清楚。"

"我恐怕要让你失望了。"出乎慕星瀚的意料，傅时寒没有表现出一丝一毫的愧疚感，坦然且无耻到让人咬牙切齿地说，"毕竟我失忆了，以前的事情都记不得了。"

慕星瀚被他的话堵得一时间不知说什么，最后干脆被气笑。他看着傅时寒的脸上仿若写着"我失忆，我无耻"几个大字，算是再次开了眼了。

"你想让我愧疚就得先让我想起来才行。慕先生，早知今日，何必当初啊。"傅时寒的神情显然是在嘲讽，他凝视着慕星瀚阴沉的双眼，把话说得更清楚，"毕竟当年让我忘记一切的人，是你。"

"你既然都忘记了，又怎么如此确定这事是我做的？"

"若不是，你又怎会心生愧疚，愿意帮我恢复记忆？"

"我帮你是因为什么还需要我说清楚吗？"慕星瀚的脸色又难看了几分，要不是因为傅时寒三番两次地暗示、威胁，他才不会走这一趟。

"确实需要。"傅时寒眼底闪过一抹寒芒。

他当初不过就和慕星瀚说了句"需不需要我和 Alex 介绍一下你的身份"，就吓得这个人答应了他的条件。如此简单，傅时寒着实感到意外，意外这个人竟如此沉不住气，也意外自己的猜测竟十有八九是真的。

提起慕星瀚，任何一个认识他的人恐怕率先想起的词汇都是"不靠谱儿"几个字，包括他为数不多的在世的亲人。慕星瀚的行踪常年不明，他有个"江湖道士"的名号挂在身上，据说其悟道的天赋不浅。可在常人眼里，他终究是个"神棍骗子"。不过谁又能想到，这个不靠谱儿的骗子会有那样一层身份？

傅时寒："我恢复记忆需要多久时间？"

"最少也要三天。"

"也就是说，我得跟你'孤男寡男'地在这儿待上三天。"傅时寒"啧"了一声，颇为嫌弃，"时间宝贵，慕大师开始吧。"

"你就不怕我再动什么手脚，让你把这段时间的记忆也忘了吗？"

"你若真这么'头铁'，那不妨试试。"傅时寒停顿片刻，再次出声，"慕警官。"

简单三个字，却让慕星瀚听得身子一僵。

傅时寒看着慕星瀚面无波澜的模样，笑了笑，又说："放心，这件事我谁都没告诉。"

慕星瀚会和 Alex 等人有牵扯必然是有原因的，至于是什么原因，傅时寒可是下了好些功夫才查出来。在查清楚真相后，傅时寒相当后悔。因为相比现在的这个调查结果，他宁愿慕星瀚是因为钱财等关系才和那伙人混在一起的。只有这样，傅时寒在回击的时候才能更加没有顾忌、毫不留情。

两个人四目相对，都聪明地没有再提及身份一事。慕星瀚直奔主题，开始帮傅时寒恢复记忆。

虽说傅时寒现在已经和苏绾心重修于好，哪怕没有以前的那些记忆也影响不了两个人的感情，但——

对傅时寒来说，他忘记的那些才是最重要的。

三天时间，说长不长，说短不短，可是跟讨厌的人待在同一屋檐下，这段时间就显得格外煎熬。所以到了第二天下午的时候，傅时寒和慕星瀚就都有点儿受不了了。

客厅的沙发上，两个人相看两厌地黑着脸。姜诚躲在角落里观察情况，心里念叨着这到底是打还是不打啊。

"你耍我？！"慕星瀚冷冷地开口，愤怒中又带着疑惑不解。

傅时寒轻挑眉尖，表示没懂他的意思。

慕星瀚见这个人揣着明白装糊涂，干脆把话说清楚："你到底是怎么恢复记忆的？！"

慕星瀚自认几年前的那个局他设得很好，给傅时寒埋下的这个"坑"也只有他才能填平，不承想……

傅时寒一脸坦荡："没有你的帮忙我怎么能恢复记忆？三天时间还没到，你突然说这种话，难不成是想要赖走人？"

慕星瀚咬紧牙关。虽说傅时寒的话完全没错，可他总觉得不对劲。慕星瀚眼中的猜疑越来越浓，目不转睛地观察眼前的男人，陷入一种极其矛盾的挣扎状态。

傅时寒的嘴角微微上扬，看得慕星瀚火冒三丈。

他冲到傅时寒面前，问："到底怎么回事？！"

傅时寒慵懒地坐在沙发上，见慕星瀚冲动的反应，忍不住笑了："警察打人，算不算知法犯法？"

"你到底想干什么？"慕星瀚目光阴鸷，猜不透傅时寒的目的。

既然已经恢复了记忆，那他找自己还能为了什么？

"你猜？"傅时寒微微一笑，气死人不偿命，好心地提醒，"据我所知，你们慕家并不是只有你这么一个能人。"

"你说的不可能是小雨。"

"我没说是慕酥雨。"傅时寒的嘴角笑意加深，他说，"慕青山这个名字，你应该不会陌生。"

"不可能，"慕星瀚皱紧眉头，不相信傅时寒的话，"我爷爷压根儿就不认识你，更不可能管你的闲事。"

"你确定？先不说慕老爷子知道了你的所作所为后恨不得把你的腿打断的事，就说他认不认识我这个问题，我觉得你似乎了解得还不够全面。"

慕青山不单单认识傅时寒，而且很多年前就已经认识了。他和傅时寒的奶奶是旧识。当年给傅时寒算命说傅时寒命中有大劫，又帮傅家找到苏绾心这个"保命符"的人，就是慕青山。

不知道是机缘巧合还是什么，总之傅时寒也是最近才查清楚这些事。在回想起所有事情的那一瞬间，他真的恍如隔世。

原本恢复记忆这件事，傅时寒就没指望找慕星瀚帮忙。他本就是一个疑心极强的人，对慕星瀚这种坑过自己且是往"死"里坑的敌人，绝不会再次信任。这次傅时寒来找慕星瀚，自然是有其他的原因。

"我找你是为了交易，一个对你我而言都有利无害的交易。"

"苏绾心知道你恢复记忆的事吗？"

傅时寒慢悠悠地摇了下头，心说：他的绾神虽然聪明，可在这件事情上确实迟钝了一些。

给南宫强那些照片的人是傅时寒。慕星瀚想想也知道，像傅时宜那种丢三落四的人，怎么可能存那么多他和苏绾心的合照——傅时宜连自己一年前的自拍都没有。

"我就知道，"慕星瀚冷笑，"她玩不过你。"

"慕神棍这话说得让我有点儿不明白。"傅时寒心情不错地更改对慕星瀚的称呼，"什么叫我老婆玩不过我？"

"我老婆"这三个字的重量，可轻可重。眼下，傅时寒的这句话宛若一把利刃，狠狠地朝慕星瀚的胸口刺去。他被刺得鲜血直流，却一时间想不出什么话来反驳。

不管慕星瀚愿不愿意承认，也不管别人愿不愿意相信，苏绾心早就和傅时寒领了证。他们两个人无论在法律上还是事实上都是夫妻，这件事已成定局。

"结婚也有离婚的时候，我祝傅总也有这么一天。"

"那我恐怕要让你失望了。"

傅时寒笑了笑，递给慕星瀚一份文件。慕星瀚打开，片刻后神色凝重地重新看向傅时寒。

在和傅时寒相处的这两天里，慕星瀚一直没有开口承认过自己的身份。哪怕傅时寒已经确认无疑，慕星瀚也从未点过头。

"我这次找你的原因都在这儿了。"

傅时寒也没心思再陪慕星瀚浪费时间，用两天来确认慕星瀚的身份以及弄清楚一些自己曾经想不通的事情，挺值的。

"当年绾绾出车祸，你之所以那么巧地把她救回去，应该不是简单的一句巧合就能解释通的。"傅时寒缓声说出自己的猜测，"你当年是因为一路跟踪调查程瑶和 Alex 等人的事才会目睹了那场车祸，会救绾绾，恐怕也是因为想通过她和傅家的关系，帮你查到一些有关傅子骞等人犯罪的证据。"

可惜……人算不如天算，慕星瀚没想到自己会喜欢上苏绾心，喜欢到不忍心利用她，更不想要她回来的地步。

这些事情都是傅时寒最近才想通的。他看着眼前的情敌，想到苏绾心那几年都在和慕星瀚朝夕相处，就还有口气梗在心头，酸得难受。

"能帮的我都帮了，还望慕警官尽快完成这次的工作，早日离开 H 国。"傅时寒说完和他擦肩而过，朝屋外走去，计划下午的行程，嘱咐身侧的姜诚："你派人跟着慕星瀚，确保他安全出国。"

"放心吧寒哥，我明白。"姜诚点点头，回眸看了一眼屋内的方向。

这个姓慕的还大有用处，傅时寒现在绝不能让他出事。

在傅时寒离开的两天时间里，苏绾心忙到飞起，不单单要处理公司的公事，还得时不时接一些来打探八卦的电话。好在李墨已经开始到公司上班，让苏绾心还能忙里抽闲地喘口气。

傅时寒临时出差，狗仔们找不到他的踪迹就只能蹲在苏绾心这儿，盼着拍到点儿什么。

临近下班，苏绾心刚从会议室回到办公室，推开门就看见林睿撅着屁股趴在窗户上，往楼下看。

"怎么了？"对上林睿的视线，苏绾心好奇发问。

"外面挺热闹的，"林睿一脸八卦，"好像是哪个演员过来了。"

"你什么时候开始追星了？"苏绾心瞥了一眼林睿继续观望的举动，忍不住调侃，"你要不要下去拿一个签名？"

"追星倒是没有，我就是好奇是哪个大腕儿。"林睿眯着眼睛盯着楼下，"连那几个蹲咱们的记者都跑过去拍照了，这架势，不知道的还以为寒哥来了呢。"

苏绾心噤声了：我怎么突然有一种不好的感觉？

林睿也突然想到了什么，慢慢回头和苏绾心对视："应该不能吧？"他不太确定地开口，"寒哥不是说他最快也得三天回来吗？"

苏绾心头痛得扶额，心累地说道："他的话向来只能信一半，你又不是不知道。"

"那还真是他？"林睿扭头又看了看楼下，有点儿不忍心给苏绾心直播情况了。

楼下宛若一个小型发布会，一群记者把一辆车团团围住，好像在不停地和车里的人交谈。

苏绾心咬了咬唇角，终究还是忍不住，让林睿下楼去看看什么情况。林睿匆匆下楼，绕了一圈后又屁颠屁颠地回来，推开门冲着苏绾心连点了三下头。林睿不用再多说其他，苏绾心就明白怎么回事了。

苏绾心叹了一口气，心态很快就平稳了。她收拾好桌上的文件，起身进洗手间补了个妆，时间掌握得刚刚好，该下班了。

楼下，傅时寒已经等了快一个小时。他处理完该做的事后就直接过来了，本想上楼找苏绾心，奈何才开了个车门就被一群眼尖的记者拿着摄像头怼了回来，于是不得不坐回车里等苏总下班。

"寒哥，要不要我把他们赶走？"姜诚看着外面的阵仗，提议问道。

不料，傅时寒听后反问："你跟我多久了？"

姜诚又不是第一天跟他混了，还问这种蠢问题？傅时寒送姜诚一个眼神，让姜诚自己体会。

苏绾心走出办公楼，脸上挂着虚伪的官方笑容。这些天记者们差不多把她上下班的时间摸清了，打定主意就想拍一张她和傅时寒同框出镜的画面。眼下记者们估摸着她该下班了，就转移了一半人过来堵她。

苏绾心在林睿的保护下快步朝傅时寒那边走去，可才走到一半的距离，就见傅时寒从车上下来了。

苏绾心远远地看着那个人，嘴角的笑容不由得僵了几分，脑中也瞬间一片空白。

镁光灯不断闪烁，记者们调侃的提问声也不断响起，问两个人的关系是否真如报道上的传言一样，问婚礼什么时候举行，问傅总今天来找她是为了公事还是私事，问他们究竟是从什么时候在一起的……

苏绾心隔空和傅时寒对视，看着他一派淡然自若、笑得有点儿坏又有点儿得意的表情。他就站在那儿，等她一步步朝他走去，等她走到他的面前配合他，把所有有关他们的绯闻坐实。

苏绾心走路的腿忽然间有一点儿软，脸上也渐渐开始发热。能光明正大地和傅时寒站在一起，这是她已经不知道盼了多少年的事情。她曾经是不敢，后来是不能，眼下终于到了这一天，只觉得这条路有些太过漫长，长得她差点儿就走不到终点。

"我还以为你会躲到让我上去找你。"傅时寒看着走到自己身前的人，浅笑着调侃。

他刚刚看到林睿偷溜下来，也猜到是苏绾心的意思。

"躲得过初一，躲不过十五，我总不能晚上也住在公司吧？"苏绾心垂着头小声回答，越过他想开门上车，可惜在和他擦肩而过的那一瞬间，被他扯过手腕拽了过去。

身体失去平衡，苏绾心倒吸一口气，趔趄地栽进他的怀里，慌张地抬头和他对视。

"你干什么？！"

傅时寒听着她语气里藏也藏不住的紧张，眸光不由得又温柔了几分，视线落在她嫣红的唇瓣上。

"你怕什么？"傅时寒轻声发问，收紧揽在她腰间的手，喉结滚动。傅时寒忍了又忍，终究还是没能忍住，在众目睽睽下占了个便宜。

他独有的气息瞬间逼近，让苏绾心没能在第一时间反应过来，带着一丝温度的薄唇就那样毫无征兆地贴上她的。周遭的人惊呼、雀跃，口哨声和掌声交杂其中，随之而来是几乎要晃瞎眼的镁光灯。

苏绾心被他紧紧抱住，动弹不得。她不是没有见过世面的人，却还是抵挡不住他这样的攻势，腿脚瘫软地依偎在他的怀里，唯一能做的就是等他放开自己。

时间缓缓流逝，当傅时寒抬起头的时候，苏绾心早已满脸通红，呼吸急促。他垂眸看着她有些恼羞成怒的模样，忍不住嘴角微微扬起，藏不住开心的情绪，继续自己刚刚没有说完的话，和她耳鬓厮磨。

"我就是想提醒一下傅夫人，结婚、生子得做全套，孩子生了这么多年，你不能对我不负责。"

苏绾心红唇紧抿，不接他的话。傅时寒的眼中满是笑意，他揽过她的肩膀，余光扫过那群分外满意的记者们，护着她上了车。

豪车疾速驶离记者们的视线，傅时寒按下车内的按钮，隔绝前面驾驶室的两个人的视线，让后座成为一个私密的空间。他拉过身旁的人搂在怀里，轻咬她的唇瓣，温柔缱绻。

"他们拍到了想要的，以后就不会这么缠着你了。"

"听傅总的意思，我还得谢谢你了？"

"老夫老妻的，你不必客气。"

华正集团楼下，狗仔们纷纷收拾东西准备离开。大家的关注点都在刚刚离开的那两个人身上，无人发现大楼前一辆低调奢华的豪车内，另外一个最近处于风口浪尖上的人也在。

李墨全程目睹了自家儿子的操作，翻了个白眼，长长地叹了口气，懒得说什么，让司机开车回家。

她心里忍不住感慨：好歹傅家教了苏绾心十几年，这丫头怎么还是斗不过傅时寒？那丫头脸红到没出息的样子，真是和以前一点儿都没有变。

李墨眼中的淡漠渐渐消失，取而代之的是一丝笑意。她扭头看着窗外沿途的风景，忽然觉得这平日里让人只觉压抑的高楼大厦，此时此刻看来竟还不错。

狗仔们的工作效率非常快，苏绾心还未到家，照片就已经在网络上被传开了。

各个角度的拍摄将那个吻拍得清清楚楚，除了照片，还有视频，一时间引来无数网友围观评论。

这样的苏绾心大家没见过，这样的傅时寒他们更没有见过。两个人站在一块儿，男才女貌，画面和谐到几乎让人快要忘记他们以前是如何相处的了。

傅时寒不想在对苏绾心说谎这件事情上浪费心思。他能骗这世上任何一个人，却唯独对她不想做这件事。于是在回家之后，傅时寒主动坦白："我这两天去见了一个你完全想不到的人。"

"谁？"

"慕星瀚。"

苏绾心惊讶得睁大双眸，确实没想过这个答案。

"有件事我调查了很久，也是最近才有了眉目，所以找他确认一下。"傅时寒平静地看着苏绾心的眉眼，缓声说道，"这件事连慕酥雨也不知道，所以今天我说的这些话，你最好不要和她讲。"

苏绾心听他这么说，不免有些紧张。她认真地点点头，等他继续说下去。

"我之前和你说过程瑶的一些信息，她是某个不法组织的负责人。虽然在她的身后还有真正的头目，但她在这个组织里扮演着一个不可或缺的角色。"

苏绾心接话："我知道，你说的是那个贩卖儿童的恶心组织。"

"没错，正如你所知，Alex 等人也参与其中。Alex 是大客户，也是股东。"

"那慕星瀚和他们有什么关系？"苏绾心眉头紧蹙，"你千万不要告诉我，他是那个幕后的头目，或者他也是其中的一个大股东。"

"如果是呢？"

"我怕我下次见他的时候会忍不住打'爆'他的头。"苏绾心这话说得格外认真，生怕傅时寒接下来会点头，承认她所想的就是事实。

"虽然我有点儿期待看到这个画面，但还是不得不告诉你，不是你想的这样。"傅时寒失望地叹了一口气，"他调查这些人有些年头了，最近也该结束了。"

"调查？你的意思是……"苏绾心若有所思，而后很快就明白了傅时寒的意思，"真的？！"

"嗯，"傅时寒点了下头，"不过知道这件事情的人非常少。"

"我还以为你找他是因为……想恢复记忆。"

苏绾心"喃喃"地低语，消化这个突如其来的真相。她认识慕星瀚那么久，甚至有一段时间非常依赖他。可这么多年，她一丁点儿都没有发现慕星瀚竟然还有这么一层身份。

她知道慕星瀚经常满世界地跑，行踪也总是不明，但他总是有自己的一套说辞，而且也有事实证明他的客户确实遍布世界。所以包括苏绾心和慕酥雨在内，任谁都想不到他竟借着这种身份，暗中在做那种事。

苏绾心抬头去看傅时寒，又问："你还查到了什么？"

"我查到一些东西，颇有意思。"

程瑶不单是那个组织的一个负责人，更是曾经被那个组织迫害的一分子。她是被拐卖出国的，具体是几岁被卖的傅时寒没查到，但根据那伙人现在的行事作风看，程瑶被他们挑中的时候绝对不超过十岁。而且不单是程瑶，当初苏绾心所在的那个社会福利院里也有不少孩子被那个缺德的院长卖到了那个组织。

傅时寒一想到这些，就忍不住后怕。倘若当年他没有选苏绾心，又倘若晚去了两年，或许这辈子就再也见不到她了，或者会通过某种特殊的方式，认识一个面目全非的她。

苏绾心安静地听完他的话，想起种种往事，心里格外不舒服。

在社会福利院的那几年是她的噩梦，又何尝不是其他人的噩梦？对被抛弃的那群孩子而言，社会福利院是为数不多的能够接纳他们的地方，是一个家。可当认清那个"家"是一个会让他们越陷越深的深潭的时候，他们却完全没有逃脱的能力。

苏绾心是幸运的，从在社会福利院见到傅时寒的那一刻起，就知道自己是幸运的。但那些不幸运的人呢？在她离开后那些人又遭受了怎样的灾难？

"程瑶也是社会福利院里的孩子吗？"苏绾心努力地回想，却无论如何也找不到一丝曾经认识这个人的回忆。

傅时寒："程瑶暂时还不能确定，可有一个人我能够很肯定，那个孩子在你离开社会福利院后不久就被卖掉了。就是你想的那样，她在你走后的第二个月就被买走了。"

那个和苏绾心有着同样生辰八字、只差一步就能逃出地狱的女孩，终究还是差了一步，没能走出来。

"那……"苏绾心咬紧牙关，握了握拳，努力让自己的心情能够平静一些，"那她现在在哪儿？"

"她死了，很多年前就已经死了。"

苏绾心的心脏突然像被人狠狠揪住一般，让她呼吸困难。苏绾心难过地看着傅时寒，试图从他的脸上看出一丝一毫说谎的迹象，可又无比清楚，他不是会拿这种事开玩笑的人。

她沉默许久，再次出声："你是怎么查到这些的？"

"这个说起来倒是有些巧合。"

傅时寒自然不是会多管闲事的人。对方这么大的一个犯罪组织，若不是有特殊原因，他这个商人是绝对不会跟对方硬碰硬的。可事关苏绾心，他就不得不管了。

傅时寒的心脏，手也脏，他在查到这个组织和 Alex 有关联的第一时间，就派人到 Alex 的身边。

这帮丧尽天良、披着人皮的畜生既然什么事都干得出来，那么有一样东西就是他们绝对不会拒绝的——那就是钱，而偏偏傅时寒最不缺的就是这个。

傅时寒花了大把的钱，使了不少的手段，玩了一招儿挑拨离间，最后成功买通了跟在 Alex 身边多年帮其跑腿办事的心腹。

那个人为 Alex 卖命多年，知道 Alex 的不少秘密。按理说，Alex 对待心腹不该小气。但事实证明，这位威帝斯皇家银行的少东家在某些事情上还真是抠门到家。他给手下的钱不能说有多么少，但绝对算不上多。所以在面对傅时寒这种干脆粗暴地直接往脸上砸钱的诱惑时，那个人心动了。

傅时寒最初只是想要这个心腹的一份口供而已，不料最后有了意外收获。而这个收获，傅时寒认为 Alex 绝对想不到。

Alex 养的这个心腹的手上有一份名单，他或许把 Alex 的本性看得太清楚，所以想方设法地给自己备了一条保命的后路。那份名单上有和 Alex 密切往来的客户的信息，也有被 Alex 买到手后凌虐至死的一些孩童的资料。傅时寒就是在这份名单上看到了那个女孩的照片和资料。

"如果当年我选的是她，那么被 Alex 挑中的人会不会变成你？"傅时寒伸手轻抚苏绾心的侧脸，低声问她，也在问自己。

苏绾心垂眸沉默了很久，最后慢慢摇头，回答他："不会。"

如果他当年没有选她，如果她在那天晚上被院长凌辱了……那她活不到被 Alex 挑中的那天。她会早早地死在社会福利院，宁愿死也不愿成为那群人的玩物。

傅时寒听完她的话，半晌没再出声，似乎听出她这话中的含义，他的脸色有点儿难看。

夜深人静，程瑶躺在沙发上，目光阴沉地看着手机屏幕，毫无困意。

屏幕上的女人容貌明艳，看起来一副很难接近的样子。可偏偏那女人的手牵在另一个人的手里，两个人并肩相随，步伐出奇地一致，似乎对彼此的存在早已熟悉。

金融圈里最具话题的两个人就这样走到了一起。他们以后还会在这个圈子里掀起多大的风浪无人知晓，程瑶也没兴趣得知。她只想知道，到底应该怎么做才能让那两个人明白失去的痛，明白什么是生不如死。

被人用脚踩在脸上、狼狈趴在地上、拼命挣扎却怎么也无法爬起来的滋味，她真的好想让他们也尝尝。可是……她到底该怎么做？

程瑶凝视手机屏幕的双眼渐渐泛红，仰头闭目的那一瞬，有眼泪滑落。

偌大的客厅安静到有些瘆人，片刻过后，她再次睁开双眼，起身去洗手间找出一些能让她忘记痛苦、能感到快乐的"东西"。

所有的感官渐渐被这些"东西"支配，程瑶疯狂地笑，大声地叫，直到筋疲力尽地瘫倒在地。她就那样躺在冰冷的地上陷入沉睡，再次醒来时，已是翌日傍晚。

她麻木地睁开双眼，盯着天花板望了好一会儿，才慢慢爬起来，去浴室冲了个澡，然后回到楼上的卧室。

华丽到有些夸张、俗气的卧室里，即便是白日也始终亮着耀眼的灯光。床头柜上摆放着一张两个人的合照，照片中的两个女孩子依偎在一起，笑容灿烂、美丽。

程瑶抬手将照片拿过来，抱在胸前，过了许久，"喃喃"地低语："程程，我好想你。"

我想你身上的体温和香气，想你语气坚定地描绘我们的未来。

你曾说过，如果没有苏绾心，你不会落得如此地步。你也曾说命由天定，你没有苏绾心的好福气，所以也怪不了别人。可是啊，这世上有那么多人，为什么偏偏就是我们？为什么非得是我们被玩弄、被抛弃、被践踏？

"你以前总说人间不值得，可又总是抓住每一个活的机会。你说我是你活在这个世上唯一的温暖，可是……你又那么早就离开，留我一个人在这肮脏的世界肮脏地活着。"

程瑶脸色苍白、目光空洞无神地凝望窗外。直到天色暗下去，窗外一片漆黑，她才缓缓收回视线，蒙着被子一觉睡到天亮。

平静了几日，苏绾心这天吃早饭的时候打开电。财经频道正在播放新闻，屏幕中的人是她熟识且让她不齿的 Alex。

刚刚的新消息称，威帝斯和特洛伊联手进军 H 国市场，开展新兴项目，引来国内热烈反响。

苏绾心认真地看完整条新闻，一点儿都不感到意外。特洛伊公司和傅氏集团的业务重叠率那么高，H 国这么大的市场，傅时寒赚得盆满钵满，傅子骞等人沉寂了这么多年，怕是早就对这个市场眼红得不行，计划着回来搞事。

单从新闻上看，两家公司算是强强合作，再加上 H 国最新出台的对外资企业的扶持政策，所以看好这次合作的人无数，当然其中不包括苏绾心。

虽然苏绾心心里不爽，但面上肯定不能表现得过于明显，尤其是在很多人面前，白眼是不能翻的，脏话也是不能讲的。

在威帝斯、特洛伊两家公司联合召开新闻发布会后的第三天，苏绾心又一次和 Alex 见了面。上百人出席的现场，在数台摄像机的瞄准之下，面对 Alex 的主动打招呼，苏绾心忍着恶心跟他握了握手，然后远离 Alex 找到自己的座位，想起早上离开家时傅时寒说过的话。

傅时寒说今天天气不错，大概率会有好事发生。要不是小雨从昨晚下到现在一直没停过，她可真是差一点儿就相信他的鬼话了。

苏绾心无聊地翻看桌上的宣传手册，时不时应付前来打招呼的人，直到傅时寒出现。好在主办方还算有良心，没把两个人的位置安排在一起，她松了一口气。

人员到齐，苏绾心靠在椅背上认真听着台上的人的发言。会议有条不紊地进行着，画面通过摄像机传达到电视直播平台。发布会大厅里，人们背对大厅的门而坐。在他们看不到的方向，那扇大门忽然被打开，从外面走进来数名身穿制服的工作人员。

这些人来得悄无声息，直到走到人群中，出现在摄像头的拍摄范围内，才引起了大家的注意。

苏绾心坐在前排的位置，听到后方的躁动，顺势回眸看过去，瞬间就明白傅总早上说的"好事"指的是什么了。

眼下，Alex 的身侧多了几个人，单看那些人身上的服装便知这个胖子惹上事了，还是大事。

苏绾心瞥了一眼傅时寒，正巧对方也看了过来。两个人的眼中都浮起一抹笑意，然后他们默契地继续看热闹。

Alex 脸上的表情从最初的迷茫到严肃，再到最后的慌张，种种变化让苏绾心看得十分舒心。这个丧尽天良的畜生怕是也想明白了，若是没有足够的理由和确凿的证据，执法人员是不可能在这种场合对他下手的。

安静的会议现场因为这个插曲而变得不太一样，众人三三两两地低头议论，猜不出究竟发生了什么。

Alex 毕竟是在 H 国的外国人，无论从哪一点来说，该有的权益和面子还是该有的。Alex 就这么明晃晃地被执法工作人员带走了，而且事情还发生在这种有摄像机拍摄的场合之下。众人不禁诧异：他到底犯了多大的事？

会议结束，苏绾心和傅时寒并肩朝外走去。她歪头看他，发问："你安排的？"

"你别乱说，'三好市民'从不插手组织内部的事。"

安排什么的是绝对没有的，傅时寒不过是把自己知道的全盘托出，又把拿到的证据也全数交公而已。

外面，小雨在"淅沥沥"地下着，天气阴冷，可傅时寒依旧觉得今天是个好天气，因为有些事情在今天一定会有一个让人满意的结果。

苏绾心上车，看傅时寒递给自己的文件，上面皆是他在这段时间搜集到的有关 Alex 犯罪的证据。他知道她在意这个胖子的结局，所以特意为她准备了一份。

苏绾心认真地看每一个字、每一句话，越看越心惊胆战，因为这里面还有好多事情是她不知晓的。

"这种犯罪组织竟然存在了这么多年，背后牵扯众多，你有把握一次将他们处理干净吗？"苏绾心担心地看着傅时寒问。

对这样一群无恶不作的浑蛋来说，如果真给他们反击的机会，那他们一定会像疯狗一样，什么样的报复都做得出来。

"据我所知，这件事已经惊动了高层，今天 Alex 被当众抓走也恰好说明了这一点。还有，国外也已经开始行动了，不过消息可能要等几天才能传过来。"

傅时寒明白苏绾心的担忧。

但事到如今，他还能插手的事情已经少之又少了。

苏绾心清楚此事的严重性，继续仔细研究那份犯罪记录，回家后又发给苏瑶，想问问专业人士这种人渣能被判多少年。苏瑶收到消息，大概十分钟后打来了电话，给了苏绾心一个非常满意的答案。

"你问我什么看法？我的看法是建议这个人挖个坑把自己埋了。"

苏瑶刚才认真地想了一下，如果自己作为 Alex 的辩护律师应该从哪方面入手，想到最后，觉得这个人没救了。倘若真有律师肯接这个案子，那这位律师八成也丧尽天良，没救了。

苏绾心挂了电话，身心舒畅地打开电视看新闻。Alex 今天在直播会场上被带走，几个小时过去，外面风风雨雨，谣言一片，金融市场也免不了又是一波震荡。

夜深时分，苏绾心被傅时寒拽着上了床。她没什么困意，最后在傅时寒的一再威逼利诱之下才放下手机，合上双眼，思考明天到公司后要进行哪些工作，没过多久便在他的怀里沉睡过去。翌日清晨，苏绾心前往公司，车子行驶到一半便接到陈磊打来的电话。

苏绾心听出他的语气有些雀跃，问："什么好事让你这么高兴？"

"你听出来了？"陈磊轻笑着出声，"Alex 那件事你跟进了吧？"

"我了解了一些情况，怎么了？"

"也没怎么，就是受他的牵连，咱们对家的那几家公司现在急得跳脚，求助电话都打到我这儿来了。"

苏绾心听完陈磊汇报的最新情况，嘴角随之上扬。她想到特洛伊公司看看，傅子骞和 Alex 的合作那么密切，估计傅子骞现在也已经焦头烂额了，而且傅时寒绝不可能放过这么好的机会。傅子骞等人想卷土重来重击傅氏集团这件事，怕是这辈子都无法实现了。

苏绾心望着窗外沿途的风景，唇角带笑地和陈磊聊着天。林睿开着车也听个乐和，直到马路旁突然蹿出来一辆逆行的黑色越野车——林睿将方向盘猛地打向一旁，车子的方向随之更改。苏绾心意识到发生了什么，一瞬间脑海里闪现过很多曾经发生过的画面：意外的车祸、剧烈的撞击、绝望的黑暗。

林睿死死握住方向盘！

车子险险躲过对方的撞击，撞倒了路边的垃圾桶和电动车，最终剐蹭到一棵大树而停下。

他觉得自己的命都没了半条。

"没事吧？！"林睿慌张地看向身旁的苏绾心，声音颤抖地发问。

万一她有个三长两短，他都能想象得到傅时寒会怎么收拾自己，一定是往死里弄的那种。

苏绾心脸色苍白地拽着安全带，眼神有些涣散，似乎还没从刚刚的意外中回过神来。她的手机被甩到了脚下，她此时还能听得到陈磊惊慌的声音。电话那头的陈磊听到了苏绾心的惊叫和林睿下意识的爆粗口，也被吓得没了半条老命。

"绾神，绾神！你别吓我！你没事吧？"林睿推了推苏绾心的肩膀，对上她的视线，舔了舔干燥的下唇，"我这就送你去医院，你别怕！"

"我……没事。"苏绾心深深呼吸，平缓情绪，惊魂未定地看向窗外。她看到了那辆冲出来撞她的车子，也看到了风挡玻璃后面那张陌生又熟悉的脸。

那是程瑶。

苏绾心看到了，林睿也注意到了。他骂了句脏话，瞄了一眼苏绾心的肚子，快速在送苏绾心去医院和下车对付程瑶中做出选择。若不是时间不允许，他宁可被围观、被拍照、被"网暴"，也要破例暴打一顿那个神经病一样的女人。

林睿启动车子，正欲给傅时寒打电话告诉他发生了什么时，看见几辆车子将程瑶的车围住，几个熟悉的人从车上下来。

林睿一愣，苏绾心也一样。

"嫂子，你没事吧？"姜诚跑过来打开车门，一头冷汗地打量苏绾心的情况，"我送你去医院。"

"你快送，我的腿都软了！"林睿松了一口气，倒也不是没经历过大风大浪，而是实在清楚苏绾心在傅时寒心中的重要性。

"苏绾心！"程瑶眼看着苏绾心毫发无伤地上了另一辆车，红着眼睛抓狂地喊道，"我不会让你好过的！我要拉着你一起死！我要你死！"

苏绾心停下脚步，回头与程瑶对视。

"姜诚。"

"嗯？"

"我晚些时候要和她见一面。"

"嫂子，我看这个女人的精神有点儿不正常，你还是别……"姜诚不放心，"你看她完全就是嗑药过度的状态，说她现在是狂犬病发作都有人信。"

"那就等她药劲过了我再见她。"

苏绾心收回视线上了车，被姜诚送去医院做了检查，确定肚子里的孩子没事后，她的一颗心才总算安全落地。

姜诚听到医生的话，也才有胆子给傅时寒打电话汇报情况。苏绾心在一旁听，等他挂了电话以后蹙眉问道："是傅时寒让你们跟着我的？"

"啊，"姜诚诚实点头，"我们都跟了快半个月了。寒哥说这个程瑶一定会找你，就让我们先在暗中盯着。"

苏绾心不知该说什么。傅时寒什么都想到了，什么准备都做好了，愿意花费无数心思、付出任何代价，只要一切能够不再重来。

离开医院，苏绾心先回苏氏证券开了个会，然后如计划中的一样去找苏瑶吃饭。她没把早上的事情告诉苏瑶，就这样浑浑噩噩地混过一天，天黑后疲惫不堪地回了家。

傅时寒今天似乎很忙，没给她打过电话，也没有按时回家。

偌大的客厅内只有漾漾在练琴。漾漾看见苏绾心回来，蹦蹦跳跳地跑到她的身边，一如既往地撒娇卖萌。

苏绾心看着漾漾，心情好了很多。她陪他吃过饭，趁他去楼上写作业的工夫把林睿叫到面前。

林睿没等她开口就已经猜出她想说什么，劝道："绾神你别去了，那个女人就是一个疯子。"

苏绾心垂眸沉思片刻，最终还是起身。她的心中实在有太多疑惑，不亲自问清楚的话，她不甘心。林睿劝不动，也不敢阻拦，想着反正那个女人在警局，不会出什么意外，便带她出门了。

一个多小时的路程，苏绾心在车上想了很多，想着这些年虽然和程瑶见面的次数不多，但两个人之间的关联似乎一直没有断过。

几年前的车祸是程瑶精心策划的，几年后自己的种种波折她也都参与其中。苏绾心清楚地感觉到她有多恨自己，但她究竟为什么这么做？如今终于有机会，苏绾心只想听她亲口说出一个准确的答案。

程瑶自从被抓住就一直发了疯似的，喊着要见苏绾心。

谁也弄不清程瑶到底在想什么，她又想干什么。

傅时寒忙完公司的事就过来了，但也只比苏绾心提前到半个小时而已。苏绾心推门进屋的时候，傅时寒正和程瑶面对面地坐在桌子两端，从屋内的气氛来看，两个人交谈的过程似乎并不愉快。

程瑶在看到苏绾心的那一瞬间眼睛都亮了，像是一直在等待她的出现。

苏绾心径直走过去，一句话就让程瑶眼中的光芒消失："我没能如你所愿死掉，抱歉了。"

程瑶眼眶猩红地望着她，眼中充满了恨意和绝望。

苏绾心扭头看向傅时寒："你让我单独和她聊会儿？"

傅时寒犹豫了一下，走出房间，站在门外，心情烦躁地点了一根烟。

苏绾心靠在椅背上静静凝望程瑶的眉眼，就这么看了好一会儿，轻声问道："我们第一次见面是什么时候？在社会福利院吗？"

当年苏绾心被送到社会福利院的时候还小，除了院长给她留下的可怕回忆，基本上不记得其他了——包括那些曾经被一起关进小黑屋的小伙伴，她都已经记不起他们的容貌，甚至名字。

程瑶沉默不语。

苏绾心继续发问："我查过，你不是当年那个和我一起被选中的人，所以你到底是谁？"

"那个人……"程瑶干裂的唇动了动，声音嘶哑地开口，"你还记得那个人长什么模样，叫什么名字吗？"

苏绾心垂下眼帘，迟疑片刻后摇了摇头。

程瑶冷笑，长长地叹了一口气："我就知道，就知道会这样！像你们这种人还能记得些什么呢？"

她笑得越来越大声，就这样笑了好一会儿，直到笑出眼泪才慢慢平缓下来。

"苏绾心，我给你讲个故事吧。"

"好。"

"曾经有个女孩叫程夏，她的母亲在娱乐场所工作，父亲则不知是哪个客人。从出生的那天开始，女孩就不被这个世界欢迎。没有任何人期待她的到来，包括她唯一的亲人。

"女孩是在娱乐场所的化妆间里长大的。直到五岁那年，她的母亲服用药物，无法照顾她，她就自然而然地被送到了社会福利院。

"社会福利院里的生活虽说不上多好，但至少有一日三餐，睡觉的时候也有一张床可以躺。她以为只要乖乖听话，或许有人喜欢她，然后把她带回家，她也能像电视里的小朋友那样，能上学，能好好地长大，能变得越来越好。

"就这样她一天天长大，一天天期待。终于有一天，院长开心地告诉她一个消息，说她被挑中了。

"她在得知这个消息的那晚高兴得没有睡着，很快就从当地的社会福利院被接走，去了另外一个城市。陌生的环境让她有些害怕。可她没有办法，要在这里等，等那个挑中她的人来见她。

"她一开始不懂为什么要来那个地方，后来才明白，原来被选中的不止她一个人，还有一个女孩子也在名单上。她被送到了名单上另外一个女孩子所在的社会福利院里，见到了那个要和她争抢幸福的对手。她在那个社会福利院里住了两个月，到了过生日的那天，终于等来了那家人。

"她从来没见过那么好看的人，尤其是那个男孩子，身上仿佛会发光。女孩穿着自己最漂亮的衣服，可在男孩的面前还是连头都不敢抬。她努力地想和男孩说上话，可连口都还没张就看见男孩指着自己身边的人说'就她吧，那个梳小辫子的丑丫头'。

"那一晚，没有被选中的女孩难过得没有吃下饭，躲在角落里哭，想不明白自己为什么会输，也不知道还要等多久才能等到下一个挑中自己的人。就在她哭到不能自已的时候，院长叔叔出现在了她的面前，说今天是女孩的七岁生日，给她准备了生日蛋糕和礼物。

"蛋糕和礼物，这是所有小孩子都不会拒绝的东西，她自然也不例外。但她万万没有想到，这个生日让她这辈子都没法儿忘掉。"

程瑶挂着几分嘲讽的笑容看向苏绾心，问——

"你猜那是怎样的一份礼物？你这么聪明，我想你肯定清楚。整整一夜的折磨，让七岁的她明白了这世上原来有比活着更痛苦的事。院长对女孩说，不要怪他，要怪就怪那个本该留下来却代替她离开的人；说他为了这一天足足精心准备了半年，可看上的那个女孩被接走了，于是那因为得不到而产生的愤怒就全部施加在了程夏的身上。那个晚上，她疼得晕过去几次，但又被冰冷的凉水反复浇醒。天亮的时候，她以为一切终于要结束，却万万没想到，那只是一个开始。"

苏绾心咬着牙，听程瑶说的每一个字。苏绾心紧握着冰冷的双手，声音颤抖地问："后来呢，后来她逃出去了吗？"

"逃？"程瑶像是听到了什么笑话一般笑出了声，"她往哪儿逃？逃去哪里？"

那是个进得来出不去的牢笼，无论男孩女孩，没有例外。在那所社会福利院成立的几年里，唯一一个，唯一一个有人被成功接走的案例，就发生在女孩七岁生日的那天。

"在社会福利院被折磨了几年后，程夏被卖给了一个外国人。她的生活依旧没有改变，只是吃穿好了一点儿，而她每晚要讨好的人变成了另外一拨而已。就这样一天天过去，漫长且无望的日子让她不仅一次想到了死。她试过很多次自杀，都没有成功，而每一次自杀被救回后，换来的都是更加残忍的谩骂和折磨。她也想过好好活，想过或许有一天一切都会结束。终于，一切结束了。"

程夏死在了二十岁生日的那个晚上，是被几个男人活活折磨死的。

她终究还是没敌过命运的安排，从七岁到二十岁，整整十四年。她做过无数的梦，梦到她逃出了那个牢笼，梦到她和社会福利院里那个叫苏瑶的女孩一样，终于有了属于自己的家。

　　程瑶看着眼前的女人，想起自己第一次见到苏绾心的场景。那已经是很多年前的事了，当时自己和程夏一起被 Alex 带到了 S 国，在帝贸大厦附近的酒店里，程夏认出了当年那个出现在她的生命中但并没有选择她的少年。

　　虽然距离第一次见那个少年已经过去几年，但程夏始终没有忘记他的模样，更何况他看起来和小时候似乎并没有很大变化。

　　少年一如既往地耀眼，哪怕在人群里，也能被一眼看到。当时他站在一个女生的身边，笑着牵她的手，语气缱绻地叫她的名字。

　　当年的苏瑶已经不是那个苏瑶，而是变成了少年身边的苏绾心。

　　绾心——长发绾君心。

　　呵，多讽刺。

　　那天，程夏整整一夜没有合眼，站在三十几楼的阳台上望着楼下的车水马龙，不懂到底是哪里出了问题。明明是站在同一起跑线上的两个人，可为什么苏瑶能改头换面成为另外一个人，她却只能日复一日地作为男人的玩物被交易？

　　程瑶——程夏与苏瑶，这是这个名字的由来。程瑶这些年摒弃了自己的姓名，咬着牙苟活至今，支撑她的东西不是别的，就是想亲眼看看 Alex 什么时候死，苏绾心什么时候死。

　　"Alex 有今天的下场是他应得的。"程瑶的嘴角诡异地出现一抹血迹，她说，"那你呢？我要怎么做才能让你明白我们这些年过的是什么日子，让你明白那个替你遭受了万千伤害的人到底有多痛？！"

　　"你要做什么？！"苏绾心猛然站起身，心里生出不好的预感。

　　"我要你记住我，记住她，要你这辈子都没法儿忘记。"

　　程瑶笑着，口中的鲜血不断流出。她就那样一直盯着苏绾心，目不转睛。

　　程瑶死在了苏绾心的面前，用了最极端的自杀方式——咬舌自尽。程瑶就算无法将苏绾心一起拖下地狱，也要诅咒苏绾心此生都活在她和程夏的阴影之中。

　　苏绾心不知道自己是怎么走出那个房间的，浑身无力，双腿发软，只要一闭上眼睛，脑海里浮现出的就是程瑶死去时的画面。

程瑶死了，就这么死了，让人措手不及。苏绾心本以为程瑶的下场会和 Alex 一样，半生困于牢狱，后悔莫及，可她没给任何人看戏的机会，就这样了结了自己。

苏绾心不知道应该说什么，也不知道应该做什么。她沉浸在巨大的悲伤中，就这样过了几个月。直到 Alex 被遣返回国后定了罪名，她才终于缓缓松了一口气。

深夜，枕边的手机屏幕忽然亮起，是一条来自陌生号码的信息。苏绾心看了两眼，倏地坐起。

一旁已经准备要睡觉的傅时寒不由得一愣，问："怎么了？"

"慕星瀚给我发信息了。"

慕星瀚一消失就是几个月。这段时间里苏绾心一直在努力安抚慕酥雨的情绪，可慕星瀚就这样一直没动静，电话、短信、邮件通通不回，这让苏绾心也免不了胡思乱想，心慌不已。

傅时寒拿过苏绾心的手机看了看，满脸不乐意的表情。

那是一个没有存名字的陌生号码，仅一条简短的信息。

"公园山顶，我等你一个小时。"

苏绾心怎么就确定发信息的人是慕星瀚？哪个公园山顶？他怎么不知道？

傅时寒不情愿地起身穿衣服，没想到自己有一天会深更半夜送她出门去见别的男人。

苏绾心手忙脚乱地穿好衣服，又找出一个小盒子攥在手里，才跟着傅时寒出门。

慕星瀚说的公园山顶应该是当初自己得知傅时寒和盛浅有婚约那天，他带自己去喝酒的那个地方，虽然事情已经过去几年了，但苏绾心记得特别清楚。

一个小时，不多不少刚刚好。苏绾心把傅时寒扔在山下，自己一个人到了山顶，远远就看见那个坐在椅子上仰头望着星空，手中还拿着啤酒的男人。

他听到脚步声，扭头看过来，嘴角微微扬起。直到她走到他的面前，他才轻声说道："我以为你已经睡了。"

"那你还发信息给我？"苏绾心顺势坐到他的身侧，"你什么时候回来的，给小雨打过电话吗？"

"电话打过了，不过没见面。"

"这么绝情？"苏绾心微微蹙眉，"你这么久没消息，她整天哭着说梦见你出事了，你好歹见一面再走吧？"

"时间紧，两个小时后的飞机。我本来连你也不想见的，可这次不见，下次就不知道什么时候能回来了。"

慕星瀚长舒一口气，有些后悔当初进了这一行。

当初慕星瀚年纪小，电影看多了，就一腔热血地投入了警察行列的怀抱，觉得抓人比画符什么的有意思多了。

没承想，卧底不是那么好当的，案子也不是那么好破的。跟了Alex这条线好几年，如今慕星瀚终于把Alex送进了监狱，但事情并没有得到真正意义上的解决。

他这次之所以消失了这么久，而且连慕酥雨和苏绾心也没有联系的原因在于，他的角色要"死掉"。之前的身份不能再用了，他得销声匿迹一段时间，把过往的痕迹都抹掉，然后改头换面变成另外一个人。这次慕星瀚回来是交接任务的，本来是真的谁都没打算见，但最后还是没能忍住。

苏绾心把口袋里的小盒子拿了出来，递到他的面前。

慕星瀚接过来打开，笑问："什么意思？"

"你好好留着，这本来就是你的东西。"

那是慕星瀚从小戴到大的护身符。他认识苏绾心以后，就把它送给了她。出车祸后的几年里，苏绾心总是把这东西戴在身上，如今她的身体渐渐恢复到了以前的状态，这宝贝也该物归原主。

"我不知道你以后会去哪里、做些什么，可是你要答应我——无论什么时候、有什么事情，只要你需要我帮忙，就一定要打电话给我。如果可以的话，我们平时尽量保持联系，我要确定你是安全的。"

"这话要是让某个姓傅的人听见……"慕星瀚笑着调侃，"可不得了。"

"你知道我不是在开玩笑，我希望你过得好。"

慕星瀚沉默片刻，点了点头，收好她送回来的东西："行，有时间我会和你联系的，小雨以后就拜托你了。"

他低头看向苏绾心的肚子，问："孩子什么时候出生？"

"快了。"

"好，知道了。"他笑着站起身，摸了摸她的头发，"时候不早了，回去吧。"

苏绾心在他的陪同下下了山。寂静的路边，傅时寒正倚靠在车上抽烟，时不时烦躁地往山上瞄两眼，克制着内心想上去偷听的冲动。

他看到两个人下来，隔空和慕星瀚对视，没说什么。

对慕星瀚这个人，傅时寒无论如何都喜欢不起来，像今晚这种自己送苏绾心来见慕星瀚的举动，这辈子也就这么一次了，绝不会有下回。

回去的路上，苏绾心一直安静不语，只是她的嘴角始终上扬，心情十分不错的样子。傅时寒偶尔扭头看她，最后也忍不住笑着说了句"傻子"。

回到家重新躺在床上，回想着和慕星瀚的聊天内容，苏绾心那心不在焉的模样让身边的人有些吃醋。傅时寒将她揽入怀中，在意地问："你们都聊什么了？"

"也没说什么，就是聊了聊以前的事，想着以后应该很难见面了，所以我感觉怪怪的。"

"你们以前也没有经常见面。"傅时寒一想到她在失踪的那三年里大部分时间是和慕星瀚在一起的，就忍不住心里泛酸，"和现在有什么差别？"

"不一样。"苏绾心一脸认真地反驳，"以前我只当他是在世界各地打发时间，谁知道他竟然在做那么危险的工作。"

苏绾心想到慕星瀚半日里都在做些什么，再去想她几年前因为什么而出的意外，不由得感慨世间万物竟是如此奇妙。这世界果然是一个圆，而在苏绾心的这个圆里，起点便是那个社会福利院。

她憎恨那个社会福利院带给她的黑暗，也感激那个社会福利院送给她的光明。她所拥有的一切都是从那里开始的，包括眼前的这个男人。

这段时间，苏绾心一直在想，她究竟还能做些什么才能尽量阻止那些龌龊的、不公的事情发生，可无论怎么想办法，最后都只觉得无力。这些年来，她早已明白一个道理。那就是有些人出现在你的生命里，是为了告诉你你的人生可以有多美好，有些人的出现却只是为了让你知道，他们的心可以黑暗、腐烂到什么地步。

"如果……如果上天重新给你一次机会，回到当初，你还会不会选我？"苏绾心依偎在他的怀中发问。

傅时寒想了想，轻笑出声："你怎么突然问起这个来了？"

"我就是想知道，如果一切能够重来，我是不是还会和现在一样幸运。我时常会想起程瑶死前说的那些话，如她所愿，这辈子都没法儿忘记她和程夏的存在……可光我一个人记得有什么用？"

那些曾经伤害过程夏她们的——那些只是恰好长成人形的畜生们却或许早已将她们忘记。

"虽然不希望那些经历重新再来一次，但如果真的回到当初，我想我还是会选你。"傅时寒垂下眼帘与她对视，听她在意地追问"为什么"后，忍不住轻吻她的唇角，低声回答，"因为是你。"

因为在那群陌生的面孔里，我一眼就看到了你，然后视线就无法转移。

为什么是她？这些年里有很多人都问过傅时寒这个问题。包括在她消失的那三年里，傅时寒的身边也有人劝他不要找她了，不要等她了。他也曾尝试过没有她的生活，可最终还是投降认输。

他记得那三年去过的每一座城市、路过的每一处风景、吃过的每一样东西、看过的每一部电影。对傅时寒来说，没有她的每一天都是煎熬，他的心中每天想的都是：如果她在身边，该有多好。

高超的投胎技术让傅时寒从出生那天起便无忧无虑。这世间很多东西对他而言就像是漫天的星河——别人望而却步，但他触手可及。

从年少轻狂到成熟内敛，再到今后的容颜苍老，这一生中他要的东西很多，缺的东西很少，而她，就是那个无可替代、不可或缺的珍宝。

星河迢迢，他一眼看见了她。他爱她，爱得无法自拔。

从意识到这一点的那天开始，他就知道，这辈子非她不可。

虽然陌路伊始，但他最后的归处，一定是她，只能是她。

番　外

　　傅时寒和苏绾心在一起的消息传出来不到一个月，他们的粉丝就又迎来了专属狂欢，因为他们的婚礼日期已经定下，就在下个月。

　　苏绾心本来并不想办这场婚礼，觉得只是走个过场而已，既浪费钱又浪费时间。而且他们两个在一起这么多年，也不需要这样一场仪式去向别人证明什么。

　　但傅时寒不同意。

　　虽然他们已经有国家级证书——结婚证在手，也足够响应国家的号召——有了二胎，网上关于他们的新闻铺天盖地、随处可见，确凿的证据摆在那里，没人敢再怀疑他和苏绾心之间的关系，可是堂堂男人，没有一场婚礼怎么行？以后他岂不是被别的男人瞧不起？所有能证明他身份的事情，他都必须要做一遍。更何况……

　　婚礼，他早在十几岁的时候，就已经在期待了。

　　傅家和苏家的强强联合让这场婚礼注定不会平凡，也让它备受关注。虽然苏绾心全程当甩手掌柜，但随着婚礼日期一天天临近，她的紧张感也愈加明显。终于，在婚礼的前一晚，她彻底失眠了。

　　深夜十二点半，苏绾心躺在床上，拿着手机和傅时寒聊天。按照婚礼习俗，结婚前夜他们是不能见面的。不过傅时寒的一条信息就让她知道，什么规定都是浮云。

　　H：我在楼下。

苏绾心迅速起身，披了件外套，做贼一样蹑手蹑脚地出门，生怕被家里人发现。直到上了傅时寒的车，她才松了口气。

"这么晚了还特意过来，有什么急事？"苏绾心扭头看傅时寒，在意地问道。

傅时寒没出声，递给她一样东西。

苏绾心看着那档案袋，疑惑地接过来："这是什么啊？"

"情书。"

简短的两个字让苏绾心打开文件的动作一停。她惊讶地看向傅时寒，仿佛没听清他在说什么，一脸迷茫的表情。

傅时寒见她这个表情，挑眉一笑："听说你之前埋怨，说自己以前上学的时候都没收过情书？"

苏绾心撇了撇嘴，小声嘀咕："有没有收到你不是比谁都清楚？就那么一封，还被你撕了。"

他不光撕了，还说她是收破烂儿的，什么都收。

提及往事，苏绾心发起呆来。傅时寒看着她的样子，眼底闪过一抹笑意，思绪也不由自主地飘回以前……

喜欢苏绾心这件事，傅时寒也不知道到底是从什么时候开始的。只是当他意识到不对劲的时候，事情似乎已经到了很严重的地步。

清晨，傅时寒从梦境中醒来，愣怔半晌后快步进浴室冲了个澡。他回想起梦里的画面以及他在对谁做那种事，不免烦躁。

他已经拿到了国外大学的录取通知书，每天不用去学校。这让他高中最后的这段学习生活显得有些轻松。

傅时寒站在窗边，看到苏绾心和傅时宜穿着校服，手牵手出门去上学。他犹豫片刻，拿起手机给路辞打了电话。

和他一样，路辞他们几个人也都已经拿到了心仪大学的录取通知书。几个人约好碰面时间，下午在学校集合。

楼顶的天台上，傅时寒趴在栏杆上，望着操场的方向，不知道在看什么。

路辞他们几个人走到他身后，顺着他的视线看过去，发现学弟学妹们在进行校运会开幕式的排练。

"你今天怎么这么闲？听我小姨和我妈打电话，说你要去分公司实习了？"路辞疑惑地看着傅时寒，"你要去哪个公司？不知道我们能不能顺路一起走。"

"我下周也要走了。"郑楚炀插话道，远远看到操场上的一抹身影后忍不住笑，"欸，那是不是小绾绾？"

几个人纷纷看去，聊天的内容也发生了变化。

霍景凡："绾绾是举旗手？"

路辞："唉！以后我们不在学校了，也不知道小绾绾会找个什么样的男朋友。"

傅时寒听了这话微微皱眉，语气有些不悦："早恋耽误学习。"

路辞几个人愣住，接着笑出声来。

路辞："寒哥，你不是吧？不是我说，你管绾绾学习管得确实有点儿太严了。"

郑楚炀："就是，听说她上次期末考试成绩刚出就被你骂哭了？你差不多得了，人家小姑娘也不容易。"

霍景凡："没错，人家回回考第一，你还想让她怎么着？再说了，时宜的成绩还不如她呢，也不见你骂过时宜啊。"

"时宜是我妹妹，她不一样。"

傅时寒的一句话让路辞几个人表情一僵。

他们几个人从小在一起长大，对苏绾心和傅家的事都一清二楚。

他们都知道苏绾心是傅家从社会福利院收养来的，可这些年大家在一起，也没在意过那些。更何况苏绾心懂事又听话，他们早就把她当妹妹一样看待，所以听到傅时寒这么说，不免心里有些别扭。

几个人面面相觑，又听到傅时寒火上浇油。

"时宜以后无论成绩怎么样，也不管选哪条路走，都有傅家在后面的支持。可她呢？她有什么？"

路辞："话虽这么说，可我小姨、小姨夫也不可能不管她。再说了，她不是还有我们吗？"

郑楚炀："就是，有我们在，谁敢欺负她？"

霍景凡："这话你可千万别当着绾绾的面说，不然她会难受到哭的。"

傅时寒："她靠傅家享受着最好的学习资源，如果成绩不好，只会被外人指着鼻子骂。我们能帮她找工作，还能帮她做好工作中的一切事情？我不信你们以后接管公司，愿意花钱白养个废物。"

傅时寒言辞犀利，丝毫不留情面，让其他几个人一时间不知该怎么接话，只能默默地看向苏绾心的方向。

烈日炎炎，苏绾心趁着排练休息的空当坐在树荫下，抬手擦拭额角的汗珠。忽然，有个男生走到她面前，递给她一瓶水。

苏绡心抬起头，微微一愣。男生是她的同班同学，和她一起出去参加过数学竞赛，是她很熟悉的面孔。苏绡心看着他手中的水瓶上由寒气凝聚成的水珠，不由自主地咽了咽口水，拒绝的话也变成了感谢。

"谢谢，我现在没带钱包，回头再把钱给你。"

男生听到这话，嘴角刚刚浮现出的笑容又消失了："不用这么客气的。"

"不，"苏绡心摇摇头，"还是要算清楚的，你不要钱的话，我也可以买瓶一样的给你。"

男生欲言又止，最后只能无奈地叹了口气，俯身蹲下，和苏绡心四目相对。

"今天放学有空吗？"

"应该有，有什么事吗？"

"那我在图书馆等你，聊聊老班今天给的那套竞赛题？"

卷子苏绡心也收到了，不过还没来得及看，便点了点头，答应了。

远处，傅时寒几个人隐约看着两个人的互动，表情各异。

路辞："我们小绡绡还真是受欢迎啊。"

郑楚炀："长得漂亮，学习又好，不受欢迎才怪。"

霍景凡："绡绡从小就聪明，所以寒哥你不用担心她。而且知道她和傅家关系的人又不多，就算他们知道也不敢说什么。"

路辞："打个赌，绡绡高几会找男朋友？"

郑楚炀："明年应该就差不多了吧？咱们高中部可是有不少人都在等这个小学妹呢。"

霍景凡："唉，可惜咱们毕业了，不然就能看到小绡绡谈恋爱的样子了。"

傅时寒听着几个人的话，眉头紧锁。他是不是脑子被门夹了，来这儿听他们废话连篇？

傅时寒冷眼扫视他们，不爽地开口："庆幸你们毕业了吧，不然我一定去老师那儿挨个儿告状，就说你们宣扬早恋，给学校带来十分恶劣的风气和影响。"

路辞几个人听他这话，都被气笑了。

路辞："你还有脸说我们？追你的女生比谁都多吧？你说实话，你是不是已经背着我们找了女朋友？"

郑楚炀："哪班的？我们认识吗？"

霍景凡："放心，我们跟你不一样，肯定不告状。"

傅时寒冷笑一声，眼睛还盯着远处的那个人。见她不知因为身边人说了什么，低头笑了起来，很开心的样子，他心里的火气也一下子蹿了起来。

路辞几个人没发现他的情绪变化，还在聊苏绾心的事。

路辞："说实话，要不是从小就认识绾绾，早就把她当妹妹，我肯定会追她。"

郑楚炀："我应该也会。"

霍景凡："平心而论，遇见她这种女生，男生没理由不喜欢。"

傅时寒扭过头，视线从他们脸上依次扫过。那目光实在太尖锐了，让他们想无视都不行。

路辞："你这么看我们干什么？你现在能管绾绾学习，总不能以后还要管她找男朋友、结婚的事吧？我小姨都没你管得多。"

郑楚炀："小心管太多，绾绾讨厌你。"

霍景凡："没错，绾绾总不能一辈子留在傅家，总是要嫁人的。"

傅时寒咬了咬后槽牙，来不及去整理那乱糟糟的心情，就听见自己的声音响起——

"我喜欢绾绾，你们都别打她的主意。"

世界好像一下子就安静了，路辞几个人难得露出一副目瞪口呆的痴呆表情，令傅时寒欣赏了好一会儿。而后他们相互交换视线，一言难尽地看向傅时寒。

傅时寒喜欢苏绾心。其实这件事他们之前也不是没想过，因为傅时寒对苏绾心实在是不一般，有时候他对她的关心甚至都超过了对傅时宜那个亲妹妹，可看有时候傅时寒训苏绾心的狠劲，他又不像喜欢她。而且他们之前也旁敲侧击地问过，听傅时寒直接说对小屁孩没兴趣，也就不再多想了。

现在听傅时寒亲口承认这件事，再回想他刚刚说的那番话——如果苏绾心成绩不好，以后会被人骂——他们好像一下子就明白了傅时寒真正担心的是什么。

傅家的养女如果不做出一番成绩，确实会被不少人说闲话。但碍于傅家的面子，哪怕说闲话他们也会注意分寸。毕竟苏绾心是个从社会福利院领养来的孩子，没有傅家遗传的好基因，就算聪明又能聪明到哪儿去呢？作为一个普通人，她差不多就行了。

可是，如果要她当傅时寒的女朋友，那情况就完全不一样了。一旦苏绾心不是绝对出色，那大家骂她的话恐怕要多难听就有多难听了吧？

路辞几个人一想到那种可能，脸色都阴沉了几分。

路辞："寒哥，你……"

傅时寒："没开玩笑，认真的。"

郑楚炀："那你有没有想过，如果你们现在在一起了，以后分手怎么办？"

霍景凡："就是，缩缩的脸皮那么薄，等你们以后分手了，她还怎么在傅家待下去？"

"不会分手，等她大学毕业我们就结婚。"

傅时寒的语气十分肯定，让路辞几个人再次愣住。

他知道他在说什么吗？

生在他们这种家庭里的孩子早早就明白以后的婚姻不一定会那么称心如意。商业联姻是他们谁都逃不掉的宿命，更何况是傅时寒。

如果不是认识他太久，知道他这个人从头到脚一身反骨，也知道他这个人不会拿女生开玩笑，更别提那个人还是苏缩心，他们也许就不会这样惊讶，更不会这样担心。

和傅时寒结婚的人，如果没有强大的资本背景，那确实需要顶尖厉害才行……要不被任何人挑出毛病才行。

难怪傅时寒会对苏缩心的学习成绩那么在意。

路辞几个人沉默了许久。

傅时寒将目光悠悠地望着远处的人，视线柔软，嘴里说出的话却是一如既往地尖锐："所以别对她动歪心思，也别想着给她介绍男朋友，忽悠她谈恋爱，不然我把你们的头都拧掉。"

路辞几个人不约而同地骂了句脏话，看着傅时寒一脸认真的表情，都开始为苏缩心担心起来。

和这个人在一起哪儿是那么容易的事？小缩缩的苦日子恐怕还在后头呢……

傅时寒和他们坦白完他对苏缩心的感情，几个人又聊了聊过段时间要去公司实习的事，就下楼了。

见完老师和同学，路辞几个人先离开，傅时寒则说要等到放学，顺便接苏缩心和傅时宜一起回家。

放学后，苏缩心和傅时宜打完招呼就去图书馆了。找到约好的同学，她快速拿出纸笔，正想先把今天拿到的试卷刷一遍，就见坐在对面的男同学面色红涨，动作缓慢地把一封信推到她面前。

"这是……？"苏缩心疑惑地看着那信封，想打开一探究竟，但被对方阻止了。

"别看！"男生紧张地出声，一下子没控制住音量，惹来附近其他人的目光，这让他的脸变得更红了。他慌张地四下看了看，然后压低声音说："现在先别看，等回家以后再看。"

苏绾心微微蹙眉，有点儿嫌弃，想把东西还回去。她回家还要写作业呢，写完作业还要写傅时寒安排的课外作业，不然肯定会被傅时寒训，才没空看这种东西。

她刚把信推出去两厘米，就听见那男生又小声加了一句。

"是情书，我给你的情书。"

苏绾心的脑子"嗡"的一声，她还没反应过来，男生就已经起身跑掉了，头都没敢回一下。

"情……情书？"苏绾心小声呢喃，脸"唰"的一下子变红。

她猛地把信捂好，做贼心虚地瞄了瞄四周，生怕被人发现。

这要是传到老师耳朵里，她会被叫家长的吧？

苏绾心的心脏"怦怦"直跳，她紧张地咬了咬嘴角，为难地看着那封信，不知道要怎么处理它才好。

第一次收到这种东西，她完全没有经验。想起自己帮傅时宜收的那些情书，还有别的女生找傅时宜送给傅时寒的那些情书，她心里除了紧张、不安，还隐约溢出来一丝开心。

原来她不是那么让人讨厌的人。原来她也是能收到情书的人。

苏绾心犹犹豫豫地想看信里的内容。她不知道那个人喜欢她什么，所以只有看了，才知道明天怎么好好地拒绝对方。

内心挣扎了好一会儿，苏绾心最后决定把信带回家，等晚上写完作业躺在被窝里偷偷看，那样肯定不会被任何人发现。

苏绾心稍稍松了口气，拿过书包打算把情书放进去藏好，可动作才进行到一半，就感觉到一股杀气靠近。下意识地抬头看去，她发现傅时寒正大步朝她走来。

因为跟着她一路来到图书馆，所以刚刚发生的那一幕也被他尽收眼底。

傅时寒看那个男生的表情就知道他要表白，本以为苏绾心会痛快地拒绝，却没想到她竟然收了那个人的情书。

傅时寒又急又恼，拉过苏绾心的手腕，将她拖到没人的角落。不等苏绾心开口说什么，他就气急败坏地问："你是收破烂儿的吗？"

傅时寒一把抢过她手里的情书，撕碎，却依旧抹不平他心里的慌张。

她怎么能收别人的情书？她竟然想和别人在一起？

"别人给什么你就收什么，苏绾心你有没有出息？！"

苏绾心愣住，委屈地咬住下唇。让傅时寒震惊的是，她竟然还敢反驳自己。

"我不要你管！"

他们都能收情书，凭什么她就不行？她从来都没收到过情书，就想看看里面都写了什么，为什么连这都要被骂？

"你把东西还给我！"苏绾心伸手想抢回被撕碎的情书。

傅时寒被她的话和举动刺激得眼角都红了，把人用力按在书架上，看着她愤愤不平地瞪自己，咬牙道："你不准谈恋爱！"

苏绾心愣住，觉得他太过分了。以前强迫她做各种事情也就算了，他怎么连她以后谈恋爱的事情也要插手？！

"凭什么？我就要谈恋爱！"

傅时寒低下头，狠狠在她肩膀上咬了一口。苏绾心被咬得眼泪都要掉下来了，耳边却传来他努力压抑的声音。

"凭我喜欢你。只要我在，你这辈子都不可能和别人在一起。"

呼吸在这一瞬间屏住，苏绾心僵在原地，脑子一片空白。

傅时寒心慌之下不小心将心事坦白，站直身子看苏绾心，干脆破罐子破摔，继续说："你要是敢动早恋的心思，我就把你绑去S国，让你高中也在我的眼皮子底下读完！"

他说完，匆匆转身离开。

苏绾心动作僵硬地扭头，看他远去的背影。在她的印象里，少年无论做什么都是从容的，可这一刻，他有点儿落荒而逃的意思。

傅时寒红着耳朵走出了图书馆，看了眼手里被撕碎的情书，把它直接扔进了垃圾桶，然后迈步去找那个打苏绾心主意的男生算账。

苏绾心在图书馆待了很久。直到傅时宜因为找不到她而给她打电话，她才从胡思乱想中回过神来。

回家的路上，苏绾心一直在发呆，总觉得是自己听错了。傅时寒怎么可能会喜欢她？他不会是想上大学以后也逼她一起学习，怕她早恋了不帮他写作业，所以才说那些话安抚她的吧？

她的脑子乱成了糨糊，尤其是在回到家后，听说因为国外分公司出了点儿状况，傅时寒已经和傅鸿儒一起离开去处理的时候，她更是混乱到有些崩溃。

她觉得傅时寒就是在耍自己玩，现在后悔了，就找借口跟着傅叔叔一块儿跑了！

苏绾心气得不行，跑回房间锁好门，又恼羞又难过得想哭。

放在床边的手机忽然响起，传进来一条信息。苏绾心拿过看了一眼，手一抖，手机应声落地。

信息是傅时寒发来的。内容很简单，可他要表达的决心很坚定。

他说：公司突发状况，我走得急，不能面对面和你解释，但有些话还是要说。我今天不是开玩笑。我喜欢你。我不在你身边，你不准收别人的情书，也不准想着早恋。我在哈佛等你——等你考上大学，我就和家里坦白。到时候，你想怎么谈恋爱都行。

苏绾心看完信息的内容，脸颊滚烫。她那晚连饭都没吃，不敢出门，生怕别人看出她的不对劲。

傅时寒那次一走就是两个月。后来回来的时候，他对苏绾心的态度一如既往，先是检查了她的考试成绩和作业，然后嘴毒心狠地训她一顿。

傅时宜有点儿看不下去，觉得苏绾心太可怜了，但又不敢说什么，生怕傅时寒把那火发到自己身上来。

她的成绩没苏绾心的好，她不明白，苏绾心明明都拿了国际数学竞赛的大奖，她哥还有什么不满意的？她知道傅时寒有意培养苏绾心，好让苏绾心以后进自家公司工作，可是他也不能太过分啊！

苏绾心被训得人都蒙了，恍惚间觉得之前发生的事情应该是她在做梦。她暗暗检讨自己太不知好歹了，竟然有胆子梦见傅时寒说喜欢她。

可晚上吃完饭，傅时寒又敲响她的门，拿出这次出去给她买回来的礼物，还特意提醒她，他只给她买了，傅时宜都没有份儿。

苏绾心满心欢喜地看着那件礼物，又小心翼翼地退了回去，摇头。

"我不要。"

"不喜欢？"傅时寒皱眉。

这手表可是限量款，全球只有十块，他还特意买了个配对的男款呢。

"无功不受禄。"苏绾心小心地回答，"我现在不能帮你写作业了，所以不能再要你的东西。"

傅时寒微怔之后笑了，倚坐在她的书桌上，垂眸看她，问："我送你东西，就只能是因为你帮我写作业？"

苏绾心偷偷翻白眼：不然呢？她帮他写的作业还少吗？因为跳级，她一开始什么都不会，还被他冷嘲热讽地说笨。后来她起早贪黑地补课，他还威胁她不能和墨姨告状！

傅时寒浅笑，摸了摸她的头发，声音都柔和了几分："我送你东西，就不能因为我喜欢你？"

苏绾心的脸在三秒内变得通红，傅时寒很满意她这个反应，敲敲她的桌面，说了句"好好写作业"，然后转身潇洒地离开。

自从傅时寒上了大学，苏绾心见他的机会就越来越少。她知道他很忙，傅叔叔和墨姨已经着手准备让他接管公司，也知道她和他之间的距离会越来越大。

可是，每次在她煎熬、不安到快要崩溃的时候，他都会重新出现在她面前，一如最初的那份坚定，告诉她他在哈佛等她，告诉她他喜欢她。

他喜欢她，这件事只有他们两个人知道，这是他们之间的秘密。

苏绾心一直是这么认为的。直到高二那年的生日，她拿到了哈佛的录取通知书以及全额奖学金，原本应该在 S 国的傅时寒突然出现在学校里。

篮球馆内都是他的熟人，苏绾心被他拉着坐到他的腿上拍了照片。她慌乱不安，但身边的其他人全都见怪不怪。

就好像，傅时寒对她的喜欢，尽人皆知。

后来她去了 S 国，进了他所在的学校的同一个专业，再一次成了他的学妹。傅叔叔和墨姨对她和傅时寒在一起这件事也没说过什么反对的话，只是李墨有时会不放心地给她打电话，告诉她别太纵容傅时寒，别什么事情都依着傅时寒，如果傅时寒强迫她做什么不情愿的事，一定要告诉自己，自己会给她撑腰。

大一那年，刚刚尝到光明正大地恋爱的滋味的苏绾心，也曾冒出过分手的念头。也是在那年，她认真地和傅时寒提出分手这件事。然后，她第一次见到傅时寒被她气疯的样子。

他把她堵在墙角，和她唇齿纠缠，后怕又生气地警告她：想和他分手，除非他死，不然绝无可能。

从意识到自己喜欢她的那天开始，傅时寒就为两个人的未来做了无数的规划。他知道她会面对多少流言蜚语，知道以她的性格，哪怕受了天大的委屈都不会和他抱怨。他心疼她，可从没想过放手。

他就是要这个人，除了她，谁都不行。

苏绾心努力从回忆中挣扎出来，回到现实。

她低头看手中那份傅时寒说的所谓的"情书"，动作缓慢地将它打开。

档案袋里装的是一份文件，苏绾心随意扫了一眼，愣住。

这是一份名为"慕苏"的酒吧的注册文件，上面清楚地标注了酒吧的注册时间以及所有人的名字。

这个酒吧苏绾心是知道的，还去过，可从来不知道那里是傅时寒的产业。

慕苏……

苏绾心一遍遍地在心里默念这两个字，整个胸腔都是温热的。

她不知道这是不是她想的那个意思，抬头对上傅时寒的双眼，听到他给自己确切的答案。

"是。"傅时寒轻轻点头。

慕，意"向往"。

苏，意"绾心"。

酒吧注册时间是他把她堵在图书馆，撕毁她情书后的两个月。他从国外出差回来，就开了这家酒吧。

他把它开在市中心最热闹的地点，向所有路过观光的人炫耀着自己努力克制的心思和爱意。

苏绾心听到他的回答，眸光微闪。

不经意间，一张纸条从文件中飘落掉地。苏绾心捡起，再次愣住。

和文件上的笔迹相比，这张纸条上的字很明显没那么久远，看起来像是刚写上去的。

"见之不忘，思之如狂。"

很简单的八个字，却是傅时寒对她的复杂的感情概括。

他对她，是第一次在社会福利院里见面就再也忘不掉的回忆。

他对她，是恨不得日日同她在一起的不知足。

傅时寒身子前倾，在她唇上落下一吻。苏绾心微微一颤，抬手抓住他的衣角，主动加深那蜻蜓点水的一吻。

急促的呼吸中，苏绾心抬起头，近距离地和他四目相对。

她小声开口，声音软糯，但清晰："我爱你。"

爱他这件事，曾支撑着她熬过很艰难的一段岁月，也让她变得越来越好。

是他，让她对爱情的所有幻想都变成现实，带她见识了这世间所有的美好，也让她无所畏惧地有勇气做任何事。

傅时寒眼中的炙热愈加炽烈，声音低哑地开口："我知道。"

他的傅太太因为爱他，做了多少努力，他全看在眼里。正因为如此，他永远都不会让她失望。

如父母那般势均力敌的爱情是他心目中爱情最完美的样子。

而他想要的一切，她都给了。

两个人耳鬓厮磨了一会儿，傅时寒目送苏绾心回到卧室。她站在阳台上和他挥了挥手，他才启动车子离开。

天色蒙蒙泛亮，傅氏老宅外却已经蹲满了记者。

今天，傅时寒和苏绾心的婚礼会在这里举行。向来对私事低调的傅大少爷这次却一反常态，竟然同意在婚礼当天让媒体进入现场。所以很多人通宵守在这里，只想第一时间抢个最好的拍摄地点，抢先发送这场世纪婚礼的最新报道。

紧闭的大门忽然开启，这让昏昏欲睡的众多记者瞬间清醒。他们以为是傅时寒出来了，不料却看到一个十分意外的身影。

南宫强，这个狗仔怎么会出现在这里？

南宫强看到他们意外的表情，得意地一笑。他现在可是傅氏集团的官方狗仔，这次出来，肯定不是白白现身的。

"啧啧啧，看看你们羡慕忌妒恨的表情。我知道你们想骂我，但先别急。我是看在同行的分儿上，来给你们送温暖的。"

南宫强率先出声制止他们的谩骂，然后在众人藏着隐忍怒气的注视下，给他们爆了个大料。

吉时一到，苏绾心乘车来到傅家老宅。车窗外，镁光灯闪烁不停。车窗开启，苏绾心还未来得及和记者们打招呼，就听见他们劈头盖脸地问——

"听说苏总怀了二胎？这件事是真的吗？"

"没想到苏总和傅总的感情这么好，这么快就积极响应二胎政策了！"

众人哄笑着调侃，让坐在车里的苏绾心一下就脸红了。

虽然她和傅时寒在一起的新闻已经到处都是，她又怀孕的事却很少有人知道。

婚礼之所以办得这么急，一是因为傅时寒忍不住了，二是苏绾心不想等肚子大了再穿婚纱。

苏绾心咬了咬牙，扭头去看身边的人，不用多想就知道这消息是从谁嘴里走漏出去的。

傅时寒对上她的目光，坦然自若地像个老王八。他挑眉一笑，将她揽入怀里。

镁光灯闪烁得频率加快，晃得苏绾心的眼睛都要瞎了。欢闹的声音中，她听到傅时寒在她耳边低语，也是他对她昨晚那句告白的回应。

"绾神，我爱你。我只爱你。"

—全文完—